△1925년 5월 북경에서 노신의 모습

◁각각 1926년, 1927년 북신서국(北新書局)에서 출판된 『화개집』·『화개집속편』

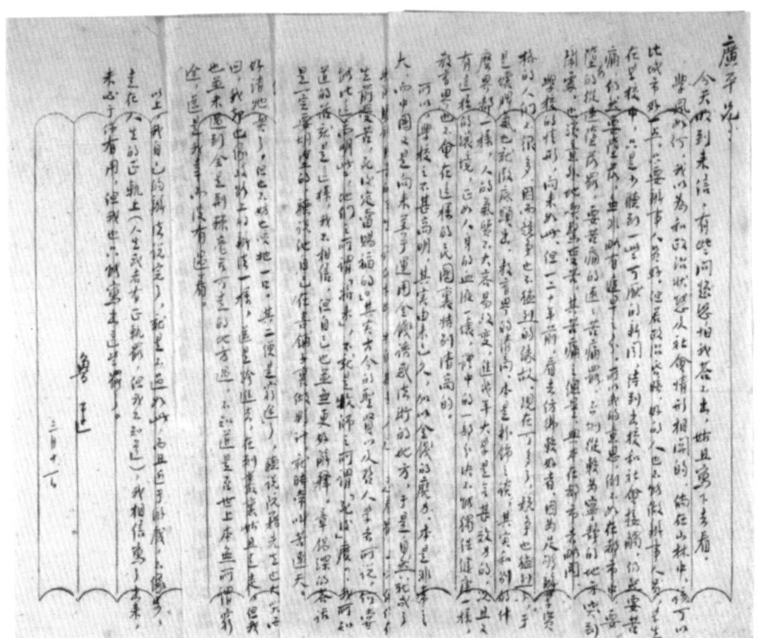

△노신이 허광평(許廣平)에게 보낸 편지. 1925년 3월 허광평으로부터 편지를 받은 당일에 노신은 이 답장을 보냈는데, 이 때부터 두 사람 사이에 서신왕래가 시작됨.

▷북경여자사범대학. 1924년 가을부터 1925년 말까지 이곳에서 '여사대 소요'가 발생했음.

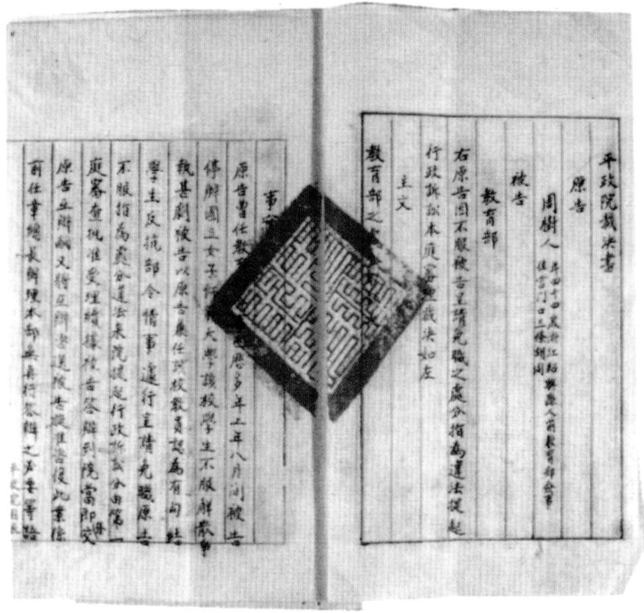

平政院訴訟書

原告

周樹人　年四十四歲浙江紹興縣人前教育部僉事　住宣門口三條胡同

被告

教育部

右原告因不服被告呈請免職之處分指為違法提起

行政訴訟就本頃案應裁決如左

主文

教育部之……

△1925년 8월 노신이 당시 교육총장인 장사조(章士釗)를 고발하기 위해 평정원(平政院)에 제출한 소장.

▽1926년 3·18사건 때 피살된 여사대 학생 유화진(劉和珍, 우)과 양덕군(楊德群, 좌)

△하문대학(廈門大學) 전경. 노신이 허광평에게 보낸 우편엽서로서 위에는 자신이 기거하는 숙소의 위치를 설명한 글이 있음.

▽노신(좌4), 임어당(林語堂, 좌3) 및 하문대학 학생문학단체 〈앙앙사(泱泱社)〉의 성원과 함께(1927년 1월)

화개집 華蓋集

화개집 속편 華蓋集續編

【魯迅選集 4】

화개집 華蓋集

화개집 속편 華蓋集續編

루쉰 魯迅 지음

홍석표 옮김

선학사

역자 서문

　이 책은 노신이 1926년 6월에 출판한 『화개집』과 1927년 5월에 출판한 『화개집속편』을 완역한 것이다. 『화개집』에는 작자가 1925년에 쓴 잡문 31편이 수록되어 있고, 『화개집속편』에는 작자가 1926년에 쓴 잡문 32편과 1927년 1월에 쓴 잡문 1편이 수록되어 있다. 따라서 이 책은 노신이 1925~6년 두 해 동안에 쓴 잡문 전체를 망라하고 있는 셈이다. 이 두 해는 노신의 생애에서 굴곡이 가장 심했던 시기이다. 이를테면 진서형(陳西瀅) 등 '정인군자' 및 '현대평론파'와의 논쟁, 북경여자사범대학의 학생소요, 교육총장 장사조(章士釗)로부터의 면직과 그에 대한 소송, 3.18참사, 북경을 떠나 하문(廈門) 및 광주(廣州)로 자리를 옮기는 등 현실적인 긴박한 사건들을 경험하고 여러 가지 난관에 부딪쳤던 시기이다. 그래서 노신은 이 시기 자신의 잡문을 모아 단행본으로 엮을 때 '화개운(華蓋運)'이라는 말에서 그 제목을 따와 '화개집', '화개집속편'이라 했다.

　'화개'란 원래 중국 고대의 황제(黃帝)의 머리 위에 있던 오색운기(五色雲氣)와 금지옥엽(金枝玉葉)을 가리키는 것으로 길조를 뜻한다. 또한 옥황상제의 '상구성(上九星)'을 가리키는 것으로 옥황상제를 호위하는 신물(神物)이며 길조를 뜻한다. 그러나 이 화개가 보통사람의 머리 위에 씌어지면 길조가 아니라 도리어 흉조로 바뀌는데, 노신은 운수가 사나웠던 당시 자신의 상황을 빗대어 화개운을 만난 것으로 풍자한 것이다. 노신 스스로도 이렇게 밝혔다. "이 운은 스님에게는 좋은 운이다. 머리에 화개가 있으면 그야말로 성불하여 한 종파의 창시자가 될 조짐이다. 그러나 속인이라면 그렇지 않아 화개가 위에 있으면 앞을 가리게 되므로 난관에 부딪치지 않을 수 없다." "해는 바뀌었지만 상황은 예전 그대로이니 여전히 『화개집』이라 부른다. 그렇지만 해는 어쨌든 바뀌었으므로 '속편'이라는 두 글자를 덧붙이지 않을 수 없다." 노신은 1925~6년 두 해 동안에 여러 가지 난관에 부딪쳤고, 그런 상황에서 쓴 글이므로 이 시기의 잡문을 묶어 출판할 때 제목에서 '화개'라는 말을 사용했던 것이다.

이 시기에 노신은 소설 창작보다 단평(短評)을 쓰는 데 치중했다. 이에 대해 당시 일부 사람들은 이런 단평은 쓰지 않는 게 좋겠다고 비평했다. 그러나 노신은 예술의 궁전에 번거로운 금령이 있다면 들어가지 않는 편이 낫다고 말하고 오히려 다음과 같은 태도를 취했다. "사막에 서서 모래가 날고 돌이 구르는 것을 바라보면서 즐거우면 크게 웃고 슬프면 크게 소리치고 화가 나면 크게 욕설을 퍼붓고, 설령 모래나 자갈에 얻어맞아 온몸이 거칠어지고 머리가 깨져 피가 흐르더라도 때때로 자신의 엉긴 핏자국을 꽃무늬처럼 여기며 어루만지는 편이 중국의 문사들을 따라다니며 셰익스피어를 모시고 버터 바른 빵을 먹는 재미보다 못하지 않을 것이다." 노신다운 태도이다. 노신은 허위의 가면을 벗어 던지고 현실에 좀더 밀착하여 여러 가지 사회문제 및 중국인들의 국민성에 대해 직접적으로 대응하는 방향으로 글을 써나갔다. 왜냐하면 "이런 것을 써야 할 때라면 그래도 이런 것을 써야 하지 않을까"라고 생각했기 때문이다. 욱달부(郁達夫)는『화개집』·『화개집속편』을 염두에 두고 "이 시기 그의 잡문은 그의 일생 중에서 열의가 가장 많이 담겨 있는 묘필(妙筆)이다"라고 평가했다. 욱달부의 지적처럼, 이 시기 노신의 잡문에는 열의가 가장 많이 담겨 있고 폐부를 찌르는 신랄함이 넘친다.

이 책에 실린 글들은 모두 노신이 여러 가지 난관에 부딪치면서 경험하게 된, 허위와 가식으로 가득 찬 중국의 어두운 현실 속에서 깊은 통찰을 통해 얻어낸, 중국 또는 중국인들의 감추어진 진면목을 보여주고 있다. "달은 한쪽 면만 태양을 마주하고 있어 다른 한쪽 면은 영원히 볼 수 없다. 중국문명을 예찬하는 사람들도 오직 광명만을 사람들에게 보여주고 어두운 일면을 감추어버린다."(「여백 메우기」) 이 시기 노신의 글쓰기 의미를 매우 상징적으로 보여주는 대목이다. 어두운 일면이란 바로 "강자를 만나면 감히 반항하지 못하고 '중용' 등과 같은 말로 분식하여 잠시나마 자위하는"(「통신」) 태도, "양에 대해서는 흉악한 짐승의 얼굴을 드러내고 흉악한 짐승에 대해서는 양의 얼굴을 드러내는"(「북경통신」) 비겁함 등이다. 노신은 이 당시 논적과의 논쟁을 통해, 그리고 간과하기 쉬운 자질구레한 일상적인 일들을 통해 허위로 가득 찬 중국 또는 중국인들의 가면을 벗겨내어 감추어진 어두운 진면목을 드러내는 데 총력을 기울였다. 우리가 볼 수 없는 달의 한쪽 면처럼 감추어 드러내지 않는 중국과 중국인들의 부정적인 측면을 일일이 들추어내어 밝히는 것이 이 시기 노신의 글쓰기의 주요한 방향이었다.

노신은 『화개집』·『화개집속편』의 글들을 쓰면서 동시에 산문시집 『야초(野草)』의 글들도 함께 썼다. 『야초』가 시적 형식으로 작가 자신의 내면세계와 현실에 대한 어떤 철학적 사고를 담고 있다면, 『화개집』·『화개집속편』은 그런 내면세계와 철학적 사고를 현실문제에 대응하여 구체적인 실천을 통해 펼쳐 보이고 있는 것이라고 할 수 있다. 노신은 1925년 4월 11일 조기문(趙其文)에게 보낸 편지에서 『야초』의 한 작품인 「과객(過客)」(1925. 3. 2)의 의미에 대해 이렇게 말한 바 있다. "그것은 바로 앞길이 무덤임을 분명히 알면서도 기어이 나아가려는, 즉 절망에 반항하는 것입니다. 왜냐하면 나는 절망 속에서 반항하는 것은 어려우며, 희망 때문에 투쟁하는 것보다 더욱 용맹스럽고 비장하다고 여기기 때문입니다.” 노신은 희망을 위해 투쟁하는 쪽보다 절망에 반항하는 쪽이 어려우면서도 더욱 용맹스럽고 비장하다고 생각했고, 스스로 후자의 길을 선택했다. 여기서 절망이 암흑으로 가득 찬 중국의 현실을 의미한다고 할 때, 『화개집』·『화개집속편』은 바로 절망에 반항하는 노신의 실천이 담겨 있는 글이다. 그렇다면 우리는 『화개집』·『화개집속편』을 통해 당시 중국의 절망의 현실이 무엇이며 그에 반항하는 노신의 참 모습을 읽을 수 있을 것이다.

다만 우리가 이 책을 읽을 때 주의해야 할 것은 노신의 공격대상이 되었던 개별 인물들을 지나치게 노신의 관점대로만 이해해서는 안 된다는 점이다. 새로 부임한 북경여자사범대학 교장 양음유(揚蔭楡), 당시의 교육총장 장사조, 『현대평론』의 비평가 진서형(陳原) 등은 노신의 주요 공격대상이었지만 이들은 나중에 다른 일면을 보여주기 때문이다.(이들은 어쩌면 노신과의 논쟁을 통해 자기 변신을 할 수 있었는지도 모른다) 예를 들어, 양음유는 항일전쟁 당시 그녀의 고향인 무석(蕪錫)에서 일본의 만행을 규탄하다 일본군에 의해 익사당했다. 따라서 노신의 공격은 단순히 한 개인에 대한 공격이 아니라 전형화된 인물에 대한 공격이며 이를 통해 중국인들의 부정적인 정신일반을 비판하기 위한 것이었음을 간과해서는 안 될 것이다.

이 책에 실린 글은 기본적으로 당시 중국인들의 가면을 벗기고 각성을 촉구하기 위해 씌어진 것들이다. 그러나 이 책에서 번뜩이는 노신의 예리한 통찰과 신랄한 풍자는 당시의 중국인들에게만 적용되는 것이 아니라 언제 어디서나 우리가 만날 수 있는 인간의 어떤 부정적인 측면에 대한 것이라고도 할 수 있다. 그러기에 노신의 글은 여전히 현재적 의미로 다가오고, 우리가 꼭 읽어야 하는 이유도 바로 여기에 있다.

또한 노신의 글은 감추려 하거나 드러나지 않는 중국 또는 중국인들의 어두운 일면을 집요하게 파고들어 들추어내고 있으므로 우리가 오늘날의 중국과 중국인들을 이해하는 데도 많은 도움이 될 것이다. 최근 중국에서는 노신의 중국 국민성 비판이 지나친 면이 있다고 여겨 노신에 대해 비판적인 태도를 취하는 사람들이 생겨나고 있다. 이는 어쩌면 그 동안 급속한 경제성장으로 얻게된 중국인들의 자신감을 반영하고 있는 것인지도 모른다. 다만 우리의 입장에서 볼 때, 과거의 중국과 오늘의 중국이 분명 다르다고 하더라도 노신의 예리한 통찰과 신랄한 풍자는 오늘날의 중국과 중국인들의 내면을 들여다보고 이해하는 데 더없이 좋은 참고가 될 것이다.

이 책은 1981년 판 인민문학출판사의 『노신전집』을 저본으로 해서 번역한 것이다. 주석은 『노신전집』의 원주를 참고해 글을 이해하는 데 꼭 필요한 부분을 번역한 것이고, 때에 따라 역주도 첨부했다. 그리고 말미에 문언문으로 씌어진 몇 편의 글도 부록으로 덧붙여 놓았다. 노신을 이해하는데 좋은 참고자료가 되길 바란다.

2004년 8월 25일

홍석표

차례 화 개 집 · 화 개 집 속 편

화개집속편 華蓋集續編

화개집속편의 속편

부록

화 개 집

華蓋集

이 책은 작자가 1925년에 지은 잡문 31편을 수록하고 있다. 1926년 6월에 북경의 북신서국(北新書局)에서 초판이 나왔다.

제기(題記)

    한 해의 마지막 깊은 밤에 지난 1년 동안 쓴 잡감(雜感)을 정리하다 보니 그것은 『열풍(熱風)』에 수록된, 4년 내내 쓴 것보다 더 많았다. 생각은 대부분 그대로였지만 태도는 이전처럼 직설적이지 않았고, 글의 표현도 자주 에둘러 하였고, 시비거리(議論) 또한 종종 몇 가지 자질구레한 일에 얽매여 있어 식자들의 웃음거리가 될 만하다. 그렇지만 달리 방법이 없지 않은가. 금년에는 오로지 이런 자질구레한 일들만 만났고, 또 내게는 자질구레한 일에 집착하는 버릇이 있기 때문이다.

    위대한 인물(석가모니를 가리킴—역자)은 삼세(三世)[1]를 통찰하고, 일체를 관조(觀照)하고, 대고뇌(大苦惱)를 겪고, 대환희(大歡喜)를 맛보고, 대자비(大慈悲)를 베풀 수 있다는 것을 나는 알고 있다. 그러나 그러기 위해서는 반드시 숲 속으로 깊이 들어가서 고목 아래에 앉아 정관묵상(靜觀默想)하고 천안통(天眼通)을 얻어야 하고, 인간세상을 멀리 떠나면 떠날 수록 인간세상을 더 깊이 더 넓게 알게 되며, 그리하여 모든 언설(言說) 역시 더 고상하고 더 위대하며, 그리하여 천인사(天人師)가 된다는 것도 나는 알고 있다. 어릴 때는 하늘을 나는 꿈도 꾸었

---

1) 삼세(三世)는 불교 용어로서 과거·현재·미래를 가리킨다. 다음에 나오는 천안통 (天眼通) 역시 불교 용어로서 이른바 "육통(六通)"(6가지의 "신통력") 중의 하나이 며, 보통사람의 시력으로는 볼 수 없는 것을 투시할 수 있는 능력을 가리킨다.

지만 지금은 여전히 지상에 있으면서 작은 상처조차도 제대로 치유하지 못하고 있다. 그러니 "정인군자(正人君子)"[2]처럼 유쾌하고 활달한 마음으로 공평타당하고 공명정대한 주장을 펼 겨를이 있겠는가. 물에 젖은 작은 벌처럼 진흙 속에서 이리저리 기어다닐 뿐이니 양옥에 살고 있는 통달한 사람[3]과 도저히 비교가 되지 않는다. 그러나 나름대로는 슬픔과 노여움이 있게 마련이니 양옥에 살고 있는 통달한 사람은 전혀 이해할 수 없을 것이다.

이 병고의 근원은 바로 내가 인간사회에 살면서 일개 보통사람으로서 "화개운(華蓋運)"을 만날 수 있다는 데 있다.

나는 평생동안 점(占)을 배운 적이 없지만 사람은 때때로 "화개운"을 만나게 된다는 노인들의 말을 들었다. 이 "화개(華蓋)"는 그들의 말로 대개 "확개(鑊蓋)"로 잘못 사용되고 있는데, 지금 고쳐 바로잡는다. 그러니까 이 운은 스님에게는 좋은 운이다. 머리에 화개가 있으면 그야말로 성불하여 한 종파의 창시자가 될 조짐이다. 그러나 속인이라면 그렇지 않아 화개가 위에 있으면 앞을 가리게 되므로 난관에

---

2) "정인군자(正人君子)": 현대평론파의 호적(胡適), 진서형(陳西瀅), 왕세걸(王世杰) 등을 가리킨다. 그들은 1925년의 북경여자사범대학 소요사태에서 북양정부(北洋政府)의 편에 서서 장사조(章士釗)의 학생 박해 행위를 극력 변호하고 노신과 여사대의 진보적인 선생·학생들을 공격했다. 이들은 대체로 북경의 동길상(東吉祥) 골목에 살고 있었는데, 당시 북양군벌을 옹호하던 『대동만보(大同晩報)』로부터 "동길상파(東吉祥派)의 정인군자"라는 칭찬을 받았다.

3) 통달한 사람(通人): 고금(古今)에 통달하고 학식이 깊은 사람을 가리킨다. 여기서는 진서형(陳西瀅) 같은 부류의 사람들을 풍자하고 있다. 당시 북양정부 교육총장 장사조(章士釗)는 자신이 주편하던 『갑인(甲寅)』 주간 제1권 제2호(1925년 7월 25일)에 발표한 「고동잡기(孤桐雜記)」에서 진서형을 칭찬하며 이렇게 말했다. "『현대평론』에 서형(西瀅)이라 서명한 기자가 있어 무석(無錫) 출신인 진원(陳源)의 별호이다. 진(陳) 군은 본래 자가 통백(通伯)이니 확실히 그는 오늘날의 통달한 사람(通品)이다."

부딪치지 않을 수 없다. 나는 금년에 잡감에 손을 대자마자 두 차례나 난관에 부딪치고 말았다. 한 번은 「글자를 곱씹다4)」 때문이고, 또 한 번은 「청년필독서」 때문이다. 서명이나 익명으로 보내온 호걸지사들의 매도의 편지를 큰 다발로 받았고, 지금도 책꽂이에 꽂혀 있다. 그 후에도 돌연 이른바 학자, 문사(文士), 정인(正人), 군자 등등을 만났는데, 모두가 공정한 말(公話)과 공정한 이치(公理)를 논하고 있다고 하며, "같으면 한패가 되고 다르면 공격한다(黨同伐異)"5)는 말을 따라서는 안 된다는 것이다. 애석하게도 나는 그들과 너무 달랐고, 역시나 그들로부터 몇 차례 공격을 받았다 ― 이는 물론 "공리(公理, 공정한 이치―역자)"6) 때문이며 "같으면 한패가 되고 다르면 공격한다"는 내 생각과는 다른 것이다. 이런 상태로 지금까지도 여전히 완결되지 않았고, "내년을 기다릴" 수밖에 없다.

이 같은 단평(短評)을 쓰지 않는 게 좋겠다고 내게 권하는 사람도 있었다. 그 호의에 대해 나는 매우 감사하게 여기고 있으며, 또한 창작의 소중함을 모르는 바도 아니다. 그렇지만 이런 것을 써야 할 때라면 그래도 이런 것을 써야 하지 않을까. 만일 예술의 궁전에 이렇게 번거로운 금령(禁令)이 있다면 차라리 들어가지 않는 것이 낫다고 나는 생각한다. 오히려 사막에 서서 모래가 날고 돌이 구르는 것을 바라보면서 즐거우면 크게 웃고 슬프면 크게 소리치고 화가 나면 크

---

4) (역주) 글자를 곱씹다(咬文嚼字) : 일부러 어려운 글자를 쓰거나 문구에만 얽매인다는 뜻이다.

5) "같으면 한패가 되고 다르면 공격한다(黨同伐異)" : 이 말은 『후한서·당고전서(後漢書·黨錮傳序)』에 나온다. 한패는 규합하고 이분자는 공격한다는 뜻이다. 진서형(陳西瀅)은 『현대평론(現代評論)』 제3권 53기(1925년 12월 12일)의 「한담(閑話)」에서 이 말을 이용해 넌지시 노신을 공격하며 "중국사람에게는 시비가 없다.…… 한패이면 무엇이든 좋고 다른 패이면 무엇이든지 나쁘다."라고 했다.

6) "공리(公理)" : 이 책의 「"공리"의 장난」을 참고하기 바람.

게 욕설을 퍼붓고, 설령 모래나 자갈에 얻어맞아 온몸이 거칠어지고 머리가 깨져 피가 흐르더라도 때때로 자신의 엉긴 핏자국을 꽃무늬처럼 여기며 어루만지는 편이 중국의 문사들을 따라다니며 셰익스피어를 모시고[7] 버터 바른 빵을 먹는 재미보다 못하지 않을 것이다.

그렇지만 내 시야가 좁은 것이 원망스러울 뿐이다. 중국만 보더라도 지난 1년 동안에 대 사건이 아주 많았다고 할 수 있을 텐데, 느낌이 전혀 없는 듯이 나는 종종 그에 대해 언급하지 않았다. 나는 일찍이 중국의 청년들이 일어서서 중국의 사회·문명에 대해 조금도 기탄없이 비평해주기를 희망했었고, 이 때문에 발언할 장소로 『망원주간(莽原周刊)』[8]을 편집하여 인쇄하였지만 애석하게도 와서 말하는 사람들이 의외로 매우 적었다. 다른 간행물에는 오히려 반항자에 대한

---

7) 문사들 : 진서형(陳西瀅), 서지마(徐志摩) 등을 가리킨다. 그들은 모두 영국에 유학하여 스스로 영국문학에 정통하다고 생각했으며, 셰익스피어를 연구한 적이 있어 항상 이를 과시했다. 예를 들어, 서지마는 1925년 10월 26일 『신보부간(晨報副刊)』에 발표한 「햄릿과 유학생」이라는 글에서 이렇게 말했다. "우리는 대 영국에 간 적이 있으며, 셰익스피어는 영국사람으로 영어로 글을 썼고, 우리는 영어를 이해할 수 있어 학교에서 그의 희곡을 연구한 적이 있다.…… 영국 유학생들은 모처럼 기쁠 때는 그 셰익스피어를 말해야 체면이 서고 기초가 튼튼한 것이었다. 여러분들은 외국에 가본 적도 없고 원문 전체를 다 보지도 않았으니 당연히 말참견할 자격이 없으며, 여러분들은 다만 귀를 기울이고 마음을 다해 들을 수밖에 없다.…… 우리가 없으면 안 된다는 것을 믿겠는가?" 진서형은 같은 달 21일 『신보부간』에 발표한 「청금(聽琴)」이라는 글에서도 "셰익스피어를 좋아하지 않으면 너는 바보이다"라고 했다.
8) 『망원주간(莽原周刊)』 : 문예간행물로서 노신이 편집했다. 1925년 4월 24일 북경에서 창간되어 『경보(京報)』에 끼워 발행되었고, 동년 11월 27일 32기까지 내고 휴간되었다. 이 간행물에 게재된 글은 대부분이 구사회와 구문화에 대한 비판을 담고 있다. 노신은 『양지서·17(兩地書·一七)』에서 이렇게 말했다. "중국의 오늘날 문단(?) 상황은 실로 좋지 못하다. 그러나 어쨌든 시나 소설을 쓰는 사람들은 그래도 있다. 가장 부족한 것은 '문명비평'과 '사회비평'이다. 내가 『망원』을 가지고 떠들어대는 것은, 대부분 이를 통해 새로운 어떤 비평가를 이끌어내고…… 계속해서 구사회의 가면을 찢어버리고 싶었기 때문이다."

공격이 실렸으니 이로 말미암아 정말이지 나는 더 생각해나갈 용기조차 나지 않았다.

지금은 한 해의 마지막 깊은 밤, 이 밤도 깊어서 끝이 날 것이다. 내 생명은, 적어도 그 일부분은 이미 이런 무의미한 것들을 쓰는 데 소모되어 버렸고, 내가 얻은 것이라곤 겨우 내 자신의 영혼의 황량함과 거칠음뿐이다. 그러나 나는 결코 이들을 두려워하지도 않고 덮어두고 싶지도 않으며, 게다가 실로 그것을 사랑하기까지 하고 있다. 왜냐하면 이는 내가 풍사(風沙) 가운데서 이리저리 뒹굴며 생활한 흔적이기 때문이다. 자신이 풍사 가운데서 이리저리 뒹굴며 생활하고 있다고 느끼는 사람이라면 그 의미를 알 수 있을 것이다.

『열풍』을 엮을 때에는 빠뜨린 것 이외에도 여러 편을 삭제했었다. 이번에는 좀 달리 해서 한 시기 동안에 쓴 잡감이라 할 만한 것들을 거의 다 여기에 담았다.

1925년 12월 31일 밤, 녹림서옥(綠林書屋)9) 동쪽 벽 아래서 적다

---

9) 녹림서옥(綠林書屋) : 서한(西漢) 말년에 왕광(王匡), 왕봉(王鳳) 등은 녹림산(綠林山)[지금은 호북(湖北) 당양(當陽)에 있음]에서 농민을 집결해 기의를 일으키고 "녹림병(綠林兵)"이라 불렀다. "녹림"이라는 명칭은 여기서 기원한다. 후에 "녹림(綠林)" 또는 "녹림호한(綠林好漢)"이라는 말은 산림에 모여 살며 관아에 반항하거나 재물을 약탈하는 사람들을 널리 가리키게 되었다. 1925년 북양정부 교육부 전문교육사(專門教育司) 사장(司長)인 유백소(劉百昭)와 현대평론파의 일부 사람들은 노신 및 그밖의 장사조(章士釗)에 반대하고 여자사범대학생들의 투쟁을 지지하던 교원들을 "토비(土匪)"·"학계의 비적(學匪)"이라고 매도했는데(이 책의 「"공리(公理)"의 장난」과 「학계의 삼혼(三魂)」을 참고하기 바람), 이에 작자는 자신의 서재를 농조로 "녹림서옥"이라 불렀다.

글자를 곱씹다[1]

1

전통사상의 속박에서 벗어난다며 남녀평등을 주장하는 남자가 오히려 부드럽고 고운 글자를 사용하여 외국 여인들의 성씨를 번역하길 더 좋아한다. 말하자면 초두(草頭)나 계집여변(女旁)이나 실사변(絲旁)을 더하는 것이다. "사대아(思黛兒)"라 하지 않고 "설림나(雪琳娜)"로 한다. 서양은 우리와 아득히 멀리 떨어져 있지만 성씨에 남녀의 구별이 없음은— 슬라브 민족이 어미(語尾)에 약간의 구별이 있는 경우를 제외하고—중국과 마찬가지이다. 그래서 만약 우리네 주(周)씨 집안의 아가씨에 대해 따로 성을 주(綢)로 하지 않고 진(陳)씨 댁의 아내에 대해서도 따로 성을 진(陳)이라 하지 않는다면, 어빙(歐文)[2] 아가씨는 어빙(嫗紋)으로 고쳐 쓸 필요가 없고, 톨스토이(托爾斯泰)[3]

---

1) 이 글은 처음 두 차례로 나누어 1925년 1월 11일, 2월 12일 북경의 『경보부간(京報副刊)』에 발표되었다. 이 글의 제1절이 발표되자 료중잠(廖仲潛), 잠원(潛源) 등의 반대에 부딪혔고, 작자는 이에 대해 다시 「곱씹은 나머지(咬嚼之餘)」, 「곱씹어 "맛이 없지" 않은 적이 있는가(咬嚼未始"乏味")」라는 두 편의 글(『집외집(集外集)』에 수록)을 써서 반박했다.

2) 어빙(歐文) : 영국인이나 미국인의 성이다. 예를 들어 미국의 산문작가 와싱턴 어빙(W. Irving, 1783~1859)이 있다.

3) 톨스토이(托爾斯泰) : 러시아인의 성이다. 예를 들어 러시아 작가 레프 톨스토이(1828~1910)가 있다.

부인에 대해서도 각별히 신경을 써가며 톨스토이(妥嬲絲苔)라고 쓸 필요가 없는 것이다.

전통사상의 속박에서 벗어난다며 세계문학을 소개하는 문인들이 오히려 외국사람에게 중국 성(姓)을 붙이길 더 좋아한다. 즉 Gogol은 성이 곽(郭)이요, Wilde는 성이 왕(王)이요, D'Annunzio는 성이 단(段) 또는 당(唐)이요, Holz는 성이 하(何)요, Gorky는 성이 고(高)이다. Galsworthy도 성이 고(高)인데,[4] 가령 골즈워디(Galsworthy)가 Gorky를 언급하면 아마 "오가(吾家)rky"[5]라고 부를 것이다. 『백가성(百家姓)』[6]이라는 책이 지금까지도 이렇게 위력을 가지고 있을 줄은 정말이지 생각지도 못했다.

1월 8일

---

4) Gogol은 러시아 작가 고골리(果戈理, 1809~1852)이며, 곽가리(郭歌里)로 번역한 사람이 있었다. Wilde는 영국 작가 와일드(王爾德, 1856~1900)이다. D'Annunzio는 이탈리아 작가 다눈치오(鄧南遮, 1863~1938)이며, 당남차(唐南遮)로 번역하는 사람이 있었다. Holz는 독일 작가 홀츠(何爾茲, 1863~1929)이다. Gorky는 소련의 무산계급 작가 고리키(高爾基, 1868~1936)이다. Galsworthy는 영국 작가 골즈워디(高爾斯華綏, 1867~1933)이다.

5) "오가(吾家)rky" : 오가(吾家) 리키(爾基)의 뜻이다. 옛날에 보통 동성동본인 사람에 대해 "오가(吾家) 모모"라고 불렀는데, 명망가의 덕을 보고 자신을 높이기 위해서 동성인 사람을 "오가(吾家) 모모"라고 부르는 사람이 있었다. 여기서는 당시 일부 문인들이 "고리키(高爾基)"를 두고 성이 고(高), 이름이 리키(爾基)인 것으로 잘못 쓰고 있는 데 대한 풍자이다.

6) 『백가성(百家姓)』 : 옛날 서당에서 글자를 익히던 교본으로 사용되었다. 송(宋)나라 초의 어떤 사람이 편찬한 것으로 성씨를 4자 운어(韻語)로 엮어서 낭송하며 읽기에 편하게 만들었다.

2

예전에 우리는 화학을 배울 때 책에서 "쇠금(金)"변과 "쇠금"변이 아닌 여러 가지 기괴한 글자를 흔히 볼 수 있었는데, 원소의 이름으로서 편방(偏旁)은 "금속"이냐 "비금속"이냐를 나타내고 다른 쪽은 대개 소리를 번역한 것이라고 했다. 그런데 실(鑓), 식(鎴), 석(錫), 착(錯), 석(矽)[7]에 대해서는 화학 선생조차도 설명하는데 애를 먹어 언제나 이런 말을 덧붙여야 했다. "이번은 숙실(熟悉)의 실(悉)이다. 이번은 휴식(休息)의 식(息)이다. 이번은 흔히 보는 석(錫)이다."[8] 그리고 학생들은 부호를 기억하기 위해 달리 라틴어 글자를 기억해야만 했다. 지금은 점차 유기화학을 번역하고 있으니 그런 괴이한 글자가 더욱 많아지고 또 더욱 어려워질 것이며, 상점의 계산대 앞에 붙어있는 "황금만양(黃金萬兩)"을 한데 포개어 놓은 괴이한 글자[9] 모양으로 몇 개의 글자를 합쳐놓을 것이다. 중국의 화학가들은 대부분 새 창힐[倉頡, 황제(黃帝) 때의 사관(史官)으로서 최초로 한자를 창조한 사람으로 알려져 있음-역자]을 겸할 수 있을 것이다. 만일 원문을 사용하여 글자를 만드는 수고를 덜 수 있다면 틀림없이 본업인 화학에 더 큰 성취가 있을 것이라고 나는 생각한다. 왜냐하면 중국인의 총명함은 결코 백인종보다 못하지 않기 때문이다.

북경에서는 여러 가지 멋진 지명을 흔히 볼 수 있다. 벽재 골목(辟

---

7) (역주) 실(鑓), 식(鎴), 석(錫), 착(錯), 석(矽)은 예전에 사용하던 화학 원소의 기호인데, 순서대로 세슘(Cs), 스트론튬(Sr), 주석(Sn), 세륨(Ce), 규소(Si)를 가리킨다.

8) (역주) 실(悉), 식(息), 석(錫)은 중국어 발음이 같다. 그래서 글자의 구별을 위해 각 글자가 포함된 어휘를 들어 설명한 것이다.

9) "황금만양(黃金萬兩)"을 한데 모아 만든 괴이한 글자는 그 모양이 "囍"이다.

才胡同), 내자부(乃玆府), 승상 골목(丞相胡同), 협자묘(協資廟), 고의백 골목(高義伯胡同), 귀인관(貴人關)이 그것이다. 그러나 내막을 알아보니 원래는 벽자(劈柴) 골목, 내자부(奶子府), 승장(繩匠) 골목, 갈자묘(蝎子廟), 구미파(狗尾巴) 골목, 귀문관(鬼門關)이었다고 한다. 글자의 표면은 바뀌었지만 함의(含意)는 여전히 옛 그대로이다. 나는 매우 실망스러웠다. 그렇지 않다면(글자의 표면이 바뀌면 내용도 바뀐다고 한다면 −역자), 노예(奴隷)라는 두 글자를 "노리(帑理)" 또는 "노레(努禮)"로 고치도록 부추겨[10] 사람들이 영원히 마음놓고 졸며 더 이상 아무것도 근심할 필요가 없게 할 수 있을 것이다. 그러나 다행히 근심하는 사람이 전혀 없는 듯이 폭죽을 탁탁 터뜨리며 모두 재신(財神)에게 제사를 지내고 있다.

2월 10일

---

10) (역주) 노예(奴隷)의 중국어 발음은 [núlì], "노리(帑理)"의 그것은 [nǔlǐ], "노레(努禮)"의 그것은 [nǔlǐ]이다. 성조만 다를 뿐 발음이 서로 같기 때문에 바꾸어 쓸 수 있다는 뜻이다. 그리고 "노리(帑理)"는 '이치에 힘쓰다', "노레(努禮)"는 '예의에 힘쓰다'라는 뜻으로 풀이할 수 있는데, 노예를 '노리' 또는 '노레'로 바꾸어 쓰더라도 노예의 원래 의미는 바뀌지 않을 것이라는 점을 풍자하고 있다.

청년필독서
— 『경보부간(京報副刊)』[1]의 설문에 대한 답

청년 필독서	여태껏 유의한 적이 없어 지금 당장 말할 수가 없다.
부주 (附注)	그러나 나는 이번 기회를 빌어 나 자신의 경험을 대략 말함으로써 몇몇 독자들의 참고로 제공하고자 한다— 나는 중국책을 볼 때면 언제나 기분이 가라앉고 실제 인생에서 벗어나는 듯한 느낌이 든다. 외국책을 읽을 때면—인도를 제외하고—종종 인생과 마주치며 무언가 하고 싶은 생각이 든다. 중국책은 비록 세상에 나서도록 사람들을 권고하는 말이 들어 있기는 하지만 대부분은 굳어버린 시체의 낙관이다. 외국책은 설령 퇴폐적이고 염세적이라 할지라도 살아있는 사람의 퇴폐요 염세이다. 나는 중국책은 적게 보거나—아니면 아예 보지 말아야 하며, 외국책은 많이 보아야 한다고 생각한다. 중국책을 적게 보면, 그 결과란 그저 글을 지을 수 없는 것뿐이다. 그러나 지금의 청년들에게 가장 긴요한 것은 "행(行)"이지 "언(言)"은 아니다. 살아있는 사람이기만 하면 글을 지을 수 없다해도 뭐 그리 대수롭지 않은 일이다. (2월 10일)

---

1) 『경보부간(京報副刊)』: 『경보(京報)』의 부간(副刊)으로서 손복원(孫伏園)이 편집해 1924년 12월에 창간되었다. 『경보』는 소표평[邵飄萍, 즉 진청(振靑)]이 창간한 진보적인 색채를 띤 신문이다. 1918년 10월 북경에서 창간되었고, 1926년 4월 봉계(奉系) 군벌 장작림(張作霖)에 의해 폐간되었다.

문득 떠오른 생각

1

『내경(內經)』[1]을 지은 사람이 도대체 누구인지 모르겠다. 사람의 근육에 대해 그는 확실히 들여다보았지만 껍질을 벗기고 대략 한번 훑어보기만 하고 세밀하게 고찰하지는 않은 듯하다. 그래서 아무렇게나 한 덩어리로 뭉쳐, 무릇 근육은 다 손가락과 발가락에서 발원하는 것이라 했다. 송대(宋代)의 『세원록(洗冤錄)』[2]에는 사람의 뼈에 대해 남녀의 뼈 수가 다르다고 말하는 데에까지 이르고 있으니, 옛 검시관의 말 역시 엉터리가 적지 않았다. 그렇지만 지금까지도 전자는 여전히 의가(醫家)의 경전이요 후자는 여전히 검증의 나침반이다. 이것은 천하의 기이한 일 중의 하나라고 할 수 있다.

치통은 중국에서 어떤 사람에게서 발단되었는지 알 수 없다. 옛 사람들은 건장했다고 전해지니 요순시대에는 아마 틀림없이 치통이 없

---

1) 『내경(內經)』: 『황제내경(黃帝內經)』을 가리키며, 중국에서 현존하는 가장 오래된 의학 문헌이다. 대략 전국(戰國)·진한(秦漢) 시기에 의학가들이 고대 및 당시의 의학자료를 모아서 편찬해 만든 것이다. 이 책은 「소문(素問)」과 「영추(靈樞)」두 부분으로 나누어져 있으며, 전체 18권이다. "근육은 다 손가락과 발가락에서 발원한다"라는 견해는 「영추·경근제십삼(靈樞·經筋第十三)」에 나온다.

2) 『세원록(洗冤錄)』: 송대(宋代) 송자(宋滋)가 지은 것으로 전체 5권이며, 비교적 완전한 법의학 전문서이다. "남녀의 뼈 수가 다르다"라는 표현은 이 책의 「험골(驗骨)」에 나온다.

었을 것이다. 이제 나는 치통이 2천 년 전부터 시작되었다고 가정해 본다. 나는 어렸을 때 치통을 앓았는데, 여러 가지 처방을 써보았으나 세신(細辛)[3]을 사용했을 때만이 약간 효과가 있었다. 그러나 역시 잠시 마비되는 것일 뿐이었고 증세에 맞는 약은 아니었다. 이를 뽑는 이른바 "이골산(離骨散)"은 이상적인 이야기이며 실제로는 전혀 없었다. 서양식 치과의사를 만나고서야 비로소 근본적으로 해결되었다. 그러나 중국사람들 손에서 거듭 전해지면, 번번이 때우는 것만 배우고 썩음을 제거하고 균을 죽이는 일은 잊어버릴 것이니 다시 점점 믿을 수 없게 될 것이다. 2천 년 동안 이가 아팠지만 대강대강 처리하며 좋은 방법 하나 생각하지 않았고, 다른 사람이 생각해내었더라도 잘 배우려 하지도 않았다. 이것이 대개 천하의 기이한 일 중의 둘이라 할 수 있다.

강 성인(康聖人)[4]은 무릎꿇어 절하기를 주장하면서 "그렇지 않으면

---

3) 세신(細辛) : 다년생 초본식물로 한의학에서는 풀 전체를 약으로 사용한다.

4) 강 성인(康聖人) : 강유위(康有爲, 1858~1927)를 가리킨다. 자가 광하(廣厦), 호가 장소(長素)이며, 광동(廣東) 남해(南海) 사람으로 청말 유신운동의 영수이다. 1898년 [청 광서(光緒) 24년] 변법유신이 실패한 후 그는 군주입헌을 주장하며 보황당(保皇黨)을 조직하고 손중산(孫中山)이 지도하던 민주혁명운동에 반대했다. 신해혁명(辛亥革命) 후에 또 북양군벌인 장훈(張勛)과 함께 청의 폐위 황제인 부의(溥儀)의 복벽을 부추겼다. 양계초(梁啓超)는 『강유위전(康有爲傳)』에서 그에 대해 "어렸을 때부터 성현의 학문에 뜻이 있어 향리의 속인들은 그를 비웃으며 우스개 소리로 '성인위(聖人爲)'라고 불렀으며, 입을 열었다 하면 모름지기 성인, 성인이라고 말했다"고 했다. "그렇지 않으면 무릎은 어디에 쓸 것인가"라는 말은 강유위가 공자 존숭을 선전하던 전보 속에 자주 보이던 말이다. 예를 들어, 그는 「전국에 호소하나니, 공자에 제사지내고 무릎꿇어 절하는 예를 행하자(請飭全國祀孔仍行跪拜禮)」에서 "중국민들은 하늘에 절하지도 않고 공자에게도 절하지 않으니 무릎을 두었다 무얼 할 것인가" 라고 했다. 또 「공교를 국교로 삼는 것은 천의에 부합한다(以孔教爲國教配天儀)」라는 글에서 "중국인들은 하늘을 공경하지도 않고 교주도 존경하지 않으니 거만하게 무릎을 두었다 무얼 할 것인지 모르겠다"라고 했다.

무릎은 어디에 쓸 것인가"라고 여겼다. 걸을 때의 다리 동작은 똑똑히 보기 어렵다 하더라도 의자에 앉을 때의 무릎의 곡직(曲直)을 망각했으니, 그렇다면 성인은 격물(格物, 사물의 원리를 궁구하다는 뜻—역자)을 소홀히 한 것이라 아니할 수 없다. 몸 가운데 목덜미가 가장 가늘어서 옛 사람들은 여기를 도끼로 내리쳤고, 엉덩이 살이 가장 살쪄서 옛 사람들은 여기를 때렸는데, 격물(格物) 면에서 강 성인(康聖人)보다 더 주도면밀하였으니, 후대사람들이 아끼며 차마 내버리지 않았던 것은 실로 이유가 있었던 것이다. 그래서 후미진 현(縣)에서는 아직도 태장을 치고 있으며, 작년에 북경의 계엄 때에는 목을 베는 형벌이 부활되었었다. 비록 국수(國粹, 나라 정수—역자)와 일맥상통하는 것이기는 하지만 역시 천하의 기이한 일 중의 셋이라 하지 않을 수 없다.

1월 15일

2

『고민의 상징』의 조판 견본을 교정보다가 몇 가지 자질구레한 일이 생각났다. —

책의 형식에 대해 나는 일종의 편견을 가지고 있는데, 바로 책 첫머리와 각 제목의 앞뒤로 항상 여백을 남겨두기를 좋아했고, 그래서 인쇄에 넘길 때면 반드시 분명하게 설명을 덧붙여 밝혔다. 그러나 조판한 후 보내왔을 때, 대개는 편(篇)과 편 사이를 아주 가깝게 붙여놓아 설명대로 하지 않았다. 다른 책을 조사하여 보아도 마찬가지로 대부분 행과 행 사이가 대단히 가깝게 붙어 있었다.

비교적 괜찮은 중국책과 서양책은 책마다 앞뒤로 항상 한두 장의 여백지를 두었고, 페이지의 위아래 공백도 아주 널찍했다. 그러나 최근 중국에서 활자로 인쇄된 새 책은 대체로 여백지가 없고 페이지의 위아래 공백도 아주 좁아서 몇 가지 의견이나 다른 무엇을 적으려 해도 그럴만한 공간이 없으며, 책을 펼치면 촘촘한 검은 글씨가 책을 가득 메우고 있다. 게다가 기름냄새가 코를 찔러 짓눌리고 궁색한 느낌이 들어 "독서의 즐거움"이 아주 가실 뿐만 아니라 인생은 이미 "여유"가 없고 "여지가 남아 있지 않은" 듯한 생각이 든다.

어쩌면 이런 것을 질박(質朴)한 것으로 여길지도 모르겠다. 그러나 질박은 처음의 "누추함(陋)"이고, 정력(精力)이 넘치면 물력(物力)을 아끼지 않는 것이다. 지금의 상황은 오히려 누추함(陋)으로 되돌아가고 질박의 정신을 이미 잃었으니 조악하고 타락하였다고 할 수 있을 뿐이다. 즉 흔히 말하는 이른바 "누추함을 따르고 간소함으로 나아간다(因陋就簡)"는 말 바로 그것이다. 이렇게 "여지가 남아 있지 않은" 분위기에 둘러싸여 있어 사람들의 정신은 대개 왜소해지고 말 것이다.

학술문예를 평이하게 강술하고 있는 외국의 책은 종종 한담이나 우스개 이야기를 끼워놓아 글에 활기를 북돋우고 있어 독자들은 각별한 흥미를 느끼고 쉽게 피곤해지지 않는다. 그러나 중국의 일부 번역서를 보면 이런 내용을 삭제해버리고 오직 어려운 학술적인 말들만 남겨놓아 교과서처럼 만들어버린다. 이는 마치 꽃을 꺾는 사람이 가지와 잎은 모조리 없애고 오직 꽃송이만 남겨놓은 것과 같다. 꽃을 꺾은 것은 분명 꽃을 꺾은 것이지만 꽃가지의 생기는 모두 사라져버린 것이다. 사람들이 여유심(餘裕心)을 잃어버리거나 자기도 모르게 여지가 없는 마음을 가득 품게 되었을 때 이 민족의 장래는 우려할 만할 것이다. 상술한 두 가지는 물론 우모(牛毛)보다 더 하찮은 일이지만, 결국 시대정신을 표현해주는 일단(一端)이므로 다른 것들도 유추할 수 있을 것이다. 예를 들어, 현재 용구가 경박하고 조잡하고(세간에서는 쓰기에 편하다고 잘못 생각하고 있음), 건물을 짓는 데 노력과 자재를 덜 들이고, 일을 처리하는 데 시간을 대강대강 때우고, "아름다움"을 추구하지 않고, "내구성"을 생각하지 않는 이 모두가 바로 동일한 병의 근원에서 나온 것이다. 이를 통해 더 큰 일을 유추해도 좋을 것이라고 나는 생각한다.

1월 17일

3

나는 내 신경이 어쩌면 좀 얼떨떨해졌다고 생각한다. 그렇지 않다면 이야말로 무서운 일이다.

나는 마치 오랫동안 이른바 중화민국이 없었던 것처럼 느껴진다.

나는 혁명 이전에는 내가 노예였고 혁명 이후에 오래지 않아 곧 노예로부터 속임을 당하여 그들의 노예가 되어버렸다고 생각한다.

나는 민국의 많은 국민들이 도리어 민국의 적이라고 생각한다.

나는 민국의 많은 국민들이 독일·프랑스 등의 나라에 살고 있는 유태인과 흡사하게 그들의 마음 속에는 또 다른 나라가 있는 듯이 느껴진다.

나는 많은 열사들의 피가 다 사람들에게 짓밟혀 사라졌다고 생각한다. 그렇지만 고의는 아니라고 생각한다.

나는 무엇이든지 다 새롭게 해나가야 한다고 생각한다.

일만 보를 물러서서 말하자면, 나는 누군가가 민국의 건국사를 한

편 잘 써서 젊은이들에게 보여주기를 희망한다. 왜냐하면 나는 민국의 유래는 비록 14년에 지나지 않지만 그야말로 이미 소실되었다고 생각하기 때문이다.

2월 12일

4

이전에 24사(史)는 "살육서(書)"요 "한 사람의 족보"[5] 따위에 지나지 않는다는 말을 들었는데, 아주 그럴듯하다고 생각했다. 나중에 직접 보고서 그렇구나 하는 점을 알게 되었다.

역사에는 다 중국의 영혼이 씌어있고 앞날의 운명을 밝히고 있었는데, 단지 너무 두텁게 덧칠해져 있고 쓸데없는 말이 너무 많아 그 내막을 살피기가 아주 쉽지 않았다. 이는 마치 빽빽한 나뭇잎 사이로 투과되어 이끼 위에 비치는 달빛 마냥 점점이 부서진 그림자만 보일 뿐이었다. 그러나 야사(野史)나 잡기(雜記)를 보면 더욱 이해하기 쉽다. 왜냐하면 이들은 결국 지나치게 사관(史官)의 티를 낼 필요가 없었기 때문이다.

진한(秦漢) 시대는 너무 오래되어 지금의 정황과 차이가 많으므로 잠시 말하지 않겠다. 원대(元代) 사람들의 저작은 매우 드물다. 당송

---

5) 24사 : 청대 건융(乾隆) 때 "정사(正史)"로서 『사기(史記)』에서 『명사(明史)』에 이르기까지 24부의 사서(史書)를 확정지었다. "살육서(相斫書)" : 서로의 살육을 기록한 책이라는 뜻이다. 『삼국지·위서(三國志·魏書)』에 보인다. "한 사람의 족보" : 제왕의 한 성씨의 가계를 기록한 책이라는 뜻이다. 양계초는 「중국사계혁명안(中國史界革命案)」이라는 글에서 "24사는 역사가 아니며, 스물네 개 성씨의 족보일 따름이다"라고 했다.

대(唐宋代)의 잡사(雜史) 류(類)는 현재 많이 남아 있다. 시험삼아 오대(五代), 남송(南宋), 명말(明末)의 사건을 기록한 것을 지금의 상황과 한 번 비교해보면 어찌나 그토록 비슷한지 깜짝 놀라게 되는데, 시간의 빠른 흐름이 유독 우리 중국과는 무관한 듯하다. 현재의 중화민국은 여전히 오대요 송말이요 명말엽이다.

명말을 현재에 적용시켜보면 중국의 정황은 더 부패해질 수 있고, 더 문드러질 수 있고, 더 흉포해질 수 있고, 더 잔학해질 수 있어 지금은 그래도 극점에 다다랐다고 할 수는 없다. 그러나 명말의 부패와 문드러짐도 극점에 도달하지는 못했으니, 이자성(李自成), 장헌충(張憲忠)이 소란을 피웠기 때문이다. 그리고 장헌충과 이자성의 흉포와 잔학도 극점에 도달하지는 못했으니, 만주병(滿洲兵)이 쳐들어왔기 때문이다.

설마 이른바 국민성이라는 것은 정말 이토록 개혁하기 어렵단 말인가? 만일 그렇다면 장래의 운명도 대략 짐작할 수 있으니, 익숙한 말로 한 마디 하자면 '예로부터 이미 있었다(古已有之)'이다.

영리한 사람은 정말 영리하여 결코 옛사람을 공격 비난하거나 옛 관례를 흔들어놓지는 않는다. 옛사람이 한 일이라면 무엇이든지 오늘날 사람도 다 할 수 있다. 그리고 옛사람을 변호하는 것 역시 자기를 변호하는 것이 된다. 하물며 우리는 신주(神州) 중화의 후예로서 감히 "선조의 발걸음을 잇지" 않을 수 있겠는가?

다행히 감히 누구도 국민성은 결코 고칠 수 없는 것이라고 단호하게 말하지는 않는다. 이 "알 수 없는 상황" 가운데 비록 전례 없는 —즉, 그 상황이 여태껏 없었던— 멸망의 공포가 있을 수 있겠지만 전례 없는 소생의 희망도 있을 수 있으니, 이는 어쩌면 개혁자들에게 약간은 위안이 될 수도 있을 것이다.

그러나 이런 약간의 위안도 옛 문명을 뽐내는 자들의 붓 속에서 소거될 것이며, 신문명을 무고(誣告)하는 자들의 입 속에서 익사할 것이며, 신문명을 가장하는 자들의 언동 속에서 박멸될 것이다. 왜냐하면 비슷한 선례가 역시 '예로부터 이미 있었기' 때문이다.

사실 이런 사람들은 한 가지 부류로서 모두 영리한 사람이며, 중국이 끝나도 자신의 정신은 괴롭지 않을 것이라고 분명히 알고 있다. 왜냐하면 모두 적절한 태도를 연출해낼 수 있기 때문이다. 만일 믿지 못하겠으면 청조의 한인(漢人)이 무공을 찬미하는 문장을 보기 바란다. 걸핏하면 "대병(大兵)"이니 "아군(我軍)"이니 하는데, 여러분은 이 "대병"·"아군"에게 패한 사람들이 바로 한인이라는 것을 짐작할 수 있겠는가? 여러분은 한인이 병사를 이끌고 야만적이고 부패한 어떤 다른 민족을 섬멸했다고 여길 것이다.

그렇지만 이런 부류의 인간들은 영원히 승리할 것이고, 아마도 앞으로 영구히 존재할 것이다. 중국에서 오직 그들만이 생존에 가장 적합하고, 그들이 생존하고 있을 때 중국은 영원히 이전의 운명을 반복하지 않을 수 없을 것이다.

"땅이 넓고 물산이 풍부하고 인구가 많은데", 이 많은 재료를 이용해서 도무지 윤회(輪回)의 놀이만 연출할 뿐이란 말인가?

2월 16일

통신

1

욱생(旭生)[1] 선생

　그저께 『맹진(猛進)』제1기를 받았는데, 선생이 보내신 것이거나 아니면 현백(玄伯)[2] 선생이 보내신 것이라 생각했습니다. 누가 보내신 것인지 상관없이 어쨌든 고맙습니다.

　그 1기에 시정(市政)을 논한 말이 있어 갑자기 상관없는 일이 하나 떠올랐습니다. 저는 지금 어느 작은 골목에 살고 있는데, 여기에는 이른바 쓰레기차라는 것이 있어 매월 몇 백 전을 받고서 연탄재와 같은 것들을 운반해갑니다. 운반해가서 어떻게 하는가? 바로 큰 길에 쌓아놓아 그 길이 매일 더 높아집니다. 몇 채의 낡은 집은 절반만이 길 위로 드러나 있으며, 그것은 다른 집들의 장래를 예고하고 있습니다. 저는 무슨 연고인지는 모르겠지만 이런 사람들을 보고서 중국인

---

1) 욱생(旭生) : 서병창(徐炳昶, 1888~1976)이며, 자가 욱생(旭生)이고 하남(河南) 당하(唐河) 사람이다. 당시 그는 북경대학 철학과 교수로 재직하고 『맹진(猛進)』 주간(周刊)의 주편이었다.

2) 현백(玄伯) : 이종동(李宗侗)이며, 자가 현백(玄伯)이고 하북(河北) 고양(高陽) 사람이다. 당시 북경대학 법문과 교수로 재직하고 있었다. 『맹진』 주간은 제27기부터 그가 이어서 편집했다.

들의 역사를 들여다보는 것 같았습니다.

성명은 잊었지만, 요컨대 명말의 어느 한 유민(遺民)이 자신의 서재를 "활매암(活埋庵, 생매장 암자라는 뜻—역자)"이라 제(題)한 적이 있습니다. 지금의 북경 사람들은 모두 "활매암"을 짓고 있으며, 게다가 스스로 건축비를 내려 한다는 것을 누가 상상이나 했겠습니까. 신문 지상의 논단을 보면 "반개혁"의 공기가 농후하기 그지없어 수레에 가득한 "조상 대대로 전해지는 것(祖傳)", "선례(老例)", "국수(國粹)" 등등을 다 가져와 길에 쌓아서 모든 사람들을 완전히 생매장하려 하고 있습니다. "거듭 떠들어대도 듣지 않는다(强聒不舍)"라는 것이 아마 약처방이 되겠지요. 그러나 제 견해로서는 일부 사람들—심지어 청년들—의 논조는 그야말로 "무술정변(戊戌政變)" 때의 개혁을 반대하던 사람들의 논조와 일치합니다. 생각해보십시오. 27년이나 흘렀는데도 여전히 이 모양이니 어찌 두렵지 않겠습니까. 대략 국민이 이와 같으면 결코 훌륭한 정부가 있을 수 없을 것입니다. 훌륭한 정부라도 도리어 쉽게 무너질 것입니다. 훌륭한 의원(議員)도 있을 수 없을 것입니다. 지금 사람들은 흔히 의원들을 나무라며 그들은 뇌물을 받고, 지조가 없고, 권세가에게 빌붙고, 사리사욕을 취한다고 말합니다. 그러나 대다수 국민이 바로 이와 같지 않겠습니까? 이런 의원들은 확실히 국민의 대표입니다.

지금 방법을 생각해보면, 우선 여전히 몇 년 전 『신청년』에서 이미 말한 바 있는 "사상혁명"을 사용해야 합니다. 여전히 이 말을 하다니 비참함을 면할 수 없지만, 이외에 다른 방법은 없다고 생각합니다. 그리고 여전히 "사상혁명"을 준비하는 전사는 목하의 사회와는 무관합니다. 전사가 양성되기를 기다렸다가 다시 승부를 결정합니다. 저의 이런 쓸데없고 막연한 의견은 스스로도 한탄스럽습니다. 하지만 제가 『맹진』에 희망하는 것도 결국은 여전히 "사상혁명"입니다.

노신. 3월 12일

노신 선생

당신은 "27년이 흘렀는데, 여전히 이 모양입니다"라고 하셨는데, 정말 대단히 "두려운" 일입니다. 인류의 사상에는 본래 타성이라는 게 있고, 우리 중국인들의 타성은 더욱 깊습니다. 타성을 표현하는 형식은 하나가 아닌데, 가장 일반적인 것 중에 첫째가 바로 운명을 하늘에 맡기는 것이고, 둘째가 바로 중용(中庸)입니다. 운명을 하늘에 맡기고 중용을 따르는 분위기는 깨뜨릴 수 없어 우리나라 사람들의 사상은 영원히 진보의 희망이 없습니다.

당신은 "말을 하고 글을 쓰는 것은 모두 실패자의 상징인 듯합니다. 운명과 악전을 벌이고 있는 사람들은 이들을 돌볼 겨를이 없습니다."라고 하셨는데, 정말이지 가장 가슴아픈 말입니다. 그러나 저는 다른 측면에서 볼 때, 그래도 많은 사람들이 말을 하고 글을 쓰면 인심(人心)이 완전히 죽은 것은 아니라는 것을 증명할 수 있다고 생각합니다. 그러나 여기에는 구별이 필요한데, 가장 필요한 것은 냉소이든 욕설이든 관계없이 일종의 불평의 외침입니다. 그래야 인심이 아직 완전히 죽은 것이 아니라는 실증이 됩니다. 만약 그렇지 않으면, 바꾸어 말해 문장 속에 많은 "느낌표(!)"를 사용하지 않으면, 그 말한 것이나 쓴 것이 아무리 듣기 좋아도 인심은 이미 완전히 죽은 것이며 나라가 망하든 망하지 않든 그것은 오히려 제2의 문제입니다.

현재 "사상혁명"은 진실로 가장 중요한 일입니다. 하지만 저는 아무래도 『어사(語絲)』, 『현대평론(現代評論)』 그리고 우리의 『맹진』이 합쳐도 이러한 사명을 짊어질 수 없을 것이라 생각합니다. 저는 두 가지 희망을 가지고 있습니다. 첫째, 모두가 한데 모여 문학사상을 전문으로 하는 월간을 낼 것을 희망합니다. 담을 내용은 수준이 지나치게 높을 필요는 없으며, 파괴하는 내용이 6,7할 차지하고 새로운 것을 소개하는 내용이 3,4할 차지하면 됩니다. 이렇게 하면 대학이나 중학의 학생들도 일종의 소일거리의 좋은 벗을 갖게 되고 사상의 진보 면에서도 매우 큰 도움이 될 것입니다. 제가 오늘 적지[適之, 호적(胡適)을 가리킴-역자] 선생에게 대강 몇 마디 말을 했더니, 그는 우리가 지금 월간을 내는 것은 매우 어려우며, 매월 8만 자 가량 내는 것은 그래도 가능하겠지만 11,2만 자를 내려고 하면 불가능할 것 같다고 말했습니다. 제가 그에게 구태여 11,2만 자를 꼭 정해놓고 낼 필요가 있겠으며, 7,8만이면 7,8만을 내고 설령 조금 적더라도 안 될 건 없으니, 요컨대 있는 것이 없는 것보다 아무래도 훨씬 나을 것이라 말했습니다. 이것이 저의 첫째 희망입니다. 둘째, 저는 통속적인 작은 신문(小日報)이 있으면 하고 희망합니다. 지금의 『제일소보(第一小報)』가 바로 그런 종류일 것입니다. 이 신문을 저는 두세 기(期)만 보았을 뿐이므로 물론 어떻게 비평해야 할지 모르겠지만 저의 인상은 이렇습니다. 첫째, 편폭이 너무 작아서 적어도 절반은 더 더해야 그나마 넉넉할 것입니다. 둘째, 이런 작은 신문은 아무래도 민중들과 소학교학생들이 보도록 하기 위한 것이라는 점을 분명히 기억해야 합니다. 그래서 사상은 대단히 새로워야 하겠지만 말은 오히려 매우 이해하기 쉽게 써야 합니다. 모든 전문적인 술어와 새로운 명사는 어느 정도 피할 수 있으면 피해야 합니다. 『제일소보』의 경우 이 점에 대해서는 크게 주의하지 않은 듯합니다. 이런 괜찮은 통속적인 작은 신문이 저의 두 번째 희망입니다. 뒤죽박죽 쓰고 보니 전혀 두서가 없습니다. 당신의 생각은 어떠하신지요?

서병창(徐炳昶). 3월 16일

2

욱생 선생

제게 보내주신 편지는 벌써 보았습니다만 자질구레한 일이 너무 많아서 이제야 답을 할 수 있게 되었습니다.

문학사상을 전문으로 하는 월간이 있다면 확실히 매우 좋은 일이며, 자수(字數)의 많고 적음은 그리 문제될 것이 없습니다. 첫째로 어려운 점은 오히려 글 쓰는 사람입니다. 가령 지금까지 해온 몇 사람이 그대로 한다면, 결과는 바로 규모를 키운 모 주간지나 합본한 몇몇 주간지와 같은 것이 될 것입니다. 더욱이 글 쓰는 사람이 많아지면 내용의 일치를 유지하기를 바라기 때문에 아무래도 서로 타협하는 부분이 생기고 화평중정(和平中正)하고 횡설수설하는 내용으로 변하기 쉬우며, 결국은 시시한 글들이 넘쳐날 것입니다. 현재 각종 소형 주간지는 비록 수량이 적고 역량이 미미하지만 소집단 또는 단신(單身)의 단병전(短兵戰, 칼이나 창 따위의 짧은 병기로 싸우는 싸움-역자)을 수행하여 어둠 속에서 때때로 비수를 번뜩여 동류(同類)들에게 그래도 누군가가 낡고 견고한 보루를 습격하고 있구나 하는 점을 알게 하며, 거대한 회색의 군용(軍容)을 보는 것과 비교하여 어쩌면 도리어 회심의 미소를 짓게 할 수 있을 것입니다. 지금 저는 오히려 이런 류

(類)의 소형 간행물이 더 많아지기를 희망할 뿐입니다. 향하는 목표가 대동소이하여 장래에 자연스럽게 연합전선이 이루지면 효력은 아마 작지 않을 것입니다. 그러나 목하 만일 제가 모르는 새로운 작가들이 일어난다면 그야 물론 달리 논해야 할 것입니다.

통속적인 작은 신문도 물론 긴요한 것입니다. 그러나 이 일은 언뜻 보기에는 쉬울 듯하지만 하려면 오히려 매우 어렵습니다. 『제일소보』3)를 『군강보(群强報)』4) 따위와 비교해보면 실제로 백성들의 뜻과 너무나 동떨어져 있다는 것을 알게 될 것이며, 성과 없이 실패하게 되리라는 것은 의심할 여지가 없습니다. 민중들은 황제가 어디에 있고 태비(太妃)가 평안한가5)를 보려고 하는데, 『제일소보』는 오히려 그들에게 "상식"을 말하고 있으니 어찌 어긋나지 않겠습니까. 교육시키는 것도 오래되면 일반사회와 어그러져서 아무리 열심히 하더라도 해나가다 보면 실패하게 마련입니다. 가령 꼭 해야 한다면 학자의 양심을 지니면서 모리배의 수단을 가지고 있어야 하는데, 이런 류의 인재가 교원 중에 반드시 있다고 할 수는 없겠지요. 제 생각으로는, 지금은 어쩔 수 없이 지식계급―사실 중국에는 러시아에서 말하는 지식계급이 없으며, 이에 관해 말하자면 말이 너무 길어지므로 잠시 사람들의 의견을 쫓아 이렇게 말합니다―의 측면에서 우선 대책을

---

3) 『제일소보(第一小報)』: 북경에서 발간되던 작은 신문이다. 1925년 2월 20일에 창간되었고, 창간 일로부터 일본어의 『상식기초(常識基礎)』 한 권을 번역해 연재했다.

4) 『군강보(群强報)』: 북경에서 발간되던 작은 신문이다. 1912년에 창간되었고, 시사적인 뉴스를 중시하지 않고 대부분 저급한 흥미 거리의 글을 실었다.

5) 1912년 1월 1일 남경(南京) 임시정부가 성립된 뒤 청 황제 부의(溥儀, 宣統帝)는 2월 12일에 퇴위되었다. 당시 황실을 우대할 것을 약정한 조건에 따라 그들은 그대로 고궁(故宮, 紫金城)에 남아 있었다. 1924년 11월이 되어서야 풍옥상(馮玉祥)에 의해 궁궐에서 쫓겨났다. 여기서는 부의 등이 쫓겨난 뒤에 당시 그들의 운명에 대해 관심을 가진 사람들이 있었다는 것을 뜻한다.

강구하고 민중에 대해서는 장래를 기다려 다시 이야기하는 것이 좋을 것입니다. 게다가 그들은 보잘것없는 문자에 의해 개혁될 수 있는 것도 아님을 역사가 우리들에게 알려주고 있습니다. 청나라 병사들이 쳐들어와 전족을 금하고 변발을 드리우도록 했는데, 앞의 일은 문자로만 알렸으므로 지금까지도 내버리지 못하고 있으며 뒤의 일은 다른 방법을 사용하였으므로 지금까지도 늘어뜨리고 있습니다.

다만 학교에 다니는 청년들이 볼만한 서적과 신문이 너무 부족하니 저는 적어도 이해하기 쉽고 재미있는 통속적인 과학잡지가 있어야 한다고 생각합니다. 애석하게도 오늘날 중국의 과학자들은 그다지 글을 짓지 않고 있으며, 지은 것이 있어도 지나치게 수준이 높고 깊어 아주 무미건조합니다. 오늘날 Brehm의 동물생활에 관한 것, Fabre의 곤충이야기와 같은 것은 재미가 있고 또 많은 그림이 삽입되어 있습니다. 그러나 이는 대형 서점이 떠맡지 않으면 찍을 수도 없습니다. 글을 짓는 데 대해서는 저는 과학자들에게 태도를 낮추고 문예서를 다시 좀 보도록 하면 충분하다고 생각합니다.

3,4년 전에 한 사조유파가 있어 파괴한 일들이 꽤 많았습니다. 학자들은 대부분 연구실로 조용히 들어가라고 권했고 문인들은 예술의 궁전으로 옮겨가는 것이 가장 좋다고 말했는데, 지금까지 대부분 나오지 않고 있으니 그쪽 형편이 어떠한지를 모르겠습니다. 이는 비록 스스로 원한 것이지만 태반은 신사상 때문에 "낡은 수법"의 계략에 그대로 말려든 것입니다. 저는 최근에야 이런 음모를 알아차렸고, 그래서 "청년필독서" 이후로 찬동하는 편지와 비웃고 욕하는 편지를 많이 받았습니다. 대개 찬동하는 사람들은 모두가 아주 솔직하여 전혀 아부하는 바가 없었습니다. 만약 처음에 저를 "학자"니 "문학가"니 하고 부르는 사람들이라면 다음에는 틀림없이 저를 매도합니다. 이런

칭호는 바로 그들이 공모한 교묘한 계략이요 정신적인 족쇄로서 고의로 사람을 "남보다 뛰어나다"고 확정해놓고 이를 빌어 사람의 언동을 속박하여 그들의 낡은 생활에 미칠 그 사람의 위험성을 잃게 한다는 사실을 비로소 알게 되었습니다. 의외로 많은 사람들이 오히려 스스로 무슨 실(室), 무슨 궁전에 갇혀 있으니 어찌 애석하지 않겠습니까. 이러한 존칭을 던져버리고 태도를 일변하여 무뢰한이 되어 서로 욕하고 때린다면,(여론에서는 학자는 다만 예의바르게 강의를 해야한다고 여기고 있음) 세상의 기풍이 날마다 향상될 것이고 월간도 해결될 것입니다.

선생께서는 편지에서 타성을 표현하고 있는 형식은 하나가 아닌데, 가장 일반적인 것 중에 첫째가 바로 운명을 하늘에 맡기는 것이고, 둘째가 바로 중용(中庸)이라 하셨지요. 저는 이 두 종류의 태도의 근원은 타성만으로 끝날 수는 없을 듯하며, 사실은 바로 비겁함이라고 여깁니다. 강자를 만나면 감히 반항하지 못하고 "중용" 등과 같은 말로 분식하여 잠시나마 자위합니다. 그래서 중국사람은 만일 권력을 갖게 되어 남들이 자기를 어찌 할 수 없다거나 "다수"가 자기를 호신부로 간주하게 될 때 대부분 흉악하고 방자해져서 마치 폭군처럼 일처리가 전혀 중용이 아니게 됩니다. 말끝마다 "중용"이라 할 때면 이미 세력을 잃게 되어 이미 "중용"이 아니면 안되게 되었을 때입니다. 완전한 실패에 이르면 또 "운명"이라는 말로 화두로 삼고 노예가 되더라도 태연하게 대처합니다. 그러나 성인의 도리에 합치되지 않은 데가 없습니다. 이러한 현상들은 실로 외적(外敵)이 있든 없든 상관없이 중국사람들을 패망하게 만듭니다. 만일 이런 점들을 구제하여 바로잡으려면 어쩔 수 없이 먼저 각종 결점을 드러내고 겉보기에 아름다운 가면을 찢어버려야 합니다.

노신. 3월 29일

노신 선생

　당신은 "연구실로 조용히 들어가다"느니 "예술의 궁전으로 옮겨가다"느니 하는 것은 전부 "일종의 계략"이라는 점을 알아차리셨는데, 정말 중요한 발견입니다. 저는 당신에게 '근래에 자칭 gentleman이라고 하는 사람은 대단히 두렵게 보입니다'라고 말했었지요. 전현동(錢玄同) 선생이 gentleman을 비꼰 말(『어사』 제20기에 보임)을 보니 마치 한창 더위에 아이스크림 한 그릇을 먹는 것처럼 얼마나 통쾌했는지 모릅니다. 어쨌든 이런 글자들은 전부 일종의 계략이니 다들 항상 서로 경계하면서 그들의 속임수에 당하지 말아야 할 것입니다.

　저는 통속적인 과학잡지가 그렇게 쉬운 것이 아니라는 것을 알고 있는 듯합니다. 하지만 저는 이 문제에 대해 전혀 생각하지 않았고, 그래서 그것에 대해서는 당장 아무것도 말할 수 없을 것 같습니다.

　저는 통속적인 작은 신문에 대해 할 말이 많습니다만 편폭의 제한 때문에 당장은 말하지 않는 게 좋겠습니다. 다음 기(期)를 기다려 저는 짤막한 글 한 편을 써서 이 일을 전문적으로 논하고자 하니 그때 당신에게 좀더 가르침을 부탁드리도록 하겠습니다.

서병창. 3월 31일

논변(論辯)의 혼령

20년 전에 암시장에서 "귀화부(鬼畵符)"라는 이름의 부적 한 장을 샀다. 비록 한 뭉치 보잘것없는 것에 지나지 않았으나 벽에 붙여놓고 보니 오히려 수시로 각종 문자가 처세를 위한 소중한 교훈이요 입신을 위한 귀중한 잠언이라는 점이 훤히 드러났다. 금년에 또 암시장에 가서 부적 한 장을 샀는데, 역시 "귀화부"였다. 그런데 붙여놓고 보니 역시 예전과 똑 같은 것이었고, 결코 증보하거나 수정한 것이 없었다. 오늘밤에 발견한 것은 큰 제목이 "논변의 혼령"이었고, 세주(細注)에 "노년 중년 청년 조상 대대로 내려와 '논리'(邏輯, logic의 음역이며 논리를 가리킴-역자) 부계(扶乩)에서 서양이 멸하고 묘법이 필승한다고 하며 태상노군(太上老君)이 법률명령처럼 신속하게 집행할 것이로다"라고 씌어 있었다. 오늘 삼가 몇 조목을 뽑아 기록하여 동호인들에게 공개한다.

"서양노예는 서양말을 할 줄 안다. 그대가 서양책 읽기를 주장하면 바로 서양노예이며 인격이 파산되었도다! 인격이 파산된 서양노예의 숭배를 받는 서양책은 그 가치를 이로써 알 수 있도다! 그러나 내가 서양 글을 읽는 것은 학교의 교과과정이요 정부의 법령이니 이를 반대하는 것은 곧 정부를 반대하는 것이로다. 부모가 없고 임금이 없는 무정부당은 사람들이 잡아다 죽일 것이다."

"그대는 중국이 좋지 않다고 말한다. 그대는 외국사람인가? 왜 외국에 가지 않는가? 애석하게도 외국사람이 그대를 멸시한다.……”

“그대는 갑(甲)이 종기가 생겼다고 말한다. 갑이 중국인이면 그대는 중국인이 종기가 생겼다고 말하는 것이다. 중국인이 종기가 생겼다면 그대도 중국인이므로 곧 그대도 종기가 생긴 것이다. 그대도 종기가 생겼다면 그대는 바로 갑과 마찬가지이다. 그런데 그대는 다만 갑이 종기가 생겼다고 말하면서 결국 자신을 정확히 알아보는 능력이 없으니 그대의 말은 무슨 가치가 있겠는가? 만일 그대는 종기가 생기지 않았다면 이는 거짓말이다. 매국노는 거짓말을 하는 사람이므로 그대는 매국노이다. 나는 매국노를 욕하므로 나는 애국자이다. 애국자의 말은 가장 가치가 있으므로 내 말은 훌륭하며, 내 말이 훌륭한 이상 그대가 바로 매국노임은 의심할 바 없도다!”

“자유결혼은 아무래도 너무 과격하다. 사실 나도 결코 고집불통은 아니다. 중국에서 여자가 배워야 한다고 제창한 사람 중에 내가 첫 번째이다. 그러나 그들은 너무 극단으로 내달렸고, 너무 극단으로 내달린다면 곧 망국의 화가 있을 것이다. 그래서 화가 나서 나는 다짜고짜로 ‘남녀가 주고받을 때는 직접하지 않는다’라고 말하련다. 하물며 모든 일은 과격할 수 없다. 과격파는 모두 공처주의(共妻主義, 아내를 공유하자는 주장─역자)를 주장하는 것이다. 을(乙)이 자유결혼을 찬성하면 공처주의를 주장하는 것이 아니겠는가? 그가 공처주의를 주장하는 이상 먼저 자기 아내를 가져와 우리들에게 ‘공유(共)’하도록 해야 마땅하다.”

“병(丙)이 혁명을 주장하는 것은 이익을 도모하려는 것이다. 이익을 도모하기 위한 것이 아니라면 왜 혁명을 주장하려 하는가? 나는 내 눈으로 직접 그가 3천7백9십1 상자 반의 현금을 매고 집으로 들어가는 것을 보았다. 그대는 그렇지 않다고 말하며 나를 반대하는가?

그러면 그대는 그와 한패이다. 오호라, 같으면 한패가 되고 다르면 내친다는 풍조가 지금에 와서 더욱 심해져서 서구화를 제창하는 자들은 그 허물을 버리지 못하는도다!"

"정(丁)이 생명을 희생했다면 아수라장이 되어 살아갈 수 없게 되었기 때문이다. 지금 사람들이 함부로 지사(志士)라고 칭하고 있는데, 제군들은 절대로 그런 어리석은 짓을 하지 말지어다. 하물며 중국은 더 나빠진 것은 아니지 않은가?"

"무(戊)는 영웅이라 할 수 있는가? 폭죽 소리에도 그는 놀랄 것이라 한다. 폭죽을 두려워하는데 총소리 대포소리를 들을 수 있겠는가? 총소리 대포소리를 두려워하는데 싸움이 일어나면 달아나지 않을까? 싸움이 일어나자마자 달아나는 사람이 오히려 영웅이라 칭하고 있으니 중국은 엉망인 것이다."

"그대는 스스로 '사람'이라고 여기지만 나는 오히려 그렇지 않다고 여긴다. 내가 짐승이고 지금 나는 그대를 아버지라고 부른다. 그대는 짐승의 아버지인 이상 당연히 짐승인 것이다."

"경탄부호를 사용하지 말지어다. 이는 나라를 망하게 하기에 충분하다. 다만 내가 사용하는 몇 개는 예외이다.

중용을 지키는 부인이 붓을 들고 정신문명의 정수를 받아 명철보신대길대리(明哲保身大吉大利)라는 격언 두 구절을 지었다.

중학을 체로 삼고 서학을 용으로 삼는다(中學爲體西學用),
금인을 깔보지 않고 고인을 아낀다(不薄今人愛古人)."

희생을 부추기는 계략
— "귀화부(鬼畵符)" 실경실경장(失敬失敬章) 제30

"아니, 이럴 수가. 미처 몰라봤습니다! 우린 원래 동지가 아니던가요. 난 처음엔 노형이 거지가 아닌가 의심하며 속으로 이렇게 생각했지요. '멋진 사나이가 노쇠한 것도 아니고 장애인도 아닌데, 왜 일하지 않고 책을 읽고 있을까?' 그래서 '현자(賢者)를 나무라는' 표정을 드러내지 않을 수 없었지요. 화를 내지 말아요. 우리의 마음은 실로 너무 솔직한 나머지 아무것도 감출 수 없으니까요. 하하! 그러나 동지, 노형은 역시 너무……."

"오오! 당신은 무엇이든 다 희생했나요? 존경스러워요, 존경스러워요! 내가 가장 탄복하는 것은 바로 무엇이든 다 희생한다는 점, 동포를 위해 나라를 위해. 내가 여태까지 한마음으로 하려 했던 것도 바로 이런 일이지요. 내가 겉으로 화려하게 치장하고 있다고 보지 말아요. 이유인즉 나는 각지를 돌아다니며 선전해야 하니까요. 사회는 여전히 지나치게 권세나 이익을 따르고 있어 만약 당신처럼 헤진 바지 하나만 가졌다면 누가 노형을 믿으려 하겠어요? 그래서 나는 잘 차려입을 수밖에 없고, 사람들이 험담을 늘어놓더라도 내 스스로는 언제나 마음에 부끄러움이 없지요. '우임금이 나체 나라에 들어가서 역시 나체로 돌아다닌' 것과 마찬가지로 사회를 개량하려면 그렇게 하지 않을 수 없으니, 남들이 어찌 우리의 깊은 뜻을 알 수 있겠습니까.

그렇지만 친구여, 아니 어찌 노형은 숨이 곧 넘어갈 듯한 이 지경에 이르렀단 말이요?”

“오오! 벌써 아흐레 동안 밥을 먹지 못했는가요?! 이건 정말 너무나 청렴한 일이구려! 나는 오체투지(五體投地)[1]를 할 수밖에 없구려. 보아하니 당신은 견뎌내지 못할지도 모르겠지만 — 노형은 틀림없이 역사에 이름을 남길 것이니 몹시 축하드릴 일이지요! 지금 ‘유럽화’·‘미국화’라는 그릇된 주장이 횡행하고 사람들의 눈에는 물질만 보일 뿐인데, 부족한 것은 바로 노형과 같은 모범적인 인물이지요. 보세요, 최고 학부의 교원들도 느닷없이 한편으로는 가르치면서 한편으로는 돈을 요구하고 있으니 그들은 물질만 알 뿐이며 물질에 중독되었지요. 보기 드문 그대 노형의 솔선수범을 그들에게 훌륭한 본보기로 보여주면 이는 세도인심(世道人心)에 틀림없이 크게 도움이 될 거요. 생각해보세요. 지금 여전히 교육보급을 떠들어대고 있지 않은가요? 교육을 보급하려면 많은 교원이 있어야 하지요. 만약 모두 그들처럼 꼭 밥을 먹겠다고 한다면 사방의 교외에 보루를 많이 세워야 할 이 때에 어디서 그렇게 많은 밥을 가져오겠어요? 노형의 이 같은 청렴은 정말 난세에 둘도 없는 역경을 이겨낼 튼튼한 기둥이지요. 존경스러워요, 존경스러워요! 노형은 공부를 했나요? 만일 공부를 했다면 나는 마침 대학을 설립할 생각인데, 노형에게 교무장(敎務長)을 맡아달라 청하겠어요. 사실 노형은 ‘사서(四書)’만 읽었어도 괜찮아요. 게다가 그런 성품은 이미 ‘많은 학인’들의 모범이 되기에 충분하지요.”

“안 된다고? 기력이 없다고? 애석해요, 애석해요! 한편으로는 사회

---

1) (역주) 불교에서 경례하는 한 방법이며, 두 무릎을 땅에 끓고 두 팔을 땅에 대고 머리를 땅에 닿도록 하는 절이다. 여기서는 대단히 감복하다는 뜻이다.

를 위해 희생하더라도 한편으로는 스스로 건강에 주의해야 한다는 걸 알겠군요. 애석하게도 노형은 건강에 대해 너무 무신경했군요. 노형은 나의 살찐 얼굴을 잘 먹어서 그렇다고 생각하지 말아요. 사실 나는 전적으로 건강에 주의한 덕분이며, 특히 도움이 된 것은 정신수양, '군자는 도나 걱정하지 가난은 걱정하지 않는다'[2]는 것이지요. 그렇지만 나의 동지여, 노형은 무엇이든 다 희생해버렸으니 어쨌든 크게 탄복할 일인데, 애석하게도 노형은 아직 바지 하나가 남아 있어 장래 역사에 아마 옥에 티를 남기게 될 지도 모르오……."

"오오, 그렇지요. 나는 알고 있어요. 노형이 말하지 않아도 노형은 당연히 그 바지조차도 원하지 않는다는 것을. 노형은 매우 치밀하니까요. 그야 물론 노형은 아직 희생할 기회가 없었던 것일 뿐이지요. 저는 여태껏 일체의 희생을 가장 찬성하였고, 또한 '군자는 남의 아름다운 점이 이룩되도록 해준다'[3]라는 것을 가장 좋아했으며, 게다가 우린 동지이니 나는 마땅히 노형에게 완전한 방법을 알려주어야 하지요. 왜냐하면 사람에게 가장 중요한 것은 '만년의 절조'인데, 조심하지 않으면 이전의 공로가 수포로 돌아갈 것이니까요!"

"기회가 마침 잘됐군요. 저희 집 어린 계집애가 마침 바지 하나가 부족해요…… 친구여, 그렇게 나를 보지 말아요, 나는 인신매매를 가장 반대하는 사람인데, 그건 인도(人道)에 가장 어긋나는 일이지요. 그러나, 그 여아는 대 가뭄 때 맡아둔 것인데, 그 당시 나는 원하지 않았지만 여아의 부모가 여아를 기원(妓院)에 팔아 넘기려고 하더군

---

2) 군자는 도나 걱정하지 가난은 걱정하지 않는다(君子憂道不憂貧) :『논어·위령공(論語·衛靈公)』에 나온다.

3) 군자는 남의 아름다운 점이 이룩되도록 해준다(君子成人之美) :『논어·안연(論語·顏淵)』에 나온다.

요. 생각해보세요, 얼마나 가련하겠어요. 내가 여아를 맡아둔 것은 바로 인도를 추구하기 때문이지요. 더구나 그것은 인신매매라고 볼 수도 없으며, 단지 내가 여아의 부모에게 몇 푼을 주었고 여아의 부모는 자기 딸을 우리 집에 맡겨놓았을 뿐이지요. 나는 처음에는 여아를 내 딸처럼 대하려고 했지요. 아니 아예 같은 핏줄의 자매로 대하려고 했지요. 원망스럽게도 내 마누라가 구식이어서 말이 통하지 않았어요. 구식의 여인이 고집을 부리면 정말 방법이 없다는 것을 노형도 알 거요. 나는 지금 달리 방도를 생각하고 있는 중인데……."

"그렇지만, 그 여아는 이미 오랫동안 바지가 없었지요. 이재민의 딸이니까요. 노형은 틀림없이 도와주려 할 것이라고 생각해요. 우리는 모두 '가난한 백성의 벗'이지요. 더구나 노형은 이 일을 하고 나면 곧 일관성을 유지하게 되지요. 노형의 장래 동상은 우뚝하여 구름 위를 뚫을 것이고, 아니 일체의 가난한 백성이 모두 허리 굽혀 경의를 표할 것임을 나는 확신합니다……."

"그래요, 나는 노형이 틀림없이 수긍하리란 걸 알고 있었어요. 말하지 않아도 나는 알고 있어요. 그러나 지금 이 순간에는 벗지 말아요. 들고 갈 수 없으니까요. 내가 이렇게 잘 차려입고 있는데, 만일 손에 헤진 바지 하나를 들고 가면 남들이 보고 이상하게 여길 것이며 우리의 희생주의 선전에도 지장을 초래할 거요. 지금의 사회는 여전히 너무 엉터리여서 — 생각해보세요, 교원들이 여전히 밥을 먹으려 하고 있으니, — 어찌 우리의 이런 순결한 정신을 이해할 수 있겠어요. 틀림없이 오해를 살 겁니다. 일단 오해를 하게 되면 사회는 아마 더욱더 사리사욕을 부릴 것이고, 노형의 일도 '무익할 뿐 아니라 해를 끼치게 될' 거요, 친구여."

"노형은 억지로라도 몇 걸음 걸을 수 있나요? 그럴 수 없다고? 이거 정말 사람을 난처하게 만드는군요─그렇다면, 기어갈 수는 있겠지요? 정말 잘됐군요! 그렇다면 기어가세요. 기어갈 수 있을 때 얼른 기어가요. 절대로 '다 된 일을 그르치게 해서'는 안돼요. 그러나 꼭 발가락 끝으로 기어야 하며 무릎을 너무 많이 사용해서는 안돼요. 바지가 모래자갈에 쓸리면 더 헤져서 가련한 이재민의 딸은 은혜를 입을 수 없을 뿐 아니라 노형의 정신마저도 헛수고가 될 거요. 미리 벗어버리는 것도 옳지 않아요. 하나는 겉보기가 너무 흉하고, 둘은 순경이 간섭할까 걱정이지요. 아무래도 입고 기는 게 좋겠어요. 나의 친구여, 우린 모르는 사람도 아닌데, 노형을 속이려고 하겠어요? 우리 집은 여기서 결코 멀지 않아요. 동쪽으로 향하고 북쪽으로 돌아서 남쪽을 향하면 길 북쪽에 큰 회나무 두 그루가 있는 붉은 칠대문이 보이는데, 그 집이요. 노형이 기어 도착하면 곧장 벗어서 문지기에게 이렇게 말하시오. '이건 나으리께서 저더러 주라고 한 것인데, 마님께 건네주시오.' 노형은 문지기를 보자마자 반드시 얼른 말해야 하며, 그렇지 않으면 당신을 거지인줄 알고 때릴지도 몰라요. 아아, 근래에 거지들이 너무 많아졌지요. 그들은 일도 하지 않고 공부도 하지 않고 밥만 빌어먹을 줄 알지요. 그래서 나의 문지기는 호되게 두들겨 패는 방법을 빌어 그들에게 교훈을 주어 거지 짓을 하면 사람들에게 두들겨 맞으니 일하고 공부하는 것만 못하다는 것을 알도록 해주지요……."

"출발하려구요? 좋아요, 좋아요! 그러나 절대로 다음을 잊지 말아요. 잘 건네주고 나면 곧장 기어서 떠나야 하며 내 집 안에서 멈춰서는 안돼요. 노형은 벌써 아흐레나 아무것도 먹지 않았으니 만일 어떤 사고라도 난다면 내게 여러 가지 곤란한 일들을 안겨줄 것이고 나는 소중한 많은 시간을 줄여야 하니 사회를 위해 봉사할 수 없게 되지요. 우린 모르는 사이도 아닌데, 노형도 결코 자기 동지에게 여러 가지 곤란한 일을 안겨주고 싶지 않을 것이라고 나는 생각해요. 나의 이 말은 그냥 지나가며 해두는 것일 뿐이오.”

“이제 떠나요! 이제 떠나도 돼요! 원래 나도 인력거 한 대를 불러 노형을 태워보낼 수 있지만 소와 말을 대신해 사람이 사람을 끌게 하는 것을 틀림없이 노형은 찬성하지 않을 거라고 생각해요. 이건 얼마나 비인도적인가요! 난 떠나요. 이제 출발해요. 이렇게 맥빠진 채 있지 말고 기어보세요! 친구여! 나의 동지여, 노형은 빨리 기어보세요, 동쪽으로 말이요!……”

전사와 파리

쇼펜하우어(Schopenhauer)는 이렇게 말한 적이 있다. '사람의 위대함을 평가할 때 정신 면에서의 위대함과 체격 면에서의 위대함은 그 법칙이 완전히 상반된다. 후자는 거리가 멀면 더욱 작아 보이고 전자는 오히려 더욱 커 보인다.'

가까우면 더욱 작아지고 게다가 결점과 상처가 더 잘 보이기 때문에 그는 신도 아니요 요괴도 아니요 이상한 짐승도 아니요 우리와 마찬가지이다. 그는 사람으로서 그저 그럴 뿐이다. 하지만 그저 그렇기 때문에 그는 위대한 사람이다.

전사(戰士)가 전사했을 때 파리들이 먼저 발견하는 것은 그의 결점과 상처 자국이며, 빨고 앵앵거리고 의기양양해 하며 죽은 전사보다 더 영웅인 체한다. 그러나 전사는 이미 전사하여 더 이상 그들을 내쫓지 못한다. 그리하여 파리들은 더욱 앵앵거리며 스스로는 오히려 불후(不朽)의 소리인양 여긴다. 왜냐하면 그들은 전사보다 훨씬 더 완전하기 때문이다.

확실히 그렇다. 누구도 파리들의 결점과 상처를 발견한 적이 없다.

그렇지만 결점을 가진 전사는 어쨌든 전사이고, 완미(完美)한 파리들은 어쨌든 파리에 지나지 않는다.

물러가라, 파리들이여! 비록 날개가 있고 앵앵거릴 수 있지만 절대로 전사를 넘어서지 못할 것이다. 너희 이 벌레들아!

3월 21일

여름의 세 가지 벌레

여름이 가까워졌으니 벼룩, 모기, 파리 이런 세 가지 벌레가 생겨날 것이다.

가령 누군가가 질문하여 세 가지 중에 무얼 가장 좋아하는지 내게 물으면, 그리고 그 중 하나를 좋아하지 않으면 안 된다, 즉 "청년필독서"처럼 백지답안을 제출하면 안 된다고 한다면 나는 곧 벼룩이라 대답하지 않을 수 없다.

벼룩이 와서 피를 빨아먹는 것은 비록 가증스럽지만 소리조차 내지 않고 단숨에 한 입 빨아먹으니 얼마나 시원스럽고 호쾌한가. 모기는 그렇지가 않아서 침으로 피부를 찌르는 것은 그나마 철저한 면이 있다고 할 수 있지만 찌르기 전에 앵앵대며 한바탕 크게 시비를 거는 데야 사람을 질리게 한다. 만일 앵앵거리는 소리가 사람의 피는 마땅히 자기 배를 채워주어야 한다는 이유를 설명하는 것이라면 그건 더욱 질리는 일인데, 다행히 나는 알아듣지 못한다.

야생의 새나 사슴은 일단 사람 손에 잡히면 시시각각 도망갈 궁리를 한다. 사실 산 속에서는 위에 매가 있고 아래에 호랑이, 늑대가 있어 어찌 사람 손에 있는 것보다 더 안전하겠는가. 어째서 애당초 인간들 쪽으로 도망쳐오지 않고, 지금은 오히려 매, 호랑이, 늑대가 있는 곳으로 달아나려 하는가? 어쩌면 매, 호랑이, 늑대가 그들에 대한 것은 바로 벼룩이 우리에 대한 것과 같을 것이다. 배가 고프면 잡아다 한 입에 냉큼 먹어버리고 결코 구실을 대거나 허황한 말을 늘어놓지 않는다. 먹히는 쪽도 먹히기 전에 우선 자기는 먹히는 것이 마땅하다고 승인하고 기쁜 마음으로 받아들이며 딴 맘을 품지 않겠다고 단단히 맹세할 필요도 없다. 인간은, 그러나 역시 앵앵대는 데 자못 뛰어나서 해로운 것 중에 덜한 쪽을 택하여 재빨리 거기서 벗어나려 하는 짓은 정말 더없이 총명하다.

파리는 앵앵대며 한나절이나 시끄럽게 굴다 내려앉아도 기름땀을 조금 핥을 뿐이며, 만일 상처 자국이나 부스럼이 있다면 물론 이득을 좀 볼 것이다. 아무리 훌륭하고 아름답고 깨끗한 것이라 하더라도 언제나 가리지 않고 즐겨 파리똥을 갈겨놓는다. 그러나 다만 기름땀을 좀 핥고 더러움을 좀 더할 뿐이기 때문에 마비된 사람들에겐 사무치는 고통이 없으므로 그걸 그대로 놓아둔다. 중국사람들은 그것이 병균을 전파할 수 있다는 것을 아직 잘 모르고 있어 파리잡기운동이 왕성하게 일어나지 않는 것 같다. 파리의 운명은 장구할 것이고 더욱 번식할 것이다.

그러나 파리는 훌륭하고 아름답고 깨끗한 것 위에 파리똥을 갈겨놓은 뒤에 흐뭇해하며 돌아서서 그것이 불길하다고 조소하는 데까지는 이르지 않은 것 같으니, 아무래도 약간은 도덕이 있다고 할 수 있다.

고금(古今)의 군자는 늘 금수(禽獸)에 대고 사람을 꾸짖는데, 벌레라 하더라도 배울 데가 많다는 것을 모르고 있다.

4월 4일

문득 떠오른 생각

5

나는 좀 너무 일찍 태어나서 강유위(康有爲) 들이 "공거상서(公車上書)"[1]를 할 때 이미 꽤 나이를 먹었었다. 정변이 있은 뒤 집안의 이른바 어른들이 나를 훈계하며 이렇게 말했다. '강유위는 왕위를 찬탈하려는 뜻을 품고 그의 이름을 유위(有爲)라고 한 거야. 유(有)란 "천하를 독차지하다(富有天下)"는 뜻이고, 위(爲)란 "천자와 같은 귀인이 되다(貴爲天子)"는 뜻이지. 반역을 꾸민 게 아니고 무엇이겠니?' 나는 '정말 그렇구나, 가증스럽기도 하지'라고 생각했다.

어른들의 훈계는 내게 이렇게 위력이 있었고, 그래서 나도 독서인 집안의 가정교육을 잘 따랐다. 숨을 죽이고 머리를 숙인 채 조금도 감히 경거망동하지 않았다. 하늘을 보면 오만한 것이어서 두 눈을 내리깔고 황천을 보았으며, 웃으면 방자한 것이어서 얼굴 가득 죽을상을 지었다. 나는 물론 마땅히 그래야 한다고 여겼는데, 그러나 때로는 마음 속으로 약간의 반항심이 생기기도 했다. 마음속 반항은 그때

---

1) "공거상서(公車上書)": 갑오전쟁(1894년, 청일전쟁을 가리킴—역자) 실패 후 청 정부는 1895년에 일본과 「마관조약(馬關條約)」을 체결했다. 당시 강유위는 마침 북경에서 과거시험을 보는 중이었는데, 각성의 거인(擧人) 1300여 명을 결집해 연명으로 광서제(光緖帝)에게 상서를 올려 "조약 거부, 천도(遷都), 변법(變法)"을 요구했다. 역사에서는 이를 "공거상서"라고 한다.

만 해도 그다지 범죄라고 여기지 않았으니, 속마음을 단죄하는 규율이 지금처럼 그렇게 엄하지는 않았던 것 같다.

그러나 이 마음속 반항도 어른들이 잘못 이끌어서 생긴 것이다. 왜냐하면 어른들 자신은 항상 자유로이 크게 말하고 크게 웃으면서 유독 아이들에게는 금지했기 때문이다. 백성들이 진시황의 호사스런 모습을 보았을 때 파괴자 항우는 "그 자리를 빼앗아 대신할 수 있겠구나!"라고 했고, 못난이 유방은 오히려 "대장부라면 마땅히 그래야 하지 않겠는가?"라고 했다. 나는 못난이 축에 든다. 왜냐하면 자유로이 말하고 웃는 그들을 흠모하여 — 물론 이밖에 다른 종류의 원인이 더 있었지만 — 얼른 어른이 되었으면 하고 바랬기 때문이다.

대장부는 마땅히 그래야 하지 않겠는가 하는 것은 나에게 있어서는 고작 더 이상 죽을상을 짓고 싶지 않다는 것일 따름이었고, 그다지 과분한 욕심은 전혀 없었다.

지금은, 기쁘게도 이미 어른이 되었으니 아무리 괴상한 "논리"를 사용하더라도 누구도 이를 부인하지 못할 것이다.

나는 결국 죽을상을 내버리고 마음놓고 말하고 웃기 시작했다. 그런데 뜻하지 않게 즉각 점잖은 사람들로부터 저지를 당했다. 그들을 "실망"시켰다는 것이다. 이전에는 노인들의 세상이었고, 지금은 젊은 이들의 세상이 되었다는 것을 나는 잘 알고 있다. 그러나 세상을 다스리는 사람이 비록 달라졌지만 말하고 웃는 것을 금지하는 것은 역시 동일하다는 것을 미쳐 헤아리지 못했다. 그렇다면, 나는 여전히 죽을상을 하고 살아가야 하며, 그것은 "죽어서야 그만두게 되는" 것이니 어찌 통분하지 않겠는가!

나는 그리하여 또 내가 좀 너무 늦게 태어난 것이 원망스러웠다. 어째서 어른들에겐 그래도 말하고 웃는 것이 허락되었던 20년 전에 태어나지 못했을까? 정말이지 "나는 때를 잘못 타고나서" 마침 저주스러운 시대에 저주스러운 곳에서 살고 있는 것이다.

존 밀은 '전제(專制)가 사람들에게 차가운 비웃음을 자아낸다'라고 말했다. 우리에겐 오히려 천하가 태평하여 차가운 비웃음조차도 없다. 폭군의 전제는 사람들에게 차가운 비웃음을 자아내지만 어리석은 사람의 전제는 사람들에게 죽을상을 자아낸다고 생각한다. 모두가 점점 죽어가고 있는데도 스스로는 도리어 구도덕을 지키는 것이 효과가 있고 그래야 진지하고 살아있는 사람에 점차 가까워진다고 생각한다.

세상에 만약 정말로 살아가고자 하는 사람이 그래도 있다면 우선 감히 말하고 감히 웃고 감히 울고 감히 노하고 감히 욕하고 감히 싸우며 이 저주스러운 곳에서 저주스러운 시대를 물리쳐야 할 것이다!

4월 14일

6

외국의 고고학자들이 줄이어 들어오고 있다.

오래 전부터 중국의 학자들도 벌써 "옛것을 보존하자! 옛것을 보존하자!⋯⋯"라고 입이 닳도록 외치고 있다.

그렇지만 혁신할 수 없는 인종이라면 옛것을 보존할 수도 없다.

그래서, 외국의 고고학자들이 줄이어 들어오고 있는 것이다.

장성(長城)은 오래 전에 폐물이 되었고, 약수(弱水)2)도 이상적인 것

---

2) 중국 고서 중에 약수(弱水)에 관한 신화와 전설은 많다. 『해내십주기(海內十洲記)』
　　에서 곤륜산(昆侖山)에는 "약수"가 있어 "주위를 둘러 흐르는데" 약수는 "기러기

에 불과한 듯하다.3) 늙은 국민은 오로지 딱딱하게 굳은 전통 속에 파묻혀 개혁하지 않으려 하고 쇠락하여 기력이 전혀 없는데도 자기끼리 서로 잔혹하게 죽이려 한다. 결국 바깥의 신예부대가 손쉽게 들어오게 되었으니, 그야말로 "지금뿐만 아니라 예로부터 그러하였다"이다. 그들의 역사를 보면 그야 물론 다 우리만큼 오래되지 않았다.

그러나 우리의 오래됨도 곧 보존하기 어렵다. 왜냐하면 땅이 이미 위험에 빠져 안전하지 않기 때문이다. 땅을 남에게 줘버리면 "국보(國寶)"가 아무리 많다 하더라도 그야말로 진열할 곳이 없을 것이라 나는 생각한다.

그런데 옛것을 보존하려는 사람은 여전히 혁신에 대해 욕설을 퍼부으면서 옛 물건을 애써 보존한답시고 이렇게 한다. 유리판으로 송대 판본을 찍어서 각 부마다 수십 수백 원으로 정가를 매기고, "열반! 열반! 열반!" 불교는 한(漢)나라 때부터 중국에 들어왔으니 고색 창연함이 이보다 더하겠는가 라고 한다. 옛 책과 금석(金石)을 좀 사 모으면 옛것을 연구하는 애국적인 인사가 되고, 대충 고증하고 서둘러 목록을 찍어내면 학자나 명인으로 떠오른다. 그런데 외국인들이 구한 골동품들은 오히려 한결같이 명인들의 고상한 옷소매 속에서 맑은 기풍[淸風, 선비의 기풍을 나타내는 '양수청풍(兩袖淸風)'이라는 성어가 있는데, '청풍(淸風)'은 선비의 맑은 기풍 또는 청렴함을 비유하며, 노신은 여기서 풍자적으로 쓰고 있다─역자]과 함께 흘러나온 것들이다. 만일 그렇지 않았다면 귀안(歸安)의 육씨(陸氏)의 벽송(皕宋),4) 유현(濰縣)의 진씨(陳

털도 뜨지 않아 건널 수 없다"라고 했다.

3) (역주) 만리장성은 원래 외적의 침입을 막기 위해 축조된 것인데, 이미 폐물이 되었으므로 외국의 학자들이 들어오는 것을 막지 못한다는 뜻이다. 또 '약수'는 원래 '건널 수 없는' 것인데도 외국의 학자들이 건너 들어오고 있으니 '약수'도 이상적인 이야기에 지나지 않는다는 뜻이다.

氏)의 열 개의 종(鐘)5)은 자손들이 그래도 대대로 지킬 수 있지 않았을까?

지금, 외국의 고고학자들이 줄이어 들어오고 있다.

그들은 생활에 여유가 있으니 고고학을 하지만, 고고학을 하는 것은 괜찮아도 옛것을 보존하는 자들과 한패거리가 되는 것은 더욱 두렵다. 일부 외국인들은 중국이 영원히 하나의 큰 골동품이 되어 그들에게 감상거리를 제공해주기를 희망하고 있다. 비록 가증스러운 일이지만 그래도 이상하지는 않다. 왜냐하면 그들은 결국 외국인이기 때문이다. 그런데 중국에서는 아니 스스로도 부족하여 젊은이, 어린아이들까지 거느리고 거대한 골동품이 되어 외국인들에게 감상거리를 제공하려는 자가 있으니 어떻게 되먹은 심보인지 정말 모를 일이다.

중국은 경서 읽기가 폐지되었는데, 교회 학교에서는 여전히 썩은 유학자를 선생으로 초빙하여 학생들에게 "사서(四書)"를 읽히고 있지 않은가? 민국은 무릎꿇어 절하는 것을 폐지했는데, 유태 학교6)에서는

---

4) 귀안 육씨 : 육심원(陸心源, 1834~1894)을 가리키며, 자는 강부(剛父), 호는 존재(存齋)이고, 절강(浙江) 귀안[歸安, 지금의 오흥(吳興)] 사람으로 청말 장서가이다. 송대 판본의 책 200종을 소장하고 있었는데, 그래서 그가 책을 보관하던 장소를 벽송루(皕宋樓)라 이름지었다. 그가 죽은 뒤에 이 책들은 모두 그의 아들 육수번(陸樹藩)에 의해 1907년 일본의 암기란실(岩崎蘭室, 靜嘉堂文庫)에 팔렸다.

5) 유현의 진씨 : 진개기(陳介祺, 1813~1884)를 가리키며, 자는 수경(壽卿), 호는 보재(簠齋)이고, 산동(山東) 유현(濰縣) 사람으로 청대 고문물(古文物) 수장가이다. 옛날 악기 종(鐘) 10종을 소장하고 있었는데, 그래서 그의 서재를 십종산방(十鐘山房)이라 이름지었다. 이들 종은 나중에 1917년 일본의 재벌 주우(住友) 집안에 팔렸다.

6) 대자본가인 유태인 하둔(Hardoon, 영국 국적의 유태인 상인으로 1873년에 중국에 왔다—역자)이 1915년 상해에서 설립한 창성명지대학(倉聖明智大學) 및 부속 중·소학교를 가리킨다. 하둔은 청대의 유로(遺老)인 왕국유(王國維)를 교원으로 고용하고 학생들에게 경서를 읽고 옛 예절을 익히게 했다. 매년 3월 28일에 이른바 창힐(倉頡, 한자를 발명했다는 전설상의 인물—역자)의 생일에 학생들이 창힐에게 머리를 조아리며 축수하도록 했다.

기어이 유로(遺老)를 선생으로 초빙하여 학생들에게 머리를 조아리며 축수(祝壽)해야 한다고 하지 않는가? 외국인들이 중국인들에게 보라고 창간한 신문은 5.4운동이래 조그마한 개혁조차 가장 반대하지 않았는가? 그리고 외국의 총주필(總主筆) 밑에 있는 중국의 부하 주필은 도리어 도학(道學)[7]을 숭배하고 국수(國粹)를 보존하려고 한다!

그러나, 여하튼 혁신하지 않으면 생존하는 것도 어려우니 하물며 옛것을 보존하는 것에서랴. 지금의 상황이 철증(鐵證)이 되고 있으니 옛것을 보존하려는 자들의 만언서(萬言書)보다 더욱 설득력이 있다.

목하 우리의 당면한 가장 시급한 일은 첫째 생존하는 것이요, 둘째 따뜻하게 입고 배불리 먹는 것이요, 셋째 발전하는 것이다. 이러한 앞길을 방해하는 자가 있다면 옛것이든 지금의 것이든, 사람이든 귀신이든, 「삼분(三墳)」과 「오전(五典)」[8]이든, 백송(百宋)과 천원(千元)[9]이든, 천구(天球)와 하도(河圖)[10]든, 금인(金人, 금으로 만든 사람 ─ 역자)과 옥불(玉佛, 옥으로 된 부처 ─ 역자)이든, 조상 대대로 전해진 환약과

---

7) 이학(理學)이며, 송대 정호(程顥), 정이(程頤), 주희(朱熹) 등이 유가학설을 해석하여 이룩한 유심주의 사상체계이다. '이(理)'는 우주의 본체이며, 삼강오륜 등 봉건윤리 도덕을 '천리(天理)'라고 했으며 '천리를 보존하고 인욕을 없앤다(存天理, 滅人欲)' 라는 주장을 폈다.

8) 삼황오제 때의 유서(遺書)라고 전해오며, 지금은 고증할 수 없다.

9) 청대 건융(乾隆)·가경(嘉慶) 때의 장서가인 황비열(黃丕烈)과 오건(吳騫)의 장서를 가리킨다. 황비열은 송대 판본의 책 백여 부를 소장하고 있어 그의 서실 이름을 "백송일전(百宋一廛)"이라 했는데, 일백 부의 송대 판본의 책을 놓아 둔 곳이라는 뜻이다. 오건은 원대 판본의 책 천부를 소장하고 있어 그의 서실 이름을 "천원십가(千元十駕)"라고 했는데, 원대 판본의 책 천부는 송대 판본의 책 백부에 필적한다는 뜻으로 둔한 말이 끄는 열 대의 수레가 훌륭한 말이 끄는 한 대의 수레에 필적하는 것과 같다는 것이다.

10) 천구(天球)는 전설에 따르면, 옛날 옹주[雍州, 지금의 섬서성(陝西省)·감숙성(甘肅省) 일대]에서 생산되던 아름다운 옥이다. 하도(河圖)는 전설에 따르면, 복희(伏羲) 때에 용마(龍馬)가 황하에서 지고 나온 그림이다.

가루약이든, 비법으로 만든 고약과 단약이든 모조리 짓밟아버려야
한다.

옛것을 보존하려는 자들은 아무래도 고서를 읽었을 터이니 "임회
(林回)가 천금의 구슬을 버리고 갓난아기를 업고서 달아난"[11] 일을
두고 금수의 행위라고 말하지 못할 것이다. 그렇다면 갓난아기를 버
리고 천금의 구슬을 껴안는 것은 무엇인가?

4월 18일

---

11) 이 말은 『장자·산수(莊子·山水)』에 나온다. "임회(林回)가 천금의 구슬을 버리고
    갓난아기를 업고 달아났습니다. 어떤 이가 물었습니다. '값으로 말하면 갓난아기의
    값이 부족합니다! 거추장스러운 것으로 말하면 갓난아기가 훨씬 더 거추장스럽습
    니다. 천금의 구슬을 버리고 갓난아기를 업고 달아난 것은 무엇 때문입니까?' 임회
    가 말했습니다. '구슬이란 이익으로써 맺어진 것이고, 갓난아기는 하늘에 의해 맺
    어진 것이오.'"

잡감

　사람들은 눈물이 있어 동물보다 진화하였지만, 이 눈물이 있다는 것 때문에 진화하지 않은 것이다. 이는 마치 맹장만 남아 있어 조류보다 진화하였지만 어쨌든 맹장은 그대로 있어 결국 진화했다고 볼 수 없는 것과 마찬가지이다. 이들은 전부 쓸모 없는 군더더기일 뿐 아니라 사람들에게 의미 없는 죽음을 부르기도 한다.

　지금의 사람들은 여전히 서로 눈물을 주고받고 있으며, 게다가 이를 최고의 선물로 여기고 있다. 왜냐하면 그에게는 눈물 이외에 아무것도 가진 게 없기 때문이다. 눈물이 없는 사람들은 서로 피를 주고받지만 누구나 다른 사람들의 피를 거절한다.

　사람은 대체로 사랑하는 사람이 눈물 흘리는 것을 바라지 않는다. 그러나 임종 때 사랑하는 사람이 자기를 위해 눈물 흘리는 것도 바라지 않을 수 있을까? 눈물이 없는 사람이라면 어느 때이든 사랑하는 사람이 눈물 흘리는 것을 바라지 않으며, 또한 피조차도 원하지 않는다. 그는 자기를 위한 그 어떤 울음이나 멸망도 거절한다.

　사람은 만인이 보는 앞에서 죽임을 당하는 것을 "사람도 귀신도 모르는" 곳에서 죽임을 당하는 것보다 더 기뻐한다. 왜냐하면 관중 속의 누군가로부터 눈물을 자아낼 수 있다고 망상할 수 있기 때문이다. 그러나 눈물이 없는 사람에게는 어느 곳에서 죽임을 당하든 결코 다를 바가 없다.

눈물이 없는 사람을 죽이면 틀림없이 피조차 볼 수 없을 것이다. 사랑하는 사람은 그의 피살의 참혹함을 느끼지 못하고 원수도 결국 그를 살해한 즐거움을 얻지 못할 것이다. 이것이 그의 보은이요 복수이다.

적의 날카로운 칼날에 죽는 것은 비통하다고 할 수 없다. 어디서 온 것인지 알 수 없는 암살무기(暗器)에 의해 죽는 것이 오히려 비통하다. 그러나 가장 비통한 것은 자애로운 어머니 또는 사랑하는 사람이 잘못 넣은 독약, 전우가 난사한 유탄, 전혀 악의 없는 병균의 침입, 내 자신이 제정한 것이 아닌 사형(死刑)에 의해 죽는 것이다.

옛날을 앙모하는 자는 옛날로 돌아가라! 세상을 벗어나려는 자는 얼른 세상을 벗어나라! 하늘로 오르려는 자는 얼른 하늘로 올라가라! 영혼이 육체를 떠나려는 자는 서둘러 떠나라! 현재의 지상에는 반드시 현재에 집착하고 지상에 집착하는 사람들이 살아야 한다.

그러나 현세를 혐오하는 사람들이 살고 있다. 이들은 다 현세의 원수이며, 그들이 하루라도 더 존재하면 현세는 하루라도 더 구제 받을 수 없다.

이전에도 현세에 살기를 바랬으나 그럴 수 없었던 사람들이 있었다. 그들은 침묵했고 신음했고 탄식했고 흐느껴 울었고 애걸하기도 했다. 그러나 현세에 살기를 여전히 바라지만 그럴 수 없는 것은 분노를 망각했기 때문이다.

용감한 자는 분노하면 칼날을 뽑아 더 강한 자에게 겨눈다. 비겁한 자는 오히려 칼날을 뽑아 더 약한 자에게 겨눈다. 구제할 수 없는 민족 중에는 틀림없이 아이들에게만 눈을 부라리는 영웅들이 많을 것이다. 이 비겁쟁이들!

아이들은 눈 부라림 속에서 자라나서 또 다른 아이들에게 눈을 부라리고, 더구나 자기들은 일생 동안 분노 속에서 보낸다고 생각한다. 분노가 겨우 이와 같을 뿐이므로 그들은 일생 동안 분노한다 — 그리고 또 2세, 3세, 4세, 심지어 말세에 이르기까지 분노한다.

밥, 이성(異性), 나라, 민족, 인류 등등 무엇을 사랑하든지 오직 독사처럼 감겨들고 원귀처럼 집요하고 24시간 그칠 줄 모르는 사람만이 희망이 있다. 그러나 피로를 느낄 때면 좀 쉬어도 무방하다. 그러나 쉬고 나서는 다시 한번 해야 하고 나아가 두 번, 세 번 해야 한다…… 혈서, 규정, 청원, 강연, 울기, 전보, 회의, 만련(挽聯, 죽은 사람을 애도하기 위한 대련─역자), 연설, 신경쇠약 등 일체가 소용없다.

혈서로 벌 수 있는 것은 무엇인가? 단지 혈서 한 장으로 그만이며, 게다가 보기에 아름답지도 않다. 신경쇠약이라면 사실 자기에게 생긴 병이니 더 이상 보배로 여기지 말아야 한다. 나의 경애하고도 지겨운 친구여!

우리는 신음하고 탄식하고 흐느껴 울고 애걸하는 소리가 들려와도 놀랄 것까지는 없다. 잔혹한 침묵을 보았을 때 유의해야 한다. 독사처럼 무언가 시체더미 사이를 기어다니고 원귀처럼 무언가 암흑 속을 내달리는 것을 보았을 때 더욱 유의해야 한다. 이것은 "진짜 분노"가 다가올 것임을 예고하는 것이다. 그때에는 옛날을 앙모하는 자는 옛날로 돌아가야 하고, 세상을 벗어나려는 자는 세상을 벗어나야 하고, 하늘로 오르려는 자는 하늘로 올라가야 하고, 영혼이 육체를 떠나려는 자는 떠나야 한다!……

5월 5일

북경 통신

온유(蘊儒), 배량(培良) 두 형에게

　어제 『예보(豫報)』 2부를 받고 대단히 기뻤으며, 특히 그 『부간(副刊)』을 보고서 더욱 기뻤습니다. 왜냐하면 그 생기 발랄함은 실로 내가 이전에 예상한 것 이상이었기 때문입니다. 생각해보세요. 아주 오랜 역사를 가진 중주(中州)[1]로부터 청년들의 목소리가 전해져 마치 이 오래된 나라가 부활할 것임을 예고하는 듯하니 이 얼마나 기쁜 일입니까?

　만일 나에게 그런 힘이 있다면 나는 당연히 하남(河南)의 청년들에게 무언가 기여하기를 대단히 바라고 있습니다. 그러나 불행하게도 나는 힘이 마음을 따라가지 못하고 있습니다. 왜냐하면 나 자신도 기로에 ― 혹은 좀더 희망을 가지고 말하면 네거리에 ― 서 있기 때문입니다. 기로에 서 있으면 발을 내딛기가 거의 어려울 것이며, 네거리에 서 있으면 갈 수 있는 길이 너무 많습니다. 나 자신은 아무것도 두렵지 않습니다. 생명은 나 자신의 것이니까 나는 큰 걸음으로 스스로 걸어갈 만하다고 생각하는 길을 걸어가도 무방합니다. 설령 앞에 심연이 있고, 가시밭길이 있고, 협곡이 있고, 불구덩이가 있어도 내

---

[1] 상고시대 중국은 구주(九州)로 나누었는데, 하남(河南)은 고대 예주(豫州) 지방으로서 구주의 중앙에 위치하고 있어 중주(中州)라고 불렀다.

스스로 짊어지면 됩니다. 그렇지만 청년들에게 말하는 것은 어렵습니다. 만일 맹인이 눈먼 말을 타는 격으로 위험한 길로 인도한다면 나는 틀림없이 여러 사람의 목숨을 모살한 죄를 짓게 될 것입니다.

그래서, 나는 끝내 여전히 청년들에게 내가 가는 길을 함께 가자고 권하고 싶지 않습니다. 우리는 나이와 처지가 서로 다르고, 사상의 귀착점도 아마 일치할 수 없겠지요. 그러나 만일 나에게 청년들이 반드시 어떤 목표를 향해야 하는가를 꼭 묻는다면 나는 다른 사람을 위해 스스로 마련해놓은 이런 말을 해줄 수 있을 뿐입니다. 첫째 생존하는 것이요, 둘째 따뜻하게 입고 배불리 먹는 것이요, 셋째 발전하는 것입니다 라고. 감히 이 세 가지를 방해하는 자가 있으면 누구라도 우리는 그에게 반항하고 그를 잡아 없애야 합니다!

그러나 오해를 사지 않도록 몇 마디 더 첨언해야겠습니다. 즉 내가 말한 이른바 생존이란 결코 구차한 생활이 아니며, 이른바 따뜻하게 입고 배불리 먹는다는 것은 결코 사치가 아니며, 이른바 발전도 방종이 아닙니다.

중국은 예로부터 줄곧 생존을 가장 중시해왔습니다. "명을 아는 자는 바위 담 아래에 서 있지 않는다"2)느니, "귀한 집 자식은 앉아도 마루 끝에 앉지 않는다"3)느니, "신체발부는 부모로부터 받았으므로 감히 훼손해서는 안 된다"4)느니 하였습니다. 심지어 어떤 부모는 아들이 아편을 피우기를 바라는 사람도 있는데, 아편을 피우면 그가 바깥에 나가 가산을 탕진할 걱정이 없다는 것입니다. 그러나 이런 부류

---

2) 이 말은 『맹자·진심상(孟子·盡心上)』에 나온다.

3) 이 말은 『사기·원앙전(史記·袁盎傳)』에 나온다. (역주) 기와가 떨어져 다칠 수 있기 때문이다.

4) 이 말은 『효경·개종명의장(孝經·開宗明義章)』에 나온다.

의 사람들은 가업도 결코 오래 보존할 수 없습니다. 왜냐하면 그것은 구차한 생활이기 때문입니다. 구차한 생활은 살아갈 수 없는 첫 단계이며, 그래서 결과적으로 그는 살아갈 수 없게 됩니다. 생존을 도모하지만 너무 비겁하면 종국에는 죽음에 이르게 됩니다. 중국의 옛 교훈 중에는 사람들에게 구차한 생활을 가르치는 격언이 이처럼 많았으면서도 중국인들은 오히려 더 많이 죽었고 외족들도 오히려 더 많이 침입했으니 결과는 정반대가 되었습니다. 우리는 옛 교훈을 폐기해야 하며, 그것은 잠시도 늦출 수 없다는 것을 알 수 있습니다. 이는 실로 어쩔 수 없는 일입니다. 왜냐하면 우리는 생존해야 하며 또한 구차한 생활이 되어서는 안되기 때문입니다.

중국인들은 비록 여러 가지 구차하게 살아갈 수 있는 이상향을 생각했습니다만 애석하게도 끝내 실현하지 못했습니다. 그러나 나는 그들을 위해 발견한 것이 하나 있는데, 당신들도 아마 알고 있는 것이겠지만 바로 북경의 제1감옥입니다. 이 감옥은 선무문(宣武門) 밖의 공터에 있어 이웃집에 화재가 나도 두렵지 않습니다. 매일 두 끼를 주니 얼거나 굶주릴 염려도 없고, 규칙적인 생활을 하므로 몸이 상할 리도 없고, 구조가 튼튼하여 무너질 리도 없고 간수들이 지키고 있어 더 이상 죄를 범할 리도 없고, 강도가 들어와 약탈할 리도 없습니다. 그 속에 있으면 얼마나 안전한지 진정으로 "귀한 집 아들은 앉아도 마루 끝에 앉지 않는다"는 격입니다. 그러나 부족한 것이 하나 있는데, 그것은 자유입니다.

옛 교훈이 가르치는 바는 바로 이런 생활법인데, 사람들을 꼼짝하지 못하게 합니다. 꼼짝하지 않으면 실수가 당연히 비교적 적을 것입니다. 그러나 살아있지 않은 바위나 흙모래는 실수가 더 적은 게 아닙니까? 인류는 향상하기 위해, 즉 발전하기 위해 반드시 활동해야 하며, 활동하다보면 다소 실수가 있겠지만 대수롭지 않다고 생각합니다. 다만 반은 죽고 반은 살아 있는 구차한 생활은 전반적으로 잘못된 것입니다. 왜냐하면 생활이라는 간판을 내걸고 있지만 사실은 오히려 사람을 죽음의 길로 이끌기 때문입니다.

우리는 반드시 청년들을 감옥으로부터 끌어내어야 한다고 생각합니다. 당연히 도중에 위험이 있겠지만 이는 살길을 찾는 데 우연히 만나는 위험이며 피할 수 없는 것입니다. 피하려고 하면 반드시 옛사람들이 희구했던 제1감옥식 생활을 겪어야 합니다. 그러나 진짜 제1감옥에 있는 죄수는 바깥이 감옥 안보다 결코 안전하지 않다 하더라도 모두 하루빨리 석방되려고 합니다.

북경은 따뜻해졌습니다. 우리 집 뜰에는 라일락이 몇 그루 심어져 있고, 살아 있습니다. 유엽매(楡葉梅)도 두 그루 있는데, 지금까지 싹을 틔우지 않고 있으니 살아있는지 그렇지 않은지 모르겠습니다.

어제 작은 소동5)이 일어나서 여러 학생들이 맞아 다쳤습니다. 죽은 사람도 있다고 들었는데, 확실한지 모르겠습니다. 사실 그들이 회의를 개최하도록 그냥 내버려두었다면 결과는 회의를 개최한 것에

---

5) 북경의 학생들이 국치(國恥)를 기념하기 위한 집회를 가졌는데, 이에 대한 탄압 사건을 가리킨다. 1925년 5월 7일 북경의 각 학교 학생들은 국치(1915년 5월 7일 일본제국주의가 원세개(袁世凱)에 최후통첩을 제출하여 "21개조"의 승인을 요구한 것)를 기념하고 손중산(孫中山)을 애도하기 위해 천안문에서 집회를 거행하기로 했다. 그러나 사전에 북양정부(北洋政府) 교육부는 이미 각 학교에 훈령을 내려 휴학을 하지 못하도록 했다. 당일 오전 경찰청에서 각 학교로 순경을 파견해 앞뒤문을 경비하고 학생들이 바깥으로 나가지 못하도록 했다. 그래서 각 학교 학생들은 교문에 이르자마자 순경에게 저지당하기도 했고, 천안문 일대에서 무장경찰과 보안대의 기병대에게 구타를 당해 많이 다치기도 했다. 오후에는 신무문(神武門)에서 회의를 개최했고, 회의가 끝난 다음 열을 지어 위가 골목(魏家胡同)에 있는 교육총장 장사조(章士釗)의 저택으로 가서 학생들의 애국운동을 탄압하는 이유를 따졌으며, 다시 순경들과 충돌해 18명이 체포되었다.

지나지 않았을 것입니다만, 심한 압박을 가했기 때문에 마침내 회의
를 개최하는 것 이상의 사건이 발생했습니다. 러시아의 혁명이 바로
이러한 경로로 출발한 것 아닙니까?

  밤이 깊었으니 여기서 붓을 놓고 나중에 다시 이야기를 나누도록
하지요.

노신. 5월 8일 밤

스승

　근래에 청년이라는 말이 널리 유행하고 있어 입을 열어도 청년, 입을 닫아도 청년이라 한다. 그러나 청년이라 하더라도 어찌 일률적으로 논할 수 있겠는가? 깨어 있는 사람도 있고, 잠자고 있는 사람도 있고, 흐리멍덩한 사람도 있고, 누워있는 사람도 있고, 놀고 있는 사람도 있으며 이외에도 많다. 그러나, 전진하려는 사람도 물론 있다.

　전진하려는 청년들은 대체로 스승을 구하고 싶어한다. 그렇지만 감히 말하건대, 그들은 앞으로 영원히 구할 수 없을 것이다. 구할 수 없는 것이 오히려 다행이다. 자기를 아는 사람은 불민하다고 사양하는데, 스스로 자부하는 사람은 과연 정말 길을 알고 있는가? 대개 스스로 길을 안다고 여기는 사람은 아무래도 "이립(而立)"의 나이를 넘겼을 것이므로 어지간히 회색적이고 어지간히 늙은 티를 내며 원만할 뿐인데도 스스로는 오히려 길을 안다고 잘못 생각하고 있다. 가령 정말 길을 안다면 스스로가 벌써 자신의 목표를 향해 나아갔을 테니 어찌 스승노릇이나 하고 있겠는가. 불법(佛法)을 말하는 스님, 선약(仙藥)을 파는 도사는 장차 모두 백골(白骨)과 "한 무리가 될"(결국 죽는다는 뜻-역자) 것인데, 사람들은 지금 오히려 성불할 대법을 듣고 승천할 정통비법을 구하려 하니 어찌 가소롭지 않겠는가!

　하지만 나는 결코 감히 이들을 모조리 말살하려는 것은 아니다. 그들과 편한 대로 이야기를 나누어도 괜찮다. 말하는 사람도 말할 수 있는 데 지나지 않고, 붓을 놀리는 사람도 붓을 놀릴 수 있는 데 지나지 않는다. 다른 사람이 만약 그에게 권법을 하기 바란다면 이는 잘못이다. 그가 만약 권법을 할 수 있다면 벌써 권법을 했을 것이다. 그러나 그때엔 다른 사람은 또다시 그에게 공중제비 돌기를 바랄 것이다.

일부 청년들도 깨달은 듯한데, 『경보부간』에서 청년필독서를 널리 구했을 때 어떤 이가 불평을 털어놓으며 결국에는 '자기밖에 믿을 수 없다'고 말했던 기억이 난다. 나는 지금 뻔뻔하게 한 구절을 바꾸어 비록 살풍경하겠지만 '자기도 꼭 믿을 게 못된다'라고 말하고 싶다.

우리는 모두 기억력이 그다지 좋지 않다. 이것도 이상할 것이 없다. 인생에서 고통스러운 일은 대단히 많으며, 중국에서는 더욱 그러하다. 기억력이 좋은 사람은 대개 무거운 고통에 짓눌려 죽을 것이다. 기억력이 나쁜 사람만이 생존에 적합하고, 또 유쾌하게 살아갈 수 있다. 그러나 우리는 결국 약간의 기억을 가지고 있어서 "오늘이 옳고 어제가 그르다" 어쩌구, "겉과 속이 다르다" 어쩌구, "오늘의 내가 어제의 나와 싸운다" 어쩌구 하고 회상한다. 우리는 굶주려 죽게 되었을 때 아무도 없는 곳에서 남의 밥을 발견했다든지, 가난하여 죽게 되었을 때 아무도 없는 곳에서 남의 돈을 발견했다든지, 성욕이 왕성한 때에 이성(異性), 그것도 매우 아름다운 이성을 만났다든지 하는 경험이 아직 없다. 큰소리로 너무 일찍 떠들어대서는 안 된다고 생각한다. 그렇지 않으면, 기억력이 있는 한 나중에 돌이켜 생각했을 때 얼굴이 붉어질 것이다.

어쩌면 그래도 스스로가 그다지 믿을 게 못된다는 것을 알고 있는 사람이 오히려 다소나마 믿을 수 있을지 모르겠다.

청년들은 또 어째서 하필 황금글씨의 간판을 내걸고 있는 스승을 찾는단 말인가? 친구를 찾아서 연합하여 함께 생존할 수 있을 것 같은 방향으로 나아가는 것이 나을 것이다. 그대들은 왕성한 생명력을 가지고 있으니 깊은 숲을 만나도 평지로 일굴 수 있고, 광야를 만나도 나무를 심어 재배할 수 있고, 사막을 만나도 우물과 샘을 팔 수 있다. 가시덤불이 꽉 들어찬 낡은 길을 물어 무얼 하겠으며, 암담한 빌어먹을 스승을 구해 무얼 하겠는가!

5월 11일

장성

위대한 장성(長城, 만리장성-역자)이여!

이 공사는 비록 지도에는 작은 그림으로 나타나 있으나 세상에서 조금의 지식이라도 있는 사람이라면 대개 다 알고 있을 것이다.

사실 그동안 수많은 사람들이 부역으로 헛되이 죽었을 뿐이지 오랑캐를 언제 막을 수 있었던가. 지금은 일종의 고적(古迹)에 지나지 않지만 한동안 소멸되지 않을 것이며, 어쩌면 그것을 보존하려고 할지도 모른다.

나는 늘 주위에 장성이 둘러싸고 있다는 느낌이 든다. 이 장성의 구성재료는 예전부터 있던 옛 벽돌과 보수할 때 보탠 새 벽돌이다. 이 두 가지가 하나로 결합하여 성벽을 만들어 사람을 포위하고 있다.

어느 때에야 장성에 새 벽돌을 보태지 않을까?

이 위대하고 저주스런 장성이여!

5월 11일

문득 떠오른 생각

7

아마 신문배달부가 너무 바빠서겠지만 어제 신문이 오지 않았고, 오늘에야 함께 보내왔다. 그런데 이상하게도 제1면에 작게 두 군데가 오려져나가 있었다. 다행히도 부간(副刊)은 멀쩡했다. 그 윗면에 무자군(武者君)의 「온순함(溫良)」[1]이라는 글이 있어 읽어보니 지난 일이 기억났다. 확실히 사탕발린 독 가시를 나의 학생들에게 선사했다는 것이 기억났다. 지금 무자군도 대도(大道)에서 두 가지, 즉 흉악한 짐승과 양을 발견했던 것이다. 그러나 이는 일부분을 발견한 것에 지나지 않는다고 생각한다. 왜냐하면 대도에 있는 것이 그렇게 간단하지만은 않아서 한 마디 더 추가하여 흉악한 짐승 같은 양, 양 같은

---

1) 무자군(武者君)의 「온순함(溫良)」: 1925년 5월 9일 『경보부간』에 발표되었다. 여기에는 이런 말이 있다. "노신 선생은 일찍이 교실에서 우리의 온순함을 지적했는데, 이렇게 겉으로 꿀이 발린 것 같은 형용사를 우리는 당연히 안심하며 받아들일 수 있고, 더욱이 단맛을 맛볼 수도 있을 것이다." "그렇지만 갑자기 의외의 일이 벌어졌다.…… 나의 마음은 가시에 찔린 상처를 입었던 것이다." "나의 상상 속에서 그 사랑스런 온순한 용모가 점점 모호해지고 겉으로 포장된 그 꿀도 이미 녹아버렸으며, 그 속에 들어 있는 독약을 치명적으로 맛보았다!" 또 이런 말이 있다. "도중에 나는 오고가는 이 오래된 나라의 인민을 맞이하고 보내면서 그들의 얼굴, 복식, 동작 및 그들의 모든 것들로부터 나는 두 가지, 즉 흉악한 짐승과 양, 짓밟는 자와 노예를 발견했다."

흉악한 짐승이라 해야 하기 때문이다.

그들은 양이면서 동시에 흉악한 짐승이다. 다만 자기보다 더 흉악한 짐승을 만나면 곧 양의 모양을 하고 자기보다 더 약한 양을 만나면 곧 흉악한 짐승 모양을 한다. 때문에 무자군은 두 가지 종류라고 잘못 생각한 것이다.

나는 또 이런 일이 기억난다. 제1차 5.4운동 이후 군경들은 아주 겸손하게 총개머리만 사용하여 저 손에 촌철(寸鐵)도 없는 교원과 학생들을 난타했는데, 철기병대가 모판 위를 내달리듯 위세가 등등했다. 학생들은 놀라 소리지르며 피해 달아났는데, 마치 호랑이 늑대를 만난 양떼 같았다. 그러나 학생들이 큰 무리를 지어 그들의 적을 습격할 때, 적은 어린애를 만나도 밀쳐 여러 번 쓰러뜨리려 하지 않았던가? 학교에서는 적의 아들까지도 욕을 퍼부어 집으로 달아나지 않을 수 없게 하지 않았던가? 이는 고대 폭군이 족을 멸하려던 생각과 무엇이 다른가!

또 이런 일이 기억난다. 중국의 여자는 어찌나 압제를 당하였던지 때때로 그야말로 양보다도 못한 존재였다. 지금은 서양오랑캐의 학설 덕택에 다소 해방된 것 같다. 그러나 그녀(북경여사대에 새로 부임한 교장 양음유를 가리킴—역자)는 위풍을 떨만한, 교장과 같은 지위를 얻자마자 "옷소매를 걷어붙이고 손바닥을 비비는" 부랑배 같은 남자들을 고용해서 무력이라고는 전혀 없는 같은 여자 학생들을 위협하지 않았던가? 바깥에 또 다른 학생시위가 있는 틈을 타서 개 여우 무리와 함께 여세를 몰아 사사로이 자기 마음에 들지 않는 학생들을 퇴학시키지 않았던가? "남존여비"의 사회에서 성장한 몇몇 남자들은 이 때 오히려 밥벌이의 화신인 이성(異性) 앞에서 꼬리를 흔들면서 그야말로 양보다 못하였다. 양은 진실로 나약하지만, 그래도 이 정도에까지 이르지 않는다는 것을 나는 감히 나의 경애하는 양들에게 보증한다!

그러나, 황금세계가 도래하기 이전에 사람들은 아마 이런 두 가지 성질을 동시에 품고 있을 것이다. 단지 그것을 발견했을 때의 정황이 어떠한지를 보면 용감한 것인지 비겁한 것인지 구별이 아주 뚜렷해질 것이다. 애석하게도 중국인들은 다만 양에 대해서는 흉악한 짐승의 얼굴을 드러내고 흉악한 짐승에 대해서는 양의 얼굴을 드러낸다. 그래서 설령 흉악한 짐승의 얼굴을 드러내고 있다 하더라도 여전히 비겁한 국민인 것이다. 이렇게 나가다가는 틀림없이 끝장나고 말 것이다.

생각건대, 중국을 구하려면 어떤 다른 것을 보탤 필요 없이 다만 청년들이 이러한 두 가지 성질의 예부터 전해져오는 사용법을 뒤집어 사용하면 충분하다. 상대가 흉악한 짐승처럼 나올 때는 흉악한 짐승처럼 되고, 상대가 양처럼 나올 때는 양 같으면 된다!

그렇게 되면, 어떤 마귀라도 모두 자신의 지옥으로 돌아가지 않을 수 없을 것이다.

5월 10일

8

5월 12일자 『경보(京報)』의 "현미경"[2] 난에 이런 단락이 있었다.

---

2) "현미경" : 당시 『경보(京報)』의 한 고정 칼럼이며, 가볍고 짧은 글을 게재했다.

"모 학구(學究, 학문에만 몰두하여 세상물정에 어두운 사람 - 역자)가 결국 모 신문에 실린 교육총장 '장사정(章士釘)의 5·7상신서[3]를 보고 정색하며 이렇게 말했다. '이름자가 이렇게 괴벽하여 성인의 무리는 아니니 어찌 우리들을 위해 고문(古文)의 도를 지키는 사람이 될 수 있겠는가!'"

이 때문에 백화문에서뿐만 아니라 문언문에서조차 거의 사용하지 않는 중국의 몇 글자가 생각났다. 그 중의 하나가 "정(釘)"으로 잘못 인쇄된 "조(釗)"자이고, 또 다른 하나가 "감(淦)"자인데, 이들은 대개 사람 이름에만 남아 있을 뿐이다. 내 손에 『설문해자(說文解字)』가 없고 조(釗)자의 해석은 전혀 기억하지 못하지만, 감(淦)자는 배 밑바닥에 물이 새다라는 뜻인 듯하다. 오늘날 우리가 배에 물이 새다라고 서술할 때 아무리 예스럽고 심오한 문장을 사용하더라도 대개는 "감의(淦矣)"라고 말하지는 않을 것이다. 그래서 장국감(張國淦), 손가감(孫嘉淦) 또는 신감현(新淦縣)의 뉴스를 인쇄하는 것 이외에 이 활자는 완전히 폐물이다.

"조(釗)"의 경우 "정(釘)"으로 바꾸어 놓아도 가벼운 웃음거리에 지나지 않는다. 듣자하니 결국 누군가가 이 때문에 해를 입었다고 한다. 조곤(曹錕)[4]이 총통을 하던 시대(그때는 이렇게 쓰면 죄를 짓는 것이

---

3) 5·7상신서 : 1925년 5월 7일 북경의 학생들이 '5·7'국치를 기념하다가 진압을 당한 후 열을 지어 장사조(章士釗)의 저택으로 가서 문책했고, 순경과 충돌이 일어났다. "5·7상신서"는 바로 장사조가 이 사건을 단기서(段祺瑞)에게 올린 상신서를 가리킨다.

4) 조곤(曹錕, 1862~1938) : 자는 중산(仲珊)이고 천진(天津) 사람이며, 북양군벌 직계(直系)의 우두머리 중의 한사람이다. 1923년 10월 그는 국회의원을 매수해 뇌물로써 중화민국총통에 선임되어 1924년 11월까지 있었는데, 봉계(奉系) 군벌 장작림(張作霖)과의 전쟁에서 패한 뒤 강제로 자리에서 쫓겨났다.

었음)에 이대조(李大釗)5) 선생을 처벌하려고 국무회의 석상에서 한 각료가 이렇게 말했다. "그의 이름자를 보면 본분을 지키는 사람이 아님을 알 수 있다. 하고많은 이름 가운데 굳이 이대검(李大劍, '釗'를 잘못 읽어 '劍'이라 하였음. 대검은 큰칼이라는 뜻-역자)이라 하였을까?!" 그리하여 처벌이 확정되었는데, 왜냐하면 이 "대검(大劍)" 선생은 이미 이름자로써 스스로 "대도왕오(大刀王五)"6)와 같은 부류의 사람임을 실증한 것이기 때문이다.

내가 N의 학당7)에서 학생으로 공부하고 있을 때 역시 이 "조(釗)"자 때문에 몇 차례 곤욕을 치렀는데, 물론 내 스스로 "본분을 지키지" 않았기 때문이다. 새 직원 한 사람이 학교에 왔고, 그는 대단히 기세가 당당하고 학자 같았으며 매우 뻣뻣했다. 애석하게도 그는 불행히 "심조(沈釗)"라는 한 학생을 만나자 곧 재수 없는 일을 당했다. 왜냐하면 그는 그 학생을 "심균(沈鈞)"으로 불러서 자신이 글자를 모른다는 것이 밖으로 드러났기 때문이다. 그리하여 우리는 그를 만나

---

5) 이대조(李大釗, 1889~1927) : 자는 수상(守常)이고, 하북(河北) 낙정(樂亭) 사람이다. 마르크스레닌주의를 중국에 최초로 전파한 사람이며, 중국공산당 창시자 중의 한 사람이다. 북경대학 교수 겸 도서관 주임을 역임했고, 『신청년(新靑年)』 잡지의 편집인이었다. 그는 적극적으로 5.4운동을 이끌었다. 손중산을 도와 "연아(聯俄), 연공(聯共), 부조농공(扶助農工)"의 3대 정책을 확정하고 국민당을 개조하는 일에 중요한 역할을 했다. 그는 공산당을 창당한 후 줄곧 북방구의 당의 일을 책임지고 북양군벌을 반대하는 투쟁을 이끌었다. 이 때문에 권력을 장악한 직계(直系) 군벌 조곤(曹錕), 오패부(吳佩孚)의 압박을 받았다. 1926년 12월 봉계(奉系) 군벌 장작림(張作霖)이 북경에 들어와 그에 대한 지명수배를 명했고, 이듬해 4월 6일에 체포되어 28일에 살해당했다.

6) "대도왕오(大刀王五)" : 왕자빈(王子斌)이며, 청말의 유명한 표객[鏢客, 옛날 중국에서 운송업을 담당하던 표국(鏢局)에 고용되어 호송임무를 맡았음-역자]이다.

7) N의 학당 : N은 남경(南京)을 가리킨다. 작자는 1898년 여름에서 1902년 초까지 남경의 강남수사학당(江南水師學堂)과 강남육사학당(江南陸師學堂) 부설의 광무철로학당(礦務鐵路學堂)에서 공부했다.

기만 하면 비웃으면서 "심균"이라 불렀으며, 비웃는 데 그치지 않고 욕까지 했다. 이틀 사이에 나와 10여 명의 친구들은 번갈아 작은 경고 두 차례, 큰 경고 두 차례를 받았으며, 한번 더 작은 경고를 받으면 퇴학시키겠다는 것이었다. 당시 우리 학교에서는 퇴학이 결코 대단한 사건은 아니었으니 교실에서도 군명령이 있으면 학생을 죽일 수도 있었던 것이다. 그런 곳에서 교장을 한다는 것이 얼마나 위엄이 있는가 — 다만 그 당시의 명칭은 "총판(總辦)"이라고 불렀으며, 자격은 또 반드시 후보도(候補道)[8]여야 했다.

가령 그때에도 지금처럼 고압적인 수단만을 사용했다면 우리는 아마 벌써 "처형당했을" 것이며, 나도 "문득 떠오른 생각" 따위가 있을 수 없었을 것이다. 어찌된 영문인지 나는 근래에 "옛날을 그리워하는" 경향이 많아졌는데, 이번만 하더라도 글자 하나 때문에 유로(遺老) 같은 "옛날을 추억하는" 어조를 드러내게 되었다.

5월 13일

9

기억컨대, 누군가는 말하길 회상이 많은 사람은 미래가 밝지 못하니 그는 이전 일에 미련을 두고 있어 용맹한 진취성을 기대하기 어렵기 때문이라고 했다. 그러나 누군가는 말하길 회상은 가장 즐거운

---

8) 후보도(候補道) : 후보 도원(道員)을 가리킨다. 도원은 청대 관직이며, 성(省) 이하 부주(府州) 이상의 행정구역 직무를 총관(總管)하는 도원과 한 성의 특정 직무를 전관(專管)하는 도원으로 나뉜다. 또 청대 관제에서 직함만 있고 실제 직무가 없는 중하급 관원은 이부(吏部)의 추첨으로 어느 부서나 어느 성에 각각 파견되어 임용을 기다리는데 이를 후보(候補)라 불렀다.

일이라고 했다. 전자의 말은 누가 했는지 잊어버렸고, 후자의 말은 아마 에이 프랑스(A. France)[9]가 했을 것이다―모두 그에게서 따온 말이다. 그러나 그들의 말은 다 일리가 있어 정리하고 연구하려면 틀림없이 많은 시간을 들여야 할 것이다. 하지만 이 일은 모두 학자들이 하도록 놓아두고 나는 이러한 고상한 사업에는 뛰어들고 싶지 않으며, 두려운 것은 결과가 나오기도 전에 벌써 "천수를 다 누리고 집안에서 죽게 된다"는 점이다(정말 천수를 다 누리는지 정말 집에서 죽는지는 물론 자신이 없지만, 이 순간 좀 멋지게 써도 무방할 것이다). 나는 문예를 연구하는 술자리를 사절할 수 있고 학생을 퇴학시키는 회식자리를 멀리 피할 수 있지만 염라대왕의 초청장은, 아무리 거드름을 피우더라도 아마 끝내 "삼가 사양할" 수 없을 것이다. 좋아, 지금은 결코 과거에 미련을 두는 것이 아니라 멀리 미래를 생각하는 것이라 해도 마찬가지로 미래가 밝지 못하다. 되는 대로 써내려 가자―

붓을 놀리지 않는 것은 자기 신분을 유지하기 위한 것임을 나는 근래에야 비로소 알게 되었다. 그러나 붓을 놀리는 99%의 사람들은 자기를 변호하기 위한 것임을 진작부터 알고 있었으니 적어도 나는 그렇게 해왔다. 그래서 지금 쓰려고 하는 것도 내 자신에게 보내는 편지에 지나지 않는다.

FD군에게

1,2년 전에 당신이 보내주신 편지를 삼가 받았는데, 거기서 내가 『아Q정전』에서 시시한 아Q를 붙잡는데 기관총을 사용한 것으로 묘사해서 사리에 너무 어긋난다고 지적했던 기억이 납니다. 나는 당시에 당

---

9) 에이 프랑스(A. France, 1844~1924) : 프랑스 작가이다. 저작으로는 장편소설 『보날의 죄(波納爾之罪)』, 『다이스(黛依絲)』, 『치어섬(企鵝島)』 등이 있다.

신에게 답장을 하지 못했는데, 첫째는 당신의 편지에 주소가 씌어있지 않았고, 둘째는 아Q가 이미 붙잡혔으므로 더 이상 당신을 초청하여 구경거리를 보며 함께 증명할 수 없었기 때문입니다.

그런데 며칠 전에 신문을 보다가 문득 당신이 기억났습니다. 신문에서 한 기사를 봤는데, 대의는 이렇습니다. 학생들이 정부관청에 가서 청원하려 했고, 정부관청이 사전에 미리 알고 동문에 군대를 투입시키고 서문에도 두 대의 기관총을 설치하여 놓았는데, 학생들이 들어갈 수 없어 끝내 아무런 결과 없이 흩어졌다는 것입니다. 당신이 만약 여전히 북경에 있다면, 멀찍이도 괜찮으니—멀수록 더 좋을 것임(FD군은 학생시위에 절대로 참가할 사람이 아님을 염두에 두고서 풍자하여 이렇게 말한 것임—역자)—가서 한 번 보시지요. 만일 진짜로 두 대가 있다면 그야 나로서는 "당당하게 말할 수 있는" 일이 되지요.

무릇 학생들의 시위와 청원은 유래가 오래되었습니다. 그들은 모두 "문(文)의 냄새를 짙게 풍겨서" 폭탄과 권총이 절대로 없을 뿐만 아니라 아홉 마디 철퇴(九節鋼鞭)와 삼첨양인도(三尖兩刃刀, 옛 병기의 하나로 양쪽에 날이 선 칼—역자)조차 없으니 하물며 장팔사모(丈八蛇矛, 1장 8척 길이의 긴 창—역자)와 청룡엄월도(靑龍掩月刀, 청룡도—역자)는 두말할 필요가 있겠습니까? 기껏해야 "서신 한 장 품고 있을" 뿐이며, 그래서 여태껏 소동을 피워본 역사가 없었습니다. 그런데도 지금 이미 기관총을 걸어놓았고, 더욱이 두 대나 있습니다!

그런데 아Q의 사건은 오히려 매우 심대해서 그는 확실히 읍내로 가서 물건을 훔친 적이 있고, 미장(未庄, 『아Q정전』의 배경으로 나오는 마을 이름—역자)에서도 확실히 강도사건이 발생했었습니다. 그때는 또 민국 원년(신해혁명 발발 이듬해인 1912년—역자)이어서 관리들의 일처리가 당연히 지금보다 더욱 괴이했습니다. 선생! 생각해보세요. 이건 13년 전의 일입니다. 그때의 일을 생각하면, 나는 설령『아Q정전』에 혼성부대(보병, 기병, 포병, 공병 등을 혼성하여 편성한 부대—역자)와 과산포(過山炮, 산포라고도 하며 산지에서 사용할 수 있도록 분해하여 운반할 수 있게 된 대포—역자)를 투입했다 하더라도 "말이 지나치게 과장된" 것은 아니라고 여깁니다.

선생은 보통의 눈길로 중국을 보지 말길 바랍니다. 나의 한 친구는 인도에서 돌아와 그곳은 정말 기괴하여 갠지즈 강가에 갈 때마다 붙잡혀 죽어 하늘에 제사지내게 되지 않을까 방비해야 한다고 느꼈다고 말했습니다. 중국에서도 내겐 때때로 이런 공포가 일어납니다. 보통은 로맨틱(romantic)하게 생각되는 일이 중국에서는 평범한 일입니다. 기관총을 마을사당(『아Q정전』에서 아Q가 잠자던 곳—역자) 밖에 설치하지 않으면 어디에다 설치하겠습니까?

1925년 5월 14일, 노신 올림

"벽에 부딪친" 뒤

나는 평소 늘 나의 청년학생들에게 옛사람이 말한 이른바 "가난하고 근심스러워야 책을 짓는다"[1]라는 말은 그다지 믿을 게 못된다고 말한다. 가난이 극도에 이르고 근심스러워 죽을 지경인 사람이 어찌 그렇게 한가한 심정과 편안한 정취가 많아서 책을 짓겠는가? 우리는 여태껏 후보(候補, 옛날 임관을 기다리던 관리—역자)가 계곡 가에서 굶어 죽으면서도 시를 읊는 것을 보지 못했다. 볼기 맞는 죄수가 내뱉는 것은 오직 비명소리일 뿐, 결코 붉은색과 흰색이 댓구로 짝을 이루는 변려문으로써 고통을 호소할 리 없다. 그래서 먹을 갈고 붓을 빨면서 "신발이 헤져 뒤꿈치가 드러난다"[2] 따위를 말할 때에는 벌써 발에 비단 양말을 신었을 것이다. "굶주림이 나를 내몰아서……"라고 소리 높여 읊었던 도정사(陶征士, 도연명—역자)는 그때 어쩌면 이미 술기운이 좀 돌았을지도 모른다. 바야흐로 고통스러울 때, 즉 고통을 말로 표현할 수 없을 때, 불교에 나오는 극고지옥(極苦地獄)의 귀신도 도리어 울부짖지 않는다!

화하(華夏, 중국을 가리킴—역자)는 결코 지옥이 아니겠지만 "경계(境界)는 마음에서 만들어지"므로 내 눈앞에는 항상 겹겹이 쌓인 먹구름이 가득 차 있고, 그 가운데 옛 귀신, 새 귀신, 유혼(游魂), 소머리 아

---

1) 이 말은 『사기·우경전(史記·虞卿傳)』에 나온다.
2) 이 말은 『장자(莊子)』에 나온다.

방(阿旁), 축생, 환생, 대규환(大叫喚), 무규환(無叫喚)의 절규가 차마 들을 수 없을 정도이다.[3] 나는 아무것도 듣지 못한 시늉을 하면서 스스로를 속이고 이미 지옥에서 빠져나온 것처럼 생각한다.

문 두드리는 소리에 나는 또 현실세계로 되돌아왔다. 학교 일이다. 내가 왜 교원을 하겠다는 것인가?! 생각하며 거닐다 문을 열고 나서니 과연 편지봉투에 시뻘건 글씨 한 줄이 먼저 눈에 들어왔다. 그것은 국립북경여자사범대학이라는 글씨였다.

나는 처음부터 이 학교가 두려웠다. 왜냐하면 문을 들어서자마자 음산한 분위기를 느꼈고 그 까닭을 알지 못했기 때문이다. 그러나 항상 나 자신의 착각이 아닌가 의심했었다. 나중에 양음유(楊蔭楡) 교장의 「전체 학생들에게 주는 공개 서한」에 나오는 "학교는 가정과 같다는 점을 반드시 알아야 하며, 웃어른 된 자는 가족의 도리를 소중히 여기지 않으면 안 되며, 나이 어린 자 역시 웃어른의 마음을 살뜰히 보살펴야 한다"라는 말을 보고 내가 학교에서 가르치고 있지만 양씨 집에서 가정교사 노릇을 하는 것과 같으며, 이 음산한 분위기는 바로 "냉대 받는" 데서 나온 것이라는 사실을 문득 깨달았다. 그러나 스스로 고생을 사서하는 것이 화근이 아닌가 스스로 의심하면서도 굳이 따져보려는 것이 일종의 내 병폐이다. 그래서 문득 깨달은 뒤에 즉시 다른 의문이 생겼다. 이 가족의 구성원 ― 교장과 학생 ― 의 관계는 어떤 것일까? 모녀 관계일까, 아니면 시어머니 며느리 관계일까?

생각하고 또 생각해보아도 성과가 전혀 없었다. 다행히 이 교장은 선언(宣言)의 글이 많아서 결국 그녀의 「격렬 학생들에 대한 감언(感言)」에서 정확한 해답을 얻었다. "이 무리들과 집안싸움을 하며 서로

---

3) (역자) 유혼(游魂) : 죽은 사람의 넋. 소머리 아방(阿旁) : 지옥 귀졸의 이름. 대규환(大叫喚) : 지옥의 귀신. 무규환(無叫喚) : 지옥의 귀신.

맞선다"라고 했으니 그녀가 시어머니임은 의심의 여지없다.

이제 나는 대담하게 "고부간의 집안 싸움"이라는 이 전고(典故)를 사용할 수 있겠다. 그러나 고부간의 싸움에서 가정교사가 무슨 상관이 있겠는가? 어쨌든 학교이므로 아무래도 자주 편지를 보내오는데, 시어머니의 것도 있고 며느리의 것도 있다. 내 신경은 강하지 않은 편이라 문 두드리는 소리만 들어도 교원이 된 것을 후회하는 것은 이 때문이며,4) 게다가 확실히 후회할 만한 이유도 있다.

금년 한 해 동안 그녀들의 가정문제는 전혀 끝나지 않았다. 며느리들은 시어머니가 교장을 하는 데 대해 존경하지 않았고, 그럼에도 불구하고 시어머니는 그만두지 않았다. 학교는 그녀의 가정이니 어찌 손을 떼려고 하겠는가? 이상할 것도 없다. 게다가 손을 떼지 않았을 뿐 아니라 "5 · 7"(국치일을 가리킴—역자) 시일을 틈타 어떤 반점에 사람들을 초청하여 식사를 한 후 6명의 학생자치회 성원을 퇴학시켰고, 또 "학교는 가정과 같다는 점을 반드시 알아야 한다"는 뛰어난 의론(議論)을 발표했던 것이다.

이번에 온 편지를 꺼내 보니 며느리들의 자치회에서 보낸 것이었고, 내용은 대략 이랬다.

"열흘 여 동안 학교 업무가 정지되어 수많은 일들이 처리되기를 기다리고 있으며, 만약 이렇게 장기간 지연된다면 수백 명의 젊은이들의 시간을 헛되이 내버리는 것일 뿐 아니라 학교 업무의 전도(前途) 역시 하루도 지탱하기 어려울 정도로 위태합니다.……"

그 다음은 교원들이 회의를 열어 나와서 도와줄 것을 바란다는 의

---

4) (역주) 우편배달부가 편지를 전하기 위해 문을 두드리면 작자는 신경이 쇠약해 그 소리에 놀라므로 학교로부터 편지를 자주 받게 되는 교원이 된 것을 후회한다는 뜻이다.

미의 내용이었고, 정한 시간은 당일 오후 4시였다.

"가보도록 하자." 나는 생각했다.

이것도 나의 일종의 나쁜 버릇이며, 고생을 자초하는 화근이 아닐까 하고 스스로도 의심스러웠다. 어떤 일이든 중국에서는 함부로 가서 "볼" 수 있는 것이 아니라는 점을 분명히 알고 있지만, 결국 고치지 못하고 있으므로 그래서 이를 "나쁜 버릇"이라고 하는 것이다. 그러나 어쨌든 세상물정에 꽤 익숙해졌으므로 나는 생각해본 뒤에 4시는 너무 빨라서 도착해도 틀림없이 사람들이 없을 테니 4시 반에나 가자 라고 즉각 결정했다.

4시 반에 음산한 교문을 들어서서 교원휴게실로 들어갔다. 뜻밖이었다! 조는 듯한 사환 한 명 이외에 이미 두 명의 교원이 앉아 있었다. 한 사람은 만난 적이 있었다. 한 사람은 모르는 이인데, 성이 왕(汪)이거나 왕(王)이라고 하는 듯했으나 나는 잘 알아듣지 못했다―사실 꼭 알아들어야 할 필요도 없었다.

나도 그들과 한자리에 앉았다.

"선생님의 의견으로는 이번 일이 어떻다고 생각하십니까?" 내가 모르는 이 교원이 인사를 한 뒤 나의 눈을 쳐다보며 물었다.

"이번 일은 여러 측면에서 말할 수 있는데…… 당신은 내 개인적인 의견을 묻는가요? 내 개인적인 의견은 양 선생님의 방법을 반대하는 것입니다……."

제기랄! 내 말이 다 끝나기도 전에 그는 곧 기민하고 약삭빠른 머리를 옆으로 한 번 가로 저으면서 다 들을 필요도 없다는 태도를 보였다. 그러나 이것은 물론 나의 주관이다. 그에게는 어쩌면 본래 머리를 가로젓는 나쁜 버릇이 있는지도 모른다.

"그런데 학생들을 퇴학시키는 처벌은 너무 지나칩니다. 그렇지 않았다면 훨씬 쉽게 해결할 수 있을 텐데……”

나는 그래도 계속해서 말했다.

“예예.” 그는 참지 못하겠다는 듯이 고개를 끄덕였다.

나는 곧 잠자코 있으면서 불을 붙여 궐련을 피웠다.

“가장 좋은 것은 이 사건에 대해 좀 냉정해지는 것입니다……” 어찌 된 영문인지 그는 또 자기의 “좀 냉정해야 한다”는 학설을 발표했다.

“예예. 두고 봅시다.” 이번에는 내가 참지 못하겠다는 듯이 고개를 끄덕였지만, 결국 한마디 더 말했다.

내가 고개 끄덕이는 일을 끝내자 맞은편 쪽에 인쇄물 한 장이 언뜻 눈에 들어왔고, 훑어보니 모골이 송연해졌다. 문장을 대략 이랬다.

“…… 그런데 학생자치회 명의를 사용하여 강사 교원들을 지휘하여 교무유지토론회를 소집하고,…… 본교는 본래 규정을 따르고 있으니, 이런 학제가 없고 또 이런 처리법이 없어 근본적으로 성립할 수 없습니다.…… 그리고 소요사태 이래로…… 정당한 방법을 마련하지 않을 수 없고, 또 기타 학교업무를 진행해야 하므로 대회의(大會議)의 결정이 필요합니다. 이에 (이번 달 21일) 오후 7시에 학교에서 특별히 전체 주임전임교원평의회 회원을 태평호반점(太平湖飯店)으로 초청하여 교무긴급회의를 개최하고 각종 중요한 문제를 해결하기로 결정하였습니다. 귀하께서 꼭 왕림하여주시기를 간절히 바라는 바입니다.!”

서명은 내가 두려워하는 “국립북경여자사범대학”으로 되어 있었다. 그런데 다음에 “아룀(啓)”이라는 글자도 있었다. 이 때 비로소 나는 오지 말았어야 하며, 또 나는 일개 “겸임교원”에 지나지 않으므로 태평호반점에 "왕림할" 필요가 없다는 것을 알았다. 그렇지만 교장은 왜 학생들의 회의개최를 저지하지도 않고 미리 부인하지도 않고 오히려 나를 학교까지 오도록 하여 이 "아룀"을 보게 했던 것일까? 나는 화가 치밀어 질문하려고 눈을 들어 사면을 둘러보니 두 교원과 사환 한 명뿐이었고, 사면의 벽돌 벽에는 문과 창문이 있을 뿐 답변의 책임을 질만한 생물이라곤 전혀 없었다. "국립북경여자사범학교"는 비록 "아뢸" 수는 있지만 대답할 수는 없는 것이다. 말없이 음산하게 사방 주위의 담벽이 사람을 포위한 채 험악한 기색을 드러내고 있을 뿐이었다.

나는 고통스러움을 느꼈다. 그러나 그 원인을 깨닫지 못했다.

그런데 학생 둘이 와서 회의를 열 것을 부탁했다. 시어머니는 결국 얼굴을 드러내지 않았다. 우리는 회의장으로 들어갔으며, 이 때 나를 포함해 다섯 사람이었다. 나중에 칠팔 명이 잇달아 도착했다. 그러자 회의가 열렸다.

"나이 어린 자"는 그다지 "웃어른의 마음을 살뜰히 보살필" 수 없다는 듯이 여러 가지 괴로움을 호소했다. 그렇지만 우리는 "집안" 일을 간섭할 무슨 권리가 있겠는가? 더욱이 태평호반점에서도 "여러 가지 중대한 문제를 해결하려고" 하고 있음에랴! 그러나 나도 내가 학교에 나온 이유를 몇 마디 설명했고, 또 학교당국에게 오늘 몸을 사린 방법에 대한 해명을 요구했다. 그렇지만 눈을 들어 사면을 둘러보니 며느리들과 가정교사뿐이었고 벽돌 벽에는 문과 창문이 있을 뿐 답변의 책임을 질만한 생물이라곤 전혀 없었다!

나는 고통스러움을 느꼈다. 그러나 그 원인을 깨닫지 못했다.

이 때 내가 모르는 교원과 학생들이 대화를 나누고 있었고, 나도 자세히 듣지는 않았다. 그런데 그의 말 가운데 "자네들은 일할 때 벽에 부딪쳐서는 안 된다" 라는 한 마디가 들렸고, 학생들의 말 가운데 "양 선생이 바로 벽입니다" 라는 한 마디가 들렸다. 내게 마치 한줄기 빛이 보이는 듯이 즉각 내 고통의 원인을 알아차렸다.

벽에 부딪쳤어, 벽에 부딪쳤어! 나는 양씨 집의 벽에 부딪쳤던 거야!

이 때 학생들을 바라보니 마치 민며느리 같았다…….

이런 회의는 여느 때처럼 결과가 없었으며, 스스로 대담하다고 생각하는 몇몇 인물이 시어머니에 대해 완곡한 비평을 조금 더 덧붙인 뒤에 곧 모두들 흩어졌다. 집으로 돌아와 창가에 앉았을 때 하늘색은 이미 황혼에 가까웠고, 음산한 기색은 오히려 점점 물러갔으며, 벽에 부딪치다라는 학설이 회상되어 갑자기 미소를 지었다.

중국은 곳곳에 벽이 있다. 그러나 "귀신에 홀리는 벽(鬼打墻)"처럼 형체가 없어 수시로 "부딪치게" 할 수 있다. 이 벽을 깨드릴 수 있고 부딪쳐도 고통을 느끼지 않을 수 있는 사람이 승리자이다. — 그러나 이 순간 태평호반점의 연회는 이미 저물어가고, 사람들도 모두 이미 아이스크림을 먹어 그곳에서 "냉정해"졌을 것이다…….

그리하여 눈처럼 하얀 탁자보에 이미 간장 국물 자국이 여러 군데 묻어 있고, 남녀 할 것 없이 탁자에 둘러앉아 아이스크림을 먹고 있는 모습이 내 눈에 선했다. 여기서 많은 며느리들은, 중국의 역대 대다수 며느리들이 수절하는 시어머니 발 밑에 깔려 있었던 것처럼 모두 암담한 운명이 결정되었다.

담배 두 개피를 피우자 눈앞이 환해지더니 반점 안의 전등 불빛이 환영으로 나타났다. 교육가들이 술잔을 기울이는 가운데 학생들을 모해하는 모습이 보였고, 살인자들의 미소 뒤에 백성들을 도살하는 모습이 보였고, 죽은 시체가 더러운 흙 속에서 춤을 추는 모습이 보였고, 오물이 풍금에 가득 뿌려지는 모습이 보였다. 나는 그것을 골라 그림으로 그리려고 했지만 한 줄도 그릴 수 없었다. 내가 왜 교원이 되어 나 자신을 스스로 모멸하고 있을까. 그런데 직방(織芳)[5]이 나를 찾아왔다.

우리가 한담을 나누는 사이에 그도 갑자기 감개(感慨)를 드러냈다.

—

"중국은 무엇이든지 다 암흑이어서 어느 누구도 나아갈 수 없습니다. 그러나 사건이 없을 때에는 알아차릴 수도 없습니다. 교원이나 학생이나 뜨끈뜨끈 활활 달아올라 정말 학교 같지만 일단 사고가 발생하면 교원도 보이지 않고 학생들도 천천히 숨어버립니다. 결말을 보면, 단지 몇 명의 바보만 남아 사람들을 대신해 희생이 되고서야 끝을 맺게 됩니다. 여러 날이 지난 뒤 다시 예전의 학교가 되면 숨었던 사람들도 나타나고 보이지 않던 사람들도 얼굴을 내밀고 '지구는 둥글다'느니 '파리는 전염병을 옮기는 매개체이다'느니 하면서 다시 학생들이나 교원들이 뜨끈뜨끈 달아오릅니다……."

나처럼 항상 "벽에 부딪칠" 것 같지 않은 청년학생들의 눈으로 볼 때도 중국은 이처럼 암흑이란 말인가? 그렇지만 그들은 미약한 신음 소리만 냈을 뿐인데도 신음하자마자 살육되고 말았다!

5월 21일 밤

---

5) 직방(織芳) : 형유린(荊有麟)이며, 산서(山西) 의씨(猗氏) 사람이다. 그는 북경세계어 전문학교에서 작자의 수업을 들은 적이 있으며, 당시에 "문학청년"으로서 문학·신문계에서 활동했다. 나중에서 국민당의 특무조직에 가담했다.

결코 한담이 아니다

모든 일은 크든 작든 자신과 다소나마 상관이 있으면 각별히 민감해지는 법이다. 이번의 여자사범대학의 소요사태만 하더라도 나는 그곳에서 한 시간 수업을 맡고 있기 때문에 역시 충격을 받았고, 게다가 몇 마디 감개를 토로하여 5월 12일의 『경보부간』에 실었다. 물론 스스로도 "세상을 잘 따라야 한다"는 옛 교훈에 위배된다는 것을 분명히 알고 있지만, 내가 이렇게 하는 것은 결코 두 다리를 걸치거나 음흉하게 사람들에게 존경을 받으려는 것이 아니다. 3,4일 뒤에 갑자기 『현대평론(現代評論)』 15기 한 권을 받고서 다소 기이하다고 느꼈다. 이번 호는 새로 인쇄된 것인데, 첫 페이지의 목록이 이미 가지런해져 있어서(초판은 글자가 들쭉날쭉한 데가 있었음) 적어도 재판임을 증명하고 있었다. 왜 이번 호는 특별히 많이 팔고 많이 증정하는 것일까, 혹시 내용을 고친 것일까? 라는 생각이 들었다. 초판을 펴놓고 대조해보니 전부 같았다. 다만 끝 페이지의 금성은행(金城銀行)의 광고는 이미 행방이 묘연했고, 「여사대의 학생시위」라는 글이 적나라하게 드러나 있었다. 나도 시비를 걸었던 적이 있지 않은가? 물론 읽어보니 아니나다를까 양음유(楊蔭楡) 교장을 찬성하는 내용으로서 내 논조와 정반대였다. 지은이는 "한 여성 독자"였다.

중국은 원래 장난이 가장 많은 곳인데다 근래에 "금심(琴心)은 여사인가 그렇지 않은가"[1]라는 문제 따위로 시끄러워진 뒤라 나는 무언가 짚히는 바가 있어, 또 무슨 음모를 꾸미고 무슨 수작을 부리는 것일까 라고 생각했다. 그러나 나는 즉시 더 이상 생각하지 않았는데, 곧바로 또 다른 생각이 떠올랐기 때문이다. 근래의 일부 사람들은 대개 자기가 암암리에 농간을 부리고 선동을 잘하면서 다른 사람의 분명하고 정직한 언동을 보면 종종 도리어 그 사람이 농간을 부리고 선동하고 있다고 뒤집어씌우며 모 집단(黨)이요 모 계(系)라고 한다는 생각이 떠올랐던 것이다. 이것은 마치 서방질하는 여인의 남편이 세상 사람이 전부 자기와 마찬가지로 오쟁이지고 있다고 말해야 그 마음이 후련해지는 것과 같다. 이런 생각은 비열하다. 내가 공연한 걱정을 하는 것이리라. 사람들도 굳이 치마를 군기로 사용하는 지경에까지는 이르지 않았을 텐데. 나는 곧 생각을 끊어버렸다.

그 후 소요사태가 여전히 질질 끌고 또 확대되자 7인 교원이 선언을 발표했고 5월 27일자 『경보(京報)』에도 실었는데, 나도 그 중 한 사람이다.

이번의 반향은 대단히 빨랐으니, 30일에 발행된(사실은 29일에 이미 발매되었음) 『현대평론』에 서형(西瀅) 선생이 「한담(閑話)」의 첫 단락에서 특별히 비평을 가했다. 그런데 그에 따르면 "「한담」을 막 인쇄에

---

1) "금심(琴心)은 여사인가 그렇지 않은가" : 1925년 1월 북경여사대(北京女師大) 신년 연회에서 북경대 학생 구양란(歐陽蘭)이 지은 단막극 『아버지의 귀환(父親的歸來)』을 공연했다. 그 내용은 일본의 국지관(菊池寬)이 지은 『부귀(父歸)』를 완전히 베꼈는데, 누군가가 『경보부간』에서 지적하자 구양란 본인이 글을 써서 답변한 그 호에 "금심(琴心)"이라 서명한 여사대 학생이 등장해 글을 써서 그를 변호했다. 얼마 지나지 않아 또 누군가가 구양란은 곽말약(郭沫若)이 번역한 셸리의 시를 베꼈다고 폭로하자 이 "금심"과 또 다른 "설문여사(雪紋女士)"라는 자가 연속적으로 몇 편의 글을 써서 그를 위해 변호했다. 그러나 사실은 "금심"여사는 구양란의 여자 친구 하설문(夏雪紋, 당시 여사대에서 공부하고 있었음)의 별호이며, "금심"과 "설문여사"라고 서명한 글은 모두 구양란 자신이 쓴 것이었다.

넘기려 할 때" 선언을 신문에서 보았으므로 전반부는 소요사태만 논하고 선언과는 무관하다고 했다. 뒤에 세 개의 큰 단락을 더 지었는데, 아마 선언을 본 후에 글 쓰려는 생각이 그처럼 샘물처럼 용솟음쳐서이겠지만 「한담」이 인쇄로 넘어가는 시간이 아무래도 상당히 지체되었을 것임에 틀림없다. 그러나 뒤에 지은 것을 앞쪽으로 옮겨 놓았는지도 알 수 없는 일이다. 그렇다면, 이것은 중요한 "한담"임을 나타내는 것이다.

「한담」에서 "이전부터 우리는 여사대의 소요사태에서, 북경 교육계에서 가장 큰 세력을 차지하고 있는 모 적(籍) 모 계(系) 사람이 암암리에 선동하고 있다는 말을 항상 들었지만 우리는 감히 믿지 않는다"라고 말했다. 그래서 그는 선언에서 "가장 정채로운 몇 구절"을 따와 방점을 찍고 "아무래도 한쪽 편만 들고 있다"라고 평했다. 그리고 "유언비어가 더욱 심각하게 유포되고 있기" 때문에 마침내 "애석하게" 느꼈지만, "그래도 우리는 평소 아주 존경하는 사람이 암암리에 소요사태를 지나치게 트집잡을 것이라고 믿지 않는다"라고 말했다. 나는 이런 말들은 확실히 매우 기발한 식견이라고 느꼈다. 예를 들어, "유언비어"는 본래 짐승 같은 놈들의 무기요 음험한 놈들의 수단이므로 그것을 믿어서는 안 된다. 또 예를 들어, 적관(籍貫)을 들추어내면 공평한 척하더라도 사람들에게 의심을 사기 쉬우니 아무래도 "감히 믿지 않는" 편이 더 나을 것이며, 진실로 믿는다면 적관이 같은 사람들이 같은 종이 위에 선언하기를 꺼릴 것은 물론이거니와 다른 모 적(籍) 사람들도 암암리에 적관이 같은 사람을 도와주기에 불편할 것이다. 이런 "유언비어"와 "전해들은 말"은 당연히 다 개소리로 여겨도 무방하다.

그러나 서형 선생은 "아무래도 한쪽 편만 들고 있다"고 해서 마침

내 "애석하다"고 탄식하면서 여전히 "유언비어"를 인용하고 있으니, 이것이야말로 오히려 "애석한" 일이라고 나는 여긴다. 청조(淸朝)의 현관(縣官)들은 재판을 할 때 종종 쌍방에게 각각 곤장 500대를 지우고 사건을 마무리지었는데, "한쪽 편을 든다"는 혐의는 없겠지만 결국 멍텅구리가 아닐 수 없다. 가령 누군가가 그래도 시비를 가릴 줄 아는 마음을 가지고 있다면 직설적으로 말하는 편이 더 나을 것이다. 그렇지 않으면, 우물쭈물하고 있다 하더라도 눈썰미가 있는 사람은 그가 암암리에 어느 "한쪽 편을 들고 있다"는 것을 알아차릴 것이니 스스로 음험하고 비열하다는 것을 솔직히 털어놓는 것일 뿐이다. 선언에서 이른바 "어긋나는 듯도 하고 합치되는 듯도 하여 오히려 흑백을 헷갈리게 하는 혐의가 있다"고 한 것은 바로 이런 무리들의 수단을 형상화한 것이리라. 그리고 이른바 "소요사태를 지나치게 트집잡는" "유언비어"는 짐작컨대 몰래 숨어서 쉽게 얼굴을 잘 드러내지 않는 이런 놈들이 조작한 것일 텐데, 다만 나도 물론 "자세한 사실을 조사하지 않았으므로 그다지 잘 알지 못한다." 애석한 일은 서형 선생이 "그래도 믿지 않는다"라고 말하면서도 이미 우리를 "애석하게" 여기고 있다는 점이다. 유언비어가 사람들을 쉽게 현혹시킨다는 것을 충분히 알 수 있으니 그것을 무기로 사용하는 사람들이 항상 있어왔음은 이상할 것도 없다. 그런데 나로서는 오히려 「한담」을 본 뒤에야 서형 선생들이 원래부터 "항상" 이런 유언비어를 듣고 있었으며 내가 이따금 듣는 것과는 상대가 되지 않는다는 것을 비로소 알았다. 유언비어에도 가지가지가 있어 어떤 유언비어는 어떤 사람의 귀로 달려들면 어떤 사람의 붓에 의해 쓰여 나오는가 보다.

그런데 「한담」의 전반부에서, 즉 서형 선생이 신문에서 7인 교원의 선언을 보기도 전에 이미 학교를 "냄새나는 변소"에 비유하고 "사람마다 다 청소할 의무가 있다"고 주장했다. 왜 그런가? 하나는 신문에서 두 가지 상반된 광고를 이미 발견했기 때문이고, 둘은 학생들이 교문을 지키고 있었기 때문이고, 셋은 "교장이 학교에서 회의를 열 수 없어 인근의 반점을 빌어 교원들을 소집하여 회의를 열지 않을 수 없다는 기이한 소문"이 있었기 때문이다. 그런데 여기서 서술한 "냄새나는 변소"의 정황은 아무래도 좀 수정해야 할 것 같다. 왜냐하면 내용의 순서가 다소 뒤바뀌었기 때문이다. 선언에 근거해 말하면, "반점에서 회의를 연 것"은 바로 "교문을 지키기" 이전이었는데, 아마 서형 선생은 "가장 정채롭지" 않다고 생각해서 뽑아 적지 않았거나 아니면 이미 다 썼으므로 뽑아 적을 겨를이 없었을지도 모른다. 이제 나는 보충하여 몇 구절 뽑고 또 방점을 좀 찍어서 잠시 흉내내고자 한다. —

"…… 5월 7일 교내에 강연이 있던 날 학생들이 교장 양음유 선생에게 퇴장하라고 권고한 뒤에 양 선생은 이에 반점에 약간의 교원을 소집하여 연회를 베풀고, 곧이어 평의회 명의로 학생자치회 성원 6명을 퇴학시킬 것을 발표했다. 이로 말미암아 전교가 시끄러워지고 양 선생이 교장으로 있는 것을 단호히 거부하는 사변이 발생했다. ……"

「한담」에 나오는 내용은 이 사실과 뒤바뀌어 있으니 신경이 과민한 사람이 보기에는 어쩌면 "한쪽 편을 들고 있는(偏袒)" 표현으로 생각할 수도 있다. 그러나 나는 여기서 증거를 제시하려고 하는 것이 아니며, 잠시 말참견하려는 것일 따름이다. 사실 "한쪽 편을 들다"라는 이 글자는 내가 마침 그다지 당당한 의미로 선택한 것이 아니므로 사람들이 보기에 거슬릴 수 있으며, 만일 다른 글자를 사용한다면 크게 달라질 것이다. 더구나 스스로 공평하다고 여기는 비평가라도 "한쪽 편을 들다"에서 벗어날 수 없으니, 예를 들어 교장과 적관이 같거나 좋은 친구이거나 의형제이거나 술자리를 함께 했거나 하면 아무래도 자기도 모르는 사이에 "한쪽 편을 들지" 않을 수 없을 것이다. 이것은 인지상정이라 별로 이상할 것도 없다. 하지만 당당하게 말할 때라도 그것은 당연히 드러날지도 모른다. 그렇지만 그리 대수롭지는 않으며, 관계없는 사람들이 어찌 그 많은 내막을 다 알 수 있겠는가. 그러니 큰 흐름에 해를 끼치지는 않을 것이다.

그러나 학교가 "냄새나는 변소"로 변한 것은 어쨌든 "반점에서 교원을 소집한" 뒤의 일이니, 술에 취하고 밥을 배불리 먹으면 변소가 당연히 필요하다. 서형 선생은 "교육당국"이 청소하기를 바랬지만 나는 청소하기 전에 먼저 반점을 봉쇄해야 한다고 생각한다. 그렇지 않으면 술 취하고 배부른 뒤에는 아무래도 똥을 눠야 하므로 변소가 영원히 필요하여 어찌 깨끗이 청소할 수 있겠는가? 게다가 청소하기도 전에 이미 "유언비어가" 있지 않은가? 유언비어의 힘은 대변도 빛을 더하게 할 수 있고 구더기도 성스럽게 할 수 있으니 청소부가 어찌 손을 댈 수 있겠는가? 지금 청소부가 있느냐 없느냐는 잠시 논하지 않기로 한다.

"결코 더 이상 그냥 넘어가지 않겠다"고 했는데, 이는 그야말로 못과 쇠를 자르듯 단호한 방법이다. 바로 이렇게 일을 처리해야 한다. 그러나 세상에 비록 단호한 방법은 있지만 감히 책임지는 선언은 아주 보기 드물다. 스스로 혹막 속에 갇혀 아예 나몰라라하는 사람들이 대부분이다. 이들은 폭군을 위해 뛰어다니면서도 오히려 관계없는 사람임을 자처한다. 배속 가득 음흉한 생각을 품고서 공정한 척 웃음

띤 얼굴을 드러낸다. 누군가가 스스로 관찰한 옳고 그름을 분명하게 말하는 경우에 그는 "유언비어"라는 말을 사용하여 책임지지 않는 무기로 삼는다. 이런 구더기로 충만한 "냄새나는 변소"는 깨끗하게 청소하기도 어렵다. "교육계의 체면"을 다 망치는 추태는 지금 그리고 앞으로도 많을 것이다!

5월 30일

띤 얼굴을 드러낸다. 누군가가 스스로 관찰한 옳고 그름을 분명하게 말하는 경우에 그는 "유언비어"라는 말을 사용하여 책임지지 않는 무기로 삼는다. 이런 구더기로 충만한 "냄새나는 변소"는 깨끗하게 청소하기도 어렵다. "교육계의 체면"을 다 망치는 추태는 지금 그리고 앞으로도 많을 것이다!

나의 "적(籍)"과 "계(系)"

　비록 내가 사람들에게 중국책을 적게 읽어라—아니 아예 읽지 말라—고 했다가 어느 낯선 청년 선생으로부터 중국을 떠나가라는 편지를 받았지만 결국 나는 떠나지 않았다. 나는 어쨌든 중국인으로서 중국책을 읽었으며, 이 때문에 몇 가지 처세의 묘법도 제법 알고 있다. 예를 들어, 가령 문자께나 쓰려면 "복사꽃이 붉고 버드나무가 푸르다"라고 말하면 되는데, 이런 것들은 모두가 이전부터 공인하고 있는 것이라 누구도 잘못이라고 말하지 않을 것이다. 만약 역사를 논한다면 공명(孔明, 제갈공명—역자)을 몇 마디 칭찬하고 진회(秦檜)[1]를 한바탕 욕하면 되는데, 이런 것들도 시비가 이미 확정되어 있어 한 번 배워 진술하면 절대로 아무런 잘못이 없다. 더욱이 진태사(秦太師, 진회—역자)의 패거리들이 이젠 전혀 남아 있지 않으니 아무런 위험도 없다는 것을 보증할 수 있다. 최근 일에 대해서라면 언급하지 않는 게 좋다. 그렇지 않으면 당신의 적관조차도 당신을 "존경스럽다"는 데서 "애석하다"는 데로 변하게 할지도 모른다.

　기억컨대, 송조(宋朝)는 남쪽 사람이 재상이 되는 것을 허락하지 않았는데, 이는 그들의 "조상 제도"였으며, 애석하게도 결국 유지될 수

---

1) 진회(秦檜, 1090~1155) : 자는 회지(會之)이고 강녕[江寧, 지금의 남경(南京)] 사람이다. 남송(南宋)의 재상을 역임했고 태사(太師)라는 직함이 더해졌는데, 금(金)에 항복할 것을 주장한 내부 첩자로서 금에 저항하려던 명장 악비(岳飛)를 무고해 죽이려 했던 주모자이다.

없었다. "모적(某籍)" 사람은 말을 해서는 안 된다는 것은 오히려 근래에 내가 새로 발견한 것이다. 여사대의 소요사태에 대해서는 나도 몇 마디 했었다. 그러나 먼저 밝혀 둘 것이 있다. 기왕에 말한 적이 있는 데다 처세의 묘법을 제법 알고 있으면서 내가 왜 또 말을 하려는 것인가? 그것은 내가 청말에 소란을 피우던 사람들을 목격한 적이 있고 태평성세에 성장하지 못해서 교양을 제법 쌓았다고는 하지만 때로는 입을 열지 않을 수 없기 때문이다. 좀 점잖게 표현하면 그다지 "본분을 지키지" 않기 때문이다. 그리하여 나는 말을 하게 되었고, 뜻밖에 진서형(陳西瀅) 선생이 진작부터 일종의 "유언비어"를 늘 듣고 있었던 것이다. 그것은 대체로 "여사대의 소요사태는 북경 교육계에서 큰 세력을 차지하고 있는 모 적(籍) 모 계(系) 사람이 암암리에 선동하고 있다"는 것이었다. 지금 내가 말하자마자 공교롭게도 "암암리"가 "분명한" 것으로 바뀌었으니 유언비어를 늘 듣고 있던 이 서형 선생이 나를 위해 "애석하게" 여기게 되었으며, 비록 그는 미더운 마음을 품고 있어 "물론 그래도 평소 아주 존경하던 사람이 암암리에 소요사태를 트집잡을 것이라 믿지 않"았지만 "유언비어"가 "더욱 심각하게 유포되고 있음"에랴. 이럴진대 어찌 그가 "의심하지" 않을 수 있겠는가? 이상할 것도 없다.

　나는 확실히 "적(籍)"을 하나 가지고 있으며, 사람들이 각자 하나씩 가지고 있는 그런 적이므로 신기할 것도 없다. 그러나 나는 무슨 "계(系)"인가? 스스로 생각건대, "연구계(研究系)"도 아니고 "교통계(交通系)"도 아닌데, 정말 어찌된 영문인지 모르겠다.[2] 다시 정밀하게 조사

---

2) "연구계(研究系)": 1916년 원세개(袁世凱)가 죽은 뒤 여원홍(黎元洪)이 북양정부의 총통을 맡고 단기서(段祺瑞)가 국무총리를 맡고 있던 시기에 원진보당(原進步黨) 수령인 양계초(梁啓超), 탕화룡(湯化龍) 등이 "헌법연구회(憲法研究會)"를 조직해 단기

하고 세밀하게 생각하지 않을 수 없었는데, 결국은 분명히 알게 되었다. 나를 비밀스런 적(籍)을 가진 정객(政客)으로 여기는 "유언비어"가 다시 생기지 않기를 바라는 마음에서 지금 그것에 대해 글을 쓴다.

모국(某國) 모군(某君)3)의 부탁에 응해서 나는 나 자신의 이력을 좀 쓰면서 그 첫 구절을 "나는 1881년 절강성(浙江省) 소흥부(紹興府) 성내 주(周)씨 집안에서 태어났다"라고 하였으며, 여기서 나의 "적"을 설명했다. 그러나 "애석한" 지위에 이른 뒤부터 나는 곧 말미에다 "최근 몇 년간 나는 또 북경대학, 사범대학, 여자사범대학의 국문계(國文系, 계는 우리의 학과에 해당하는 말-역자)의 강사를 겸임하고 있다"라는 한 구절을 덧붙였다. 이것이 아마 나의 "계"가 되었을 것이다. 나는 정말 내가 이런 "계"가 될 줄은 미처 생각지도 못했다.

내가 항상 글을 "트집잡으려" 한다는 것은 확실하지만, "소요사태를 트집잡다(挑剔風潮)"라는, 글자의 표면적인 뜻도 통하지 않는 이런 음모에 대해서 지금까지 어떻게 하는 것인지 그 방법을 나는 알지 못한다. 왜 유언비어가 있으면 나는 침묵해야 하며, 그렇게 하지 않으면 즉각 혐의를 받아 나와 전혀 상관이 없는 서형 선생과 같은 자들이 나를 위해 "애석하게" 느끼게 되는 것일까? 그렇다면, 만약 내가 권세에 빌붙으려 한다는 유언비어가 퍼지면 나는 스스로 방안에

서에 의지하고 또 서남군벌과 결탁하여 정치적 투기활동을 전개했는데, 이 정객 집단을 "연구계"라 불렀다. "교통계(交通系)" : 원세개의 비서장 겸 교통은행 총리인 양사이(梁士詒)는 명령을 받들어 그의 부하들을 "공민당(公民黨)"으로 조직해 원세개가 총통에 선출되고 제제(帝制)를 부활하는 데 도구가 되었는데, 이 정객 집단을 "교통계"라 불렀다.

3) 러시아 사람 왕희례(王希禮)를 가리키며, 원명은 바실리예프이다. 그는 러시아어로 『아Q정전』을 최초로 번역한 사람이며, 당시에 하남(河南)의 국민군 제2군 러시아고문단의 성원이었다. 작자는 그의 번역본을 위해 서문과 「저자 자서전략(著者自敍傳略)」을 쓴 적이 있으며, 나중에 『집외집(集外集)』에 수록되었다.

갇혀 지내야 하며, 만약 내가 황제가 되려 한다는 유언비어가 퍼지면 나는 얼른 노예임을 자청해야 할 것이다. 그렇지만 옛사람들은 확실히 그렇게 했으니, "창문에 구멍이 생기면 바람이 들어오고, 유동(油桐)나무 씨가 젖꼭지 같아 새가 와서 둥지를 튼다"⁴⁾라는 따위의 괴상한 격언을 남겨놓았다. 애석하게도 나는 늘 남의 꽁무니를 따라가는 것을 참지 못하여 부득불 누구를 막론하고 까닭 없이 내게 보내주는 "존경"은 그에게 삼가 되돌려준다.

사실 오늘날 "존경"을 베풀고 감사히 받는 사람들은 다 옛 사람들의 꼬임에 속은 것이다. 우리의 무능한 옛 사람들은 몇 천 년을 생각하여 남을 부리는 묘법을 하나 얻었는데, 그것은 굴복시킬 수 있는 자는 굴복시키고, 그렇지 않으면 그를 높이 받드는 것이다. 높이 받드는 것도 일종의 굴복시키는 수단인데, 당신은 반드시 이렇게 해야지 그렇지 않으면 당신을 내던져버릴 것이오 하고 넌지시 뜻을 내비친다. 남의 존경을 구하는 가련한 벌레는 그래서 묵묵히 앉아 지낸다. 우연히 목구멍을 열어제치고 "이로움이 있으면 반드시 폐단도 있소!", "저것도 역시 하나의 시비요, 이것도 역시 하나의 시비요!", "아아 즐거워라!"라고 말하기도 한다. 듣는 사람들도 역시 이구동성으로 "옳소, 옳소, 대단히 존경스럽소!"라고 감탄하며 말한다. 이렇게 서로 적당히 얼버무리고 스스로는 재미있다고 여긴다.

이 때부터 이 방법은 곧 팔면봉(八面鋒, 더없이 날카롭다는 뜻−역자)이 되어 수많은 무능한 사람들과 백치들을 살해했지만 성현의 의관을 걸치고 입관(入棺)한다. 가련하게도 그들은 자기를 포폄한 사람들

---

4) 유동나무는 그 씨가 젖꼭지 같고 잎에 붙어 자라며 그 잎은 키와 같이 생겨서 새들이 와서 둥지 틀기를 좋아한다고 함. 여기서는 유언비어가 퍼지는 것은 꼭 그럴만한 이유가 있다는 뜻이다.

의 몸값을 너무 크게 잡아서 도리어 자신의 원래 가치까지 함께 잃게 되었다는 점을 모르고 있다.

인류는 진화했으며 지금의 인심(人心)은 당연히 옛사람보다 고결하다. 그러나 "존경"의 해독은 오히려 유언비어에 못지 않으니, 특히 누군가가 허장성세를 지어 보이며 그것을 퍼뜨리려 할 때 무능한 사람과 백치들은 더욱 황공해할 것이다. 나는 본래 존경스러운 데가 없으며, 남의 뜻을 거슬렀을 때 남에게 내던져지지 않기 위해서라도 남들로부터 존경받고 싶지 않다. 더욱 분명하게 말하면, 나는 증오하는 것이 너무 많아서 반드시 나 자신도 증오를 받아야 하며, 그래야만 세상에 살아있다는 느낌이 좀 든다. 만일 받은 것이 상반되는 보시라면 내게는 도리어 냉소가 되고, 나 자신에 대해 더 큰 모멸을 느끼게 된다. 만일 받은 것이 우물쭈물 무엇인지 알 수 없는 것이라면 나는 왝 토할 것 같은 구역질을 느낀다. 그렇지만 여하튼 "유언비어"는 아무래도 내 입을 틀어막을 수는 없을 것이다……

6월 2일 새벽

글자를 곱씹다

3

"학교는 가정과 같다는 점을 반드시 알아야 한다"는 명론(名論)이 세상에 생겨난 뒤부터 나는 상당히 놀랍고도 이상스럽게 느껴서 이 가정의 구성을 고찰해보고 싶었다. 나중에 다행히도 「국립북경여자사범대학 교장 양음유의 극렬 학생들에 대한 감언(感言)」에서 "이 무리들과 집안싸움을 하며 서로 맞선다"라는 이 말을 발견하고서 비로소 단서를 잡았던 셈이다. 즉 교장과 학생의 관계는 "유사한" "고부" 관계였던 것이다. 그리하여 이에 근거해 추단하여 교원은 다 양씨 집안에 잡스럽게 모여있는 가정교사라고 여기게 되었으며, 이러한 결론을 『어사(語絲)』에 발표했었다. "애석하도다"! 어제 우연히 『신보』에서 "해당 학교 철교과(哲敎系) 교원 겸 주임대리 왕무조(汪懋祖)가 그쪽 의견서를 본보에 투고하였다"라는 말을 삼가 읽고서 이번에도 내가 또 틀렸구나 하는 것을 알게 됐으니, 원래는 형제였고 지금은 "서로 들볶고 있어" 마치 조조(曹操)의 아들 조비(曹丕)와 조식(曹植)과 같다는 점이다.

그러나 내가 인용한 원문에 방점을 찍지 않은 데 대해 양해해주기 바란다. 단지 방점을 찍을 생각이 없기 때문일 뿐이며, 결코 문장이 나쁜 것은 아니다.

고증가에 따르면 조자건(曹子建, 조식－역자)의 「칠보시(七步詩)」는 가짜라고 한다. 그러나 그다지 크게 상관없을 것이므로 잠시 그것을 이용해 한 수 새롭게 지어 콩대를 대신해 억울함을 풀어본다.

콩을 삶으며 콩대로 불을 때자, 콩대가 솥 아래서 눈물을 흘린다
나는 타서 재가 되고 너는 완숙되니, 교육을 잘도 하는구나![1]

6월 5일

---

1) (원문) "煮豆燃豆其, 其在釜下泣 —/ 我爐你熟了, 正好辦敎席!" (역주) 조자건(조식) 의 「칠보시」에서 1행의 두 구를 빌려오고 노신이 2행의 두 구를 첨가해 완성한 시 이다. 여기서 '콩대'와 '나'는 학생을 비유하고 '콩'과 '너'는 양음유 교장 등 학생 을 핍박하던 스승을 비유하는데, 이 시는 학생들의 희생을 통해 자신의 입지를 굳 히는 비열한 스승을 풍자하고 있다.

문득 떠오른 생각

10

누구를 막론하고 "무고를 변명해야 하는" 처지에 놓이면 사실무근을 밝히든 그렇지 않든 이미 굴욕적이다. 더군다나 실제로 큰 손해를 입은 뒤에도 여전히 무고를 변명해야 함에랴.

우리의 시민이 상해 조계(租界)의 영국 순경에 의해 피살되었는데, 우리는 반격조차 하지 않고 오히려 먼저 희생자의 죄를 씻어주기에[1] 바빴다. 하는 말이, 다른 나라의 선동을 받지 않았으므로 우리는 결

---

1) 희생자의 죄를 씻어주다 : 5.30사건에 관한, 『경보(京報)』의 주필 소진청(邵振靑, 邵飄萍이다)의 글을 가리킨다. 그는 1925년 6월 5일 『경보』의 "평단(評壇)" 란에 발표한 「우리나라 사람들이 한결같이 분개하고 있는 상황에서 영국과 일본 두 나라 정부는 중국을 분할하려 한다는 혐의를 받지 않도록 하길 바란다」라는 글에서 이렇게 말했다. 영일(英日) 제국주의는 "여러 가지 선전 정책을 이용해 중국국민이 이미 러시아를 닮아 적화되고 있으며 영일이 힘을 합쳐 중국을 압박하지 않으면 머지 않아 중국이 적화될 것이고 그러면 미국도 그 영향을 크게 받을 것이다 라고 말하고 있다.…… 그렇지만 중국은 결코 적화되지 않았으며, 이른바 적화설은 순전히 영일 두 나라의 허위정책에 속한다.…… 이번의 상해에서 일어난 참극은 바로 세계의 가짜문명의 파산 선고를 의미하며, 중국의 어떤 단순한 외교문제가 아니다." 그는 또 같은 날 그 신문에 발표한 「외국의 신사 폭도」라는 글에서 이렇게 말했다. "'폭동학생'이라는 명사는 정말 우습기 짝이 없는 말이라 할 수 있다. 외국의 신사들에게 묻노니, 학생들은 권총을 가지고 있었던가? 기관총을 가지고 있었던가? 폭동 때문에 외국의 신사들이 많이 살해되었던가? 아니 전혀 그렇지 않다. 많이 죽은 것은 바로 학생들이며, 결코 학생들이 자살로 죽은 것이 아니다."

코 "적화(赤化)"가 아니라든지, 모두가 맨주먹에 무기도 없었으므로 우리는 결코 "폭도"가 아니라든지 하는 것이었다. 중국인들이 만약 진짜로 중국을 적화시키고 진짜로 중국에서 폭동을 일으킨들 왜 영국 순경이 사형을 집행하도록 그냥 내버려두어야 하는지 나는 이해할 수 없다. 기억컨대, 새 그리스인들도 무기를 사용하여 국내의 터키인들에게 대응했지만 결코 폭도라고 불리어지지 않았으며, 러시아가 확실히 적화된 지 이미 여러 해가 되었지만 다른 나라로부터 총살의 징벌을 받지 않았다. 그런데 유독 중국인들만이 시민이 살해된 뒤에도 황급히 무고를 변명하고 억울하다는 듯이 눈을 휘둥그렇게 뜨고 세계를 향해 정의를 구걸해야 한다.

사실 그 연유는 이해하기 아주 쉬운데, 바로 우리는 결코 폭도가 아니고 결코 적화가 되지 않았기 때문이다.

이 때문에 우리는 억울하다고 느끼고 가짜문명의 파산을 크게 외치고 있다. 그러나 문명은 지금까지 이래왔던 것이며, 결코 지금에 이르러서야 가면을 벗게된 것은 아니다. 다만 이러한 피해를 이전에는 다른 민족이 받았던 것이라 우리가 모르고 있었기 때문이며, 어쩌면 우리도 원래 이미 수 차례나 받았지만 지금 벌써 다 잊어버렸기 때문일지도 모른다. 정의와 무력이 하나로 통일된 문명은 세계에서 나타난 적이 없으며, 그 맹아가 어쩌면 몇몇 선구자나 몇몇 압박 받고 있는 민족의 머리 속에만 있을지도 모른다. 그러나, 스스로가 힘을 갖게 되었을 때는 오히려 종종 분리되어 둘이 된다.

하지만 영국에는 어쨌든 진짜 문명인이 존재한다. 오늘 우리는 각국 무당파(無黨派) 지식계급노동자가 조직한 국제노동자후원회가 중국에 크게 동정을 표하는 「중국국민에게 주는 선언」²⁾을 이미 보았다. 이름이 열거된 사람 중에 영국인으로는 버나드 쇼(Bernard Shaw)

가 있으며, 세계문학을 주목하고 있는 중국인은 대체로 그의 이름을 알고 있을 것이다. 프랑스인으로는 헨리 바르뷰스(Henri Barbusse)가 있으며, 중국에서도 그의 작품을 번역한 바 있다. 그의 어머니는 영국인이며, 어떤 이는 이 때문에 그도 실천의 소질이 풍부하여 프랑스 작가들에게서 흔히 볼 수 있는 향락적인 분위기가 그의 작품에는 조금도 없다고 말한다. 지금 모두 나서서 중국을 위해 불만을 토로하고 있으며, 그래서 나는 영국인의 품성에서 우리가 배울 점이 그래도 많다고 생각한다 — 그러나 물론 순경 우두머리, 상인, 학생들의 시위를 보면서 지붕 위에서 박수를 치며 조소하는 아낙네들은 제외한다.

나는 결코 우리가 반드시 "적을 벗처럼 사랑하는" 사람이 되어야 한다고 말하는 것이 아니다. 단지 우리는 목하 누가 적인지를 확실히 인식하지 못하고 있다는 것을 말하고 있을 뿐이다. 근래에 나온 글에서 "적을 똑똑히 알자"라는 이런 말도 가끔은 있지만, 그야 글을 과격하게 쓴 병폐이다. 만일 적이 있다면 우리는 벌써 칼을 뽑아들고 일어서서 "피는 피로 보상한다"고 요구했어야 한다. 그런데 지금 우리가 요구하고 있는 것은 무엇인가? 무고를 변명한 뒤에 약간의 가벼운 보상을 바라는 것이 고작이다. 그러한 방법은 비록 10여 조항[3]

---

2) 「중국국민에게 주는 선언(致中國國民宣言)」: 1925년 6월 6일 국제노동자후원회가 베를린에서 5.30사건에 대해 중국국민에게 주는 선언을 발표했다. 그 중에 "국제노동자후원회의 전체 오백만 회원은 모두 손을 쓰고 머리를 쓰는 백인종의 노동자로서 지금 우리는 전체회원을 대표해서 백인종과 황인종의 자본제국주의 강도들이 평화로운 중국 학생과 노동자를 잔혹하게 살해한 이번 사건에 대해 그들과 함께 항쟁할 것이다." 이 글의 말미에 서명한 사람 중에 영국의 버나드 쇼와 프랑스의 바르뷰스가 있었는데, 이들은 이 후원회의 중앙위원회 위원이었다.

3) 상해 공상학연합회(工商學聯合會)가 제출한 대외담판조건을 가리킨다. 5.30사건 후에 이 연합회는 6월 8일에 선언을 발표하여 담판의 선결조건으로 4조목 및 정식 조건 13조목을 제출했다. 그 중에는 노동자의 노동조합의 결성과 파업의 자유, 영사재판권의 취소, 상해 주둔 영일해육군(英日海陸軍)의 철수 등의 조항을 포함하고 있

을 말하더라도 종합컨대 그저 "서로 왕래하지 않는다", "모르는 사람"이 되는 것일 따름이다. 본래 아주 친밀한 친구에 대해서도 아마 이 정도로 끝날 것이다.

그렇지만 진실을 말하자면, 공도(公道, 정의-역자)와 실력(實力)이 아직 하나로 통일되지 않았는데도 우리는 그저 공도만 붙잡고 있기 때문에 상대가 마음대로 살육을 가하더라도 우리 눈에는 다 친구로 보이는 것이다.

만약 우리가 영원히 공도만 가지고 있다면 영원히 무고를 변명하는데 힘써야 하고 죽을 때까지 공연히 바쁠 것이다. 요 며칠 동안 벽보들이 나붙었는데, 마치 사람들에게 『순천시보(順天時報)』를 보지 말라고 하는 듯했다. 나는 지금까지 이 신문을 그다지 많이 보지 않았는데, 결코 "배타주의"에서가 아니라 실은 그 신문의 호오(好惡)가 매번 내 생각과 아주 달랐기 때문이다. 그렇지만 중국인들 스스로가 말하기 꺼리는, 매우 정확한 말들이 간혹 있었다. 아마 2,3년 전에 어떤 애국운동이 있었을 때인데, 우연히 이 신문의 사설을 한 편 보게 되었다. 한 나라가 쇠락할 즈음에 언제나 두 가지 서로 다른 견해를 가진 사람들이 나타난다. 하나는 국민의 기개에 치중하는 민기론자(民氣論者)이고, 하나는 국민의 실력만을 오로지 중시하는 민력론자(民力論者)이다. 전자가 많으면 나라는 결국 점차 쇠약해지고 후자가 많으면 장차 강해질 것이다. 대의는 이랬다. 나는 이것은 아주 옳은 말이며 또 우리가 언제나 꼭 기억하고 있어야 하는 말이라고 생각한다.

었다. 이들 요구는 어느 정도 중국인민의 반제국주의에 대한 바램을 반영하고 있었지만 아직 일체의 불평등조약을 폐지하고 제국주의가 중국에서 가지는 일체의 특권을 전복하는 주요목적에는 도달하지 못했다. 나중에 이번의 대외교섭을 책임진 매판자산계급대표인 우흡경(虞洽卿, 總商會會長) 등은 또 그 중의 일부 중요한 조항을 삭제하고 고쳐 타협적인 12조목으로 만들었다.

애석하게도 중국은 역대로 오직 민기론자만이 많았으며 지금에 이르러서도 여전히 마찬가지이다. 만약 오래도록 이를 고치지 않으면 "두 번째는 쇠약해지고 세 번째는 힘이 다 빠져" 앞으로는 무고를 변명할 정력조차 없게 될 것이다. 그래서 부득이하게 맨주먹으로 민기(民氣)를 고무시킬 수밖에 없을 때라도 반드시 국민의 실력을 동시에 신장시켜야 하며, 또한 영원히 그렇게 해나가야 한다.

이 때문에 중국청년들이 지고 있는 무거운 짐은 다른 나라 청년들의 몇 배는 될 것이다. 왜냐하면 우리의 옛 사람들은 마음과 힘을 대체로 허왕되고 어렴풋하고 평온하고 원만한 데 써버리고 곤란하고 절실한 일은 뒷사람이 보충하여 하도록 남겨놓았기 때문이다. 한 사람이 두세 사람, 네댓 사람, 수십 수백 사람의 일을 함께 해야 하는데, 지금 바로 그 시련의 시기에 이르렀다. 상대가 굳세고 강한 영국인이니 남의 산에 있는 훌륭한 돌이므로 그것을 빌어 잘 연마할 수 있을 것이다. 지금 각오한 청년의 평균 연령이 20세라고 가정하고 또 중국인들이 쉽게 늙는다는 것을 계산에 넣는다고 가정하면 적어도 30년은 함께 항거하고 개혁하고 분투할 수 있을 것이다. 부족하면 다시 한 세대, 두 세대…… 더 해야 할 것이다. 이 숫자는 한 개인의 입장에서 볼 때 무서운 것 같지만, 만일 이만한 일로 무서워한다면 구제할 약이 없고 기꺼이 멸망하는 길밖에 없다. 왜냐하면 민족의 역사에서 이것은 극히 짧은 시기에 불과하고, 이 외에 더 빠른 첩경이 달리 없기 때문이다. 우리는 주저할 필요 없이 오로지 자신을 연마하고 스스로 생존을 구해야 하며 누구에 대해서도 악의를 품지 말고 해나가야 한다.

그러나 이 운동의 지속을 깨뜨릴 수 있는 위기는 목하 세 가지가 있다. 첫째 밤낮으로 표면적인 선전에서만 몰두하며 다른 일은 깔보는 것이며, 둘째 동류에 대해 너무 조급하게 굴며 조금이라도 맞지 않으면 곧 나라의 적이니 서양의 노예이니 부르짖는 것이며, 셋째 약삭빠른 많은 사람들이 오히려 기회를 이용해 자기 눈앞의 이익을 챙기려는 것이다.

6월 11일

11

(1) 급해서 말이 앞뒤가 맞지 않다

"급해서 말이 앞뒤가 맞지 않다"라는 병폐의 근원은 생각할 여유가 없는 데 있지 않고 여유가 있을 때 생각하지 않는 데 있다.

상해의 영국 순경우두머리가 시민을 잔인하게 죽였을 때 우리는 크게 놀라고 분개하며 '가짜문명인의 진면목이 분명히 드러났다'라고 크게 떠들어댔다. 그렇다면 이전에는 그들이 어느 정도 진짜문명을 가지고 있다고 여겼음이 분명하다. 그렇지만 중국에는 총을 가진 계급이 평민에게 불을 지르고 약탈하고 평민을 도살했지만 여태껏 항의하는 사람이 거의 없었다. 손댄 사람이 "국산품"이므로 잔인하게 살해하는 것조차도 환영할 수 있고, 또 우리는 원래 진짜야만이므로 스스로 자기 가족을 몇 명쯤 죽이더라도 이상할 것도 없는 것이 아닐까?

가족끼리 서로 죽이는 것과 이민족에 의해 살해되는 것은 당연히 다른 점이 있다. 예를 들어 누군가가 스스로 자기의 뺨을 때리면 마음이 가라앉고 분이 풀리지만, 다른 사람에게 얻어맞으면 대단히 화가 난다. 그러나 누군가가 스스로 뺨을 때릴 정도로 무기력해 있으면 다른 사람에게 얻어맞기는 아주 쉽다. 만약 세상에서 "때리는" 행위가 여전히 일소되지 않았다면 말이다.

우리는 분명 다소 당혹스러웠는데, 기독교를 반대하는 외침의 여음이 여전히 남아 있지만 많은 사람들이 이미 저 선교사들이 상해 사건에 대해 공증해준 데 대해 자못 탄복하고 있으며, 게다가 로마교황에게 가서 괴로움을 호소하는 사람까지 있다. 피를 흘리자 풍조가 이렇게 달라질 수 있다.

(2) 대외적 일치단결

갑: "이봐요, 을선생! 당신은 어째서 내가 바삐 허둥대는 틈을 타서 남의 물건을 가지고 가는 것이요? 당장 내게 돌려주시오!"

을: "우리는 대외적으로 일치단결 해야 합니다! 이렇게 위급한 때에 당신은 자기 물건만 기억하고 있을 거요? 망국노(亡國奴) 같으니라고!"

(3) "동포여 동포여!"

나는 내 죄를 자수하고자 한다. 이번에 강제로 할당된 액수 이외에도 나는 극히 적은 몇 푼을 달리 더 기부했다. 그러나 본래 의도는 결코 이로써 나라를 구하고자 한 데 있지 않고 그저 저 성실한 학생들이 감동적으로 열심히 내달리는 것을 보았기 때문인데, 미안하게도 그들에게 곤란을 안겨주었다.

학생들은 연설 때마다 항상 "동포여, 동포여!……"라고 말한다. 그런데 그대들은 그대들 모두가 어떠한 "동포"인지, 이 "동포"들은 어떠한 마음인지 도대체 알고 있는가?

모를 것이다. 즉 내 마음처럼 스스로 말하기 전에는 모금하는 사람들은 대개 모른다.

내 가까운 이웃에 있는 몇몇 초등학생들은 항상 작은 종이쪽지 몇 장에다 유치한 선전문구를 써서 그들의 여린 팔을 이용해 전신주나 담벽에 붙였다. 이튿날 볼 때면 대부분이 찢겨 있었다. 비록 찢은 사람이 누군지는 모르지만 아마도 영국인이나 일본인은 아닐 것이다.

"동포여, 동포여!……" 학생들은 말한다.

감히 말하건대, 중국인들 가운데 어떤 이는 저 성실한 청년들을 적대시하는 눈빛이 영국인이나 일본인보다 더 음흉하다! "불매운동"[4]으로 복수해야 할 대상이 꼭 외국인이어야만 할 건 없다!

중국이 좋아지려면 다른 종류의 일을 해야 한다.

이번에 북경에서 연설과 모금이 있은 뒤 학생들이 사회 각층의 인물들과 접촉할 기회가 아주 많아졌는데, 조금이라도 각 방면에 주의한 사람이라면 본 것, 받은 것, 느낀 것들을 모두 써내길 바란다. 설령 그것이 좋든 나쁘든 그럴듯하든 망신스럽든 부끄럽든 슬프든 모조리 다 발표해서 사람들에게 우리는 도대체 어떤 "동포"를 가지고 있는지 보여주어야 한다.

분명히 안 뒤에야 다른 종류의 일을 계획할 수 있다.

그리고 덮어 숨길 필요도 없다. 설령 발견한 것이 전혀 동포라 할 수 없는 것이더라도 처음부터 창조할 수 있다. 설령 발견한 것이 완전히 암흑에 지나지 않는다 하더라도 암흑과 전투할 수 있다.

---

4) 당시 영국상품과 일본상품을 배척하던 것을 가리킨다.

그리고 외국인들은 항상 우리가 스스로를 아는 것보다 훨씬 분명하게 우리를 알고 있다는 사실을 덮어 숨길 필요도 없다. 비근한 예를 하나 들자면, 중국인이 스스로 엮은 『북경지침서』보다 일본인이 지은 『북경』이 좀더 정밀하고 정확하다!

(4) 손가락 자르기와 졸도

손가락을 자르기도 하고 그 자리에서 졸도하기도 하였다.[5]
손가락 자르기는 극히 작은 부분의 자살이고, 졸도는 극히 짧은 순간의 죽음이다. 나는 이런 교육이 보급되지 않기를 바라며 이후부터 이런 현상이 더 이상 없기를 바란다.

(5) 문학가가 무슨 쓸모가 있는가?

상해 사건이 발생한 이후 "미친 듯이 외치는" 문학가가 한 사람도 없었기 때문에 어떤 사람은 의문을 제기하며 "문학가는 도대체 무슨 쓸모가 있는가?"라고 말했다.
지금 조심스레 대답하건대, 문학가는 몇 마디, 이른바 시문(詩文)으로 헛소리하는 이외에 그야말로 전혀 쓸모가 없다.
중국의 현하 문학가들은 또 논외로 치고, 진짜 문학대가라 하더라도 매 주제마다 반드시 한 편의 글을 짓고 매 사안마다 반드시 한바

______

5) 1925년 6월 10일에 북경 민중이 5.30사건으로 인해 천안문에서 대회를 열었는데, 당시의 신문보도에 따르면 참가자 중에 지나치게 격분한 나머지 어떤 사람은 연설하다가 날카로운 칼날로 손가락을 자르고 혈서를 썼으며, 어떤 사람은 그 자리에서 졸도했다고 한다.

탕 미친 듯이 외치는, "시(詩)와 문(文)이 모두 완전한" 그런 것은 아니다. 그는 만뢰(萬籟, 뢰는 구멍에서 나는 소리를 가리키는데, 만뢰는 온갖 소리를 뜻함-역자)가 소리 없을 때 크게 외칠 것이고, 또 징소리 북소리가 시끌벅적할 때 침묵할 것이다. 레오나르도 다 빈치(Leonardo da Vinci)는 대단히 민감했지만 사람이 임종 때 느끼는 공포와 고민의 표정을 연구하기 위해 목베는 광경을 직접 보았다. 중국의 문학가는 결코 미친 듯이 외치지도 않거니와 그렇다고 이처럼 냉정하지도 않다. 더구나 「피 꽃이 어지럽게 날고」라는 한 수가 이미 발표되었지 않은가?[6] 비록 "미친 듯한 외침"인지 아닌지 아직 평가를 받지 못했지만 말이다.

문학가는 아마 반드시 미친 듯이 외쳐야 할 것이다. 선례를 조사해보면, 일을 한 사람의 이름이 아무래도 글을 쓴 사람의 이름만 못하다. 그래서, 상해와 한구(漢口)의 희생자들의 성명은 벌써 깨끗하게 잊혀졌음에도 불구하고 시문은 오히려 더 오랫동안 남을 것이고, 어쩌면 다른 사람을 감동시키고 뒷사람을 일깨우게 될 것이다.

이것이야말로 문학가의 쓰임이다. 피의 희생자는, 만일 쓰임으로 따진다면 어쩌면 문학가가 되는 것이 더 나을지도 모르겠다.

(6) "민간으로 가다"

그런데, 꽤 많은 청년들이 돌아가려 한다.

요즘의 언론에서 볼 때, 구가정은 마치 청년들의 생명을 삼키는 무서운 요괴인 것 같다. 그렇지만 사실은 그래도 역시 사랑스러운 것이

---

6) (역주) 이런 시가 발표되었음에도 불구하고 중국 문인들이 침묵하고 있음을 풍자하고 있다.

며, 그 어떤 것보다도 흡인력이 풍부하다고 할 수 있을 듯하다. 어렸을 때 낚시를 드리우고 노닐던 고향은 당연히 사람들에게 그리움을 자아내며, 더구나 대도시와 단절된 시골에서는 그동안 보다나은 삶을 위해 애쓰던 피로를 잠시 식힐 수 있음에랴.

더욱이 이 또한 "민간으로 가다"[7]로 간주할 수 있음에랴.

그러나 이로부터 역시, 우리의 "민간"은 어떠하며, 청년들이 혼자서 민간에 이르렀을 때 자신의 역량과 심정이 북경에서 함께 이러한 표어를 크게 외칠 때와 비교하여 또 어떠한지를 알 수 있다.

이 경험을 또렷이 기억했다가 만일 앞으로 민간에서 돌아와 북경에서 다시 이 표어를 함께 크게 외치는 것을 보게 됐을 때 회상해보면 자기가 진짜로 말하고 있는지 아니면 거짓으로 말하고 있는지를 알 것이다.

그렇게 되면 아마 몇몇 사람들은 침묵할 것이고, 침묵하며 고통스러워할 것이다. 그렇지만 새로운 생명은 바로 이 고통스러운 침묵 속에서 싹틀 것이다.

(7) 영혼의 단두대

최근 몇 년 동안 매번 여름은 대체로 총이 있는 계급이 싸우는 계절이었으며[8] 청년들의 영혼의 단두대였다.

---

7) 원래 19세기 60년대에서 70년대까지 러시아 국수파(國粹派)의 구호로서 청년들이 농촌으로 가서 농민들을 동원해 짜르 정부를 반대하도록 호소하던 것이었다. 5.4운동 이후 특히 5.30운동이 고조되었을 때 이 구호는 중국 지식인들 사이에 상당히 유행했다.

8) 북양군벌이 통치하던 시기에 각지 군벌들 사이의 내전, 예를 들어 1920년의 직환(直皖) 전쟁, 1921년의 상악(湘鄂) 전쟁, 1922년의 봉직(奉直) 전쟁이 모두 여름에 발생했다.

여름방학이 되면 졸업한 사람들이 모두 흩어지고 진학하는 사람도 아직 들어오지 않고 그 나머지 사람들도 대부분 고향으로 되돌아간다. 그리하여 각종 동맹이 잠시 헤어지고, 그리하여 고함소리가 잠시 자자들고, 그리하여 운동이 사그라지고, 그리하여 간행물이 중지된다. 타들어 갈 듯 뜨거운 거대한 칼날이 하늘에서 내려와 신경중추를 갑자기 싹둑 잘라버려서 이 수도는 순간 송장이 되어 버린다. 그러나 오직 외로운 귀신만이 여전히 죽은 시체 사이를 오가며 조용히 그가 일체를 점령한 큰 깃발을 세운다.

가을 하늘 높고 공기 상쾌한 계절에 청년들은 또 모여들지만, 이미 신진대사가 많이 이루어진다. 그들은 아직 체험으로 깨닫지 못한 채 제일 멋진 곳(수도, 즉 북경을 가리킴—역자)이 가져다 주는 건망증의 분위기 속에서 다시금 새로운 생활을 시작한다. 그것은 바로 졸업한 사람들이 작년 가을에 시작했던 새로운 생활과 같은 그런 생활이다.

그래서 사람들은 일체의 골동품과 폐물들에 대해 영원히 신선한 것이라 느끼게 된다. 물론 주위가 진보인지 아니면 퇴보인지 깨닫지 못하고, 만난 것이 귀신인지 아니면 사람인지 분간하지 못한다. 불행히도 또 사변이 일어나서 그대로의 세상, 그대로의 사회에서 예전처럼 "동포여, 동포여" 하고 외치는 수밖에 없다.

(8) 여전히 아무것도 없다(一無所有)

중국의 정신문명은 벌써 총포에 의해 무너졌으며, 여러 가지 경험을 거치면서 무엇이나 다 있음이 아무 것도 없는 것임을 이미 증명하고 있다. "아무것도 없다"라는 이 말을 피하여 하지 않으면 물론 잠시나마 자기위안이 될 수 있다. 만일 좀더 듣기 좋게 치장하면 추운 날 벌겋게 달아오른 화로처럼 사람을 편안하게 해서 졸게 할 수 있다. 그러나 그 보답은 영원히 치료할 수 있는 약이 없고 일체의 희생이 모조리 헛수고가 되는 것이다. 왜냐하면 모두가 졸고 있을 때 외로운 귀신이 오히려 희생물을 다 먹어치우고 더욱 살이 찔 것이기 때문이다.

무릇 인간은 이제부터 반드시 기억력을 가지고 사방을 살피고 팔방으로부터 소리를 들어서, 자기를 속이고 남도 속이는 이전의 일체의 희망에 관한 이야기를 모조리 쓸어버리고, 누구의 것이든 자기를 속이고 남도 속이는 가면을 모조리 찢어버리고, 누구의 것이든 자기를 속이고 남도 속이는 수단을 모조리 배척해야 한다. 종합해서 말하면, 바로 화하(華夏, 중국을 가리킴-역자)의 전통적인 모든 약삭빠른 장난들을 모조리 던져버리고, 오히려 가서 몸을 굽히고 우리에게 충격을 가하는 서양 오랑캐를 배워야 비로소 새로운 희망의 싹이 돋아날 수 있다.

6월 18일

여백 메우기

1

　"공리(公理)의 승리" 기념문[1]이 프랑스 파리의 공원에 세워지면 어떨지 모르겠지만 중국 북경의 중앙공원에 세워지는 것은 그야말로 희한한 일이다. ―그런데 이는 지금 그렇다는 말이다. 당시에는 시민과 학생들도 행진하며 환호했었다.

　우리가 그때 전쟁 승리의 대열에 들 수 있었던 것은 많은 노동자들을 보냈기 때문인데, 모두 노동자들이 유럽 전쟁에서 세운 공로를 항상 자랑스러워했다. 지금은 그것을 언급하는 사람이 거의 없으며 전쟁의 승리도 잊어버렸고, 실제로는 전쟁에서 패한 것이다.[2]

---

1) 1918년 제1차 세계대전이 끝난 뒤 영국, 프랑스를 위시한 연합국이 독일, 오스트리아 등 동맹국을 무찌른 것은 "정의가 강권과 싸워 이긴 것이다"라고 선전했다. 그때 승전국에서는 모두 비를 세워 기념했는데, 중국의 북양정부는 연합국 쪽에 가담했기 때문에 역시 북경의 중앙공원(지금은 중산공원)에 "정의의 승리"라는 기념문 (1953년에 "정의의 승리"라는 글은 "평화 보위"라는 글로 고쳐짐)을 세웠다.

2) 제1차 세계대전 후 1919년 1월에서 6월까지 영국, 프랑스, 미국 등 제국주의는 파리강화회의를 조종하면서 중국의 주권과 "전승국" 지위를 무시하고 불법적으로 일본 제국주의가 전쟁 전의 독일이 산동에서 차지한 특권을 계승하도록 결정했다. 같은 해 5.4운동이 폭발해 당시 중국대표단이 강화회의에서 서명을 거부하도록 압박했다. "실제로는 전쟁에서 패한 것이다"라는 것은 파리강화회의가 중국주권을 침해한 이 상황을 말하는 것이다.

지금의 강자와 약자의 구분은 당연히 총포가 있느냐 없느냐에 달려 있다. 특히 그것은 총포를 쥐고 있는 사람에 달려 있다. 가령 그 나라 국민이 비겁하다면 설령 총포를 가지고 있다고 하더라도 총포가 없는 자들만 살육할 수 있을 뿐이고, 만일 적도 총포를 가지고 있다면 그 승패는 미지수에 놓이게 된다. 이 때야 비로소 진정한 강자와 약자가 드러난다.

우리는 화살을 우리 스스로 만들 수 있었지만 금(金)나라에 패했고, 원(元)나라에 패했고, 청(淸)나라에 패했다. 기억컨대, 송(宋)나라 사람의 어느 잡기(雜記)에는 금나라 사람과 송나라 사람의 물건을 비교하는 저자거리의 해학이 기록되어 있다. 예를 들어 금나라 사람은 화살을 가지고 있는데 송나라에는 무엇이 있는가 라고 묻는다. 그러자 "쇄자갑(갑옷 속에 받쳐입는 작은 미늘로 엮어 만든 옷—역자)이 있다"라고 답한다. 또 금나라에는 넷째 태자가 있는데 송나라에는 어떤 사람이 있는가 라고 묻는다. 그러자 "악소보[岳少保, 악비(岳飛)를 가리키며, 마지막까지 금나라에 저항했던 송나라 장군이다—역자]가 있다"라고 답한다. 마지막에 이르러 금나라 사람은 낭아봉(狼牙棒, 무수한 못 끝이 밖으로 나오게 박아 긴 자루를 단 무기의 일종으로 사람의 머리를 때리는 데 사용—역자)이 있는데, 송나라에는 무엇이 있는가 라고 묻는다. 그러자 "두개골이 있다!"라고 답한다.

송나라 이후로 우리는 결국 두개골만 있었을 뿐이고, 지금은 또 "민기(民氣)"라는 것을 발견하였는데, 더욱 허왕하고 어렴풋하다.

하지만 실력을 토대로 하지 않는 민기는 결과적으로 바깥에서 구할 필요 없는 고유한 두개골로써 스스로 자랑으로 여길 수 있을 뿐이다. 말하자면 자포자기를 승리로 간주하는 것이다. 나는 근래에 또

"기(杞)나라 사람이 하늘이 무너질까 걱정하는 그런 근심이 마음에 일고 있다"고 생각되어 중국이 더욱 옛날로 되돌아갈까 두렵다. 수박모자, 장삼, 쌍량혜(雙梁鞋), 읍하는 인사, 붉은 명함, 물담배대 등이 어쩌면 애국의 증표가 될지도 모른다. 왜냐하면 이것은 힘을 들이지 않고도 가져올 수 있는 것들이라 두개골과 우열을 가리기 어려운 것이기 때문이다.(그러나 붉은 명함은 "적화"라는 혐의를 피하기 위해 아마도 사용하지 않을 것이다.)

그렇지만 나는 중국인은 완고하다고 말하는 것이 아니다. 왜냐하면 아편과 트럼프는 배척하는 대상에 놓이지 않을 것임을 믿기 때문이다. 하물며 애국지사가 마작이 이미 서양에서 성행하고 있어 우리를 위해 복수해 주었다고 이미 말하지 않았던가?

애국지사들은 또 중국인은 평화스럽다고 말한다. 그러나 평화를 사랑하는데도 어째서 국내에서는 해마다 전쟁을 하고 있는지 도무지 이해할 수 없다. 어쩌면 이 말은 반드시 '중국인은 외국인을 대할 때만 평화를 사랑한다'라고 고쳐야 할 것이다.

우리가 스스로를 자세히 살펴보아 더 이상 거짓말을 하지 않을 때가 반드시 도래하고, 더 이상 자기도 남도 속이지 않을 때가 되면, 희망의 싹이 보이는 때가 된 것이다.

나는 힘이 없다고 자인하는 것이 평화를 사랑한다고 자랑하는 것보다 더 치욕적이라고 여기지는 않는다.

6월 23일

2

이전에는 "사인(士人)"이나 "상등인(上等人)"으로 자처하던 사람들이 지금은 대체로 "평민"이라고 바꿔 불러도 괜찮게 되었으며, 실제로 많은 사람들이 이미 그렇게 하고 있다. 그때는 그때이고 지금은 지금이어서 청조 때는 수재(秀才) 시험을 보거나 돈을 주고 국자감(國子監)의 생원3)이 되어야 했지만 지금은 학교에 들어가야만 한다. "평민"이라는 이 명칭은 요즘 날로 유행하고 있고 지위도 높아졌으니, 평민으로 자처하면 대개 다른 사람으로부터 이전의 "상등인"에 대한 것과 같은 존경을 받을 수 있어 세태는 비록 변했지만 옛 지위는 잃을 리 없다. 만일 이러한 평민을 만나게 되면 반드시 그를 치켜세워야 하고 이전에 하등인(下等人)이 귀족에게 하는 듯이 적어도 고개를 끄덕이며 읍을 하고 웃음을 띄우며 고분고분해야 한다. 그렇지 않으면 "오만하다"느니 "귀족적이다"느니 하는 죄명을 얻게 될 것이다. 왜냐하면 그는 이미 평민이 되었기 때문이다. 평민을 만나도 각별히 비위를 맞추지 않으면 교만한 것이 아니고 무엇이겠는가?

청나라 말년에는 대체로 혁명당을 마치 뱀이나 전갈처럼 싫어하는 분위기였는데, 남경정부(南京政府)4)가 성립되자 멋진 신사(紳士, 지방의 세력가-역자)와 상인들은 혁명당 같은 사람들을 만나면 곧 친밀하게 "우리는 본래 다 '풀 초자 머리'5)로서 같은 편입니다"라고 말했다.

___

3) 수재(秀才) : 명·청대 과거제도에서 현(縣)의 초시(初試)를 보고 부(府)의 부시(復試)를 보고 다시 학정(學政)이 주관하는 원고(院考, 道考)에 참가해 합격한 사람이 수재이다. 국자감 생원 : 국자감은 원래 봉건시대 중앙의 최고학부인데, 청대 건융(乾隆) 이후로 전례에 따라 돈을 기부하면 국자감 생원의 명의를 얻을 수 있었고, 반드시 국자감에서 공부하지 않아도 되었다.

4) 남경정부(南京政府) : 1912년 1월 1일 남경에 성립된 중화민국임시정부를 가리킨다.

서석린(徐錫麟)6)이 은명(恩銘)을 찔러 죽였을 때 혁명당 사람들을 대대적으로 체포했는데, 도성장(陶成章)7)군도 그 중의 한 사람으로 체포되었고 죄명은 "『중국권력사』를 지었고, 일본의 최면술을 배웠다"라는 것이었다.(어째서 최면술을 배우는 것이 죄가 되는지 전혀 이해할 수 없다) 그 바람에 시골에 있던 그의 부친도 크게 고통을 받았다. 혁명이 무르익게 되자 비로소 "어르신네"라는 존칭을 받게 되었고 "영손(令孫)"에게 중매를 서겠다고 하는 사람도 있었다. 애석하게도 도(陶)군은 얼마 지나지 않아 누군가에 의해 암살되었으며, 신주(神主)를 사당에 모실 때 향을 올리고 봉양하던 신사와 상인이 5,6백 명이나 되었다. 원세개(袁世凱)가 2차 혁명8)을 무너뜨린 뒤에야 겨우 냉랭해졌다.

누가 중국인들은 잘 고치지 않는다고 말했던가? 새로운 사물이 들

---

5) '풀 초자 머리' : 일종의 은어로서 "혁(革)"자와 "초(草)"의 시작이 비슷하여 당시 일반사람들은 혁명당을 "풀 초자 머리"라고 불렀다. 여기서 말한 "혁명당"은 홍중회(興中會), 광복회(光復會), 동맹회(同盟會) 및 기타 반청(反淸) 혁명조직을 가리킨다.

6) 서석린(徐錫麟, 1873~1907) : 자는 백소(伯蘇), 절강(浙江) 소흥(紹興) 사람이며, 청말 혁명단체인 광복회(光復會)의 중요 성원이다. 1907년 추근(秋瑾)과 함께 절환(浙皖, 절강성과 안휘성-역자) 두 성(省)의 동시 기의(起義)를 준비했고, 7월 6일 그는 안휘(安徽) 순경처회협(巡警處會協) 겸 순경학당(巡警學堂) 감독 신분으로 위장하여 학당에서 졸업식을 거행하는 기회를 틈타 안휘 순무(巡撫) 은명(恩銘)을 찔러 죽이고 학생들을 이끌고 군계국(軍械局)을 공격해 점령했으며, 탄약이 떨어지자 체포되어 당일 처형되었다.

7) 도성장(陶成章, 1878~1912) : 자는 환경(煥卿)이고, 별호는 회계산인(會稽山人)이다. 절강(浙江) 소흥(紹興) 사람이며, 청말 혁명가로서 광복회(光復會) 영수 중의 한사람이다. 1912년 1월 기회주의자 진영사(陳英士)가 파견한 장개석(蔣介石)에 의해 상해 광자의원(廣慈醫院)에서 암살되었다. 저작으로는 『중국민족권력소장사(中國民族權力消長史)』, 『절안기략(浙案紀略)』 및 『최면술강의(催眠術講義)』 등이 있다.

8) 2차 혁명 : 1913년 7월 손중산(孫中山)이 일으킨 원세개를 토벌하기 위한 전쟁을 가리키는데, 실패로 끝났다. 1911년의 신해혁명과 구별하여 이것을 2차 혁명이라 한다.

어올 때마다 처음에는 비록 배척하지만 믿어도 되겠다 싶으면 곧 저절로 고치게 된다. 그러나 결코 자신을 새로운 사물에 맞게 변화시키는 것이 아니라 새로운 사물을 자신에 맞게 변화시킬 따름이다. 불교가 처음 들어왔을 때 크게 배척되었지만 이학(理學) 선생들이 선(禪)을 말하고 스님들이 시를 짓게 되자 "삼교동원(三敎同源)"[9]의 기운이 무르익게 되었다. 듣자하니 지금 오선사(悟善社)[10]에 모신 신주는 이미 다섯 가지, 즉 공자, 노자, 석가모니, 예수 그리스도, 모하메드라고 한다.

중국의 관례에 따르면 무릇 자기와 다른 자를 배척할 때는 흔히 상대에게 별명 — 원명(諢名) 또는 작호(綽號)라고 함 — 을 하나 붙인다. 이것은 명·청대 이래로 소송 대리인의 상투적인 수단이었다. 가령 장삼(張三)과 이사(李四)를 고소할 때 그냥 성명만 말하면 아주 평범하므로 이제 "육비태세장삼(六臂太歲張三)", "백액호이사(白額虎李四)"[11]라고 한다. 그러면 행적을 묻기도 전에 현관(縣官)은 별명만 보아도 그 사람이 악당이라는 것을 느끼게 된다.

달은 한쪽 면만 태양을 마주하고 있어 다른 한쪽 면은 영원히 볼

---

9) "삼교"는 유가·불가·도가를 가리킨다. 동한(東漢) 이후에 이 삼가(三家)는 때로는 대항하고 충돌했지만 종종 상호 침투되었다. 송대에 이르러 정호(程顥), 정이(程頤), 주희(朱熹) 등 이학가들이 불가와 도가의 사상을 흡수해 "삼교"사상의 조화를 이루었다. 여기서 "'삼교동원'의 기운이 무르익었다"고 말 것은 바로 이러한 조화의 현상을 가리킨다.

10) 오선사(悟善社) : 봉건적이고 미신적인 종교적 비밀결사조직의 일종이다.

11) (역주) 육비태세장삼(六臂太歲張三)" : 팔이 여섯 개 달린 태세신 장삼(張三)이라는 뜻이다. 태세신은 전설에 나오는 신의 이름이며, 미신에서 땅에 있는 태세신이 하늘의 "태세(목성)"와 상응하여 움직인다고 생각했고, 점술가들은 이 방향을 나쁜 방향이라 생각해 태세신의 방위로 흙을 파고 나무를 잘라 건축을 짓는 것을 금기로 삼았다. "백액호이사(白額虎李四)" : 흰 이마 호랑이 이사(李四)라는 뜻이다.

수 없다. 중국문명을 예찬하는 사람들도 오직 광명만을 사람들에게
보여주고 어두운 일면을 감추어버린다. 예를 들어 가족, 친척, 친구
에 관해 말할 때 책에서는 여러 가지 보기 좋은 형용사, 즉 자(慈)니
애(愛)니 제(悌)니…… 하는 말을 사용하고, 또 보기 좋은 모범, 즉 오
세동당(五世同堂)이니 예문(禮門)이니 의종(義宗)이니…… 하는 말을
사용한다. 그러나 별명의 경우에는 살아있는 사람의 마음속에, 세상
에 알려지지 않은 책 속에 숨겨져 있다. 가장 기초적인 소송사건의
교과서인 『소조유필(蕭曹遺筆)』[12] 속에는 관용적으로 쓰이는 수많은
나쁜 이름들이 나오는데, 스스로 글 쓰는 수고를 덜기 위해 지금 여
기에 약간 옮겨본다.

> 친척에 관한 것 — 얼친(孽親), 효친(梟親), 수친(獸親), 악친(鱷親), 호
> 친(虎親), 왜친(歪親)
> 손윗사람에 관한 것 — 악백(鱷伯), 호백(虎伯, 叔도 동일함), 얼형(孽
> 兄), 독형(毒兄), 호형(虎兄)
> 손아랫사람에 관한 것 — 패남(悖男), 악질(惡侄), 얼질(孽侄), 패손(悖
> 孫), 호손(虎孫), 효생(梟甥), 얼생(孽甥), 패첩(悖妾), 발식(潑媳), 효
> 제(梟弟), 악서(惡婿), 흉노(凶奴)

이 중에 부모에 관한 것이 없는데, 그것은 관례상 소송할 수 없기
때문이다. 왜냐하면 역대 왕조가 대체로 "효로써 천하를 다스려왔기"
때문이다.

이러한 수단은 소송 대리인만 가지고 있었던 것이 아니다. 민국 원

---

12) 『소조유필(蕭曹遺筆)』: 청대 죽림랑(竹林浪)이 수집한 것으로 도합 4권이다. 소송대
   리인이 소장을 쓸 때 사용하던 참고서의 일종이다.

년에 장태염(章太炎) 선생은 북경에서 활발하게 논의를 펴면서 조금
도 거리낌없이 포폄을 해댔다. 그래서 늘 폄하를 당하던 한 무리 사
람들은 그에게 "장(章) 미치광이"라는 별명을 하나 붙여주었다. 사람
이 미치광이이니 그 논의는 당연히 미치광이 말이요 아무런 가치가
없는 것이겠지만, 그러나 발언이 있을 때마다 여전히 그네들의 신문
에다 실었다. 다만 제목이 특별하여 「장 미치광이가 크게 발작하다」
라고 했다. 한번은 장 선생이 방향을 바꾸어 그네들의 반대당에다 욕
설을 퍼부었다. 그러면 어떻게 나올까? 이튿날 신문에 실렸을 때 그
제목이 「장 미치광이가 갑자기 정신을 차리다」라는 것이었다.

　　이전에 『귀곡자(鬼谷子)』13)를 보았을 때 그 속의 모략은 전혀 기발
한 데가 없다고 느꼈다. 다만 「비겸(飛箝)」편에 나오는, "항쇄(項鎖, 목
에 걸어 벌을 주는 형벌의 도구―역자)를 씌우면 종으로 움직일 수 있고
횡으로 움직일 수 있고,…… 끌어당기면 앞뒤로 돌릴 수도 있고 뒤집
을 수도 있다. 비록 뒤집어지더라도 원상으로 회복할 수 있어 절도를
잃지 않는다"라는 이 단락에서 "비록 뒤집어지더라도 원상으로 회복
할 수 있다"라는 구절은 아주 두려웠다. 그러나 이런 수단은 우리 사
회에서 흔히 만날 수 있는 것이다.

　　『귀곡자』는 물론 위서(偽書)이며, 결코 소진(蘇秦)·장의(張儀)14)의
스승이 지은 것이 아니다. 그러나 작자는 결코 "소인"이 아니라 오히

---

13) 『귀곡자(鬼谷子)』: 전국(戰國)시기의 귀곡자(鬼谷子)가 지은 것으로 전해지지만, 사
　　실은 후대인의 위탁(偽托)이고, 도합 3권이다. 「비겸(飛箝)」은 그 중의 한 편이다.
14) 소진(蘇秦)·장의(張儀): 전국시기의 종횡가(縱橫家)이다. 소진은 육국(六國)이 연합
　　해 진(秦)나라에 저항해야 한다고 유세했고, 장의는 육국이 진나라로 귀순해야 한다
　　고 유세했다. 『사기(史記)』의 「소진열전(蘇秦列傳)」과 「장의열전(張儀列傳)」에 따르
　　면, 이들 두 사람은 "함께 귀곡자 선생의 학술을 섬겼다"라고 했다.

려 진실한 사람이다. 송대의 내곡(來鵠)[15]은 이미 이렇게 말했다. "패합비겸(捭闔飛箝, '패합'은 종횡가의 유세의 한 가지 방법으로서 연합·분열·이간·포섭을 뜻하고, '비겸'은 변론의 한 가지 방법이다—역자)은 오늘날 항상 볼 수 있는 모습이며 귀곡자라는 책을 읽지 않은 사람이라도 모두 자연스럽게 들어맞을 수 있다." 사람들이 항상 사용하고 있어 기이할 것도 없는데 작자는 조금 안다고 해서 그것을 책으로 써서 비결로 삼고 있으니 품성이 순박하고 수단뿐만 아니라 마음속 교활함도 많지 않다는 것을 알 수 있다. 만약 큰부자라면 10원짜리 지폐를 액자 속에 끼워 넣고 보배로 여기기야 하겠는가?

귀곡자는 그래서 어쨌든 음모가가 아니며, 그렇지 않다면 그는 필시 좀더 두루뭉실하게 말했을 것이다. 아니면 자기가 말하지 않고 다른 사람을 끌어들여 말하게 했을 것이다. 아니면 다른 사람을 끌어들여 말하게 할 필요도 없이 스스로 영원히 형언할 수 없이 잘난척했을 것이다. 그 마지막 묘법은 아는 자가 말하지 않고 책에도 나오지 않으니 그래서 나도 모른다. 만약 알고 있다면 늘 등불 아래서 『망원(莽原)』이나 편집하고 「여백 메우기」를 쓰는 일 따위는 하지 않을 것이다.

그러나 우리는 언제나 갖가지 하찮은 종횡가들을 몸소 체험하고 혹은 눈으로 목격하게 된다. 여름에 갑자기 갑과 을이 서로 싸우더니, 갑자기 갑과 을이 서로 친해져 함께 병을 친다. 갑자기 갑과 병이 서로 합쳐 또 을을 치고, 갑자기 갑과 병이 또 서로 싸우기 시작한다. 이것이 바로 "뒤집기"와 "원상 회복"의 작용이다. 수백 원의

---

15) 『전당문(全唐文)』 권811 「내곡(來鵠)」 조항에 따르면, "곡(鵠)은 예장(豫章) 사람이며, 함통[咸通, 당(唐) 의종(懿宗)의 연호] 연간에 진사 시험을 보았으나 합격하지 못했다"라고 했다.

돈을 써서 술자리를 한번 베풀면 많은 사람들이 즉각 색깔을 바꾸는데, 이것도 역시 같은 장난이다. 그렇지만 정말 내곡이 말한 바와 같이, 지금의 사람들은 이미 "하늘에서 부여한 것이요 인력으로 어찌할 수 없는" 사람이다. 만일 『귀곡자』를 보아야만 그럴 수 있다면 문법책을 들고서 외국인과 이야기하는 것과 같이 틀림없이 벽에 부딪칠 것이다.

7월 1일

3

　5.30사건이 발생한지 이미 40일이나 되었지만 북경의 상황은 5월 29일의 상황 그대로이다. 총명한 비평가는 아마 예의 "5분간의 열기"16)설을 꺼낼 태세이다. 비록 예외가 있어 탕이화(湯爾和)17) 선생의 대문을 "족히 15분간은 북을 치듯 두드렸지만"(6월 23일 『신보(晨報)』에 보임) 말이다. 일부 학생들도 항상 이 "5분간의 열기"설을 끌어들여 스스로 경계하고 있으니 그들도 진작부터 깨닫고 있는 듯하다.

　그런데, 중국의 노선생들 — 20세 전후의 노선생들도 모두 이 속에

---

16) "5분간의 열기" : 양계초(梁啓超)가 1925년 5월 7일 『신보(晨報)』의 "국치를 잊지 말라" 란에 발표한 「제10도의 "5·7"」이라는 글에서 이렇게 말했다. "나는 군중의 분노를 사는 말을 하는 것을 두려워하지 않는다. '국치기념'이라는 이 명사는 '의화단(義和團) 식'의 애국심에 기대어 존재하는 것에 불과하다! 의화단 식의 애국이 본질적으로 좋은지 나쁜지는 또 다른 문제에 속한다. 그러나 그것의 효용을 표현하자면, 역시 '5분간의 열기'에 기대고 있으며, 이성이 없는 이런 충동이 지속성을 가질 수 있다고는 절대로 믿지 않는다."

17) 탕이화(湯爾和, 1878~1940) : 절강성 항현[杭縣, 지금의 여항(余杭)] 사람이다. 북양정부의 교육총장을 역임했고, 항일전쟁 시기에는 매국노로 타락했다.

포함해서 — 은 어찌된 영문인지 여자와 아이를 너무 낮게 보기도 하고 동시에 너무 높게 보기도 하는 일종의 모순된 견해를 가지고 있다. 부녀자와 아이를 바깥에 나가지도 못하게 하면서 한편으로는 재녀(才女)를 공경하고 신동(神童)을 받들고, 심지어는 이를 빌어 세도가 집안과 사귀어 스스로 연줄로 벼락출세하려는 생각을 가지고 있다. 목란(木蘭)의 종군 이야기나 제영(緹縈)의 아버지 구한 이야기[18] 따위를 흥미진진하게 즐겨 말하고 있으니, 이로써 자기는 도리어 전혀 분발하지 않는 멍청이임을 드러낸다. 학생들에 대해서도 마찬가지여서 학생들에게 "나랏일은 말하지 말라"라고 하면서 학생들에게만 외국 군대를 물리치도록 하고, 물리치지 못하면 학생들은 쓸모가 없다고 비웃는다.

교육이 보급된 나라에서라면 국민의 9할이 학생이겠지만 중국에서는 물론 여전히 특별한 종류이다. 비록 특별한 종류이지만 결국 "머리 묶은 어린학생"[19]일 뿐이므로 당연히 삼두육비(三斗六臂, 머리 세 개와 팔 여섯 개를 가지고 있다는 뜻으로 신통력이 있는 사람을 가리킴 — 역자)

---

18) 목란(木蘭)의 종군: 남북조 시기의 서사시 『목란시(木蘭詩)』에 나온다. 여자인 목란이 남자로 분장하고 아버지를 대신해 종군하여 12년 동안 전쟁에 참여하고 공을 세워 고향으로 돌아온다는 내용이다. 제영(緹縈)이 아버지를 구한 일 : 『사기·창공전(史記·倉公傳)』에 나온다. 제영은 한대(漢代) 순우의(淳于意, 즉 倉公)의 어린 딸이며, 아버지가 죄를 짓자 한(漢) 문제(文帝)에게 상소를 올려 관비가 되어 아버지의 죄를 속죄하겠다는 자신의 바램을 표현했다.

19) 1925년 장사조(章士釗)가 학생들의 "5·7"국치 기념을 금지했기 때문에 반대에 부딪쳤는데, 그는 단기서(段祺瑞)에게 제출한 사직서에서 "머리를 묶은 어린 학생이 수백 수천 명이 무리를 지어 본인이 맡고 있는 장관직 진퇴에 관해 조건을 제시했습니다"라고 말했다. 머리 묶다라는 말은 옛날 사내아이가 아동이 되는 나이를 가리킨다. 장사조가 말한 "머리 묶은 어린 학생"에는 경멸의 뜻이 포함되어 있다. (역주) 옛날에 학령이 되어 머리를 묶고 배움을 시작했는데, '머리 묶다'라는 것은 배움을 처음 시작하는 자 또는 초보자를 뜻한다.

의 신통력을 가지고 있을 리 없다. 그들이 할 수 있는 일은 연설, 시위, 선전 따위뿐이며, 그것은 불씨처럼 민중의 가슴속에 불을 당기고 불꽃으로 타오르게 하여 나라정세를 바꾸는 전기를 마련할 수 있다. 만약 민중에게 전혀 가연성(可燃性)이 없다면 불씨는 단지 스스로를 태울 수밖에 없으며, 이는 마치 길거리에서 종이로 만든 사람과 가마를 태우는 것과 같아서 잠시 몇 사람을 끌어들여 볼거리를 주지만 결국에는 사람들이 전혀 상관하지 않고 그 구경거리도 기껏해야 잠시동안 "문을 두드리는 것"에 지나지 않을 것이다. 아무도 움직이지 않는데 어떻게 "어린 학생"들이 정말 스스로 총을 쏘고 대포를 주조하고 군함을 제조하고 비행기를 만들어서 외국 장군을 생포하고 외국을 평정할 수 있겠는가? 그러므로 이 "5분간의 열기"는 풍토병이지 학생병이 아니다. 이것은 이미 학생들의 치욕이 아니라 전 국민의 치욕이다. 활력 있고 생기 넘치는 다른 나라에서라면 현상은 필시 이렇게 되지는 않을 것이다. 외국인들을 나무랄 필요가 없으며, 본국의 다른 부류의 냉랭한 민중, 권력을 가진 자, 수수방관하는 자들 역시 사후에 조소하고 있으니 실로 부끄러운 줄 모르고 우둔하기 그지없다!

그러나 달리 꿍꿍이를 가진 총명한 사람들은 논외로 하더라도, 진실한 학생들도 방관자들이 바라거나 비웃을 만한 매우 큰 잘못을 스스로 가지고 있다고 나는 생각한다. 즉 처음부터 대단한 신통력을 가지고 있으며 뜻대로 성공할 것이라고 여긴다는 점이다. 환상이 너무 높이 날아오르면 현실에 추락할 때 그 상처가 유달리 깊고 무거워진다. 기력을 너무 급속하게 써버리고 나면 쉴 때 몸을 움직이기가 어렵다. 일반적으로 볼 때, 아마도 자기가 지니고 있는 것이 "사람의 힘"에 불과하다는 점을 아는 것이 더 나으며, 그것이 오히려 비교적 확실하고 믿을 만하다.

지금 공부하는 것부터 "이성의 친구를 사귀며 사랑을 속삭이는 것"까지 모두 뜻을 가진 자들로부터 책망을 받고 있는 듯하다. 그러나 나는 남을 너무 엄하게 꾸짖는 것도 바로 "5분간의 열기"라는 병의 한 근원이라고 생각한다. 예를 들어, 스스로 구호 하나—영국과 일본의 제품을 사지 않겠다는 등—를 골라 정하고 이행할 때, 마시지도 먹지도 않고 7일 동안, 아니면 통곡하고 콧물 흘리며 1개월 동안 이행하는 것보다 차라리 공부를 하면서 5년을 이행하거나 연극을 보면서 10년을 이행하거나 이성의 친구를 사귀며 50년을 이행하거나 사랑을 속삭이며 100년을 이행하는 것이 더 낫다. 기억컨대, 한비자(韓非子)는 경마의 요체를 사람들에게 가르쳤는데, 그 중의 하나가 "꼴지를 해도 부끄러워하지 않는다"는 것이었다. 설령 느리더라도 달리며 멈추지 않으면 낙오가 되거나 실패를 하더라도 틀림없이 자기가 지향하는 목표에 도달할 수 있을 것이다.

7월 8일

KS군에게 답함

KS 형

　나는 당신의 정성스런 위문에 감사를 드립니다. 그러나 당신이 분개한 점 두 가지와 몇 가지 결론에 대해 나는 그렇지 않다고 생각합니다. 지금 대략 내 의견을 말하고자 합니다. ―

　첫째, 장사조(章士釗)가 나를 면직시킨 데 대해 나는 당신처럼 그렇게 의아하게 생각하지 않으며, 그가 학교에 대해 취한 수단도 나는 당신처럼 그렇게 의아하게 생각하지 않습니다. 왜냐하면 나는 본래 장사조가 지금보다 더 훌륭하게 일을 처리할 것이라고 예상하지 않았기 때문입니다. 우리는 역사를 보고서 과거에 근거해 미래를 미루어 알 수 있으며, 한 개인의 지난 경력을 보고서 같은 효과를 얻을 수 있습니다. 당신은 우선 터무니없는 일종의 미신을 가지고 있어서 장사조를 학자 또는 지식계급의 영수로 간주하고 있는 까닭에 그의 행위에서 실망을 느끼고 불평이 생기는 것이니 사실은 자승자박입니다. 그자는 본래 그렇게 할 수밖에 없으며 더 멋진 기대를 가지고 있다면 그야 당신 자신의 잘못입니다. 내가 비교적 흥미를 느끼는 것은 도리어 지금까지 학자 또는 교수라고 불려지는 사람들이 갑자기 점차 우물쭈물 미온적인 말을 하면서, 즉 “정치분쟁”이니 “파벌(黨)”이니 하면서 그들이 마치 하느님인양 세상에서 벗어나 초연한 척 대단히 공평한 척한다는 점입니다. 걸터앉아 두 발을 땅에 디디면 좌우가 안전한 그런 낮은 담이 세상에는 결코 없다는 것을 누구나 알고 있습니다. 그래서 아무리 우물쭈물 넘기려 해도 자기의 영혼을 사통팔달의 큰 거리에 효시하여 원래 극력 감추고 싶었던 추태를 내걸어놓게 되는 것입니다. 추태는, 제가 보기에 그래도 그다지 망신스럽지는 않은데, 추태가 공정(公正)이라는 껍질을 쓰고 있을 때 이야말로 구역질이 납니다. 그러나 결국 내게 흥미를 끄는 것은, 공정이라는 껍질을 쓰고 있는 추태를 또 스스로 공개적으로 발표했다는 점입니다. 세상에는 그래도 광명이 있는 듯하여 아무리 잔꾀를 다 부리더라도 결과적으로 여전히 어느 하나도 감출 수 없습니다.

둘째, 당신이 『갑인주간(甲寅周刊)』에 대해 그렇게 관심을 갖고 있는데, 저는 영문을 모르겠습니다. 『갑인』이 처음 출판되었을 때, 장사조는 당송팔대가의 문장을 몇 십 편 잘 읽었을 뿐이며, 그래서 통째로 모방한 것이겠거니 생각했는데, 읽어나가니 그래도 매끈하게 문맥이 잘 통하는 것 같았습니다. 이번의 경우는 오히려 크게 퇴보했습니다. 내용에 관한 이야기는 거론하지 않더라도 문장을 가지고 논한다면 이전보다 훨씬 통하지 않으며 성어(成語)조차도 제대로 사용하지 못하고 있습니다. 예를 들어 "매하유황(每下愈況)"1) 따위가 그것입니다. 특히 일을 그르친 것은, 그가 나중에 변문(騈文)을 몇 편 읽은 모양인데, 소화시키지도 못하고 급히 쥐어뜯어 와서 글이 난잡하게 되어 마치 진흙에 모래와 자갈을 뒤섞어놓은 것 같다는 점입니다. 예를

---

1) "매하유황(每下愈況)" : 『장자・지북유(莊子・知北游)』에 나온다. 장태염(章太炎)은 『신방언・석사(新方言・釋詞)』에서 "유황(愈況)은 더욱 심하다는 뜻이다"라고 했다. 장사조는 『갑인』 주간 제1권 제3호(1925년 8월 1일)의 「고동잡기(孤桐雜記)」에서 이 성어를 "매황유하(每況愈下)"로 잘못 사용했다.

들어 그의 「북경여자대학의 운영 정지에 대한 상신서」에서 "생각건대, 자식은 집집마다 있어 다스리느라 몹시 마음 조이고 있는데, 사람마다 이를 기뻐하니 역시 그 도리가 없다"라고 했고, 옆에 빽빽하게 방점까지 찍어 놓아 자기 딴에는 아주 마음에 드는 글이라고 생각한 모양입니다. 그러나 하식(何栻)의 「제강(齊姜)이 취중에 진공자(晉公子)를 꾸짖다」라는 부(賦)에 나오는 "귀공자는 진정 멋지고 세상에서 뛰어나지만 정이 많은 소년이라 고분고분하기 때문에 사람됨이 어찌 일을 성사시킬 수 있겠는가"와 비교하면 자구와 성조가 모두 얼마나 비루하고 가소로운지 분명히 드러납니다. 하식은 장사조보다 훨씬 고명함에도 불구하고 작자의 축에 들지 못하니 장사조의 문장은 어디에 버틸 수 있겠습니까? 더군다나 앞에 공문(公文)을 싣고 이어 통신(通信)을 싣고 있어 정신은 비록 자기 광고식의 반(半) 관보(官報)이지만 형식은 오히려 공보(公報)와 서간을 합쳐놓은 꼴이 됐습니다. 우리 중국에서 문자가 생긴 이래로 이렇게 우스개 같은 형식의 저작은 있어본 적이 없습니다. 이런 것의 용도는 오직 한 군데 뿐인데, 바로 이를 빌어서, 사회의 어두운 구석에 있던 회색의 인간들이 이제 기어오르며 등장할 때가 되었다고 여기고 모두 우물쭈물 입을 열려고 하는 모습을 볼 수 있다는 점입니다. 그밖에 다른 용도에 대해서는 정말 지금까지 생각해보지 못했습니다. 만일 이것이 복고운동의 대표라고 말한다면 그야 복고파의 가련함을 드러내는 것이며, 이를 부고로 삼아 문언문의 절명을 공포하는 것에 지나지 않습니다.

그래서 설령 진짜 당신이 말한 대로 문언과 백화의 논쟁이 있다고 하더라도 그것은 논쟁의 종결이지 논쟁의 시작은 아니라고 생각합니다. 왜냐하면 『갑인』은 적수라고 부를 수도 없으며 이른바 전투도 없을 것이기 때문입니다. 만일 시작이라고 한다면 그들에게 그래도 옛 학문에 더욱 정통하고 고문에 더욱 뛰어난 사람이 있어야 대전(對戰)의 임무를 감당할 수 있을 텐데, 지금과 같은 주보(周報)에 공문이나 한담 같은 나부랭이를 한 차례 찍어내는 것으로는 아무리 종이가 희고 아무리 방점을 많이 찍어도 전혀 쓸모가 없습니다.

노신. 8월 20일

"벽에 부딪친" 나머지

여사대(女師大) 사건이 북경에서는 제법 문제가 되는 모양인지 "대형신문"이라 일컬어지는 이른바 『현대평론』에서도 갑자기 여러 차례 "논평"을 했다. 내 기억에 따르면, 우선 "한 여성독자"의 한 통의 편지가 있었는데, 무명의 하찮은 여졸(女卒)이라 말할 것이 못된다. 그 다음 두 작자의 "논평"이 있었다. 진서형 선생은 「한담」의 공간에서 "냄새나는 변소"로 평했고, 이중규(李仲揆) 선생의 「여사대에서 연극을 본 경험」에서는 극장으로 비유했다. 같은 사람인데 보는 눈이 이렇게 다른 데 대해 나는 매우 놀랐다. 그러나 어쨌든 같은 사람이기 때문에 의견도 부합하는 점이 있어서 모두 학교를 학교로 간주하지 않았다. 이 점에서 양음유 여사의 "학교는 가정과 같다"는 말과 단기서(段祺瑞) 정권의 "부형(父兄)의 교육을 앞세운다"는 말도 포함될 수 있다.

진서형 선생은 "오래되어 무릇 하루가 아닌" 「한담」의 작가이며, 그의 명성은 신문지상의 광고에서 일찍부터 익히 보아왔다. 그렇지만 아마도 고명한 사람인지라 자기 뜻에 맞지 않는 사람을 만나면 단숨에 된똥을 갈기는데, 세상에는 구더기가 실로 너무 많다. 이중규 선생의 그 사람됨에 대해서라면 나는 「여사대 소요사태 기사(紀事)」에서 비로소 그의 명성을 알게 되었으며, 8월 1일 양음유 여사를 껴안고 학교 안으로 밀고 들어갔던 세 명의 용감한 사람 중의 하나이다. 지금에 이르러 오히려 그도 달인임을 알게 되었다. 보통사람들은 학생소요라고 여기는데, 그의 눈에는 "연극을 보는" 것처럼 비쳤으니 이 얼마나 유유자적한가.

글에 따르면 이 이중규 선생은 양 여사와 "두 번밖에 만나지 않았지"만 전화로 초청을 받고 "한동안 이름을 떨쳤던 문명신극(文明新劇)"을 보러갔으며, 다행히도 이(李) 선생은 자기 자전거가 있었으니 망정이지 그렇지 않았으면 자동차로 영접을 해야만 했을 것이다. 나는 정말 박복한 것이 한스럽다. 지금까지 수명이 짧다고 할 수 없을 만큼 살아왔지만 잘 모르는 여사로부터 "연극을 보러가자"라는 초청을 여태껏 받아보지 못했다. 여사대의 사건에 대해 몇 마디 했다가 한두 시간의 수업을 가르치는 강사에 불과하기 때문에 "벽에 부딪친 뒤"에 또 고인산(高仁山) 선생이 『신보』에 발표한 위대한 의론을 삼가 듣게 되었다. 정말이지 세상에는 실로 각양각색의 행운과 각양각색의 입과 각양각색의 눈이 있다.

이어 또 서형 선생의 「한담」이다. "지금 일부 신문의 편폭은 거의 전부 여사대 소요사태에 의해 점거되었다. 지금 애국운동을 하는 대부분 청년들의 시간은 거의 전부 여사대 소요사태에 의해 점거되었다.…… 여사대 소요사태는 실로 대단한 사건이며 실로 대단한 의의를 가지고 있다." 마지막에 가서 그래도 제법 세련된 결론을 내리며 "외국인들은 중국인은 남자를 중시하고 여자를 경시한다고 말한다. 내가 보기에는 그렇지도 않은 것 같다."

내가 보기에도 꼭 "그렇게 보일" 필요는 없다. 사람들은 각양각색의 눈을 가지고 있는 것과 마찬가지로 각양각색의 생각과 수단을 가지고 있다. 외국인들이 일체의 여성을 존중하는 일에 대해, 만일 가시 돋친 말을 즐겨하는 사람이 말을 한다면 아마도 의도가 한 여성에게 있다고 여길 것이다. 편집증적인 프로이트 선생이 "정신분석"을 선전한 뒤 많은 정인군자(正人君子)들의 외투가 모두 찢겨져버렸다. 그러나 정인군자의 외투를 찢어버린 사람이라고 해서 꼭 "소인"인 것만은 아니다. 스스로를 외투 속에 파고들어 본모습을 드러내지 않는 인물로 여기지 않기만 하면 말이다.

내가 보기에도 꼭 "그렇게 보일" 필요는 없다. 중국인들은 "성인 중에서도 때를 알아서 그에 맞도록 해나간" 공자의 신도들이며, 하물며 20세기에 살고 있어 중화의 도리가 있고 서양의 도리가 있어 어느 것을 경시하고 존중하든 당연히 다 도에 합치되지 않는 바가 없다. 남자를 중시하고 여자를 경시해도 괜찮으며, 여자를 중시하고 남자를 경시해도 괜찮으며, 한 여성을 위해 일체의 여성을 중시하거나 약간의 여성을 경시해도 괜찮으며, 한 남자를 위해 약간의 여성 또는 남성을 경시해도 괜찮다…… 그래서 애석하게도 서형 선생이 진상을 꿰뚫어본 뒤에 벙어리 또는 중성을 제외하고 모두가 프로이트 선생이 파놓은 함정 속으로 떨어졌던 것이다.

스스로 떨어지는 것은 자업자득이지만, 한심스런 것은 초연한 듯한 무관한 사람도 연루시키려 한다는 점이다. 예를 들어 여사대 ─ 또 여사대라고 해서 미안하다 ─ 소요사태의 경우 일부 사람들의 눈으로 볼 때 원래 언급할 가치도 없는 것이었는데, 그러나 의외로 수많은 귀중한 것, 즉 "신문의 편폭", "청년들의 시간" 같은 것들을 점거했기 때문에 그래서 『현대평론』의 "편폭"과 서형 선생의 시간도 연루되어 조금 점거되었던 것이다. 특히 죄악이 극에 달한 것은 "남자를 중시하고 여자를 경시하다", 여자를 중시하고 남자를 경시하다 따위의 대 비밀들을 위반했다는 점이다. 만일 서형 선생이 먼저 생각해

이를 제기하지 않았다면 아마 모호한 채로 지나갔을 것이다.

내가 보기에 오스트리아의 학자들은 실로 편집증적인 데가 있는데, 프로이트는 그 중의 한사람이며 그의 정신분석은 일률적으로 취급하여 어느 누구도 인간세상을 초월한 하느님의 지위에 서 있지 않게 만들었다. 그리고 저 단명한 오토 바이닝거(Otto Weininger)는 여인에 대해 욕설을 퍼부었는데, 여인이 교장이든 학생이든 동향사람이든 친척이든 애인이든 자기 아내든 아내의 동향사람이든 가리지 않았으며 자기 어머니조차도 포함하여 욕을 했다. 이는 실로 프로이트의 주장과 마찬가지로 사람들이 이용하기에 어렵게 만들었다. 우리의 교수 또는 학자들은 보완할 방법을 가지고 있는지 그렇지 않은지 모르겠다. 그러나 나는 먼저 멋진 소식, 즉 바이닝거는 일찍 권총으로 자살했다는 사실을 보고한다. 이는 유백소(劉百昭)가 건달들을 거느리고 여사대 ― 또 여사대라고 해서 미안하다 ― 의 "계집아이"들을 호되게 두들겨 패던 것과 마찬가지로 "통쾌한" 일이며, 그의 말도 전혀 상관할 필요가 없다.

또 멋진 소식이 하나 있다. "계집아이"들이 소동을 피운 뒤 장숭년(張崧年) 선생은 "루소의 신조"를 끌어들여 "세상 사람들은 어리석어서 많은 문제들은 결국 무력으로 해결할 수밖에 없을 것이다!"라고 말했다.(『경부(京副)』250호) 또 양음유 여사, 장사조 총장과 같은 부류들의 말에 근거하면, 소란을 피운 "계집아이"들은 극소수라고 하니 중국에는 총명한 사람이 더 많을 것이며 이는 대단히 낙관적이라 할 수 있다.

갑자기 내 자신의 일을 말하고 싶어졌다.

나는 금년에 이미 두 차례나 "학자"로 책봉되었지만 발표된 뒤에 즉각 취소되었다. 첫 번째는 내가 중국의 청년들은 외국책을 더 많이 봐야 하며 중국책은 적게 보거나 아예 보지 말아야 한다고 주장했을 때인데, 곧 어떤 논객은 학자로 잘 알려져 있는 노신이 이렇게 해서는 안 되는데도 지금 결국 이 지경에 이르렀으니 학자가 아닐 뿐 아니라 서양노예의 혐의까지 있다고 여겼다. 두 번째는 이번에 첨사(僉事, 당시 노신은 교육부의 첨사를 겸직하고 있었음—역자)에서 면직된 직후 내가 『망원』에 KS군에게 답하는 편지를 발표하여 장사조 인물과 그의 글에 대해 논급했을 때인데, 또 어떤 논객은 "보잘것없는 첨사"를 잃었기 때문에 장사조를 반대하고 있으니 확실히 도량이 좁고 "학자적 태도"가 없다고 여겼다. 그리고 "학자적 태도"가 없다는 것으로 그치지 않고 "인격이 비루하다"는 혐의까지 있다고 말했다.

사실은 "학자적 태도"가 없으며, 그야 학자가 아니라 일부 사람들이 억지로 나를 학자로 여기려 했던 것이다. 언제 영전을 수여했는지 언제 조사하여 확정했는지 나 자신도 전혀 모른다. 그들이 신문에서 나를 학자라고 말하고 나 자신도 이를 빌어 원래 내가 학자였구나 하고 알게 되었을 때에는 벌써 동시에 나의 죄상을 발표하고 이어 명목적인 명칭을 빼앗아 가버렸다. 비록 세 번째의 구실을 만들기 위해 아무래도 다시 회복해주겠지만 말이다.

내 생각으로는 첨사(僉事) — 문사시인(文土詩人)들이 종종 첨사(簽事)로 잘못 알고 있는데, 지금 관서(官書)에 근거해 바로 잡는다 — 라는 이 관직은 그저 "보잘것없는" 것으로는 볼 수 없으니, 내가 면직된 뒤 꽤 많은 사람들이 거기서 그 자리를 차지하려고 알랑거리며 야단법석을 떨었던 것만 보아도 대단한 증거가 될 것이다. 또 대수롭지 않은 것으로 여기는 일부 사람들의 경우, 아마 자기는 지금 "말도 안 되는" 시문(詩文)¹⁾을 몇 구절 지었을 뿐이므로 자기도 모르게 "생색을 내려고" 하는 것인 바, 사람의 장래는 예상할 수 없기 때문이다. 그렇지만 부끄럽게도 나는 아직 "신(臣)의 죄는 마땅히 죽임을 당해야 하나니 천자께서 현명하시니이다" 식의 이상적인 노예가 아니며, 그래서 "모든 것이 다 마음에 들도록" 할 수 없어서 이미 평정원(平政院)2)에 장사조에 대해 소송을 제기했다.

소송을 제기한 뒤에 나는 KS군에게 답하는 편지에서 장사조를 한 차례 논급한 것뿐인데, 이미 "인격이 비루하다"는 말을 듣게 되었다. 그렇지만 다른 한 논객은 오히려, 그다지 크게 욕한 것이 아니므로 노신에 대해 어쨌든 상관할 필요가 없다고 말했다. 내가 경험한 일은 그야말로 좀 희한한데, "벽에 부딪친" 이런 일들이 있을 때마다 평소에 나를 비호하던 사람들은 대체로 내가 방법을 강구하여 대응하기를 바랐고 심지어 잠시 버텨나가기를 바랬다. 평소에 나를 증오하던 사람들은 오히려 내가 완전한 사람이 되기를 바랬다. 즉 설령 적수가 비열한 유언비어와 음모를 사용하더라도 반드시 옷깃을 바로 하고 단정하게 앉아 조금도 분개하거나 원망하지 않고 묵묵히 고생을 참아야 한다는 것이다. 아니면 삿대질을 하고 함부로 지껄이다 피를 토하고 죽기를 바란다. 왜 그런가? 물론 전적으로 나의 인격을 고려했기 때문이다.

이만하면 충분하다. 나는 사실 또 언제 "벽에 부딪친" 적이 있었던가. 기껏해야 "귀신에 홀리는 벽"을 만났을 뿐이지 않은가.

9월 15일

---

1) 작자는 여기서 당시 마음대로 남의 작품을 말살하지만 스스로는 수준이 낮은 문인을 풍자하고 있다.

2) 평정원(平政院) : 북양정부 관서의 명칭이다. 1914년에 설치되었고 총통의 직속기관으로서 관리의 위법행위를 심리하고 규탄하던 기구이다.

결코 한담이 아니다(2)

지금까지 중국인들은 대(大) 국민의 넓은 도량을 가지고 있다는 말을 들었는데, 지금 보니 꼭 그렇지도 않다. 그러나 좀 멋지게 말한다면, 청정(淸淨, 조용하고 평안함을 뜻함-역자)을 좋아하고 지기(志氣, 지향이나 기개를 뜻함-역자)가 있다고 말하겠다. 그래서 언제나 자기가 첫째요 유일하기를 바라고, 공존하는 다른 것들을 보려고 하지 않는다. 몇 년간 백화(白話)가 통행되자 고문(古文)을 가지고 노는 사람들이 싫어했다. 신시(新詩)를 좀 짓자 고시(古詩)를 읊조리는 사람들이 증오했다. 짧은 시(小詩) 몇 수를 짓자 긴 시(長詩)를 짓는 사람들이 화를 냈다. 정기간행물 몇 종이 나오자 다른 정기간행물을 내는 사람들조차도 나서서 저주했다. 너무 많고 너무 형편없어서 장차 도태될 자료에 지나지 않는다는 것이었다.

중국의 일부 지역에서는 여전히 "계집아이를 물에 빠뜨려 죽이고" 있는데, 계집아이들은 아무래도 전도가 없다고 예상하기 때문이다. 애석하게도 그 일을 시작한 사람들은 어쨌든 훌륭한 안목이 없었으니, 그러지 않고 사내아이에게도 그것을 시행했다면 단순히 양식만 축내게 될 수많은 폐물들을 줄일 수 있었을 것이다.

그러나 남의 "도태"를 칭송하는 사람들도 반드시 먼저 자기반성부터 해서 어떤 불멸의 것이 자기 속에 있는지 살피고, 그런 것이 없으면 자살은 하지 않더라도 적어도 스스로 자기 뺨을 몇 대 때려야 할 것 같다. 그렇지만 인간은 언제나 스스로가 옳다고 여기는 존재이니, 이는 아마 도태되는 것을 피하려는 한가지 방법일 것이다. 전하는 이야기에 따르면, 줄곧 "만물은 자기가 바라는 바를 얻을 수 없다"라는 말을 지침으로 삼고 있는 사람이 있었는데, 그는 평생동안 큰 소원이 하나 있었다고 한다. 그것은 바로 중국인들이 다 죽고 자기 자신과 한 여인과 음식 파는 한 사람만 남았으면 하는 것이었다. 지금 오랫동안 소식을 듣지 못했으니 그가 어떻게 되었는지는 알지 못한다. 그렇게 소식이 감감한 원인은 어쩌면 중국사람들이 아직 다 죽지 않았기 때문인지도 모른다.

듣자하니 장흠해(張歆海)[1] 선생은 미국 병사 두 명이 중국의 인력거꾼과 순경을 때리는 것을 보았다고 한다. 그러자 3,40명, 나중에는 100여 명이 그의 뒤를 따라가면서 "때려라! 때려라!"라고 외쳤다. 미국 병사는 결국 안전하게 동교민항(東交民巷) 어귀까지 이르렀고, 그런 후 고개를 돌려 "웃으면서 '덤벼봐! 덤벼봐!'라고 소리쳤다! 이상하게도 때려라 라고 외치던 100여명의 사람들은 2분도 채 되지 않아 갑자기 그림자도 보이지 않게 되었다!"는 것이다.

서형 선생은 「한담」에서 이를 나무라며 "때려라! 때려라! 전쟁을 벌이자! 전쟁을 벌이자! 이런 중국인들, 퉷!"이라고 말했다.

이런 중국인들은 정말 "퉷" 소리를 들어도 마땅하다. 그들은 왜 때리지 않은 것일까? 때렸다면 아마 또 누군가는 "권비(拳匪)"[2]라고 말했겠지만 말이다. 그러나 사람들은 거기서 여러 가지를 망설였고 결국 때리지 않았으니 "겁을 먹은 것"이 분명하다. 그들이 가진 것은

---

1) 장흠해(張歆海) : 절강성 해염(海鹽) 사람이며, 와싱턴회의 중국대표단의 수행원을 역임했고, 당시 청화대학(清華大學) 영문과 교수였다.

2) "권비(拳匪)" : 의화단(義和團)을 멸시하여 부르던 말이다.

주먹이 아니던가?

그렇지만 미국 병사는 결국 동교민항 어귀까지 이르렀고 전혀 피해를 입지 않았으며 웃으면서 "덤벼봐, 덤벼봐"라고 소리까지 쳤다. 당신들은 여전히 두렵지 않은가? 당신들은 여전히 "때려라! 때려라! 전쟁을 벌이자! 전쟁을 벌이자"라고 감히 말할 수 있는가? 이 100여 명의 사람들이 바로 중국인들은 맞아도 소리조차 내지 말아야 한다는 것을 증명하고 있다.

"이런 중국인들은 퉷! 퉷!!!"

더욱 비관적인 것은, 정말 「한담」에서 말한 바와 같이 지금 "날조자들의 비루하고 악착스러움이 장병린(章炳麟)보다 훨씬 더하고", 또 "익명으로 신문지상에 한두 개 냉전(冷箭, 갑자기 날아오는 화살을 가리키며 남몰래 사람을 해치는 수단을 뜻한다—역자)을 쏠" 수 있을 뿐이라는 사실이다. 그리고 만약 "당신이 군중의 전제에 의해 압박 받는 자를 대신해 몇 마디 공평한 말을 했다면, 당신은 그 사람과 '친밀한 관계'가 있는 것이 아니라면 그 또는 그녀의 술과 음식을 얻어먹은 것이다. 이런 사회에서 한 신문이 이해를 따지지 않고 오로지 시비만을 논하다가는 당연히 비방이 무성히 일어나고 헛소문이 벌떼처럼 퍼질 것이다."[3] 이것은 확실히 근래의 실정(實情)이다. 여사대 소요사태만 하더라도 서형 선생은 우리에 관한 "유언비어"를 들었다고 하지만 나는 어떠한 유언비어인지, 저 "비루하고 악착스러움이 장병린보다 훨씬 더한" 몇몇 사람들이 날조한 것인지 아예 모른다. 그리고 여학생들의 죄상은 이미 장사조의 상신서에 나와 있으며, 근거로 삼은

---

3) 여기서 인용된 문장은 진서형이 『현대평론』 제2권 제40기(1925년 9월 12일)에 발표한 「한담」에 나온다.

"유언비어"들도 저 "비루하고 악착스럽고" 짐승보다 못한 몇몇 사람들이 날조한 것인지도 모른다. 그러나 학생들은 오히려 맞아 쫓겨났고, 그 시각에 어떤 사람들은 술자리에서 득의양양해 하고 있었다. — 그러나 이것도 물론 "헛소문"이다.

그러나 나로서는 결코 "유언비어"를 이상하다고 생각하지 않으며, 만약 날조를 한다면 그들이 하는 대로 내버려두면 된다. 다행히 중국은 아직 "군중의 전제" 시기에 이르지 않았으므로 설령 몇 십 명이 있다고 하더라도 "권세 없는" 자(장사조를 가리킴 —역자)가 경찰 무리들을 불러오고 여자건달들을 고용해 때리기만 하면 곧 흩어져버리니 내가 나서서 "압박 받는 자"들을 위해 "공평한 말" 따위를 할 필요는 없다. 설령 말을 한다고 하더라도 사람들도 굳이 다 믿지는 않을 것이다. 왜냐하면 "이러한 사회에서" "공평한 말"에는 아무래도 "그 또는 그녀의 술과 음식"이 채워져 있기 때문이다. 그렇지만 사건이 오래되고 상황도 바뀌어 "술과 음식"이 이미 소화되고 흡수되면 연고가 전혀 없는 듯한 "공평한 말"만 남게 될 것이다. 만일 술과 음식조차도 효력을 잃는다면 중국은 좀더 밝아질 것이라고 나는 생각한다.

그러나 이것도 이상하게 여길 것이 못된다. 하느님이 아닌 이상 어찌 초연하게 세상 밖에서 정말 공평한 비평을 할 수 있겠는가. 사람들이 스스로 "공평"하다고 여길 때에는 이미 술기운이 좀 돌고 있는 것이다. 세상 사람들은 모두, "같으면 한패가 되고 다르면 내친다"는 것을 그르다고 여기고 있지만, "다르면 한패가 되고 같으면 내치는" 일을 누구도 하지는 않을 것이다. 지금 미치광이를 제외하고 누군가가 입맞추려 한다면 사람들은 아마 그녀에게 도리어 뺨을 한 대 갈기지는 않을 것이다.

9월 19일

민국 14년[1]의 "경서 읽기"

　장사조가 경서 읽기를 주장한 이래로 논단에서는 몇 가지 논의, 예를 들어 경서는 존중할 필요가 없다느니 경서 읽기는 곧 차를 뒤로 모는 것이라느니 하는 따위들이 분분하게 일어났다. 나는 이런 논의가 다 부질없는 짓이라고 생각한다. 왜냐하면 민국 14년의 "경서 읽기" 역시 민국 전 4년, 민국 4년, 또는 미래의 민국 24년의 그것과 마찬가지로 주장자의 뜻은 대체로 반대자가 상상하는 것과 다르기 때문이다.

　공자 존숭, 유가 숭배, 경서의 연구, 복고 등의 유래는 이미 아주 오래됐다. 황제와 대신들은 줄곧 그 중의 일단을 취해 "효로써 천하를 다스리려" 하거나 "충으로써 천하를 가르치려" 했고, 또 "정절(貞節)로서 천하를 격려하려" 했다. 그러나, 24사가 현재 남아있지 않은가? 그 중에 얼마나 많은 효자, 충신, 절부(節婦)와 열녀(烈女)가 있었던가? 물론 어쩌면 너무 많아서 역사에 전부 담을 수도 없었을 것이다. 그러면 본 지방 인물들을 자랑하기 위해 마련된 부(府)와 현(縣)의 사지서(史誌書)를 펼쳐 보라. 애석하게도 남자 효자와 충신은 많지 않고, 절부와 열녀의 명부만이 대개 두꺼운 책으로 한 권이나 몇 권으로 만들어져 있다. 공자 제자들은 경서를 어디까지 읽었는지 정말 모르겠지만, 오히려 글자를 모르는 부녀자들만이 실천할 수 있었던 것

―――――――――――

1) (역주) 1925년을 가리킨다. 1912년이 민국 원년이다.

이다. 그리고 유럽 전쟁 때 참전한 것에 대해 우리는 항상 자부하고 있지 않은가? 하지만 『논어』를 이용해 독일병사를 감화시키고 『역경』의 주문을 외어 잠수정을 뒤집었던 적이 있는가? 유자(儒者)들이 공적으로 끌어들이는 것도 대체로 낫 놓고 기억 자도 모르는 중국노동자들이었다!

그래서 중국을 잘 되게 하려면 어쩌면 글자를 모르는 편이 낫고, 글자를 알면 경서 읽기의 병근에 가까워질 것이다. “없다는 것을 알고 찾아간다”, “국경을 넘어설 때 선물을 싣고 간다”[2]라는 가장 교묘한 수작들은 경서에 모두 있으며 나는 익히 읽어 알고 있다. 어리석기 짝이 없는 몇몇 우둔한 소들만이 진정으로 성심 성의껏 경서 읽기를 주장할 것이다. 그리고 이런 꼭두각시들과는 토론할 가치도 없다. 그들은 비록 경서가 어떻고 옛날이 어떻고 말하지만 실은 부질없이 큰소리만 치고 있는 것에 지나지 않는다. 그들에게 경서는, 그러면 안회(顔回), 자사(子思), 맹가(孟軻), 주희(朱熹), 진회(秦檜, 그는 장원급제하였음), 왕수인(王守仁), 서세창(徐世昌), 조곤(曹錕)까지 읽어야 하는지 물어 보라. 옛날은, 그러면 청[즉 이른바 “본조(本朝)”], 원, 금, 당, 한, 우(禹)·탕(湯)·문무(文武)·주공(周公), 무회씨(無懷氏), 갈천씨(葛天氏)까지 되돌아가야 하는지 물어 보라. 그들은 사실 정견(定見)이 없다. 그들은 안회에서 조곤에 이르기까지 그들의 인물됨이 어떠한지, “본조”에서 갈천씨까지 그 상황이 어떠한지도 분명히 알지 못한다. 파리떼처럼 쓰레기더미를 잃고서 스스로 어쩔 수 없이 앵앵거리는 것이다. 더욱이 그들은 경서 읽기를 성심 성의껏 주장하는 우둔한

---

2) “없다는 것을 알고 찾아간다(瞰亡往拜)” : 이 말은 『논어·양화(論語·陽貨)』에 나온다. “국경을 넘어설 때 선물을 싣고 간다(出疆載質)” : 이 말은 『맹자·등문공(孟子·滕文公)』에 나온다.

소들인지라 권세에 빌붙거나 교활한 방법을 쓰거나 알랑거리는 등의 수단을 전혀 가질 줄을 몰라서 틀림없이 세력을 얻지도 못할 것이며, 그들의 주장도 당연히 아무런 효과도 낳지 못할 것이다.

　현재 그의 주장이 약간의 논의를 불러일으킬 수 있다면, 그것은 아마 세력가이기 때문일 것이다. 세력가는 결코 우둔한 소는 아니다. 그렇지 않다면 그는 진작에 창 아래 처박혀 엎드려 있거나 밭에서 늙어 죽었을 것이다. 지금은 마침 "인심(人心)이 옛날보다 못한" 때가 아니겠는가? 그러기에 그들이 세력을 얻게 된 이치를 과연 알 수 있다. 그들의 주장은 실은 우둔한 소와 같은 진짜 주장이 아니라 이른바 다른 의도를 가지고 있다. 반대자들은 경서를 읽으면 나라를 구할 수 있다고 그가 진정으로 믿고 있다고 여기는데, 그야말로 "천리나 어긋나는 잘못"이다.

　나는 지금의 세력가들은 모두 총명한 사람이라고 믿는다. 바꾸어 말하면, 만일 순진하다면 반드시 지금처럼 세력을 가질 수 없었을 것이다. 내걸고 있는 간판이 불학(佛學)이든 공도(孔道)이든 그야 아무런 상관도 없다. 종합해서 말하면, 경서를 이미 읽었으므로 몇 가지 수작을 깨달았던 것이다. 이러한 수작은 공이(孔二) 선생의 스승인 노담(老聃)의 대 저작 속에도 나오고 그 이후의 책자 속에서도 수시로 찾아볼 수 있다. 그래서 그들은 모두 글자를 모르는 절부, 열녀, 중국노동자들보다 더 총명하다. 심지어는 진정으로 경서를 읽으려는 우둔한 소보다도 더 총명하다. 왜인가? "배워서 우수하면 벼슬을 한다"고 했기 때문이다. 만일 "배워서" "우수하지" 않으면 우둔한 소로서 세상을 마칠 것이고, 경서를 읽어야 한다는 주장도 세상에 알려지지 않을 것이다.

　공자는 "성인 중에서도 때를 알아서 그에 맞도록 해나가지" 않았던가. 하물며 "그 제자들"이야 어떻겠는가? 지금은 "경서 읽기"를 주장하는 때가 되었다. 무측천(武則天)이 황제가 되자 누가 감히 "남존여비"를 말할 수 있었던가? 비록 다수주의가 지금 과격파로 불려지고 있지만, 만약 레닌의 치하에서라면 공산주의가 갈천씨에 합치된다고 틀림없이 고증해낼 수 있을 것이다. 그러나 다행히도 지금 영국과 일본의 힘이 아직 약하지 않으므로 친(親) 러시아를 주장하는 사람들은 루블에 양심을 팔아먹는 것이 된다.

나는 경서 읽기 신도들의 양심이 어떠한지 볼 수 없지만 그들은 대체로 총명한 사람이라고 생각한다. 그리고 이 총명은 바로 경서 읽기와 고문(古文)에서 얻은 것이다. 이전에 문명을 이루었다가 나중에 몽고인과 만주인을 받들어 모셨던 우리 이 나라에는 옛책이 너무 많아서 만일 우둔한 소가 아니라면 조금만 읽어도 어떻게 어물어물 넘어가고 구차하게 살아남고 알랑거리고 권력을 휘두르고 사욕을 채우는지를 알 수 있으며, 그리하여 거짓 대의(大義)를 빌어 미명(美名)을 도둑질할 수 있는 것이다. 다시 한발 더 나아가 중국인들은 건망증이 있다는 것을 깨달을 수 있다. 아무리 말과 행동이 맞지 않고, 이름과 실질이 부합하지 않고, 앞과 뒤가 모순되고, 거짓말을 하고 헛소문을 날조하고, 파리와 개처럼 파렴치하더라도 전혀 상관하지 않으며, 약간의 시간이 지나면 자연스레 깨끗하게 잊어버린다. 다만 도를 지키는 듯한 글을 조금 남기기만 하면 장래에 여전히 "정인군자"가 되는데 지장이 없다. 설령 장래에 "정인군자"라는 칭호가 없다고 하더라도 목하의 실리에 무슨 손해가 되겠는가?

경서 읽기를 주장하는 이런 부류의 사람들은 경서 읽기가 나라를 구할 수 없다는 것을 분명히 알고 있으며, 사람들이 모두 읽어서 자기와 같이 되기를 바라지도 않는다. 그러나 수작을 좀 부려서 사람들을 우둔한 소로 보도록 하는 그런 경우가 있는데, "경서 읽기"는 이런 수작을 부리기 위해 우연히 이용하는 도구에 지나지 않는다. 항의하는 제공(諸公)들이 만일 이점을 분명히 모르고 그저 진지하고 순진하게 도리를 펼하고 이해를 따지려 한다면 나는 더 이상 예의를 차리지 않고 당신들을 성심 성의껏 경서 읽기를 주장하는 우둔한 소의 부류로 취급할 것이다.

글의 내용이 제목에 맞지도 않는 이런 말로써 "엄숙한" 주장을 해석하였으니 내 자신도 불경스럽다는 혐의가 있음을 알고 있다. 그렇지만 나는 그래도 내 말을 자신한다. 왜냐하면 나도 "경서 읽기"로부터 얻은 것이기 때문이다. 나는 13경3)을 거의 다 읽었다.

노쇠한 국가는 대개 이런 현상을 면치 못할 것이다. 이것은 바로 인체와 마찬가지로 나이를 많이 먹으면 폐기물이 더욱 쌓이고 더욱 많아지고 조직 사이에는 또 광물질이 침적되어 조직을 더욱 딱딱하게 만들어 쉽게 멸망에 이르게 한다. 한편으로 원래 인체를 기르고 보호하던 떠돌이세포(Wanderzelle)가 점차 성질이 변하여 자기만 돌보게 되어 조직 사이에 작은 구멍만 있으면 거기로 뚫고 들어가 각 조직을 삼키고 조직을 소모시켜 쉽게 멸망에 이르게 한다. 러시아의 유명한 의학자 메치니코프(Elias Metschnikov)는 특히 이것에 대작세포(大嚼細胞, Fresserzelle)라는 이름을 달리 붙여주었다. 듣자하니 반드시 이들을 박멸해야만 인체가 노쇠를 피할 수 있으며, 이들을 박멸하려면 매일 일종의 산성제(酸性劑)를 복용해야 한다고 한다. 그 자신도 그렇게 실행하고 있다고 한다.

---

3) 13경 : 13부의 유가경전을 가리킨다. 『시(詩)』, 『서(書)』, 『역(易)』, 『주례(周禮)』, 『예기(禮記)』, 『의례(儀禮)』, 『공양전(公羊傳)』, 『곡양전(穀梁傳)』, 『좌전(左傳)』, 『효경(孝經)』, 『논어(論語)』, 『이아(爾雅)』, 『맹자(孟子)』가 그것이다.

　오래된 나라의 멸망은 바로 대부분의 조직이 너무 많은 옛 습관에 길들어 굳어버려서 더 이상 변화를 일으켜 새로운 환경에 적응할 수 없기 때문이다. 약간의 분자들은 너무 많은 나쁜 경험에 길들어 총명해지고 그리하여 성질이 변하여 굳어버린 사회에서 함부로 행동해도 무방하다는 것을 알고 있다. 단순히 함부로 행동하는 사람이라면 더불어 논의해볼 수도 있지만 고의로 함부로 행동하는 사람이라면 오히려 더 이상 더불어 도리를 따질 필요도 없다. 유일한 치료법은 달리 약처방, 산성제 아니면 아예 강산제(强酸劑)를 처방하는 것이다.

　조심성 없이 마지막에 또 러시아사람 하나를 언급하였으니 아마 어떤 사람은 내가 루블을 받은 것이 아닌가 의심할지도 모르겠다. 나는 루블의 지폐 한 장도 받지 않았음을 지금 정중하게 밝혀둔다. 러시아가 적화되기 이전에 그는 그때 실험하고 있던 약이 효과가 있는지의 여부 문제와 상관없는 다른 급병(急病)으로 이미 죽었다.

11월 18일

평심조룡 (評心雕龍)

갑(甲): 아--흐(A-a-a-ch)!

을(乙): 당신은 외국으로 이사가는군요! 그리고 당신의 가족들도 데리고 가는군요! 당신은 황제(黃帝, 중국인들의 시조라고 생각하는 전설적인 인물─역자)의 자손이 아닙니까? 중국말에도 감탄사가 정말 많은데, 당신은 왜 서양말을 하는가요? 저는 두려움을 모르니 감히 말하건대, 당신이 외국으로 이사가기를 바랍니다!

병(丙): 그는 중국을 욕하고 중국인을 조소하고 있으며 모 나라를 위해 우리 중국의 나쁜 점을 선전하고 있어요. 그의 사촌의 조카의 아내가 바로 모 나라 사람이지요.

정(丁): 중국말에도 그런 감탄사가 있음에도 불구하고 그는 태연하게 외치는군요. 그러나 이건 그가 죽은 시체라는 것을 증명해주고 있지요! 지금은 일부러 자신을 표현하는 방법을 사용해야 합니다. 자신을 표현하며 외치는 소리 이외에 일체의 소리가 다 소리라고 할 수 없지요. 이 "아-(A-a-a)"는 그래도 성공적이지만 저 "흐(ch)"는 의미가 없어요. ─물론 내 말이 틀릴 수도 있어요. 하지만 적어도 오늘은 내 말이 틀리지 않다고 나는 믿어요.

무(戊): 그렇다면 "오(嗟, 문언에서 탄식을 나타내는 감탄사─역자)"라고 말해야지 그런 "인력거꾼이나 장사치들"의 말을 사용하면 자신의 신분을 천하게(下等) 만드는 거예요. 더군다나 지금은 바야흐로 경서를 읽어야 하는 때인데…….

기(己): 무슨 소리예요! "아이(唉)"라고 해도 괜찮아요. 그런데 가증스럽게도 그는 뜻밖에 여러 차례 그 말을 하더니 "아이(唉)"를 "독점해버리고" 우리가 그런 말을 할 여지를 없애버렸어요.

경(庚): "아이(唉)"라고 했던가요? 나는 그 소리를 멸시해요. 왜냐구요? 희희마니(嘻嘻嗎呢, 문언에서 탄식을 나타내는 감탄사—역자)가 그것 때문에 지장을 받지요.

신(辛): 그렇고 말고요! 그래서 나는 평소에 문언을 주장하는 겁니다.

임(壬): 오오(嗟夫)! 내가 예전에 백화(白話)를 지은 것은 제정신이 아니었기 때문이지요. 지금 후회하고 있어요.

계(癸): 그가 "홍(哐)"이라고 말했나요? 그렇다면 인격이 이미 파산된 거예요! 그가 나를 깔보고 있듯이 나도 원래 그를 깔보고 있어요. 지금 경선생의 몇 마디 타박을 받고서 "홍(哐)"이라고 했지요. 인격이 파산된 게 아니고 뭐겠어요? 나는 결코 경선생을 찬성하는 것도 아니며 비평한 적도 있어요. 그러나 그는 경선생에 대해 "홍"이라고 말할 자격이 없어요. 나는 공정한 말을 곧잘 해요.

자(子): 그런데 그는 "아이(嗳)"라고 한 걸요.

축(丑): 당신은 그와 한패이군요! 그렇지 않다면 왜 그를 위해 변호합니까? 우리는 청년들이에요. 억지로 결점 꼬집기를 즐겨하는 성미를 가지고 있지요. 그가 "홍(哐)"이라고 했는지 아니면 "아이(嗳)"라고 했는지 저는 전혀 듣지 못했어요. 그러나 설령 그가 "아이(嗳)"라고 말했다손 치더라도 어찌 계(癸)군의 비평의 가치를 훼손시키겠어요. 그런데 당신은 이미 그와 한패가 되었으니, 그렇다면 당신도 인격이 파산된 거예요!

인(寅): 너무 심하게 욕을 퍼붓지 말아요. 말끝마다 매도하면 비평이 아니에요. 젠틀맨(Gentleman)은 절대로 그렇게 하지 않아요. 비평은 전혀 욕을 할 수 없느냐 하면 그야 꼭 그렇지는 않지요. 반드시 그의 잘못된 점을 평가하여 합당하게 욕을 해줘야 하며, 서당 훈장이 학생의 손바닥을 때리는 것과 같이 공평해야 하지요. 남을 욕하면 물론 보답을 받게 되겠지요. 그러나 우리는 두려움을 모르는 담력도 가지고 있어야 해요. 비평은 본래 "정신적 모험"이 아니던가요!

묘(卯): 그렇다면 분명 훤하고 소박한 경골한이군요! 왕구마마(王九媽媽, 王八은 오쟁이를 진 남자라는 뜻의 욕으로 사용되는 말인데, 王九는 여자에 대해 사용한 익살맞은 표현─역자)의 치렁거리는 작은 들주머니에 대해 두견새는 "이건 안돼요, 오빠"(行不得也哥哥, 두견새의 울음소리를 의성어로 표현한 것─역자)라고 부르짖네. "슬픔(哀哈)"이 넘치는 남루한 질려(蒺藜, 납가새 풀─역자)는 아둔한 말과 같다네. 이런 말투가 미끄러져 나오면 올곧은 모든 평론은 다 죽음으로 내몰리지요.[1]

진(辰): 결코 그런 일은 아니에요. 그는 외국인의 말을 표절하고 번역하고 있지요. 이봐요! 당신은 왜 창작(創作)하지 않나요?

사(巳): 그렇다면 그는 죄를 지었군요! 연구해보니 자전에는 "아흐

---

1) (원문) "這確是一條熹微翠朴的硬漢! 王九媽媽的峻嶒小提囊, 杜鵑叫道'行不得也哥哥'兒. 潝然'哀哈'之藍縷的蒺藜, 劣馬樣兒. 這口風一滑溜, 凡有緋剛的評論都要逼得翹辮兒了." (역주) 1924년 12월 1일 서지마(徐志摩)는 프랑스 보들레르의 시집 『악의 꽃(惡之華)』 중의 「주검(死屍)」작품을 번역해 『어사(語絲)』에 게재하고 그 앞에 긴 설명을 덧붙였다. 설명에서 서지마는 "시의 진정한 묘처(妙處)는 글자의 뜻(字意)에 있는 것이 아니라 짐작할 수 없는 리듬(音節, 음악성)에 있다. 시가 자극하는 것은 피부(이것은 본래 너무 거칠고 너무 두텁다!)가 아니라, 마찬가지로 짐작할 수 없는 영혼이다"라고 말했다. 노신은 글의 음악성을 강조한 서지마의 신비주의적 태도에 대해 「'음악'」(1924.12.15)이라는 글을 써서 풍자하고 비판한 바 있다. 본문은 바로 음악성을 강조한 서지마의 글을 흉내낸 것으로 뜻이 잘 통하지 않는 데 대한 풍자성이 강하다.

(Ach)"만 있고 "아--흐(A-a-a-ch)" 따위는 없어요. 사실 우리는 그가 이 렇게 근거 없이 조작할 줄은 생각지도 못했어요. 그래서 나는 당신들 모두 자전을 한 권씩 사서 서재에 앉아서 봐야 이런 인물로부터 기 만당하지 않을 거라고 말하겠어요.'

오(午): 그는 더 이상 말을 잇지 못해요. 그의 말은 실없는 소리가 됐어요(流産).

미(未): 오늘날 청년들이 얼마나 실없는 말(流産)2)을 많이 하는지, 성급하게 주제넘게 나서기 때문이 아니겠어요? 그래서 오늘날 청년 들에게 본분을 지키며 자기를 보존해야 하며 제발 움직이지 말기를 삼가 권합니다. 그래야 실없는 말을 줄일 수 있지요…….

신(申): 오늘날 청년들은 얼마나 많이 오역을 하는지, 역시 자전을 사지 않은 때문이 아니겠어요? 게다가…….

유(酉) : 정말이지 "아이(唉)" 안되겠군요! 중국이 이렇게 "세상기풍 이 날로 나빠지고" 있는 까닭은 바로 그가 "아이(唉)"라고 말한 때문 이에요. 다만 30년 전에 나도 "아이(唉)"라고 말한 적이 있었고, 일찍 이 목석이었으며, 실로 기풍의 선례를 열었던 것이라고 여러분들이 있는 이 자리에서 밝혀도 무방하겠지요. 나중에 나는 폐단이 너무 많 다고 느껴 곧 입을 닫고 말하지 않았으며, 또한 그것을 몹시 싫어해 서 철저히 끊어버렸어요. 게다가 금년에 이르러 경서 읽기가 나라를 구할 수 있다는 것을 깊이 깨달았으며, 또한 백화문은 마땅히 폐지되 어야 한다는 것을 굳게 믿어요. 그러나 나는 중국이 반드시 옛것을 고수해야 한다고 말하지는 않아요…….

술(戌): 나 역시 금년에 이르러 경서 읽기가 나라를 구할 수 있다는

---

2) 당시 일부 사람들은 청년작가들이 충분히 성숙되지 않은 작품을 발표한 데 대해 "유산(流産)"되었다고 비난했다.

것을 굳게 믿습니다…….

　해(亥): 게다가 백화문이 마땅히 폐지되어야 한다는 것을 굳게 믿습니다…….

11월 18일

이것과 저것

1. 경서 읽기와 역사 읽기

어느 한 세력가가 경서를 읽어야 한다고 말하자 소인배들도 경서를 읽어야 한다고 한바탕 떠들어댔다. "읽어야 한다"는 것뿐만 아니라 듣자하니 "나라도 구할" 수 있다고 한다. "배우고 때때로 익히면 또한 즐겁지 아니한가?" 그러니 아마 확실한 말이리라. 그렇지만 갑오전쟁(甲午戰爭, 1894년의 청일전쟁을 가리키며 청이 일본에 패했음—역자)에서 패했다.—왜 유독 "갑오"를 말하는가. 그때는 학교를 열기 전이었고 경서 읽기를 폐지하기 이전이었기 때문이다.

아직 공부에 공력이 깊지 않는 친구들은 지금 굳이 머리를 파묻으며 선장본의 책을 흥얼거릴 필요는 없다고 생각한다. 만일 오랫동안 글을 읽어 옛 책에 다소 인이 박혔다면, 오히려 역사, 특히 송조(宋朝)와 명조(明朝)의 역사, 더군다나 야사(野史)를 읽어야 하며, 아니면 잡설(雜說)을 보아야 한다.

지금 중국과 서양의 학자들은 "흠정사고전서(欽定四庫全書)"라는 이 제목만 들어도 겁에 질려 넋을 잃고 무릎마디가 절로 나른해질 것이다. 사실은 책의 원래 격식을 고쳐놓았고 잘못된 글자도 더해놓았으며 심지어 문장까지도 뜯어 고쳐놓았다. 가장 적절한 예로서 『임랑비실총서(琳琅秘室叢書)』에 나오는 『모정객화(茅亭客話)』의 두 종을 들 수 있는데, 하나는 송대(宋代) 본이고 하는 사고전서(四庫全書) 본으로서 이들을 비교해보면 알 수 있다. "관(官)에서 편찬하고" 더욱이 "황제의 명으로 만든" 정사(正史)도 마찬가지여서 본기(本紀)니 열전(列傳)이니 하는 "사서(史書)의 틀"로 짜여져 있을 뿐만 아니라 그 내용을 보면 감히 아무것도 말하지 못하고 있다. 글자와 행간에 무언가 포폄을 담고 있다고 말들을 하지만 어느 누가 알 수 없는 수수께끼를 풀 수 있을 만큼의 많은 기지를 가지고 있겠는가. 지금까지도 여전히 "평생의 사적을 왕명으로 국사관(國史館)에 부쳐 전기를 짓는다"라고 말고 있지만 그만두는 것이 좋겠다.

야사와 잡설에는 물론 잘못 전해진 것들이 있고 은혜와 원한의 감정이 끼어 들게 마련이지만 지난 일을 살피는 데는 그래도 비교적 분명하다. 왜냐하면 그것은 어쨌든 정사처럼 그렇게 허장성세를 부리지 않기 때문이다. 송대의 일을 보려면, 『삼조북맹회편(三朝北盟匯編)』은 이미 골동품으로 바뀌어 값이 너무 비싸고, 새로 찍어낸 『송인설부총서(宋人說部叢書)』가 그런 대로 값이 싸다. 명대 일의 경우 『야획편(野獲編)』이 원래 훌륭하지만 역시 골동품이 되어 각 부(部)에 수십 원이나 한다. 입수하기 쉬운 것으로는 『명계남북략(明季南北略)』, 『명계패사회편(明季稗史匯編)』 및 최근에 집성하여 찍은 『통사(痛史)』가 있다.

역사책은 본래 과거의 낡은 장부책이며 급진적인 맹사(猛士)와는 상관이 없다. 그러나 이전에 말했듯이 만일 여전히 흥얼거리는 데 정을 뗄 수 없다면 그래도 펼쳐볼 수는 있으며, 우리의 현재 정황이 그때와 어찌나 그렇게도 흡사한지 알 것이며, 또 현재의 우둔한 거동과 어리석은 사상이 그때에도 이미 있었고 게다가 모두 엉망이었다는 것을 알 것이다.

중앙공원(中央公園)에 가보면 할머니가 손녀딸을 데리고 놀고 있는 모습을 흔히 볼 수 있을 것이다. 이 할머니의 모습이 아기의 장래를 예고하고 있다. 그래서 만일 누군가가 영부인의 훗날의 풍채를 미리 알고자 하면 장모를 보면 된다. 다르다고 보면 물론 다른 점이 좀 있겠지만 아무튼 거리가 그리 멀지 않을 것이다. 우리가 장부를 살펴보는 용도는 바로 여기에 있다.

그러나 결코 나는 예로부터 그랬으니 이젠 끝내 어떻게 할 수 없다고 말하는 것이 아니며 사람들에게 "과거"에 대해 경외심을 갖도록 하고 과거가 이미 우리의 운명을 결정해놓았다고 여기도록 하려는 것이 아니다. 리 본(Le Bon) 선생은 죽은 사람의 힘이 산 사람보다 크다고 했는데, 정말 일리가 있는 말이다. 그렇지만 인류는 어쨌든 진화하고 있다. 장사조 총장의 말에 따르면 미국의 어느 지방에서는 이미 진화론에 대한 강론을 금지시켰다는데, 이는 실로 나를 경악케 한다. 그렇지만 금지는 얼마든지 금지시키더라도 진화는 어쨌든 진화하게 마련이다.

종합컨대, 역사를 읽으면 중국의 개혁은 늦출 수 없다는 것을 더욱 깨달을 수 있을 것이다. 국민성이라 하더라도 개혁해야 할 것은 반드시 개혁해야 한다. 그렇지 않으면 잡사와 잡설에 씌어 있는 것이 전철이 될 것이다. 개혁을 하면 손녀딸이 할머니를 꼭 닮게 될 것이라는 사실을 두려워할 필요도 없다. 예를 들어 할머니의 발은 삼각형이어서(전족을 한 발을 가리킴―역자) 걷기가 곤란하지만 꼬마 아가씨의 발은 자연그대로의 발이므로 펄펄 뛰어다닐 수 있고, 장모 마나님은 천연두에 걸려 얼굴에 다소 결점이 있지만 영부인은 우두를 접종하여 살결이 부드럽고 뽀얗게 될 것이다. 이것만으로도 차이가 대단한 것이다.

12월 8일

2. 받들어 올리는 것과 파내는 것

중국사람들은 자기를 불안케 할 조짐을 가진 인물을 만나면, 여태껏 두 가지 방법, 즉 억누르거나 받들어 올리는 방법을 사용해왔다.

억누르는 것은 옛 관습과 옛 도덕을 사용하거나 관(官)의 힘을 빌리는데, 그래서 고독한 정신적 전사(戰士)는 비록 민중을 위해 투쟁하지만 종종 도리어 그 "소행" 때문에 멸망하게 된다. 이렇게 돼야 사람들은 비로소 안심하게 된다. 억누르지 못하게 될 때에는 곧 받들어 올리는데, 높이 들어 올려주고 아주 흡족하게 해주면 자기에게 잠시나마 해가 없을 수 있어 안심할 수 있다고 여긴다.

영리한 사람들 중에는 당연히 이득을 꾀하려고 받들어 올리는 사람들도 있다. 예를 들어 세도가를 받들어 올리고, 광대를 받들어 올리고, 총장을 받들어 올리는 그런 부류이다. 그러나 조야한 일반 사람들—즉 아직 "경서를 읽은" 적이 없는 사람들—에게는 받들어 올리는 행위의 "동기"가 대개 해를 모면하려는 데 지나지 않는다. 가령 제사로 받드는 신도(神道)로써 논한다면 그것은 대체로 흉악한 것들인데, 화신(火神), 온신(瘟神, 역귀를 가리킴—역자)은 말할 것도 없고 재신(財神)도 뱀이라든지 고슴도치와 같은 무서운 짐승들이다. 관음보살은 그래도 사랑스럽지만 그것은 인도에서 수입한 것이라 결코 우리의 "국수(國粹, 나라 정수—역자)는 아니다. 요컨대 받들어 모시는 것들 중에 열이면 아홉이 좋은 것들이 아니다.

열이면 아홉이 좋은 것들이 아니라면 받들어 모심을 받은 뒤 그 결과는 당연히 받들어 올리는 사람의 희망과는 정반대가 될 것이다. 불안하게 할 수 있을 뿐만 아니라 대단히 불안하게 할 수도 있는데, 왜냐하면 본래 사람의 마음은 완전히 만족하기 어렵기 때문이다. 그렇지만 사람들은 끝내 지금까지도 깨닫지 못하고 여전히 받들어 올리는 것을 일시적인 안일을 구하는 한가지 방법이라 여기고 있다.

기억컨대, 어느 우스개 이야기책에 — 제목은 잊었으나, 아마 『소림광기(笑林廣記)』일 것이다 — 이런 내용이 있다. 어느 한 지현(知縣)이 생신을 맞이하였는데, 그는 자년(子年) 생으로 쥐띠였으므로 속관들이 돈을 모아 황금으로 만든 쥐를 축하예물로 주었다. 지현은 그것을 받은 뒤 다른 기회에 사람들 앞에서 내년은 마침 자기 아내가 회갑이며 그녀는 자기보다 한 살 어려서 소띠라고 했다. 사실 사람들이 앞서 황금쥐를 선물하지 않았다면 그는 도저히 황금소를 생각하지 못했을 것이다. 선물을 주기 시작한 이상 그만두기도 어렵다. 황금소는 선물로 줄 수 없음은 물론이거니와 설령 선물로 준다고 하더라도 그의 첩 마나님은 코끼리띠일지도 모른다. 코끼리는 십이 지지(地支)의 동물 내에는 없으므로 사리에 맞지 않은 듯하다. 다만 이것은 내가 그를 위해 생각해낸 방법일 따름이고 지현은 당연히 우리가 예측할 수 없는 심오한 묘법을 달리 가지고 있을 것이다.

민국 원년에 혁명이 있을 때 나는 S시에 살았는데, 도독(都督) 하나가 들어왔다. 그는 비록 녹림대학(綠林大學) 출신으로 "경서를 읽은" 적이 없었지만(?) 그래도 정세를 살피고 여론에 귀기울일 줄 아는 사람이었다. 그러나 신사(紳士)부터 서민에 이르기까지 조상 대대로 전해져온 받들어 올리는 방법을 사용하여 떼지어 그를 받들어 올렸다. 이 사람이 방문하고 저 사람이 치켜세우고, 오늘은 옷감을 보내고 내일은 상어지느러미 요리를 대접하며 받들어 올리자 그 자신도 그 까닭을 잊어버리고 결국에는 점점 옛 관료처럼 변하여 백성의 고혈을 짜내기 시작했다.

가장 기이한 일은 북쪽의 몇몇 성(省)의 황하의 강물이 뜻밖에 받들어 올려져 강바닥이 지붕보다 훨씬 높아졌다는 것이다. 처음에는 물론 둑이 터지는 것을 방지하려는 것이었으므로 흙을 조금 쌓아올렸을 것이다. 쌓아올리면 올릴수록 더욱 높아지고 일단 둑이 터지면 그 재해는 더욱 커진다는 것을 전혀 생각지 못했다. 그래서 "둑을 긴급히 수리한다"느니 "둑을 보호한다"느니 "둑이 터지는 것을 엄격히 막는다"느니 호들갑을 떨면서 모두들 고생한다. 만일 처음에 강물이 범람하는 것을 보고서 둑을 높이지 않고 오히려 바닥을 파내었다면 결코 이 지경에 이르지는 않았을 것이라 나는 생각한다.

황금소를 욕심내는 사람에게는 황금쥐 뿐만 아니라 죽은 쥐도 주지 말아야 한다. 그렇게 되면 이런 무리들은 생일조차도 지내지 않으려 할 것이다. 생일을 축하하는 일을 줄이는 것만으로도 이미 대단히 통쾌한 일이다.

중국인들이 고생을 사서하는 그 뿌리는 받들어 올리는 데 있으며 "저절로 복이 오는" 도리는 오히려 파내는 데 있다. 사실 들이는 힘의 양은 비슷하지만 타성에 너무 젖은 사람들이 보기에는 그래도 받들어 올리는 것이 힘이 덜 든다고 여길 것이다.

12월 10일

3. 선두와 꼴찌

『한비자(韓非子)』에서 경마의 요체는 "선두가 되지 않고, 꼴지를 부끄러워하지 않는다"는 데 있다고 말했다. 이것은 우리처럼 문외한들이 보기에도 아주 일리가 있는 것으로 느껴진다. 왜냐하면 가령 처음부터 목숨걸고 내달리면 말의 힘이 고갈되기 쉽기 때문이다. 그러나 첫 번째의 구절('선두가 되지 않는다'는 구절을 가리킴—역자)은 오직 경마에만 적용해야 하는 것인데, 불행히도 중국인들은 오히려 처세의 비결로 받들고 있다.

중국인들은 "주동자가 되지 않으려 하고" "주모자가 되지 않으려 할" 뿐 아니라 심지어는 "복을 먼저 받으려 하지도 않는다". 그래서 모든 일에 있어 개혁이 쉽지 않다. 대체로 선구자나 맹장은 누구도 나서서 하기를 꺼린다. 그렇지만 인성(人性)은 어찌 도가에서 말하는 것처럼 세상물욕이 없는 상태가 될 수 있겠는가. 오히려 얻고자 하는 것이 많다. 감히 직접적으로 얻을 수 없으니까 음모와 수단을 사용하지 않을 수 없다. 이 때문에 사람들은 날로 자신들의 비겁함을 드러내게 되어 "선두가 되지 않으려" 하거니와 "꼴지를 부끄러워하지 않는다"는 것도 감히 행하지 못한다. 그래서 비록 군중들이 커다란 무리를 이루고 있다 하더라도 약간의 위기만 보이면 곧 "새와 짐승처럼 어지러이 흩어져버린다." 만약 우연히 돌아서지 않으려는 몇 사람이 있어 해를 당하면 여론은 이구동성으로 그들을 바보라고 부른다. "인내심을 갖고 끝까지 해나가는" 사람들에 대해서도 마찬가지이다.

나는 이따금 학교의 운동회를 보러간다. 이런 경쟁은 본래 두 적국의 전쟁처럼 원한관계가 있는 것은 아니지만 경쟁 때문에 욕을 하거나 때리는 경우도 있다. 이런 일은 논외로 한다. 달리기시합 때 가장 빠른 서너 사람이 결승점에 도달하게 되면 그 나머지들은 해이해져서 예정된 바퀴 수를 다 달리려는 용기를 잃어버리고 중도에 구경꾼들의 무리 속으로 비집고 들어가 버린다. 어떤 이는 거짓으로 자빠져 적십자 대원들이 들것으로 그를 싣고 나간다. 가령 뒤쳐졌더라도 끝까지 달리는 경우도 가끔은 있는데, 끝까지 달린 사람에 대해 사람들은 조소를 보낸다. 그것은 그가 너무나 총명하지 못한 나머지 "꼴찌를 부끄러워하지 않은" 때문이다.

그래서 중국은 여태껏 실패한 영웅이 적었고, 참을성 있는 반항이 적었고, 감히 홀로 악전고투하는 무인이 적었고, 역도(逆徒) 대해 위로의 눈물을 흘리는 조문객이 적었다. 승리의 조짐이 보이면 벌떼처럼 모여들고, 실패의 조짐이 보이면 어지러이 달아나 버린다. 무기가 우리보다 더 정밀하고 예리한 구미사람들, 무기가 우리보다 반드시 정밀하고 예리하다고 할 수 없는 흉노, 몽고, 만주 사람들이 모두 무인지경(無人之境)에 들어오듯 쳐들어왔다. "토붕와해(土崩瓦解, 산산이 부서지다라는 뜻-역자)라는 이 네 글자야말로 스스로를 분명히 알고 있음을 형용하는 말이다.

"꼴찌를 부끄러워하지 않는" 사람들이 많은 민족은 어떤 일에서든 아마도 단숨에 "토붕와해"가 되지는 않을 것이다. 나는 운동회를 볼 때마다 항상 이런 생각을 한다. 승리자가 존경스러운 것은 물론이지만 뒤쳐졌더라도 종점에 이르지 않으면 멈추지 않는 경기자와 이러한 경기자를 보고서 비웃지 않는 숙연한 구경꾼이야말로 중국의 장래 대들보이다 라고.

4. 유산과 멸종

근래에 청년들의 창작에 대해 갑자기 "유산(流産)"이라는 악명을 하사하며 떠들썩하게 호응하는 무리들이 크게 생겼다. 나는 지금, 이 말을 발명한 사람은 아무런 악의가 없이 그냥 우연히 한번 말한 데 지나지 않는다고 믿으며, 호응하는 사람들도 그럴 만한 이유가 있을 것이라고 믿는다. 왜냐하면 세상일이란 본래 대개는 그렇기 때문이다.

내가 유독 이해하지 못하는 것은, 중국인들은 어째서 옛 상태에 대해서는 그렇게도 차분하고 부드럽게 대하면서 비교적 새로운 기운에 대해서는 그렇게도 이맛살을 찌푸리며 언짢아하는지, 기성의 정세에 대해서는 뜻을 굽혀가며 참고 견디는데 처음 일어나는 일에 대해서는 그렇게도 오로지 비난만 하는지 하는 것이다.

지식이 고매하고 안목이 원대한 선생들은 우리에게 이렇게 일깨우고 있다. 태어난 자가 만일 성현, 호걸, 천재가 아니라면 낳지 말아야 하고 쓰는 글이 만일 불후의 명작이 아니라면 쓰지 말아야 하고, 개혁적인 일이 단숨에 극락세계로 바꾸지 못하거나 적어도 내(!)게 더 많은 장점을 주지 못한다면 절대로 움직이지 말아야 한다!…… 라고.

그렇다면 그는 보수파인가? 듣자하니 결코 그렇지 않다고 한다. 그는 바로 혁명가이다. 유독 그만이 공평하고 정당하고 온건하고 원만하고 평화스럽고 전혀 폐단이 없는 개혁법을 가지고 있고, 현하(現下) 연구실에서 연구를 진행하고 있으며, 단지 아직 연구를 마치지 못했다고 한다.

언제 연구를 마칠 것인가? 확정된 날짜는 없다고 답한다.

아이가 처음 걸음마를 배울 때 그 첫걸음은 어른들이 보기에는 확실히 유치하고 위험하고 모양이 서툴고, 아니면 그야말로 가소롭다. 그러나 아무리 어리석은 부인이라 하더라도 간절한 소망으로 아이가 첫걸음을 띄는 것을 보고 결코 아이의 걸음걸이가 유치하다고 해서 세도가의 노선에 장애가 될까봐 아이를 "핍박하여 죽일" 리는 없다. 또 결코 아이를 침상에 감금해놓고 펄펄 뛰어다닐 수 있을 때까지 누워서 연구한 뒤 다시 땅을 밟도록 하지는 않을 것이다. 왜냐하면 어머니는, 만일 그렇게 하면 설령 백 년이 지나더라도 길을 걸을 수 없을 것이라는 점을 알고 있기 때문이다.

예부터 바로 이런 식으로 이른바 독서인들은 후진들에게 명백히 드러내놓고, 아니면 겉모습만 바꾸어 오로지 속박만 가해왔다. 근래에는 물론 좀 점잖아져서 누군가가 나오면 대체로, 잠시 멈추고 앉으시오 하며 막아서는 학사와 문인들을 만나게 된다. 이어서 조사요 연구요 퇴고요 수양이요…… 라고 도리를 늘어놓는데, 그 결과는 그 자리에서 늙어죽는 것이다. 그렇게 하지 않으면 "소란을 피운다"라는 칭호를 얻게 된다. 나도 요즘 청년들과 마찬가지로 이미 죽은 혹은 아직 죽지 않은 스승들에게 가야할 길을 물어본 적이 있었다. 그들은 모두 동쪽으로, 혹은 서쪽으로, 혹은 남쪽으로, 혹은 북쪽으로 가서는 안 된다고 말했다. 그러나 꼭 동쪽으로, 혹은 서쪽으로, 혹은 남쪽으로, 혹은 북쪽으로 가야 한다고 말하지는 않았다. 나는 마침내 그들의 감추어진 속내는 "가지 말라"라는 것일 따름이라는 것을 알아차렸다.

앉아서 평안을 기다리고 전진을 기다리는 것이 만일 가능하다면 그야 물론 아주 멋진 일이다. 그러나 염려가 되는 것은 늙어죽을 때까지 기다려도 끝내 그렇게 되지 않는다는 점이다. 낳지도 않고 유산하지도 않으면서 영웅적인 "귀염둥이"를 기다릴 수 있다면 그야 물론 아주 기쁜 일이다. 그러나 염려가 되는 것은 결국에는 아무것도 없을 것이라는 점이다.

만일 출중한 아이를 얻을 수 없는 것이라면 멸종하는 것이 더 낫다고 여긴다면 그야 더 할 말이 없다. 그러나 만약 우리가 영원히 인류의 발자국소리를 들으려 한다면 유산이 어쨌든 생산하지 않는 것보다 더 희망적이라고 나는 생각한다. 왜냐하면 유산은 이미 생산할 수 있다는 것을 명백하게 증명하고 있기 때문이다.

12월 20일

결코 한담이 아니다(3)

서형 선생은 이번에 정의감에 불타서『현대평론』48기의「한담」에서 책장사가 제멋대로 작품을 선집으로 찍어내는 바람에 물질적으로 손해를 입은 작자들을 위해 불평을 토로했다. 그리고 내 이름도 그런 작자의 축에 끼워 넣어주었는데, 황송하기 그지없었다. 식사 후 나 자신의 느낌을 조금 써보았다. 붓을 쥔 "동기"라면, 그야 대체로 "불순한" 것이겠다. 기억컨대, 어렸을 때 고향에 살면서 신사(紳士)들이 스스로는 은혜라고 여기지만 기만적인 것을 하등인(下等人)에게 조금 수여해주었으나 하등인이 크게 감사하지 않을 때면 "은혜를 모르는 소치!"라고 꾸짖던 일을 자주 보았다. 내 아버지와 할아버지는 글공부를 한 사람으로서 아무래도 사류(士類)라고 할 수 있었지만 불행히도 나 때부터는 어찌된 영문인지 하등인의 기질이 생기게 되어 은혜뿐만 아니라 조문조차도 아주 받기 싫어했다. 솔직히 말하면, 나는 언제나 그것이 가짜가 아닌가 의심했다. 이러한 의심이 아마 "은혜를 모르는 소치"의 근원일 것이며, 어쩌면 내가 쓰는 글을 "불순하게" 만드는 것인지도 모른다.

아무리 시퍼런 칼날이 앞에 있고 사나운 불길이 뒤에 있어도 책상에 그대로 붙박여 글을 쓰지 않으면 안 되는 "창작의 충동" 따위가 내게 언제라도 있었던가. 이런 충동은 순결하고 고상하고 소중하다라는 것을 분명히 알고 있다. 그렇지만 내게 없는 데야 어쩌겠는가.

며칠 전 아침에 어느 한 친구가 두어 번 나를 노려보았는데, 얼굴이 좀 달아오르고 마음이 좀 쑤셔서 제법 어떤 충동이 있는 듯하였다. 그러나 나중에는 늦가을 찬바람이 불어 스치자 얼굴의 온도가 원상으로 회복되었다 — 창작이 없었다. 이미 인쇄되어 나온 것들은 그야 짜내어 나온 것이다. 이 "짜내다"라는 글자는 소젖을 짜내다라고 할 때의 "짜내다"이다. 이 "소젖을 짜내다"는 오로지 "짜내다"라는 글자를 설명하려는 것이지 일부러 내 작품을 소젖에 비기어 유리병 속에 담아 "예술의 궁정" 따위에 집어 넣어주기를 바라려는 것이 아니다. 만일 현재 갑자기 유행하게 된 논조를 사용해 청년들이 서둘러 발표하여 미숙한 작품을 "유산"이라고 부른다면 내 작품은 곧 "낙태"이다. 어쩌면 태아조차도 아니며 삵괭이를 태자로 삼은 것인지도 모른다.[1] 그래서 글을 쓰고 나면 그것으로 끝이며 무슨 짓을 하든 상관없어 책장사가 아무리 훔치고 문사들이 어떻게 말하든 더 이상 마음을 조이지 않는다. 그러나 만약 내가 믿고 있는 사람이 보고싶어 하고 훌륭하다고 칭찬하면 어쨌든 기쁜 일이다. 나중에는 또 책으로 묶어 인쇄했는데, 솔직히 말하면 그것은 돈을 몇 푼 벌어보려는 심사 때문이었다.

그렇다면 내가 글을 쓸 때에 경건한 마음이 없었는가? 있었겠지 하고 답한다. 설령 이러한 허울 좋은 마음이 없었더라도 결코 일부러 번지르르하게 만들려고 하지는 않았다. 짜내면서도 히히득거리며 유

---

1)『송사・이신비전(宋史・李宸妃傳)』에 나오는 송 인종(仁宗, 趙禎)의 생모 이신비(李宸妃)가 아들을 인정하지 못한 이야기에서 유래된 전설이다. 청대 석옥곤(石玉崑)이 엮은 공안소설(公案小說)『삼협오의(三俠五義)』에 이런 이야기가 있다. 송 진종(眞宗)이 아들이 없었는데, 유(劉)・이(李) 두 비가 모두 임신했고, 유비가 황후의 자리를 쟁취하기 위해 내시와 몰래 모의하여 이(李) 비가 아들을 낳자 껍질을 벗긴 삵괭이로 아이를 바꾸었다.

희삼매(游戱三昧)[2]할 수 있겠는가? 만일 그럴 수 있다면 그야말로 신선이다. 나는 결코 여순양(呂純陽)[3] 조사(祖師)의 문하에 귀의한 적이 없다.

그러나 글을 쓴 다음에는 명예를 대단히 소중히 여기는 것은 아니지만 이른바 "몽당비라도 소중히 여기려는" 생각은 있었다. 왜냐하면 앞서 말했거니와 그때는 이미 "그것으로 일이 끝이며 무슨 짓을 하든 상관없는" 것이기 때문이다. 그 누가 이런 무료한 뒷일까지 신경 쓸 마음씨를 가지고 있겠는가? 그래서 비록 어떤 선집자가 거기까지 자신의 위대한 안목을 넓혀서 내 작품을 뽑아 인쇄하더라도 나는 예전처럼 조금도 상관하지 않는다. 사실은 상관하려해도 상관할 수가 없는 것이다. 한번은 남의 번역서에 대해 인세 받는 일을 대행한 적 있는데, 다 팔렸다는 소식을 듣고서 서점에 대해 돈을 요구했더니 회신에서 말하길, '예전에 경영하던 사람이 이미 사직하고 집으로 돌아갔으니 당신은 그에게 요구하시오. 우리는 모르오.' 하는 것이었다. 그 서점은 상해에 있었는데, 어찌 기차를 타고 가서 서점에 눌러앉아 독촉하거나 아니면 소송을 제기할 수 있겠는가? 그러나 나는 이런 선본(選本)에 대해서는 "그러면 안 되는데 하는" 몇 가지 점을 개인적으로 가지고 있다. 첫째는 원본에 나오는 오자에 대해, 보기만 해도 오자라는 것을 분명히 알 수 있음에도 불구하고 잘못을

---

2) 유희삼매(游戱三昧) : 불교 용어이다. 여기서는 근심걱정 없이 태연하게 노닌다는 뜻이다.

3) 여순양(呂純陽, 798~ ?) : 여동빈(呂洞賓)이며, 이름은 암(巖), 호는 순양자(純陽子)이다. 전하는 이야기에 따르면, 당말(唐末) 경조(京兆)[지금의 섬서(陝西) 장안(長安)] 사람으로 종남산(終南山)에 은거했다. 민간 전설에 따르면, 그는 나중에 득도하여 신선이 되어 "팔선(八仙)" 중의 하나가 되었다고 한다. 그가 세상에서 노닌 이야기, 즉 "악양루(岳陽樓)에서 세 번 취하다", "백모란(白牧丹)을 세 번 희롱하다" 등이 민간에 널리 유행했다.

그대로 두는 점이고, 둘째는 대체로 나 자신이 보기에는 결코 그렇다고 할 수 없는 것을 가지고 무슨 주의니 무슨 뜻이니 하면서 그들이 몇 마디 위대한 의론을 편다는 점이다. 물론 비평은 "정신적 모험"이요, 비평가의 정신은 아무래도 작가보다는 한발 앞설 것이다. 하지만 그들이 이른바 죽은 시체라고 말한 거기에서 나는 오히려 심장 박동 소리를 분명히 들으며, 이것이야말로 죽어도 일치할 수 없는 부분이다. 이밖에 달리 커다란 원한 따위는 없다.

이는 비록 동방문명 식의 넓은 도량인 것 같지만 사실은 아마 내가 글을 팔아 살아가는 것이 아니기 때문일 것이다. 중국에서는 변문(騈文)으로 생일축하의 글을 쓰면 정가가 종종 편 당 백 냥은 되지만 백화로 지으면 값이 나가지 않는다. 번역은, 듣자하니 스스로는 창작할 수 없어 다른 사람이 창작하는 것을 질투하는 나쁜 심보를 가진 사람들이 제창한 것이라고 하니 앞으로 문단이 한층 진보하면 당연히 한푼의 가치도 없을 것이다. 내가 쓴 글은 처음에는 여러 가지 큰 난관에 자주 부딪쳤지만 지금의 시가는 일천 자 당 1원 내지 2,3원이다. 그러나 이런 좋은 고객은 그다지 많지 않으며, 항상 어디서 비롯된 것인지도 모르는 의무를 다해야 하는 형편이다. 일부 사람들은 내가 이들 원고료 또는 인세를 받아서 집을 짓고 쌀을 살 뿐만 아니라 그 돈으로 담배를 사서 피우고 과일과 사탕을 사서 먹는다고 여긴다. 그 경비는 다른 데서 속여서 받은 것이라는 것을 모르고 있다. 나는 우선 험상궂은 얼굴을 하고 서점 주인을 찾아가 으름장을 놓고 그런 다음 그와 협상하는 데 정말이지 별로 뛰어나지 못하다. 중국에서 값이 가장 잘 나가지 않는 것이 노동자의 체력이고, 그 다음이 우리의 이른바 글이며, 영리함만이 값이 가장 잘 나간다고 나는 생각한다. 만일 정말로 곧이곧대로 글을 빌어 생계를 꾸린다면, 내 경험에 비추어보아 이것저것 팔아서 돌아오려면 적어도 1개월, 길면 1년여 걸리는데, 돈이 부쳐왔을 때 작자는 이미 굶어 죽었을 뿐 아니라 만일 여름이라면 근육이 다 썩어 문드러졌을 것이니 밥 먹을 배가 어디에 남아 있겠는가.

그래서 나는 언제나 다른 방도를 가지고 생계를 꾸리고 있으며, 이른바 글이라고 하는 것은 짜내지 않으면 짓지 않는다. 짜내어야 겨우 글이 나오니, 고매한 "인스피레이션"(영어로서 영감의 뜻—역자)이니 "창작의 감흥"이니 하는 따위와는 크게 상관이 없다는 것을 가히 짐작할 수 있을 것이다. 만일 내가 굳이 다른 방도를 가지고 생계를 꾸릴 필요가 없으면 의지를 한곳에 집중할 수 있어서 "인스피레이션" 따위가 생겨 비교적 위대한 작품을 생산할 수 있고, 적어도 껍질을 벗긴 삵괭이를 내놓지 않을 수도 있다고 말한다면, 그야 꼭 그렇다고 할 수도 없다. 삼가촌(三家村)의 동홍(冬烘) 선생은 일년 내내 아침부터 밤까지 마을 아이들을 가르치며 조금도 "때때로 정치활동을 생각하지" 않을 뿐 아니라 전혀 "여러 가지 무료한 일들을 하지"4) 않고 있지만, 그들은 명산에 감추어둘 『교육학개론』이나 "고두강장(高頭講章)"5)의 초고가 전혀 없는 것 같다. 마르크스의 『자본론』, 도스토예프스키의 『죄와 벌』 등은 모두 모카 커피를 마시고 이집트의 담배를

---

4) 여기 인용된 말은 모두 진서형의 『현대평론』 제2권 제48기의 「한담」에 나온다. "학생 가르치는 일로 밥을 먹으면서 때때로 정치활동을 생각하는 사람은 훌륭한 선생이 될 수 없고, 정치활동에 기대어 밥을 먹으면서 학생들을 몇 시간 가르치는 사람도 훌륭한 선생이 될 수 없다.…… 보통 천재적인 소질을 가지고 스스로 평생토록 저술하길 바라는 친구가 여러 가지 무료한 일들을 하고 있는 모습을 나는 자주 보게 되는데, 저작계(著作界)의 손실인 까닭에 탄식하지 않을 수 없다."

5) "고두강장(高頭講章)" : 경서의 원문 상단에 비교적 넓은 공백을 두어 해설문을 인쇄하였는데, 이들 문장을 "고두강장"이라 불렀다. 나중에는 이런 격식을 갖춘 경서에 대한 범칭으로 사용되었다.

피운 뒤에 씌어진 것이 아니다. 장사조 총장 휘하에 있는 "천재적 소질을 가진" 편역관(編譯館)6)의 요원 및 관료들로부터 보조금 또는 은행 광고료를 받고 있는 "대형 신문"의 작자들만이 계략을 이용해 일을 성사시키고 실컷 자고 배불리 먹은 뒤 그 나머지 시간으로 3개월 동안 글자를 다듬고 반 년 동안 어구를 다듬어 장래에 특출하고 걸출한, 심오하고 멋진 작품을 지을 것이다. 종합하면, 나로서는 배가 부르고 글 부탁이 적으면 곧 평안하고 온화해져 문을 닫고 아무것도 쓰지 않는다. 설령 쓴다 하더라도 아마 미지근한 말이거나 이래도 좋고 저래도 좋은 주장에 지나지 않으니, 즉 이른바 중도를 지키는 설(說)이요 공평 타당한 말이므로 실은 쓰지 않은 것이나 마찬가지일 따름이다.

그래서 상해(上海)의 보잘것없는 책장사가 모기로 변하여 내 피를 조금 빨아먹으면 당연히 물질적인 손해가 된다는 것은 의심의 여지가 없지만, 그래도 내겐 커다란 원한 따위는 없다. 왜냐하면 나는 그들이 모기라는 것을 알고 있고 사람들도 다 그들이 모기라는 것을 알고 있기 때문이다. 내 일생 중에서 내게 커다란 손해를 가져다 준 것은 결코 책장사도 아니요 군대와 비적도 아니요 정치적 태도가 선명한 소인배는 더더욱 아니다. 그것은 바로 "유언비어"이다. 즉, 금년에 있었던 "학생소요를 선동했다"느니 "교장이 되려고 꾸민다"느니 "앞니가 빠졌다"7)느니 하는 이런 말과 같은 것들이다. 한 번은 지

---

6) 편역관(編譯館) : 당시의 국립편역관을 가리키며, 장사조가 창설을 건의하여 1925년 10월에 성립되었다.

7) "앞니가 빠졌다" : 1925년 10월 26일 단기서 정부는 영국, 미국, 프랑스 등 12개국을 초청해 북경에서 이른바 "관세특별회의"를 개최하고 각 제국주의 국가와 새로운 관세협정을 성립시키려 했다. 북경의 각 학교와 각 단체의 5만 여 명이 당일 천안문에서 반대집회를 가지고 관세의 자주를 주장했다. 집회에 참가한 군중들은 무

금 내 저작권이 손해보는 데 대해 불평을 토로한 서형 선생조차도 그것을 믿으려 했는데, 『현대평론』(제25기)의 예의 「한담」에 발표했으니 그 효력은 가히 짐작할 수 있다. 한 여학생을 예로 들면, 비열하고 음험한 문인학사들에게 암암리에 그녀의 품행에 대한 헛소문을 퍼뜨리게 하는 것보다 오히려 토비들에게 붉은 목도리─물질─하나를 빼앗기게 하는 것이 더 낫다. 그러나 이런 "유언비어"는 날조한 사람이 한 사람인가 아니면 여러 사람인가? 성은 무엇이고 이름은 무엇인가? 나는 도무지 조사할 수 없었다. 나중에는 시간도 많지 않고 해서 더 이상 조사해 밝히지 못했는데, 다만 서술의 편의를 위해 그들을 총칭하여 짐승이라 부르기로 한다.

비록 분류는 했지만 불행히도 이들 짐승은 사람들 속에 섞여 있고 한결같이 사람 얼굴을 하고 있어 실제로는 여전히 분간할 수 없다. 그래서 나는 의심이 많아져서 사람들이 하는 말을 그다지 잘 들으려 하지 않는다. 또 할 말도 없기 때문에 스스로도 별로 글을 짓고 싶지 않다. 때로는 심지어 진짜로 정의감에 불타는 공정한 말조차도 이상하고 진기하다고 느끼게 되었고, 그리하여 하등인의 기질인 "은혜도 모르는 소치"가 마침내 형성되었으며, 어쩌면 끝내 구제할 수 없을지도 모르겠다.

마음을 가라앉히고 생각해보면, 이른바 "선집가"와 같은 이런 부류의 인물들은 명대 말엽의 팔고문의 선집가를 쉽게 연상시키기 때문에 듣기 거북할 것 같지만, 지금은 오히려 몇 사람쯤은 꼭 있어야

장경찰들로부터 저지당하고 구타당해 10여 명이 부상을 입고 몇 명이 체포되었다. 이튿날 『사회일보(社會日報)』 등에서 사실과 부합하지 않는 사실을 게재하여 "주수인(周樹人, 노신의 본명─역자)(북경대학 교원)은 이를 다쳐 앞니 두 개가 빠졌다"라고 했다.

한다. 최근 2,3년 사이에 무명작가들에게 비교적 유명한 작자보다 나은 작품이 어찌 없었겠는가마는 아무도 거들떠보지 않고 자생자멸하도록 내버려두었을 뿐이다. 작년에 나는 DF 선생에게 건의하여 누군가가 각 지역의 여러 정기간행물들을 수집하고 세밀하게 질을 평가하여 소설집 몇 권으로 뽑아 인쇄하여 세상에 소개해야 하고, 또 이미 전문 작품집을 가진 작가에 대해서는 "대문 밖으로 모셔 내보내어" 일절 싣지 말아야 한다고 했다. 그러나 이 말은 결국 공염불에 지나지 않아서 당시에 최종적인 결정이 나지 않은데다 나중에는 모두들 흩어지고 말았다. 나로서도 이런 사업은 할 수 없었는데, 왜냐하면 나는 편파적이기 때문이다. 시비를 평가할 때 나는 언제나 내가 잘 아는 사람이 옳다고 느끼고 작품을 읽을 때 내 견해와 다른 자의 수완은 대개 고명하지 않다고 느낀다. 내 마음 속에는 이른바 "공평함"이 없는 듯하며, 다른 사람에게서도 나는 그것을 보지 못했다. 그렇지만 그래도 어딘가에 있지 않을까 생각하고 있으며, 이 때문에 감히 두 가지 부류, 즉 법관과 비평가가 되지 못하고 있다.

지금은 전문적인 선집가가 없는 마당에 이 일은 비평가도 할 수 있다. 왜냐하면 비평가의 직무는 나쁜 풀을 잘라내야 하는 것일 뿐 아니라 아름다운 꽃 ― 아름다운 꽃의 싹에 물을 대야하는 것이기 때문이다. 예를 들어 국화가 아름다운 꽃이라고 한다면, 그것의 원종(原種)은 노랗고 자잘한 들국화, 속칭 "만천성(滿天星)"이라고 하는 바로 그것일 뿐이다. 그런데, 어쩌면 문단에 비교적 훌륭한 작품이 정말로 없을지도 모르지만, 비평가가 되면 눈이 대단히 높아져서 그런지 청년작가들에 대해 정면에서 통박하고 냉소하고 말살하는 것을 보았을 뿐 이끌어 바로잡아주고 장려하려는 뜻이 담긴 비평을 그다지 보지 못했다. 이른바 "문사"이면서 비평가 비슷한 사람은 오로지 한 사람을 위한 어전(御前)의 시종이 되어 톨스토이니 여(女) 톨스토이니 하면서 앞뒤가 맞지 않은 말로 한 사람을 위한 바람막이를 하고 있을 뿐이다. 더 심한 자는 한편으로는 그 한 사람을 몰래 비호하고 한편으로는 다른 사람을 중상하기까지 하는데, 명백하게 성명과 실제 근거를 대지도 않으면서 단지 암암리에 남을 헐뜯는 말투를 사용하여 당사자에게 자기를 말하고 있는 것임을 알지 못하게 하며, 또 달리 구두 선전의 방법을 이용해 필묵으로 언급하지 못한 것을 보충하여 남들이 그 당사자를 의심할 수 있도록 한다. 나는 이렇게 글에 대해서 뿐만 아니라 짐승 같은 방법을 이용해 여자들의 명예를 훼손한 것을 금년에도 보았다. 옛 사람들은 항상 "물여우의 음험한 수단"이라 말해왔는데, 사실 세상에 어찌 진짜 물여우가 있었겠는가. 그것은 바로 이런 놈들을 가리키는 것일 뿐이리라. 물론 이런 놈들은 말할 것도 없거니와 시종노릇만 하는 사람들에 대해서도 그들의 일언반구도 평선(評選)할 가치가 없다. 왜냐하면 평선 작업은, 하는 사람이 스스로 편파적이지 않다고 여기지만 사실은 편파적일 수도 있고 스스로 공평하다고 여기지만 사실은 공평하지 않을 수도 있지만, 아무래도 그 사이에 "다른 꿍꿍이가 있어서는" 안되기 때문이다.

책장사도 다른 상인들과 마찬가지로 오로지 이익을 챙기려할 뿐이다. 그가 출판하거나 의론을 펴는 "동기"에 대해 그것이 "불순하다"는 것은 누구나 알고 있어 결코 그를 대학교수와 동일시하는 일은 없을 것이다. 그러나 그들은 이익을 챙기는 것 이외에 달리 꼭 어떤 의도가 있는 것은 아니다. 이 점이 바로 내가 오히려 마음을 놓는 부분이다. 물론 만일 여태껏 특이하고 음험한 중상모략을 당해보지 않은 복 많은 사람이라면 그야 당연히 이 점만으로도 고통을 느낄 것이다.

이것도 한 편의 작품이라 할 수 있겠지만 여전히 짜낸 것이며 결코 화로에 둘러앉아 차를 끓이며 하는 한담이 아니다. 마무리할 때가 되어 되돌아가 제목을 달았는데, 사실 그대로이다.

11월 22일

내가 본 북경대학

　북경대학 학생회의 긴급한 요청 때문에 아무래도 본교의 27주년 기념에 대해 몇 마디 말해야 할 것 같다.

　어느 한 교수[1]의 명론(名論)에 따르면 "한두 시간을 가르치는 강사"는 학교일에 끼어들 자격이 없다고 하는데, 내가 바로 한 시간을 가르치는 강사이다. 그러나 이런 명론에 대해 내가 전혀 개의치 않더라도 용서하길 바란다. — 만일 용서하지 않겠다면 그것으로 그만이며 사람이 어찌 그런 일까지 고려하겠는가.

　나는 여태껏 북경대학 교원으로만 자처하지 않았다. 왜냐하면 그 밖의 몇몇 학교와도 관계가 있기 때문이다. 그렇지만 어찌된 영문인지 — 아마 알 수 없는 속셈이 있을지도 모르지만, 금년에 갑자기 나를 북대파(北大派)라고 지적하는 사람들이 제법 많아졌다. 북경대학에 정말로 특별한 파벌이 있는지는 모르지만, 나도 북대파로 자처했다. 북대파인가? 그래 북대파이다! 어쨌다는 건가?

　그러나 유언비어가들은 아무쪼록 내 뜻을 오해해서 헛소문을 날조하면 내가 그런 사람이 된다고 생각하지 말기를 바란다. 내 방법은 결코 일률적이지 않다. 예를 들어 저번 시위 때 신문지상에 내 앞니 두 개가 빠졌다고 헛소문을 날조했지만 나는 굳이 경찰서에 신고하고 군경을 다시 파견하도록 간청하여 새삼스럽게 내 앞니를 빠지도

---

1) 고인산(高仁山)을 가리킨다.

록 하지는 않았다. 내가 헛소문대로 해나가는 경우는 오로지 나 자신을 점검한 후 원하는 것으로만 제한한다.

북경대학은 결코 나쁘지 않다고 생각한다. 만약 정말 이른바 파벌이 있다면 그 파벌 속으로 들어가더라도 괜찮을 것이다. 이유는 다음에 있다.

벌써 27주년이나 되었으니 본교의 맹아는 당연히 이전의 청(淸)에서 싹이 텄을 것이나 나는 민국 초년의 사정에 대해서조차도 알지 못한다. 다만 최근 7,8년의 사실에 근거해 살펴보면, 첫째, 북경대학은 항상 새로운 운동, 개선을 위한 운동의 선봉이 되어 중국이 더 나은, 향상된 길로 나아가도록 했다. 비록 여러 가지 중상모략을 당했고, 여러 가지 헛소문을 뒤집어썼지만 교수와 학생들은 모두 해마다 조금씩 변화했고 보다 나아지려는 정신도 시종일관하여 해이해지지 않았던 것 같다. 물론 가끔은 고삐를 잡아당겨 말머리를 돌리고 싶어했던 사람들도 없지 않았지만, 대세에는 큰 지장이 없었으니 "만인이 한 마음이다"라는 것은 원래 책에서나 나옴직한 그럴듯한 말에 지나지 않는다.

둘째, 북경대학은 — 설령 혼자만 남더라도 — 항상 암흑세력과 항전해왔다. 장사조가 "학풍의 정돈"이라는 간판을 내걸고 "스승이 되겠다"고 하고 또 돈(金款)[2]을 나누어주던 때부터 북경대학은 오히려

---

2) 제1차 세계대전 후 프랑스는 프랑의 가치가 하락하자 중국이 프랑스의 경자년(庚子年, 의화단사건을 가리킴 — 역자) 배상금에 대해 금(金) 프랑으로 지불해주기를 고집했다. 1925년 봄에 단기서(段祺瑞) 정부는 당시 전국인민들의 단호한 반대를 무시하고 프랑스 측의 무리한 요구에 동의했다. 배상금 담보로서 중국의 염세(鹽稅) 중에서 부채를 지불한 뒤 그 나머지 액수 1000여 만 원을 회수했는데, 이 돈을 "금관(金款)"이라 불렀다. 이 돈은 대부분 북양정부의 군정(軍政) 비용으로 충당되었고, 그 나머지에서 150만을 뽑아내어 교육경비로 사용했는데, 당시 일부 사립대학에서는 이 돈을 나누어가져야 한다고 제기했다. 장사조는 국립 8개교의 밀린 빚을 청산하는 데 사용해야 한다고 고집했으며, "돈을 나누어주다"는 말은 바로 이 일을 가

그에게 팽윤이(彭允彝)[3]에게 했던 대로 대우했다. 지금 장사조는 비록 어두운 곳에 엎드려 여전히 총장을 하고 있지만[4] 본성이 이미 드러났고, 북경대학의 학교 품격도 더욱 명백해졌다. 그때 물론 일각에서는 회색을 드러내기도 했지만 대세에는 큰 지장이 없었으니 첫째에서 말한 바와 같다.

나는 하느님처럼 공과(功過)를 결산할 수 있는 능력을 가진 그런 공정한 사람은 아니다. 겨우 내가 느낀 바에 근거해 말하면, 북경대학은 어쨌든 그래도 살아 움직이고 또한 계속 성장하고 있다. 무릇 살아 움직이고 성장하고 있는 것이라야 희망적인 전도가 있다.

오늘 생각이 미친 것은 바로 이런 점이다. 그런데 만약 북경대학이 28주년에 이르러서도 장사조와 같은 부류에 의해 여전히 모살(謀殺)되지 않는다면 또 기념호를 낼 것인데, 나는 더 말을 하지 않겠다고 미리부터 밝혀둔다. 첫째, 제목에 따라 글을 쓰는 것은 그야말로 괴로운 일이며, 둘째, 말을 하더라도 대개는 여전히 이런 말일 것이기 때문이다.

12월 13일

리킨다.

3) 팽윤이(彭允彝) : 자는 정인(靜仁)이고, 호남(湖南) 상담(湘潭) 사람이다. 1923년 그는 북양정부의 교육총장을 맡았을 때 북경대학은 그를 반대하기 위해 교육부와 관계를 한차례 끊었다. 1925년 8월 북경대학은 다시 "사상이 진부하고 행위가 비겁한" 장사조가 교육총장을 맡는 것에 대해 반대하고 교육부와 관계를 끊었다. 그래서 여기서 "그에게 팽윤이에게 했던 대로 대우했다"라고 말한 것이다.

4) 1925년 11월 28일 북경시 군중들은 관세의 자주를 요구하며 시위를 벌여 "단기서를 몰아내자", "주심(朱深)·장사조를 때려죽이자"라는 구호를 제기했다. 장사조는 즉시 천진(天津)으로 몰래 도망갔고, 또 『갑인(甲寅)』 주간 제1권 제21호(1925년 12월 5일)에서 이렇게 공언했다. "다행히 하늘이 나를 도와주어 정세가 돌연히 바뀌어 이른바 빌어먹을 관직도 이미 자연스럽게 잃게 되었다." 사실 그때 단기서는 아직 하야하지 않았으며, 장사조도 여전히 암암리에 교육부 업무를 관장하고 있었다.

자질구레한 이야기

만약 자기 혼자만 있다면 무엇이든지 가능하다. 오늘의 내가 어제의 나와 싸워도 좋고, 오늘 이렇게 말하고 내일 저렇게 말해도 좋다. 그러나 가장 좋은 것은 자기 머리 속에서 생각하고 자기 집에서 말하는 것이다. 아니면 연인과 이야기를 주고받아도 무방한데, 아뭏든 그녀는 "아아" 하고 탄복을 표시할 수 있으며 그 일에 끼어들 제삼자는 없다. 그런데, 가령 스스로 아끼지 못하고 연이어 발표하여 "지도자"니 "정인군자"니 하고 자처하면서 자기 말을 "사상" 또는 "공정한 말" 따위로 부른다면 많은 순진한 사람들은 재앙을 면키 어려울 것이다. 당연히 모든 신묘한 변천은 원래 학자문인들의 진보가 대단히 빠르다는 점을 보여주기에 충분하다. 더욱이 문단에서는 본래 "주(州)의 관리가 불을 밝히는 것만 허락하고 백성이 등불을 밝히는 것은 허락하지 않으니"1), 불행하고 보잘것없는 사람들은 천재를 위해 좀 희생하는 것이 마땅히 해야 할 의무이다. 누군가가 당신더러 연구나 창작은 할 수 없다고 하지 않았던가? 그러니 고생하는 것도 마땅

---

1) 송대 육유(陸游)의 『노학암필기(老學庵筆記)』 권5에 이런 내용이 있다. "전등(田登)이 군(郡)의 장관이 되어 자기 이름의 글자를 피하게 했는데, 저촉되는 자에 대해서는 반드시 화를 내었고, 이졸(吏卒)들이 자주 매질을 당했다. 그래서 주(州) 전체가 모두 등(燈)을 화(火)라고 불렀다. 정월 대보름에 등을 밝힐 때 사람들이 주치(州治)[지주(知州)의 주재지—역자]에 들어와 다니며 구경하도록 허락했는데, 관리들이 드디어 방례 붙이고 저자거리에 이렇게 알렸다. '본 주(州)는 전례대로 3일간 불을 밝힌다(放火).'"

할 따름이다!

그렇지만, 이것은 천재 또는 천재의 노예의 탁월하고 멋진 주장이다. 보잘것없는 사람의 입장에서 보면 아무래도 그런 말은 이치에는 맞으나 정리(情理)에는 맞지 않는다고 느낄 것이다. 왜냐하면 “땅강아지와 개미조차도 삶을 도모하려 하기” 때문이니, 역시 훌륭한 옛 가르침이다. 그래서 비록 보잘것없는 사람이라 할지라도 며칠이라도 더 살아가려 하고 조금이라도 더 즐거워하려 한다. 하릴없이 쓸데없는 일에 참견하기 좋아하는 것은 그들이 고생하게 되는 근거이며, 집에 앉아 있는 것이 좋은데도 굳이 나서서 스승을 찾고 공정한 말을 들으려 한다. 학자문인들은 하루에도 천 번을 변하듯 진보하고 있으며, 사람들은 그의 뒤를 따라간다. 그는 작은 모퉁이를 걷고 당신은 큰 모퉁이를 걷고, 그는 원심 안에서 돌고 당신은 반드시 원주 위를 돌아야 하는 바, 땀이 흘러 등을 적시지만 끝내 그 까닭을 알지 못한다. 이는 물론 거북점(龜卜)을 보지 않아도 알 수 있는 일이다.

무슨 일이든 하고 또 하고 또 해야 한다! 이는 물론 명언이다. 하지만 만일 어느 바보가 정말로 권총을 샀다면 반드시 이전의 잘못을 깊이 후회하고 더욱이 구국(救國)을 위해서는 반드시 먼저 학문을 추구해야 한다는 것을 깨달아야 한다.[2] 이것도 물론 명언이니 어찌 더 말할 필요가 있겠는가. 그러니 분부를 받들어 연구실에 틀어박힌다. 어느 날 당신이 새로운 혜성을 하나 발견하거나[3] 또는 유흠(劉歆)은

---

2) 이 “명언”은 호적(胡適)이 한 말이다. 그는 『신청년』 제9권 제2호(1921년 6월)에 실은 「4열사 무덤 위의 글자 없는 비석 노래(四烈士塚上的沒字碑歌)」라는 시에서 “폭탄! 폭탄!”, “하라! 하라! 하라!”라고 노래불렀다. 5.30운동 이후 그는 『현대평론』 제2권 39기(1925년 9월 5일)에 발표한 「애국운동과 학문추구(愛國運動與求學)」라는 글에서 구국을 위해서는 반드시 먼저 학문을 추구해야 하며 학생들이 애국운동에서 벗어나도록 노력해야 한다라고 주장했다.

결코 유향(劉向)의 아들이 아니라는 사실을 알게 된 뒤에 연구실에서 뛰어나와 구국할 때가 되면 선각자는 오히려 "황학(黃鶴)처럼 행방이 묘연해질" 것이고, 이리저리 찾아보면 아마 극장에서 발견할 수 있을 것이다. 당신은 더 이상 저 "젊은 주인(小東人)"을 박대하며 "그랬군요! 어찌, 아이 참!" 하지 말아야 한다.4) 그것은 예술이니까. 듣자하니 "인류는 이지적 동물일 뿐"만 아니라 반드시 "여러 방면에서 충분히 발달한 사람이라야 비로소 완벽한 사람이라 할 수 있다고" 하니, 학자가 극장에 가는 것은 "감정 방면에서 여러 가지 아름다움을 추구하는" 일이다.5) "머리 묶은 어린 학생"이 선생으로 바뀌어 연구실을 박차고 나오면 아마 구국의 자격은 조금은 있겠지만, 뜻밖에도 여전히 정신적으로 여러 가지 면에서 충분히 발달하지 못한 기형물(畸形物)이니, 정말로 가련하고 가련하다.

그러면 즉시 밤 연극을 보면서 여러 가지 아름다움을 추구해나가면 어떨까? 누가 알겠는가. 아마 학자는 벌써 극장에서 나왔고 학설도 따라서 멀리 나아갔을[長進, 속칭 개변(改變)이라고 하지만 옳지 않다] 것이다.

쇼펜하우어 선생은 염세(厭世)로 한 때 이름을 날렸는데, 근래에 중

---

3) 이것은 호적(胡適)이 한 말에서 유래한다. 호적은 1919년 8월 16일 「국고학을 논함(論國故學)」이라는 글에서 "한 글자의 옛 뜻을 밝히는 것과 항성 하나를 발견하는 것은 모두 커다란 공적이다"[『호적문존(胡適文存)』 2집 권2]라고 했다.

4) 이것은 경극(京劇) 『삼낭교자(三娘敎子)』에 나오는 늙은 하인 설보(薛保)의 노래 가사이다. "소동인(小東人)"은 젊은 주인인 설의(薛倚)를 가리킨다.

5) 이것은 모두 진서형의 말이다. 그는 『현대평론』 제1권 제25기(1925년 5월 30일)의 「한담」에서 이렇게 말했다. "인류는 이지적 동물일 뿐만 아니라 그들은 체격 면에서 건강하고 건장하기를 추구하고 사회 면에서는 동정을 추구하고 감정 면에서는 여러 가지 아름다움을 추구한다. 여러 면에서 충분히 발달한 사람이라야 비로소 완벽한 사람이라 할 수 있다."

국의 신사(紳士)들은 오히려 유독 그의 『부인론(婦人論)』을 중시하고 있다. 확실히 그가 여인을 욕하는 면에서는 신사들의 비위에 들어맞지만, 다른 말은 실로 우리와 서로 맞지 않은 부분이 많다. 즉 「독서와 서적」이라는 편(篇)에서 이렇게 말했다. "우리가 글을 읽고 있을 때 남이 오히려 우리를 대신해 생각하고 있다. 우리는 그 사람의 마음의 과정을 반복하는 데 지나지 않는다.…… 그렇지만 본래적으로 말하자면, 책을 읽을 때 우리의 뇌는 자기 자신의 활동 영역이 아니다. 그것은 다른 사람의 사상의 전쟁터인 것이다." 그러나 우리의 학자문인들은 오히려 이런 전쟁터 ― 아직 노련하지 못한 청년들의 뇌수(腦髓)를 필요로 한다. 하지만 또한 그 위(전쟁터, 뇌수를 가리킴 ― 역자)에서 다른 강적과 전투하는 것이 결코 아니라 바로 오늘의 내가 어제의 나와 싸우고, "도의(道義)"의 손으로 "공리(公理)"의 뺨을 때리는 것이다 ― 좀 속되게 말하면, 스스로 자기 뺨을 때리는 것이다. 이런 전쟁터를 만들어내는 경우에는 일이 어떻게 돌아가는지 어찌 알 수 있겠는가.

금번 한 달 동안 어찌된 영문인지 또 몇몇 학자문인 또는 비평가들이 넋이 빠져 마치 그들은 지난달 말에 겨우 어머니 배속을 박차고 나와서 민국 14년 12월 이전의 일은 전혀 모르고 있는 듯하다. 여사대 학생들이 점거당한 자신들의 본교로 되돌아가자마자 어떤 이는 예를 들어서 장(張) 비적 또는 이(李) 비적이 "파병하여 1,2백 명의 학생들을 보내어 2,3천 명의 학생들이 있는 북경대학을 점거할" 수 있다라고 말했다.[6] 만약 그렇게 되면 북경대학 학생들은 분명 벌떼처럼

---

6) 여사대 학생들은 1925년 8월 22일 장사조, 유백소가 고용한 사람들에 의해 구타당하고 학교 밖으로 끌려나간 뒤, 달리 종모(宗帽) 골목에서 집을 빌려 수업했고, 원래의 학교 자리에는 장사조가 여자대학을 따로 세웠다. 11월 말 장사조가 천진으로

일어나서 장 비적 또는 이 비적이 예(例)를 들지 못하도록 하기 위해 여사대를 박멸하고 확실히 모교의 안전을 보호할 것이다. 그러나 기억컨대, 북경대학이 방금 27주년 기념식을 거행했는데, 저 건립의 역사는, 장사조가 장 비적 또는 이 비적이 장차 이끌 2백 명의 학생들을 끌어낸 뒤에 북경대학을 다시 세우고 3천 명의 학생을 모집하여 사람들 이목을 속인 결과가 결코 아니다. 이런 억지 비교가 그야말로 청년의 뇌에서 뒹굴고 있다. 여름 때라면 역시 "소요사태를 트집잡는 것"이라 부를 수 있을 것이다. 하지만 비평계에서는 마치 천재가 문단에 있는 것처럼 때때로 "주(州)의 관리가 불을 밝히는 것만 허락하고 백성이 등불을 밝히는 것은 허락하지 않을"지도 모르겠다.

학자문인들은 이러한 특권, 즉 달마다, 수시로, 자기 자신과 싸우는 ─즉 스스로 자기 뺨을 때리는 특권을 가지는 것이 가장 바람직하다. 어리석은 사람이 몰라보고 보통사람의 예로 여기며 "한담"조차도 분명하게 말하지 못한다고 오해하지 않도록 하기 위해서 말이다.

12월 22일

몰래 달아나자 여사대 학생들은 곧 원래의 학교로 옮겨 돌아왔다. 이 때 진서형의 공격을 받았는데, 그는 『현대평론』 제3권 제54기(1925년 12월 19일)의 「한담」에서 이렇게 말했다. "여대는 350명의 학생이 있고 여사대는 40여 명의 학생이 있어, 분립하든지 아니면 합병을 하든지 상관없이 학생수가 8배가 넘는 여대는 큰 교사(校舍)를 여사대에게 넘겨줘야 할 이유기가 전혀 없다." 그는 여사대 학생들이 학교로 되돌아온 것을 여대 교사(校舍)를 "폭력으로 점거했다"고 모함했다. 그래서 또 이렇게 말했다. "만약 어느날 장(張) 비적 또는 이(李) 비적 따위가 북경을 점령하고 파병해 1,2백 명의 학생을 보내어 2,3천 명의 학생이 있는 북경대학을 점거하면서 이것은 당신들 교육계 스스로 발명한 방법을 배운 것일 뿐이라고 말한다면 당신들은 어떻게 말하겠는가?"

"공리(公理)"의 장난

작년 봄부터 북경여자사범대학교에서 교장 양음유를 반대하는 사건이 발생한 이래로, 그때문에 그 교장이 태평호반점에 손님을 초청해 임의로 학생자치회 회원 6명을 제명한 일이 있었고, 경찰 및 건달들을 벌떼처럼 학교 안으로 끌어들인 일이 있었고, 총장 장사조가 다시 나오자[1] 불법적으로 학교를 해산한 일이 있었고, 사장(司長) 유백소는 여자 건달들을 고용해 학생들을 구타하고 끌어내 학교 밖으로 내치고 텅 빈 보습소(補習所) 안으로 들어가지 못하게 한 일이 있었고, 이리 뛰고 저리 뛰며 서둘러 여자대학의 간판을 내걸어 세상의 이목을 속인 일이 있었고, 호돈복(胡敦復)이 이런 위급한 상황에서 한몫잡아 여대교장 밥그릇을 가로채 장사조를 도와 세상사람들을 기만한 일이 있었다. 여사대의 여러 교직원—결코 전체가 아니라는 점을 나는 감히 특별히 밝혀둔다!—들은 본래 장사조·양음유의 조치가 대단히 잘못되었다고 여겼고, 또 학생들이 무고하게 모욕을 당하고 이유 없이 학업을 잃게 되었음을 가슴아파하였으며, 그리하여 교무유지회(校務維持會)의 조직이 더욱 엄격하고 공고하게 되었다. 나는 우선 그 학교의 한 강사로서 어둡고 잔학한 상황을 자주 목도했고,

---

1) 1925년 5월 7일 장사조는 학생들이 "5·7"국치를 기념하는 애국운동을 금지했기 때문에 학생들의 반대에 부딪혔고, 그래서 천진으로 달아나 잠시 도피했다. 6월 사이에 그는 다시 교육부로 되돌아왔고, 8월 19일에 무장경찰을 파견해 여사대를 해산했다.

후에는 교무유지회의 한 위원이 되어 여사대가 종모(宗帽) 골목에서 자발적으로 교사(校舍)를 빌었을 때 장사조가 오히려 온갖 수단으로 압박하던 그 고통도 대부분 직접 경험했다. 장씨의 기세가 하늘을 찌를 듯했을 때 나도 제일 좋은 곳(수도, 즉 북경을 가리킴—역자)을 둘러보면서 이른바 "공리"·"도의" 따위를 찾아보았지만 찾을 수 없었다. 그리고 지금 갑자기 일어난 이른바 "교육계의 유명인사"라는 자들은 그때에는 쥐 죽은 듯이 고요했고, 심지어 머리끝까지 소름이 돋는 상신서를 바쳐 공덕을 칭송했다. 그러나 이점에 대해, 군인과 경찰을 사주하여 마구 두들겨 패던 장씨의 위엄을 두려워해서인지, 아니면 돈(金款)을 나누어 가지려는 이익을 탐해서인지, 아니면 정말로 그를 "공리" 또는 "도의" 따위의 구체적인 화신으로 여겨서인지 나도 판정할 수 없었다. 그런데 장씨가 달아나고 여사대가 복교한 이후에 이른바 "공리" 등을, 나는 문득 여자대학교가 힐영관(擷英館)에서 "북경 교육계 유명인사 및 여자대학 가장"들을 연회에 초청한 그 자리에서 간접적으로 찾았다.

12월 16일자 『북경만보(北京晚報)』에 따르면, 일부 "유명인사"들이 14일 저녁 6시에 힐영번(擷英番) 음식점에서 회의를 개최했다고 한다. 식사 초대를 받은 사람, 가서 식사를 한 사람이 중국 전체에서 얼마나 되는지 모르겠지만 본래 나와는 상관이 없는 일이다. 비록 양음유도 태평호반점에서 사람들을 식사에 초대하기 좋아했다는 옛일이 떠올랐지만 말이다. 그러나 내게 주의를 끈 것은 이 회식에서 "교육계 공리유지회(教育界公理維持會)"가 탄생했고, 이 유지회로부터 또 "국립여자대학후원회"가 변화되어 나왔고, 이 후원회로부터 또 "국립각교교직원연석회에 주는 서신"이 기세 드높게 발송되었다는 점이다. 듣자하니 "그 학교에 대해 폭도들에게 동조하여 스스로 인격을 떨어뜨리는 교직원은 승냥이와 호랑이에게 먹이로 내던질 수는 없다 하더라도 의당 자리에서 쫓겨날 것이니 그들과 한패가 되지 말아야 할 것이다" 운운했다고 한다. 그들이 말한 이른바 "폭도"는 유백소가 말한 이른바 "토비" 바로 그것인데, 관료와 유명인사들은 말투가 한결같아 외부사람이 보기에는 정말 가소로울 뿐이다. 그런데 나는 여사대유지회원 중의 한 사람이고, 또 여사대 교원으로서 인격과 관련된 것이라면 당연히 항의할 권리를 가지고 있다. 어찌 항의뿐이겠는가? "호랑이에게 내던지고", "자리에서 내친다"라고 하는 등 "유명인사"들의 기세 등등한 모습은 드디어 여기까지 이르고 있으니, 그렇다면 비록 악성(惡聲)으로 보답하더라도 지나치지 않을 것이다. 그러나 그렇게까지 할 필요 없이 다만 이들 "유명인사"들이 도대체 어떤 놈들인지 보기만 해도 충분하다. 신문과 서신에 다음의 명단이 있다.

태평호반점의 주인 만리명(萬里鳴) 및 내가 모르는 동자학(董子鶴) 무리는 제외하고, 도창선(陶昌善)은 농대교무장(農大敎務長)으로서 교장(敎長) 겸 농대교장(農大校長)인 장사조의 대리인이고, 석지천(石志泉)은 법대교무장이고, 사량조(査良釗)는 사대교무장이고, 이순경(李順卿)·왕동령(王桐齡)은 사대교수이고, 소우매(蕭友梅)는 이전에는 여사대 교원이었고 지금은 여대 교원이고, 건화분(蹇華芬)은 이전에는 여사대 학생이었고 지금은 여대 학생이고, 마인초(馬寅初)는 중국은행의 무엇 — 아마 "총사고(總司庫)"일 텐데, 이 이름은 기억컨대 분명치 않음 —이면서 북경대학 강사이고, 연수당(燕樹棠), 백붕비(白鵬飛), 진원(陳源) 즉 「한담」을 지은 서형(西瀅), 정섭림(丁燮林) 즉 「나나니벌 한 마리」를 지은 서림(西林), 주경생(周鯁生) 즉 주람(周覽), 피종석(皮宗石), 고일함(高一涵), 이중규(李仲揆) 즉 이사광(李四光)으로서 양음유가 자동차로 자기를 맞이하여 "연극을 보게" 하려 했다는 작품을 『현대평론』에 실었던 사람 등이 있다. 이들은 모두 북경대학 교수이며, 대체로 동길상(東吉祥) 골목에 거주하면서 차례대로 북경대학이 장사조에 대해 독립적인 입장을 취한 데 대해 반대한 인물들이다. 그래서 장사조가 권세를 마음껏 부리던 때에, 비록 그들은 그 당시 결코 "공리"회 따위를 개최하지는 않았지만 『대동만보(大同晚報)』에서는 그들을 "동길상파의 정인군자"라고 불렀다. 그런데 그들의 주소는 금년에 새로 인쇄한 『북대직원록(北大職員錄)』에는 아주 모호하게 되어 있었다. 내가 의거한 것은 민국 11년의 책자이다.

일본인들이 중국인들의 말투를 배운 『순천시보(順天時報)』가 여자대학에 대해 크게 동정을 표하면서, 듣자하니 많은 사람들의 의견이 여사대 교원들은 대부분이 북경대학을 겸임하고 있어 북경대학에 예속되어 있다는 혐의가 있다고 여긴다고 했다. 신문이 이렇게 많은 사람들의 의견을 널리 구했다니 다행스런 일이다. 그렇지만 위에 열거한 명단에서 볼 때 신문의 관찰은 잘못되었다. 여사대는 여태껏 전임 교원이 적었는데, 이것이 바로 양음유의 간교한 계략이며, 그렇게 하면 교장이 바로 대권을 독점할 수 있는 것이다. 우리가 말하고자 할 때 고인산(高仁山)은 즉시 강사는 학교일에 끼어들어서는 안 된다고 하며 우리들의 입을 틀어막았던 것이다. 더군다나 여사대에 북경대학 교원이 있었기 때문, 즉 정신면에서 북경대학에 예속되어 있었기 때문이 아니라 바로 북경대학 교수 중에, 학생들이 양음유를 반대했을 때 협력하여 여학생들을 섬멸하려는 사람들이 적지 않았기 때문이다. 즉 예를 들어, 8월 7일자의 『대동만보』에는 "모 당국은…… 북경대학 교수 중에서, 예를 들어 동길상파의 정인군자와 같은 이들도 역시 해산을 주장했다고 했다"는 등의 말이 있다. 『순천시보』의 기자가 만일 몰랐다면 그야 어리석다고 할 수 있고, 만일 알면서도 고의로 흑백을 어지럽혀놓았다면 그야 북경대학에 대해 이간질하려는 악감정을 품고 있는 인물이다. 그 악감정을 여사대에 만연시키려는 혐의가 있어 심보가 비열하다고 할 수 있다. 그러나 우리나라 국내 전쟁에서조차 일본 낭인(浪人)들이 항상 그 속에서 장난을 치며 양민들을 더욱 도탄에 빠뜨렸으니, 하물며 한 학교 여학생과 몇몇 교원들이 모욕을 당하는 일쯤이야. 우리도 나라 사람들이 분발하지 않고 결국 이런 신문이 함부로 날뛰도록 내버려둔 데 대해 자책하지 않을 수 없다.

북경대학 교수 왕세걸(王世杰)은 힐영관 석상에서 "본인은 북경대학의 소수 사람들이 여사대와 합작을 하고 있다고 주장하는 것이 결코 아니다"라고 연설하였는데, 내가 앞에서 말한 것이 모함이 아님이 증명된다. 또 "북경대학 학교 장정(章程)에 비추어 교직원은 타 기관의 주요임무를 겸할 수 없지만 지금 북경대학 교수가 여사대에서 주임을 겸직하고 있는 사람이 이미 5명이니 실로 위법에 해당하므로 마땅히 부인해야 한다 운운" 했는데, 자못 어폐가 있다. 북경대학 교수 겸 국립경사도서관(國立京師圖書館) 부관장 — 월급이 적어도 5,6백 원임 — 인 이사광 역시 그 자리에 앉아서 "공리를 유지하고" 있었으며 또한 연설을 하지 않았던가? 왜 그는 이에 대해서는 이상하게 여기지 않는가? 이사광 교수 겸 부관장의 연설문은 신문에 실리지는 않았지만 아마도 그 방법(북경대학 교직원이 타 기관의 주요임무를 겸할 수 없다는 것-역자)을 찬성하지 않을 것이라 나는 생각한다.

북경대학 교수 연수당(燕樹棠)은 여대학생들은 대단히 탄복할만하며 "토비처럼 여대를 파괴하려는 사람에 대해서는 도덕적으로 부인해야 마땅하다"라고 했는데, 그렇다면 사건이 있던 당일에 여대가 매복시킨 사람은 사환이며 건달이 아니라고 스스로 변론하던 이른바 여대 교무장 소순금(蕭純錦)의 광고조차도 보지 못하고 오히려 한마디로 잘라 말하며 입에서 갑자기 "도덕"이 튀어나왔다. 그렇다면 물여우처럼 여사대를 파괴한 사람들에 대해서는 무엇으로 부인해야 마땅할 것인가?(앞에서 연수당이 '도덕적으로 부인해야 마땅하다'라고 한 데 대한 풍자—역자)

"공리"는 정말 이야기하기 쉽지 않은데, 같은 유지회에서 자기편끼리 서로 모순될 뿐 아니라 때로는 "도의"적인 손으로 "공리"적인 얼굴에 뺨을 스스로 갈기는 데까지 이르고 있다. 서형은 『현대평론』(38기)의 「한담」에서 여사대를 원조한 사람들을 이렇게 비웃은 적이 있다. "외국인들은 중국인들이 남자를 중시하고 여자를 경시한다고 말한다. 내가 보기에는 그렇지도 않은 것 같다." 지금은 오히려 어떤 공리회(公理會)에 서명을 했으니 성격 또는 체질이 조금은 변한 것 같다. 게다가 이렇게 감개무량해한 적이 있다. "당신이 군중의 압제에 의해 압박을 받고 있는 자를 대신해 몇 마디 공평한 말을 한다면, 당신은 그 사람과 '밀접한 관계'를 가지고 있는 것이 아니라 그 또는 그녀의 술과 음식을 얻어먹은 것이다."(『현대』 40기) 그렇지만 지금의 공리 무슨 회(공리유지회를 가리킴—역자)에서 나온 언론과 발표한 글에서는 말끝마다 다수에 치중하고 있다. 주장이 상당히 들쭉날쭉하며, 다만 "음식을 얻어먹는" 이 일만은 여전히 시종일관되고 있는 듯하다. 『현대평론』(53기)에서 허풍을 떨며 "모든 비평가는 다 학리와 사실에 근본을 두고 절대로 함부로 욕설을 퍼붓지 않는다"고 했는데, 스스로 여사대를 "냄새나는 변소"라고 불렀던 사실을 잊어버렸고, 또한 사람을 "승냥이와 호랑이의 먹이로 던지는" 편지의 말미에 진원이라고 서명했다. 진원은 서형이 아니던가? 반년 사이의 일인데 사람이 달라져 이렇게 모순되고 질서가 없으니 실로 가엾은 웃음이 나온다. 그러나 그들은 어쨌든 총명한 사람이라 아마 "공리"가 일그러졌다고 느꼈을 뿐 아니라 자신들의 "공리유지회"조차도 많이 일그러졌으므로 돌연 일변하여 "여자대학후원회"로 바꾸었다. 이는 확실한 것이며, 후원이란 바로 배후에서 원조하는 것이다.

그런데 18일자 『신보(晨報)』에 게재된 그 후원회가 회의를 가질 것이라는 기사에는 발언한 사람의 성명조차도 없이 일률적으로 "모군(某君)"이라고 했다. 나중에 자기 성명에 대해서조차 부끄러움을 느끼고 있음에 틀림없는데, 정말 "양심의 가책" 때문인지, 아니면 사람을 "승냥이와 호랑이의 먹이로 던진" 뒤 스스로 책임지지 않고 보복을 받지 않기 위해 "모군"에게 잘못을 돌릴 준비를 하는 것인지? 비록 보복의 일은 "정인군자"들이 반대하는 것이지만, 어쨌든 우선 사람들이 "후원"자가 누구인지 모르게 하는 것이 더 낫다. 그래서 설령 "도의"를 위한다고 하지만 여전히 솔직한 태도는 취하지 않고 있는 것이다. 왜냐하면 명백하게 나서면 "토비" 또는 "폭도"와 비슷해져서 오직 배후에서 중상 모략하는 총명인의 인격을 잃을지도 모르기 때문이다.

사실 힐영관에 그리고 후원회에 패거리로 모인 사나운 인마(人馬)들은 역시 각지에서 흘러 들어온 잡종에 지나지 않는다. 나와 마찬가지로 북경에 와서 남을 속여 한끼 밥을 먹으면서 "승냥이와 호랑이에게 먹이로 던져질" 뿐만 아니라 그야말로 이미 "북쪽에 내던져져서 얼어죽는" 사람들이다. 아무것도 아닌 것이다. 인간적으로 논하자면 나는 왕동령(王桐齡), 이순경(李順卿)과 서안(西安)에서 고개를 끄덕이며 이야기를 나눈 적이 있지만 결코 친구로 여기지는 않는다. 진원과는 타고르의 생일을 축하하는 무대 앞에서 한번 악수한 적이 있지만 진작부터 다른 패로 보았으니 어찌 그들과 자리를 같이할 뜻이 있겠는가? 하물며 어떤 놈인지도 모르는 잡종들에 대해서랴! 일로 논하자면 지금의 교육계에는 실제로 승냥이와 호랑이는 없지만 성호사서(城狐社鼠, 권세를 빙자하여 나쁜 짓을 하는 사람, 간신배를 뜻함—역자)와 같은 부류는 일부 있으며, 그것은 물론 피할 수 없는 일이다. 불행히도 10여 년 동안 벌써 많아졌으며, 내가 일부 사람들의 입에 발린 빌어먹을 "공리"에 대해 존중하지 않는 까닭은 대체로 이로 말미암은 것이다.

12월 18일

이번은 "다수"의 장난이다

『현대평론』 55기 「한담」의 마지막 한 단락에서 여대 학생의 선언에 근거해서 여사대 학생은 20명만 남고 다른 사람들은 모두 여대로 들어와서 이전에 "모종의 신문으로부터 최면"을 당했던 것을 깊이 후회하고 있다고 말했다. 다행히 선언을 보았는지, 이에 깨달은 바가 있어 이렇게 질문을 던졌다. "만약 200명(그들의 말에 따르면 이는 해산되기 이전의 숫자라고 함) 가운데 199명이 여대에 들어갔다면 어떨까? 만약 200명이 모두 여대에 들어갔다면 어떨까? 설마 여사대 교무유지회는 신입생 몇 명을 모집해서라도 회복하겠다는 것인가? 우리는 그 유지회가 유지하고 있는 것이 도대체 누구인지 의아하게 여기지 않을 수 없다. 그들의 목적이 도대체 무엇인가?"

이는 물론, 여름에 전혀 여사대를 유지하지 않았고, 지금은 나서서 "공리"를 유지하고 있는 진원 교수는 당연히 이해하지 못할 것이다. 나는 비록 여사대유지회의 한 위원이지만 이해할 수 있는 방법을 달리 하나 가지고 있다. ―

'20명 모두가 숫자가 많은 쪽으로 달아나고 유지회는 진작에 장사조에게 비위를 맞추었어야 한다!'

나도 "마흔 다섯 살인 사람이 마흔 다섯 살인 아이 말을 즐겨 하고"[1] 게다가 노예의 말을 즐겨 배우는 사람이므로 말한 것이 아마도

---

1) 이 말은 『현대평론』 제3권 제54기(1925년 12월 19일) 진서형이 쓴 「한담」에 나온

우스개 이야기일지도 모른다. 그러나 이미 말을 시작한 이상 아예 몇 마디 더 말해보자. 만약 200명 가운데 200명 이외에 또 다른 한 사람이 여대에 들어갔다면 어떨까? 만약 유지회원도 모두 여대에 들어갔다면 어떨까? 만약 199명이 여대에 들어가고 남은 한 사람은 도무지 유지하지 않겠다고 하면 어떨까?……

이런 기묘한 물음에 답할 수 있는 사람은 아마 없을 것이라고 나는 생각한다. 물음이 너무나 기괴하여 마흔 다섯 살인 아이라 하더라도 이렇지는 않을 것이다 — 우리는 아이를 깔보지 말아야 한다. 사람은 "모종의 신문으로부터 최면"을 당할 수도 있겠지만 사람에 따라 달라서 "모군"은 "모종"에만 제한될 뿐이다. 가령 나 같은 경우에는 결코 『현대평론』 또는 "여대 학생의 모차(某次) 선언"의 최면을 당하지 않는다. 가령, 내가 「한담」을 본 뒤에 스스로에게 물어 "만약 200명 가운데 199명이 여대에 들어갔다면 어떨까?…… 유지회가 유지하고 있는 것이 도대체 무엇일까?……"라고 한다면, 그야말로 스스로도 괴이하게 여겨 즉각 장사조 위패에 숙연히 존경하는 마음이 생길 것이다. 그러나 다행히 진원 교수가 불변의 표준으로 의거하고 있는 「여대 학생 2차 선언」에서도 20명이 남아 있다고 했으니 나도 "기(杞)나라 사람이 하늘이 무너질까 우려했던 그런 염려" 따위를 가질 필요가 없다.

기억컨대, "공리"시대(이 황금시대가 의외로 그렇게 빨리 사라지다니 애석하다)란, 여사대를 해산한 사람은 장사조이고 여대가 이에 따로 설립되었으니 석부마(石駙馬) 거리의 학교부지는 꼭 되돌려 주지 않아도 된다고 누군가가 말했던 그것이 아닌가? 물론 그렇게 말할 수도 있을 것이다. 하지만 나는 오히려 그들에게 최면을 당하지 않았고, 오히려

____

다. "마흔 다섯 살인 사람이 마흔 다섯 살인 아이 말을 즐겨 하는 것은 물론 각자의 자유이다."

그 도리는 만주인들이 사용했던, "명나라를 망하게 한 것은 흉악한 비적이며, 우리의 위대한 청나라는 천하를 흉악한 비적으로부터 얻은 것이지 명으로부터 빼앗은 것이 아니다"라는 말과 비교해서 더욱 가소롭다고 생각한다. 표면적으로 볼 때 만주인의 말은 그래도 이치에 맞고 조리가 분명하지만 순민(順民)은 속일 수 있어도 유민(遺民)과 역민(逆民)은 속일 수 없다. 왜냐하면 그들은 이 말의 속내를 알고 있기 때문이다. 나는 총명하지 않아서 원래부터 아주 쉽게 남의 말을 믿을 수 있는 사람이지만 어쨌든 속임을 당하지는 않는다. 왜냐하면 다행히 14년 전의 혁명을 목도했고 나 자신이 중국인이기 때문이다.

그렇지만 "만약" 여사대 학생들이 뜻밖에 199명이 모두 여대로 들어갔다면 또 어떨까? 사실 "만약" 장사조가 반년 동안 더 총장을 하거나 그의 주구들이 수작을 부린다면 종모 골몰의 학생들이 "모두 여대로 들어가지"는 않는다 하더라도 강제로 위협을 받아 한 사람만 남거나 한 사람도 남지 않을 수도 있을 테니, 이는 충분히 예견되는 일이다. 진원 교수는 필경 "통품(通品, 고금에 통달하여 박학다식한 사람을 가리킴―역자)"이니, 이상이 실현될 가능성이 없긴 않을 것이다. 그러면 어떻게 할 것인가? 나는 유지해야 한다고 생각한다. 그러면 "목적은 도대체 무엇인가?" 생각건대 「한담」의 말을 한 마디 인용하여 "군중의 전제에 압박을 받는 사람을 대신해 몇 마디 공평한 말을 하는 것"이라고 답변할 것이다.

애석하게도 "공리"가 갑자기 사라졌다가 갑자기 나타나는 것과 마찬가지로 "소수"의 시가(時價)도 사계절에 따라 따르다. 양음유 시대에는 다수가 소수를 "압박해서는" 안 되었고, 지금은 소수가 당연히 다수에 복종해야 한다. 당신은 다수는 잘못이 없다고 하겠지만, 러시아의 다수주의는 지금까지도 여전히 급진당으로 불려지고, 대 영국,

대 일본 그리고 우리 중화민국의 신사들이 "몹시 싫어하고 거부하고 있는" 것이다. 이건 정말이지 영문을 모르겠다. 어쩌면 "폭민(暴民)"은 비록 다수이지만 예외로 칠 수 있는지도 모르겠다.

"만약" 제국주의자가 중국의 대부분을 탈취해 한두 성만 남겨놓는다면 우리는 어떨까? 다른 것이 다 강국에 귀속되었는데, 소수의 땅이라도 유지해야 하는가?! 명나라가 망한 뒤 땅이 모조리 없어졌지만 해외로 몸을 숨기고 회복하겠다는 뜻을 둔 사람도 있었다. 이 모든 것들은, 지금의 "통품"의 입장에서 보면 아마 다 잘못 된 변종이며, 마땅히 "독일에서 도적 몇 사람을 맨주먹으로 때려"[2] 해외에서 공을 세운 영웅 유백소를 파견하여 그들을 철저히 섬멸해야 한다.

"만약" 정말로 진원 교수가 말한 대로 여사대 학생들이 20명만 남았을까? 그러나 결국 20명만이 남았다. 이 정도면 장사조 문하에서 몰래 주구노릇을 하면서 낯가죽이 그다지 두껍지 않은 교수문인들을 부끄러워 죽을 지경으로까지 몰기에 충분하다!

12월 28일

---

2) 1925년 8월 19일 유백소가 여사대 학교부지에 도착해 여자대학을 설립하고 여사대 학생들과 충돌이 발생했는데, 그는 당일 장사조에게 보낸 상신서에서 학생들을 중상하며 이렇게 말했다. "서너 명의 폭력 학생들은 유백소에게 여사대를 해산한 주모자라고 몰아붙이며 즉각 몰려들어 유백소를 학교 밖으로 끌어내는 일을 실행했다. 남녀는 주고받을 때 직접하지 않는다고 했으니 여러 학생들은 이렇게 무례해서는 안 되는데도 여러 학생들은 고려하지 않고 여전히 하던 대로 달려들어 끌어냈다.…… 그 순간 남자 20여 명이 앞으로 나섰다.…… 각교호안후원회(各校滬案後援會) 명함을 가지고 있었는데, 유백소를 응접실로 모시고 담화를 나누었다.…… 몇몇 남자들이 탁자를 치며 소리지르고 욕을 해댔다. 무력을 행사할 태세였고, 유백소는 정색하며…… '본인은 무술에 약간 숙련되어 있어 독일에 있을 때 도적 여러 명을 맨주먹으로 때려 물리쳤다. 제군들이 만약 무력을 가한다면 본인은 반드시 자위를 할 수밖에 없다.'라고 말했다. 거기 있던 남녀들은 군중을 믿고 여전히 포위하고 떼지어 치려고 했다."

후기

이 책 중에서 적어도 두 곳은 좀더 설명을 덧붙여야 하겠다. ― 하나, 서욱생(徐旭生) 선생의 첫 번째 회신에서 인용한 말은 ZM군이 『경보부간』(14년 3월 8일)에 게재한 어떤 글에서 뽑은 것이다. 그때 나는 마침 "청년필독서"에 답하면서 "글을 지을 수 없다해도 뭐 그리 대수롭지 않은 일이다"라고 말했기 때문에 몇몇 청년들로부터 아주 심하게 공격을 받았다. ZM군은 곧바로 내가 강의실에서 구두로 했던 말을 발표했는데, 아마 내 뜻을 분명히 설명하여 나를 곤경에서 구해주려는 의도였을 것이다. 지금 아래에 한 부분을 옮겨본다.

여러 명인학자들이 우리에게 내려준 필독서목을 읽고서 적지 않은 감상이 일어났다. 그러나 가장 나를 감동시킨 것은 노신 선생의 두 구절 주석이었다.…… 왜냐하면 이 몇 마디로 말미암아 그가 강의에서 했던 우스개 이야기가 생각났기 때문이다. 그는 이렇게 말한 것 같다.

'연설과 글쓰기는 모두 실패자의 상징인 듯합니다. 운명과 악전고투를 진행하고 있는 사람은 이런 것들을 돌아볼 겨를이 없고, 정말 실력 있는 승리자도 대부분 소리를 내지 않습니다. 예를 들어, 매가 토끼를 잡을 때 소리지르는 것은 토끼이지 매가 아니며, 고양이가 쥐를 잡을 때 쩍쩍 울부짖는 것은 쥐이지 고양이가 아닙니다…… 또 초나라 패왕(覇王)처럼…… 패주하는 적을 추격할 때 그는 아무런 말도 하지 않았으며, 시인의 기색을 드러내고 술을 마시며 노래부를 때가 되자 이미 싸움에서 지고 기세가 꺾여 죽을 날이 다가왔던 것입니다. 최근 오패부(吳佩孚)[1] 명사처럼 "저 서산(西山)에 오르고, 저 시를 짓는다"든지, 제섭원(齊燮元)[2] 선생처럼 "총 자루를 내려놓고 붓 자루를 쥔다"든지 하는 것은 더욱 분명한 예입니다.'

둘, 최근 몇 년 동안 학생들이 판치고 있다고 사람들이 말하는 것을 항상 들었는데, 늙은 선생뿐만 아니라 막 학교를 나와 하찮은 벼슬을 하거나 교원을 하는 사람도 종종 이렇게 말한다. 그러나 나는 결코 그렇게 느끼지 않는다. 기억컨대, 혁명 이전에는 사회적으로 당연히 지금과 같이 학생들을 증오하지 않았으며 학생들도 지금처럼 온순하지 않았다. 태도만 하더라도 아주 꿋꿋한 모습이어서 사람들 무리 속에 섞여 있어도 쉽게 알아볼 수 있었다. 오히려 지금은 훨씬 못하여 대체로 긴소매에 긴 두루마기를 입고 태도가 온화하고 거동

---

1) 오패부(吳佩孚, 1873~1939) : 자는 자옥(子玉)이고, 산동(山東) 봉래(蓬萊) 사람이며, 북양군벌 직계(直系)의 우두머리였다. 그는 원래 청대의 수재였는데, 당시 신문간행물에 항상 통할 듯 말 듯한 시작(詩作)을 발표했다. 그래서 여기서 그를 "명사"라고 한 것이다. 노신이 이 글을 발표하기 얼만 전에(1925년 1월 중) 오패부는 마침 봉직(奉直) 전쟁에서 실패하여 잠시 호북성 무창(武昌) 서산(西山)의 절에 은거했다.(1925년 1월 7일 『경보(京報)』에 의거)

2) 제섭원(齊燮元, 1879~1946) : 하북(河北) 녕하(寧河) 사람이며, 북양 직계군벌이다. 항일전쟁 시기에 매국노가 되었다. 그도 수재 출신이다. 1925년 1월 중에 그는 환계(晥系)군벌 노영상(盧永祥)과 전쟁하여 실패한 뒤 일본의 별부(別府)로 도피했다. 그는 그곳에서 기자들에게 이렇게 말했다. "뜻밖에 몇 년 사이에 군인생활이 마침내 막다른 지경에 이르렀다. 그렇지만 나는 한편으로 문인이 될 수 있으니 금후로 수년간의 세월을 저술활동에 소비할 것이며, 특히 일본의 산수를 빌어 심정을 토로하겠다."(1925년 2월 4일 『경보』에 의거)

이 우아하여 마치 옛날의 독서인 같다. 나도 어느 한 대학의 강의실에서 이를 언급하고 끝날 무렵에 '사실 지금의 학생들은 얌전한데, 어쩌면 지나치게 얌전하다고 말할 수 있을 것입니다……'라고 말했다. 무자군(武者君)이 『경보부간』(대략 14년 5월 초)에 게재한 「온순」이라는 글에서 인용한 것이 바로 내가 그때 말했던 이 몇 마디 말이었다. 나는 이 때문에 또 「문득 떠오른 생각」일곱 번째 글을 썼었고, 거기서 예로 든 것이, 첫째 몇 년 전에 "매국노"로 불리던 자제(子弟)들이 동학들로부터 호되게 욕을 먹었다는 것, 둘째 당시 여자사범대학(여사대－역자)의 학생들이 때마침 동성(同性)의 교장이 사주한 남자직원들로부터 위협을 받았다는 것이었다. 내가 여사대 소요사태에 대해 언급한 것은 이것이 처음이었으며, 열흘이 지나자 곧 "벽에 부딪쳤다." 또 열흘이 지나자 진원 교수가 『현대평론』에 "유언비어"를 발표했고, 반년이 지나 『신보부간』(15년 1월 30일)에 발표된 진원 교수가 서지마(徐志摩) "시철(詩哲)"에게 보낸 편지에 따르면, "사실을 날조하여 유언비어를 퍼뜨리는" 사람이 바로 나라는 것이었다. 정말 세상일이란 변화무쌍하여 감개를 금할 길이 없다!

또 나는 「"공리"의 장난」에서 양음유 여사는 "태평호반점에 손님을 초청한 뒤 임의로 학생자치회원 6명을 제명하였다"라고 했는데, 그 장소가 잘못되었으니, 그때 손님을 초청한 곳은 서장안가(西長安街)의 서안반점(西安飯店)이었음을 나중에 알았다. 5월 21일, 즉 우리가 "벽에 부딪친" 바로 그 날에 장소를 바꾸었고, "학교가 특별히 전체 주임전임교원평의회회원을 태평호반점에 초청하여 긴급교무회의를 열고 여러 가지 중요한 문제를 해결했던" 것이다. 손님을 초청한 음식점이 어디인가 하는 것은 긴요한 관건과는 별로 상관이 없지만, 그러나 "모든 비평은 학리와 사실에 근본을 둔다"는 이른바 "문사"학자 따위들이 보기에는 아마도 또 "사실을 날조하는" 것이고, 또 이 때문에 내가 하는 모든 말에는 진실이 한 마디도 없고 심지어 양음유 여사에 대해서조차 본래 그런 사람이 없는데 내가 함부로 날조한 것임을 증명하는 것이 된다. 이것은 내게 아주 좋지 않은 것이므로 얼른 여기서 바로잡아 두며, "늦게나마 고치게 된" 것이라 할 수 있다.

1926년 2월 15일 교감을 마치고 쓰다. 여전히 녹림서옥 동쪽 벽 아래서

화개집 속편

華蓋集續編

이 책은 작자가 1926년에 지은 잡문 32편과 1927년에 지은 1편을 수록하고 있다. 1927년 5월에 북경의 북신서국(北新書局)에서 초판이 나왔다.

소인 (小引)

아직 한 해가 채 지나지 않았는데, 그간에 쓴 잡감의 분량이 벌써 작년 한 해 동안 쓴 것보다 많았다. 가을이 다가와 해변에 묵으니 눈앞에는 구름과 물만이 보이고 바람소리 파도소리가 크게 들려와 사회와 격리된 듯한 느낌이다. 만약 환경에 변화가 없다면 금년에는 더 이상 쓸데없는 말 따위는 하지 않을 것 같다. 등불 아래서 아무 일이 없어 옛 원고를 편집하며 내 잡문을 보려는 고객들에게 제공하기 위해 인쇄에 부칠 준비를 했다.

이 책에서 말한 것은 여전히 우주의 심오한 뜻이나 인생의 참뜻이 담겨 있는 것이 결코 아니다. 그렇지만 내가 경험한 것, 생각이 미친 것, 말하고 싶은 것들을 아무리 천박하고 아무리 극단적이라 할지라도 때때로 붓을 놀려 써보았다. 다소 자부심을 가지고 말할 수 있다면, 그것은 바로 기쁘고 슬픈 시절에 노래하고 우는 것과 마찬가지로 그 당시에 이를 빌어 번민을 풀어 펼쳤다는 점이며, 지금은 누구와도 이른바 공리 또는 정의를 더 이상 다투고 싶지 않다. 당신이 그렇게 하면 나는 기어코 이렇게 하겠다는 경우도 있었고, 도무지 명을 받들지 않고 도무지 머리를 조아리지 않겠다는 경우도 있었고, 기어코 엄숙하고 고상한 가면을 벗기려고 한 경우도 있었는데, 이 밖에 달리 대단한 일은 조금도 없었다. 명실상부하게 "잡감"일 따름이다.

1월부터 씌어진 것을 대략 다 모았으며, 오직 1편[1]만 삭제했다. 왜냐하면 그 속에는 여러 사람이 열거되어 있고 아직 끝나지 않았으며 또 두루 동의를 구하기 쉽지 않았으므로 멋대로 발표하는 것이 좋지 않기 때문이다.

책제목은? 해는 바뀌었지만 상황은 예전 그대로이니 여전히 『화개집』이라 부른다. 그렇지만 해는 어쨌든 바뀌었으므로 "속편"이라는 두 글자를 덧붙이지 않을 수 없다.

1926년 10월 14일, 노신이 하문(厦門)에서 적다

---

1) 「50명의 비밀을 밝히다(大衍發微)」를 가리키며, 나중에 『이이집(而已集)』에 부록으로 수록되었다.

쓸데없는 일 참견, 학문하기, 회색 등에 대하여

1

듣자하니 금년부터 진원(즉 서형) 교수는 쓸데없는 일에 참견하지 않겠다고 했다는데, 그 예언이 『현대평론』 56기의 「한담」에 나온다고 한다. 부끄럽게도 나는 이 잡지를 삼가 읽지 못하여 그 자세한 내용을 모른다. 만약 그 말이 확실하다면 으레 하는 인사치레말로 "애석하다" 할 것이며, 그 외에도 정말이지 그야말로 나 자신의 어리석음에, 즉 나이를 이렇게 많이 먹어서도 양력 12월 31일과 1월 1일 사이에 다른 사람이 이렇게 크게 달라질 수 있다는 사실을 까맣게 모르고 있었다는 데 깜짝 놀랐다. 나는 근래에 세모에 대해 아주 무신경해서 전혀 어떤 느낌이 없다. 하기야 어떤 느낌이 든다면 그 느낌을 주체할 수도 없을 것이다. 사람들은 오색기[1]를 내걸고, 길거리에는 중간에 "보천동경(普天同慶, 천하의 모든 사람이 함께 경축하다—역자)이라는 네 글자가 있는 오색 천을 매어둔 패방(牌坊, 표창이나 기념을 위해 세운 문짝 없는 문—역자)을 세우는데, 이래야 설을 쇠는 것이라 한다. 사람들은 문을 닫아 문신(門神)을 붙이고 폭죽이 톡탁 펑펑하고 터지는데, 이래야 설을 쇠는 것이라 한다. 만약 언행이 정말로 설을

---

1) 민국이 성립된 뒤 1927년까지, 이 시기에 사용한 옛 중국의 국기이며, 붉은 색, 노란색, 남색, 흰색, 검은색 등 오색이 가로로 배열되어 있다.

쇠는 데 따라 바뀌어간다면 아마 끊임없이 바뀌어서 필시 원처럼 맴돌게 될 것이다. 그래서 무신경은 낙오될 우려가 있지만 폐해뿐만이 아니라 이로움도 있어 보잘것없는 이득이라도 보게 된다.

그런데, 또한 내가 아무리 생각해도 이해할 수 없는 사실이 있으니, 즉 세상에는 쓸데없는 일이 있고 또 쓸데없는 일에 참견하는 사람이 있다는 점이다. 현재 내가 보기에, 세상에는 이른바 쓸데없는 일은 없으며 누가 참견을 한다면 그야 자기와 조금은 관계가 있는 듯하다. 즉 인류를 사랑한다는 것은 자기가 인간이기 때문이다. 가령 우리가 화성에서 장용(張龍)과 조호(趙虎)가 싸운다는 것을 알고 곧 일을 크게 벌려 술자리에 초청하여 회의를 열고[2] 장용을 지지하거나 아니면 조호를 부인한다면 그야 물론 쓸데없는 일에 참견하는 것이 된다. 그렇지만 화성에서 일어난 일을 이미 "알 수" 있다면 적어도 틀림없이 통신할 수 있게 되어 관계도 밀접해졌으니 쓸데없는 일이라 할 수도 없다. 왜냐하면 통신할 수 있게 된 이상 아마 장래에는 교통할 수 있을 것이므로 그들은 결국 우리의 머리꼭대기에서 싸우게 될 것이기 때문이다. 우리의 지구 위에서라면 어느 곳을 막론하고 모든 일이 다 우리와 상관이 있다. 그렇지만 상관하지 않는 것은 알지 못하기 때문이거나 아니면 상관하고 싶어도 할 수 없기 때문이며 "쓸데없기" 때문은 아니다. 예를 들어, 영국에서 유천소(劉千昭, 유백소를 가리킴─역자)가 아일랜드의 가정부를 고용해 런던에서 여학생을 쫓아낸다면[3] 우리에게는 쓸데없는 일처럼 보일지 모르지만, 사실은

---

2) 여사대 소요사태 때 양음유는 여러 번 회식자리를 마련해 교원을 끌어들여 학생들에 대한 압박을 획책했다.

3) 1925년 8월 장사조는 여사대의 학교 부지에 여자대학을 따로 세울 것을 결정하고, 19일에 전문교육사 사장(司長) 유백소를 파견해 사전 준비케 했다. 유백소는 22일 군경과 협력하고 건달과 가정부를 고용해 학생들을 학교 밖으로 끌어냈다. 여기서

전혀 그렇지 않아 우리가 사는 이곳에도 영향을 미칠 것이다. 유학 갈 학생들이 많고도 많지 않은가? 적절한 점이 있으면 곧 끌어들여 예로 삼게 마련이니,[4] 바로 문학에서 셰익스피어, 세르반테스, 라인쉬[5] 등을 인용하는 것과 마찬가지이다.

[아니, 잘못되었다. 라인쉬는 미국의 주(駐)중국 공사(公使)이며 문학가가 아니다. 나는 아마 어느 문예학술의 한 논문에서 그의 이름을 보았기 때문에 무심코 인용했던 것이다. 마침 여기서 정정하고 독자들의 양해를 구한다.]

가령 동물이라 하더라도 어찌 우리와 상관이 없겠는가? 파리의 발에 콜레라균 한 마리가 있고 모기의 타액에 말라리아균 두 마리가 있다면, 그것이 누구의 피 속으로 뚫고 들어갈지 알 수 없다. "이웃집 고양이가 새끼를 낳는 것"까지 간섭한다면 많은 사람들의 웃음거리가 되겠지만, 사실 나와 매우 상관이 있다. 예를 들어, 내 정원에 현재 이웃집 고양이 네 마리가 늘 싸우며 소란을 피우고 있는데, 만일 암놈이 한 번에 네 마리를 낳아 기른다면 3,4개월 후에 고양이 여덟 마리가 늘 시끄럽게 소란을 피우게 되어 지금보다 갑절이나 짜증스러울 것이다.

그러므로 나는 일종의 편견을 가지고 있는데, 세상에는 원래부터 쓸데없는 일이란 없으며, 두루 상관할 그렇게 많은 정신과 힘이 없기

말한 내용은 이 사건에 대한 풍자이다.

4) (역주) 유백소를 끌어들여 예로 삼은 데 대한 풍자적인 해명이다.

5) 라인쉬(P. S. Reinsch) : 민국 초년 미국의 주중국 공사이다. 나가윤(羅家倫)은 『신조(新潮)』 제1권 제1호(1919년 1월)에 발표한 「오늘날 중국의 소설계」라는 글에서 라인쉬의 말을 인용해 "중국인이 외국소설을 번역하는 데 대한 외국인의 관점"의 논거로 삼았고, 또 그를 두고 "미국의 한 대단한 학자"라고 불렀다. 여기서 "어느 문예학술의 한 논문에서 그의 이름을 보았기 때문"이라고 한 것은 바로 나가윤의 이 논문을 가리킨다.

때문에 오직 일부만 골라서 상관할 수밖에 없다고 생각한다. 무엇 때문에 유독 그 일부만 고르게 되는가? 당연히 자기와 가장 상관이 있는 것이기 때문이다. 크게 보면 같은 인류이거나 아니면 동류, 동지이기 때문이고, 작게 보면 동학, 친척, 동향이기 때문이다 — 적어도 무언가 후의를 입었을 것이다. 비록 자기의 드러난 의식면에서는 분명하지 않거나, 사실은 아주 분명하지만 일부러 멍청한 척 모른 체하지만 말이다.

그러나 진원 교수는 듣자하니 작년에는 쓸데없는 일에 참견했다고 하는데, 만약 내가 앞글에서 말한 것이 결코 잘못이 아니라면 그는 확실히 초인이다. 금년에는 세상일을 묻지 않는다고 하니 실로 대단히 애석한 일이며, 정말 그 사람이 상관하지 않는다면 "백성은 어찌할 것인가." 다행히 음력설을 쇨 날이 다가오고 있어 제야의 해시(亥時, 저녁 9시부터 11시까지 동안의 시간-역자)가 지나면 아마 또다시 마음을 돌리고 뜻을 바꿀 가능성도 있을 것이다.

2

어제 오후에 내가 사탄(沙灘)[6]에서 집으로 돌아왔을 때 대기(大琦) 군이 나를 방문했다는 것을 알았다. 때문에 매우 기뻤다. 왜냐하면 나는 그가 병원에 입원한 것으로 짐작했지만 입원하지 않았다는 것을 이제 알게 되었기 때문이다. 게다가 그가 나에게 『현대평론증간(現代評論增刊)』 1권을 선물로 남겨놓았기 때문에 더욱 나를 기쁘게

---

6) 사탄(沙灘) : 북경의 지명이며, 당시 북경대학의 제1캠퍼스(第一院)가 그곳에 있었다. 다음에 나오는 남지자(南池子)도 북경의 지명이다.

했다. 표지에 그려진 가늘고 긴 초 한 자루는 보기만 해도 이것이 광명을 나타내는 것이라는 점을 곧 알 수 있었다. 더구나 여러 명인학자들이 쓴 글들이 있고, 더구나 그 중에 진원 교수의 「학문의 도구」라는 글도 있지 않은가? 이것은 정론(正論)으로서 적어도 "한담"보다는 낫다고 할 수 있다. 적어도 "한담"보다 낫다고 내가 느낀 것은, 그것이 많은 지식을 내게 가져다 주었기 때문이다.

나는 지금에야 남지자(南池子, 북경의 거리 이름-역자)에 있는 "정치학회 도서관"은 작년에 "시국 상황 때문에 책 대출 성적이 3내지 7배로 증가했다"는 것을 알게 되었다. 그러나 그의 "집안 사람 한생(家翰笙)"[7]은 오히려 "'평시에는 향을 피우지 않다가 임시로 부처의 다리를 껴안는다'라는 문자를 사용하여 작금의 학술계 대부분의 상황을 표현했다"는 것도 알게 되었다. 이는 여러 모로 내 잘못을 크게 고쳐주었다. 내가 이전에 이미 말한 적이 있듯이, 지금의 유학생들은 많고도 많지만 그들 대부분은 외국에서 집을 세 얻어 문을 걸어 잠그고 쇠고기를 삶아먹었던 것이 아닌가 라고 나는 늘 의심하고 있으며, 또한 동경에서 실제로 그런

---

7) 그의 "집안 사람 한생(家翰笙)" : 진한생(陳翰笙)을 가리킨다. 그는 강소(江蘇) 무석(無錫) 사람으로 사회학자이며 당시 북경대학 교수였다. 그는 『현대평론』 제3권 제53기(1925년 12월 12일)에 「임시로 급하여 부처의 다리를 껴안는다」라는 글을 발표해 북경정치학회 도서관의 장서는 1만 권 이상인데, "회원의 십중팔구는 구미에서 유학하고 돌아온 사람이다"라고 했다. 그는 도서관 내의 대출 통계표에 근거해 1925년에 "호안(滬案, 즉 5.30사건을 가리킴)과 관회(關會, 즉 관세회의를 가리킴)의 두 가지 소란스런 당면 문제"가 있었기 때문에 책을 대출한 사람의 숫자가 1년 전과 비교하여 증가했다고 지적했다. 그래서 그는 "임시로 급하여 부처의 다리를 껴안는다"라는 속담을 사용하여 당시 학술계 대부분의 사람들이 평시에 "게으르다"는 점을 표현했다. 진서형은 『현대평론제일주년기념증간』(1926년 1월 1일)에 「학문의 도구」라는 글을 발표했는데, 여기서 진한생의 말을 인용할 때 그를 두고 "'우리 집안 사람' 한생"이라고 불렀다. (역주) 진서형은 진한생의 성이 자기와 동일한 진(陳)씨이므로 '우리 집안 사람'이라고 했다.

것을 보았었다. 그때 나는, 중국에서도 쇠고기를 삶아먹을 수 있는데, 하필 아득히 먼 길로 외국에까지 달려올 게 뭐란 말인가 라고 생각했다. 비록 외국에서는 목축에 신경을 쓰므로 어쩌면 고기 속에 기생충이 좀 적을 수도 있겠지만 푹 삶으면 기생충이 많다고 하더라도 상관이 없을 것이다. 그래서 나는 귀국한 학자가 우선 2년 동안 서양 옷을 입다가 나중에 가죽두루마기를 입고 고개를 쳐들고 걸어다니는 것을 보면 그가 외국에서 손수 몇 년간 쇠고기를 삶아먹은 적이 있는 인물이 아닌가 늘 의심했고, 또한 설령 어떤 일이 있더라도 "부처의 다리"까지 는 껴안으려 하지 않을 것이라고 의심했다. 지금 결코 그렇지 않다는 것을, 적어도 "구미에서 유학하고 귀국한 사람들"은 결코 그렇지 않다 는 것을 알게 되었다. 그러나 애석하게도 중국의 도서관의 책은 너무 적어서 듣자하니 북경의 "30여 개 대학은 국립이든 사립이든 관계없이 모두 우리가 개인적으로 가진 책보다 많지 않다"고 한다. 이 "우리" 속에는 첫 번째로 "부의(溥儀) 선생의 스승인 장사돈(莊士敦) 선생"이 꼽히고, 두 번째는 "고동(孤桐) 선생" 즉 장사조가 꼽힌다고 하는데, 왜냐하면 독일의 베를린에 있을 때 진원 교수가 그의 두 칸 방에 "모두 사회주의에 관한 독일어서적이 침상에도 가득하고 책꽂이에도 가득하 고 탁자에도 가득한 것"을 눈으로 직접 보았기 때문이다. 생각건대 틀 림없이 지금은 더욱 많아졌을 것이다. 이에 대해 나는 정말 부럽고도 존경스럽다. 기억컨대, 내가 유학할 때는 관비(官費)가 매월 36원이었으 며, 먹고 입는데 드는 비용과 학비를 지불하고 나면 전혀 남는 게 없었 고, 몇 년이 흘렀지만 책을 다 합쳐도 벽면 한쪽을 전부 가릴 수 없었으 며, 게다가 잡서(雜書)들로서 "모두 사회주의에 관한 독일어서적"처럼 아주 전문적인 그런 책이 아니었다.

그러나 매우 애석하게도 듣자하니 민중이 이 "고동 선생"의 "누추

한 집"을 "다시 부수었을" 때 "그들 부부 두 사람의 장서가 다 흩어지고 사라져 없어진 것 같았다"는 것이다. 그때를 상상해보면 틀림없이 수레 수십 대에 실려서 각처로 모두 흩어졌을 텐데, 애석하게도 나는 보지 못했다. 아닌게 아니라 아마 장관이었을 것이다.

그래서 "폭민"이 "정인군자"로부터 극도의 원한과 증오를 받게 된 것은 정말로 이유가 있으며, 즉 이번에 "고동 선생" 부부의 장서가 "사라져 없어졌으니" 그것은 더더욱 중국의 손실인데다 30여 개 국립 및 사립 대학의 도서관을 파괴한 것 이상인 것이다. 이것과 비교하여 유백소 사장(司長)이 집안에 숨겨놓은 공금에서 8천 원이 사라진 것은 사소한 일이라 할 수 있다. 그러나 우리가 유감으로 여기는 것은 공교롭게도 장사조와 유백소가 저장해놓은 것이 그렇게 많았다는 점과 저장해놓은 것들을 공교롭게도 전부 약탈당했다는 점이다.

어렸을 때 세상일에 노련한 한 어른이 내게 이렇게 훈계한 적이 있다. '자네는 형편없는 행상인과 노점상과는 다투지 말아야 한다. 그런 사람은 스스로 넘어지고도 오히려 자네에게 잘못을 덮어씌울 것이며, 모르긴 해도 배상을 다 할 수 없을지도 모른다.'라고 했다. 이 말은 나에게 지금까지도 여전히 영향을 끼치고 있는 듯한데, 나는 새해에 화신묘(火神廟)[8]의 묘회(廟會)를 구경갈 때마다, 겨우 물건 몇 개만 펼쳐놓은 데 지나지 않는 옥기 노점상이라 하더라도 감히 가까이 가지 못했다. 자칫 잘못했다가 그것에 부딪치거나 아니면 한두 개를 넘어뜨려 부서지기라도 하면 그것은 보배로 변하여 평생동안 해도 다 배상할 수 없으니, 그 죄의 무거움은 박물관 하나를 파괴하는 것

---

8) 화신묘(火神廟) : 북경의 유리창(琉璃廠)에 있다. 옛날에 음력 정월 초하루에서 열 닷새 사이의 묘회(廟會) 기간에 임시로 골동품과 옥기(玉器)를 파는 노점상이 마련되었다.

이상일 것이다. 그리고 여기서 그치지 않고 북적대는 장소에는 별로 가지 않았는데, 저번의 시위운동 때 비록 "앞니가 빠졌다"라는 "유언비어"가 있긴 했지만 사실은 집에 누워 있어서 덕분에 탈이 없었다. 그러나 그때문에 오히려 그 두 방 가득한 "사회주의에 관한 독일어 서적" 및 그 밖의 것들이 "고동 선생" 집으로부터 속속 빠져나가는 장관을 볼 수 있는 절호의 기회를 놓치고 말았다. 이야말로 이른바 "한편으로 이익이 있으면 한편으로 반드시 폐단이 있다"는 말 그대로이며, 양쪽 모두 원만할 수는 없는 것이다.

지금 서양서적을 많이 소장하고 있는 경우 개인으로는 장사돈(莊士敦, 존스턴) 선생을 꼽아야 하고, 공공단체로는 "정치학회도서관"을 들어야 하는데, 애석하게도 하나는 외국사람이고, 하나는 미국 공사(公使) 라인쉬가 극력 제창하여 만든 것이다. 장차 "북경국립도서관"을 확장한다고 하니 정말 더없이 좋은 일이지만, 듣자하니 미국에서 되돌려준 배상금에 의지해 매년 경비가 3만 원에 지나지 않아 매월 2천여 원이라고 한다. 미국의 배상금을 사용한다는 것도 예삿일이 아닌데, 첫째 관장(館長)은 반드시 중서(中西)의 학문에 능통한, 세계에 이름난 학자여야 한다. 이에는 물론 양계초(梁啓超) 선생뿐이라고 하며, 다만 애석하게도 서학(西學)에 그다지 능통하지 않아 북경대학 교수 이사광(李四光) 선생을 부관장으로 하여 짝을 지어야 중외 겸통(兼通)의 완전한 사람이 된다는 것이다. 그런데 두 사람의 봉급이 매월 천 원 이상이라고 하므로 이후로는 더 많은 서적을 살 수 없을 것 같다. 이 또한 이른바 "이익이 있으면 반드시 폐단이 있다"는 말 그대로이며, 생각이 여기에 미치면 우리는 "고동 선생"이 혼자 힘으로 구입해놓은, 방 몇 개에 가득한 훌륭한 책이 사라져 없어진 데 대해 애석함을 통절하게 느끼지 않을 수 없다.

　종합컨대, 최근 몇 년 동안 비교적 훌륭한 "학문의 도구"가 있을 수 없는 상황에서 학자들이 열심히 공부하려면 스스로 책을 사서 볼 수밖에 없으며 그나마도 돈이 없다. 듣자하니 "고동 선생은" 의외로 이 사실에 생각이 미쳐 글을 발표한 적이 있다고 하지만, 자리에서 물러났으니 대단히 애석하다. 학자들에게 달리 무슨 방법이 있겠는가. 비록 북경의 30여 개 대학도 그들 "개인의 책만큼 많지" 않다지만, 당연히 "그들에게는 '한담'을 말하는 것 이외에 달리 할 만한 일이 없음은 이상할 것도 없다." 무엇 때문인가? 학문하기는 쉬운 일이 아니어서 "하찮은 주제라도 백여 종의 책을 참고해야 한다"는 것을 알면 "고동 선생"의 장서로도 충분하다고 할 수 없기 때문이다. 진원 교수는 일례를 들어, "그런데 '사서(四書)'를 가지고 말하자"면 "한·송·명·청의 여러 유가의 주소(注疎) 이론을 연구하지 않으면 '사서'의 진정한 의미를 이해하기 쉽지 않다. 아주 짧은 '사서' 한 부(部)를 세세하게 연구하려면 수백 수천 종의 참고서를 사용할 수 있어야 하는 것이다."라고 했다.

　이로써 "학문하는 도는 연해(煙海)와 같이 넓은 것임"을 충분히 알 수 있는데, 저 "아주 짧은 '사서' 한 부"를 나는 읽어본 적이 있으나 한(漢)나라 사람의 "사서"의 주소 또는 이론에 대해서는 전혀 들어보지도 못했다. 진원 교수가 "그렇게 고상하고 멋진 봉번(封藩) 대신"의 하나로 받들어 칭송했던 장지동(張之洞) 선생이 "머리 묶은 어린 학생들"에게 보라고 지은 『서목답문(書目答問)』에서 "'사서'는 남송(南宋) 이후에 붙여진 이름이다"라고 말한 바 있다. 나는 여태껏 그의 말을 믿고 있었으며, 그 후 『한서예문지(漢書藝文誌)』, 『수서경적지(隋書經籍誌)』 따위를 넘겨보다가 "오경(五經)", "육경(六經)", "칠경(七經)", "육예(六藝)"만 있고, "사서"는 없었고, 한나라 사람이 지은 주소와 이론은 더 말할 것이 못된다. 그러나 내가 참고한 것은 그저 보통의 책일 뿐이고 북경대학 도서관에도 있으니, 견문이 좁아서 아직 모르는 것일 수도 있다. 하지만 그렇다손 치더라도 어쩔 수 없다. 왜냐하면 설령 "껴안으려" 해도 "부처의 다리"조차도 없기 때문이다. 이로부터 생각해보면 "부처의 다리를 껴안을" 수 있고, "부처의 다리를 껴안으려" 하는 사람은 확실히 그래도 진짜 부자이며 진짜 학자이다. 그의 "집안 사람 한생"이 개탄하여 그렇게 말한 것은 아마 "춘추(春秋)는 현자에게 완전무결을 강요한다"는 의미일 것이다.

끝

이젠 더 쓰고 싶지 않아서 여기서 끝내는 것이 좋겠다. 종합하면 『현대평론증간』을 대략 한번 훑어보니 오색 찬란하여 마치 어떤 광고에 열거된 작자의 명단을 보는 듯한 느낌을 받았다. 예를 들어 이중규 교수의 「생명의 연구」라든지, 호적 교수의 「번역시 3수」라든지 서지마 선생의 번역시 1수라든지, 서림(西林)씨의 「압박」이라든지, 도맹화(陶孟和) 교수의 2025년까지 발표해야 겨우 우리의 현손(玄孫)들이 전부를 다 읽을 수 있는 대 저작의 일부라든지…… 하는 것들이었다. 그러나 넘겨보고 있노라니 어찌된 영문인지 내 눈에는 오히려 회색만 보였고, 그래서 던져버렸다.

지금의 소학교 학생들은 칠색판(七色板)을 가지고 노는데, 일곱 색깔을 원판에 칠하여 멈추어 있을 때는 아름답게 보이지만 회전시키면 곧 회색으로 변한다 — 본래는 흰색이 되어야 하지만 제대로 칠하지 않아 회색으로 변한다. 저명한 여러 학자들의 대 저작을 망라한 대형 잡지는 당연히 각양각색으로 다채롭다. 물론 회전시킬 수야 없겠지만 한 바퀴 회전시켜 본다면 아무래도 회색으로 나타날 것이다. 아마 이것이 오히려 그것의 특색인지도 모르지만 말이다.

1월 3일

흥미로운 소식

북경은 온통 큰 사막 같다고 말하지만 청년들은 여전히 이곳을 향해 내달리고, 노인들도 거의 떠나지 않으니, 즉 다른 곳으로 한번 떠났다가는 머지않아 곧 되돌아오니, 마치 북경은 그래도 미련을 가질 만한 곳인 듯하다. 염세적인 시인들은 정말로 "무언가 마음에 걸려 감개하며" 인생을 원망하지만 어쨌든 그들은 살아가고 있다. 석가모니 선생을 조술(祖述)한 철학자 쇼펜하우어조차도 남몰래 어떤 병을 치료하는 약을 먹으며 좀체 "열반하려" 하지 않았다. 속담에 "훌륭히 죽는 것보다 악하게 살아가는 것이 낫다"라고 했는데, 이는 물론 속인(俗人)들의 속견(俗見)에 지나지 않겠지만 문인학자들의 부류도 이렇게 하지 않은 적이 있었던가. 다른 점이라면, 다만 문인학자는 어쨌든 언사가 엄숙하고 이치가 정당한 군기(軍旗)를 하나 가지고 있고, 또 더욱이 이치가 정당하고 언사가 엄숙한 도망갈 구멍도 가지고 있다는 점이다. 정말이지 만일 그렇지 않으면 인생은 그야말로 무료하기 짝이 없고 할 말도 없을 것이다.

북경은 날마다 온갖 물가가 등귀하여, 나 자신의 "보잘것없는 첨사(僉事)" 자리도 "함부로 주장한다"는[1] 이유로 장사조 선생에 의해 면

---

1) "보잘것없는 첨사" : 노신은 1912년 8월 교육부 첨사에 임명되었다. 1925년 여사대의 진보적인 학생을 지지했다는 이유로 8월에 장사조에 의해 불법적으로 면직되었고, 이 때문에 노신은 평정원(平政院)에 소송을 제기했다. 당시 어떤 사람은 이를 빌어 노신은 "보잘것없는 첨사"를 잃었기 때문에 장사조를 반대하고 있으니 "학자

직되었다. 여태껏 당해온 불행은 안드레예프의 말을 빌어보면, "꽃도 없고 시도 없"[2]는 격이며, 바로 온갖 물가가 등귀했다는 점이다. 그렇지만 여전히 "함부로 주장하며" 뉘우치지 못하고 있다. 만일 누이가 하나 있어 『신보부간(晨報副刊)』에서 격찬한 "한담 선생"의 집안일처럼, 목소리가 마치 "은방울이 유곡(幽谷)에서 울리는" 듯이 "오빠!"라고 부르며 나에게 "더 이상 글을 써서 남들에게 미움을 사지 말아요. 그게 좋지 않겠어요?"라고 간절히 호소한다면, 나는 아마 이를 구실로 말머리를 돌려 별장으로 숨어들어 한조(漢朝) 사람이 지은 "사서(四書)"의 주소(注疏)와 이론을 연구할 수 있을 것이다. 그렇지만 애석하게도 "아리따운 누님이, 거듭거듭 나를 나무라시며, '곤(鯀)은 너무 강직해서 몸을 망치더니, 결국 우산(羽山)의 벌판에서 죽고 말았었지' 하셨다"[3]에서처럼 이같은 훌륭한 누이가 없다. 그렇게 모진 누님이 하나 있을 행복조차도 굴영균(屈靈均)에 미치지 못한다.[4] 내가

의 태도"가 없다라고 공격했다. "함부로 주장한다" : 장사조가 평정원에 제출한 답변서에서 작자를 비방한 말이다.

2) 안드레예프의 소설 『붉은 웃음(紅的笑)』에 나온다. "지구는 이미 미쳐버렸고, 지구상에는 꽃과 노래가 없다는 것을 그대는 알 것이다."

3) (역자) "아리따운 누님은, 거듭거듭 나를 나무라시며, '곤(鯀)은 너무 강직해서 몸을 망치더니, 결국 우산(羽山)의 벌판에서 죽고 말았었지' 하셨다.(女嬃之嬋媛兮, 申申其詈予, 曰鯀婞直以亡身兮, 終然殀乎羽之野.)" : 굴원의 『이소(離騷)』에 나오는 구절이다. 이 단락의 앞과 뒤의 구절을 인용하면 다음과 같다. "사람들은 저마다 즐거움이 다른데, 나 혼자 청렴결백함을 즐기네. 비록 몸이 찢겨도 변함 없나니, 이 마음 어찌 고쳐질까…… 너는 어찌 이리도 곧고 결백함을 좋아하여, 홀로 미쁜 절개를 지키는가.(民生各有所樂兮, 余獨好修以爲常, 雖體解吾猶未變兮, 其余心之可懲……如何博謇而好修兮, 紛獨有此姱節.)

4) "아리따운 누님" 등의 말은 굴원의 『이소(離騷)』에 나온다. 여수(女嬃)는 일반적으로 굴원이 자기 누나를 부를 때 쓰는 말로 여기고 있다. 『설문해자(說文解字)』에는 "초(楚)나라 사람은 누나를 서(嬃)라 한다"라고 했다. 곤(鯀)은 하우(夏禹, 하나라를 창시한 우임금—역자)의 아버지이며, 전설에 따르면 그는 치수(治水)를 했으나 공이

끝내 "함부로 주장하는" 것은 아마도 핑계를 대어 거절하지 못하기 때문일 것이다. 그렇지만 이 영향은 이만저만한 것이 아니어서 장래에 아마 재앙을 만날 것이다. 왜냐하면 남에게 미움을 사면 응보를 받게 마련이라는 것을 알고 있기 때문이다.

석가모니 선생의 교훈으로 말을 돌려보자. 인간세상에서 살아가는 것보다 지옥에 떨어지는 것이 더 안전하다고 한다. 사람 짓 하다(做人, '做'는 중국어에서 '作'과 발음도 같고 뜻도 같음—역자)에는 "짓다(作)"라는 글자가 있어 저지르다[動作, = 나쁜 짓 하다(造孼)]라는 뜻이요, 지옥에 떨어짐은 오히려 "보답"[報, = 응보(報應)]인 것이다. 그래서 생활은 지옥에 떨어지는 원인이며, 지옥에 떨어짐은 오히려 지옥을 빠져나오는 출발점이다. 이렇게 말하고 보니 실로 중이 되고 싶은 생각이 들기도 한다. 그러나 이는 물론 "뿌리가 있는"[5] 위대한 인물에게만 제한되고, 나는 오히려 이런 유의 귀화부(鬼畵符)를 그다지 믿지 않는다. 사막에서 살아가는 듯한 북경성(北京城) 안에는 무미 건조하다면 물론 무미 건조하지만 가끔 세태를 보면 온갖 물가가 등귀하는 이외에 어쨌든 형형색색 천태만상으로 예술을 창조하는 사람도 있고, 유언비어를 만들어내는 사람도 있고, 진저리나는 것도 있고, 홍미로운 것도 있다…… 이것이 바로 북경이 북경이 되는 이유이고, 또한 어쨌든 사람들이 달려들며 모여드는 이유일 것이다. 애석한 것은, 다소 장난기가 있고 좀 순진한 일부 친구들만이 스스로를 위해 언사가 엄숙하고 이치가 정당한 군기를 하나 세우지 못한다는 점이다.

없자 순임금에 의해 우산(羽山)에서 살해되었다고 한다. 굴영균은 굴원(屈原, 기원전 약 340년~기원전 약 278년)이며, 전국시기 초나라 시인이다.

5) "뿌리가 있다(有根)": 서지마(徐志摩)가 진서형을 추켜세운 말이며, 그가 쓴 「"한담"에서 끌어온 한담」에 나온다.

나는 여태껏 지옥에 떨어지는 일에 대해서는 죽은 뒤에나 대처하고 다만 목전의 생활이 무미 건조한 것이 가장 두려운 일이라고 생각하고 있다. 그래서 때로는 남에게 미움을 사기도 하며, 때로는 장난기를 좀 발동해 입을 헤헤 벌리기도 하지만 이것도 남에게 미움을 사는 일이다. 남에게 미움을 사면 당연히 보답을 받게 마련이라 대비해두지 않을 수 없다. 왜냐하면 장난기를 좀 발동해 입을 헤헤 벌리면 더욱이 언사가 엄정하고 이치가 정당한 군기를 세울 수 없기 때문이다. 사실은 여기서도 국가대사의 소식이 없었던 적이 있었던가. "관외(關外)의 전쟁이 불일(不日)에 일어날 것이다"든지, "국군이 일치하여 단기서(段祺瑞)를 옹호한다"든지6) 하는 내용이 신문지상에 모두 대문짝만한 크기로 눈에 띄게 인쇄되어 사람들은 머리가 어지러울 지경이다. 그러나 내게는 아무런 빌어먹을 흥미도 없다. 사람의 시야가 좁은 것은 구제할 약이 거의 없다. 내가 근래에 흥미를 느낀 것은, 저 독일에서 도적 약간 명을 맨주먹으로 때렸고 북경에서 삼하현(三河縣) 출신 가정부의 큰 부대를 거느렸던 무사 유백소 교장이 갑자기 변문을 지어 무(武)를 버리고 문(文)에 힘쓰려는 뜻이 크게 생겼음을 발견했을 때라고 할 수 있다. 그리고 "유백소 해외파는 학문을

---

6) "관외(關外)의 전쟁이 불일에 일어날 것이다" : 1925년 11월 봉계(奉系)의 고급 장교 곽송령(郭松齡)이 비밀리에 풍옥상(馮玉祥) 국민군과 연합하여 장작림(張作霖)을 반대했다. 머지않아 일본제국주의의 무장 간섭으로 전쟁에서 패해 피살되었다. 그러나 유관(楡關)에 주둔해 지키고 있던 곽송령 부대의 포병 여단장 위익삼(魏益三)은 이듬해 1월 3일 국민군과의 합작을 선포하여 국민군제4군으로 이름을 고치고 계속해서 장작림과 대치해 전쟁이 일촉즉발로 일어날 상태였다. 그래서 신문에서 "관외의 전쟁이 불일에 일어날 것이다"라고 했다. "국군이 일치하여 단기서(段祺瑞)를 옹호한다" : 1926년 1월 9일 단기서는 직계·봉계 군벌들의 압력으로 전보 통보로 사직을 강요받았다. 국민군은 현상태를 그대로 유지하기 위해 만류를 표시했기 때문에 신문에서 "국군이 일치하여 단기서를 옹호한다"라는 말이 있게 되었다. 이 두 가지 뉴스 표제는 『경보(京報)』 등에서 모두 대문짝만한 글자로 인쇄되었다.

추구하고 교육부 예비직원으로서 다예(多藝)의 명예가 남보다 못함을 부끄러워하고 심미의 정감은 거의 자신할 수 있으며” 또 문무를 겸비한 만능인이라고 하는데,[7] 나로서는 이전에 미처 생각지도 못했던 것이다. 둘째, 작년에 적극적으로 쓸데없는 일에 참견했던 “학자”가 금년에는 쓸데없는 일에 참견하지 않게 되었다는 점이다. 연말에 장부회계를 청산하는 방법은 상점 주인이 금전출납부에 대해 하는 일에만 그치지 않고 “정인군자”의 행위에도 적용될 수 있는가 보다. 어쩌면 “오빠!”라는 이 소리가 중화민국 14년 12월 31일 밤 12시에 울리고 있는지도 모르겠다.

그러나 이러한 흥미도 순식간에 곧 사라졌으니 나 자신의 사상의 변동 역시 그야말로 증오스럽다. 경우에 따라 사상과 언행은 당연히 변해야 하며, 일단 변하면 당연히 변하게 된 도리가 있을 것이라고 나는 생각한다. 더구나 세상에 국가경축이 적지 않고 고금중외에 명류가 특히 많아 그들의 군기가 전부 진작부터 세워져 있음에랴. 앞사람은 부지런하고 뒷사람은 즐기는 법이라 일을 해야 할 때는 공구(孔丘, 공자─역자)와 묵적(墨翟, 묵자─역자)을 끌어들일 수 있고, 일을 하지 않을 때는 달리 노담(老聃, 노자─역자)이 있고, 죽임을 당할 때는 내가 관용봉(關龍逢)이 되고, 남을 죽일 때는 그가 소정묘(少正卯)가 된다.[8] 힘이 좀 있을 때는 다윈과 헉슬리의 책을 보고, 남을 도울 때

---

7) 유백소는 1925년 8월 19일에 장사조의 명령을 받들어 여사대를 접수했을 때 학생들과 충돌이 발생했는데, 그는 학생들에게 위협하며 이렇게 말했다. “본인은 무술에 능해서 독일에 있을 때 맨주먹으로 도적 여러 명을 물리쳤다.” 22일에 그는 또 가정부 백여 명을 고용해 순경을 동반하고 여사대 학생들을 학교 밖으로 끌어내었다. 1925년 9월에서 이듬해 1월 사이에 그는 북경예술전문학교 교장을 겸임했다. 여기서 인용된 변문은 그가 『예전순간(藝專旬刊)』을 위해 지은 「발간사」에 나오는 구절이다. 당시 북경의 여자 가정부는 삼하현(三河縣) 출신이 많았는데, 그래서 그들을 보통 “삼하현 가정부(老媽子)”라고 불렀다.

는 크로포트킨의 『호조론(互助論)』이 있다. 브라우닝 부인은 연애를 이야기하는 모범이 아니겠으며, 쇼펜하우어와 니체는 또 여인을 저주한 명인이다…… 결국 만약 양음유 또는 장사조가 유태인 드라이퍼스와 억지로 비교할 수 있다면 그에게 빌붙어 사는 식객은 졸라 등과 비슷하다고 할 수 있다. 이 때 가련한 졸라는 중국인에 의해 거부당한다. 다행히 양음유 또는 장사조가 드라이퍼스와 같은지의 여부는 여전히 가장 큰 의문이다.

그렇지만 사정은 여전히 그렇게 간단하지만 않아서 중국의 나쁜 사람(예를 들어 수준아래인 문인과 학계의 악당·학계의 비적 따위들)은 앞으로 크게 고생할 듯하다. 죽은 뒤에는 지옥에 떨어진 것과 마찬가지가 되겠지만 말이다. 그러나 멀리 내다보고 깊이 생각하는 사람은 아무래도 이제부터 조심함으로써 말을 많이 하지 않는 것이 안전할 것이다. 당신은 "한담 선생"이 정말로 쓸데없는 일에 참견하지 않을 것이라고 여기는가? 결코 그렇지가 않다. 듣자하니, "주제넘게 나서는 한 무리 사람들이 예기(銳氣)를 다 잃게 되는 그 날까지 우리의 이 한담 선생은 조용히 자기의 '마무리 작업(The finishing touch)'을 하면서 빙그레 웃으며 스스로 쇠막대를 갈아 만든 수침(繡針)을 내보이고 있다. 조급함이 얼마나 비경제적인가라고 우리를 풍자하는 이런 태도는 다른 측면에서 무한한 인내심만이 천재의 유일한 증거임을 말해준다"는 것이다.9)(『신보부간』 1423호)

---

8) 관용봉(關龍逢) : 하(夏)나라 걸왕(桀王)의 신하로서 걸왕이 온갖 사치를 다하는 데 대해 간하다가 피살되었다. 소정묘(少正卯) : 춘추시대 노(魯)나라의 대부이다. 공구(孔丘, 공자—역자)가 노나라 사구(司寇)로 있을 때 사악한 주장을 고취시킨다는 등의 죄명을 씌어 공구를 살해하려 했다.

9) 이 단락은 서지마(徐志摩)가 「'한담'에서 끌어낸 한담」에서 진서형을 추켜세운 말이다.

나중에 태어난 사람이 앞사람보다 나은 것은 본래 세상의 예삿일이지만 타락한 민족에겐 예외이다. 즉 옷으로 논하자면, 나체로부터 회음대(會陰帶) 또는 앞치마를 사용하게 되었고, 나아가 의복, 곤륜포와 면류관이 있게 되었다. 우리의 미래 천재는 오히려 특이하여 다른 사람이 앞치마를 두르고 미친 듯이 날뛸 때 그는 오히려 수방(繡房, 옛날 젊은 여자들의 거실—역자)에 숨어서 수를 놓는다 — 아니, 수침을 갈고 있다. 남들의 앞치마가 전부 낡아 허름해지기를 기다렸다가 그는 오히려 꽃무늬 수를 놓은 삼자(衫子, 옛날 부인의 복장—역자)를 입고 나설 것이다. 사람들은 "아!" 하고 소리지르지 않을 수 없을 것이다. 성질이 급한 가련한 야만인은 결국 앞치마조차도 하나 바꿔입을 줄 모르고 과연 예기(銳氣)를 끝내 다 잃게 될 것이다. 다 잃는 것은 그래도 괜찮지만 "빙그레 웃으며" "풍자하고" 있는 "천재"의 얼굴을 보려 할 것이니, 이는 그야말로 영혼에 대한 채찍질이다. 비록 아직 요원한 장래의 일이지만 말이다.

더욱 무서운 일은, 2025년이 되면 도맹화 교수가 저작 한 편을 발표할 것이라는 풍문이 들린다는 점이다. 내용이 어떠한지는 백 년 뒤 우리의 증손 또는 현손들이 알 뿐이겠지만, 다행히도 『현대평론증간』에 몇 단락을 미리 발표하였으니 우리는 어쨌든 "대롱의 구멍을 통해 표범을 엿볼"10) 수 있듯이 이 새 책의 대강을 보았다. 그것은 "현대 교육계의 특색"에 관한 것인데, 교원의 "수업 겸임"이 많다는 점도 거기서 언급했다. 그는 이렇게 물었다. "나의 의론이 너무 비관적이고 너무 냉혹하고 너무 황당한가? 가령 사실로 증명할 수 있다면

____

10) 『진서・왕헌지전(晉書・王獻之傳)』에 보인다. "대롱의 구멍을 통해 표범을 엿보면 반점 일부만 보인다.(管中窺豹, 時見一斑)"(역자) 부분적인 관찰만으로 전체를 추측하다는 뜻이다.

나는 이런 비평을 받아들이기를 깊이 바란다." 이런 비평에 대해서는 우리는 백 년 뒤를 기다려야 한다. 비록 그때에도 사실을 알 수 없겠지만 말이다. 전적(典籍)이라 해봐야 대개는 "빙그레 웃을 만한" 가작(佳作)만이 남아 전할 뿐일 것이다. 만약 정말로 그렇다면 그 대부분은 "영웅이 본 것은 대략 비슷하다"는 격이어서 후인들은 아무래도 냉혹하다고 여기는 데까지는 이르지 않을 것이다. 그러나 우리도 짐작하기 어렵지만, 다만 오늘로써 오늘을 논하자면 자못 "공자가 『춘추(春秋)』를 짓자 난신(亂臣)과 나쁜 무리들이 두려워했다"는 뜻이 있는 듯하다. 사람들이 이처럼 멋진 일을 경험하지 못한 것이 이미 2천 4백 년이나 되었다고 할 수 있다.

종합하면, 백년 이내에는 진원 교수의 여러(?) 책이 있을 것이고, 백년 이후에는 도맹화 교수의 책 한 권이 나올 것이다. 비록 내용이 어떠할지는 모르지만 목하 새어나오는 소문에 근거해 보면, 대개 "주제넘게 나서는 한 무리 사람들" 또는 "구성(九城, 북경의 성은 문이 아홉 개 있다는 데서 유래한 북경의 다른 이름—역자)에서 제멋대로 날뛰는" 교수들을 풍자하는 것이라 한다.

나는 항상 인도의 소승불교의 방법이 얼마나 대단한가 하고 감탄한다. 소승불교는 지옥의 설을 세워놓고 중, 비구니, 염불하는 노부인들의 입을 빌어 선전하며 이단을 위협하고 심지(心志)가 확고하지 않은 사람들을 두렵게 만든다. 그 비법은, 응보는 결코 눈앞에 있는 것이 아니라 장래 백년 뒤, 적어도 반드시 예기를 다 잃을 때를 기다려야 한다는 데 있다. 이 때 당신은 이미 몸을 움직일 수도 없어 남들이 처리하는 대로 따를 수밖에 없으며, 처절한 눈물을 흘리며 생전에 함부로 주제넘게 나선 데 대해 깊이 후회할 것이다. 게다가 이 때 비로소 염라대왕의 존엄함과 위대함을 인식하게 될 것이다.

  이런 신앙은 아마 미신이겠지만, 신도설교(神道說教, 귀신이나 미신을 믿는 것을 이용하여 백성들을 일깨우는 것─역자)로서 "세상 이치를 구제하고 사람의 마음을 바로잡는" 데 대해 그래도 이익이 없지는 않을 것이다. 더구나 생전에 나쁜 사람을 "승냥이와 호랑이에게 먹이로 내던지" 못했으니 당연히 사후에 말과 글로써 남의 죄상을 폭로하지 않을 수 없다. 공자가 수레 한 대, 말 두 마리로 각 국을 진저리나도록 돌아다니다 돌아와서 만년필을 뽑아 『춘추』를 지은 것도 대개 이런 뜻이었을 것이다.

  그러나 시대는 흘렀으니 지금에 이르러 이런 낡은 장난은 극히 순진한 사람만 속일 수 있을 뿐이라고 나는 생각한다. 이런 장난을 치고 있는 사람들 자신조차도 굳이 믿지 않는 판에 하물며 이른바 나쁜 사람들이야 더 말할 필요가 있겠는가. 남에게 미움을 사면 응보를 받게 마련이라는 것은 아주 흔한 일로서 결코 기이하다고 할 수 없다. 때로는 다소 완곡한 말로 표현하여 잠시나마 점잖게 보이기도 하지만 이를 빌어 지옥에 떨어짐을 면하려고 생각한 적이라도 있었던가. 이는 생각지도 못할 일이며, 조용히 지내지 못하는 우리 같은 사람들의 세계에서는 실로 냄새나는 신사(紳士)들처럼 냄새나는 거드름을 피울 만큼 그렇게 많은 시간이 없다. 해야 한다면 곧바로 하며, 내년에 술을 마시겠다고 말하기보다 차라리 즉각 물을 마시는 편이 낫고, 21세기에 가서 갈기갈기 찢어 육시(戮屍)하는 것보다 오히려 즉시 그에게 뺨을 한 대 때리는 편이 낫다. 장래에 이르면 당연히 후에 일어난 사람들이 있으니 결코 지금 사람, 즉 장래의 이른바 옛사람의 세계가 아니다. 만약 그때도 여전히 현재와 같은 세계라면 중국은 끝이 날 것이다!

1월 14일

학계의 삼혼(三魂)

『경보부간』으로부터 『국혼(國魂)』이라는 간행물에 장사조도 물론 나쁘지만 장사조를 반대하는 "학계의 비적"들도 마땅히 타도해야 한다고 말한 어떤 글이 실려 있다는 것을 알았다. 그 대의가 내가 기억하고 있는 내용 그대로인지 아닌지는 알 수 없다. 그러나 이는 아무런 상관도 없다. 왜냐하면 나에게 어떤 제목을 떠올리게 했을 뿐 그 원문과는 상관없는 일이기 때문이다. 중국의 옛말에 따르면 본래 사람에게는 삼혼(三魂)과 육백(六魄) 또는 칠백(七魄)이 있다고 하였으니 국혼(國魂, 나라 혼)도 마땅히 그와 같아야 하겠지 하는 것이다. 그런데 이 삼혼 중에서 하나는 "관혼(官魂, 관리 혼)"이고, 하나는 "비혼(匪魂, 비적 혼)"인데, 다른 하나는 무엇일까? 아마 "민혼(民魂, 백성 혼)"이 아닐까 하지만 쉽게 단정할 수는 없다. 또 내 견문은 아주 좁아서 감히 중국의 사회 전체를 다 가리킬 수는 없고, 그저 "학계(學界)"로 축소할 수밖에 없다.

중국사람들은 관리가 되고자 하는 욕구가 정말 깊어서 한조(漢朝)에는 효렴(孝廉)을 중시하여 아이를 매장하고 나무를 깎는 일[1]이 있

---

1) 한조(漢朝)의 인재 등용 제도에서 "효자"와 "청렴한 선비"를 추천하여 관리로 삼는 한 가지 방법이 있었는데, 이 때문에 사회에서는 허위적이고 억지를 부리는 일들이 많이 발생했다. 『태평어람(太平御覽)』 권411에는 유향(劉向)이 『효자도(孝子圖)』에서 곽거(郭巨)가 아이를 매장한 일을 기록한 내용을 이렇게 인용하고 있다. "곽거는 하내(河內) 온(溫) 사람이다. 대단히 부자였는데, 아버지가 죽자 2천만의 재산을 둘로

었고, 송조(宋朝)에는 이학(理學)을 중시하여 높은 모자를 쓰고 헤진 신발을 신는 일이 있었고, 청조(淸朝)에는 첩괄(帖括)2)을 중시하여 "차부(且夫)"와 "연즉(然則)"이라는 말이 있었다. 종합해서 말하면, 그 영혼은 바로 관리가 되는 데 있었다 — 관리의 위세를 행사하고, 관리의 말투를 뽐내고, 관화(官話, 관리사회 또는 상류사회에서 통용되던 중국의 북방어를 가리킴 – 역자)를 사용한다. 황제를 떠받들고 꼭두각시 노릇을 하니 관리에게 미움을 사면 황제에게 미움을 사게 되고, 그래서 그런 사람은 "비적"이라는 아호(雅號)를 얻게 된다. 학계에서 관화를 사용한 것은 작년부터이며, 대개 장사조를 반대하는 사람들은 모두 "토비", "학계의 비적", "학계의 악당"이라는 칭호를 얻게 되었다. 다

나누어 두 동생에게 나누어주고 자기는 홀로 어머니를 모시고 공양했다.……아내가 사내아이를 낳자 그를 키우면 어머니를 공양하는 데 지장이 생길까 염려해 아내에게 아이를 안기고 땅을 파서 아이를 묻으려 했다. 땅에서 금가마 하나가 나왔으며, 그 위에 철권(鐵券)이 있어 '효자 곽거에게 하사한다'라고 씌어 있었다.…… 드디어 아들까지 함께 키울 수 있었다." 또 권 482에서는 간보(干寶)의 『수신기(搜神記)』에 기록된 정란(丁蘭)이 나무를 깎은 일에 관한 내용을 이렇게 인용하고 있다. "정란은 하내(河內) 야왕(野王) 사람이다. 나이 15세에 어머니를 잃고 곧 나무를 깎아 어머니로 만들고 섬기며 마치 살아있는 듯이 공양했다. 이웃사람이 무언가 빌리러 가면 나무 어머니의 안색을 보고 평화로우면 빌려주고 평화롭지 않으면 빌려주지 않았다. 나중에 이웃사람이 정란에 대해 분개하여 나무 어머니를 훔쳐다 칼로 찍었더니 칼자국에 피가 나왔다. 정란은 곧 입관하고 장사를 지낸 뒤 복수했다. 한(漢) 선제(宣帝)가 그것을 칭찬하고 중대부(中大夫)에 임명했다."

2) 첩괄(帖括) : 과거시험 문체의 이름이다. 당대(唐代) 과거시험 제도에서 명경과(明經科)는 "첩경(帖經)"으로 선비들에게 시험을 치렀다. 『문헌통고·선거이(文獻通考·選舉二)』에 이런 기록이 있다. "무릇 과거시험의 방법에 첩경(帖經)이라는 것이 있어 자기가 익힌 경전에서 그 양단을 가리고 중간에 한 줄만 보이도록 했는데, 종이를 잘라 첩(帖)으로 삼았다." 후에 과거를 준비하는 수험생은, 첩경은 외우기 어려워 경문을 총괄하여 노랫가락으로 엮고 이를 첩괄이라 불렀다. 후세에 이 때문에 과거에 응시한 문장을 첩괄이라 불렀다. 여기서는 청대의 제의(制義), 즉 팔고문(八股文)을 가리킨다.

만 누구의 입에서 나온 것인지 아직 모르고 있으므로 역시 일종의 "유언비어"에 지나지 않는다.

하지만 이로써도 작년에 학계가 엉망이어서 미증유의 학계의 비적이 생겼다는 것을 충분히 알 수 있다. 큼직한 국사(國事)와 비교해보자. 태평성세에는 비적이 없다. 옛 역사를 보면, 온갖 도적무리가 생겨날 때에는 틀림없이 외척, 환관, 간신, 소인배가 나라를 주무르고 있는데, 설령 관화를 널리 사용하더라도 그 결과는 역시 "오호애재(嗚呼哀哉)라"이다. "오호애재라"의 상황이 되기 전에 어리석은 백성들은 대개가 줄지어 도적이 되며, 그래서 원증(源增)3) 선생이 말한, "표면적으로 보면 토비와 강도일 뿐이지만 사실은 농민혁명군이다"(『국김신보부간(國民新報副刊)』43)라는 말을 나는 믿는다. 그렇다면 사회는 개선된 것이 아닌가? 결코 그렇지가 않다. 나 역시 "토비"의 한사람으로 불리게 되었지만 결코 늙은 전배(前輩)들을 위해 잘못을 감추고 과오를 가릴 생각은 없다. 또 원증 선생은, 농민은 정권을 탈취하려는 사람들이 아니므로 "열심가(熱心家) 네댓 명이 황제를 밀어내는 것으로써 스스로 황제가 되려는 욕구를 충족한다"라고 말했다. 그런데 이 때 비적은 곧 황제로 불리어지고 유로(遺老)를 제외한 문인학자들은 오히려 모두가 알랑거리며 또 그(황제가 된 비적─역자)를 반대하는 사람들을 비적이라고 부른다.

그래서 중국의 국혼에는 대개 관혼과 비혼 이 두 가지 혼이 언제나 있었다. 이것도 억지로 우리의 혼(비혼을 가리키는데, 장사조 등이 노신

---

3) 원증(源增) : 성은 곡(谷)이고, 산동(山東) 문등(文登) 사람이며, 북경대학 법문학과 학생이었다. 1926년 1월 20일 『민국신보부간(民國新報副刊)』에 그가 번역한 「제국주의와 제국주의국가의 노동자 계급」이라는 글이 실렸는데, 여기 인용한 문장은 바로 그의 이 글 번역후기에 나온다.

등을 비적이라 했음—역자)을 국혼 속에 끼워 넣어 교수와 명류(名流)들의 혼과 한패가 되겠다고 욕심부리는 것이 결코 아니며, 다만 사실이 흡사 이와 같을 뿐이기 때문이다. 사회 각계각층의 사람들은 『쌍관고(雙官誥)』4)를 즐겨 보고, 『사걸촌(四杰村)』5)도 즐겨 보고, 파촉(巴蜀, 오늘날 사천성 지방—역자)에만 편안히 지낸 유현덕(劉玄德, 즉 유비—역자)이 성공하기를 바라고, 또한 민가를 습격하여 약탈하던 송공명(宋公明)6)이 일이 잘 풀리기를 원한다. 적어도 관직의 은혜를 입었을 때에는 관리를 흠모하고, 관리로부터 착취를 받았을 때에는 비적 따위를 동정한다. 그러나 이것 역시 인지상정이다. 만일 이러한 반항심조차도 없다면 영원히 돌이킬 수 없는 노예가 되는 것이 아닌가?

그렇지만 나라 사정이 다르면 국혼도 다르다. 기억컨대, 일본유학 시절에 일부 동학(同學)들은 나에게 중국에서 가장 큰 이익이 되는 장사가 무엇이냐고 물었다. 나는 "반역"이라고 대답했다. 그러자 그들은 대단히 해괴하다고 생각했다. 만세 동안 한결같은 나라에서 그

---

4) 『쌍관고(雙官誥)』 : 희곡의 이름이다. 명대 양선지(楊善之)가 지은 전기 『쌍관고(雙官誥)』가 있다. 그 후 경극 중에도 이 극(劇)이 있으며, 내용은 이렇다. 설광(薛廣)이 외지로 장사를 하러 떠났는데, 그가 이미 죽었다는 소식이 잘못 전해졌다. 그의 둘째 첩 왕춘아(王春娥)는 수절하며 아들 설의(薛倚)를 길렀다. 나중에 설광이 높은 벼슬을 해 집으로 돌아왔고, 설의도 급제해 고향으로 돌아왔다. 이로써 왕춘아는 이 중으로 황제로부터 벼슬을 내리는 조령(詔令)을 받았다.

5) 『사걸촌(四杰村)』 : 경극의 이름이다. 이야기는 청대 무명씨가 지은 『푸른 모란(綠牡丹)』에서 취했다. 내용은 이렇다. 낙굉훈(駱宏勛)이 역성현(歷城縣)의 지현(知縣) 하세뢰(賀世賴)에게 강도로 모함을 받았고, 경성(京城)으로 압송되어 가는 도중에 사걸촌(四杰村)의 악당 주씨(朱氏) 형제에게 죄수 호송차를 탈취당하고 피살될 뻔했는데, 다행히 녹림당(綠林黨)의 영웅 몇 사람이 그를 구출해주고, 사걸촌을 불질러 태워버렸다.

6) 송공명(宋公明) : 장편소설 『수호전(水滸傳)』에 나오는 주인공 송강(宋江)이며, 그 원형은 북송 말 산동 일대에서 일어난 농민기의의 지도자이다.

때 황제를 발로 차서 무너뜨릴 수 있다는 말을 듣는 것은 우리가 부모를 몽둥이로 때려서 죽일 수 있다는 말을 듣는 것과 같았다. 만일 신문에서 전하고 있는 내용이 거짓이 아니라면 일부 신사숙녀들이 충심으로 기뻐하고 심복하는 이경림(李景林)[7] 선생은 이 뜻을 깊이 알고 있었을 것이다. 오늘의 『경보』에는 모 외교관에 대한 그의 담화가 실려 있는데, "나는 음력 정월 무렵에 당신과 천진에서 만나 담화할 수 있을 것으로 예상합니다. 만일 천진 공격이 결국 실패에 이른다면 3,4월 무렵에 재기하여 다시 쳐들어가겠습니다. 만일 다시 실패한다면 잠시 토비에 투항하고 천천히 병력을 길러 기회를 기다리겠습니다."라고 말했다. 그러나 그가 희망한 것은 황제가 되는 것이 아니었으니, 이는 아마 중화민국이었기 때문일 것이다.

이른바 학계는 비교적 새롭게 생겨난 계급이어서 본래 낡은 영혼을 다소나마 씻어 헹굴 수 있는 희망이 있어야 하겠지만, "학계의 관리"들의 관화(官話)를 듣고 "학계의 비적"이라는 새 이름을 듣고 보니 여전히 낡은 길로 걸어가고 있는 듯하다. 그렇다면 당연히 타도되어야 하는 것이다. 그것을 타도할 수 있는 것은 "민혼(民魂)"으로서 국혼의 세 번째 종류이다. 이전에는 크게 고양되지 못하여 한바탕 소동이 일어난 뒤에는 마침내 스스로 정권을 탈취하지 못하고 다만 "열심가 네댓 명이 황제를 밀어내는 것으로써 스스로 황제가 되려는

---

7) 이경림(李景林) : 자는 방잠(芳岑)이고, 하북(河北) 조강(棗强) 사람이며, 봉계(奉系) 군벌로서 직예독군(直隷督軍)을 역임했다. 1925년 겨울 봉군(奉軍) 곽송령(郭松齡)이 배반해 장작림(張作霖)과 싸웠고, 풍옥상(馮玉祥)의 국민군도 기회를 틈타 이경림에게 공격을 개시해 천진(天津)을 점령했다. 이경림은 조계(租界)로 도망해 숨었고, 후에 1926년 1월 제남(濟南)에 이르러 잔여 부대를 수습하고 장종창(張宗昌)과 연합해 직노연군(直魯聯軍)이라 부르고 반격할 준비를 했다. 모 외교관에 대한 그의 담화는 바로 이 때 발표된 것이다.

욕구를 충족할” 뿐이었다.

오직 민혼만이 소중한 가치가 있으며, 그것이 고양되어야 중국은 진실로 진보가 있을 것이다. 그러나 이렇게 학계조차도 낡은 길로 거꾸로 걸어가고 있는데, 어떻게 수월하게 고양시킬 수 있을까? 온통 뒤죽박죽인 상황에서 관리들이 말하는 “비적(匪)”과 백성들이 말하는 비적(匪)이 있으며, 관리들이 말하는 “백성(民)”과 백성들이 말하는 백성(民)이 있다. 관리들이 “비적”이라고 여기지만 사실은 진짜 국민인 경우도 있고 관리들이 “백성”이라고 여기지만 사실은 아전과 군벌의 호위병인 경우도 있다. 그래서 모습이 “민혼”과 비슷한 것이지만 종종 여전히 “관혼”일 때가 있으니, 영혼을 감별하는 사람은 이에 대해 마땅히 십분 주의해야 할 것이다.

말이 또 주제와 너무 멀어졌으니 본 주제로 되돌아가자. 작년에 장사조가 “학풍을 정돈하자”라는 간판을 내걸고 교육총장의 대임을 맡은 이래로 학계에서는 관리티가 물씬 풍겨서 자기에게 순종하는 자는 “통(通)”이고 자기에게 거역하는 자는 “비적(匪)”이라 하니, 관료적인 말투의 여파가 지금까지도 끝나지 않았다. 그러나 학계에서는 오히려 이 때문에 다행히도 색깔이 분명히 가려졌다. 다만 관혼을 대표하는 사람은 아직 장사조는 아니다. 왜냐하면 윗자리에는 여전히 “입맛이 없어진” 집정(執政)[8]이 건재하고 있어 장사조는 기껏해야 관

---

8) “입맛이 없어진” 집정 : 단기서(段祺瑞)를 가리킨다. 1925년 5월 북경의 학생들은 장사조가 “5·7”국치 기념을 금지하자 9일에 북양정부 임시집정 단기서에게 장사조의 파면을 요구했다. 장사조는 즉시, 나아가기 위해 한발 물러서는 방법을 취해 11일에 단기서에게 사직서를 제출하고, 사직서에서 단기서에게 아첨하며 이렇게 말했다. “저는 정말 일을 잘못 처리해 군중의 분노를 샀으니 이 한사람의 화복과 안위는 당연히 개의치 않으나 만일 귀하께서 이 때문에 입맛이 없어지고 시국이 이 때문에 불안해진다면…… 저는 백 번 죽어도 어찌 죄를 씻을 수 있겠나이까.”

백(官魄, 관혼의 아래에 놓여 있다는 뜻—역자)의 하나에 지나지 않기 때문이다. 지금은 천진에서 "천천히 병력을 기르며 기회를 기다리고" 있다.[9] 나는 『갑인(甲寅)』을 보지 않아서 무슨 말을 하고 있는지, 즉 관리의 말인지, 비적의 말인지, 백성의 말인지, 아전과 호위병의 말인지…… 모른다.

1월 24일

---

9) 1925년 11월 28일에 북경 군중들은 관세회의(關稅會議)를 반대하고 관세의 자주를 요구하며 시위를 벌이고 "단기서를 축출하자", "주심(朱深)과 장사조를 때려 죽이자"라는 등의 구호를 제기했는데, 장사조는 천진으로 달아났다.

고서와 백화

기억컨대, 백화(白話)를 제창할 때 여러 가지 중상과 비방을 받았으며, 백화가 끝내 무너지지 않자 일부 사람들은 어투를 바꾸어 '그렇지만 고서를 읽지 않으면 백화를 잘 지을 수도 없다'라고 말했다. 우리는 물론 이들 옛것을 보존하려는 사람들의 고심을 이해해야 하지만, 이처럼 조상 대대로 전래된 그들의 기존 수법에 대해 가엾게 여기고 비웃지 않을 수 없다. 약간이라도 고서를 읽은 사람은 모두 다음과 같은 낡은 수단을 가지고 있다. 즉 '새로 일어난 사상은 "이단"이라 반드시 섬멸되어야 하며, 그것이 분투하여 스스로 자리를 잡게 되면 그제야 그것은 원래 "성인의 가르침과 기원이 같다"는 사실을 밝혀낸다. 외래의 사물은 모두 "오랑캐(夷)를 이용하여 화하[夏, 화하(華夏), 즉 중국을 가리킴―역자]를 변화시키려는" 것이므로 반드시 제거되어야 하지만, 그 "오랑캐"가 중하(中夏)로 들어와 주인이 되면 오히려 그 "오랑캐"라는 것도 원래 황제(黃帝)의 자손이었음을 고증해낸다.' 이는 실로 사람들이 미처 생각지도 못한 일이 아니겠는가? 무엇이든 우리의 "옛것(古)" 속에는 포함되지 않는 것이 없다!

낡은 수단을 사용하면 당연히 멀리 나아갈 수 없는데, 지금까지도 여전히 "수백 권의 책을 독파한 사람"이 아니라면 훌륭한 백화문(白話文)을 지을 수 없다고 말하고, 그래서 억지로 오치휘(吳稚暉)[1] 선생

---

1) 오치휘(吳稚暉, 1865~1953): 이름은 경항(敬恒)이고, 강소(江蘇) 무진(武進) 사람이

을 예로 끌어들인다. 그러나 ‘진저리나도록 재미있다고 여기고’ 흥미 진진하게 설명하는 사람도 있으니 천하 일은 정말 기괴하기 짝이 없다. 사실 오선생이 “연설체로 글을 지은 것”을 보면 “그 모습”이 “젖내나는 어린아이가 지은 것과 같은” 적이 언제 있었던가. “마음껏 붓을 놀려 글을 쓰니 문득 수만 수천 언(言)이 되지” 않았던가?[2] 글 속에는 당연히 옛 전고(典故)가 들어 있어 “젖내나는 어린아이”들은 알지 못하는 내용이며, 더욱이 새 전고는 “머리 묶은 어린 학생”들이 이해하지 못하는 내용이다. 청(淸) 광서(光緖) 말에 내가 처음 일본의 동경에 도착했을 때, 이 오치휘 선생은 벌써 공사(公使) 채균(蔡鈞)과 크게 논전을 벌이고 있었고 그의 논쟁사는 이토록 오래되었으니 견문도 많아 당연히 지금의 “젖내나는 어린아이”들은 그 수준에 이를 수 없을 것이다. 그래서 그가 사용한 낱말과 전고 중에서 많은 부분은 오직 크고 작은 이야기를 잘 알고 있는 인물이라야 분명히 이해

며, 국민당의 정객이었다. 그는 원래 청말의 거인(擧人)이었으며, 선후로 일본과 영국을 유학했다. 1905년 동맹회(同盟會)에 참가했고 자칭 무정부주의자라고 했으며 자산계급민주혁명의 우익이었다.

2) 본문에서 인용하고 있는 글은 모두 장사조가 『갑인』 주간(周刊) 제1권 제27호(1926년 1월 16일)에 발표한 「오치휘 선생에게 다시 답함」이라는 글에 나온다. 이 글에서 “선생은 근래에 연설체로 글을 지었는데, 마음껏 붓을 놀려 글을 쓰니 문득 수만 수천 언(言)이 되었다. 그 모습은 젖내나는 어린 아이가 지은 것과 비슷하지만 그 정신은 수백 권의 책을 독파하지 않은 사람이라면 한 글자도 말할 수 없는 것이다.”라고 했다. 진서형은 『현대평론』 제3권 제59기(1926년 1월 23일)의 「한담」에서 특별히 이 단락을 인용하여 “매우 재밌다”라고 말하고, 또 오치휘 선생은 30세 이전에 남청서원(南菁書院)에서 거기 있는 책을 “모두 일독 했다”라고 했다. 그리고 “최근 10년 동안 편한 대로 섭렵하고 참고한 한문서적이 적어도 서너 명의 보잘것 없는 사람이 일생동안 읽을 선장본의 책에 해당한다고 할 수 있다”라고 했다. 이로써 장사조의 글을 증명하고 있다. 본문에서 말하고 있는 “‘진저리나도록 재미있다고 여기고’ 흥미진진하게 설명하는 사람도 있다”라고 말한 것은 바로 진서형을 가리킨다.

할 수 있으며, 청년들이 보기에 우선 그 문사가 큰물처럼 쏟아지고 있다는 데 놀랄 것이다. 이는 어쩌면 명사(名士)와 학자들에게는 장점으로 인식될지도 모르겠지만, 그 생명은 오히려 여기에 있지 않다. 심지어 명사(名士)와 학자들이 끌어들여 추켜세우는 바와 상반되게도 오히려 스스로는 결코 고의로 장점을 드러내지 않으며, 또 명사(名士)와 학자들이 말한 장점을 제거할 방법도 없다. 다만 자기의 말과 글을 개혁하는 과정의 교량으로 간주할 뿐이며, 어쩌면 개혁하는 과정의 교량으로 간주할 생각이 없는지도 모른다.

의지할 데 없고 전도가 없는 인물일수록 더 장수하려 하고 더 썩지 않으려 한다. 자기 사진을 더 많이 찍으려 할수록 남의 마음을 더 차지하려 하고 냄새나는 거드름을 더 잘 피운다. 그러나 "무의식"3)적으로 결국은 스스로 무의미함을 느껴 아직 다 썩지 않은 "옛것"을 한 입 꽉 물어 창자 속의 기생충처럼 함께 후세에 전해지기를 바랄 뿐인 듯하다. 아니면 백화문 따위에 약간의 고풍스러움(古氣)을 찾아내면 도리어 골동품에게 영광을 더 보탠다. 만일 "썩지 않는 대업(大業)"이 이런 것에 지나지 않는다면 너무나 가련할 따름이다. 게다가 2925년4) 이 되면 "젖내나는 어린아이"들도 『갑인』 따위를 보게될 것이니 너무나 비참할 따름이다. 설령 『갑인』은 "고동(孤桐) 선생이 자리에서 쫓겨난 뒤에도…… 점점 생기가 있게 되었다" 하더라도 말이다.

고서(古書)를 업신여기는 사람 중에 고서만을 읽은 사람이 가장 강력한 힘을 가지고 있으니, 이는 확실하다. 왜냐하면 그는 병폐를 통

---

3) "무의식" : 장사조는 「오치휘 선생에게 다시 답함」에서 프로이트의 심리학 용어인 무의식(Subconsciousness)이라는 말을 사용했다.

4) 도맹화(陶孟和)는 스스로 "2025년이 되어야만 발표할 수 있는" 저작이 있다 라고 했다.

찰하고 있어 "그대의 창으로 그대의 방패를 공격할" 수 있기 때문이다. 마치 아편 흡입의 폐해를 설명하려는 데 있어 대개 아편을 흡입해본 사람만이 가장 깊이 알고 가장 통절한 것과 같다. 그러나 가령 "머리 묶은 어린 학생"들에게 아편을 근절하려는 문장을 쓰게 하려고 먼저 몇 백 양의 아편을 흡입하도록 해야 한다고 말하기야 하겠는가.

고문(古文)은 이미 죽었고, 백화문은 아직 개혁하는 과정의 교량이다. 왜냐하면 인류는 여전히 진화하고 있기 때문이다. 문장이라 하더라도 꼭 만고불변의 준칙이 있을 필요는 없다. 비록 미국의 어느 곳에서 이미 진화론에 대한 언급을 금지시켰다는 이야기가 들리지만 실제로는 아마 결국 효과가 없을 것이다.

1월 25일

약간의 비유

내 고향에는 양고기를 널리 먹지 않아서 도시 전체에서 매일 산양(山羊)을 대략 몇 마리 잡을 뿐이다. 북경은 정말 사람들이 많아서 상황이 그야말로 크게 달라 양고기 가게만 하더라도 눈에 띄는 것이 다 그런 곳이다. 새하얀 양떼가 항상 길을 가득 메우며 지나가는데, 하지만 모두 호양(胡羊)으로서 우리 고향에서는 면양(綿羊)이라고 부르는 것이다. 산양은 아주 보기 드물며, 듣자하니 이것은 북경에서는 꽤 유명하고 진귀하다고 한다. 왜냐하면 호양보다 총명하여 양떼를 몰 수 있고 양떼도 그의 움직임을 잘 따르기 때문에 목축가들이 우연히 몇 마리를 기르더라도 호양들의 지도자로 삼아 이용할 뿐 그것을 잡지는 않는다고 한다.

이런 산양을 나는 단 한번 보았을 뿐인데, 확실히 양떼 앞에서 걸어가고 있었고, 지식계급의 휘장 삼아 목에는 작은 방울을 달고 있었다. 보통은 이끌고 모는 것이 오히려 대부분 양치기였고, 호양들은 길게 줄을 지어 밀치락달치락 호호탕탕 더없이 유순한 눈빛을 한곳에 집중하고 양치기를 바짝 뒤쫓아 경쟁하듯이 총총히 자신들의 앞길을 달려가고 있었다. 나는 이런 진지하고 분주한 모습을 보았을 때 마음속으로 언제나 입을 열어 그들에게 더없이 어리석은 질문을 던지고 싶었다. —

"어디로 가는가?!"

사람들 중에도 흔히 이 같은 산양이 있어서 군중을 이끌어 그들이 반드시 걸어가야 되는 곳까지 안전하고 평온하게 갈 수 있도록 한다. 원세개(袁世凱)는 이런 일을 조금은 분명하게 알고 있었지만 애석하게도 솜씨 있게 적용하지 못했는데, 아마 그는 그다지 책을 많이 읽지 않아서 그런 묘법을 능숙하게 운용하지 못했기 때문일 것이다. 나중에 등장한 무인(武人)들은 더욱더 우둔하여 스스로 함부로 때리고 함부로 벨 줄만 알아 세상이 어지러워져 통곡하는 소리가 귓가에 쟁쟁거렸다. 그 결과 백성을 잔혹하게 학대하였다는 점 이외에도 학문을 경시하고 교육을 황폐화시켰다는 악명을 더 보태게 되었다. 그렇지만 "일을 하나 경험하면 지혜가 하나 늘어난다"는 격으로 20세기가 4분의 1일 지났으니 목에 작은 방울을 달고 있는 총명인은 지금 표면적으로는 여전히 작은 좌절들을 면치 못하고 있을지라도 반드시 운이 트일 것이다.

그때가 되면 사람들은, 특히 청년들은 다 규율을 잘 지키며 날뛰지도 않고 이리저리 흔들리지도 않고 한결같이 "바른 길"을 향해 앞으로 나아갈 것이다. ─"어디로 가는가?!" 라고 묻는 사람이 없다면 말이다.

군자는 이렇게 말할지도 모른다. "양은 어쨌든 양이어서 길게 줄을 지어 유순하게 걸어가지 않으면 달리 무슨 방법이 있겠는가? 그대는 돼지를 보지 못했는가? 꾸물대고, 달아나고, 소리지르고, 질주하지만 결국에는 가지 않으면 안 되는 곳으로 붙잡혀 가게 되는데, 그런 류의 폭동은 공연히 힘을 낭비하는 것에 지나지 않을 뿐이다."

이는 죽을지언정 반드시 양처럼 해야 천하가 태평스럽고 피차 힘을 줄일 수 있다는 말이다.

　이런 계획은 물론 아주 타당하며 크게 탄복할 만하다. 그렇지만 멧돼지를 보지 못했는가? 멧돼지는 두 개의 이빨로 노련한 사냥꾼조차도 도망치지 않을 수 없게 만든다. 이 이빨은 돼지가 목시노(牧豕奴, 돼지를 치는 사람—역자)가 만든 돼지우리를 벗어나 산야(山野)로 들어가자마자 오래지 않아 자라날 것이다.

　쇼펜하우어(Schopenhauer) 선생은 신사들을 호저(豪豬)에 비유한 적이 있는데, 이는 정말이지 다소 체통을 잃은 것이라고 나는 생각한다. 그러나 그에게 어떤 다른 악의가 있었던 것은 아니었고, 다만 끌어와서 하나의 비유로 삼은 것일 뿐이다. 『Parerga und Paralipomena』에 이런 의미의 말이 있다. 어떤 호저 무리가 겨울에 모두의 체온을 이용해 추위를 막으려고 아주 가까이 기대었으나 그들은 피차간에 그 순간 찌르는 아픔을 느꼈고 그래서 곧 흩어졌다. 그렇지만 온기가 필요해서 그들이 다시금 가까이 기대었을 때 다시 이전과 같은 괴로움을 당했다. 그러나 그들은 이러한 어려움 속에서 결국 피차간의 적당한 간격을 발견하여 이 거리로써 그들은 가장 평안하게 지낼 수 있게 되었다. 사람들은 사회적 교류의 필요성 때문에 한데 모이지만, 또 싫어할 만한 여러 가지 성질과 참기 어려운 결함을 각자 가지고 있어서 다시 헤어진다. 그들이 최후에 발견한 거리—그들이 한데 모일 수 있게 해주는 중용(中庸)의 거리는 바로 “예양(禮讓)”과 “상류의 풍습”이다. 이런 거리를 유지하지 않는 사람이 있으면, 영국에서는 곧 “Keep your distance!”라고 외친다.

　그러나 설령 이렇게 외치더라도 호저와 호저 사이에나 효력을 발휘할 수 있을지도 모른다. 왜냐하면 그들이 피차간 거리를 유지하는 원인은 아픔에 있는 것이지 외침에 있는 것이 아니기 때문이다. 가령 호저들 중에 가시가 전혀 없는 다른 것이 끼어 있으면 아무리 외치더라도 그들은 그대로 서로 비비며 엉길 것이다. 공자는 '예는 일반 백성에게 내려가지 않는다'라고 말했다. 현재의 상황에 비추어 볼 때, 결코 일반백성이 호저에게 접근할 수 없는 것이 아니라 오히려 호저가 마음대로 일반백성을 찌르며 온기를 취할 수 있는 상황이다. 당연히 상해를 입게 되겠지만, 그렇다 하더라도 자신이 유독 가시가 없어 상대에게 적당한 거리를 유지하도록 만들지 못함을 탓할 수밖에 없다. 공자는 또 '형벌은 대부(大夫) 위로 올라가지 않는다'라고 말했다. 그러니 사람들이 신사(紳士)가 되려고 하는 것도 이상할 것이 없다.

이 호저들은 당연히 이빨과 뿔 또는 몽둥이를 이용하여 막아낼 수 있지만, 적어도 반드시 호저 사회가 제정해놓은 "천하다" 또는 "예의가 없다"라는 죄명을 뒤집어쓸 것을 무릅써야 한다.

1월 25일

편지가 아니다

　어느 한 친구가 갑자기 나에게 『신보부간』 한 부를 부쳐왔는데,
내겐 약간 의외의 일이었다. 왜냐하면 그는 내가 이런 것을 보기 귀
찮아한다는 걸 알고 있기 때문이다. 그러나 특별히 부쳐온 것이므로
제목이라도 보자고 하였다. 「아래 일련의 통신에 관해 독자들에게
알림」이라는 제목이 있었고, 서명은 “지마(志摩)”라고 되어 있었다.
하하, 이것은 나를 희롱하려고 부쳐온 것이구나 라고 나는 생각했다.
얼른 펼쳐보니 몇 통의 편지가 있었다. 이쪽에서 저쪽으로 보내고,
저쪽에서 이쪽으로 보낸 것인데, 몇 줄을 보고서 곧 “한담…… 한담”
의 문제인 것 같다는 것을 알아차렸다. 이 문제에 대해서는 나는 조
금 알고 있을 뿐인데, 말하자면 신조사(新潮社)에서 진원 교수, 즉 서
형 선생의 편지를 보았을 뿐인데, 내가 “날조한 사실(事實), 퍼뜨린
‘유언비어’가 본래부터 이미 이루 다 말할 수 없다”라고 언급되어 있
었다. 웃음이 절로 나왔다. 사람이 자기 영혼을 으깨어 장을 담글 수
없고, 이 때문에 기억이 되살아날 수 있고, 또 이 때문에 감개가 일거
나 우습다는 것이 괴롭다. 기억컨대, 무엇보다 “유언비어”에 근거해
서 양음유 사건, 즉 여사대 소요사태를 판단한 사람은 바로 서형 선
생 그 사람이었고, 그의 위대한 글이 작년 5월 30일에 발행된 『현대
평론』에 실렸다. 나는 “모 적(籍)”에서 나고 자라지 말았어야 했으며
또 “모 계(系)”에서 가르치지 말았어야 했으니, 그때문에 “암암리에

소요사태를 선동한” 부류로 분류되었었다. 비록 그는 아직 믿지 못하겠으며, 그저 애석하게 느낄 뿐이라고 말했지만 말이다. 독자들의 오해를 막기 위해 여기서 한마디 분명히 밝혀두고자 한다. “모 계” 운운한 것은 대개 국문계(國文系)를 가리키며 연구계(硏究系)를 말한 것이 아니다. 그때 나는 “유언비어”라는 글자를 보고서 매우 분개했고, 비록 “10년 동안 책 읽고 10년 동안 수양한 노력”이 없음을 스스로 무척이나 부끄럽게 여겼지만, 즉각 바로잡기 위해 논박했다. 뜻밖에 반년이 지나자 이들 “유언비어”는 오히려 내가 퍼뜨린 것으로 바뀌었는데, 자기에 관한 “유언비어”를 자기가 꾸미다니, 이는 그야말로 스스로 자기 무덤을 파는 격이다. 총명한 사람은 말할 것도 없고 바보라도 납득하지 못할 일이다. 만일 이번의 이른바 “유언비어”는 결코 “모 적 모 계”에 관한 것이 아니라 바로 “유언비어”를 믿지 않는 진원 교수에 관한 것이라고 한다면 나는 실로 사회에 퍼지고 있는, 진원 교수에 관한 날조된 사실과 유언비어가 어떠한 것인지 알지 못한다. 꺼내기에 부끄럽기 짝이 없지만, 나는 연회에도 가지 않고 교제하는 일도 아주 적으며 나돌아다니지도 않고 문예학술 단체 따위를 결성하지도 않으니, 사실을 날조하고 유언비어를 퍼뜨릴 중심이 되기에는 정말이지 가장 적격이 아니다. 단지 필묵을 놀리는 일만은 그만두지 못하고 있지만 유언비어를 근거로 일부러 그것을 퍼뜨리려고 하지는 않는다. 비록 우연히 “설들은 말”들이 있기는 했지만, 대부분 사건의 대체(大體)와는 무관했다. 잘못한 경우라면 설령 몇 개월 몇 년이 지나더라도 추가로 정정하는 노력을 결코 아끼지 않았다. 예를 들어 왕원방(汪原放) 선생은 “이미 고인(古人)이 되었다”라고 한 경우[1]에 대해서는 거의 2년이 지난 뒤에 바로잡았다. ― 그러나 이는 물론 『열풍(熱風)』을 읽어본 독자들만을 상대로 말한 것이다.

요 며칠 사이에 "유언비어…… 날조"라는 내 범죄는 우담화[2]가 잠 깐 피어난 것과 흡사해서 「일련의 통신」의 주요부분에서 은혜를 베 풀듯이 나를 "휩쓸어"넣지는 않은 것 같다. 그렇지만 뒤꽁무니 부분 의 「서형(西瀅)이 지마(志摩)에게 주는 편지」는 나만을 대상으로 덧붙 인 전문비평이었다. 동일사건은 아니라 하더라도 친족관계로 인해 족을 멸하거나 또는 문자옥에서 연좌시키는 것과 마찬가지였다. 멸 족이니 연좌니 하였으니 이번에도 "형명사야(刑名師爺)"[3]의 어투가 약간은 있지만, 그것은 사실이다. 법가(法家)는 그(형명사야를 가리킴— 역자)에게 이름을 하나 붙여준 것에 불과하고, 이른바 "정인군자"는 그렇게 해도 무방하겠지만 굳이 말하지 않으려 한 것이다. 이밖에 갑 이 을에 대해 먼저 유언비어를 이용하고 나중에는 오히려 을이 유언 비어를 꾸몄다고 하는 이런 경우를 "형명사야"의 필치로는 두 글자 만 사용해서 "반서(反噬, 되물기라는 뜻으로 범인이 오히려 신고자에게 죄 를 뒤집어씌우는 경우를 가리킴—역자)"라고 간단히 개괄한다. 오호라, 이는 실로 통쾌하기 그지없는 표현이다. 그렇지만 옛말에 "못 속의 물고기를 살피는 자는 상스럽지 못하다"[4]고 했으니, "형명사야"에겐

---

1) 왕원방(汪原放) 선생은 "이미 고인(古人)이 되었다"라고 한 경우 : 노신은 1924년 1 월 28일 『신보부간』에 「'바로잡지' 말기 바란다」라는 글을 발표했다. 이 글에서 고 서에 표점(標點)을 달던 "왕원방 군이 이미 고인이 되었다"라고 말했다. 나중에 왕 원방은 여전히 건재하였는데, 1925년 9월 24일 그 글을 『열풍』에 편입할 때 편 말 에서 그것을 정정했다.

2) (역주) 우담화는 밤에 잠깐 피었다 사라지는 특징이 있다.

3) "형명사야(刑名師爺)" : 청대 관서 중에 형사판독(刑事判贖)을 맡아 처리하던 관리 를 "형명사야(刑名師爺)"라고 불렀다. 보통 문(文)과 법(法)을 잘 휘둘러 종종 사람 의 화복을 좌지우지할 수 있었다. 당시 소흥(紹興) 출신의 관리가 비교적 많았는데, 때문에 "소흥사야(紹興師爺)"라는 말이 있게 되었다. 진서형은 「지마에게 주는 편지 」에서 노신은 "10여 년 동안 관리를 지낸 형명사야이다"라고 공격했다.

4) "못 속의 물고기를 살피는 자는 상스럽지 못하다(察見淵魚者不祥)" : 이 말은 『열

언제나 좋은 결과가 없으며, 이 점을 나는 진작부터 알고 있었다.

　나는 『신보부간』을 내게 부쳐온 그 친구의 의도를 추측해보았다. 나를 자극하려고, 나를 풍자하려고, 내게 알리려고 한 것인가, 아니면 나더러 몇 마디 말하게 하려고 한 것인가? 결국 알 수 없었다. 좋아, 때마침 지금 글빚(筆債)을 갚아야 하므로 이 김에 이 일을 가지고 한바탕 메워보도록 하자. 말하기에 가장 편한 제목은 「노신이 □□에게 주는 편지」인데, 학리(學理)와 사실에 근거한 논문도 아니거니와 "빙그레 웃는" 천재의 풍자도 아니며 개인적인 통신(通信)에 지나지 않을 뿐이니 스스로도 굳이 발표하고 싶지는 않다. 어떻게 말하든, 똥통이라도 좋고 변소라도 좋고, 절대로 "인간다움"과는 무관하다. 그렇지 않다고 하더라도 다른 부간(副刊)이 『신보부간』에 의해 "죽음으로 내몰린" 것처럼 발끈 화가 나서 남에게 쫓겨 억지로 글을 쓰는 꼴이다. 내 거울은 정말 한심스러워 진원 교수에게 구토를 일으키게 하는 물건만을 비춰 보일 뿐이지만, 만약 조자앙(趙子昻)[5] —"그 사람이 맞을까?"—의 말 그리기를 예로 들면, 당연히 그것은 바로 나 자신인지도 모르겠다. 나 자신에게는 그리 문제될 게 없지만 아무래

　자・설부(列子・說符)』에 나온다. "주(周)나라의 속담에 이런 말이 있다. 못 속의 물고기를 살피는 자는 상스럽지 못하다. 감추고 있는 것을 지혜롭게 헤아리는 자는 재앙이 있다." "못 속의 물고기를 살피다"는 다른 사람의 마음속에 "감추고 있는 것"을 엿보다는 것을 비유하고, "상스럽지 못하다"는 시기와 화를 부르기 쉽다는 것을 가리킨다.

5) 조자앙(趙子昻, 1254~1322) : 조맹부(趙孟頫)이며, 자가 자앙(子昻)이고, 호주[湖州, 지금의 절강(浙江) 오흥(吳興)] 사람이다. 원대(元代) 서화가로서 말 그림으로 유명하다. 그가 말을 그린 이야기에 관해서는 청대 오승(吳升)의 『대관록(大觀錄)』 권16 '왕치등(王穉登)이 조맹부의 「욕마도권(浴馬圖卷)」에 제(題)하다'에 이런 기록이 있다. "(조맹부)는 일찍이 침상에 엎드려 말이 먼지를 일으키는 형상을 배우고 있었는데, 관(管) 부인이 창문으로 그것을 엿보았더니 집안에서 먼지를 일으키는 말이 보였다."

도 □□를 위해 조금은 생각해봐야 한다. 지금 「서형이 지마에게 주는 편지」에 대해 언급하려는 것이 아닌가. 그러기에 그건 대단히 위험한 일로서 자칫 잘못했다가는 진흙구덩이에 빠지게 될 것이고 "화난 개"를 만나게 되어 잠시동안 "빙그레 웃음"도 더 이상 볼 수 없을 것이다. 적어도 진원 이 두 글자와 관련되기만 하면 언제나 공리가(公理家)들에게 "모 적", "모 계", "모 당", "졸개", "여자를 중시하고 남자를 경시한다"…… 등으로 인식될 것이다. 게다가 또 만일 누군가가 진원은 문사(文士)이다, 프랑스[6]이다라고 말한다면 절대로 더 이상 "문사" 또는 "프랑스"라는 글자를 사용해서는 안 된다는 점을 잘 기억해야 한다. 그렇지 않으면 — 당연히 "모적"…… 등등의 혐의를 또 받게 된다. 내 어찌 죄 없는 사람에게 이런 해를 입히겠는가. 「노신이 □□에게 주는 편지」는 사용하지 않기로 마음먹었고, 그래서 여기까지 글을 쓰고도 아직 제목을 정하지 못했다. 그래도 계속 써나가며 보도록 하자.

나는 앞서 내가 "사실을 날조하지" 않았다고 말했지 않은가? 그 편지에서는 오히려 있다고 제시했다. 내가 그(진원을 가리킴 — 역자)는 "양음유 여사와 친척·친구 관계가 있으며, 게다가 그녀가 마련한 여러 가지 회식에 참석했다"고 말했으나 사실은 모두 틀렸다는 것이다. 양음유 여사가 회식 초대를 잘한다는 말은 내가 한 적이 있고, 아마 다른 사람도 한 적이 있으며, 또한 가끔 신문에도 실렸다. 지금의 일부 공리가들은 스스로 중립적이라고 여기고 있지만 사실은 편파적이

---

6) 진서형은 『현대평론』 제3권 제57·58기(1926년 1월 9일, 16일)에서 연속적으로 프랑스에 관한 두 편의 「한담」을 발표했다. 서지마는 제1편을 본 뒤 1월 13일 『신보부간』에 발표한 「"한담"에서 끌어온 한담」이라는 글에서 진서형의 글과 프랑스의 글이 동일하게 "멋지다"라고 칭찬했으며, 또 진서형이 프랑스를 배운 것은 이미 "뿌리가 있다"라고 말했다.

며, 어쩌면 당사자와 친척, 친구, 동학, 동향…… 등등의 관계가 있으며 심지어 회식의 후의에 감사하고 있는지도 모른다고 이렇게 내가 말한 적도 있다. 신문사가 뒷돈을 받으면서 동업끼리 서로 폭로했지만, 그런데도 다들 자칭 공론(公論)이라 한다는 것은 명명백백한 사실이 아닌가. 진원 교수는 양 여사와 친척이고 게다가 회식에 참석했다는 것은 진 교수 자신이 연결시킨 것이다. 회식에 참석했다고 나는 말하지 않았는데 회식에 참석하지 않았다고 보증할 수도 없고, 그들이 친척이라고 나는 말하지 않았는데 그들이 친척이 아니라고 보증할 수도 없으며, 아마 동향에 지나지 않을 것이리라. 그러나 "모 적"이 아니라면 동향은 그리 문제될 것이 없다. 소흥에 "형명사야"가 있어서 '소흥 사람이면 모두 "형명사야"이다'라고 하는 비유는 소흥 사람들에게만 적용될 뿐이다.

나는 때때로 일반적인 현상(現狀)을 전체로 논하였는데, 무심코 다른 사람의 상처를 건드리게 되었다면 실로 대단히 미안한 일이다. 그러나 이는 내가 정말로 20년을 공부와 수양으로 보냈거나 사람들에게 속아 창문 아래서 늙어죽거나, 아니면 스스로 기꺼이 쓰러지거나, 아니면 음모를 당하거나 하지 않고서는 구제할 방법이 없다. 설령 위 글에서 비록 그들이 친척이라는 것은 결코 내가 한 말이 아니라고 설명했지만 열거한 낱말이 너무 많아서 "동향" 두 글자만으로도 "성나게" 하기에 충분했을 것이다. 나 자신이 "유언비어" 속의 "모 적"이라는 두 글자에 분개했던 것을 보면 가히 미루어 알 수 있다. 이에 비추어 보면, 이번에 "발바리"(『망원반월간(莽原半月刊)』 제1기, 알랑거리고 남의 주구노릇을 하는 것을 풍자하여 노신은 그런 사람을 발바리라고 하였음—역자)라고 말한 데 대해 내가 바로 그 사람을 지적한 것이라고 추측해서 거기서 "화를 내는" 사람이 있을 것이다. 사실 나는 전체로 논한 것으로 사회에는 이런 놈과 흡사한 사람이 있다고 말한 데 지나지 않는데, 이 때문에 그놈의 주인, 즉 부자, 환관, 마님, 아씨 등을 많이 언급했다. 본래 이렇게 하면, 명인들 중에 지금 환관을 따르려는 사람이 어디에 있겠는가 라고 생각하여 내가 전체로 논한다는 점을 보여줄 수 있을 것이라 여겼다. 그렇지만 일부 사람들은 아마 여전히 이런 측면을 소홀히 하고서 각자 그 중의 주인 하나를 확정하여 "발바리"로 자처하고 있는 것 같다. 시세(時勢)가 그야말로 험난하여 나는 오로지 하느님만을 말해야 위험을 면할 수 있을 듯하지만 이 일은 내가 잘하는 분야가 아니다. 그러나 가령 가진 것이 포악한 기분뿐이라면 "한 무리 화난 개"가 뒤에 있어도 좋고 앞에 있어도 좋고, 그것을 마음껏 토해내리라. 나도 어떤 기분을 모두 마음 속에 두고 얼굴과 붓끝은 전적으로 "빙그레 웃기"만 하면 대단히 보기 좋다는 것을 알고 있다. 그러나 들추어낼 수 없다하더라도 작은 구멍을 하나 파면 곧 어떤 기분이 모두 밖으로 나와버린다. 그런데 사실 이것이 오히려 진면목이다.

두 번째 죄상은 "좀더 가까운 일례"이다. 진 교수는 "도서관의 중요성을 전체로 논하고", "고동(孤桐) 선생은 그가 자리에서 물러나기 이전에 발표한 두 편의 글에서 이 측면을 '그는 보지 못한 듯하다'고 했는데" 내가 오히려 "고동 선생은 의외로 이 사실에 생각이 미쳐 글을 발표한 적이 있다고 하지만, 자리에서 물러났으니 대단히 애석하다"라고 살짝 고쳐놓았다는 것이다. 게다가 또 "당신은 보았는가, 소송대리인 같은 붓끝을?"이라고 물었다. "소송대리인(刀筆吏)"은 빈틈이 있을 리 없는데, 나는 오히려 진 교수의 원문과 합치되지 않으니 죄를 짓게 되었으며, 어쩌면 그렇게 해서는 "소송대리인"이 되지도 못하리라. 『현대평론』은 진작부터 볼 수 없어서 전문(全文)과 대조해

볼 수 없으니, 이번의 그의 말에 근거해 이제 정중하게 "고동 선생은 자리에서 물러나기 이전에 발표한 글에서도 생각이 미치지 못했고, 지금은 또 자리에서 물러났으니 현재는 구제할 수도 없다고 하니 매우 애석하다"라고 바로잡아 둔다. 여기서 덧붙여 밝혀둘 일이 있다. 내 글에서 대개 다른 사람의 원문을 사용할 때는 인용부호를 사용하고 대의(大意)를 제시할 때는 "…라고 한다(據說)"를 사용하고 "유언비어"와 같은, 들은 것을 서술할 때는 "듣자하니(聽說)"를 사용하는데, 『신보(晨報)』의 대장(大將)이 사용하는 문장 범례와는 다르다.

세 번째 죄상은 내가, "북경대학 교수 겸 경사도서관 부관장으로서 월급이 적어도 5,6백 원인 이사광(李四光)"을 언급한 일에 관한 것이다. 이미 1년 휴가를 신청했으니 휴가 기간 내에는 월급을 지급하지 않고 부관장의 월급은 또 250원에 지나지 않는다고 한다. 『신보』의 다른 한 호에서도 본인이 밝혔는데, 내용은 대동소이하다. 그렇지만 월급은 확실히 500원이지만 그는 "250원만 받고" 그 나머지는 "도서관에서 어떤 서적을 구입하도록 기부했다"는 것이다. 이밖에도 나에게 여러 가지 충고를 해주었는데, 대단히 감사하게 여긴다. 하지만 "문사"라는 칭호는 삼가 되돌려주고 싶다. 나는 그런 부류에 속하지 않기 때문이다. 다만 나는 휴가 신청은 사직과 달라서 월급을 지급하든 그렇지 않든 상관없이 교수는 여전히 교수라고 생각하며, 이는 "소송대리인"이 아니더라도 알 수 있는 일이다. 도서관 월급의 경우, 이 교수(또는 부관장)가 현재 매월 "250원만 받는" 현금은 미국 측의 돈이라고 나는 확신한다. 중국 측의 절반은 언제까지 지불하지 않고 질질 끌다가 줄지 단정하기 어렵다. 그러나 체불금도 결국은 돈이며, 다른 사람이 겸직할 경우에는 대부분을 체불하여 절반의 현금조차도 받지 못하지만 그것마저도 벌써 일부 논객들의 구실이 되었다. 비록 그 결함은 일찌감치 기부하려 하지 않은데 있지만 말이다. 생각건대, 만약 지금부터 매월 꼬박 지급된다면 학교의 체불 월급의 경우 중국 측의 절반은 내년 정월 사이에는 지급될 것이고, 교육부 체불 봉급의 경우 17년(민국 17년으로 1928년이다―역자) 정월 사이가 되어야만 지급될 것이다. 그때에 서적을 구입한다면 나는 반드시 정정할 것이다. 다만 내가 그대로 "관리"를 하고 있어야만 하는데, 왜냐하면 그래야 쉽게 알 수 있고 작년 일을 금년에 잊어버리지 않을 정도의 기억력을 가지고 있다고 나도 자신하기 때문이다. 그러나 만일 다시 장사조들에 의해 쫓겨난다면 영문을 모르게 될 것이고 정정하는 일도 그만둘 수밖에 없다. 그러나 내가 말한 직함과 돈 액수는 지금은 사실이다.

네 번째 죄상은 이렇다. 진원 교수는 "됐다, 예는 그만 들겠다"라고 말했다. 왜 그런가? 아마 "본래부터 이미 다 말할 수 없기" 때문이며, 어쩌면 "붓으로 싸울 때 누군가가 글을 많이 쓰고, 야비하게 욕하고, 신기하게 날조하는 것은 그 사람의 개인적인 이유가 크다"라는 악습을 바로잡고자 함인지도 모른다. 그래서 세 가지 예를 들어서 전체를 개괄했는데, 마치 중국의 희극에서 병졸 네 사람으로 10만 대군을 상징하는 것과 같다. 이후로는 끝낼 수 있으므로 '마구 역설을 퍼부었다(漫罵)' ―"정인군자"에게는 틀림없이 다른 명칭이 있겠지만 나는 알지 못해 잠시 "천박한"사람들의 행위에 적용하는 말을 사용할 수밖에 없다. 원문은 "정인군자"의 진상을 보여주는 표본이 될 수 있어 삭제하기 아까워 떼내어 다음에 붙여본다. ―

"어떤 사람이 나에게 노신 선생은 큰 거울을 가지고 있지 않기 때문에 영원히 자신의 존용(尊容)을 비쳐볼 수 없다고 말했다네. 나는 그의 말은 틀렸다고 했네. 노신 선생이 그렇게 할 수 있는 것은 바로 그가 큰 거울을 가지고 있기 때문이네. 자네는 조자앙―그가 맞을까? ―이 말을 그리는 이야기를 들어보았겠지? 그는 말의 어떤 자세를 그리려고 하면 거울을 마주하고 땅에 엎드려 그런 자세를 취해 보았다네. 노신 선생의 글도 자신의 큰 거울을 마주하고 쓴 것이라서 남을 욕하는 어떤 말도 자기 자신에게 적용될 수 있는 것이네. 믿지 못하겠으면 나는 자네와 내기해도 좋네."

이 단락의 뜻은 아주 명료하다. 내가 말에 대해 쓰면 나 자신이 곧 말이고, 개에 대해 쓰면 나 자신이 곧 개이고, 남의 결점을 말하면 그것이 곧 나 자신의 결점이고, 프랑스에 대해 쓰면 나 자신이 곧 프랑스이고, "냄새나는 변소"를 말하면 나 자신이 곧 냄새나는 변소이고, 다른 사람이 양음유 여사와 동향이라고 말하면 그것은 곧 나 자신이 그녀와 동향이라고 말하는 것과 같아진다. 조자앙은 참으로 우스운 사람이다. 말을 그리려면 진짜 말을 보면 그만인데, 굳이 짐승의 자세를 취할 것은 무엇인가. 그가 그래도 사람으로서 결코 말 무리로 굴러 떨어지지 않은 것은 아무래도 다행한 일이라 할 수 있다. 그렇지만 조자앙도 "모 적"을 가지고 있으니, 그것은 아마 일종의 "유언비어"이거나 아니면 스스로 날조한 것이거나 아니면 그 당시의 "정인군자"가 날조한 것인지도 모른다. 이는 일종의 황당무계한 이야기로 간주할 수밖에 없다. 만일 진원 교수와 같이 그것을 진짜인양 믿고서 자기 자신도 그대로 따라한다면, 프랑스(法蘭斯)에 대해 쓸 때는 앉아서 프(法)의 자세를 취하고, "고동 선생"을 언급할 때는 일어서서 고(孤)의 자세를 취해야만 오히려 당당하고 멋질 것이다. 그러나 "똥차"를 언급하면 곧 땅에 엎드려 똥차가 되어야 하며, "변소"를 말하면 반드시 몸을 뒤집어 변소 역할을 맡아야 하는데, 그러면 냄새나는 거드름조차 잃지 않을 수 없을 것이다. 비록 뱃속에는 원래부터 이런 물건들이 가득 차 있기는 하지만 말이다.

　"언젠가 어느 신문사 탐방기자가 우리를 '문사'라고 하지 않았던가? 노신 선생은 이 낱말 때문에 웃다가 이가 빠질 뻔했다. 그러나 나중에 모 신문에서 매일 그를 '사상계의 권위자'라고 추켜세우자 그는 이번에는 웃지 않았다."

　"그는 어떤 글에서도 냉전(冷箭, 차가운 화살이라는 뜻으로 남을 몰래 공격함을 가리킴—역자)을 쏘았는데, 그러나 그 자신은 항상 다른 사람이 '냉전을 쏘고 있다'고 말하고, 또한 '냉전을 쏘는 것'은 비열한 행위라고 말했다."

　"위에서 든 몇 가지 예와 같이 그는 항상 '유언비어를 퍼뜨리고' '사실을 날조하고' 있는데, 그러나 그 자신은 또 항상 다른 사람이 '유언비어를 퍼뜨리고' '사실을 날조하고' 있다고 욕하고, 또한 그런 것은 '천박한' 짓이라고 인정했다."

　"그는 항상 이유 없이 남을 욕하며, 만약 그 사람이 화를 내면 그는 사람들이 '유머'가 없다고 말한다. 그러나 만약 누군가가 자기에게 일언반구라도 저촉되는 말이라도 하면 그는 공중으로 펄쩍 뛰면서 그 사람이 만신창이가 될 때까지 욕한다 — 그것으로도 만족하지 않는다."

　이것이 세 가지 예와 조자앙의 이야기에 근거한 결론이다. 사실은 다른 사람을 "문사"라고 부르면 나는 우습다고 여기며 나를 "사상계의 권위자"라고 부르면 나는 그것도 우습다고 여긴다. 그러나 이는 "웃어서 빠진 것"이 아니라 "맞아서 빠졌다"고 한 것인데, 이것은 다소 그들을 기쁘게 해 주었을 것이다. "사상계의 권위자" 등등에 관해서 나는 꿈에서조차 생각해본 적이 없으며, 나를 "추켜세운" 사람들을 알지 못해, 쌍황(雙簧, 한 명은 동작을 맡고 다른 한 명은 뒤에서 대사와 노래를 담당하는 연예의 일종인데, 쌍방이 호흡을 맞추어 행동하는 것을 비유함—역자)을 연기하는 친구처럼 서로 마음으로 이해할 수 있는 것과 달라서 저지시킬 수 없음에랴 어쩌겠는가. 더구나 "문사"들이 나서서 매도할 것이 뻔하므로 내 스스로 정력을 소모할 필요는 없을 것이다. 나도 이런 직함을 빌어 돈을 벌고 복을 받으려고 생각하지 않으니 그런 직함이 있다한들 실리(實利)에 아무런 도움이 되지 않는다. 나도 청년들을 그르치게 가르치는 것은 아닐까 염려해서 내 소설이 교과서에 실리는 데 반대했으며, 그것을 신문에 발표한 기억이 난다. 그렇지만 이것은 본래 상류인(上流人)들에게 말한 것이 아니었으니 그들이 모르는 것도 당연하다. 냉전(冷箭)의 경우, 이전에는 그럴 생각이 없었지만 나중에는 몇 차례 쏜 적이 있다. 그러나 언제나 먼저 "냉전을 쏘고" "유언비어"를 사용한 진원 교수와 같은 무리들에게 "그대는 독 안에 들어가게"[7] 하는 격으로 그들에게 그 맛을 보여주

---

7) "그대는 독 안에 들어가게(請君入甕)" : 당대(唐代) 가혹한 관리 주흥(周興)에 관한 이야기이다. 『자치통감(資治通鑑)』 권204 칙천후(則天后) 천수(天授) 2년에 보인다. "누군가가 문창(文昌) 우승상(右丞相) 주흥(周興)이 구신적(丘神勣)과 공모하여 반란을 계획하고 있다고 고발하자, 태후(太后)는 내준신(來俊臣)에게 명하여 그를 심문토록 했다. 준신은 주흥을 모시는 자리를 마련하여 마주앉아 음식을 먹으며 주흥에게 말하길, '범인은 대개 죄를 인정하지 않는데, 어떤 방법을 사용해야 되겠습니까?' 라고 했다. 주흥은 대답하여 말하길, '이는 아주 간단합니다! 큰 독을 가져다 숯으로 그 사방을 구워놓고 범인을 그 속에 들어가게 하면 무슨 일이든지 인정하지 않겠습니까!' 라고 했다. 준신은 이에 큰 독을 가져다 주흥이 말한 대로 주위에 불을 피워놓고는 일어나서 주흥에게 말하길, '자네를 심문하라는 고발장이 들어왔으니 자네는 이 독 안에 들어가게' 라고 했다. 주흥은 두려워 떨면서 머리를 조아리고 자기의 죄를 인정했다."

려는 것이었다. 그렇지만 그들에 대한 것이라 하더라도 분명하게 밝힐 때가 많다. 예를 들어 『어사』에 실은 「음악」에서는 서지마 선생을 가리킨다고 설명했고 「나의 적과 계」와 「결코 한담이 아니다」에서도 서형, 즉 진원 교수에게 주는 글이라고 분명히 밝혔다. 지금 이후에도 여전히 쓸 것이며 결코 잘못을 뉘우치는 마음은 없다. 서명에 대해서는 작년부터 하나만을 사용했는데, 진 교수가 말한 "노신, 즉 교육부 첨사 주수인"이 바로 그것이다. 그러나 하반기에는 "교육부 첨사"라는 다섯 글자를 삭제해야만 했으니, "고동 선생"에 의해 빼앗겼기 때문이다. 금년에는 다시 "잠시 첨사에 임명되었으며", 아직 일을 하고 있지 않지만 일할 작정이다. 목적은 몇 푼 안 되는 봉급이라도 받아야 한다는 데 있는데, 왜냐하면 선조로부터 유산이 없었고, 아내도 지참금이 없었으며, 글 또한 돈이 되지 않으니 이로써 잠시나마 입에 풀칠을 해야 하기 때문이다. 작은 목적이 또 하나 있다. 그것은 내가 작년에 면직된 사실에 대해 "통쾌하게" 여기는 자들에게 불편함을 주어 귀와 뺨을 붉적이고 몹시 난처해하며 저절로 본 모습을 드러내게 하려는 것이다. "유언비어"의 경우라면 이전에 벌써 말했듯이, 바로 진원 교수가 제일먼저 발명한 전매품으로서 유독 그만이 여러 가지 들었던 것이다. 나로서는 사람의 심보는 볼 수 없어 말할 것이 못되고, 그저 집안에 틀어박혀 생활하고 있어 "유언비어…… 날조"의 중심이 되기에 불리하다. 이제 남은 것은 "유머" 문제뿐이다. 나는 그런 말을 한 적이 없고 "유머"를 주장한 적도 없다. 아마 이 두 글자를 연거푸 쓴 것은 오늘이 첫 번째라고 할 수 있다. 내가 남들에게 하는 것은 "욕"이고, 남이 나에게 하는 것은 "일언반구를 저촉하는 것"이라니, 정말이지 이로 말미암아 나는 내 동향의 "형명사야"가 기억났고, 게다가 "경중(輕重)을 마음대로 결정하는" 진지하지 못한 장난을 치던 그때가 기억났다. 이렇게 보니 어느 현(縣)에서 태어나든지 거울은 확실히 있어야 하는 모양이다. 또 이런 죄상이 있다. ─

> "그는 항상 다른 사람의 표절을 조롱한다. 어느 한 학생이 말약(沫若, 곽말약─역자)의 시 몇 구절을 베꼈더니 그 노(老)선생은 뼈에 사무치도록 통쾌하게 욕을 했다. 그러나 그 자신의 『중국소설사략』은 오히려 일본인 염곡온(鹽谷溫)의 『지나문학개론강화(支那文學概論講話)』에 나오는 '소설' 부분에 근거한 것이다. 사실 책 속에서 밝히기만 하면 남의 저술을 자기 자신의 저본으로 하는 것은 본래 양해할 수 있다. 그러나 노신 선생은 그것을 밝히지 않았다. 우리들이 보기에, 자기 스스로 정당하지 않은 짓을 하는 것은 그렇다고 치더라도 굳이 불쌍한 한 학생을 조롱할 필요가 있겠는가. 그러나 그는 있는 힘을 다해 사람들을 냉혹하게 대한다. '대구(帶鉤, 혁대의 자물 단추─역자)를 훔치는 자는 죽임을 당하고, 나라를 훔치는 자는 후작이 된다'는 말은 본래 예부터 이미 있었던 도리이다."

이 "유언비어"는 진작에 들었었다. 나중에 「한담」에 실려 "전체적으로 표절했다"라고 했다. 그러나 직접 나를 지적하지는 않았지만 그 당시에 일부 사람들의 입을 통해 나의 『중국소설사략』을 지적한 것이라고 전해 들었다. 진원 교수는 틀림없이 이런 수작을 부릴 수 있을 것이라고 나는 믿는다. 그러나 그는 이름을 지적하지 않았는데도 내가 한바탕 욕지거리로 답례한다면 이번에는 그야말로 "그에게 일언반구만 저촉하는" 것으로 그치지 않을 것이다. 이번에는 말이 나와버렸다. 내 "소인의 마음으로써" "군자의 배속"을 잘못 추측하지는 않았다. 그러나 그 죄명은 오히려 "자기 자신의 저본으로 하다"는 것으로 바뀌었으니 이전보다 훨씬 가벼워져 마치 겸손하게 "일언반구"라고 했던 "냉전"이 좀 무디어진 듯하다. 염곡씨의 책은 확실히 내 참고서 중의 하나이다. 나의 『중국소설사략』 28편의 제2편은 그것에 근거했고, 또 『홍루몽』을 논한 몇 가지 점과 『가씨계도(賈氏系圖)』 역시 그것에 근거했다. 그러나 대체적인 뜻일 뿐이며 순서와 의견은 아주 다르다. 그 밖의 26편은 모두 내 자신의 독립적인 준비가 있었으며, 그가 말한 내용과 늘 상반된다는 것이 그 증거이다. 예를 들어 현존하는 한인(漢人)소설에 대해 그는 진짜라고 여겼고 나는 가짜라고 여겼다. 당인(唐人)소설을 분류할 때 그는 삼괴남(森槐南)에 의거했고, 나는 오히려 내 방법을 사용했다. 육조(六朝)소설에 대해 그는 『한위총서(漢魏叢書)』에 의거했고, 나는 다른 책 및 내 자신의 집본(輯本)에 의거했는데, 이를 위해 2년여 시간을 소비했으며 원고 10책이 여기에 있다. 당인소설에 대해 그는 오류가 가장 많은 『당인설회(唐人說薈)』에 의거했고, 나는 『태평광기(太平廣記)』를 사용했고, 이밖에 한 책 한 책 수집해서 사용했다…… 그 밖의 분량, 취사선택, 고증이 다른 점에 대해서는 일일이 제시하기 어렵다. 물론 대체로 같지 않을 수는 없을 것이다. 예를 들어 그가 한(漢) 이후에 당(唐)이 있고 당 이후에 송(宋)이 있다고 말했는데, 나도 그렇게 말했다. 왜냐하면 모두 중국의 역사적 사실을 "저본"으로 삼고 있기 때문이다. 내겐 "신기하게 날조할" 방법이 없다. 비록 세르반테스의 사적과 "사서(四書)"의 합성 연대는 창조해도 무방하지만 말이다.[8] 하지만 내 견해로는, 오

---

8) 세르반테스가 늙었는데도 가난한 것을 보고 의아하게 생각한 여행자가 "왜 정부가 그를 돌보지 않는가?"라고 묻자 안내인이 그렇게 하면 「돈키호테」와 같은 작품을 쓰지 않을 것이기 때문이라고 대답했다는 유명한 이야기를, 진원은 "한담"에 인용

히려 불가능한 것처럼 보이는데, 왜냐하면 역사는 시가·소설과 다른 것이기 때문이다. 시가·소설은, 동일한 천재라면 본 것이 대략 비슷하고 지은 것이 서로 비슷하다고 말하는 사람이 있을지라도 나는 어쨌든 독창이 귀중하다고 여기고 있다. 역사는 사실의 기록이며, 물론 훔쳐서 책을 만드는 것은 부당하지만 그래도 완전히 다를 필요는 없다. 시가·소설이 서로 비슷한 것은 무방하다고 하고 역사는 몇 가지만 비슷해도 "표절"이라 하니, 이는 "정인군자"의 특별한 견해로서 "일언반구"로써 "노신 선생"을 "저촉할" 때에나 적용될 뿐이다. 마침 염곡씨의 책이 듣자하니(!) 이미 누군가에 의해 중국어로 번역되었다(?)고 한다. 두 책의 차이점이 어떠한지, 어떻게 "전체적으로 표절하였는지" 아니면 "저본"으로 하였는지, 머지않아(?) 명백해질 것이다. 번역되기 이전에 진원 교수 자신은 이러한 자세한 내용을 모를 것이라고 나는 생각한다. 왜냐하면 그는 들려오는 "남의 이야기를 그대로 믿고 있을" 뿐이기 때문이다. 맞는지 틀렸는지를 모르고 있다.(염곡 교수의 『지나문학개론강화』의 번역본이 올해 여름에 나왔는데, 500여 쪽의 원서를 얄팍한 한 권으로 번역했으며, 그 책의 소설 부분은 내 책과는 대비가 되지 않는다. 광고에서는 "선역(選譯)"이라고 했다. 표현이 참으로 그럴듯하다. 10월 14일 보충 기록.)

그러나 나는 또 "한 학생이 말약의 시 몇 구절을 베낀" 일에 대해 몇 마디 해야겠다. "뼈에 사무치도록 통쾌하게 욕한" 사람은 결코 내가 아닌 것 같다. 왜냐하면 나는 시에 대해 여태껏 주의하지 않았고, 그래서 "말약의 시"를 본 적도 없으며, 따라서 다른 사람이 그대로

하면서 잘못 썼다. 그리고 "사서"는 원래 남송(南宋) 때 합성되었는데, 진원은 마치 한(漢)나라 때부터 있었다는 것처럼 말했다. 진원이 잘못 말한 이 두 가지 사실을 노신은 풍자하고 있는 것이다.

베꼈는지 그렇지 않은지 더욱 알 수 없기 때문이다. 진원 교수의 그 말은, 좀 나쁘게 말하면, "사실을 날조하여" 다른 사람이 내게 악감정을 갖도록 고의로 충동질하려는 것이니 정말 그의 진짜 본성을 발휘하고 있다고 말할 수 있다. 좀 점잖게 말하면, 그 자신이 이 편지를 쓸 때 "열이 나고" 있었다고 말했으니, 그것은 틀림없이 신열이 너무 높아 현기증을 일으켜 조심성 있게 꾸며야 한다는 것을 잊어버리고 불행히 진상을 드러내고 말았던 것이다. 그리고 자기가 기고 있기 때문에 내가 "공중으로 펄쩍 뛴다"고 느끼고 있으며, 스스로 피부를 할퀴어 찢어 놓았거나 아니면 줄곧 찢어진 상태로 있으면서 오히려 내게 "욕을 먹어" 찢어졌다고 여기고 있다. — 그러나 내가 의식적이든 무의식적이든 종이를 바른 신사복의 한 자락을 부딪쳐 찢어놓은 일은 아마 있을 것이다. 이 이후에도 나는 보증할 수 없다. 서로가 정면으로 만나면 아무래도 비좁게 지나다보면 스치고 부딪치게 마련이므로 "여전히 그만두지 않으려 한" 것은 결코 아니다.

신사가 펄쩍 뛰는 추태는 그야말로 특별히 볼만하다. 왜냐하면 지금까지 계속 숨기고 감추어왔으므로 한번 드러나면 하등인보다 더 심할 것이기 때문이다. 이번에 그가 쏟아낸 것을 보고 나는 비로소 깨달았다. 진원 교수는 대체로 숙화(叔華) 여사가 소설과 그림을 표절했다고 폭로한 글도 내가 지은 것으로 여기고, 그래서 벌써 "대도(大盜)"라는 두 글자를 "냉전"에 달아서 "사상계의 권위자"를 향해 쏘았던 것이다. 이것도 내가 지은 것이 아니라는 것을 모르고 있는 모양인데, 나는 결코 이들 소설을 보지 않았다. "비어즐리"의 그림은 내가 즐겨 보고 있는 것이지만 그의 그림책은 가지고 있지 않다. "표절" 문제가 발생한 뒤에야 비로소 자극을 받아 나는 1원 70전의 돈을 주고 『Art of A. Beardsley』 한 권을 샀다. 가련하게도 교수의 눈에 비친 것은 결코 내 그림자가 아니니 소리치고 펄쩍 뛰더라도 결국은 헛수고이다. "똥차"와 마주쳤다는 것도 마음속에서 만들어낸 것으로 바로 자기 뇌 속에 있는 물건이니 뱉으려는 침을 조용히 삼키는 게 좋겠다.

너무 종이를 낭비했다. 비록 나는 열을 낼만큼 그렇게 애지중지로 자라지 못하였지만 얼른 매듭을 지어야겠다. 그렇지만 큰 죄상을 한 단락 더 붙여야겠다. ―

"그가 쓴 자전에 의거하면 그는 민국 원년부터 교육부의 관리로 지내면서 그 자리에서 물러난 적이 없다. 그래서 원세개(袁世凱)의 칭제(稱帝) 때 그는 교육부에 있었고, 조곤(曹錕)이 뇌물로 피선될 때 그는 교육부에 있었고, '무치(無恥)의 대표인 팽윤이(彭允彝)'가 총장을 할 때 그는 역시 교육부에 있었고, 심지어는 '무치의 대표인 장사조'가 그를 면직시켰을 때 그는 여전히 '첨사라는 이 관직은 결코 그렇게 "보잘것없는" 것이 아니다'느니 누군가가 자기의 빈자리를 차지하려고 꾸미고 있다느니, 보잘것없는 사람이 '생색을 내는 것'이라고 여긴다느니 하며 큰 소리로 떠들어댔다. 이렇게 해왔으니…… 이게 '청년 반역자들의 지도자'란 말인가?"

"사실 누구나 관리가 되는 것은 그리 큰 문제될 것이 없지만, 관리가 되어서 이런 얼굴 표정을 짓는다면 남에게 혐오감을 갖게 하는 것이리라."

"지금 또 누군가가 그에게 '토비'라는 이름을 붙여주었다. '토비' 좋아하네."

고심 참담하게 나에게 붙여준 "토비"라는 악명을 이번에는 갑자기

부인하였으니, 나중에 자기가 핥아먹지 않기 위해 침을 그래도 조용히 삼기는 것이 낫다는 것을 알 수 있다. 그러나 "문사"는 달리 지혜를 가지고 있으니 어찌 나를 편하게 해주겠는가. 당연히 "원세계의 칭제" 이래의 내 죄악으로 대체하여 마치 "칭제"와 "뇌물 피선"과 같은 일들이 내가 교육부에 있어서, 즉 전부 나 한사람의 손으로 저지른 것과 같다는 듯이 말하고 있다. 그의 말은 사실이며, 그때 이래로 나는 확실히 병사를 이끌어 독립한 적이 없다. 하지만 나는 또 운남기의(雲南起義)를 비웃지도 않았으며 국민군(國民軍)이 실패하기를 바라지도 않았다. 교육부에 대해서는 사실 두 번 자리에서 물러난 적이 있다. 한 번은 장훈(張勛)의 복벽(復辟) 때이고, 한 번은 장사조가 교육부의 장관을 하던 때이다. 앞의 경우는 교수가 가진 약간의 재능으로는 당연히 알 수 없으며, 뒤의 경우는 오히려 망각하다니 다소 괴이하다. 나는 여태껏 "이런 얼굴 표정을 지었는데" 진원 교수가 "혐오감을 갖더라"도 조금도 거리끼지 않을 뿐 아니라 "고동 선생"에 대해서도 마찬가지이다. 내 얼굴에서 사랑스러움을 찾으려 하다니, 이는 골빈 사람의 망상이며, 오히려 다른 사람의 얼굴을 찾아볼 일이다.

이런 오해는 진원 교수로만 그치지 않고 종종 그렇게 생각하는 사람들이 있어 교원은 고상하고 관료는 비천하다고 여긴다. 정말로 이른바 "자만하여 자신의 처지를 잊고" "관리, 관리" 하면서 욕하고 있다. 슬픔은 바로 여기에 있다. 지금 관리를 욕하는 사람들 중에는 외국에 나가서 한번 뻥튀기하고 교원이 된 사람들이 아주 많다. 이른바 "그의 빈자리를 차지하려고 꾸미는" 자 역시 이런 부류이다. 그때 내가 "첨사라는 이 관직은 결코 그렇게 '보잘것없는' 것이 아니다"라고 말했던 것은 바로 기회만 있으면 관리가 되고 싶어하는 이런 사람들을 위해 내뱉은 것으로 그들에게 일침을 가하여 잠시나마 통쾌하게 여기고자 하였던 것이다. 뜻밖에 진원 교수가 이를 "뼈에 사무치도록" 기억할 줄은 예상치 못했는데, 아마 내가 그에게 "냉전을 쏘았다"고 의심했을 것이다.

나는 내 자신이 관리이기 때문에 반드시 고상한 교수 부류와 동등해야 한다는 것은 결코 아니다. 관료의 고하도 사람에 따라 달라서 이른바 "고동 선생"은 관리로 있을 때 『갑인』을 간행하여 존경하는 사람들이 매우 많았고, 자리에서 물러난 뒤에도 듣자하니 더욱 생기가 있었다고 한다. 그런데 "자리에서 물러났을" 때 내가 지은 글은 더욱 생기가 없었고, 또 진원 교수의 한 바탕 "훈계"를 초래했을 뿐만 아니라 죄악이 심중(深重)하여 그 화(禍)가 "얼굴"에까지 뻗치지 않았던가? 이것은 문재(文才)와 얼굴을 가지고 말한 것이다. 다른 측면에서 보면, 관리와 교수는 바로 "같은 언덕에 사는 담비(한통속의 나쁜 놈을 가리킴−역자)"라는 탄식이 있는데, 말하자면 돈의 출처가 같은 것이다. 국가 행정기관의 사무관들이 받는 이른바 봉급과 국립학교의 교수가 받는 이른바 월급은 동일한 출처, 즉 국고에서 나온 것이 아닌가? 조곤 정부 하에서 국립학교의 교원으로 있는 것은 관리로 있는 것과 큰 구별이 없다. 교원의 월급은 학교에 기부한다고 해서 특별히 고상한 것은 아니겠지? 원세개의 칭제 시대에 진원 교수는 어쩌면 아직 외국의 연구실에 있었을 것이고 조곤이 뇌물로 피선된 뒤에야 교수가 되었으니 나보다 북경에 한참 늦게 왔고 운도 나보다 훨씬 좋은 것이다. 조곤이 뇌물로 피선되었을 때 그는 교수를 하고 있었고, "무치의 대표인 팽윤이가 총장을 할 때" 그는 교수를 하고 있었고, "심지어는 '무치의 대표인 장사조'가 총장을 할 때"도 그는 당연히 교수를 하고 있었다. 그런데 나는 자리에서 쫓겨났다.

심지어는 저 "'무치의 대표인 장사조'"가 총장을 하지 않을 때에도 그는 당연히 그대로 교수를 하고 있었는데, 귀국한 이래로 순풍에 돛을 단 것처럼 조금의 장애도 부딪치지 않았다. 이는 물론 그가 적절한 얼굴을 가지고 있어서 "남에게 혐오감을 갖게 하지" 않았기 때문이다. 그를 보면 얼굴에는 나처럼 혐오스런 "여덟팔자 수염"이 없어서 "관리의 표정"이 없다고 할 수 있다. 그래서 그의 얼굴에 대해서는 나로서도 결코 그다지 "혐오감"을 크게 가지고 있지 않으며 또한 사랑스럽다고 느끼고 있는 것 같다. 이런 종류의 얼굴은 좀더 하얗고 살이 찌면 아마 중국에서는 그다지 찾아보기 어려울 것이다.

내가 이렇게 쓸데없는 말을 몇 마디 하지 않을 수 없었던 것은 그가 거울을 마주하고 자세를 취하고 가슴에 품고 있던 생각을 "폭발했기" 때문이다. 그러나 그는 또 즉각 그것을 덮어버리고, 대문을 닫아걸고 "아마 더 이상 이런 필전(筆戰)을 벌이지 않을 것이"라 한다. 앞쪽의 화려한 수레가 이미 묘연해졌으니 나도 문 두드리는 일을 하지 않겠다. 왜냐하면 이런 때 만나게 되는 사람은 대개 몇몇 가복(家僕)일 뿐이기 때문이다. 그리고 벌써 "국립북경여자사범대학 복교기념회"에 갈 시간이 되었으므로 이 정도로 마무리한다.

2월 1일

나는 아직 "그만둘" 수 없다

1월 30일 『신보부간』에는 여러 가지 글들이 가득 실려 있었고 지금 사람들은 그것이 "주(周)씨를 공격하는 특집호"라고 하는데, 정말 흥미로운 수작으로서 도리어 신사들의 본색을 엿볼 수 있다. 어찌된 영문인지, 오늘 『신보부간』은 갑자기 이런 일을 끝내고 예전처럼 통신(通信)을 사용하여 이사광(李四光) 교수가 먼저 운을 띄우고 "시철(詩哲)" 서지마가 뒤를 이어받으면서 서로 맞장구를 치며 "그만두어라! 우리는 분별 없이 싸우는 쌍방에 대해 한 마디 호통친다. 그만두어라!"라고 말했다. 그리고 "한 마디 밝혀두겠는데, 본 간(刊)은 이후부터 남을 공격하는 글을 싣지 않겠다" 운운했다.

그들의 "한담…… 한담" 따위의 문제는 본래 나와는 아무런 빌어먹을 상관이 없어 "그만두어도" 좋고, 확대해도 좋고, 끌어들여도 좋고, 물론 제멋대로 수작을 부려도 괜찮다. 그러나 며칠 전에 "영형(令兄)"의 관계라는 이유로 내 "얼굴"까지도 공격하지 않았던가? 나는 처음부터 "분별 없이 싸우지" 않았는데, 도리어 나를 연루시켰다. 지금 나는 전혀 입을 열지 않았으니 어떻게 갑자기 "그만두어야" 한다는 것인가? 신사들이 보기에는 이는 당연히 내게 "일언반구"만 저촉되는 데 불과하여 "공중으로 펄쩍 뜰" 필요야 없는 것이다. 그렇지만 나는 사실 "공중으로 펄쩍 뛰지도" 않았고, 단지 공손히 명령을 받들어 그쪽에서 "그만두어야" 한다고 하면 곧 "그만두는" 그런 짓은 할 수 없다.

미안하지만 그런 글들을 나는 자세히 볼 마음이 없다. "시철"이 말한 요지는, 이렇게 시끄럽게 떠들면 대학교수의 체통을 잃고 "청년들을 지도할 중책을 짊어진 선배들"이 추태로 체면이 깎여 학생들로부터 신용을 잃고 청년들이 참지 않을 것이니, 불쌍하다, 불쌍하다, 구린 것을 얼른 가려라 하는 것 같다. "청년들을 지도할 중책을 짊어진 선배들"이 체면 깎일 추태가 이다지도 많아서 그렇게 많은 추태로 체면 깎일 것이 두려운가? 신사복으로 "추태"를 겹겹이 감싸고 좋은 얼굴인 체 가장하는 것이 바로 교수이며 청년들의 스승이란 말인가? 중국의 청년들은 높은 모자와 가죽 두루마기를 입고서 거드름을 피우는 스승을 원하지 않는다. 결코 가식이 없는 스승―만일 그런 사람이 없다면 가식이 적은 스승을 원한다. 만일 가면을 쓰고 스승임을 자처하는 사람이 있으면 그에게 없애도록 해야 하며, 그렇지 않으면 가면을 찢어버리고, 서로 찢도록 해야 한다. 선혈이 낭자하도록 찢고 냄새나는 거드름을 분쇄한 뒤에야 다음 말을 할 수 있다. 이 때 값이 반푼어치도 되지 않는다 하더라도 오히려 이것이 진짜 값어치이며, 구역질이 날 정도로 추악하다 하더라도 오히려 이것이 진면목이다. 약간 벗겨놓자 얼른 비단 상자에 담아버리면 비록 다이아몬드가 아닌가 의심할 수도 있지만 역시 썩은 흙으로 추측할 수도 있다. 설령 겉으로 훌륭한 간판을 가득 내걸며 프랑스니 버나드 쇼니…… 하더라도 아무런 소용이 없다!

이사광 교수는 이전에 나에게 "10년 공부와 10년 수양"을 권했다. 신사들의 말투로 한 마디 되돌려 주자면, 두터운 후의에 감사하나이다. 공부한 지는 10년이 넘었고, 수양한 지는 10년이 못된다. 그러나 공부도 잘 하지 못했고, 수양도 잘 하지 못했다. 나는 이 교수가 일찍이 마땅히 "승냥이와 호랑이의 먹이로 던져야 한다"고 여겼던 그런 사람의 하나이니, 이제 와서 다정한 말로 권유하며 "무고한 사람을 연루시키다" 따위의 말을 할 필요까지야 없다. 정말 자신을 "공리(公理)"의 화신으로 여기고 나를 그처럼 크게 처벌한 뒤에 나더러 머리를 조아리고 천은(天恩)에 감사하란 말인가? 그리고 이 교수는 나를 "동방문학가의 맛이 유별나게 충족된 듯…… 그래서 밑바닥까지 노골적으로 드러나게 묘사해야만 직성이 풀리는" 사람으로 여기고 있다. 내 자신의 의견은 전혀 다르다. 나는 바로 동방에 태어났기 때문에 그리고 중국에 태어났기 때문에 "중용"과 "적당"의 여독이 여전히 골수에 깊이 스며들어 프랑스의 블르와1) — 그는 아예 대형 신문의 기자를 "구더기"라고 불렀음 — 와 비교해보면 정말 "작은 무당이 큰 무당을 만난" 격이라 결국 백인의 악랄함과 용맹함에 미치지 못함이 스스로 부끄럽다. 이 교수의 일로써 예를 들어보자. 첫째, 나는 이 교수가 과학자로서 "필전(筆戰)을 잘하지" 못한다는 것을 알고 있기 때문에 언급하지 않아도 되면 언급하지 않았다. 다만 귀회(貴會)의 벗2)에게 술을 한 잔 되돌려 바쳐야 했으므로 "겸직"에 관한 일을 말했다. 둘째, 겸직과 월급 부분에 관해서는 이미 『어사(語絲)』(65기)에서 답변을 했지만, 그래도 밑바닥까지 노골적으로 드러나게 묘사하지는 않았다.

중국에서 나의 필치가 비교적 신랄하고 말도 때로는 사정없이 한다는 것을 나 자신도 알고 있다. 그러나 또 나는, 사람들이 공리주의라는 미명, 정인군자라는 휘호, 온순하고 돈후한 가면, 유언비어와 공론(公論)이라는 무기, 애매 모호한 글을 사용하여 사리사욕을 채우

---

1) 블르와(L. Bloy, 1846~1917) : 프랑스 작가이다. 그는 항상 글에서 매우 악랄한 언어를 사용해 당시 문학계와 언론계의 저명한 인물을 공격했다.
2) 왕세걸(王世杰)을 가리키며, 그도 "교육계공리유지회(敎育界公理維持會)"(후에 이름을 "국립여자대학후원회"로 고침)의 성원이었다.

며 무기도 없고 붓도 없는 약자들을 숨도 쉬지 못하게 하고 있다는 것을 알고 있다. 만일 내게 이 붓이라도 없었더라면 모욕을 당해도 하소연할 데가 없는 사람이 되었을 것이다. 나는 그 점을 깨달았으며, 그래서 항상 사용하고 있고 더욱이 기린의 껍질 속에 있는 마각(馬脚)을 드러내는 데 사용하고 있다. 만일 저 허위자들이 갑자기 고통을 느끼고 반성을 하고 재주가 바닥이 난 것을 알고 거짓 얼굴을 덜 짓는다면, 진원 교수의 말을 빌어 하자면 하나의 "교훈"이 되겠다. 누구든지 진짜 가치를 드러낸다면 그것이 반푼어치도 되지 않는다 하더라도 나는 결코 일언반구도 감히 업신여기지 않을 것이다. 그러나 연극 놀음의 방법으로 기만하려 한다면 그야 안될 일이며, 내가 아는 한 당신들과 어물어물 넘어가지는 않을 것이다.

"시철"은 진원 교수를 지원하기 위해서 로맹 롤랑의 말을 인용하였는데, 그 대의는 누구나 몸에 다 귀신을 가지고 있지만 사람들은 다만 남들의 몸에 있는 귀신을 때릴 줄만 안다는 내용인 듯하다. 자세히 보지 않아 분명히 말할 수는 없지만 대동소이하다면 마찬가지로 진원 교수의 몸에도 귀신이 있다는 것을 승인한 것이며 물론 이 사광 교수도 벗어나기 어렵다. 그들은 이전에 귀신이 없다고 여기고 있었다. 가령 정말로 자기 몸에도 귀신이 있다는 것을 알고 있다면 "그만두는" 일만 하더라도 쉽게 처리할 수 있다. 다만 연극 놀음을 더 이상 하지 않고, 냄새나는 거드름을 더 이상 피우지 않고, 당신들 교수의 직함을 잊어버리고, 또 청년들을 지도하는 선배 노릇도 하지 않고, 당신들 "공리"의 깃발을 "똥차"에 꽂아버리고, 당신들 신사 복장을 "냄새나는 변소"에 던져버리고, 가면을 없애버리고, 실오라기 하나 걸치지 않고 서서 진담을 몇 마디 하면 그것으로 충분하다!

2월 3일

조왕신에게 제사지내는 날의 만필 (漫筆)

앉아서 멀리서 가까이서 들리는 폭죽소리를 듣고 있노라니 조왕신 선생들이 모두 차례로 하늘로 올라가 옥황상제에게 자기 주인집에 대한 나쁜 말을 하고 있음을 알겠다. 하지만 조왕신은 끝내 말하지 않은 듯하니, 그렇지 않았다면 중국인들은 틀림없이 지금보다 더욱 재수가 없게 되었을 것이다.

조왕신이 하늘로 올라가는 그 날 길거리에서는 감귤 크기의 엿을 판다. 우리 고향에서도 이런 것이 있으며 다만 두툼한 작은 밀전병과 같이 납작하다. 그것은 이른바 "이에 달라붙는 엿"이다. 본래의 뜻은 조왕신이 먹고 그의 이에 달라붙어 그가 남의 흉을 보며 옥황상제에게 나쁜 말을 할 수 없도록 하려는 것이다. 우리 중국인들의 의식 속에 있는 귀신은 산 사람보다 더 우둔한 듯하여 귀신에 대해서는 이처럼 강경 수단을 사용해야 한다. 하지만 산 사람의 경우에는 회식에 초대하기만 하면 된다.

오늘날 군자들은 밥을 먹었다, 특히 회식에 초대받았다 라는 말을 하기 종종 꺼려한다. 그야 물론 확실히 듣기 좋지 않으니 그러는 것도 이상할 것이 없다. 다만 북경의 반점이 그렇게도 많고 회식이 그렇게도 많은데, 모두 조개를 먹고 풍월을 읊고 "술이 거나하게 취해 귓불이 달아올라 흥얼흥얼 노래만 부른단" 말인가? 꼭 그렇지는 않아서 확실히 여러 가지 "공론"이 그런 곳에서 싹튼다. 다만 공론과 초대장 사이를 잇는 거미줄과 흔적(馬迹)을 찾을 수 없기 때문에 의론이 당당하고 멋지게 된다. 그러나 나의 견해로는 오히려 술을 마신 뒤에 나온 공론 속에는 정(情)이 들어 있다고 여긴다. 사람은 목석이 아니니 어찌 오로지 이치만을 따질 것이며, 정면(情面, 정리 또는 정실 관계를 뜻함–역자)에 막혀 한쪽으로 치우쳐도 여기에 바로 인간미가 담겨 있다. 하물며 중국은 여태껏 정면을 중시해온 것임에랴. 정면이란 무엇인가? 명조(明朝) 때 누군가는 "정면이란 면정(面情, 개인적인 정분이나 체면–역자)을 일컫는 것이다"라고 해석한 바 있다. 물론 그가 무엇을 말하고 있는지는 모르겠으나 그가 무엇을 말하려는지 이해할 수는 있다. 요즘 세상에 치우치지 않고 기울지 않은 공론을 바란다면 그것은 원래 일종의 몽상이다. 설령 밥 먹은 뒤의 공론이나 술 마신 뒤의 원대한 논의라 하더라도 그저 적당히 들어둘 수는 있다. 그렇지만 만일 그것을 진정으로 믿을만한 공론으로 여긴다면 틀림없이 속임을 당한다. ― 그러나 이것도 공론가들에게만 그 죄를 덮어씌울 수는 없다. 사회적으로 회식 초대가 유행하고 있지만 회식 초대에 대해 말하기 꺼려하고 있으니 사람들을 허위적이지 않을 수 없게 만든다. 그렇다면 당연히 그 잘못의 책임을 나누어져야 하는 것이다.

기억컨대, 여러 해 전에 "병간(兵諫)"[1]이 있고 난 뒤 총을 가진 계급이 천진에서 회의 열기만 좋아하고 있을 때 어느 한 청년이 분개

---

1) "병간(兵諫)": 1917년 제1차 세계대전 기간에 북양정부는 참전(參戰) 문제에 대해 총통 여원홍(黎元洪)과 총리 단기서(段祺瑞) 사이에 의견이 갈라졌다. 5월 단기서가 제출한, 독일에 대한 선전안(宣戰案)이 국회에 통과되지 못했고, 단기서는 여원홍에 의해 면직되었다. 그래서 단기서의 사주로 안휘성 성장 예사충(倪嗣冲)이 먼저 전보로 독립을 알렸고, 봉(奉), 노(魯), 민(閩), 예(豫), 절(浙), 섬(陝), 직(直) 등의 성(省) 독군(督軍)이 연이어 호응하고 환독(皖督) 장훈(張勛)이 "13성 성구(省區) 연합회"[즉 이른바 독군단(督軍團)]의 명의로 여원홍의 사퇴를 간청했으며, 그들은 이러한 행동을 스스로 "병간"이라 불렀다.

하며 내게 이렇게 하소연했다. '그들은 회의는 무슨 회의입니까. 술자리에서, 도박판에서 지나가는 말로 몇 마디 나누고는 결정해버린다니까요.' 그는 "공론은 회식자리에서 나오지 않는다는 주장"에 속임을 당한 사람 중의 하나이다. 그래서 그는 영원히 분개할 것이며, 아마 그가 이상적으로 생각하는 상황은 2925년이 되어야, 아니 어쩌면 3925년이 되어야 겨우 나타날지 모른다.

그렇지만 회식을 중시하지 않는 우둔한 사람들도 확실히 있기는 있으니, 만일 그렇지 않았다면 중국은 당연히 더욱 나빠지게 되었을 것이다. 어떤 회의는 오후 2시에 시작해서 문제를 토론하고 규정을 연구하고 이래저래 질문하고 답하고 바람과 구름이 일듯 떠들며 7,8시까지 지속된다. 그러면 사람들은 이유 없이 초조와 불안을 느껴 성질이 더욱 거세지고 논의가 더욱 뒤엉키고 규정이 더욱 까마득해진다. 토론이 끝난 뒤에야 흩어지겠다고 말하지만 결국은 와르르 소리지르며 뿔뿔이 흩어지고, 아무런 결과도 없다. 이것은 바로 식사를 경시한 응보이다. 6,7시 무렵에 초조하고 불안해지는 것은 바로 배가 자신의 몸과 다른 사람에게 경고를 보낸 것이다. 그런데도 사람들은 식사와 공리를 말하는 것과는 무관하다는 요사스런 주장을 잘못 믿고 거들떠 보지도 않아서 그래서 배가 당신의 연설조차도 정채롭지 못하게 만들고 선언도 — 초고(草稿)조차 만들지 못하게 만들어버린다.

그러나 나는 무릇 일이 생기면 꼭 태평호반점이나 힐영번(擷英番) 음식점 따위에서 큰 연회를 베풀어야 한다고 말하는 것이 결코 아니다. 나는 이들 음식점에 대해 주식을 가지고 있지도 않아서 그들을 위해 손님을 끌 만한 위치에 있지도 않으며, 사람들이 모두 그렇게 많은 돈을 가지고 있어 보이지도 않는다. 나는 다만 의론을 펴는 일과 식사에 초대하는 일은 지금으로서는 그래도 관계가 있고, 식사 초대가 의론을 펴는 일에 대해 지금으로서는 잇점이 있다고 말하려는 것뿐이다. 하나 이것도 인지상정으로서 크게 탓할 일이 못된다.

말이 나온 김에 열성적이고 순진한 청년들에게 한 가지 충고를 드리고자 한다. 술이 없고 밥이 없는 회의라면 시간을 너무 오랫동안 끌지 말 것이며, 만일 시간이 이미 늦었다면 구운 밀가루 빵이라도 몇 개 사 가지고 와서 먹고 다시 이야기를 하라는 것이다. 이렇게 하면 아무래도 배가 곯은 채 토론하는 것보다 쉽게 결과를 얻고 쉽게 끝마칠 수 있을 것이다.

엿을 먹이는 강경 수단을 조왕신에게 적용하는 경우는 내가 상관할 바 아니지만 그것을 산 사람에게 적용하는 경우는 그다지 좋지 않다. 만일 산 사람이라면 달라붙게 할 것이 아니라 한 차례 술 취하고 배불리게 하여 스스로 입을 열지 못하도록 하는 것이 더없이 좋다. 중국인들에게 사람 다루는 수단은 대단히 고명하고, 귀신 다루는 일은 오히려 좀 특별한데, 스무 사흗날 밤에 조왕신을 농락하는 것이 바로 그 일례이다. 그러나 조왕신은 의외로 지금까지도 여전히 깨닫지 못하고 있는 듯하다.

도사들이 "삼시신(三尸神)"[2]을 다루는 방법은 더욱 지독하다. 나는 도사를 해본 일이 없어서 자세히는 모르지만 "설들은 이야기"에 따르면, 사람 몸에는 삼시신이 있어서 어느 날이 되면 사람이 깊이 잠든 틈을 타서 몰래 하늘로 올라가서 그 사람의 과오를 아뢴다고 여기고 있다. 이는 실로 인체 자체에 있는 첩자이며, 『봉신전연의(封神傳演義)』에서 항상 말하는 "삼시신이 몹시 노하여 일곱 구멍에서 연기가 난다"의 삼시신이 바로 그것이다. 그러나 듣자하니 그들을 제압하기가 어렵

---

2) "삼시신(三尸神)" : 도교에서 말하는 인체 내에서 재앙을 몰고 오는 "신(神)"이다.

지 않다고 한다. 왜냐하면 그가 하늘에 올라가는 날은 정해져 있어서 그 날 잠을 자지 않으면 그가 틈탈 기회가 없어지므로 과오를 모두 뱃속에 놓아두고 내년의 기회를 기다릴 수밖에 없기 때문이다.

삼시신은 하늘에 올라가지 않아 죄상이 모두 배속에 들어 있고, 조왕신은 비록 하늘에 올라가더라도 입안이 온통 엿이므로 옥황상제 앞에서 한바탕 모호하게 대충대충 말하고 곧 내려온다. 하계(下界)의 상황에 대해 옥황상제는 조금도 알아듣지도 못하고 전혀 모르고 있으므로 올해도 모든 것이 예전그대로임이 당연하며 천하가 태평하다.

우리 중국인들은 귀신에 대해서도 이러한 수단을 가지고 있다.

우리 중국인들은 비록 귀신을 섬기고 믿지만 귀신이 아무래도 사람보다 더 어리석다고 여기고 있으며, 그래서 특별한 방법을 사용해 그것을 다스린다. 사람의 경우에는, 그야 물론 다르지만 역시 특별한 방법을 사용해 다스리고 있으며, 단지 말하지 않을 뿐이다. 누군가가 그것을 말하면 그 사람이 상대를 무시한 것이라고 한다. 정말이지 스스로 꿰뚫어 보았다고 여긴다면, 때로는 도리어 천박함을 면치 못할 것이다.

2월 5일

황제에 대하여

중국인들은 귀신을 다룰 때 흉악한 것들, 예를 들어 온신(瘟神)과 화신(火神) 따위는 받들어 모시고, 좀 우둔한 것들, 예를 들어 토지신이나 조왕신에 대해서는 업신여긴다. 황제에 대한 대우도 비슷한 점이 있다. 임금과 백성은 본래 동일한 민족인데, 난세 때 "성공하면 왕이 되고 패배하면 역적이 된다." 보통은 한 사람이 종전처럼 황제가 되고 많은 사람이 종전처럼 평민이 된다. 양자 사이에 사상은 본래 그리 큰 차이가 없었다. 그래서 황제와 대신은 "우민정책"을 가지고 있고 백성들은 스스로 나름의 "우군정책"을 가지고 있다.

옛날 우리 집에는 나이 많은 한 하녀가 있었는데, 그녀가 알고 있는, 게다가 믿고 있는, 황제를 다루는 방법을 내게 알려주었다. 그녀는 이렇게 말했다. ―

"황제는 매우 무서운 사람이야. 그가 용상에 앉아 기분이 좋지 않으면 사람을 잡아죽이니 다루기가 쉽지 않지. 그래서 먹는 것도 편한 대로 먹일 수가 없단다. 만일 쉽게 구할 수 있는 것이 아니어서 그가 먹고서 또 요구할 때 당장 구하지 못하면 ― 예를 들어 그가 겨울에 수박을 생각하고 가을에 복숭아를 먹고 싶어하여, 구하지 못하면 그는 화를 내며 사람을 잡아죽이는 거야. 지금은 일년 내내 그에게 시금치만 먹이면 요구하더라도 전혀 어렵지 않아. 그러나 시금치라 말하면 그는 또 화를 낼 거야. 왜냐하면 그것은 값이 싼 물건이기 때문이지. 그래서 사람들은 그에게는 시금치라 부르지 않고 달리 이름을 지어서 '붉은 부리 파란 앵무새'라고 하는 거야."

우리 고향에는 일년 내내 시금치가 있으며 뿌리가 매우 붉어서 마치 앵무새의 부리와 같다.

이렇게 어리석은 아낙네가 보기에도 멍청하기 이를 데 없는 황제는 없어도 될 것 같다. 그렇지만 결코 그렇지 않아서 있어야 하며 그가 위세를 마음대로 부리도록 내버려두어야 한다고 그녀는 여기고 있었다. 그 용도는 황제에 의지해 자기보다 더 횡포한 다른 사람을 제압하는 데 있는 듯하며, 그래서 마음대로 사람을 죽일 수 있음이 바로 없어서는 안 되는 요건이다. 그렇지만 만일 자기가 당하게 된다면 아무래도 받들어 모셔야 할 것이 아닌가? 그러니 다소 위험이 있을 것으로 생각되며, 때문에 그를 바보로 만들어놓고 일년 내내 "붉은 부리 파란 앵무새"만을 줄기차게 먹도록 할 수밖에 없다.

사실 그의 이름과 지위를 이용하여 "천자를 등에 업고 제후를 부린다"는 것은 나의 그 늙은 하녀의 뜻·방법과 동일하다. 다만 하나는 황제를 약하게 만드는 것이고, 하나는 어리석게 만드는 것이다. 유가(儒家)가 "성군(聖君)"에 기대어 도를 행하는 것도 바로 이러한 놀이이며, "기대야" 하기 때문에 성군은 위세가 높고 지위가 높아야 하고 조종하기 편해야 하므로 성군은 고분고분해야 하고 말을 잘 들어야 한다.

황제가 일단 자신의 더없이 높은 권위를 스스로 깨닫게 되면 곤란해진다. "온 천하가 황제의 땅이 아닌 것이 없다"라고 한 이상 그는 멋대로 굴면서 또 "내가 얻은 것을 내가 잃는다고 해서 무엇이 안타깝겠는가"라고 말한다. 그리하여 성인의 무리도 황제에게 "붉은 부리 파란 앵무새"를 먹게 하지 않을 수 없으니 이것이 바로 이른바

"하늘(天)"이다. 천자가 일을 행함에 모두 반드시 하늘의 뜻을 살펴야 하며 멋대로 굴 수는 없는 것이다. 그리고 이 "하늘의 뜻"은 또 오로지 유자들만이 알고 있다.

이렇게 해서 황제가 되려면 그들에게 가르침을 청하지 않으면 안 된다는 것이 확정되었다.

그렇지만 본분을 지키지 않는 황제가 또 제멋대로 굴기 시작한다. 당신이 그에게 "하늘"을 말하면, 그는 오히려 "내가 태어난 것은 하늘의 명이 아닌가?!"라고 말한다. 하늘의 뜻을 우러러 체득하지 않을 뿐만 아니라 하늘을 거역하고 하늘을 배반하고 "하늘을 쏘며" 그야말로 국가를 완전히 어지럽힌다. 그러면 하늘에 의지해 밥을 먹던 성현과 군자들은 울 수도 없고 웃을 수도 없다.

그리하여 그들은 오직 책을 저술하고 이론을 세워서 황제를 한 바탕 욕하고, 백년 뒤, 즉 자기가 죽은 뒤에 크게 유행할 것을 기약하면서 스스로 대단한 일이라고 여긴다.

그러나 그 책들은 기껏해야 "우민정책"과 "우군정책"이 모두 성공하지 못했다는 것을 기록하고 있을 뿐이다.

2월 17일

꽃 없는 장미

1

또 쇼펜하우어(Schopenhauer) 선생의 말이다. —

"가시 없는 장미는 없다. —그렇지만 장미 없는 가시는 매우 많다."

제목을 조금 고쳐놓으니 좀더 보기가 좋다.

"꽃 없는 장미"도 아름다워지고 싶어한다.

2

작년에 어찌된 영문인지 이 쇼펜하우어 선생이 갑자기 우리나라 신사들의 비위에 맞아 그의 『여인론(女人論)』을 좀 끌어들였다. 나도 이것저것 잡다하게 여러 차례 인용하였는데, 애석하게도 모두가 가시였으며 장미는 잃어 실로 대단히 살풍경하였으니 신사들에게 미안하다.

기억컨대, 어렸을 때 짧은 연극을 하나 보았고 제목은 잊었다. 어느 집에서 마침 혼례를 올리고 있었는데, 혼을 빼앗아 가는 무상귀신(無常鬼)이 벌써 와서 혼례식 중간에 끼어 들어 함께 절을 하고 함께

신방에 들고, 함께 침상에 앉았다…… 실로 대단히 살풍경한 모습이
었으니, 나는 이렇게 되지는 말아야지 하고 바랬다.

3

어떤 이는 내가 "냉전(冷箭)을 쏘는 사람"이라고 말한다.

"냉전을 쏘다"에 대한 나의 해석은 그들 부류와는 자못 달라서 누
군가가 상처를 입었지만 이 화살이 어디에서 날아온 것인지 모를 경
우를 말하는 것이다. 이른바 "유언비어"라는 것이 이에 가깝다. 하지
만 나는 분명히 여기에 서 있다.

하지만 나는 때때로 화살을 쏘면서 과녁이 누구인지 설명하지 않
는데, 이는 처음부터 "대중들과 함께 공격할" 마음이 없기 때문이다.
다만 그 과녁을 혼자서만 알고 구멍이 난 것을 알면 더 이상 낯가죽
을 팽팽히 부풀리지 않고 나의 일은 그것으로 끝난다.

4

채혈민[蔡孑民, 채원배(蔡元培)―역자] 선생이 상해에 도착하자마자 『신
보(晨報)』에서는 국문사(國聞社)에서 보내온 전신에 근거해 정중하게 그
의 담화를 발표하였고, 또한 신문사의 논평을 더하여 "여러 해 동안
연구에 몰두하고 냉정한 눈으로 관찰한 결과로 나라사람들을 가르치기
에 충분하며 지식계급으로부터 주의를 끌고 있다"라고 했다.

나는 그것이 호적(胡適) 선생의 담화가 아닌가 하며 국문사의 전신

부호가 다소 잘못된 것이 아닌가 한다.

5

예언자, 즉 선각자는 언제나 고국에서 용납되지 못하고 동시대 사람들로부터도 박해를 받았으며, 대 인물 역시 항상 그러하다. 그가 사람들로부터 존경과 찬탄을 받으려면 반드시 죽거나 침묵하거나 눈앞에 보이지 않아야 한다.

종합해서 말하면, 첫째 실제 증명을 어렵게 해야 한다.

만약 공구(孔丘, 공자-역자), 석가모니, 예수 그리스도가 아직도 살아 있다면 그 신도들은 아무래도 공포스러워할 것이다. 정말 그들의 행위에 대해 교주들이 얼마나 개탄할지 모를 일이다.

그래서 만약 살아 있다면 그를 박해하지 않을 수 없다.

위대한 인물이 화석이 되고 사람들이 모두 그를 위대한 인물이라 부를 때가 되면 그는 이미 꼭두각시로 변한 것이다.

어떤 부류 사람들이 말하는 위대하다느니 보잘것없다느니 히는 것은 그 사람이 자기에게 이용할 효과가 크냐 아니면 작으냐를 가리키는 것이다.

6

프랑스의 로맹 롤랑 선생은 금년에 만 60세가 되었다. 신보사(晨報社)에서는 이 때문에 글을 모집하였고, 서지마 선생은 그를 소개한 뒤에 감격하며 이렇게 말했다. "…… 그러나 어떤 사람이 제국주의를 타도하자 등등 요즘 유행하는 구호나, 또는 분열과 시기의 현상들을 롤랑 선생에게 보고하여 이것이 신중국(新中國)이라 말한다면 그의 감상이 어떨지 나는 더 이상 예상할 수 없다."(『신보』 1299호)

그는 멀리 떨어져 있어 우리가 당장에 실제 증명할 수는 없지만, "시철"의 눈으로 보기에 롤랑 선생의 뜻은 신중국이 반드시 제국주의를 환영해야 한다고 여긴다는 것이란 말인가?

"시철"은 또다시 매화를 보러 서호(西湖)로 갔으니 당장에 실제 증명을 할 수 없을 것이다. 고산(孤山, 서호에 있는 산이름—역자)의 늙은 매화가 꽃이 피었는지 모르겠지만, 매화도 거기서 중국사람의 "제국주의 타도"를 반대하는지?

7

지마 선생은 "나는 웬만해서 남을 칭찬하지 않는다. 그러나 서형의 경우, 그가 아나톨 프랑스의 글을 배운 데 대해 말하자면, 나는 감히 말하건대 천진(天津) 말로 이미 '기초가 튼튼하다'는 말에 걸맞다고 할 수 있다."라고 했다. 그리고 "서형과 같은 사람이라야 내가 보기에 '학자'라는 이름에 걸맞다"라고 했다.(『신보』 1423호)

서형 교수는 이렇게 말했다. "중국의 신문학운동이 바야흐로 싹이 트고 있는데, 다만 조금이라도 공헌이 있는 사람, 예를 들어 호적지(胡適之, 즉 호적—역자), 서지마, 곽말약(郭沫若), 욱달부(郁達夫), 정서림(丁西林), 주씨(周氏) 형제[주수인(周樹人), 즉 노신과 주작인(周作人)을 가리킴—역자] 등등이며, 이들은 모두 일찍이 다른 나라 문학을 연구한 적이 있는 사람이다. 특별히(尤其) 지마는 사상 방면에서뿐만 아니라 체제 방면에서도 그의 시와 산문은 모두 일종의 중국문학에서 여태껏 없었던 풍격을 지니고 있다.”(『현대(現代)』 63호)

베끼기도 번거롭지만, 중국에서 지금 “기초가 튼튼한” “학자”와 “특별(尤其)”한 사상가 및 문인은 이미 서로에 의해 선출된 셈이다.

8

지마 선생은 이렇게 말했다. “노신 선생의 작품은 말하자면 대단히 불경스러우며 나는 아주 조금 읽었을 뿐이다. 『납함(吶喊)』 작품집 속의 두세 편 소설 및 최근에 그를 중국의 니체라고 존경하고 있어 그의 『열풍(熱風)』의 몇 쪽을 읽었을 뿐이다. 그의 평소의 자질구레한 것들은 내가 설령 보았다고 하더라도 보람 없이 본 것이나 다름없으며, 보아도 눈에 들어오지 않거나 보아도 이해할 수 없었다.”(『신보』 1433호)

서형 교수는 이렇게 말했다. “노신 선생은 붓을 들었다 하면 남들의 죄상을 모함한다.…… 그러나 그의 글은, 본 뒤에는 마땅히 가야 할 곳으로 넣어버린다. ― 은밀히 말하자면 그것들은 거기서 나와서는 안 된다고 생각한다. ―내 손 주위에는 없다.”(상동)

베끼기도 번거롭지만, 중국에서 지금 “기초가 튼튼한” “학자”와 “특별”한 사상가 및 문인이 합심하여 이미 나를 짓밟아 넘어뜨린 셈이다.

9

그러나 나는 "일찍이 다른 나라 문학을 연구한 적이 있다"는 영예를 삼가 되돌려 주고 싶다. "주씨 형제" 중의 한 사람은 틀림없이 나일 것이다. 내가 무엇이라도 연구한 적이 있었던가. 학생시절에 몇 권의 외국 소설과 문인들의 전기를 본 것을 가지고 "다른 나라 문학을 연구한 적이 있다"라고 할 수 있겠는가?

해당 교수—내가 "관화(官話)"로 말하는 것을 용서하라—는 남들이 그들을 "문사"라고 부르는 데 대해 내가 비웃었지만, 나를 "모 신문에서 매일 선전하며" "사상계의 권위자"라고 하는 데 대해서는 비웃지 않는다고 말했었다. 지금은 그렇지 않아서 비웃을 뿐만 아니라 그야말로 미워하고 싫어하고 있다.

10

사실 헐뜯을 때는 보복하고 칭찬할 때는 잠자코 있는 것은 인지상정이다. 애인이 누군가의 왼쪽 뺨에 입맞춤할 때 소리내지 않는다고 해서 그 예를 따라 오른쪽 뺨을 원수에게 깨물려도 소리내지 말아야 한다고 그렇게 말할 수 있겠는가?

내가 이번에 어쨌든 서형 교수가 돋보이게 하려고 곁들여 상을 내린 영예를 받지 않겠다고 한 것은 "은밀히 말하자면" 사실은 부득이해서이다. 우리 고향에서는 "형명사야"가 있지 않은가? 그들은 모두 알고 있다. 어떤 작자들은 그가 당신을 해칠 때 공정하다는 것을 드러내기 위해 상관없는 곳에서 당신을 몇 마디 칭찬하며 상도 주고 벌도 주면서 남들이 보기에 아주 사심이 없는 듯이 한다는 것을……
"그만 두어라!" 또다시 "남들의 죄상을 모함하게" 되었다. 이점만
으로도 이미 "설령 보았다고 하더라도 보람 없이 본 것이나 다름없"
거나 "본 뒤에는 마땅히 가야 할 곳으로 넣어버리기"에 충분하다.

2월 27일

꽃 없는 장미 2

1

영국의 귀족 베이컨은 이렇게 말했다. "중국 학생들은 오직 영자신문만 읽을 줄 알고 공자의 가르침은 망각했다. 영국의 대적(大敵)은 바로 제국주의를 극력 저주하고 남의 재앙을 고소하게 여기는 이런 학생들이다.…… 중국은 과격당이 활동하기에 가장 좋은 무대이다.……"(1925년 6월 30일 런던 로이터통신)

남경통신은 이렇게 말했다. "기독교의 성내(城內) 교회당에서 금릉대학(金陵大學) 교수인 모 신학박사를 초빙하여 강연을 열었는데, 강연 중에서 공자는 식사하고 잠잘 때 하느님께 기도했기 때문에 공자도 예수의 신도라고 했다. 듣고 있던 한 청중이 무슨 근거로 그렇게 말하는지 질문했고, 박사는 말문이 막혔다. 그때 신도 몇 사람이 갑자기 대문을 단단히 걸어 잠그고, '질문한 사람은 바로 소련의 루블에 매수된 자이다'라고 외쳤다. 당장 경찰을 불러 그를 체포했다.……"(3월 11일 『국민공보(國民公報)』)

소련의 신통력은 정말 광대하다. 어쨌든 숙량흘(叔梁紇, 공자의 아버지—역자)[1]을 매수하여 예수가 태어나기 전에 공자를 낳게 할 수 있

---

1) 춘추(春秋) 시대 노(魯)나라 사람이며, 공자의 아버지이다. 공자는 기원전 551년에 태어났으므로 예수보다 오백여 년이 빠르다.

었으니 "공자의 가르침을 망각한" 자와 "무슨 근거로 그렇게 말하는지 질문한" 자는 모두 당연히 루블의 사주를 받았음이 의심의 여지 없다.

2

서형 교수는 이렇게 말했다. "듣자하니 '연합전선(聯合戰線)' 속에는 나에 관한 유언비어가 특별히 많으며, 또한 나 혼자서 매월 3천 원을 받을 수 있다고 한다. '유언비어'는 입으로 유전되고, 지상(紙上)에는 그다지 보이지 않는다."(『현대』 65호)

해당 교수는 작년에 다른 사람에 대한 유언비어만 듣고서 자기가 지상에 그것을 발표했으며, 금년에는 오히려 자기 자신에 대한 유언비어를 듣고서 역시 자기가 지상에 발표했다는 것이다. "혼자서 매월 3천 원을 받을 수 있다"는 것은 실로 대단히 황당한 일이니 자기 자신에 대한 "유언비어"는 믿을 게 못된다는 것을 알 수 있다. 그러나 나는 다른 사람에 관한 유언비어는 오히려 이치에 맞는 것이 매우 많은 것 같다고 여긴다.

3

"고동 선생"이 자리에서 물러난 뒤 그의 『갑인』이 갑자기 점점 더 활기를 띠게 되었다고 한다. 관료는 할 게 못된다는 것을 알 수 있다. 그렇지만 그는 다시 임시집정부(臨時執政府)의 비서장(秘書長)이 되었으니 『갑인』이 여전히 활기를 띨 수 있을지는 알 수 없다. 만약 여전히 그렇다면 관료도 해볼만하다……

4

이젠 "꽃 없는 장미" 따위를 쓸 때가 아니다.

비록 쓴 것이 대부분 가시이지만 그래도 평화스런 마음이 다소 담겨 있게 마련이다.

지금 듣자하니 북경시에서는 이미 대 살육을 자행하고 있다고 한다. 내가 이런 무료한 글이나 쓰고 있을 때 많은 청년들이 총탄을 맞고 칼에 찔리고 있었다. 오호라, 사람과 사람 사이의 영혼은 서로 통하지 않는가 보다.

5

중화민국 15년 3월 18일 단기서 정부는 위병(衛兵)들을 시켜 보총(步銃)과 대도(大刀)를 사용해서 국무원 문앞에서 외교를 돕겠다는 의도로 모인 수백 명 이상의 청년남녀들을 포위하여 학살했다. 게다가 명령을 내려 "폭도"라고 모함했다!

이처럼 잔학하고 흉포한 행위는 금수에서도 보지 못했을 뿐 아니라 인류에서도 극히 적은 일이다. 러시아 니콜라이 2세가 코자크 병사를 시켜 민중을 살해했던 일만이 약간 비슷할 뿐이다.

6

중국은 호랑이와 늑대가 뜯어먹도록 내버려두고 누구도 상관하지 않는다. 몇몇 청년학생들만이 관심을 가지고 있다. 그들은 본래 안심하고 공부를 해야 하는 사람들인데, 시국이 뒤숭숭해서 안심하지 못하고 있다. 가령 당국자들이 조금이라도 양심이 있다면 응당 자신을 돌이켜 자책하고 조금이라도 타고난 양심을 발휘해야 할 것이 아닌가?

그렇지만 끝내 그들을 학살했다!

7

이런 청년들은 살해하면 그만이라 하더라도 도살자도 결코 승리자가 아니라는 것을 알아야 한다.

중국은 애국자의 멸망과 함께 멸망할 것이다. 도살자는 비록 자금을 축적하고 있어 비교적 오랫동안 자손을 양육할 수 있겠지만 필연적인 결과가 틀림없이 도래할 것이다. "자손이 승승장구한"들 무엇이 그리 기쁘겠는가? 멸망은 물론 좀 늦어지겠지만 그들은 살기에 가장 불편한 불모지에서 살게 될 것이며 가장 깊은 광갱(鑛坑)에서 광부로 일하게 될 것이며, 가장 비천한 생업에 종사할 것이다⋯⋯.

8

만약 중국이 멸망에 이르지 않는다면 기왕의 역사적 사실이 우리에게 가르침을 주듯이 장래의 일은 살육자가 예상하는 것과 다르게 나타날 것이다. ―

이것은 일의 끝이 아니라 일의 시작이다.

먹으로 쓴 거짓말은 결코 피로 쓴 사실을 덮어 가릴 수 없다.

피의 빚은 반드시 같은 피로 갚아야 한다. 빚은 오래 끌면 끌수록 더 큰 이자를 지불해야 한다!

9

이상은 모두 빈말이다. 붓으로 썼으니 무슨 상관이 있겠는가?

실탄에 맞아 흘러나온 것은 청년들의 피이다. 피는 먹으로 쓴 거짓말에 가려지지 않고, 먹으로 쓴 만가(挽歌)에 도취되지 않을 뿐 아니라 어떠한 위력도 그것을 억누를 수 없다. 왜냐하면 그것은 이미 속일 수도 없고 때려죽일 수도 없기 때문이다.

3월 18일, 민국 이래 가장 어두운 날에, 쓰다

"사지(死地)"

일반 사람이 보기에, 특히 오랫동안 이민족 및 그 노복과 앞잡이에게 유린당한 중국인이 보기에 살인자는 늘 승리자이고 피살자는 늘 패배자이다. 그리고 눈앞의 사실도 확실히 그러하다.

3월 18일 단기서 정부가 맨주먹으로 청원하던 시민과 학생들을 참살한 사건은 본래 언어도단이며, 우리가 살고 있는 곳이 결코 인간사회가 아니라는 느낌을 준다. 그러나 북경의 이른바 언론계에서도 어쨌든 평론이 있다고 할 수 있지만 종이와 붓, 목구멍과 혀는 국무원 앞을 온통 뿌렸던 청년들의 뜨거운 피를 역류시켜 몸 안으로 흘러들어 다시 소생시킬 수는 없을 것이다. 틀림없이 그 입에 발린 외침도 참살의 사실과 함께 점점 사그라질 것이다.

그러나 갖가지 평론 중에서 총칼보다 더욱 놀랍고도 무서운 것이 있다고 나는 느꼈다. 몇몇 논객들은 학생들이 원래 사지(死地)를 스스로 밟아 죽음을 자초하지 말았어야 했다고 생각하는 것이다. 만일 맨주먹으로 청원하는 것이 죽음을 자초하는 것이고 우리나라 정부(政府)의 문앞이 사지라고 한다면, 중국인들에게는 정말 죽어서 몸 하나 묻을 곳도 없으며 기꺼이 간절하게 노예가 되어 "죽을 때까지 원망조차 하지 않고" 지내야 하는 것이다. 단지 나는 아직 중국인들 대다수의 의견이 도대체 어떤 것인지 모른다. 가령 그들의 견해도 그와 같다면, 비단 집정부(정부청사—역자) 앞뿐만 아니라 중국 전체가 사지 아닌 곳이 없을 것이다.

사람들의 고통은 서로 통하기 쉽지 않은 것이다. 서로 통하기 쉽지 않기 때문에 살인자는 살인을 유일한 묘수로 여기고 심지어는 쾌락으로 여긴다. 그렇지만 역시 서로 통하기 쉽지 않기 때문에 살인자가 과시하는 "죽음의 공포"는 여전히 뒷사람들을 겁주지 못하고 인민들을 영원히 소와 말로 만들지 못한다. 역사에 기록된 개혁에 관한 일들은 언제나 앞사람이 쓰러지면 뒷사람이 계속해나간 것이었다. 대부분은 물론 공의(公義, 공공의 정의-역자) 때문이었지만 사람들이 "죽음의 공포"를 경험하지 않아서 "죽음의 공포"를 쉬 두려워하지 않는다는 것이 큰 원인의 하나라고 생각한다.

그러나 나는 "청원하는" 일은 이후부터 그만둘 수 있기를 간절히 바란다. 만일 그렇게 많은 피를 댓가로 어쨌든 이러한 각오와 결심을 얻었고 또한 영원히 기념해나간다면 본전에 크게 밑지는 것이라 할 수는 없을 듯하다.

세계의 진보는 당연히 대부분 피를 흘려서 얻은 것이다. 그러나 이는 피의 양과는 관계가 없다. 왜냐하면 세상에는 아주 많이 피를 흘리고도 도리어 민족이 점점 멸망에 이른 선례가 있기 때문이다. 바로 이번 일과 같이 그렇게 많은 생명이 손실되었는데도 겨우 "사지를 스스로 밟았다"는 비판을 얻었을 뿐이고, 그리하여 일부 사람들의 속내를 우리에게 보여주어 중국의 사지는 그토록 대단히 넓다는 것을 알려 주었다.

마침 로맹 롤랑의 『Le Jeu de L'Amour et de La Mort(사랑과 죽음의 격투)』가 지금 내 앞에 있는데, 여기에 이런 내용이 있다. '카르노는 인류는 진보를 위해 약간의 오점이 있어도 무방하며 만부득이 할 경우에는 약간의 죄악이 있어도 무방하다고 주장했다. 그러나 그들은 오히려 쿠르봐지에를 죽이길 원치 않았는데, 왜냐하면 공화국은 팔에 그의 죽은 시체를, 그것이 너무 무거워서 껴안고 있기를 원치 않았기 때문이다.'

죽은 시체가 무거워서 껴안기를 원치 않는 민족에게 선열(先烈)의 죽음은 뒷사람들의 "생(生)"의 유일한 영약(靈藥)이 된다. 그러나 더 이상 무겁다고 느끼지 않는 민족에게는 오히려 그것은 무게로 눌러 함께 멸망하게 만드는 물건에 지나지 않는다.

개혁에 뜻을 둔 중국의 청년들은 죽은 시체의 무거움을 알고 있으며, 그래서 "청원하는" 것이다. 이와 달리 죽은 시체의 무거움을 느끼지 않는 사람들도 있으며, 게다가 "죽은 시체의 무거움을 알고 있는" 마음까지도 함께 도살하고 있다.

사지가 확실히 눈앞에 있다. 중국을 위해 다짐한 청년들은 죽음을 가볍게 보아서는 안 될 것이다.

3월 25일

비참함과 가소로움

3월 18일의 참살 사건은 사후에 볼 때 분명히 정부가 쳐놓은 그물이었으며 순결한 청년들이 불행히 걸려들어 사상자가 300여 명에 이르렀다. 그 그물이 쳐진 까닭을 보면, 관건은 오로지 "유언비어"가 효력을 발휘한 데 있다.

이것은 중국에서 늘 있어왔던 일이니 독서인은 마음속에 대체로 살의(殺意)를 품고 있고, 자기에 반대하는 자에 대해 언제나 죽음의 길을 조금 마련해놓는다. 내가 직접 눈으로 본 것으로 말하자면, 무릇 음모가가 다른 일파를 공격할 때, 광서(光緖) 연간에는 "강당[康黨, 강유위(康有爲) 일파—역자]"이라 했고, 선통(宣統) 연간에는 "혁당(革黨, 혁명당—역자)"이라 했고, 민국 2년 이후에는 "난당(亂黨)"이라 했고, 지금은 물론 "공산당"이라 한다. 사실 작년에 일부 "정인군자"들이 다른 사람을 "학계의 악당", "학계의 비적"이라 불렀을 때 거기에는 살의가 담겨 있었다. 왜냐하면 이러한 별명은 "냄새나는 신사"와 "문사" 따위와는 달리 "악당"과 "비적"이라는 글자 속에 죽음의 길이 감추어져 있기 때문이다. 다만 이는 "도필리(刀筆吏, 소송대리인—역자)" 식의 억지 죄명(罪名)을 들씌우는 것인지도 모르겠다.

작년에 "학풍을 정돈한다"부터 학풍이 얼마나 불량한가 하는 유언비어, 학계의 비적이 얼마나 가증스러운가 하는 유언비어가 크게 유포되었으며 의외로 크게 주효했다. 금년에는 "학풍을 정돈한다"부터 또 공산당이 어떻게 활동하고 얼마나 가증스러운가 하는 유언비어가 크게 유포되어 의외로 크게 주효했다. 그리하여 청원자들을 공산당으로 몰아붙였고 300여 명의 사상자가 났으며, 만일 이른바 공산당의 영수가 그 속에 한 사람이라도 포함되어 있으면 이 청원은 바로 "폭동"이라는 것을 증명하기에 충분한 것이다.

애석하게도 한 사람도 없었다. 공산당의 짓이 아니었던 것이다. 그래도 그들의 짓이며, 단지 그들이 전부 달아났으니 더욱 가증스럽다고 말한다. 그 청원은 그래도 폭동이었으니 몽둥이 하나, 권총 두 자루, 화염병 세 개가 있었다는 것이 그 증거라는 것이다. 이것이 군중들이 휴대했던 물건인지 아닌지에 대해서는 잠시 논하지 않더라도, 설령 정말이라 하더라도 사상자 300여 명이 휴대한 무기가 겨우 이 정도뿐이라면 얼마나 불쌍한 폭동인가!

그러나 이튿날 서겸(徐謙), 이대조(李大釗), 이욱영(李煜瀛), 역배기(易培基), 고조웅(顧兆熊)에 대한 지명수배령이 발표되었다. 왜냐하면 그들이 "군중을 규합했기" 때문이다. 즉 작년에 여자사범대학 학생들의 "남학생 규합"(장사조의 여자사범대학 해산을 위한 상신서에 나오는 말)"과 마찬가지로 몽둥이 하나, 권총 두 자루, 화염병 세 개를 가진 군중들을 "규합했기" 때문이다. 이러한 군중들이 정부를 정복하려 했으니 300여 명의 사상자를 낸 것은 당연하다. 그리고 서겸 등은 인명(人命)을 어린애 장난과 같은 지경으로 만들었으니 살인의 죄를 져야 하는 것은 마땅한 일이다. 하물며 자기는 현장에 나타나지도 않았고, 아니면 전부 달아났음에랴?

이상은 정치적인 사건으로서 사실 나는 잘 알지 못한다. 그러나 다른 측면에서 보면 이른바 "가차없이 잡아들이는" 일은 오히려 내쫓는 일인 듯하다. 이른바 폭도를 "가차없이 잡아들이는" 일은 북경 중법대학(中法大學) 교장 겸 청조의 황실 선후위원회(善後委員會) 위원장(李), 중아대학(中俄大學) 교장(徐), 북경대학 교수(李大釗), 북경대학 교무장(顧), 여자사범대학 교장(易)을 내쫓으려는 것에 지나지 않는 듯하다. 그들 중에서 세 사람은 또 아관위원회(俄款委員會) 위원이다. 그러니 도합 아홉 개의 "우수한 빈자리"가 생긴다.

같은 날 또 50여 명에게 지명수배령을 내렸다는 소문이 있었다. 그러나 그 성명의 일부분이 오늘에 이르러서야 『경보(京報)』에 실렸다. 이런 계획은 현재 단기서 정부의 비서장(秘書長) 장사조 일파들의 머릿속에 확실히 있을 수 있는 일이다. 국사범(國事犯)이 50여 명에 이르고 있으니 그야말로 중화민국의 일대 장관이다. 게다가 대부분이 교원인 듯한데, 만일 일제히 50여 개의 "우수한 빈자리"를 놓아두고 북경을 달아나서 다른 곳에서 학교를 세운다면 오히려 중화민국의 재미있는 사건이 될 것이다.

그 학교의 이름은 마땅히 "가차없이 잡아들이기(嘯聚)"학교라고 불러야 할 것이다.

3월 26일

유화진(劉和珍) 군을 기념하여

1

　중화민국 15년 3월 25일은 국립북경여자사범대학이 18일에 단기서 집정부 앞에서 살해당한 유화진(劉和珍)·양덕군(楊德群)[1] 두 학생을 위한 추도회를 열었던 날이다. 나는 강당 밖에서 배회하다가 정(程)군[2]을 만났고, 정군은 다가와서 내게 "선생님께선 유화진을 위해 뭐라도 좀 쓰셨습니까?"라고 물었다. 나는 "쓰지 않았어"라고 했다. 그녀는 나에게 엄숙하게 "선생님께선 글을 좀 쓰시는 게 좋겠어요. 유화진은 살아 있을 때 선생님의 글을 아주 좋아했어요."라고 했다.

　이 점을 나는 알고 있었다. 내가 편집하던 잡지들은 대개 종종 시작은 있으나 끝이 없는 때문이겠지만 판매가 여태까지 대단히 부진했는데, 그러나 그렇게 생활이 어려운 상황에서도 의연히 『망원(莽原)』의 1년 치를 예약한 사람 중에 그녀가 포함되어 있었던 것이다. 나도 진작부터 무언가 좀 써야 할 필요를 느끼고 있었다. 이는 죽은 자와는 전혀 상관없는 일이겠으나 살아 있는 자로서는 여하튼 이렇게 할 수

---

1) 유화진(劉和珍, 1904~1926) : 강서(江西) 남창(南昌) 사람이며, 북경여자사범대학 영문과 학생이었다. 양덕군(楊德群, 1902~1926) : 호남(湖南) 상음(湘陰) 사람이며, 북경여자사범대학 국문과 예과(預科) 학생이었다.

2) 정(程)군 : 정의지(程毅志)를 가리키며, 호북(湖北) 효감(孝感) 사람이며, 북경여자사범대학 교육과 학생이었다.

밖에 없는 것이다. 만일 내가 "하늘에 계신 영혼"이 정말 있다고 믿는다면 그야 물론 더욱 큰 위안을 얻을 수 있겠지만 — 그러나, 지금은, 오히려 이렇게 할 수밖에 없을 따름이다.

그러나 나는 정말 할 말이 없다. 나는 그저 내가 살고 있는 곳이 결코 인간사회가 아니라고 느낄 뿐이다. 40여 명의 청년들의 피가 내 주위에 가득 차 넘치고 있어 나는 호흡하고 보고 듣는데 곤란을 느끼고 있으니 어찌 할 말이 있을 수 있겠는가? 슬픈 마음을 글로 표현하는 것도 반드시 아픔이 가라앉은 뒤의 일이다. 그런데 그 후 몇몇 이른바 학자문인들의 음험한 논조가 더욱 나를 슬프게 했다. 나는 이미 분노에서 벗어났다. 나는 이 비인간적인 시커먼 비애를 깊이 맛본다. 나의 가장 큰 비통을 비인간들에게 보여줌으로써 그들은 내 고통에 즐거워할 것이며, 이를 후사자(後死者, 나중에 죽을 사람이라는 뜻으로 현재 살아남은 자를 가리킴 — 역자)가 주는 보잘것없는 제물로 삼아 죽은 자의 영전에 삼가 바친다.

2

진정한 용사는 참담한 인생을 용감하게 직면하고, 흥건한 선혈을 용감하게 정시한다. 이 얼마나 슬픈 일이며 행복한 일인가? 그렇지만 조물주는 항상 범인(凡人)들을 위해 설계하여 시간의 경과로써 옛 흔적을 씻어주고 담홍색 피빛과 희미한 비애만 남겨 놓는다. 이 담홍색 핏빛과 희미한 비애 속에서 잠시나마 구차하게 살아가도록 하며, 이 인간적인 듯 비인간적인 듯한 세계를 유지해나가도록 만든다. 나는 이런 세계가 어느 때에 끝이 날지 알지 못한다!

우리는 여전히 이런 세계에 살고 있다. 나도 진작부터 무언가 쓸 필요를 느꼈다. 3월 18일로부터 이미 2주가 지났고 망각의 구세주가 곧 강림할 것이니 나는 무언가 쓸 필요가 생긴 것이다.

3

피살된 40여 청년들 중에 유화진 군은 내 학생이다. 나는 여태껏 그녀를 학생이라고 생각하였고 그렇게 불렀는데, 지금은 오히려 주저하게 되고, 나는 마땅히 그녀에게 나의 비애와 조의를 삼가 바쳐야 한다. 그녀는 "지금까지 구차하게 살아가고 있는 나"의 학생이 아니라 중국을 위해 죽은 중국의 청년인 것이다.

그녀의 이름을 내가 처음 본 것은 작년 초여름에 양음유 여사가 여자 사범대학 교장으로 와서 그 학교 학생자치회 성원 6명을 퇴학시켰을 때이다. 그들 중의 한 사람이 바로 그녀였다. 그러나 나는 얼굴을 알지 못했다. 나중에 아마 유백소가 남녀 무장(武將)을 끌어들여 강제로 그들을 학교 밖으로 끌어낸 이후에 비로소 누군가가 나에게 한 학생을 가리키며 '쟤가 유화진입니다' 하고 알려주었다. 그때 나는 비로소 성명과 실체를 연결시킬 수 있었고, 마음속으로는 오히려 몰래 의아하게 생각했다. 나는 평소에 세력에 굴하지 않고 주위에 널리 비호세력을 가진 교장에 반항하는 학생은 어찌되었건 아무래도 사납고 예리해야 한다고 생각하고 있었는데, 그러나 그녀는 오히려 늘 미소지었고 태도도 아주 온화했다. 쫓겨나가 종모(宗帽) 골목에 자리를 잡고 집을 빌려 수업을 진행하게 되었을 때 그녀는 비로소 내 강의를 들었고, 그러다 보니 만나는 회수도 비교적 많았다. 여전히 시종 미소지었고, 태도도 아주

온화했다. 학교가 옛 모습을 회복하게 되자 이전의 교직원들이 책임을
이미 다했다고 여기고 차례대로 사직할 준비를 하고 있을 때, 나는
비로소 그녀가 모교의 전도를 우려하여 슬퍼하며 눈물을 흘리는 것을
보았다. 종합컨대, 내 기억에서 그때가 영원한 이별이었다.

4

나는 18일 아침에야 비로소 오전에 군중들이 집정부에 청원할 것
이라는 사실을 알았다. 오후에 불길한 소식을 들었는데, 위병대가 갑
자기 총을 쏘아 수백 명의 사상자가 났으며, 유화진 군은 바로 살해
된 자의 명단에 있다는 내용이었다. 그러나 나는 그 소식이 좀처럼
믿어지지 않았다. 나는 여태껏 가장 나쁜 악의로써 중국사람들을 추
측하기를 꺼리지 않는 사람인데, 그렇지만 그 지경으로 비열하고 잔
혹하리라고는 생각지도 못했으며 믿을 수도 없었다. 더욱이 시종 미
소짓고 상냥하던 유화진군이 어째서 이유 없이 집정부의 문앞에서
피투성이가 될 수 있단 말인가?

그렇지만 당일로 사실임이 증명되었으니, 그 증거는 바로 그녀 자
신의 시체였다. 또 하나가 더 있었으니 양덕군 군의 시체였다. 게다
가 이는 살해일 뿐만 아니라 그야말로 학살임을 증명하고 있었다. 왜
냐하면 몸에는 몽둥이로 맞은 상처가 있었기 때문이다.

그러나 단기서 정부는 명령을 내려 그녀들이 "폭도"라고 말했다!

그러나 이어 유언비어가 생겨 그녀들은 남에게 이용된 것이라고
말했다.

그 참상은 차마 눈뜨고 볼 수 없을 정도였고, 유언비어는 더욱 차

마 귀에 담을 수 없을 정도였다. 그러니 나는 무슨 할 말이 있겠는가? 나는 죽어가고 있는 민족이 묵묵히 숨을 죽이고 있는 까닭을 알고 있다. 침묵이여, 침묵! 침묵 속에서 폭발하지 않으면 침묵 속에서 멸망할 것이다.

5

그러나 나는 해야할 말이 있다.

내 눈으로 직접 보지는 않았지만 듣자하니 그녀 유화진 군은 그때 기꺼이 앞으로 나아갔다고 한다. 물론 청원하는 것일 뿐이었으니, 조금이라도 사람의 마음을 가진 자라면 누구라도 그런 그물이 쳐져 있을 것이라고는 예상치 못할 것이다. 그러나 뜻밖에 집정부의 문앞에서 총탄에 맞았고, 등으로 뚫고 들어가 심장과 폐를 비껴지나갔으니 즉사하지는 않았지만 이미 치명적인 상처를 입었던 것이다. 함께 갔던 장정숙(張靜淑) 군은 그녀를 부축하려 했으나 4발의 총을 맞고 꼬꾸라졌으며 그 중의 하나가 권총이었다. 함께 갔던 양덕군 군은 또 그녀를 부축하려 했으나 역시 공격을 받아 총탄이 왼쪽 어깨를 뚫고 들어가 오른쪽 가슴을 관통하여 나왔고, 역시 꼬꾸라졌다. 그러나 그녀는 앉을 수 있었고, 한 병사가 그녀의 두부와 흉부에 몽둥이로 두 번 심하게 공격했으며, 그리하여 죽었다.

시종 미소짓던 상냥한 유화진 군은 분명히 죽었다. 이는 진실이며 그녀 자신의 시체가 그 증거이다. 침착하고 용감하며 우애로운 양덕군 군도 죽었으니 그녀 자신의 시체가 그 증거이다. 다만 동일하게 침착하고 용감하며 우애로운 장정숙 군만이 아직 병원에서 신음하고 있다. 세 여자가 문명인들이 발명한 총탄의 집중사격에도 침착하게 이리저리 움직였으니 이 어찌 놀랍고도 심금을 울리는 위대한 일이 아닌가! 중국 군인들이 여아를 살육한 위대한 공적과 8국 연합군이 학생들을 징벌한 무공은 불행히도 모조리 이 몇 줄기 핏자국에 의해 말살되었다.

그러나 중외(中外)의 살인자는 오히려 각기 얼굴에 피 때가 묻어있다는 것을 모르고 여전히 뻔뻔스럽게 고개를 쳐들고 있다.

6

시간은 영원히 흘러가고 있고, 길거리도 예전대로 태평스럽다. 유한한 몇몇 생명은 중국에서는 아무것도 아니며, 기껏해야 악의가 없는 한가한 사람들이 식사 후에 나누는 이야깃거리로 제공되거나 악의가 있는 사람들에게 "유언비어"를 만드는 씨앗을 제공할 뿐이다. 이 밖의 깊은 의미는 별로 없다고 나는 생각한다. 왜냐하면 이는 실로 맨주먹의 청원에 지나지 않기 때문이다. 혈전(血戰)을 통해 앞으로 나아가고 있는 인류의 역사는 바로 석탄의 형성과 같다. 당시에 대량의 목재가 사용되었지만 그 결과는 오히려 작은 한 덩어리일 뿐이다. 그러나 청원은 거기에 끼이지도 못하며, 더군다나 맨주먹임에랴.

그렇지만 이미 핏자국이 생긴 이상 당연히 자기도 모르게 확대되어 갈 것이다. 적어도 친족, 스승과 친구, 애인의 마음속에 침투하여 설령 세월이 흘러 새빨갛게 씻겨지더라도 희미한 비애 속에 미소짓던 상냥한 옛 모습이 영원히 남아 있을 것이다. 도잠(陶潛)은 이렇게 말했다. "친척은 슬픔이 남아 있건만, 남들은 벌써 노래를 부르고 있다. 죽으면 무슨 말을 하겠는가, 몸은 산언덕에 묻히고 마는 것을.”
만일 이와 같을 수 있다면 이것으로 충분하다.

7

　이미 말했듯이 나는 여태껏 가장 나쁜 악의로써 중국사람들을 추측하기를 꺼리지 않는 사람이다. 그러나 이번에는 오히려 나의 예상을 벗어난 몇 가지 점이 있다. 하나는 당국이 그토록 흉악할 수 있는가 하는 점이고, 하나는 유언비어가 그토록 비열할 수 있는가 하는 점이고, 하나는 중국의 여성이 재난 앞에서도 그토록 침착할 수 있는가 하는 점이다.

　내가 중국 여자들의 일 처리를 목도한 것이 작년부터이다. 비록 소수이긴 하지만 그들의 능숙하고 굳센 모습과 백절불굴의 기개를 보고서 누차 감탄했었다. 빗발치는 총탄 속에서 서로 도우며 죽음을 무릅썼던 이번 사건을 보아 중국여자들의 용감함과 의연함은 비록 음모비계(陰謀秘計)를 만나 수천 년 동안 억압되었지만 끝내 소멸하지 않았다는 것을 증명하기에 충분하다. 만일 이번 사상자들이 장래에 주는 의의를 찾는다면, 그 의의는 바로 여기에 있다.

　구차하게 살아남은 자는 담홍색 핏빛 속에서 어슴푸레하게나마 희미한 희망을 볼 수 있을 것이며, 진정한 용사는 더욱 분연히 앞으로 전진할 것이다.

　오호라, 나는 말이 나오지 않는다. 오직 이로써 유화진군을 기념하고자 한다!

4월 1일

공허한 이야기

1

청원하는 일에 대해 나는 줄곧 찬성하지는 않았다. 그러나 3월 18일에 있었던 그러한 참살을 두려워해서 그런 것은 결코 아니다. 내가 여태껏 "도필리"의 눈으로 우리 중국인들을 엿보아왔지만 그런 참살은 꿈에도 생각하지 못했다. 단지 그들은 마비되어 있고 양심이 없고 더불어 말할 것이 못된다고만 알고 있었으며, 더군다나 청원에 대해, 그것도 맨주먹에 대해 그토록 음험하고 악랄하고 흉악하고 잔인할 줄은 미처 예상치 못했다. 예측할 수 있었던 사람은 아마 단기서, 가덕요(賈德耀), 장사조 및 그들의 일당들뿐이었을 것이다. 47명의 남녀 청년들의 생명은 완전히 속임을 당한 것이고, 그야말로 유살(誘殺)된 것이다.

어떤 놈들 — 나는 이를 무엇이라 불러야 할지 생각이 떠오르지 않는다 — 은 군중의 지도자는 마땅히 도의적인 책임을 져야 한다고 말한다. 이런 놈들은 마치 맨주먹의 군중에 대해서는 당연히 총을 쏴야 하며 집정부 앞은 원래 "사지(死地)"이니 죽은자는 스스로 그물에 뛰어든 꼴이라고 인정하는 듯하다. 군중의 지도자는 본래 단기서 등과 마음이 서로 통하지 않았고 또 서로 교류한 적도 없었으니 어찌 음험한 그런 악랄한 수법을 예상할 수 있었겠는가. 이런 악랄한 수법은 약간이라도 인간미가 있는 자라면 도저히 예상할 수 없었을 것이다.

만일 군중의 지도자의 과실을 억지로 집어내자면, 첫째는 청원이 여전히 유용하다고 생각한 점, 둘째는 상대를 너무 좋게 보았다는 점, 이 두 가지라고 나는 생각한다.

2

그러나 이상의 것도 여전히 사후의 말이다. 생각건대, 이 사건이 발생하기 전에는 아마 누구도 이런 참극이 벌어지리라 예상치 못했을 것이며, 기껏해야 관례대로 헛수고를 하겠거니 라고 생각했을 뿐이리라. 다만 학문을 가진 총명인만이 미리 예상할 수 있어서 청원은 바로 헛되이 목숨을 잃는 것이라고 생각했을 것이다.

진원 교수는 「한담」에서 이렇게 말했다. "우리가 만약 이후에는 군중운동에 되도록 참가하지 말라고 여지사(女志士)들에게 충고한다면, 그녀들은 틀림없이 우리가 자기들을 무시한다고 말할 것이므로 우리도 감히 쓸데없는 말참견을 하지 못하겠다. 그러나 우리는 미성년의 남녀 아이들에게 이후부터 어떤 운동에도 더 이상 참가하지 않기를 바라마지 않는다."(『현대평론』 68호) 왜 그런가? 왜냐하면 각종 운동에 참가하면 심지어 이번의 일처럼 "총칼이 숲을 이루고 총탄이 빗발치는 위험을 무릅써야 하고 짓밟히고 사상(死傷)당할 고통을 감수해야 하기" 때문이다.

이번에 47명의 생명을 이용하여 겨우 다음과 같은 견식을 얻었을 뿐이다. 즉 본국의 집정부 앞은 "총칼이 숲을 이루고 총탄이 빗발치는" 곳이며, 헛되이 죽으러 가려면 반드시 성년이 된 뒤에 자원해서

가야 한다는 점이다.

"여지사"와 "미성년의 남녀 아이들"이 학교운동회에 참가하는 것은 아마 그다지 큰 위험에 이르지는 않을 것이라고 나는 생각한다. "총칼이 숲을 이루고 총탄이 빗발치는" 가운데 청원하는 경우에는 비록 성년의 남지사(男志士)라 하더라도 이후부터 그만둘 것을 절실히 기억해두어야 한다.

도대체 지금 어떠한가를 보라. 시문 몇 편이 더 늘었고 이야깃거리가 약간 더 늘었을 뿐이다. 몇몇 명인과 어떤 당국자가 장지(葬地)를 상담하고 있고, 대규모 청원에서 소규모 청원으로 바뀌었다. 매장은 물론 가장 타당한 수습이다. 그렇지만 아주 이상한 것은, 마치 이 47명의 죽은자들이 사후에 묻힐 곳이 없을까봐 두려워서 특별히 관유지를 쟁취하고자 한 듯하다는 점이다. 만생원(萬生園)은 그토록 가깝지만 사열사(四烈士)의 무덤 앞에는 글자 하나 새기지 않은 세 개의 비석이 있다. 하물며 멀리 벽지에 있는 원명원(圓明園) 같은 것은 일러 무엇하랴.

죽은자들이 만일 살아 있는 사람의 마음 속에 묻히지 않으면 그것은 정말로 죽은 것이다.

3

개혁은 물론 늘 유혈을 피할 수 없다. 그러나 유혈이 곧 개혁과 동일한 것은 아니다. 피의 운동은 바로 돈과 마찬가지로 인색해서는 물론 안되겠지만 낭비도 큰 오산이다. 나는 이번의 희생자들에 대해 대단히 슬픔을 느낀다.

그러나 이제부터 이러한 청원은 그만두는 게 좋겠다고 생각한다.

청원은 비록 어느 나라에서나 항상 있는 일지만 죽음에 이르지는 않는다. 그러나 "숲을 이루는 총칼과 빗발치는 총탄"을 제거하지 않는다면 중국은 예외라는 점을 이미 우리는 알게 되었다. 정규적인 전법(戰法)도 반드시 상대가 영웅이라야 적용할 수 있다. 한나라 말엽은 아무래도 인심(人心)이 아주 소박한 때인데, 소설에 나오는 이야기를 하나 인용하더라도 양해하길 바란다. 즉 허저(許褚)가 알몸으로 싸움터로 나섰다가 화살 여러 개를 맞았다. 그런데 김성탄(金聖嘆)은 "누가 그대더러 웃통을 벗으라고 했던가?"라고 말하며 그를 비웃었다.

오늘날과 같이 여러 가지 화기(火器)를 발명한 시대에는 교전에서 참호전을 사용한다. 이는 결코 생명을 아껴서가 아니라 생명을 헛되이 버리지 않으려는 것이다. 왜냐하면 전사(戰士)의 생명은 소중한 것이기 때문이다. 전사가 많지 않은 곳에서는 이런 생명이 더욱 소중하다. 소중하다고 말한 것은 결코 "보배처럼 집안에 감추어 두라"는 것이 아니며, 바로 작은 자본으로 큰 이자를 벌자는 것이요, 적어도 수지맞는 장사를 해야 한다는 것이다. 피의 홍수로 적 한 사람을 빠뜨려 죽이는 일, 동포의 시체로 결함 하나를 메우는 일은 이미 진부한 말이 되었다. 최신의 전술의 관점에서 보면 이는 얼마나 큰 손실인가.

이번에 죽은자들이 뒷사람에게 남겨준 공덕은, 여러 놈들의 가면을 찢어놓았고, 예상 밖의 음험하고 악랄한 그들의 마음을 드러내었고, 계속 투쟁하는 자들에게 다른 방법으로 싸워나갈 것을 가르쳐주었다는 점이다.

4월 2일

이런 "빨갱이 토벌"

북경과 천진 사이에 크고 작은 여러 차례 전쟁이 일어나 얼마인지 모를 정도로 많은 사람들이 전사했는데, "빨갱이 토벌"을 위한 것이었다. 집정부 앞에서 일제 총격이 있어서 청원자 47명이 맞아 죽었고 백여 명이 다쳤으며, "폭도를 이끈" 서겸 등 5인이 지명수배를 받았는데, "빨갱이 토벌"을 위한 것이었다. 봉천(奉天) 비행기가 세 차례나 북경의 상공에 나타나 폭탄을 떨어뜨려 부인 2명을 죽이고 누런 강아지 한 마리를 다치게 했는데, "빨갱이 토벌"을 위한 것이었다.

북경 천진 사이에서 전사한 병사와 북경에서 폭탄이 터져 죽은 부인 2명과 폭탄이 터져 다친 누런 강아지 한 마리는 "빨갱이"인지 아닌지 아직 "명확한 발표"가 없어 비천한 백성들은 알 길이 없다. 집정부 앞에서 47명을 총살한 사건의 경우 첫 번째 "명확한 발표"에서는 "과실 상해"라고 했다. 경사(京師)지방검찰청의 공식공문에서는 "이번 집회의 청원 목적은 정당한 것이었으며, 또한 부정한 행위는 없었다"라고 했다. 그리고 국무원회의에서도 "우대하여 구제할" 것이라 했다. 그런데 서겸 등이 이끈 "폭도"들은 어디로 가버린 것인가? 그들은 모두 부적을 가지고 있어서 총포를 피할 수 있었단 말인가?

종합해서 말하면 "토벌"은 "토벌"이었다 하더라도 "빨갱이"는 어디에 있는가?

그런데 "빨갱이"는 어디에 있는가 라는 것은 잠시 논하지 않기로 한다. 결국 "열사"들은 매장되었고, 서겸 등은 도망했고, 아관위원회 (俄款委員會) 위원 두 자리가 비게 되었다. 6일 『경보(京報)』에서는 이렇게 말했다. "어제 9개교 교직원연석회의 대표가 법정대학(法政大學)에서 회의를 열었고, 사량조(査良釗) 주석이 먼저, 일전에 아관위원회 조직개편에 관한 일을 교육부장 호인원(胡仁源)과 상의한 상황을 보고했다. 다음으로 모 대표가 발언했는데, 그 요지는 이랬다. 정부가 이번에 외교부, 교육부, 재정부 세 부서의 사무관으로 위원을 보충할 계획인데, 우리들은 결사 반대해야 한다. 결코 해당 인물의 인격을 반대하는 것은 아니지만 사실 러시아의 반환금의 액수는 대단히 크고 중국교육계가 의존하는 바도 매우 깊기 때문에……."

또 한 가지 뉴스가 있었는데, 제목은 "5개 사립대학에서도 역시 아관위원회에 주목하고 있다"는 것이었다.

47명의 죽음이 "중국교육계"에 미친 공헌이 실로 적지 않다. "우대하여 구제한다" 해도 어느 누가 부당하다고 말하겠는가!?

그리고 지금 이후로 아마 "중국교육계"에서는 더 이상 자기에 반대하는 자를 "루블 당"이라고 부르지는 않겠지?

4월 6일

꽃 없는 장미 3

1

천진에 쌓여 있던 종이가 북경으로 운반되지 못하는 바람에 책 인쇄조차도 전쟁의 영향을 상당히 받았고, 나의 지난 잡감을 모아 편집한 『화개집』이 인쇄에 부친 지 2개월 지났지만 조판과 교정이 아직 절반에도 미치지 못했다. 애석하게도 일전에 그 책의 예고가 실리자 진원 교수의 "반광고(反廣告)"를 이끌어내게 되었다. ―

"나는 내가 노신 선생의 인격을 존경하지 않기 때문에 그의 소설이 나쁘다고 말할 수 없으며, 나는 또 그의 소설에 감탄하기 때문에 그의 나머지 글을 칭찬할 수는 없다. 그의 잡감은 『열풍』 중의 두세 편을 제외하고 그야말로 일독(一讀)의 가치도 없다고 생각한다."(『현대평론』 71호 「한담」)

이 얼마나 공평한가! 원래 나는 "지금이 예전보다 못한" 사람이다. 『화개집』의 판로는 『열풍』과 비교하여 꽤 비관적일지도 모르겠다. 그리고 나의 소설 창작이 "인격"과 무관하다니 뜻밖이다. "비인격"적인 일종의 글, 신문기사와 같은 것만이 교수를 감탄케 할 수 있으니, 중국은 마치 날로 그 빛이 이상하리 만치 현란하게 빛나는 듯하다. 그렇지만 "그야말로 일독의 가치도 없는" 잡감은 그래도 존재할 것이리라.

2

저 유명한 소설 『돈 키호테(Don Quijote)』를 지은 세르반테스(M. de Cervantes) 선생은 가난 때문에 그것을 지었는데, 그는 거지와 같았다고 말하지만 이는 중국학자들 사이에서 특별히 유행하는 일종의 유언비어에 지나지 않는다. 돈 키호테는 협객소설을 보고 미쳐서 스스로 협객이 되어 마음에 불평을 품었다고 세르반테스는 말했다. 그의 가족이 괴이하게 지어진 책이라는 것을 알고 이웃집 이발사에게 조사를 부탁했다. 이발사는 괜찮은 몇 부(部)만 뽑아 남겨놓고 그 나머지는 모두 태워버렸다.

아마 태워버렸을 것인 바, 기억이 분명하지는 않다. 몇 종인지도 잊어버렸다. 생각건대, 저 "좋은 책"으로 분류된 작가들은 당시 이 소설 속의 책 목록을 보고서 아마 얼굴이 귀밑까지 빨개지며 쓴웃음을 짓지 않을 수 없었을 것이리라.

중국은 비록 날로 그 빛이 이상하리 만치 현란하게 빛나는 듯하지만, 오호애재라, 우리는 "쓴웃음"조차도 얻을 수 없다.

3

누군가가 다른 성(省)에서 편지를 보내와 내게 평안한가를 물었다.

그는 북경의 상황을 잘 몰라 유언비어에 속은 것이다.

북경의 유언비어 보도는 원세개의 칭제(稱帝), 장훈의 복벽(復辟), 장사조의 "학풍을 정돈한다" 이후로 한 계통으로 이어져와 여태껏 그러했다. 지금도 물론 그러하다.

첫 번째로는 모 쪽에서 모 학교를 봉쇄하려고 모 사람 모 사람을 체포했다 라는 내용이었다. 이것은 날조하여 모 학교 모 사람에게 보여 위협하고 또 위협하려는 것이다.

두 번째로는 모 학교는 이미 텅 비었고 모 사람도 달아났다 라는 내용이었다. 이것은 날조하여 모 쪽에게 보여 선동하고 또 선동하려는 것이다.

또 하나는 모 쪽은 이미 갑의 학교를 수색 조사하였고, 이제 을의 학교를 수색 조사할 것이다 라는 내용이었다. 이것은 을의 학교를 위협하고 모 쪽을 선동하려는 것이다.

"평생동안 마음에 부끄러운 일 하지 않았으니, 한밤에 귀신이 문을 두드려도 두려워하지 않는다." 을의 학교는 스스로 마음에 켕기지 않으니 어찌 위협을 당할 수 있겠는가? 그렇지만 조급하게 굴지 않고 참을성 있게 기다리자. 또 하나는 을의 학교에서 어젯밤 밤을 세워가며 빨갱이 서적을 완전히 불태웠다는 내용이었다.

그리하여 갑의 학교는 이를 바로잡아 아직 수색 조사하지 않았다고 말하고, 을의 학교는 이를 바로잡아 결코 그런 서적은 없다고 말한다.

4

그리하여 구도덕을 수호하는 신문기자, 온건한 대학교장[1])도 육국반점(六國飯店)에 들어가 지내고 공리(公理)를 말하는 대형 신문도 간판을 떼어내고, 학교의 수위실에서도『현대평론』을 팔지 않는다. 대체로 "뜨거운 불이 산을 태우면 옥과 돌이 함께 불탄다"[2])라는 의미이다.

사실 이 지경에까지 이르지는 않았다고 나는 생각한다. 그렇지만 헛소문이라는 것은 분명 날조자가 원래부터 마음속으로 바라던 내용이며, 우리는 이를 빌어 일부 사람들의 생각과 행위를 엿볼 수 있다.

5

중화민국 9년 7월에 직환(直皖, 직계와 환계의 군벌—역자)전쟁이 시작되었다. 8월에 환군(皖軍)이 궤멸되어 서수쟁(徐樹錚) 등 9명이 일본 공사관에 피신했다. 이 때 또 작은 수작을 부렸는데 일부 정인군자 —지금의 일부 정인군자가 아니다— 가 직파(直派) 무인에게 유세하

1) 성사아(成舍我), 장몽린(蔣夢麟) 등을 가리킨다. 1926년 4월 28일 상해『시사신보(時事新報)』와 동년 5월 1일 광주(廣州)『향도(向導)』주보 제151기의 보도에 따르면 "빨갱이 박멸"을 표방한 봉군(奉軍) 및 직노연군(直魯聯軍)이 북경을 점령하고 또『경보』의 사장 소표평(邵飄萍) 등을 총살하는 강경한 진압수단을 사용한 뒤 북경의 언론계와 학계는 온통 공포에 싸였고,『세계만보(世界晚報)』의 성사아,『중미만보(中美晚報)』의 송발상(宋發祥)과 "본디 온건하다 할 수 있는 북경대학 대리교장 장몽린" 등은 모두 차례로 도망하여 숨었다.

2) 이 말은『상서·윤정(尙書·胤征)』에 나온다. 좋은 것이든 나쁜 것이든 다 끝장이다라는 뜻이다.

며 개혁논자를 살육할 것을 요구했다. 결국엔 성과가 없었고, 곧 이 일도 이미 사람들의 기억에서 사라졌다. 그러나 그 해 8월의『북경일보(北京日報)』를 펼쳐보면 커다란 광고를 하나 볼 수 있는데, 거기에는 어떤 위대한 영웅이 승리를 얻은 뒤에는 반드시 사설(邪說)을 일소하고 이단 따위의 고색 창연한 것들을 살육해야 한다는 명언이 담겨 있다.

그 광고에 서명도 있으나 여기서 꼭 밝힐 필요는 없다. 그렇지만 지금 보이지 않는 곳에 숨어 있는 유언비어가와 비교하면 아무래도 "지금이 예전보다 못하다"는 느낌이 든다. 생각건대, 백년 이전이 지금보다 낫고, 천년 이전이 백년 전보다 낫고, 만년 이전이 천년 전보다 낫다…… 특히 중국에서는 확실한 것이리라.

6

신문지상의 한쪽 구석에는 항상 청년들을 간곡하게 타이르는 훈계를 볼 수 있다. 삼가 글자와 종이를 아끼라느니, 국학에 유념하라느니, 입센과 같이 로맹 롤랑과 같이 하라느니 하는 내용이다. 때와 문장이 상이하지만 함의는 오히려 내 귀에 아주 익숙한, 즉 내가 어렸을 때 들었던 명망 높은 노인들의 훈계와 꼭 닮은 것으로 느껴졌다.

이것은 마치 "지금이 예전보다 못하다"는 반증(反證)인 듯하다. 그러나 세상일은 다 예외가 있으니 이상에서 말한 내용, 이것도 예외로 간주할 수 있으리라.

5월 6일

새로운 장미 — 그렇지만 여전히 꽃이 없다

『어사(語絲)』가 형식면에서 20절판으로 고치기로 했기 때문에 나도 옛 제목을 더 이상 사용하고 싶지 않아서 파격적으로 분발하여 "새로운 장미"를 쓰려고 한다.

— 그런데 이번에는 꽃이 필 것인가?

— 음음, — 그렇지 않을 것이리라.

나는 대개 내 자신을 위주로 한다는 것을 진작부터 알고 있다. 이치를 논할 때 그것은 "내가 생각하는" 이치이며, 상황을 기억할 때 그것은 내가 본 상황이다. 듣자하니 1월 이전에 살구꽃과 벽도(碧桃)가 모두 꽃이 피었다고 한다. 나는 보지 못했으니 살구꽃과 벽도가 있다고 여기지 않는다.

— 그렇지만 그런 것들은 존재하고 있다. — 학자들은 아마 이렇게 말할 것이다.

— 좋아! 그렇다면 그렇게 하시지. — 이는 내가 학자들에게 정중하게 아뢰는 말이다.

일부 "공리"를 말하는 사람들은 나의 잡감은 읽을 가치도 없다고 말한다. 그야 틀림없는 사실이다. 사실 그가 나의 잡감을 본다면 우선 스스로 혼을 잃어버릴 것이다. — 가령 그도 혼이 있다고 한다면 말이다. 내 말이 만일 "공리"를 말하는 자의 비위에 맞을 수 있다면 나 역시 "공리유지회"의 회원이 되지 않았겠는가? 나 역시 그 사람이 되거나 그 밖의 일체의 회원처럼 되지 않았겠는가? 많은 사람들의 많은 말들이 한 사람의 한 마디 말과 같지 않았겠는가?

공리는 하나가 있을 뿐이다. 그렇지만 듣자하니 이것은 벌써 그들이 가져갔다고 하며 그래서 내겐 진작부터 아무것도 없었다.

이번에 "북경 성내의 외국기"가 특별히 더 많아진 것 같다. 이로 말미암아 학자들은 이렇게 분개했다. "…… 동교민항(東交民巷) 경계선 이외에는 중국인과 외국인을 막론하고 외국 국기를 꽂아 그것을 빌어 생명과 재산을 보호하는 호신부로 삼아서는 안 된다."

이는 정확한 말이다. "생명과 재산을 보호하는 호신부"의 경우 우리는 별도로 "법률"이 있어야 한다.

만약 그래도 마음이 놓이지 않는다면 일종의 완전하고 확실한 깃발, 즉 적십자기 卍를 사용하라. 중외(中外)의 사이에 끼여 있고 "무치(無恥)"와 유치(有恥)를 초월하고 있다. ─ 확실히 좋은 깃발이다!

청말(清末) 이래로 "국사(國事)를 논하지 말라"라는 표어가 술집이나 음식점에 붙어 있었는데, 지금까지도 변발에 발맞추어 사라지지는 않았다. 그래서 때때로 붓을 잡는 사람을 몹시 비난했다.

그러나 지금은 일종의 흥미로운 일, 즉 남이 글로 인해 재앙을 당하길 바라는 사람이 쓴 글을 볼 수 있다.

총명인의 어투도 날로 총명함을 더하고 있다. 3월 18일에 상해를 입은 학생들은 동정할 만한데, 왜냐하면 본래 학생들은 가고 싶지 않았으나 교직원의 꼬드김에 넘어갔기 때문이라는 것이다. "직접적이든 간접적이든 소련의 돈을 사용한 사람"에 대해서는 정상을 참작할 만한데, 왜냐하면 "그들 스스로는 배고픔을 견딜 수 있지만 아내와 자녀가 밥을 먹지 않을 수 없기 때문이다!"라는 것이다.

갑을 제쳐놓으면서 을을 함정에 빠뜨리고, 사정을 양해하면서 실제로는 죄를 굳힌다. 특히 그들의 행동과 주장은 모두 한푼 어치의 가치도 없는 것으로 보인다.

그렇지만 듣자하니 조자앙의 말 그림은 오히려 거울에 비쳐진 내 자신의 형상이라 한다.

"아내와 자녀가 밥을 먹지 않을 수 없기" 때문에 "산아제한 문제"가 발생하는 것은 당연하다. 그러나 얼마 전 상거 부인[1]이 중국에 왔을 때 "일부 지사"들은 오히려 크게 불만을 터뜨리며 그녀가 중국인의 멸종을 부르고 있다고 말했다.

독신주의는 아직도 많은 사람들이 반대하고 있어서 산아제한도 실행할 수 없다. 극빈한 신사들에게 목하 가장 좋은 방법은 돈 있는 여인을 아내로 맞이하는 것보다 더 나은 것이 없다고 나는 생각한다.

'입으로는 반드시 "사랑"을 위해서라고 말해야 한다'는 이 비결을 아예 완전히 전수해버리자.

"소련의 돈" 15만 원이 이번에는 교육부와 교육계 사이에 갈등을 초래했는데, 왜냐하면 모두들 조금씩이라도 원했기 때문이다.

이것도 아마 "아내와 자녀" 때문일 것이다. 그러나 이 루블 뭉칫돈

---

1) 산거 부인(M. Sanger) : 미국인이다. 1914년부터 그녀는 신 마샬주의의 관점에서 적극적으로 산아제한운동을 제창했다. 1922년 4월에 중국에 와서 선전활동을 전개했다.

은 그 루블 뭉칫돈과 같지 않다. 이것은 반환한 경자(庚子) 배상금이다. 즉 권비(拳匪)가 "부청멸양(扶淸滅洋)"을 주장하고 각 국 연합군이 북경에 들어온 여택(餘澤)이다.[2]

그 연대는 기억하기 아주 쉽다. 19세기 말이요 1900년이다. 26년 뒤 우리는 "간접적으로" 권비의 돈을 사용해서 "아내와 자녀"에게 밥을 먹이고 있는 것이다. 만약 대사형(大師兄)[3]이 영혼이 있다면 분명 망연자실할 것이다.

그리고 각 국이 중국에 와서 "문화사업"을 하는 데 사용하는 비용도 역시 이 돈의 일부이다…….

5월 23일

---

2) 청말 중국 북방에서 농민과 수공업노동자가 중심이 되어 제국주의에 반대하는 의화단운동이 폭발했다. 그들은 낙후한 미신적인 조직방식과 투쟁방식으로 권회(拳會)를 설립하고, 권봉(拳棒)을 연습했는데, 때문에 당시 통치계급과 제국주의는 그들을 "권비(拳匪)"라고 멸시했다. 의화단이 처음이 제기한 구호는 "반청멸양(反淸滅洋)"이었고, 나중에 일부 지도자들이 "부청멸양(扶淸滅洋)"으로 구호를 고쳤다. 1900년[경자(庚子)년]에 러시아, 독일, 미국, 영국, 프랑스, 일본, 이탈리아, 오스트리아 8개국 제국주의는 중국침략연합군(侵華聯軍)을 조직해 잔혹하게 의화단운동을 진압했고, 또 북경을 점령해 청 왕조와 1901년 9월 매국적인 「신축조약(辛丑條約)」을 체결하고 백은(白銀) 4억 5천만 양이라는 거액의 배상금을 받아냈다. 이것이 바로 이른바 "경자 배상금"이다. 10월 혁명 후 소련정부는 "경자 배상금" 중에서 아직 지급되지 않은 부분을 반환하기로 결정했다.

3) 대사형(大師兄) : 의화단(義和團)에서 비교적 낮은 지도자이다. 의화단이 권술을 수련할 때 대략 25명을 묶어 하나의 조직으로 만들고 매 조직에 우두머리 한 사람을 두어 그를 대사형이라 불렀다.

다시 한번 더

작년에 『열풍』을 엮을 때 이른바 "마음씨가 진실하고 순후한" 신사들의 뜻에 따라 여러 편을 삭제했었다. 그러나 1편은 함께 엮고 싶었지만 원고를 잃어버려 빠진 채로 둘 수밖에 없었다. 지금 갑자기 찾아냈다. 『열풍』을 재판할 때 이 편을 더하고 광고를 게재하여 맹목적으로 내 글을 신봉하는 독자들에게 다시 한 권을 더 사게 한다면 내게도 이익이 없지 않을 것이다. 그러나 그만두자. 이는 그다지 흥미로운 일이 아니다. 다시 한번 더 게재하여 장래에 잡감 제3집에 수록하여 보유(補遺)로 삼는 것이 더 나으리라.

이것은 장사조 선생에 관한 것이다 —

"두 개의 복숭아로 세 명의 독서인을 죽였다"

장행엄(章行嚴, 장사조-역자) 선생은 상해에서 그의 이른바 "신문화"를 비판하면서 "두 복숭아로 세 선비를 죽이다(二桃殺三士, 고문으로 씌어진 문장-역자)"는 얼마나 좋은가, "두 개의 복숭아로 세 명의 독서인을 죽였다(兩個桃子殺了三個讀書人, 백화문으로 씌어진 문장-역자)는 얼마나 나쁜가"라고 말하고, 신문화는 "역시 그만둘 수 없는 것인가?"라고 매듭지었다.

역시 아주 그만둘 수 있는 것이다! "두 복숭아가 세 선비를 죽였다(二桃殺三士)"는 흔히 쓰이지 않는 전고가 아니며 구문화의 책에서 항상 볼 수 있는 문장이다. 그러나 기왕에 "누가 이를 위해 계획을 꾸밀 수 있을까? 상국(相國, 재상—역자)인 제(齊)나라 안자(晏子)이다."라고 하지 않았던가. 우리는 곧 『안자춘추(晏子春秋)』를 보자.

『안자춘추』는 지금 상해 석인본(石印本)이 있어 쉽게 입수할 수 있으며, 이 전고는 이 석인본의 권2에 있다. 대의는 이렇다. "공손접(公孫接), 전개강(田開疆), 고야자(古冶子)가 경공(景公)을 섬기는데, 호랑이를 잡는 용맹과 기운으로써 소문이 나 있어 안자(晏子)가 지나는 길에 들러보았고, 세 사람은 일어나지 않았다." 그리하여 안(晏) 노선생은 무례하다고 여기고 경공에게 그들을 제거해야 한다고 말했다. 그 방법은 이런 것이었다. 경공에게 부탁하여 누군가를 시켜 그들에게 복숭아 두 개를 보내주고 "당신들 세 사람이 공로에 따라 복숭아를 먹도록 하시오"하는 것이었다. 아, 그러자 소동이 벌어졌다.

"공손접이 하늘을 쳐다보고 탄식하며 말했다. '안자는 지략가이다. 경공을 시켜 우리의 공로를 헤아리려는 것이다. 복숭아를 받지 않으면 용기가 없는 것이다. 선비는 많고 복숭아는 적으니 어찌 공로를 헤아리지 않고 복숭아를 먹겠는가? 나는 먼저 늑대를 잡고 다시 호랑이를 잡았으니 내 공로로 말하자면 복숭아를 먹을 수 있으며 남들과는 다르다.' 복숭아를 손에 쥐고 일어났다.'"

"전개강이 말했다. '나는 싸움에서 삼군(三軍)을 물리친 것이 두 번이다. 내 공로로 말하자면 복숭아를 먹을 수 있으며 남들과는 다르다.' 복숭아를 손에 쥐고 일어났다."

"고야자가 말했다. '나는 일찍이 군(君)을 따라 강을 건너는데,

큰 자라가 수레를 끄는 왼쪽 말(左驂)[1]을 입에 물고 지주(砥柱)[2]의 물 속으로 들어갔다. 바로 그때 나는 어려서 헤엄을 칠 수 없었고 잠수하여 물을 거슬러 100보를 가고, 물의 흐름을 따라 9리를 가서 큰 자라를 잡아죽이고 왼손에는 말꼬리를 잡고, 오른손에는 큰 자라의 머리를 들고 학처럼 뛰어올라 나왔다. 나루터 사람들은 모두 하백(河伯)이라 말했다. 나는 큰 자라와 견주어 보면 큰 자라의 우두머리이다. 나의 공로로 말하자면 복숭아를 먹을 수 있으며 남들과는 다르다! 두 사람이 어찌 복숭아를 돌려주지 않겠는가?' 칼을 뽑아 일어났다."

책을 그대로 옮기는 일은 너무 싫다. 종합해서 말하면, 그 두 선비는 공로가 고야자만 못함을 스스로 부끄럽게 여겨 자살했다. 고야자는 홀로 살아남고 싶지 않아 역시 자살했다. 그리하여 "두 복숭아로 세 선비를 죽이는" 일을 성공했다.

우리는 비록 이 세 선비가 구문화에 대한 소양이 있었는지 그렇지 않은지 모르지만 책에서 "용맹과 힘으로써 소문이 나 있다"고 한 이상 그들을 "독서인"이라 할 수 없다. 가령 『양부음(梁父吟)』에는 "두 복숭아로 세 용사(勇士)를 죽이다(二桃殺三勇士)"라고 하였는데, 물론 더욱더 명료하다. 애석하게도 이것은 오언시(五言詩)라서 글자를 더할 수 없으니 "두 복숭아로 세 선비를 죽이다(二桃殺三士)"라고 하지 않을 수 없고, 그리하여 장행엄 선생이 "두 개의 복숭아로 세 명의 독서인을 죽였다"라고 해석한 것에 해를 끼쳤다.

---

1) (역주) 좌참(左驂) : 옛날 수레를 끄는 네 마리 말 중에서 바깥쪽 두 말을 참(驂)이라 하는데, 좌참은 왼쪽의 바깥쪽 말을 가리킨다.

2) (역주) 황하 한가운데에 있는 지주(砥柱)를 가리키는데, 황하의 세찬 물결 속에서도 변함 없이 우뚝 서 있다는 뜻을 포함하고 있다.

구문화는 실로 해석하기 너무 어렵고, 전고도 그야말로 기억하기 너무 어렵다. 그런데 그 두 개의 옛 복숭아 역시 아무래도 너무 기괴하다. 그때 세 명의 독서인은 그것 때문에 목숨을 잃게 되었을 뿐 아니라 지금에 이르러서도 한 독서인이 그것 때문에 망신을 당하게 되었으니 "역시 그만둘 수 없는 것인가!"

나는 작년에 "매하유황(每下愈況)"3) 문제 때문에 스스로 공평하다고 여기는 일부 청년들로부터 교훈을 받았던 적이 있는데, 장사조가 나의 "첨사"자리를 면직시켰기 때문에 내가 그를 그렇게 조소한 것이라고 말했다. 지금 나는 여기서 특별히 밝혀두지 않을 수 없다. 윗글은 1923년 9월에 지어져 『신보부간(晨報副刊)』에 실렸던 것이다. 그때의 『신보부간』은 편집자가 타고르 선생을 모셨던 "시철(詩哲)"(서지마를 가리킴—역자)이 아직 아니었고 다른 사람을 죽음으로 몰아붙이고 내 자신을 목 졸라 죽일 사명을 아직 지고 있지 않았으므로 간혹 나 같은 속인(俗人)들의 글도 조금은 실었다. 그리고 그때 나는 나중에 "고동(孤桐) 선생"이라고 불리게 된 사람과는 "사소한 원한"조차도 전혀 없었다. 그때의 "동기"는 대체로 백화의 유행에 약간이라도 도움을 주고자 했던 것에 지나지 않는다.

이렇게 "재앙이 입으로부터 나오는" 때에 나 자신에 대해서도 좀 더 주도면밀하게 변호를 해야겠다. 혹자는, 아무래도 이번에 보충하면 오히려 "물에 빠진 개를 때리는" 혐의가 있어서 "동기"가 아주

---

3) "매하유황(每下愈況)": 『장자·지북유(莊子·知北游)』에 나온다. 장태염(章太炎)은 『신방언·석사(新方言·釋詞)』에서 "유황(愈況)은 더욱 심하다는 뜻이다"라고 했다. 장사조는 『갑인』주간 제1권 제3호(1925년 8월 1일)의 「고동잡기(孤桐雜記)」에서 이 성어를 "매황유하(每況愈下)"로 잘못 사용했다.

“불순하다”고 말할지도 모르겠다. 그렇지만 나는 결코 그렇지 않다고 생각한다. 물론 얼마 전까지만 하더라도 사조 비서장(장사조를 가리킴—역자)이 군막에서 전략을 세우고 공리를 내세워 사욕을 채우고 학생들을 죽일 계략을 꾸미고 자기를 반대하는 자를 지명수배할 즈음, “정인군자”들이 때로는 서로 도와가며 수배를 받은 제인(諸人)들이 도망치는 것을 비웃고, 때로는 “고동 선생” “고동 선생”하면서 열렬하게 부를 때와 비교해보면 현재 그야말로 몰락한 느낌이 없지 않다. 그러나 내가 보기에 그는 아직 물에 빠지지 않았으며, 다만 조계(租界)에서 “편안히 지내고” 있을 뿐이다. 북경은 예전처럼 그가 사육한 놈들이 이빨을 드러내고 발톱을 치켜세우고 있고, 그와 결탁한 신문사들이 시비를 전도시키고 있고, 그가 배양한 여자학교가 풍파를 일으키고 있다. 여전히 그의 세계인 것이다.

“복숭아” 위에 작은 타격을 가하는 것을 어찌 “물에 빠진 개를 때리는” 것과 동일하게 취급할 수 있겠는가?!

그러나 어찌된 영문인지 이 “고동 선생”은 뜻밖에 『갑인』에서 변론하면서 이것은 하찮은 일에 지나지 않는다고 여겼다. 이는 정말이며 하찮은 일에 지나지 않는다. 잘못을 조금 했으니 어찌 해를 입히겠는가? 설령 안자(晏子)를 모르고 제(齊)나라를 모르더라도 중국에 대해서는 손상됨이 없다. 농민 중에 누가 『양부음』을 이해하겠는가. 농업은 여전히 나라를 구할 수 있는 것이다.4) 그러나 나는 백화를 공격하는 호쾌한 행동은 꼭 그렇게 할 필요는 없다고 생각한다. 백화로 문언을 대신하는 것은 설령 부적절한 데가 좀 있다고 하더라도 여하튼 하찮은 일에 지나지 않는다.

---

4) 이 말은 장사조의 이른바 농업구국론을 공격하기 위한 것이다.

나는 비록 "고동 선생"의 문하에서 깊이 연구한 적이 없고, 책상에
도 가득하고 침상에도 가득하고 바닥에도 가득한 독일어서적 따위를
볼 영광이 없었지만, 우연히 그가 발표한 "문언(文言)"을 보고서, 법
률은 믿을 것이 못되고 도덕습관은 한번 형성되면 불변하는 것이 아
니고 문자언어는 반드시 변한다는 사실에 대해 실은 그도 이해하고
있다는 것을 알게 되었다. 이해하고서 정직하게 있는 그대로 말하는
사람은 곧 개혁자가 된다. 이해하고서 말하지 않으면 도리어 그것을
이용하여 남들을 기만하게 되고 "고동 선생" 및 그 "부류"가 된다.
그가 문언을 보호하는 것도 속내를 보면 역시 그런 것에 지나지 않
는다.

만약 나의 검증이 정확한 것이라면, "고동 선생"은 아마도 「한담」
에서 말한 이른바 "일부 지사"의 통폐(通弊)에 물들고 "아내와 자녀"
에 연루되어 이후로 반드시 독일어서적 몇 권을 달리 더 사서 "산아
제한"을 연구할 것이다.

5월 24일

반농(半農)을 위해
『하전(何典)』의 서문을 쓴 후에 지음

또 2,3년 전의 일인데, 우연히 광서 5년(1879)에 찍은 『신보관서목속집(申報館書目續集)』에서 『하전』 제요(提要)를 보았다. 내용은 이렇다.

"『하전』[1] 10회(回). 이 책은 과로인(過路人)이 편정(編定)한 것이며, 전협이(纏夾二) 선생이 평(評)하고, 태평객인(太平客人)이 서(序)를 지었다. 책 속에는 여러 사람들을 끌어들이고 있는데, 활귀(活鬼)라는 자가 있고, 궁귀(窮鬼)라는 자가 있고, 활사인(活死人)이라는 자가 있고, 취화낭(臭花娘)이라는 자가 있고, 반방소저(畔房小姐)라는 자가 있어 읽다보면 저절로 웃음이 터져 나올 것이다. 더구나 책 내용을 읽어보면 궁벽한 마을의 속어(俗語)가 아닌 것이 하나도 없으며, 터무니없는 이야기로서 바쁜 가운데 한가로이 시간을 보낼 수 있다. 그 말은 귀신 말이요, 그 사람은 귀신 이름이요, 그 일은 귀신 마음을 펼치고, 귀신 얼굴로 분장하고, 귀신 불(鬼火)을 낚고, 귀신 놀이를

---

1) 『하전(何典)』: 속담을 운용하여 쓴 것으로 풍자를 띠고 익살에 치우치고 있는 장회체소설이며, 도합 10회로서 청 광서 4년(1878) 상해 신보관(申報館)에서 출판되었다. 편저자는 "과로인(過路人)"이며, 원명은 장남장(張南莊)이고 청대(淸代) 상해(上海) 사람이다. 평자(評者)는 "전협이(纏夾二) 선생"이며 원명은 진득인(陳得仁)이고, 청대 장주(長洲)[지금의 강소(江蘇) 오현(吳縣)] 사람이다. 1926년 6월 유복[劉復, 유반농(劉半農)-역자]은 이 책에 구두점을 찍어 다시 인쇄하였는데, 노신이 이 책을 위해 머리말을 썼다(나중에 『집외집습유(集外集拾遺)』에 수록).

하고, 귀신 천막을 치고 있다. 속담에 '하전(何典)으로부터 나온 것인가?'라는 말이 있다. 지금 이후로 속어(俗語)로써 글을 짓는 자가 있다면 '『하전(何典)』으로부터 나온 것일 따름이다'라고 말해야 할 것이다."

그 내용이 자못 색다른 맛이 있는 게 아닌가 하여 유심히 찾아보았지만 구하지 못했다. 상유균(常維鈞)²⁾은 구서(舊書) 책방 중개인들을 많이 알고 있어서 그에게 부탁해 찾아보았지만 여전히 구하지 못했다. 금년에 반농이 나에게 창전(廠甸)의 묘시(廟市)³⁾에서 우연히 그것을 구하게 되었고, 또 교정을 보고 구두점을 찍어 인쇄에 부칠 것이라고 알려주었다. 나는 이 말을 듣고 대단히 기뻤다. 그 후 반농은 교정쇄를 계속해서 부쳐왔고, 또한 내게 짧은 서문을 써줄 것을 바란다고 말했다. 그는 내가 기껏해야 짧은 서문을 쓸 수 있을 뿐이라는 것을 알고 있었던 것이다. 나는 그래도 매우 주저했으니, 내겐 언제나 그러한 능력이 없다고 생각하고 있었다. 여러 가지 일들은 하려는 사람이 반드시 그 분야에 특장이 있어야 비로소 잘 해낼 수 있다고 나는 생각한다. 예를 들어, 구두점은 왕원방(汪原放)에게만 시킬 수 있고, 서문은 호적지(胡適之)에게만 부탁할 수 있고, 출판은 아동도서관

---

2) 상유균(常維鈞) : 이름은 혜(惠), 자는 유균(維鈞)이고, 하북(河北) 완평(宛平)[지금의 북경 풍태구(豐台區)] 사람이며, 북경대학 법문과를 졸업하고, 북경대학 『가요(歌謠)』월간의 편집을 맡았었다.

3) 창전(廠甸) : 북경의 지명으로서 화평문(和平門) 밖의 유리창(琉璃廠)에 위치하고 있다. 옛날 매년 음력 정월 초하루에서 열 닷새 사이에 열렸던 전통적인 묘시(廟市) 기간에 이곳에서는 여러 가지 임시로 펼치는 구서(舊書) 판매대가 있었다. (역주) 묘시(廟市) : 중국에서 옛날 잿날 또는 일정한 날에 절 안이나 그 부근에 임시로 설치하던 장터를 말하는데, 나중에는 일정한 날에 임시로 설치하는 장터를 가리키게 되었다.

(亞東圖書館)에게만 맡길 수 있다. 유반농(劉半農), 이소봉(李小峰)[4], 나 모두는 그런 축에 들지 못한다. 그렇지만 나는 오히려 몇 마디 쓰겠다고 결정했다. 무엇 때문인가? 단지 결국 몇 마디 쓰겠다고 내가 결정했기 때문이다.

아직 착수도 하지 않았는데, 몸소 전쟁을 만나 포성(炮聲)과 유언비어 속에서 매우 마음이 편치 않아 붓을 들 마음이 없었다. 뒤이어 또 문사(文士) 무리들이 어떤 신문에서 반농을 욕하며『하전』광고가 얼마나 고상하지 않으며 대학교수가 뜻밖에 이 지경에까지 타락했다고 말한 것을 알게 되었다. 이는 나를 꽤 처량하게 만들었다. 왜냐하면 이로 말미암아 다른 일이 기억났고, 또한 "대학교수가 뜻밖에 이 지경에까지 타락했다"고 생각했기 때문이다. 그로부터『하전』을 보자마자 고통스러운 느낌이 들어 더 이상 한 마디도 할 수 없었다.

그렇다, 대학교수는 타락하고 있는 것이다. 키가 크든 작든, 하얗든 검든 아니면 회색이든 상관없이 말이다. 그러나 남들이 그것을 타락이라고 부르기도 하지만 나는 그것을 궁색함(困苦)이라고 부른다. 내가 궁색함이라 말한 한 가지 단서는 바로 신분을 잃었다는 점이다. 나는「"타마더"[5]에 대해」라는 글을 쓴 적이 있으며, 일찍이 젊은 도덕가들이 앞뒤를 분간하지 못하고 크게 탄식하였는데, 역시 신분에 대해 말하지 않았던가? 그런데 이번에도 약간은 신분에 대해 말하고 있다. 나는 비록 가면을 쓰고 있는 신사들을 "몹시 증오하고 철저히 거부하지만" 어쨌든 "학계의 비적"의 세도가는 아니다. 이른바 "정

---

4) 이소봉(李小峰, 1897~1971) : 강소(江蘇) 강음(江陰) 사람이며, 북경대학 철학과를 졸업하고 신조사(新潮社)와 어사사(語絲社)에 참가했고, 당시 상해 북신서국(北新書局)을 운영하던 사람 중의 하나이다.
5) (역주) "타마더" : '니에미'에 해당하는 욕이다.

인군자"들을 만나면 그들은 분명 틀림없이 고개를 가로 저을 것이다. 하지만 왜인노자(歪人奴子, 비뚤어지고 노예 같은 사람이라는 뜻으로 정인 군자와 상대되는 말—역자)와 함께 하더라도 아마 꼭 융화되지는 않을 것이다. 차별 없는 눈빛으로 보면 대학교수는 익살스런 사람이며, 아 니면 심지어 과장된 광고보다 더 기이하다고 할 것이다. 즉 말끝마다 "타마더"라고 말하는 사람의 광고보다 더 기이하다고 할 것이다. 그 렇지만, 여기서 '그렇지만'이라는 말을 사용할 필요가 있는데, 나는 어쨌든 19세기에 태어났고 또 몇 년간 이른바 "고동 선생"과 같은 부서에서 관리로 지냈으니, 관리(官) — 상등인(上等人) — 는 화가 치 밀면 쉽게 물러나지 않으므로 교수에게 가장 알맞은 일은 그래도 강 단에 오르는 것이라는 생각이 때로는 든다. 또다시 '그렇지만'이라는 말이 필요한데, 그렇지만 반드시 살아가기에 충분한 월급이 있어야 하고 겸임도 가능해야 한다. 이 주장은 교육계에서 지금은 이미 한결 같이 찬성하는 모습을 보이고 있으며, 작년에 어떤 공리회(公理會)에 서 겸임을 한결같이 공격하던 공리유지가들이 금년에는 아무 소리 없이 겸임을 하고 있다. 그렇지만 "대형 신문"에서 결코 그 사실을 게재할 리 없고, 자신들도 당연히 꼭 광고할 필요는 없다.

반농은 독일과 프랑스에 가서 여러 해 동안 음운(音韻)을 연구했는 데, 나는 그가 지은 불어 책을 이해하지 못하지만 책 속에 중국 글자 와 높고 낮은 곡선이 삽입되어 있다는 것만은 알고 있다. 하지만 종 합해서 말하면, 서적이 있으면 필연코 이해하는 사람이 있을 것이다. 그래서 그의 진짜 직업은 역시 이들 곡선을 학생들에게 가르치는 것 이라고 나는 생각한다. 그러나 북경대학은 경사스럽게도 문을 닫게 되었으니 그의 겸직도 없어졌다. 그렇다면 내가 아무리 순수한 상등 인이라 하더라도 그가 책을 찍어 판매하는 것까지 반대할 수는 없다.

찍어 판매하려고 하는 이상 당연히 많이 팔려고 할 것이며, 많이 팔려고 하는 이상 당연히 광고를 할 것이고, 광고를 하는 이상 당연히 좋게 말하게 마련이다. 설마 스스로 책을 찍어서 광고하면서 그 책은 아주 재미가 없으니 제위들은 꼭 읽을 필요가 없다 라고 말하겠는가? 내 잡감은 일독할 가치가 없다고 말하는 광고는 바로 서형(즉 진원)이 한 것이다. ─ 이 김에 여기에서 내 자신에 대한 광고를 하나 싣는다. 즉, 진원은 어째서 나에 대해 이런 반광고(反廣告)를 실었던가? 나의 『화개집』을 한 번 읽기만 하면 곧 분명해질 것이다. 단골인 제공(諸公)들은 보시라! 얼른 보시라! 한 권에 은전 60전이며, 북신서국(北新書局)에서 발행되었다.

생각해보니 이미 20여 년이 흘렀는데, 혁명을 업으로 하던 도환경(陶煥卿)은 너무나 가난하여 상해에서 자칭 회계(會稽) 선생이라 부르고 사람들에게 최면술을 가르치며 입에 풀칠을 하고 있었다. 어느 날 그는 나에게 냄새를 한번 맡으면 곧 잠들게 할 수 있는 어떤 약이 있는지 물었다. 최면 기술이 신통치 않았든지 그가 약물에 도움을 받고자 한다는 것을 확실히 알았다. 사실 대중들에게 최면을 시험하는 것은 본래 성공하기 쉽지 않은 것이다. 나도 그가 찾고 있던 묘약을 알지 못하여 도와주려고 해도 그럴 수 없었다. 2,3개월 후에 신문지상에 투서(아마 광고일 것이다)가 등장했는데, 회계 선생은 최면술을 이해하지 못하며 그것으로 사람을 속인다는 내용이었다. 청(淸) 정부는 오히려 이 빌어먹을 놈들보다 훨씬 더 영리해서 그를 지명수배할 때 "『중국권력사』를 저술하고, 일본 최면술을 배웠다(著中國權力史, 學日本催眠術)"라는 대련(對聯)을 사용했다.

『하전』은 조만간 출판될 것이고, 짧은 서문도 끝내야 할 때가 벌써 임박했다. 밤 비가 세차게 내리고 있는데, 붓을 드니 갑자기 삼노끈을 허리띠로 사용했던 빈궁한 도환경이 떠올랐고 『하전』과는 상관없는 생각들을 뒤섞어 넣기도 했다. 그러나 서문은 끝내야 할 때가 벌써 임박하여 쓰지 않을 수 없으며 또한 인쇄에 넘겨야 한다. 나는 결코 반농을 억지로 "난당"(亂黨, 반란자 일당—역자)에 비유하는 것은 아니며—지금 중화민국은 비록 혁명에 의해 만들어졌지만 중화민국의 많은 국민들은 여전히 그때의 혁명자를 난당으로 여기고 있음이 명백하다—다만 지금 이 시각에 그로 말미암아 내가 이전 일을 추억하고 몇몇 친구들을 떠올리고 또한 스스로 여전히 아무런 힘이 없다고 느낄 따름이라고 말하고 있는 것이다.

그러나 짧은 서문은 이미 다 쓴 셈이며, 비록 보잘것없는 것이지만 어쨌든 한 가지 일을 끝내게 되었다. 나는 지금 이 시각의 또 다른 심정을 쓰고 또한 그것을 발표하여 『하전』의 광고로 삼을 것이다.

5월 25일 밤, 동쪽 벽을 마주하고, 씀

즉흥일기

예서(豫序)

아직 일기를 한 글자도 쓰지 않았는데, 먼저 서문을 지어 그것을 예서(豫序, 미리 쓰는 서문 -역자)라고 한다.

나는 본래 매일 일기를 쓰고 있으며, 내 자신이 보려고 쓴다. 아마 천지지간에 이런 일기를 쓰는 사람은 꽤 많을 것이다. 가령 쓴 사람이 명인(名人)이 되면 죽은 뒤에 곧 인쇄되어 나올 것이다. 보는 사람도 유달리 재미가 있다. 왜냐하면 그 사람이 쓸 때는 『내감편(內感篇)』·외모편(外冒篇)[1]을 지어 공연히 거드름을 피우는 것과 다르며, 그래서 도리어 진면목을 볼 수 있기 때문이다. 나는 이것이 일기의 정통 적파(嫡派)라고 생각한다.

내 일기는 오히려 그런 것은 아니다. 쓰는 내용은 서신의 왕래, 금전의 출납이어서 이른바 면목(面目)이 없고 더욱이 진짜와 가짜의 구별도 없다. 예를 들면 이렇다. 2월 2일 맑음, A의 편지를 받았고, B가 왔다. 3월 3일 비, C학교의 월급 X원을 받았고, D의 편지에 답장했

---

1) 단기서는 『이감편(二感篇)』을 지어 『갑인』 주간 제1권 제18호(1925년 11월 14일)에 『내감(內感)』과 『외감(外感)』 두 편으로 나누어 발표했다. "내감(內感)"은 국내 시국에 대한 감상(感想)이며, "외감(外感)"은 국제 시국에 대한 감상이다. (역주) "외감(外感)"편을 "외모(外冒)"편이라 한 것은, 중국어로 감기라는 뜻의 감모(感冒)에서 모(冒) 자를 따온 것으로 단기서를 풍자하기 위한 것이다.

다. 한 줄이 가득 찼지만 아직 쓸 일이 있으면, 종이가 꽤 아까워서 뒷일을 하루 전 날의 공백에 써넣는다. 종합해서 말하면, 아주 믿을 것이 못된다. 그러나 B가 온 것이 2월 1일인지 아니면 2월 2일인지는 사실 그다지 중요하지 않으며, 쓰지 않는다 해도 무방하다고 생각한다. 그리고 실제로 쓰지 않을 때가 늘 있다. 내 목적은 이렇다. 누가 편지를 보내왔는지 기록해 답장하기에 편리하게 하고, 아니면 언제 답장을 했는지 하는 것이다. 특히 학교 월급의 경우, 몇 년 몇 월에 몇 할 몇 푼을 받았는지 자질구레한 것들은 아무래도 분명하게 기억할 수 없으므로 반드시 장부가 있어 따져보기에 편리해야 양쪽 다 애매하지 않을 수 있다. 또 나 자신이 남에게 돈을 얼마 빌려 주었고, 만에 하나 앞으로 모두 받게 되었을 때 어느 정도의 부자가 되겠는지 알 수 있다. 이밖에 다른 야심은 전혀 없다.

우리 고향의 이자명(李慈銘) 선생은 일기를 저술로 지은 사람인데, 위로는 조정의 전장(典章)으로부터 가운데는 학문에 이르고 아래로는 서로 욕지거리하는 데 이르기까지 모두 거기에 기록하였다. 과연 지금 누군가가 이미 그의 필적을 석인(石印)으로 찍어냈고, 매 부(部)에 50원인데, 요즘 같은 세월에 학생들은 말할 필요도 없고 선생조차도 살 엄두를 내지 못한다. 그 일기에는 그가 한 상자를 채워 넣을 때마다 벌써 사람들이 와서 이리저리 빌려가서 베꼈다고 기록하고 있는데, 아득히 먼 "죽은 뒤"를 기다릴 필요도 없었던 것이다. 이는 비록 일기의 정통 같지는 않지만, 만약 뜻을 입언(立言)에 두고 의도가 포폄(褒貶)에 있고 남들이 알기를 바라지만 또한 남들이 알까 두려워하는 사람이라면 오히려 모방하여 시도해보는 것도 무방할 것이다. 백화(白話)를 사용해 지었다고 해서 백년 뒤에나 발표돼야 할 책들 속의 한 편(篇)이라고 말하는 것은 그야말로 어리석기 짝이 없는 짓이다.

　나의 이번의 일기는 그렇게 "커다란 기대가 있는" 것도 아니고 원래처럼 아주 간단한 것도 아니며, 지금은 아직 없고 써가려고 하는 것이다. 4,5일 전에 반농(半農)을 만났을 때, 그는 '『세계일보(世界日報)』 부간(副刊)을 편집하려고 하는데, 원고를 좀 보내주셔야 합니다'라고 말했다. 그야 물론 가능한 일이다. 그렇지만 원고는? 이는 참으로 곤란한 일이다. 부간을 보는 사람은 대체로 학생들이고 모두 경험자로서 "배우고 때로 익히면 또한 즐겁지 아니한가라는 논(論)" 또는 "인심(人心)이 예전보다 못하다는 의(議)" 따위를 해본 사람들이라 글을 쓰는 것이 어떤 맛인지 틀림없이 알고 있을 것이다. 어떤 이는 나를 "문학가"라고 말하는데, 사실은 그렇지 않다. 나는 그들의 말을 믿지 않으려 하며, 그 증거가 바로 내가 글쓰기를 가장 두려워한다는 점이다.

　그렇지만 승낙한 이상 아무래도 방법을 좀 생각해야겠다. 곰곰이 생각해보니, 감상(感想)은 우연히 생길 때도 있지만 평시에는 곧 게을러져서 놓아두고 잊어버리게 된다는 생각이 들었다. 만약 즉각 서둔다면 아마도 잡감과 같은 것이 될 것이다. 그래서 생각나면 즉각 써놓고 즉각 부쳐서 나의 출근부로 삼으리라 결심했다. 이것은 처음부터 제3자에게 보여주기 위한 것이기 때문에 아마도 꼭 진면목이 많다고 할 수는 없으며, 적어도 나 자신에게 불리한 일은 현재로서는 아무래도 감추게 마련이다. 독자들은 우선 이점을 분명히 알고 있기를 바란다.

　만약 쓸 것이 없거나 쓸 수 없는 상황이라면 즉각 그만둘 것이다. 그래서 이 일기가 얼마나 길어질지 지금으로서는 전혀 모른다.

1926년 6월 25일, 동쪽 벽 아래서 적다

6월 25일

맑음.

병이 났다. ─ 오늘 이렇게 쓰고 보니 약간은 쓸데없는 짓인 것 같다. 왜냐하면 이것은 열흘 전의 일로서 지금은 이미 좋아졌다고 할 수 있기 때문이다. 그렇지만 여파가 아직 끝나지 않았으므로 이것으로 머리를 장식하는 첫 장의 첫째로 삼을 수밖에 없다. 삼가 내 견해에 따르자면, 재자(才子)가 훌륭한 말을 할 때는 반드시 세 가지 큰 고난을 떠들어대게 마련이다. 첫째가 가난이요, 둘째가 병이요, 셋째가 사회가 나를 박해한다는 것이다. 그 결과 곧 사랑하는 사람을 잃게 된다. 만약 전문적인 용어를 사용하면 그것을 실연(失戀)이라 한다. 머리를 장식하는 나의 첫 장은 둘째의 큰 고난에 가깝지만 실제로는 그렇지도 않다. 왜냐하면 단오절 전날 원고료 몇 푼을 받고서 무언가를 먹었는데 잘못 먹어서 그때부터 소화가 되지 않아 위가 아팠기 때문이다. 내 위는 팔자가 좋지 않아 여태껏 행복을 감당하지 못하고 있다. 의사에게 진찰을 받고 싶었다. 중의(中醫)에 대해 사람들은 오묘하기 이를 데 없고 내과가 특히 독보적이라고 말하지만 나는 별로 믿지 않는다. 양의(洋醫)의 경우, 유명한 사람이면 진찰료가 비싸고 일이 바빠 검진도 허술하다. 무명이라면 물론 값이 좀 싸겠지만 아무래도 주저된다. 사정이 이렇다 보니 당연히 못난 위를 살살 아픈 채로 놓아둘 수밖에 없었다.

양의가 양계초(梁啓超)의 콩팥을 하나 떼어내자 비난하는 소리가 들끓었고, 콩팥에 대해 그다지 연구한 적도 없는 문학가조차도 "정의를 위해 공정한 말을 해댔다." 동시에 "중의가 대단하다는 주장" 또한 때를 만난 듯 일어났다. 콩팥에 병이 생기면 왜 황시(黃蓍)를 복용하지 않는가? 어디에 무슨 병이 생기면 왜 녹용을 먹지 않는가? 그러나 확실히 양의의 병원에서도 늘 시체가 실려져 나온다. 나는 G선생에게 이렇게 충고한 적이 있다. '당신이 병원을 개업했을 때 살펴보고 치료할 수 없는 환자들은 절대로 거두어서는 안 됩니다. 치료를 마치고 나갈 때는 아는 사람이 없지만 죽어서 실려나갈 때는 한 바탕 소동이 일어나며, 특히 죽은 사람이 만약 "이름 있는 사람(名流)"이라면 더욱 심하지요.' 내 본의는 새로운 의학을 널리 보급하려는 방도를 찾으려는 데 있었으나 G선생은 오히려 내가 양심이 나쁜 사람으로 여겼다. 이 역시 그렇게 생각하지 말라는 법도 없다 ― 그러면 그렇게 하라지.

그러나 내가 보기에 내가 말한 방법을 실행하는 병원은 많은데, 다만 그들의 본의는 오히려 새로운 의학을 널리 보급하려는 데 있지 않다. 새로운 우리나라 양의는 대체로 애매 모호하다. 처음 내놓은 것이 바로 우선 중의(中醫)와 같은 떠돌이 약장수의 비법을 배워서 물을 탄 요오드팅크 이틀 분에 80전, 양치질하는 묽은 붕산수 매 병에 1원 하는 식이다. 진료학에 대해서는 나 같은 문외한은 알 수 없는 것이다. 종합하면, 서방 의학은 중국에서 아직 싹도 트지 않았는데 벌써 부패해가고 있다. 나는 비록 양의를 믿고 있지만 근래에는 자못 마음이 내키지 않아 뒤로 물러서고 있다.

며칠 전에 계불(季茀)2)에게 이런 일에 대해 이야기했고, 또 내 병은

---

2) 계불(季茀) : 허수상(許壽裳, 1882~1948)이다. 자가 계불, 절강(浙江) 소흥(紹興) 사람이며, 교육가이다. 작자가 일본의 홍문학원(弘文學院)에 유학할 때 동학이며, 그후 교육부, 북경여자사범대학, 중산대학(中山大學) 등에서 여러 해 함께 근무했고, 작자와의 우정은 대단히 돈독했다. 항일전쟁 승리 후에 대만대학(臺灣大學)에서 가르쳤다. 민주에 기울어 있었고 노신을 선전했기 때문에 국민당의 시기를 받아 1948년 2월 18일 심야에 대북(臺北)에서 암살당했다. 저작으로는 『노신연보(魯迅年譜)』,

잘 아는 사람에게 처방을 받으면 그만이며 박사 따위에게 헛돈을 쓸 필요가 없다고 말했다. 이튿날 그는 마침 연구를 계속하고 있던 Dr. H.3)를 모시고 왔다. 처방을 해주었는데, 물론 묽은 염산을 사용했고, 또 두 가지 더 있었지만 여기서는 말할 필요가 없다. 내가 무엇보다 감사하는 것은 Sirup Simpel4)을 첨가하여 마시기에 달콤하여 괴롭지 않았다는 점이다. 약방에 가서 조제하는 것이 또 문제가 되었다. 왜냐하면 약방 역시 아무래도 애매 모호해서 그 쪽에서 없는 약품은 다른 것으로 대체하거나 아니면 아예 없애버릴지도 모르기 때문이다. 결국 Fraeulein H.에게 부탁하여 아주 멀지만 비교적 큰 약방까지 달려가도록 했다.

이렇게 하니 차비를 합쳐도 병원 약 값의 4분의 3까지 싸게 먹혔다. 위산이 외부의 신예부대의 지원을 받아 강성해져서 한 병을 다 마시지도 않았는데, 통증이 멈췄다. 나는 그것을 며칠 더 마시기로 결정했다. 그러나 두 번째 병(瓶)이 이상했다. 동일한 약방, 동일한 약 처방인데, 약 맛은 동일하지 않았다. 이전의 것처럼 그렇게 단 것 같지도 않고, 또한 시지도 않았다. 나는 나 자신을 검사해 보았는데, 결코 열이 나지 않았고 설태(舌苔)도 두텁지 않았으니 이는 분명 약물이 수상쩍은 것이다. 두 번 마셔도 나쁜 점은 없었다. 다행히 급성병은 아니니 그다지 문제될 것이 없다고 여겨 그대로 그것을 다 마셨다. 세 번째 병을 사러 갔을 때 덧붙여 꼬치꼬치 캐물었다. 그러자 대

『망우노신인상기(亡友魯迅印象記)』, 『내가 알고 있는 노신(我所認識的魯迅)』 등이 있다.

3) Dr. H. : 허시근(許詩菫)을 가리키며, 허수상(許壽裳)의 형 허명백(許銘伯)의 아들이다. 『노신일기(魯迅日記)』 1926년 6월 19일에 "오전, 계시(季市), 시근(詩菫)이 왔고, 위장병을 치료하는 처방을 내려주었다"라고 기록되어 있다.

4) 독일어이며, 순수 설탕 시럽을 가리킨다.

답이 '아마 당분이 좀 적어졌을 겁니다' 하는 것이었다. 그것은 중요한 약품에는 잘못이 없다는 뜻이다. 중국의 일은 정말 희한해서 당분이 좀 적어지면 달지 않을 뿐 아니라 더 시지도 않은 모양이니, 확실히 "특별한 나라 사정"이다.

지금 많은 사람들이 대형 병원에서 환자를 무관심하게 대한다고 공격하고 있다. 이들 병원에선 환자를 연구대상으로 간주하는 경우가 있을 것이고, 또 병원에 있는 "고등 화인(華人)"들이 환자를 하등의 연구대상으로 간주하는 경우도 아마 있을 것이라고 생각한다. 원하지 않으면 개인이 개업한 병원에 갈 수밖에 없지만, 진료비와 약값이 매우 비싸다. 잘 아는 사람에게 약 처방을 부탁해서 약을 사면 어떨까. 약물이 앞의 것과 뒤의 것이 달라질 수 있다.

이것은 사람의 문제이다. 일을 성실하게 하지 않으면 무엇이든지 의심스럽다. 여단(呂端)[5]은 큰일에는 얼렁뚱땅하지 않았다는데, 작은 일에는 좀 얼렁뚱땅해도 무방하다는 말인 듯하며, 이는 물론 우리 중국인들의 아량을 보여주기에 충분하다. 그렇지만 내 위통은 오히려 이 때문에 연장되었다. 우주의 삼라만상 중에서 내 위통은 당연히 작은 일에 지나지 않거나 아니면 전혀 일이라 할 수 없을지도 모른다.

꼬치꼬치 캐물은 뒤의 세 번째 병의 약물은 약 맛이 첫 번째 병과 같았다. 이전에 알 수 없었던 수수께끼가 이 때 아주 쉽게 풀렸다. 그것은 바로 두 번째 병에는 1일 분의 약에 2일 분의 물을 탔고 그래서 약 맛이 정상적인 것보다 반이 엷어진 것이었다.

---

5) 여단(呂端, 933~998) : 자는 이직(易直)이고, 하북(河北) 안차(安次) 사람이며, 송(宋) 태종(太宗) 때 재상을 지냈다. 『송사 · 여단전(宋史 · 呂端傳)』에 이런 내용이 나온다. "태종이 여단을 재상으로 삼으려 하자 어떤 이가 '여단은 사람됨이 얼렁뚱땅합니다'라고 했다. 태종은 '여단은 작은 일에는 얼렁뚱땅하지만 큰일에는 얼렁뚱땅하지 않다'라고 했다. 그를 재상으로 삼기로 결심했다."

약 복용이 그토록 차질을 빚었으나 병은 의외로 좋아졌다. 병이 다소 차도를 보이자 H는 곧 내 머리카락이 길다고 공격하며 왜 얼른 머리카락을 자르지 않느냐고 말했다.

이런 공격은 익히 들어오던 터라 종전대로 "옹졸하게 따지지 않았다". 그러나 열심히 공부하고 싶지도 않아서 그저 서랍을 정리했다. 폐지들을 뒤적이다 그 속에서 종이 한 묶음이 나왔는데, 몇 년 전에 필사한 것이었다. 이로 말미암아 나 자신도 날로 게을러지고 지금은 이미 이런 일들은 하고 싶지 않다는 생각이 들었다. 그때 아마 근자에 책을 인쇄하면서 구두점을 함부로 찍은 잘못을 공격하는 글을 한 편 지으려고 했던 것 같은데, 폐지 중에는 아주 기묘한 예가 베껴져 있었다. 휴지통에 집어넣으려고 할 때 몇몇 조목은 아무래도 버리기에 차마 아까워서 지금 여기에 몇 조목을 베껴 즉각 인쇄에 부쳐 "보는 사람마다 함께 감상하도록" 한다. 그 나머지는 곧 넝마장수의 몫으로 주려 한다. —6)

"國朝陳錫路黃嬭餘話云. 唐傳奕考覈道經衆本. 有項羽妾. 本齊武平五年彭城人. 開項羽妾冢.得之."(上海進步書局石印本『茶香室叢鈔』卷四第二葉.)

"國朝歐陽泉點勘記云. 歐陽修醉翁亭. 記讓泉也. 本集及滁洲石刻. 並同諸選本. 作釀泉. 誤也."(上同卷八第七葉.)

"袁石公典試秦中. 後頗自悔. 其少作詩文. 皆粹然一出于正."(上海士林精舍石印本『書影』卷一第四葉.)

---

6) (역주) 노신은 구두점을 잘못 찍은 예문을 들었는데, 번역문과 괄호 속의 바로잡은 원문은 역자가 실은 것이다.

“考……順治中, 秀水又有一陳忱,……著誠齋詩集, 不出戶庭, 錄讀史隨筆, 同姓名錄諸書.”(上海亞東圖書館排印本 『水滸續集兩種序)』第七葉)

“국조(國朝) 진석로(陳錫路)의 『황내여화(黃嫻餘話)』에 이런 내용이 있다. ‘당(唐)나라 부혁(傅奕)이 도경(道經) 여러 책을 조사하였는데, 거기에 항우(項羽) 첩(妾) 본이 있었다. 제(齊)나라 무평(武平) 5년 팽성(彭城) 사람이 항우 첩의 무덤을 열었다가 그것을 얻었다.’”(“國朝陳錫路黃嫻餘話云: 唐傅奕考覈道經衆本, 有項羽妾本; 齊武平五年, 彭城人開項羽妾冢,得之.”)(상해 진보서국(進步書局) 석인본 『다향실총초(茶香室叢鈔)』권4 제2쪽)

“국조 구양천(歐陽泉)의 『점감기(點勘記)』에 이런 내용이 있다. ‘구양수(歐陽修)의 「취옹정기(醉翁亭記)」에 나오는 “양천(讓泉)”은 구양수집(本集) 및 저주(滁洲)의 석각에 모두 동일하게 되어 있다. 여러 선본(選本)에서 “양천(釀泉)”이라 한 것은 잘못이다.’”(“國朝歐陽泉點勘記云: 歐陽修醉翁亭記‘讓泉也’, 本集及滁洲石刻並同; 諸選本作‘釀泉’, 誤也.”)(상동 권8 제7쪽)

“원석공(袁石公)이 진중(秦中)[7]에서 과거시험을 주관한 뒤 자못 자기의 저작이 적음을 후회했고, 시문은 모두 순수하여 한결같이 바름(正)에서 나왔다.(袁石公典試秦中後, 頗自悔其少作, 詩文皆粹然一出于正.)”(상해 사림정사(士林精舍) 석인본 『서영(書影)』권1 제4쪽)

---

7) (역주) 진중(秦中) : 고대 지역 이름이며, 오늘날 섬서(陝西) 중부 평원 지역을 가리킨다. 춘추시대, 전국시대에 진(秦)나라에 속해 있었기 때문에 이렇게 부르게 되었다.

"고증하니…… 순치(順治) 연간에 수수(秀水, 지명 – 역자)에 또 진침(陳忱)이라는 자가 있어…… 『성재시집(誠齋詩集)』, 『불출호정록(不出戶庭錄)』, 『독사수필(讀史隨筆)』, 『동성명록(同姓名錄)』등 여러 책을 지었다.(考……順治中, 秀水又有一陳忱,……著誠齋詩集, 不出戶庭錄, 讀史隨筆, 同姓名錄諸書.)"(상해 아동도서관(亞東圖書館) 배인본(排印本)『수호속집양종서(水滸續集兩種序)』제7쪽)

고문(古文)에 구두점을 찍는 일은 확실히 사소하면서도 어려운 일 중의 하나이며 종종 어떻게 붓을 대야할지 난감하다. 작자 자신에게 구두점을 찍으라고 해도 아마 주저하지 않을까 하고 나는 항상 의심하고 있다. 그러나 위에서 열거한 몇 조목은 그래도 그처럼 해결할 길이 없는 경우는 아니다. 마지막 두 조목의 의미는 아주 뚜렷한데도 구두점을 더욱 총명하게 찍어놓았다.

6월 26일

맑음.

오전에 제야(霽野)[8]로부터 자기 고향에서 부쳐온 편지를 받았는데, 내용은 많지 않았다. 집안에 환자가 있으며, 그 밖의 모든 사람들도 무방비 상태로 질병의 습격을 받을지도 모른다는 공포 속에 있다고 말하고, 말미에 몇 마디 감개(感慨)를 덧붙였다.

오후에 직방(織芳)이 하남(河南)에서 와서 몇 마디 이야기를 나누고

---

8) 제야(霽野) : 이제야(李霽野)이며, 안휘(安徽) 곽구(霍丘) 사람이다. 미명사(未名社)의 성원이며, 번역가이다.

총총히 떠나면서 봉지 두 개를 놓고는 '이것은 "방당(方糖)"9)인데 드시라고 드리며 맛이 좋을지 모르겠습니다'라고 말했다. 이번에 직방은 살이 좀 쪄 보였고, 그토록 바쁜데다 방마괘(方馬褂, 마고자의 일종—역자)까지 입고 있어서 그가 관리가 되려는 것이 아닐까 생각했다.

봉지를 열어 보니 "사각형(方)"이 아니라 둥글고 납작한 작은 덩이로 황갈색이었다. 먹어보니 사늘하고 부드럽고 매끄러웠으며, 확실히 맛이 좋았다. 그런데 직방은 왜 그것을 "방당"이라 부르는지 나는 잘 몰랐다. 그러나 이것도 그가 관리가 되려한다는 한 증거일 수도 있을 것이다.

경송[景宋, 허광평(許廣平)—역자]은 '이건 하남의 어느 한 곳에서 나는 특산물인데, 곶감의 거죽에 생기는 하얀 가루(柿霜)로 만든 것이며, 성질이 사늘하여 입가에 작은 상처가 생겼을 때 이것을 바르면 곧 낫는다'라고 했다. 과연 그렇게 부드럽고 매끄럽다 했더니 바로 조물주의 오묘한 솜씨에 의해 감 껍질을 통과해 걸러져 나온 것이었구나. 애석하게도 그녀가 그런 설명을 할 때쯤 이미 나는 절반을 먹은 뒤였다. 서둘러 남은 것을 챙겨두며 앞으로 입가에 상처가 생길 때 바르는 데 잘 사용할 생각이었다.

밤중에 다시 감추어둔 곶감의 하얀 가루의 절반을 먹었다. 왜냐하면 입가에 상처가 생기는 때는 어쨌든 많지 않을 것이니 그래도 지금 신선할 때 먹는 게 낫다는 생각이 갑자기 들었기 때문이다. 먹다보니 무심코 절반을 다 먹었다.

---

9) "방당(方糖)" : 상당(霜糖)이며, 하남(河南) 개봉(開封) 부근의 각 현에서 나는 특산물이다. 이 지역 발음으로 "상(霜)"을 "방(方)"으로 읽는다.

6월 28일

맑음, 세찬 바람.

오전에 밖으로 나갔다. 약을 살 작정이었는데, 길거리에 온갖 국기들이 걸려 있었고 군경들이 즐비했다. 풍성(豊盛) 골목 중간쯤 갔다가 군경들에 의해 작은 골목으로 쫓겨 들어왔다. 잠시 후 대로에 누런 먼지가 일어나더니 자동차 한 대가 빨리 지나갔다. 잠시 후 또 한 대가 지나갔고, 또 한 대, 또 한 대, 또 한 대…… 차안에 탄 사람은 분명히 보이지는 않았지만 금테모자가 보였다. 차 옆쪽에 타고 서 있는 병사 중에는 붉은 비단을 동인 청룡도(靑龍刀, 날이 무딘 칼—역자)를 등에 메고 있었다. 작은 골목길에 있던 사람들은 모두 숙연하게 경외하는 표정이었다. 다시 잠시 후 자동차가 사라지자 우리는 조금씩 슬그머니 밖으로 나왔고 군경들도 아무 말이 없었다.

서단패루(西單牌樓) 거리까지 빠져나오니 역시 길 가득 온갖 국기들이 걸려 있었고 군경들이 즐비했다. 누더기를 걸친 한 무리 아이들이 각자 종이 한 뭉치씩 들고서 '오옥(吳玉) 장군[10] 환영의 호외(號外)요'라고 소리쳤다. 한 아이가 나에게 사라고 했으나 나는 사지 않았다.

선무문(宣武門) 어귀에 이를 참에 황색 제복을 입은 한 남자가 얼굴에 땀을 줄줄 흘리며 밖에서 들어왔고, 갑자기 '니에미!'라고 소리를 크게 질렀다. 많은 사람들이 그에게 눈길을 주었으나 그가 지나 가버리자 사람들도 눈길을 주지 않았다. 선무문 성문을 통과하는데, 또

---

10) 오옥(吳玉) 장군 : 북양직계(北洋直系) 군벌 오패부[吳佩孚, 자가 자옥(子玉)]를 가리킨다. 1926년 봄 그는 봉계(奉系) 군벌 장작림(張作霖)과 연합해 국민군(國民軍)을 공격했고, 4월 국민군은 실패해 북경 등지에서 퇴각했는데, 그가 바로 이때 북경에 도착한 것이다.

누더기를 걸친 한 아이가 종이 한 뭉치를 들고 있었다. 그러나 이번에는 말없이 한 장을 내게 찔러주었고, 받아들고 보았더니 석인(石印)으로 찍은 이국항(李國恒) 선생의 전단(傳單)으로서 대의는, 여러 해 동안 고생하던 자기 치질이 무슨 선생이라고 하는 한 국수(國手)의 치료를 받아 나았다는 내용이었다.

목적지인 약방에 도착했을 때 바깥에서 한 무리 사람들이 둘러서서 두 사람이 말다툼하는 것을 구경하고 있었다. 엷은 남색의 낡은 양산이 마침 약방의 문을 막고 있었다. 내가 그 양산을 밀었을 때 아주 묵직하게 느껴졌고, 마침내 양산 아래서 누군가가 고개를 돌리며 "무슨 일이야?"라고 말했다. 나는 약을 사러 들어간다고 대답했다. 그는 아무 말 없이 다시 고개를 돌려 말다툼을 구경했고, 양산의 위치도 변함이 없었다. 나는 대단한 결심을 하고 맹렬하게 돌진하지 않을 수 없었다. 돌진하니 뚫고 들어갈 수 있었다.

약방 안에는 계산대에 외국인 한 사람이 앉아 있었고, 그 밖의 점원들은 모두 젊은 동포들로서 입은 옷이 깨끗하고 멋져 보였다. 어찌 된 영문인지 나는 갑자기 10년 뒤에 그들은 고등화인(高等華人)으로 될 것이라는 생각이 들었지만 내 자신은 지금 하등인(下等人)이라는 느낌이 들었다. 그리하여 공손하게 가르마를 탄 한 동포에게 약 처방과 병을 받쳐 올렸다.

"85전이요." 그는 받아들고서 걸어가면서 이렇게 말했다.

"이봐요!" 나는 정말 참을 수가 없어 하등인의 성질을 부리고 말았다. 약값은 80전, 병값은 예전대로 5전임을 나는 알고 있었다. 지금 내가 병을 직접 가지고 왔는데, 어째서 5전을 더 지불해야 한단 말인가? "이봐요"라는 이 말의 쓰임은 나라욕인 "타마더"('니에미'라는 뜻의 욕─역자)와 마찬가지로 그 속에는 이렇게 많은 뜻이 담겨 있는 것이다.

"80전이오!" 그는 즉각 알아듣고 5전을 깎아 주었다. 정말 "남의 충고를 잘도 받아주어" 정인군자의 풍모를 지니고 있었다.

나는 80전을 지불하고 잠시 기다렸다 약을 들고 나왔다. 나는 이런 동포를 대할 때는 때로는 지나치게 겸손해서는 안 된다고 생각했다. 그리하여 병마개를 따고 그 자리에서 맛을 한번 보았다.

"틀림없어요." 그는 아주 총명해서 내가 그를 불신한다는 것을 알고 있었다.

"음." 나는 고개를 끄덕이며 찬성을 표했다. 사실은 잘못이 있었다. 내 미각은 그다지 마비되지는 않았는데, 이번에는 좀 너무 시게 느껴졌다. 그는 미터 글라스를 귀찮아 사용하지 않았고, 그래서 묽은 염산이 너무 많이 들어간 것이 분명했다. 그렇지만 내게는 이것이 전혀 지장이 없다. 마실 때 조금 적게 마시거나 아니면 물을 타면 몇 번 더 마실 수 있다. 그래서 "음"이라고 말했던 것이다. "음"이라는 말은 이도 저도 아니어서 그 진의가 모호한 데 사용하는 대답이다.

"그럼, 또 봅시다!" 나는 병을 받아서 걸으면서 말했다.

"또 봅시다. 물 마시지 않겠어요?"

"마시지 않겠어요. 또 봅시다."

우리는 어쨌든 예교의 나라에 살고 있는 국민이니 결국에는 예양(禮讓)을 갖춘다. 유리문을 밀고 나온 뒤 따갑게 해가 내리쬐는 먼지 속에서 서둘러 걸어서 동장안가(東長安街) 근처에 이르렀고, 다시 군경들이 즐비했다. 내가 길을 가로질러 가려고 하자 순경 하나가 손을 뻗어 막으며 말했다. "안 돼!" 열 몇 걸음만 걸어서 맞은편에 가면 돼요 라고 내가 말했다. 그의 대답은 여전히 "안 돼" 하는 것이었다. 그 결과 다른 길로 에돌아가야 했다.

에돌아서 L군이 사는 곳에 이르러 문을 두드렸다. 심부름꾼 하나가 나와서 L군은 외출했으며 점심 무렵에나 돌아올 것이라고 말했다. 곧 점심때가 될 것이니 여기서 좀 기다리겠다고 내가 말했다. 그는 '안 돼요! 당신의 성함은?' 라고 말했다. 정말 낭패였다. 이렇게 멀리 돌아서 힘들게 길을 왔는데, 허탕을 치다니 정말 애석한 일이었다. 나는 10초를 생각한 뒤 곧 주머니에서 명함 한 장을 꺼내어 그에게 주며 들어가서 마님에게 이런 사람이 여기서 기다리려 하는데 괜찮은지 물으라고 했다. 잠깐만에 그가 나왔다. 결과는 역시 '안 됩니다'였다. 선생은 3시가 되어야 돌아오니 나더러 3시에 다시 오라는 것이었다.

다시 10초를 생각하고서 하는 수 없이 C군을 방문하기로 마음먹고 여전히 따갑게 해가 내리쬐는 먼지 속에서 서둘러 걸었고, 이번에는 도중에 저지 없이 도착할 수 있었다. 문을 두드리고 물었더니 문을 열어 준 사람이 '집에 계시는지 가서 알아보겠어요'라고 대답했다. 이번에는 크게 가망이 있겠구나 라고 나는 생각했다. 과연, 즉시 나를 응접실로 데려갔고, C군도 달려나왔다. 나는 우선 점심을 달라고 그에게 부탁했다. 그리하여 나는 빵을 얻어먹었고, 포도주도 나왔다. 주인은 오히려 국수를 먹었다. 결과적으로 빵 한 접시를 나 혼자서 깨끗하게 먹었으며, 버터도 따로 있었지만 네 접시 요리도 거의 남김 없이 먹었다.

배불리 먹고서 5시까지 한담을 나누었다.

응접실 밖은 아주 널찍한 공터였으며, 나무들이 많이 심어져 있었다. 사과나무 아래에 아이들이 서성이고 있었다. 그것은 사과가 떨어지는 것을 기다리고 있는 것이라고 C군은 말했다. 왜냐하면 규정상 누군가가 주우면 그 사람 소유가 되기 때문이라는 것이다. 이렇게 현실성이 없는 일을 마다 않고 하고 있는 아이들의 참을성에 웃음이 나왔다. 그런데 이상하게도 내가 작별하고 나왔을 때 아이 세 명의 손에는 이미 각자 사과 하나씩을 들고 있는 것이었다.

집으로 돌아와 신문을 보았더니 이런 내용이 있었다. "…… 오(오페부―역자)는 장신점(長辛店)에서 하룻밤을 묵었다. 상술한 원인 이외에 한가지 일이 더 있는데, 오가 보정(保定)을 출발한 뒤 장기굉(張其鍠, 오패부의 비서장―역자)이 오를 위해 점을 쳤는데, 28일 입경(入京)은 대길이라 반드시 서북(西北)을 평정할 수 있으며, 27일 입경은 운수가 좋지 않다는 것이었다. 오는 자못 옳다고 여겼다. 이것 역시 오씨가 하루 늦게 입경한 이유이다." 이 때문에 내가 오늘 한나절이나 "안 돼"라는 말을 들었던 일이 다시 떠올랐고, 운수가 특히 좋지 않은 날이었던 것이다. 나 역시 점을 쳐보는 것이 좋겠다고 여겨 오늘밤의 길흉을 점쳐보았다. 그러나 점치는 방법을 잘 모르고 서구(筮龜, 점치는 도구―역자)도 없어 정말이지 손을 쓸 수가 없었다. 나중에 일종의 새로운 방법을 고안해냈다. 그것은 바로 아무렇게나 책 한 권을 뽑아서 눈을 감고 펼쳐서 손가락으로 한 곳을 가리킨 뒤에 눈을 뜨고 보아 가리킨 두 구절을 복사(卜辭)로 삼는 것이다.

사용한 책은 『도연명집(陶淵明集)』이었고, 그 방법을 적용한 결과 "깃들어 있는 뜻은 한결같이 말 밖에 있으니, 이 계(契, 갑골에 새겨진 글자 등을 가리킴―역자)를 누가 구별할 수 있겠는가(寄意一言外, 玆契誰能別)"라는 두 구절이 나왔다. 잠시 생각해보았으나 결국 어떻게 풀이해야 할지 알 수 없었다.

즉흥일기 속편

  며칠 전 소봉(小峰)을 만나서 내가 반농이 편집하고 있는 부간(副刊)에 『즉흥일기』라는 제목의 원고를 투고하려고 한다고 이야기했다. 소봉은 낙심한 듯이 '회상은 『지난 일을 돌이켜보다(舊事重提)』[1]에 넣고 목하의 잡감은 이 일기에 써넣으면……'이라고 말했다. 감추어진 뜻은 '당신은 『어사』에는 무엇을 쓸 것입니까?'라고 말하는 듯했다. —그러나 이는 아마 내 자신의 의심병(疑心病)일지도 모른다. 나는 그때 속으로 이렇게 생각했다. '감히 복어를 먹는 지방에서 나고 자란 사람이 어찌 이렇게 구애받을까?' 정당은 지부를 설치할 수 있고 은행은 지점을 열 수 있으니, 나라고 해서 지부 일기를 쓰지 못하겠는가? 『어사』에 반드시 투고해야 하므로 이러한 속내를 즉각 실행했고, 그리하여 지부 일기(「즉흥일기 속편」을 가리킴—역자)를 지었다.

6월 29일

맑음.

  아침에 작은 파리 한 마리가 얼굴을 이리저리 기어다니며 나를 깨

---

1) 『지난 일을 돌이켜보다(舊事重提)』: 노신의 산문집 『아침꽃을 저녁에 줍다(朝花夕拾)』의 각 편이 처음 『망원(莽原)』에 발표되었을 때의 총 제목이다.

웠다. 쫓아내어도 또 달려들었고, 쫓아내도 또 달려들었다. 게다가 어김없이 얼굴의 한 곳에만 기어다니는 것이었다. 한번 손으로 내리쳤지만 죽이지 못했다. 하는 수 없이 방침을 바꿔 내가 일어났다.

기억컨대, 재작년 여름 S주(州)를 지난 일이 있었는데, 그곳 여인숙의 파리떼는 정말이지 끔찍했다. 식사가 나올 때면 그놈들이 따라와서 먼저 맛을 보았다. 밤에는 방 가득 붙어있어 취침하려면 천천히 조심해서 머리를 내려놓아야지 함부로 누웠다가 그놈들을 놀라게 하면 곧 웽웽 한바탕 소리를 내며 날아오르는데 머리와 눈이 아찔해지고 여지없이 낭패를 당한다. 여명, 청년들이 희망하는 여명에 이르면 그야 물론 종전처럼 얼굴 위를 이리저리 기어다닌다. 그런데 나는 길을 지나다가 한 아이가 잠을 자는 모습을 보았다. 대여섯 마리 파리가 그의 얼굴 위를 기고 있었는데, 그는 오히려 피부조차 찡그리지 않고 달콤하게 잠을 자고 있었다. 중국에서 살아가려면 이런 훈련과 수양의 공부가 절대적으로 필요하다. "파리 잡기" 따위를 고취하느니 차라리 이런 재간을 연마하는 것이 더 절실하다.

아무 일도 하고싶지 않았다. 위장병이 완치되지 않은 것인지, 아니면 수면 시간이 부족한 것인지 알 수 없었다. 예전처럼 게으름을 피우며 폐지를 뒤적이는데, 『다향실총초(茶香室叢鈔)』 같은 글 몇 조목을 발견했다. 이미 휴지통에 뭉쳐 넣었던 것인데, 다시 "버리기에 아깝다"는 느낌이 들어 『수호전(水滸傳)』에 관한 것을 몇 가지 골라서 여기에 옮겨 실어본다. —

송대(宋代) 홍매(洪邁)의 『이견갑지(夷堅甲志)』 권14에 이런 이야기가 있다. "소흥(紹興) 25년에 오(吳)나라 부붕설(傅朋說)이 안풍군(安豊軍)의 태수로 부임하게 되었는데, 번양(番陽)에서 병졸 하나를 파견하여 속리(屬吏)들을 불러오게 했다. 서주(舒州) 경계지역에 당도하니 촌민들이 떠들썩하게 수십 명이 모여 있기에 짐을 풀어놓고 그것을 구경했다. 그 중의 한 사람이 '우리 마을의 한 부인이 호랑이에게 물려가자 그 남편이 분을 이기지 못하고 홀로 칼을 들고 호랑이 굴을 찾아갔는데, 시간이 지나도 돌아오지 않자 지금 그를 구하러 갈 계획을 짜고 있다'고 말했다. 한참이 지난 뒤 남편이 죽은 아내를 지고 돌아와서 이렇게 말했다. '처음에 발자국을 따라 굴에 이르렀는데, 암수 호랑이는 모두 없고 새끼 두 마리가 바위굴에서 놀고 있기에 즉각 죽여버리고 그 속에 숨어 기다리고 있었다. 잠시 후 암컷이 사람 하나를 물고 와서 뒷걸음으로 굴로 들어왔고 사람이 그 속에 숨어 있는지 몰랐다. 나는 재빨리 꼬리를 잡고 다리 하나를 잘랐다. 호랑이는 물고 있던 사람을 버리고 절뚝거리며 달아났다. 천천히 나와 사람을 살펴보니 과연 내 아내였고, 죽어 있었다. 호랑이는 다리를 끌며 몇 십 보를 가다가 골짜기에 떨어져 있었다. 나는 다시 굴로 들어가 기다렸는데, 수컷이 갑자기 울부짖으며 뛰어들어왔고, 역시 꼬리가 먼저 들어오기에 앞의 방법대로 호랑이를 죽였다. 아내의 원수를 이미 갚았으니 여한이 없다.' 이에 이웃사람들을 데리고 가서 보여주고 호랑이 네 마리를 메고 돌아와서 나누어 삶아먹었다." (案, 노신의 개인적인 견해―역자) 『수호전』에는 이규(李逵)가 기령(沂嶺)에서 호랑이 네 마리를 잡은 이야기가 서술되어 있는데, 상황이 대단히 비슷하여 아마 이런 전설을 바탕으로 지은 것이 아닌가 생각한다. 『이견갑지』는 건도(乾道) 초년(1165)에 완성되었는데, 이 조목의 제목은 「서주의 백성이 호랑이 네 마리를 죽이다(舒民殺四虎)」로 되어 있다.

송대 장계유(莊季裕)의 『계륵편(鷄肋編)』에 이런 이야기가 있다. "절강(浙江) 사람들은 오리를 대단히 꺼려한다. 북쪽 사람들은 오리 고깃국은 매우 뜨거워도 김이 나지 않는다고 알고 있을 뿐이다. 나중에 남방에 이르러 비로소 오리는 수컷이 한 마리뿐일 때는 짝을 지어도 알을 낳지 못하며 반드시 두세 마리가 있어야 새끼를 가질 수 있다는 것을 알게 되었다. 사람들이 오리를 그렇게 꺼려하는 이유는 아마 이 때문일 것이며 김이 나지 않는다는 데 있지 않다." (案) 『수호전』에 운(鄆)형이 무대(武大)에게 밀겨를 구하는 이야기가 서술되어 있다. "무대가 말했다. '우리 집에는 거위와 오리를 기르지 않는데, 어떻게 그런 밀겨가 있겠는가?' 운형이 말했다. '자네는 밀겨가 없다고 말하는데, 얼마나 잘먹었기에 그렇게 피둥피둥 살이 쪄서 거꾸로 들어올려도 문제없고 솥에 삶아도 김이 나지 않는가?' 무대가 말했다. '빌어먹을 원숭이 같은 놈! 욕을 잘도 하는군. 내 마누라는 서방질도 하지 않는데, 내가 어떻게 오리란 말인가?'……" 오리는 반드시 수컷이 많아야 새끼를 낳을 수 있다는 말은 송나라 때 절강 지역의 속담이지만 지금은 사람들이 모르고 있다. 그런데 이로부터 『수호전』은 확실히 구본(舊本, 이전부터 전해져 내려오던 판본─역자)이며, 그 저자는 절강 사람임을 알 수 있다. 장계유조차도 오리 고깃국이 김이 나지 않는다는 것만 알고 있었을 뿐이다. 『계륵편』에는 소흥(紹興) 3년(1133)에 쓴 서가 있으니 지금으로부터 이미 800년쯤 되었다.

원대(元代) 진태(陳泰)의 『소안유집(所安遺集)』의 「강남곡서(江南曲序)」에 이런 내용이 있다. "내가 어렸을 때 어른들로부터 송강(宋江)에 관한 이야기를 들었는데, 자세한 내용을 찾아보지는 않았다. 지치(至

治) 계해(癸亥)년 가을 9월 16일에 양산박(梁山泊)을 지나다가 배에서 가파르고 웅대하게 솟은 봉우리 하나가 멀리서 보였는데, 사공에게 물으니 그것은 안산(安山)이라 하며 옛날 송강 이야기의 배경이 된 곳으로 호수를 잘라서 연못으로 만들어 너비가 90리가 되며 모두 연꽃과 마름이 심어져 있고, 전하는 이야기에 따르면 송강의 아내가 심은 것이라고 한다고 했다. 송강의 사람됨은 용맹스럽고 거리낌없었는데, 그를 따르는 무리 중에 송강과 같은 사람이 36명이나 되었다고 한다. 지금도 산기슭에 분장대(分贓臺, 훔친 물건을 나누던 곳―역자)가 있어서 석좌(石座) 36개가 놓여 있으며, 이른바 '36명이 갔다가 18쌍이 돌아온다'라는 속담의 의미는 그들이 스스로 맹세한 말에서 나온 것이라 한다. 처음 내가 이곳을 지날 때 연꽃이 만발하였으나 지금은 남아 있지 않고 다만 잔향(殘香)이 코에 전해져왔다. 이 때문에 '36구비 봄물을 보며, 백발이 되어 강남이 보고싶구나'라는 왕형공(王荊公)의 시가 기억났다. 이 싯구를 음미하며 「강남곡(江南曲)」을 지어 유람한 내력을 서술하고 또 송강의 아내가 연꽃을 심은 뜻을 위로하였다.(원주: 이 「강남곡」은 벌레먹어 없어졌음)"(案) 송강이 아내가 있어 양산박에 있었으며 또한 연꽃을 심었다는 것은 여기서 처음 본다. 그리고 송강이 용맹스럽고 거리낌없다고 한 것은 오늘날 전해지는 그의 성격과는 판이하게 다르다. 그러니『수호전』이야기는 송원(宋元) 이래로 이설(異說)이 많다는 것을 알 수 있다. 진태의 자는 지동(志同)이고, 호는 소안(所安)이며, 다릉(茶陵) 사람이다. 연우(延祐) 갑인(甲寅)년(1314)에 「천마부(天馬賦)」로써 성시(省試)에 12등으로 급제하였고, 회시(會試)에서는 을묘과(乙卯科)에서 장기암(張起巖)의 도움으로 진사에 급제하였다. 한림원(翰林院) 서길사(庶吉士, 명청시대 관직 이름―역자)에서 다시 용남령(龍南令)을 제수받았고, 관리로 지내다 죽었다. 증손인 진박(陳朴)에 이르러 그의 유문(遺文)을 모아 1권으로 만들었다. 성화(成化) 정미(丁未)년에 내손(來孫, 현손의 아들-역자)인 진전(陳銓) 등이 다시 그것을 보유(補遺)하여 중간(重刊)했다. 「강남곡」은 보유(補遺) 속에 있지만 그 시는 없어졌다. 근래에 『함분루비급(涵芬樓秘笈)』 제10집에 김간(金侃)의 필사본이 수록되어 있었으나 서(序)와 함께 없어졌다. "배에서 멀리 봉우리 하나가 보인다(舟遙見一峰)" 및 "옛날 송강 이야기의 배경이 된다(昔宋江事處)"라는 두 구절에는 틀림없이 오탈자가 있겠지만 다른 판본을 보지 못해서 바로잡을 수 없다.

7월 1일

맑음.

오전에 공육(空六)²⁾이 찾아와서 이야기를 나누었다. 오로지 신문에 실린 일에 관해 이야기를 나누었는데, 진위를 가릴 수 없는 것들이었다. 한참 뒤에야 그는 돌아갔으며, 그가 무슨 이야기를 했는지 나는 거의 잊어버렸고, 이야기를 나누지 않은 것과 다름없었다. 다만 한 가지 일만이 기억났다. 오패부 장군이 어느 연회석상에서 이렇게 발언했다고 한다. 적화(赤化)의 시조는 바로 치우(蚩尤)인데, 왜냐하면 "치"(蚩, 츠로 발음-역자)와 "적"(赤, 츠로 발음-역자)의 발음이 같기 때문이라는 것이다. 그래서 치우는 "적우(赤尤)"이며, "적우"란 바로 "적화의 심화"(赤化之尤, 尤는 우수하다, 심하다는 뜻-역자)라는 뜻이라는 것이다. 그가 말을 마치자 함께 자리한 사람들이 그로 인해 "기뻐

---

2) 공육(空六) : 진정번(陳廷璠)이며, 섬서(陝西) 호현[鄠縣, 지금의 호현(戶縣)] 사람이다. 북경대학을 졸업했고, 당시 북경세계어전문학교 교무주임을 맡고 있었다.

했다"고 한다.

태양이 뜨거워 몇몇 화분에 담긴 작은 화초의 잎들이 시들시들해 졌기에 물을 좀 주었다. '꽃은 매일 일정한 시간에 물을 주어야지 함부로 주어서는 안 되며, 함부로 주면 해롭다'고 전(田)씨 어멈이 나에게 충고했다. 나는 일리가 있다고 생각하여 주저했다. 그러나 다시 생각해보니, 일정한 시간에 꽃에 물을 줄 사람이 없고 나 또한 일정하게 꽃에 물을 줄 시간이 없으니 만약 그녀의 학설을 그대로 따른다면 그 작은 꽃들은 햇볕에 말라죽고 말 것이다. 함부로 물을 주더라도 물을 주지 않는 것보다 나으며, 해롭더라도 햇볕에 말라죽는 것보다 나을 것이다. 그래서 계속 물을 주었다. 하지만 마음속으로는 그다지 내키지는 않았다. 오후에 잎들이 꼿꼿하게 살아났기에 크게 해롭지 않은 듯하여 마음이 놓였다.

등불 아래는 너무 더워 밤에는 어둠 속에서 멍하니 앉아 있었고, 서늘한 바람이 가볍게 불어오자 나도 모르게 다소 "기뻐졌다." 사람이 만일 "세상일에 초연하고" 신문이나 볼 수 있다면 일종의 유유자적한 행복이다. 신문의 경우 나는 여태껏 박람가(博覽家)는 아니었지만 최근 반년 동안 이미 마음에 새길만한 뛰어난 작품을 많이 만났다. 멀리로는 단기서 집정(執政, 집권자—역자)의 『이감편(二感篇)』, 장지강(張之江) 독판(督辦, 감독관—역자)의 「학풍 정돈에 관한 전보」, 진원 교수의 「한담」이 그런 것이다. 가까이로는 정문강(丁文江) 독판(?)의 자칭 "책벌레" 연설, 호적지(胡適之) 박사의 영국의 경자(庚子)년 배상금 반환에 대한 문답, 우영성(牛榮聲) 선생의 "자동차 뒤로 몰기"론(『현대평론』78기에 보임), 손전방(孫傳芳) 독군(督軍)이 유해속(劉海粟) 선생에게 주는 미술을 논한 서신이 그런 것이다. 그러나 이런 것들은 적화의 원류를 고찰한 것과 비교하면 헤아릴 수 없을 정도로 거리가 너무

나 멀다. 금년 봄에 장지강 독판은 분명히 전보를 보내 적화의 혐의가 있는 학생들을 총살하는 데 찬성했지만 결국에는 자기 자신도 적화를 벗어나지 못했다. 이에 대해 나는 어찌된 영문인지 모르고 있었는데, 이제야 치우가 적화의 시조라는 것을 알게 되면서 그 의문 덩어리가 얼음이 녹듯 풀렸다. 치우는 염제(炎帝)를 친 적이 있으니 염제 역시 "적화의 괴수"이다. 염(炎)이란 화덕(火德)이고 화색(火色)은 적(赤)색이며, 제(帝)는 우두머리가 아닌가? 그래서 3.18참사는 바로 적(赤)으로써 적(赤)을 토벌하는 것과 다름없으며, 어느 쪽이든 관계없이 모두 적화라는 명칭을 모면할 수는 없다.

이처럼 기묘한 고증은 천지지간에 실로 그다지 많지는 않다. 다만 기억컨대, 일본의 동경에 있을 때 『요미우리신문(讀賣新聞)』에 매일 등재되고 있던 대 저작을 보았는데, 거기에서 황제(黃帝)는 아브라함(阿伯拉罕)이라고 고증하고 있었다. 그 대의인 즉, 일본에서는 기름을 "아부라"(阿蒲拉, Abura)라고 부르는데, 기름의 색깔은 대체로 황색이므로 "아브라"(阿伯拉, 아브라함의 아브라—역자)는 "황(黃)"이라는 것이다. "제(帝)"의 경우, "한(罕)"과 모양이 비슷하다는 것인지 아니면 "가한(可汗)"과 발음이 비슷하다는 것인지 지금 정확하게 기억할 수는 없지만, 종합컨대, 아브라함은 유제(油帝)이며, 유제(油帝)가 바로 황제(黃帝)라는 것이다. 편명(篇名)과 작자도 지금 다 잊어버렸지만, 나중에 한 권의 책으로 인쇄되었고, 또 상권(上卷)만 나왔다는 것을 기억하고 있을 뿐이다. 그러나 이런 고증은 어쨌든 지나치게 왜곡된 것이므로 깊이 따지지 않아도 좋을 것이다.

7월 2일

맑음.

오후에 전문(前門, 북경의 성문 이름-역자) 밖에서 약을 산 후 에돌아 동단패루(東單牌樓)3)의 동아공사(東亞公司)를 천천히 둘러보았다. 이곳은 일본서적을 곁들여 판매하는 곳일 뿐이지만 중국 연구에 관한 책들이 벌써 꽤 많이 있었다. 몇 가지 제한 때문에 안강수부(安岡秀夫)가 지은 『소설로 본 지나(支那) 민족성』이라는 책 한 권만 사들고 나왔다. 얄팍한 책으로 진홍색과 심황색으로 장정한 것이며, 가격은 1원 20전이었다.

저녁에 등불 아래 앉아 그 책을 보았는데, 그가 인용한 소설은 34종이었다. 다만 그 중에는 사실 소설이 아닌 것과 1부를 여러 종으로 나눈 것이 포함되어 있었다. 모기가 달려들어 여러 군데 물렸고, 한두 마리에 지나지 않은 듯했으나 앉아 있을 수가 없다. 모기향을 피우자 그제야 점차 편안해졌다.

안강(安岡)씨는 겸손하게도 서언(緒言)에서 "이런 것은 지나인(支那人, 중국사람을 가리킴-역자) 뿐만 아니라 아마 일본에서도 벗어나기 어려운 문제이지"만 그러나 "정도의 높고 낮음과 범위의 넓고 좁음을 헤아려보면 과장하여 지나의 국민성이라 하여도 지나침이 전혀 없다"라고 했다. 그래서 지나인인 나의 입장에서 볼 때 확실히 등에 땀이 밸 정도로 부끄러웠다. 목차만 보아도 분명히 알 수 있다. 1장 총설(總說). 2장 체면과 의용(儀容)을 지나치게 중시한다. 3장 운명에 안주하고 쉽게 그만둔다. 4장 참을성이 강하다. 5장 동정심이 부족하

---

3) (역주) 동단(東單)은 천안문(天安門) 앞 장안가(長安街)의 동쪽 끝단의 지명이다.

고 잔인성이 많다. 6장 개인주의와 사대주의(事大主義). 7장 지나치게 검약하고 부정하게 재물을 탐한다. 8장 허례(虛禮)에 얽매이고 허식을 숭상한다. 9장 미신을 깊이 믿는다. 10장 향락에 빠지고 음란한 기풍이 만연되어 있다.

그는 스미스(Smith)의 『중국인의 기질(Chinese Characteristies)』을 아주 믿고 있는 듯이 항상 그것을 증거로 끌어들이고 있었다. 이 책은 그들 나라에서 20년 전에 『지나인의 기질』로 번역되어 나왔다. 그러나 지나인인 우리는 오히려 그 책에 주의하는 사람이 그다지 많지 않다. 제1장에서 스미스(Smith)는 이렇게 여긴다고 말했다. '지나인은 연극적인 기질이 상당히 많은 민족인데, 조금 흥분하면 배우처럼 되어 한 글자 한 구절, 일거수 일투족이 모두 허세를 부린다. 본심에서 나온 것이라기보다는 오히려 장면을 유지하려는 의도가 더 강하다. 이것은 체면을 대단히 중시하기 때문인데, 자기의 체면을 충분히 드러내려 하다보니 감히 그런 과장된 언어와 동작을 짓게 되는 것이다. 종합하여 말하면, 지나인에게 중요한 국민성을 구성하는 복합적인 열쇠는 바로 이 "체면"이다.'

널리 살피고 안으로 반성해보면 이 말이 결코 지나친 독설이 아님을 우리는 알 수 있다. "극장은 작은 천지요, 천지는 큰 극장이다"라는, 연극무대에 걸어두는 훌륭한 대련(對聯)으로 전해져오고 있다. 사람들이 본래 모든 일은 한바탕 연극에 지나지 않는다고 보고 있으니, 진지한 사람이 있으면 그는 곧 바보가 된다. 그러나 이는 결코 적극적인 체면에서 유래한 것이 아니며 마음속에 불평이 있어도 복수에는 겁을 내서 만사는 연극이라는 사상으로 그것을 포기해버린다. 만사가 연극인 이상 불평도 진짜가 아니며 복수하지 않아도 비겁하지 않은 것이다. 그래서 길에서 불공평한 일을 만나도 칼을 뽑아 돕지 않아도 유명한 정인군자가 되는 데는 지장이 없다.

내가 만나본 외국인 중에 스미스(Smith)의 영향을 받은 것인지 아니면 스스로 체험에서 나온 것인지 알 수 없지만 몇몇은 중국인의 이른바 "체면" 또는 "면목"을 주의 깊게 연구하고 있었다. 그런데 그들은 실제로 벌써 깨달은 바가 있고 또한 응용까지 하고 있으니, 만약 더욱 정밀하고 원숙하게 한다면 외교에서 틀림없이 승리할 뿐 아니라 상등(上等)의 "지나인"들로부터 호감을 사게 될 것이다. 이 때 반드시 "지나인" 세 글자를 말하지 말고 "화인(華人)"으로 바꾸어야 하는데, 왜냐하면 이것도 "화인"의 체면에 관한 것이기 때문이다.

나는 또 민국 초년에 북경에 왔을 때의 일이 기억난다. 우체국 입구의 편액에는 "우정국(郵政局)"이라고 씌어 있었으나 나중에 외국인은 중국의 내정에 간섭해서는 안 된다는 목소리가 높아지자 우연인지 아닌지는 모르겠지만 며칠 사이에 모두 일률적으로 "우무국(郵務局)"으로 고쳐놓았다. 외국인이 우체국"업무"(郵"務")를 좀 관리하더라도 실제로 내"정"(內"政")과는 상관이 없는 일이다. 이런 한바탕 연극은 지금까지도 줄곧 연출되고 있다.

여태껏 나는 국수가(國粹家)와 도덕가 따위들이 통곡하며 눈물을 흘리는 것을 진심이라고 믿지 않았다. 눈가에는 확실히 구슬 같은 눈물이 흘러내리고 있다고 해도 그의 손수건에 고추물이나 생강즙이 젖어 있는지 반드시 검사해보아야 한다. 국고(國故)의 보존이라든지 도덕의 진흥이라든지 공리의 유지라든지 학풍의 정돈이라든지……마음속으로 정말로 그렇게 생각하고 있는가? 연극하는 것이라면 무대 앞에서의 자세는 무대 뒤에서의 모습과는 다르다. 단지 관객들은 분명 그것이 연극인줄 알면서도 그럴듯하기만 하면 여전히 그 연극에 기뻐하고 슬퍼할 수도 있으며, 그래서 그 연극은 계속되고 있는 것이다. 누군가가 폭로하기라도 하면 그들은 도리어 흥을 깨는 것이라고 여긴다.

　중국인들은 이전에 러시아의 "허무당(虛無黨)" 세 글자를 들으면 곧 방귀가 나오고 오줌을 쌀 정도로 두려워했으니 오늘날의 이른바 "적화" 못지 않았다. 사실 그런 "당(黨)"은 있지도 않았으며, "허무주의자" 또는 "허무사상자"만이 있었을 뿐이다. 이것은 투르게네프가 만들어낸 명칭인데, 신을 믿지 않고 종교를 믿지 않고 일체의 전통과 권위를 부정하여 자유의지에서 나온 생활로 뒤돌아가려는 인물을 가리켜서 한 말이다. 그러나 이미 이런 인물은 중국인이 보기에는 가증스러운 것이다. 그렇지만 일부 중국사람, 적어도 상등인들을 볼 때, 그들은 신과 종교와 전통의 권위에 대해 "믿고" "따르는" 것인가 아니면 "두려워하고" "이용하려는" 것인가? 그들은 변덕이 심하고 지조가 전혀 없는 것을 보면, 믿고 따르려는 것이 아무것도 없으며 다만 속내와 달리 거드름을 피우고 있는 것이다. 허무당을 찾아보면 중국에서도 실로 적지 않다. 러시아와 다른 점이 있다면, 러시아 사람은 이렇게 생각하면 이렇게 말하고 이렇게 하지만 우리는 오히려 이렇게 생각하지만 저렇게 말하고 무대 뒤에서는 이렇게 하면서 무대 앞에서는 저렇게 한다는 점이다. 이런 특별한 인물을 "연극하는 허무당" 또는 "체면적인 허무당"이라고 불러 달리 구별하고자 한다. 앞의 형용사가 뒤의 명사와 도무지 어울리지 않기는 하지만 말이다.

　밤에 품청(品靑)4)에게 보내는 편지에서 그에게 공덕학교(孔德學校)에 가서 『여구변유(閭邱辨囿)』를 빌려달라고 부탁했다.

　깊은 밤 잠자리에 들기 전에 오늘날짜의 달력 한 장을 찢어내니 다

---

4) 품청(品靑) : 왕품청(王品靑)이다.

음 장은 붉은 색으로 인쇄되어 있었다. 내일은 토요일인데 어째서 붉은 글씨로 썼을까 라고 생각했다. 자세히 보니 작은 글씨 두 줄로 "마창(馬廠) 출병 공화국 재건 기념"이라고 씌어 있었다. 내일은 국기를 내거는 날인가 라고 또 생각했다…… 그리하여 아무것도 생각하지 않고 잠을 잤다.

7월 3일

맑음.

너무 더웠다. 오전에는 놀고, 오후에는 잠을 잤다.

저녁을 먹은 뒤에 뜰에서 더위를 식히고 있는데, 문득 만생원(萬牲園)이 떠올랐다. 때문에 '그 곳은 여름에 오히려 볼만한 곳인데, 지금은 들어갈 수 없으니 아쉬워요'라고 말했다. 전씨 어멈은 그곳에 문지기로 있던 두 키다리에 대해 이야기하면서 가장 큰 키다리는 자기 이웃이었으며 지금은 미국인에게 고용되어 미국으로 가서 매월 월급이 1천 원이라고 했다.

이 말을 듣고 나는 크게 계시를 받았다. 나는 이전에 『현대평론』에서 11종의 좋은 저작을 추천한 것을 보았는데, 양진성(楊振聲) 선생의 소설 『옥군(玉君)』이 그 속에 포함되어 있었고, 그 이유의 하나로 "길게(長)" 썼기 때문이라는 것이다. 나는 그 이유에 대해 여태껏 납득이 가지 않았는데, 7월 3일, 즉 "마창(馬廠) 출병 공화국 재건 기념일" 저녁에야 비로소 분명히 알게 되었다. 즉 "길다"는 것은 확실히 가치 있는 것이다. 『현대평론』은 "학리와 사실"을 다 중시한다는 점을 자부하고 있으니 확실히 말로도 행동으로도 그렇게 하고 있다.

오늘 나는 잠자리에 들 때까지 국기를 내걸지 않은 듯한데, 12시가 지난 한밤중에 다시 내걸지 어떨지 알 수 없다.

7월 4일

맑음.

아침에 여느 때처럼 파리 한 마리가 얼굴 위를 이리저리 기어다니며 나를 깨웠고, 여느 때처럼 내쫓지 못해 내가 일어날 수밖에 없었다. 품청으로부터 회신이 왔는데, 공덕학교에는 『여구변유』가 없다고 했다.

역시 『소설로 보는 지나 국민성』이라는 책 때문이다. 거기에서 중국요리에 대해 언급했기 때문에 중국요리를 조사해보고 싶었던 것이다. 나는 이 부분에 대해 여태껏 주의하지 않았으므로 알고 있는 옛 기록은 다만 『예기(禮記)』에 나오는 이른바 "팔진(八珍)", 『유양잡조(酉陽雜俎)』에 나오는 황제가 내리는 요리 식단표 한 장, 명사(名士)인 원매(袁枚)의 『수원식단(隨園食單)』뿐이다. 원조(元朝) 때 화사휘(和斯輝)의 『음찬정요(飮饌正要)』가 있지만 구서(舊書) 서점에서 서서 한번 펼쳐보았을 뿐 원대 판본이어서 살 수 없었다. 당조(唐朝) 때의 것으로는 양욱(楊煜)의 『선부경수록(膳夫經手錄)』이 있어 『여구변유』에 수록되어 있다. 지금은 이 책을 빌릴 수 없으니 단념할 수밖에 없다.

근년에 본국사람과 외국사람이 중국요리를 칭찬하며 얼마나 맛이 좋고 얼마나 위생적이고 세계 제일이고 우주에서 n번째라고 말하는 것을 들었다. 그러나 나는 정말 어떤 것이 중국요리인지 모르고 있다. 우리의 어떤 곳에서는 파 마늘과 옥수수가루 떡을 먹고, 어떤 곳에서는 식초, 고추, 짠지를 반찬으로 해서 밥을 먹는다. 또 많은 사람들은 검은 소금을 핥을 뿐이며, 또 많은 사람들은 검은 소금조차도 핥을 수 없다. 중외(中外) 인사(人士)들이 맛이 좋고 위생적이고 제일 이고 n번째라고 여기는 것은 당연히 이런 것들이 아니다. 틀림없이 돈 많은 부자와 상등인이 먹는 요리일 것이다. 그러나 그들이 이런 것을 먹고 있다고 해서 중국요리를 일등에 올려놓을 수는 없다고 나는 생각한다. 이는 작년에 두세 명의 "고등 화인(華人)"이 출현했지만 다른 사람들은 여전히 "하등"인인 것과 마찬가지이다.

안강(安岡)씨가 중국요리를 논할 때 끌어들인 증거는 위렴사(威廉士)5)의 『중국』(*Middle Kingdom by Williams*)인데, 마지막에 「향락에 빠지고 음란한 기풍이 만연되어 있다」라는 편에 나온다. 그 중에 이런 대목이 있다. —

"이 호색적인 국민은 음식물의 원료를 고를 때도 대체로 연상되는 성욕의 효능을 목적으로 하고 있다. 외국에서 수입한 특수한 물품 중에서 가장 많은 것이 바로 이러한 효능을 가지고 있는 것으로 여겨지는 물건이다.…… 대 연회에서 여러 가지 식단표의 가장 많은 부분은 어떤 특수한 강장제의 성질을 가지고 있다고 상상되는 기묘한 원료로 만들어진 것이다.……"

나는 외국인이 우리나라의 결점을 지적하는 데 대해 그다지 반감을 가지지 않는다고 스스로 생각하는데, 그러나 이것을 보고는 실소하지 않을 수 없었다. 연회에 나오는 중국요리는 정말이지 대체로 풍성하다. 그렇지만 결코 국민들의 일상적인 음식은 아니다. 중국의 부

---

5) 위렴사(威廉士, S. W. Williams, 1812~1884) : 미국의 선교사로서 주중국 미국영사관을 역임했다. 『중국(中國)』이라는 책은 1879년에 출판되었다.

자들은 정말이지 매우 음탕하다. 그렇지만 요리에 강장제를 섞는 데
까지는 이르지 않았다. "주왕(紂王)[6]은 비록 착하지는 않았지만 그렇
게 심하지는 않았다." 중국을 연구하는 외국인은 너무 깊이 생각하고
너무 민감하게 느껴서 항상 이러한 — "지나인"보다 더 성적으로 민
감한 — 결과를 얻게 된다.

안강씨는 또 스스로 이렇게 말했다. —

"죽순과 지나인의 관계는 새우의 관계와 비슷하다. 그 나라 사람이
죽순을 좋아하는 것은 일본인 이상이라고 할 수 있다. 우스운 말이지만
아마 꼿꼿하게 곧추세워진 생김새가 상상을 이끌어내기 때문이리라."

회계[會稽, 노신의 고향인 소흥(紹興) 지역의 다른 이름—역자]에서는 지
금도 대나무가 많다. 옛날 사람들은 대나무를 아주 소중하게 여겼고,
그래서 "회계의 대나무 화살"이라는 말이 생겼다. 그렇지만 대나무를
소중하게 여긴 원인은 화살을 만들어 전투에 사용할 수 있다는 데 있
는 것이지 그것이 "꼿꼿하게 곧추세워진" 모양이 남근 같기 때문은
아니다. 대나무가 많으면 죽순도 많다. 많기 때문에 그 값도 북경의
배추와 마찬가지로 싸다. 나는 고향에서 10여 년 동안 죽순을 먹었는
데, 지금 돌이켜 스스로 반성해보면 어찌됐건 죽순을 먹을 때 "꼿꼿
하게 곧추세워진" 그 모양을 좋아했다는 생각의 그림자조차도 전혀
찾아낼 수가 없다. 생김새 때문에 그 효능을 상상할 수 있는 것이 하
나 있는데, 바로 육종용(肉蓰蓉)이다. 그렇지만 그것은 약이며 요리는
아니다. 종합하면, 죽순은 비록 남쪽의 대나무숲과 식탁에서 흔히 볼

---

6) (역주) 주왕(紂王) : 중국 은(殷)나라의 마지막 군주로서 하(夏)나라의 걸왕(桀王)과
　더불어 대표적인 폭군으로 일컬어진다.

수 있지만, 길거리의 전신주와 집의 기둥처럼 "꼿꼿하게 곧추세워진" 모양이더라도 색욕의 크기와는 아무런 관계가 없을 것이다.

그렇지만 이런 누명을 씻었다고 결코 중국인은 품행이 단정한 국민이라는 것을 증명해주지는 못한다. 결론을 얻으려면 아주 많은 고생을 해야 할 것이다. 그러나 중국인들은 도무지 자기를 연구하려고 하지 않는다. 안강씨는 또 이렇게 말했다. "지금부터 10여 년 전에 『유동외사(留東外史)』라는 제목의, 작자를 알 수 없는 소설이 나왔는데, 사실을 기록한 듯하며, 아마 일본인의 성적인 부도덕을 악의적으로 묘사하려는 목적을 가지고 있었던 것 같다. 그렇지만 전편을 통독하면 일본인을 공격하는 것보다 도리어 부지불식간에 지나(支那) 유학생들의 바르지 못한 품행을 특히 애써서 고백하는 내용이 더 많은데, 우스운 일이다." 이는 사실이며, 품행이 단정하지 않은 중국인을 증명하려면 오히려 정색하며 남녀공학을 금지하고 모델을 금지해야 한다고 여기는 이런 사례에서 찾아야 한다.

나는 "대(大) 연회"에 자리를 같이 할 영광을 누려보지 못했으며, 단지 몇 차례 중(中) 연회에 초대받아 제비집 요리와 상어지느러미 요리를 먹어보았다. 돌이켜보면 연회 중간이나 연회가 끝난 뒤에도 결코 호색적인 마음이 일어나지는 않았다. 그러나 지금까지도 이상하게 여기고 있는 것은, 삶고 찌고 오래 고아 푹 익힌 요리 가운데 펄펄 뛰는 생새우 한 접시가 곁들여 나온다는 점이다. 안강씨의 말에 따르면 새우도 성욕과 관계가 있다고 말했는데, 그에게서 뿐만 아니라 중국에서도 그런 말을 들었던 적이 있다. 그렇지만 내가 이상하게 여기는 바는, 문명이 완전히 무르익은 사회에서 갑자기 털도 뽑지 않고 피도 씻지 않은 채 먹는 야만적인 풍습이 나타난 듯한 이런 양극단의 뒤섞임에 있다. 그런데 이 야만적인 풍습은 결코 야만에서 문명으로 나아가는 것이 아니라 이미 문명에서 야만으로 떨어진 것이다. 가령 전자를 이제부터 글을 써야 하는 백지로 비유한다면 후자는 곧 글자로 가득 채워진 새까만 종이라고 하겠다. 한편으로는 예(禮)를 제정하고 악(樂)을 짓고 공자를 존숭하고 경전을 읽어 "4천 년의 문명을 자랑하는 나라"는 정말로 절정의 순간이 때마침 도래했으면서도 한편으로는 또 태연하게 방화하고 살인하고 간음하고 약탈하며 야만인이라도 동족에게는 하지 않은 짓을 하고 있다…… 전체 중국은 바로 이런 대 연회장이다!

나는 중국인들의 음식에서 삶아 푹 익혀 흐느적거리는 것들을 반드시 없애야 하고, 또한 완전히 날것이나 완전히 살아있는 것도 없애야 한다고 생각한다. 익히기는 했지만 덜 익은 데가 있어 선혈을 띠고 있는 고기류를 반드시 먹어야 한다…….

정오가 되어 으레 점심을 먹어야 했기에 토론을 중지했다. 반찬은 말린 채소, 이젠 더 이상 "꼿꼿하게 곧추세워진" 것이 아닌 말린 죽순, 녹말 당면, 짠지였다. 소흥(紹興)에 대해 진원 교수가 증오한 것은 "관리 나으리"와 "도필리(刀筆吏)의 필치"였고, 내가 증오하는 것은 요리이다. 『가태회계지(嘉泰會稽志)』는 이미 석판인쇄가 진행되고 있으나 아직 출판되지는 않았다. 나는 앞으로 이 책을 통해 도대체 소흥은 얼마나 많은 대 기근이 생겼기에 이토록 주민들을 놀라게 해서 마치 내일이 세계의 종말이라도 된 듯이 오로지 말린 물품을 저장하기 좋아하게 되었는지 조사해보고 싶다. 채소도 햇볕에 말리고, 물고기도 햇볕에 말리고, 콩도 햇볕에 말리고, 죽순도 햇볕에 말려 제 모양을 잃고, 마름은 물기가 많을 때 육질이 부드럽고 바삭바삭한 것이 특색인데 그것마저도 바람에 말린다…… 듣자하니 북극을 탐험하는 사람은 통조림 음식만 먹고 신선한 것을 구할 수 없기 때문에 항상 괴혈병에 걸리게 된다고 한다. 만일 소흥 사람들이 말린 채소 따위를 가지고 탐험을 한다면 아마 좀더 멀리까지 나아갈 수 있을 것이다.

저녁에 교봉(喬峰)[7]의 편지와 총무(叢蕪)[8]가 번역한 부닌[9]의 단편소설『가벼운 흐느낌』의 원고를 받았다. 이 책은 상해의 한 서점에서 반 년이나 묵묵히 잠을 자다가 이번에야 방법을 강구해 찾아온 셈이다.

중국인들은 아무래도 자기를 연구하려고 하지 않는다. 소설로부터 국민성을 파악하는 것, 이것도 역시 좋은 과제이다. 이밖에, 도사사상(道士思想)[도교가 아니라 방사(方士)임]과 역사상의 대 사건과의 관계 및 그것이 지금 사회에서 차지하는 세력, 공자 교도(敎徒)가 어떻게 "성인의 도"를 자기의 무소불위에 맞도록 변화시켰는지, 전국시대 유사(游士)들이 군주를 설득시킨 이른바 "이(利)"와 "해(害)"가 어떤 것이며 지금의 정객과는 다른 점이 있는가 그렇지 않은가, 중국에서 고대로부터 지금까지 문자옥은 얼마나 있었는가, 역대로 "유언비어"를 날조하고 퍼뜨리던 방법과 그 효험 등등…… 연구할 수 있는 새로운 영역이 실로 많다.

7월 5일

맑음.

아침에 경송(景宋)이 『소설구문초(小說舊聞鈔)』의 일부를 정리해서

---

7) 교봉(喬峰) : 주건인(周建人)이다. 자가 교봉이며 노신의 셋째 동생으로 생물학가이다.

8) 총무(叢蕪) : 위총무(韋叢蕪, 1905~1978)이다. 안휘(安徽) 곽구(霍丘) 사람이며, 미명사(未名社)의 성원이다.

9) 부닌(1870~1953) : 러시아 소설가이다. 10월 혁명 뒤 외국에서 살았고, 나중에는 파리에서 죽었다.

보내왔다. 내가 재차 살펴보고 오후에야 마친 뒤 소봉(小峰)에게 보내어 인쇄에 넘겼다. 날씨는 어지간히 더웠다.

피곤을 느꼈다. 저녁에 등불에 눈이 시려 등을 끄고 누웠노라니 행복한 기분이 들었다. 누군가 문 두드리는 소리가 들리기에 얼른 나가 열어보았으나 아무도 없었다. 문밖으로 나가 자세히 살펴보니 한 어린 아이가 이미 어둠 속에서 멀리 달아나고 있었다.

문을 닫고 돌아와 다시 누우니 또 행복한 기분이 들었다. 어느 행인이 희곡을 노래부르며 지나가는데, "이, 이, 이!" 하고 여음이 가늘고 길게 이어지고 있었다. 어찌된 영문인지 문득 오늘 교정을 본『소설구문초』에 나오는 강여순(强汝詢)[10] 노선생의 주장이 생각났다. 이 선생의 서재는 구유익재(求有益齋, 이익을 추구하는 서재라는 뜻―역자)라고 불렀는데, 그렇다면 그 서재에서 쓴 문장의 내용 역시 짐작할 수 있을 것이다. 그는 스스로 사람이 얼마나 할 일이 없기에 소설을 짓고 소설을 보는지 이해할 수 없다고 말했다. 그러나 고소설에 대한 판결은 오히려 너그러웠으니, 그것은 옛것이고 또한 옛날 사람들이 이미 집록해놓았기 때문이다.

소설을 증오한 사람들은 강 선생뿐만이 아니다. 그런 류의 고론(高論)들은 어디에서나 보고들을 수 있다. 그러나 우리 국민의 학문은 대다수가 소설에 기대고 있으며, 심지어는 소설로부터 각색한 희곡에 기대고 있다. 비록 관우(關羽)와 악비(岳飛)를 숭상하는 어르신 선생들이라도 만일 그에게 마음 속에 그려지는 이 두 "무성(武聖)"의 모습이 어떠한가 라고 물으면, 아마도 실눈을 한 붉은 얼굴의 사나이, 그리고 다섯 가닥의 긴 수염을 한 백면서생 아니면 금수를 놓은

---

10) 강여순(强汝詢, 1824~1894) : 자는 요숙(堯叔)이고, 강소(江蘇) 율양(溧陽) 사람이며, 청 함풍(咸豊) 연간의 거인(擧人)이다. 저작으로는『구익재문집(求益齋文集)』이 있다.

...각 깃발을 꽂고 있는 모습일 것이

...한마음으로 충효와 절의(節義)를 제창하
...가서 연화(年畵)를 보면 여러 가지 새로
...관한 그림이라는 것을 알 수 있을 것이다.
...람은 오히려 노생(老生), 소생(小生), 노단(老
...외(外), 화단(花旦)…… 등12)이 아닌 것이 하나

전문 밖에 가서 약을 샀다. 약을 다 지은 뒤 돈을 지불하고
...앞에 서서 1회분을 마셨다. 그 이유는 세 가지였다. 첫째 벌써
...약을 먹지 않았으므로 빨리 마셔야 했고, 둘째 제대로 된 것인
...아닌지 맛을 보았고, 셋째 날씨가 너무 더워 실제로 목이 말랐다.
...뜻밖에 약을 사러온 손님 하나가 이상하다는 듯이 쳐다보았다. 뭐
가 이상해서 그러는 건지 나는 이해할 수 없었다. 그렇지만 어쨌든
그는 이상하다고 생각했는지 조용히 점원에게 말했다.

"저건 아편을 끊는 약이겠지요?"

"아니에요!" 점원은 나를 위해 명예를 지켜주었다.

"그건 아편을 끊는 약이겠죠?" 결국 그는 내게 직접 물었다.

---

11) (역주) 중국의 전통 희곡에 나오는 관우와 악비의 분장 모습이다.
12) 중국의 전통 희곡에 나오는 등장 인물의 배역을 가리킨다.

만일 내가 이 약이 "아편을 끊는 약"이라고 인정하지 않[으면]

죽어도 눈을 감지 않겠지 라고 생각했다. 인생이 얼마나 길[다고]

고집을 부리겠는가. 나는 곧 고개를 끄덕이는 듯 마는 듯 하[리]

를 움직이고 동시에 나의 그 "이도 저도 아닌" 훌륭한 대답[은]

"음음……."

이는 점원의 호의에도 손상을 주지 않고 또 그의 열렬한 기[대에]

그런 대로 위로가 될 수 있어서 일종의 묘약이다. 그러자 과연

소리 없이 천하가 태평해졌고, 나는 편안한 가운데 병마개를 잘[라]

거리로 나왔다.

중앙공원(中央公園)에 도착해서 약속해둔 호젓한 곳으로 갔더니

산(壽山)13)이 먼저 와서 잠시 쉬고 있었고, 곧 『소년 존』의 대역(對[照]

원문과 대조하며 번역 – 역자)에 착수했다. 이것은 좋은 책이지만 우연[한]

기회에 얻게 된 것이다. 대략 20년 전 나는 일본 동경의 구서 서점에[서]

서 수십 권의 낡은 독일어문학잡지를 샀고, 그 중에 ─ 그때 그 책이

마침 독일어로 번역되었기 때문에 ─ 그 책에 대한 소개와 작자의 평

전이 들어 있었다. 재밌다고 생각되어 곧 환선서점(丸善書店)에 부탁

해 샀다. 번역하고 싶었으나 힘이 부쳤다. 나중에도 항상 기억이 났

지만 언제나 다른 일로 인해 어그러졌다. 작년에야 여름방학 동안에

그것을 다 번역하겠다고 작정하고 광고를 실었다. 그러나 뜻밖에 그

여름방학은 다른 때보다 훨씬 어렵게 보냈다. 금년에 또 기억이 나서

한 차례 훑어보았지만 어려운 데가 꽤 많았고 여전히 힘이 부쳤다.

수산에게 함께 번역할 수 있는지 물었더니 그는 응낙했고, 그리하여

---

13) 수산(壽山) : 제수산(齊壽山, 1881~1965)이다. 이름은 종이(宗頤)이고, 하북(河北) 고
   양(高陽) 사람이며, 독일 베를린 대학을 졸업하고 북양정부 교육부 첨사(僉事), 시학
   (視學)을 역임했다.

착수하게 되었다. 그리고 반드시 이번 여름방학 내에 번역을 마쳐야 한다고 약속했다.

저녁에 집으로 돌아와 식사를 하고 뜰에 앉아 더위를 식혔다. 전씨 어멈이 나에게 오늘 오후에 맞은편 옆집의 누구네 시어머니와 며느리가 대판 싸웠다고 알려 주었다. 그녀가 보기에는 시어머니가 물론 다소 잘못했지만 어쨌든 며느리도 버릇이 너무 없었다고 했다. 그러면서 내 생각은 어떤지 물었다. 나는 우선 누구네가 싸웠는지 분명히 듣지 못했고, 또 두 고부가 어떤 사람인지도 모르고, 더욱이 그녀들이 주고받은 말을 듣지도 못했고 원한의 골이 얼마나 깊었는지도 알지 못했다. 지금 내게 재판까지 원한다면 정말이지 감히 자신할 수 없다. 하물며 내가 여태껏 결코 비평가도 아니었음에랴. 그래서 나는 하는 수 없이 '이 일은 내가 단정할 수 없어요'라고 말했다.

그러나 이 말의 결과는 아주 나빴다. 어둠 속에서 비록 안색은 볼 수 없었지만 일체의 소리가 고요해졌음이 귓가에 들렸다. 정적, 무거운 정적이었다. 나중에는 사람도 일어나서 가버렸다.

나도 무료한 나머지 천천히 일어나서 내 방으로 들어가 등을 켜고 침상에 누워 석간신문을 보았다. 몇 줄을 보자니 다시 무료해져서 곧 동쪽 벽을 마주하고 일기를 썼다. 이것이 바로 지금의 「즉흥일기 속편」이다.

뜰에는 다시 이야기하며 웃는 소리와 바른말하는 소리가 점차 들렸다.

오늘의 운수는 아주 좋지 않은 것 같았다. 낯선 사람이 "아편 끊는 약"을 마신다고 하여 나를 억울하게 했고, 전씨 어멈도 나에게…… 그녀가 어떻게 말했는지 나는 모른다. 다만 내일부터는 더 이상 이렇지 않기를 바란다.

즉흥일기 2

7월 7일

맑음.

매일 날씨가 흐렸다 맑았다 하면 정말이지 나로서도 글쓰기가 어려워 이때부터 글을 쓰고 싶지 않아진다. 다행히 북경의 날씨는 대개 맑을 때가 많다. 만약 장마철이라면 오전에는 맑고 정오가 지나면 흐리고 오후에는 한 차례 큰비가 내려 흙담이 무너지는 소리가 들린다. 글을 쓰지 않아도 좋다. 또 다행히 내 이 일기는 장래에 절대로 기상학자들이 가져가 참고자료로 사용하지 않을 것이다.

오전에 소원(素園)을 방문하여 한담을 나누었는데, 그는 러시아의 유명한 문학자 필리니아크(Boris Piliniak)가 지난달에 북경에 왔었으며, 지금은 떠났다고 말했다.

그가 일본에 갔다는 것은 알고 있었지만 그가 중국에도 왔다는 것은 모르고 있었다.

최근 2년 동안 내가 들은 바로 말하자면, 중국에 온 유명한 문학가는 네 명이다. 첫 번째는 물론 저 가장 유명한 타고르, 즉 "축진단(쓰震旦)"이며, 애석하게도 인도 모자를 쓴 진단(震旦) 사람에 의해 한바탕 어리둥절해졌고, 결국은 영문을 모른 채 떠났다. 나중에 이탈리아에서 병으로 쓰러졌고, 진단의 "시철(詩哲)" 앞으로 전보를 보냈다.

그렇지만 "그 뒤 어떻게 됐는지" 모른다. 지금 듣자하니 어떤 사람이 간디를 짊어지고 중국에 왔다고 하는데, 고생을 견디는데 탁월했던 이 위인, 인도에서만 태어날 수 있고 영국 통치하의 인도에서만 살아갈 수 있는 이 위인은 또 진단에 그의 위대한 발자국을 남기게 되었다. 그러나 그의 깨끗한 발이 화토(華土, 중국 땅—역자)에 내딛기도 전에 아마 먹구름이 이미 산에서 나오고 있었을 것이다.

그 다음은 스페인의 이바네츠(Blasco Ibanez)로 중국에서도 이미 그를 소개한 사람이 있었다. 그러나 그는 유럽 전쟁 때 인류애와 세계주의를 소리 높여 주장했던 사람인데, 금년의 전국교육계연합회의 의안(議案)으로 볼 때 그는 정말이지 중국에 아주 적합하지 않으며, 당연히 어느 누구도 그를 거들떠보지도 않을 것이다. 왜냐하면 우리의 교육가들은 민족주의를 제창하고 있기 때문이다.

그리고 또 두 사람은 모두 러시아 사람이다. 한 사람은 스키탈레츠(Skitalez)이고, 한 사람은 바로 필리니아크이다. 두 사람 모두 가명이다. 스키탈레츠는 외국에서 떠돌아다니는 사람이다. 필리니아크는 소련의 작가이지만 그의 자전에 의하면 혁명의 첫해부터 빵가루를 사기 위해 1년 이상을 바쁘게 일했다고 한다. 이후 곧 소설을 썼고 어유(魚油)를 마신 적도 있으며, 이런 생활은 중국에서는 아마 종일토록 가난하다고 소리치는 문학가들은 꿈에도 생각하지 못할 것이다.

그의 이름은 임국정(任國楨) 군이 편역한 『소련의 문예논전』에 등장한 바 있으며, 작품의 번역본은 전혀 없다. 일본에는 『이반과 마리아(Iban and Maria)』 한 권이 나와 있고, 격식이 아주 특별한데, 이 점에서 중국의 눈—중용의 눈—에는 거슬릴 것이다. 문법이 다소 유럽화되어 있으면 눈에 유리가루가 달라붙어 있는 듯이 여기는 사람들도 있으니, 하물며 격식이 유럽화보다 더욱 기괴함에랴. 마음껏 재주를 부리니 실로 조물주의 조화라고 해야 할 것이다.

그리고 중국에서 성명이 『소련의 문예논전』에서만 한 번 보이는 리베딘스키(U. Libedinsky)의 경우, 일본에서는 『1주간』이라는 그의 소설이 번역되어 나왔다. 일본사람들의 소개가 빠르고 많다는 것이 실로 놀랍다. 우리의 무인(武人)은 그들의 무인을 창시자로 여기고 있지만 우리의 문인은 그들 문인의 모범을 전혀 배우지 않으니, 이로써 중국은 장래에 틀림없이 일본보다 태평스러울 것이라고 예측할 수 있다.

『이반과 마리아』의 번역자 미뢰경지(尾瀬敬止) 씨의 말에 따르면, 작자의 생각은 "사과의 꽃은 낡은 뜰 구석에서도 피어나고, 대지와 존재 사이에서 언제나 피어난다"라는 것이라고 한다. 그렇다면 그는 여전히 옛날을 그리워하는 데서 벗어나지 못하고 있다. 그렇지만 그는 혁명을 자기 눈으로 보고 직접 경험해서 거기에는 파괴가 있고 유혈이 있고 모순이 있지만 또한 결코 창조가 없지 않다는 것을 알고 있으며, 그래서 그는 절대로 절망의 마음이 없다. 이것이 바로 혁명시대의 살아 있는 사람의 마음이다. 시인 블로크(Alexander Block) 역시 그러했다. 그들은 물론 소련의 시인이다. 그러나 만약 순수 마르크스 유파의 시각으로 비평하자면 당연히 문제삼을 점도 많을 것이다. 하지만 트로츠키(Trosky)의 문예비평에 의지하면 그래도 그처럼 엄격하지는 않을 것이라고 나는 생각한다.

애석하게도 나는 아직 그들의 최신 작자의 작품인 『1주간』을 보지 못했다.

혁명시대에는 아무래도 많은 문예가들이 핏기 없이 누렇게 뜨고, 여러 문예가들이 산이 무너지고 땅이 꺼지는 듯한 파란 속으로 말려들어 침몰하거나 아니면 상해를 당한다. 침몰한 사람은 사라졌다. 상해를 당한 사람은 살아가면서 자신의 생활을 개척하며 고통과 기쁨의 노래를 부르고 있다. 이들이 사라지게 되면, 더 새로운 신시대가 나타나고 더 새로운 문예가 등장할 것이다.

중국은 민국 원년의 혁명 이래로 이른바 문예가들은 핏기 없이 누렇게 뜨지도 않았고, 상해를 당하지도 않았고, 당연히 더욱이 소멸되지도 않았고, 고통과 기쁨의 노래도 없다. 이는 바로 산이 무너지고 땅이 꺼지는 새로운 파란이 없었기 때문이며, 또한 혁명이 없었기 때문이다.

7월 8일

오전에 이동(伊東) 의사 집으로 가서 이를 때웠다. 응접실에 기다리고 있으려니 다소 무료했다. 네 벽에는 실로 짠 한 폭의 그림과 두 쪽의 대련이 있었다. 한쪽 대련은 강조종(江朝宗)의 것이었고, 한쪽 대련은 왕지상(王芝祥)의 것이었다. 서명 아래에 각각 두 개의 인장이 찍혀 있었는데, 하나는 성명이고 하나는 직함이었다. 강(江)의 것은 "적위장군(迪威將軍)"으로 되어 있고, 왕의 것은 "불문제자(佛門弟子)"로 되어 있었다.[1]

오후에 미스(密斯, Miss의 음역 - 역자) 고(高)가 왔고, 때마침 먹거리가 전혀 없어 잘 보관해두었던, 입가에 생긴 상처에 바르면 효과가

---

1) 강조종(江朝宗), 왕지상(王芝祥)은 모두 당시의 군벌, 관료이다. 강조종은 1917년의 장훈(張勳)의 복벽활동에 참가했었다. 실패 후 그는 같은 해에 오히려 북양정부로부터 "적위장군(迪威將軍)"이라는 직함을 받았다. 왕지상은 불교자선단체 명의로 세계적십자회를 조직하여 스스로 회장이 되었다.

있다는 시상당(柿霜糖, 곶감의 거죽에 생기는 하얀 가루로 만든 과자—역자)을 접시에 담아 내놓았다. 애초에는 "미스"와 "미스터"(密斯得, Mr.의 음역—역자)를 차별 없이 대했으나 미스터는 가끔씩 그야말로 대단한 기세로 하나도 남김없이 아주 철저하게 먹어버려 나 자신이 도리어 "불평등한 대접을 받고 있다"는 느낌이 들었다. 만일 먹고 싶으면 다시 나가서 사 와야만 했다. 그런 까닭에 경계심이 생겼고, 하는 수 없이 방침을 바꾸어 만부득이 할 때는 땅콩으로 그것을 대신했다. 이렇게 하니 아주 효과가 있어서 언제나 많이 먹지 않았다. 많이 먹지 않으니 나는 정중히 더 먹으라고 권할 수 있게 되었고, 때로는 먹으라고 권하면 지방류의 땅콩은 먹기를 꺼려 머뭇거리다가 달아났다. 작년 여름부터 이런 땅콩정책을 발명한 이후 지금까지 계속 엄격히 시행하고 있다. 그러나 미스들에게는 이런 제한이 없다. 그녀들의 위는 그들보다 5분의 4가 작은 듯하며 어쩌면 소화력도 10분의 8이 더 약한 지도 모르겠다. 아주 작은 과자도 대체로 절반을 남기고, 과자 한 쪽이라도 일부를 남긴다. 전시용으로 내놓을 때 조금만 먹는다면 내 손실은 극히 미미하니 "굳이 고칠 필요가 있겠는가"?

미스 고는 아주 드물게 오는 손님이며 땅콩정책을 시행하기에는 좀 어려웠다. 공교롭게도 다른 먹거리가 없어서 시상당을 바치지 않을 수 없었다. 이것은 먼데서 가져온 이름 있는 과자이므로 당연히 정중해 보일 수 있다.

이 과자는 평범하지 않으니 꼭 그 유래와 효능에 대해 먼저 설명해야 한다고 나는 생각했다. 그러나 미스 고는 이미 한 눈에 훤히 알고 있었다. 그녀는 이렇게 말했다. '이건 하남(河南)의 사수현(氾水縣)에서 나는 것인데, 곶감의 거죽에 생기는 하얀 가루(柿霜)로 만든 거예요. 색깔은 짙은 황색이 가장 좋아요. 만약 옅은 황색이면 순수한 시상(柿霜)이 아니에요. 이것은 매우 사늘하여 입가와 같은 곳에 상처가 생길 때 입에 물고 있다가 그것을 천천히 입가로 흘리면 상처가 나아요.'

그녀는 내가 설들어서 알고 있는 것보다 훨씬 분명하게 알고 있었고 나는 잠자코 있을 수밖에 없었다. 그제야 그녀는 하남 사람이라는 것이 기억났다. 하남 사람에게 시상당을 몇 조각 먹으라고 하는 것은 바로 나에게 작은 잔으로 황주(黃酒, 소홍의 특산으로 소홍주라고도 함— 역자) 한 잔을 마셔라 하는 것처럼 정말 "이루 말할 수 없이 어리석다"고 하겠다.

줄풀(茭白)의 한가운데에는 검은 점들이 있는데, 우리 고향에서는 그것을 회색줄풀(灰茭)이라고 부르며, 시골사람들조차 먹고싶어 하지 않는 것이지만 북경에서는 오히려 큰 연회에 사용한다. 양배추는 북경에서는 근수로 따지고 수레로 따져 파는데, 남쪽으로 내려가면 뿌리에 새끼를 묶어 과일가게 문 앞에 걸어두고 사러오면 양(兩) 단위로 또는 반 포기씩 팔며, 용도는 호화로운 신선로 요리에 넣거나 아니면 상어지느러미 요리의 바닥에 까는 데 사용한다. 그러나 가령 누군가가 북경에서 특별히 나에게 회색줄풀을 먹으라고 하거나 북경 사람이 남쪽에 갔을 때 그에게 배추를 익혀 먹으라고 하면 "바보 같은 놈"이라고 하지는 않겠지만 아무래도 어그러짐을 면치 못할 것이다.

그러나 미스 고는 갑자기 한쪽을 먹었는데, 아마 잠시나마 주인의 체면을 살려주려는 것이리라. 저녁까지 나는 아무것도 먹지 않고 앉아 있다가 '이건 반드시 하남 이외의 다른 성 사람들에게 권해야지'라고 한편으로 생각하며 한편으로 먹었다. 그러자 뜻밖에 다 먹어버렸다.

무릇 사물은 언제나 희귀하면 귀한 것이다. 가령 구미에서 유학하면 졸업논문에서 이태백(李太白), 양주(楊朱), 장삼(張三)을 논하는 것이 가장 좋다. 쇼펜하우어, 웰스[2]를 연구하는 것은 그다지 적절치 않으며, 하물며 단테 따위를 연구함에랴.『단테 전기』의 작자 부틀러(A. J. Butler, 영국의 작가, 단테 연구가—역자)는 단테에 관한 문헌을 다 보지 못했다고 말했다. 중국으로 돌아오게 되면, 쇼펜하우어, 웰스, 심지어는 셰익스피어까지도 논할 수 있을 것이다. 몇 년 몇 월에 자기가 만스필드[3] 무덤 앞에서 통곡했고, 몇 년 몇 월 몇 시에 어느 곳에서 프랑스와 고개를 끄덕였고, 그가 자기의 어깨를 두드리며 '당신은 장래에 나와 같아질 것이오!'라고 말했다. "사서"와 "오경" 따위의 경우 본국에서는 어쨌든 적게 말하는 것이 옳다. 비록 "유언비어"가 그 속에 끼어 들더라도 "학리와 사실"에 방해되지는 않을 것이다.

---

2) 웰스(H. G. Wells, 1866~1946) : 영국의 저작가이다.
3) 만스필드(K. Mansfield, 1888~1923) : 영국의 여류작가이며, 저작으로는 소설『행복』,『비둘기집』 등이 있다. 서지마(徐志摩)가 그녀의 작품을 번역한 적이 있다.

"급료 지급" 이야기

오후에 중앙공원에서 C군과 함께 작은 작업을 하고 있었는데, 호의를 가진 옛 동료로부터 갑작스레 놀라운 소식을 들었다. 교육부에서 오늘 봉급이 지급되었으며, 3할로 계산하고 반드시 본인이 직접 수령해야 하고 또 3일 이내여야 한다는 것이었다.

그렇게 하지 않으면?

그렇게 하지 않으면 어떻게 되는지 그는 말하지 않았다. 그러나 이 것은 "불을 보듯 뻔한 일로서" 그렇게 하지 않으면 주지 않겠다는 것이다.

돈이 자기 손을 거쳐가게 되면 시주(施主)의 보시가 아니라 하더라도 사람은 아무래도 위풍을 떨기 좋아하고, 그렇게 하지 않으면 그들은 아마도 자신이 시시하고 보잘것없다고 느끼게 되는가 보다. 명백히 물품을 가지고 가서 저당 잡히는데도 전당포에서는 으스대는 얼굴표정을 짓고 계산대가 높다. 명백히 은전을 동전으로 바꾸는데도 환전상에는 "은전 매입"이라는 종이 문구를 붙이고 은연중에 "매주(買主)"임을 자처한다. 소액환은 당연히 책임 기관에 가서 현금으로 바꿀 수 있는데도 때로는 대단히 짧은 기간으로 규정해놓고, 또 쪽지표를 받아야 하고, 순서를 지켜야 하고, 기다려야 하고, 수모를 당해야 한다. 군경이 지키고 서 있고, 손에는 국수(國粹)의 가죽 채찍을 들고 있다.

말을 듣지 않으면? 돈을 받을 수 없을 뿐만 아니라 얻어맞기도 한다!

나는 중화민국의 관리는 모두 평민 출신이며 결코 특별한 종족이 아니라고 말한 적이 있다. 비록 고상한 문인학사 또는 신문기자들은 그들을 별종으로 간주하여 자기보다 유별나게 기괴하고 비열하고 어리석다고 여긴다. 그렇지만 최근 몇 년 동안 나의 경험으로 볼 때, 확실히 아주 특별하지는 않으며 일체의 성질이 보통의 동포와 다름없으며, 그래서 돈을 자기 손으로 다룰 때가 되면 역시 으레 이를 빌어 위풍을 떨려는 기호도 가지고 있다.

"본인의 직접 수령" 문제의 역사는 그 기원이 상당히 오래되었다. 중화민국 11년에 바로 이 때문에 방현작(方玄綽)의 불만을 일으켰으며 나는 그것을 「단오절」(노신의 단편소설─역자)에 서술했다. 그러나 역사는 비록 나선과 같다고 하지만 어쨌든 결코 판박이는 아니며, 그래서 오늘을 옛날과 비교하면 그래도 약간은 다른 점이 있다. 옛날의 태평성세에 "본인의 직접 수령"을 주장한 사람은 "색신회"(索薪會, 봉급 청구회─역자) ─ 아아, 이런 전문 용어는 내가 일일이 해석할 겨를이 없음을 용서하고 또 종이도 아깝다 ─ 의 맹장이었다. 주야로 바삐 뛰어다니며 국무원에 가서 구호를 외치고 재정부에 가서 눌러앉아 달라고 재촉했다. 일단 수중에 들어오면 함께 가서 요구하지 않은 사람이 공도 없이 돈을 받는데 대해 달갑게 여지지 않아 그런 방법으로 약간이나마 고생하도록 하는 것이다. 그 뜻은 이런 것 같다. '이 돈은 우리들이 받아온 것이니 우리 것이나 마찬가지이다. 당신이 받으려면 반드시 여기에 와서 보시를 수령해가야 한다.' 옷이나 죽을 나누어주는데 시주(施主)가 직접 수혜자의 집으로 가서 주는 것을 보았는가?

그렇지만 그것은 태평성세 때의 일이다. 지금은 아무리 "청구"하더라도 진작부터 한푼도 주지 않게 되었으며, 만약 우연히 "봉급이 지급된다" 하더라도 그것은 윗사람이 특별히 은혜를 베푼 것이며 "청구" 따위와는 전혀 관계가 없다. 그렇지만 임시로 "본인의 직접 수령"을 선포하는 시주가 아직도 있으며, 다만 봉급을 요구하는데 뛰어난 맹장이 아니라 매일 "출근부에 서명하고" 달리 생활을 도모해 본 적이 없는 "변함 없는 충성스런 신하"이다. 그래서 이전의 "본인의 직접 수령"은 함께 가서 봉급을 청구하지 않은 사람들에 대한 징벌이고, 지금의 "본인의 직접 수령"은 배를 주리고 있어서 매일 부서에 출근할 수 없는 사람들에 대한 징벌이다.

그러나 이것은 대의에 지나지 않으며, 그 밖의 일에 대해서는 만일 직접 그 처지에 놓인 것이 아니라면 정말이지 분명히 말할 수는 없다. 예를 들어 산랄탕(酸辣湯, 중국요리의 하나로서 탕 종류—역자)에 대해 귀로 듣고 입으로 말하는 것보다 한 모금 마셔봐야 분명히 알 수 있는 것과 같다. 근래에 심보가 나쁘고 알 수 없는 몇몇 명인들이 간접적으로 나에게 충고했다. 내가 작년에 쓴 글들이 그저 몇 사람과 의견충돌을 일으켰을 뿐 문학예술과 천하국가에 대해 더 이상 언급하지 않은 것은 애석하다는 것이었다. 뜻밖에 나는 근래에야 이런 사실을 알게 되었다. '직접 그 상황을 경험한 보잘것없는 일조차도 의미가 충분히 이해되지 않고 분명히 말하지 못하는데, 하물며 그런 고상하고 위대하고 그다지 분명하지 않은 사업에 대해서랴?' 나는 지금 비교적 나 자신에게 절실한 사적인 일을 말할 수 있을 뿐이며 위풍당당한 이른바 "공리(公理)" 따위는 공리 전문가들에게 소일거리로 주고자 한다.

종합하면, 나는 지금 "본인의 직접 수령"을 주장하는 자는 이미 이

전보다 못하며, 이것은 바로 "고동 선생"의 이른바 "매황유하(每況愈下, 매번 더욱 심해지다—역자)"[1]이다. 게다가 방현작처럼 공연히 불만을 품는 경우도 이제는 아주 드물어진 것 같다.

"가자!" 나는 놀라운 소식을 듣자마자 공원을 나와서 인력거에 올라타고 곧장 관청으로 내달렸다.

문을 들어서자 순경이 나에게 차려 자세로 거수경례를 했다. 관리를 하려면 지위가 높아야 함을 알 수 있다. 오랫동안 보지 못했지만 그들은 여전히 알아보았다. 안으로 들어가니 아무도 없었다. 왜냐하면 이미 근무시간이 오전으로 바뀌었고, 아마 이미 본인이 직접 수령하고 집으로 돌아갔기 때문일 것이다. 사환 한 사람을 발견하고 "본인의 직접 수령"의 절차를 물었더니 먼저 회계과에 가서 쪽지를 받고 그런 다음 그 쪽지를 들고 화청(花廳, 전망이 좋고 비교적 큰 홀—역자)에 가서 돈을 수령한다는 것이었다.

회계과에 가서 한 부서 직원이 나의 얼굴을 보자마자 곧 쪽지를 뽑아주었다. 나는 그가 오래 근무한 부서 직원이라 동료들을 잘 알고 있어서 "신분을 확인하는" 중대한 책임을 지고 있다는 것을 알았다. 쪽지를 받아든 뒤 나는 특별히 두 번 고개를 끄덕여 이별과 감사의 지극한 마음을 표시했다.

그 다음은 화청이다. 먼저 옆문을 지나니 위쪽에 "병조(丙組)"라는 글씨가 씌어진 종이가 붙어 있고, 또 작은 글씨로 "백 원 미만"이라고 씌어 있었다. 내 쪽지를 보니 99원이라고 씌어 있었다. 마음 속으

---

1) (역주) 장사조는 "매하유황(每下愈況)"이라는 말을 매황유하(每況愈下)로 잘못 사용했는데, 의미는 '매번 더욱 심해지다', 즉 더욱 나빠지다는 뜻이다. 여기서는 원래의 의미뿐만 아니라 장사조가 성어를 잘못 사용한 데 대해 그것이 더욱 나빠진 것임을 풍자하고 있는 것이다.

로 이것은 정말 "인생은 백을 채우지 못하면서 항상 천 세(歲)의 근심을 품는다……"는 격이라고 생각했다. 동시에 곧장 뛰어들어갔다. 나와 직급이 비슷한 관리 한 사람을 만났는데, 이 "백 원 미만"은 전체 봉급을 가리켜 한 말이며 나의 경우는 여기에 해당되지 않고 안쪽에 해당된다고 말해주었다.

안으로 들어가니 거기에는 두 개의 큰 탁자가 있고 탁자 옆에는 몇 사람이 앉아 있었으며, 잘 아는 오랜 동료 한 사람이 나에게 인사를 했다. 쪽지를 건네주고 서명을 하고 소액환으로 바꾸었는데, 어쨌든 일사천리로 진행된 셈이다. 이 팀의 옆쪽에는 감독자인 듯 매우 뚱뚱한 관리 한 사람이 앉자 있었다. 왜냐하면 그는 감히 관사(官紗) ― 비단(紡綢)일지도 모르나 나는 이런 것에 대해서는 그다지 잘 모른다 ― 셔츠를 풀어놓고 있었기 때문이다. 뚱뚱해서 주름 겹살이 잡힌 가슴배를 드러내놓고 있었고, 땀방울이 주름 겹살을 타고 아래로 흘러내리고 있었다.

이 때 아무런 이유 없이 감개가 일었는데, 사람들은 지금 모두 "불행한 관리", "불행한 관리"라고 말하고 있지만, 모르긴 해도 "마음이 넓고 몸이 뚱뚱한" 사람도 적지 않다고 속으로 생각했다. 바로 2,3년 전에 교원들이 봉급 요구로 떠들어댈 때 학교의 교원예비실에서조차 너무 포식해서 꺼꺼 소리를 내며 위 속의 가스를 입 밖으로 토해내는 사람도 있었다.

바깥으로 나오니 나와 직급이 비슷한 그 관리가 그대로 있어서 그를 붙잡고 불평을 털어놓았다.

"당신들은 어째서 또 이런 장난을 치는거요?" 내가 말했다.

"이건 그 사람의 생각인데……" 그는 부드럽게 대답했고, 히죽히죽 웃었다.

"병이 난 사람은 어떻게 하지요? 문짝에 실려서 들고 와야 하는가 요?"

"그런 경우는 다른 방법으로 처리하라……고 그 사람이 말했지요." 나는 듣자마자 곧 이해됐다. 다만 "문외한(門外漢)" — 여기서 문(門) 은 아문(衙門, 관청을 가리킴 - 역자)의 문(門)임 — 에겐 잘 이해되지 않 을 것 같아 다시 주석을 좀 붙이는 것이 좋겠다. 여기서 말한 이른바 "그 사람"이라는 것은 총장(總長) 또는 차장(次長)을 가리키는 말이다. 이 때 비록 가리키는 것이 상당히 모호한 것 같지만 다시 캐보면 가 리키는 실체를 알 수 있을 것이다. 그러나 만약 더 캐려한다면 아마 더욱 모호해질지도 모른다. 종합해서 말하면, 봉급을 이미 손에 넣은 이상 이런 일은 "적당히 그만두고 더 탐욕을 부리지 말아야" 하는 것 이다. 그렇지 않으면 위기를 면키 어려울지도 모른다. 내가 이런 말 들을 한 것만으로도 사실은 벌써 크게 온당치 않은 일이다.

그래서 나는 화청을 물러 나왔고, 또 몇몇 옛 동료를 만나서 한 차 례 한담을 나누었다. "무조(戊組)"라는 것도 있어 이미 죽은 사람의 봉급을 지급하는 것임을 알았다. 이것은 아마 "본인의 직접 수령"이 필요 없는 것이리라. 또 이번에 "본인의 직접 수령"의 규율을 제기한 사람이 "그 사람" 뿐만 아니라 "그들"도 포함되어 있다는 것을 알았 다. 이른바 "그들"이라는 것은 건성으로 들으면 "색신회"의 우두머 리들과 아주 닮았지만 사실은 그렇지 않다. 왜냐하면 아문(衙門)에서 는 이미 "색신회" 따위는 없기 때문이며, 그래서 이번은 당연히 다른 새로운 인물인 것이다.

우리가 이번에 "본인이 직접 수령한" 봉급은 중화민국 13년(1924년 -역자) 2월 분이었다. 이 때문에 사전에 두 가지 학설이 있었다. 첫 째는 바로 13년 2월의 봉급으로 지급한다는 것이었다. 그렇지만 새로 들어온 사람과 최근에 호봉이 오른 사람도 있으니 상황에 동떨어진 느낌을 지울 수 없다. 그러자 두 번째 학설이 자연스럽게 생겨났다. 이전은 상관하지 않고 다만 금년 6월 분의 봉급으로 지급한다는 것이었다. 그렇지만 이 학설도 크게 온당치 않은데, "이전은 상관하지 않고"라는 이 말에 다소 잘못이 있었다.

이에 대한 처리 방법은 이전에도 이미 고심해서 취급했던 사람이 있었다. 작년에 장사조는 나를 면직시킨 뒤에 나에게 지위 면에서 이미 타격을 주었다고 스스로 생각했고, 일부 문인학사들도 뛸 듯이 기뻐했다. 그렇지만 그들은 어쨌든 "침상에도 가득하고 탁자에도 가득하고 바닥에도 가득한" 독일어서적을 보았던 총명인이다. 그들은 즉각, 내가 여전히 밀린 봉급을 받아 북경에서 생활할 수 있기 때문에 관리직을 포기한다고 해서 여지없이 패하지는 않는다는 것을 깨달았다. 그래서 그들의 사장(司長) 유백소가 부무회의(部務會議) 석상에서 밀린 봉급을 지급하지 않기로 하고 그 달에 받아온 것은 그 달의 봉급으로 해야 한다고 제기했다. 이 방법이 만약 실행된다면 나는 상당히 큰 타격을 입게 되는데, 왜냐하면 경제적인 압박을 받고 있었기 때문이다. 그렇지만 결국에는 통과되지 않았다. 그 치명상은 바로 "이전은 상관하지 않는다"에 있었다. 그리고 유백소 같은 사람들은 스스로 혁명당이라고 부르면서 무엇이든 상관하지 않고 새로 한번 시작하겠다고 하지는 않을 것이다.

그래서 지금 매번 정부예산을 받을 때마다 지급되는 것은 여전히 이전의 돈이다. 누군가가 금년에 북경에 없었더라도 13년 2월에 북경에 있었다면, 지금은 북경에 없으니 그때에 여기에 있었던 것으로 간주하지 않겠다고 말하기엔 실제로는 다소 곤란한 점이 있다. 그러나 또 새로운 학설이 생겨난 이상 아무래도 조금은 수용해야 하며,

조금은 수용한다는 이 말은 바로 조금은 타협한다는 뜻이다. 이 때문에 우리가 이번에 받은 쪽지에는 연월은 13년 2월로 하고 돈의 액수는 15년(1926년—역자) 6월로 한 것이다.

이렇게 하면 "이전은 상관하지 않은" 것도 아니고, 또 최근에 승진했거나 호봉이 오른 사람 역시 돈을 좀 더 받을 수 있어서 비교적 주도면밀하다고 할 수 있다. 나에게는 이득도 없고 손해도 없다. 그대로 북경에 있어 "본인"임을 보이기만 하면 말이다.

나의 간략한 일기를 한 번 뒤져보니 나는 금년에 이미 네 차례 봉급을 받았었다. 첫 번째는 3원, 두 번째는 6원, 세 번째는 82원 50전, 즉 2할 5푼으로 단오절 저녁에 받았던 것이다. 네 번째가 3할, 즉 99원으로 이번에 해당한다. 밀린 내 봉급을 다시 계산해보니 대략 9천 2백 40원이나 되었고, 7월 분은 계산하지도 않았다.

나는 이미 정신적으로 부자인 느낌이 들었다. 다만 애석하게도 이 "정신문명"은 그다지 믿을 게 못된다. 유백소가 나서서 흔들어놓았던 것이다. 앞으로 이재(理財)에 밝은 사람이 나타나서 "밀린 봉급 정리회" 하나를 설립한다면, 그 속에 몇몇 인물이 앉아 있고 밖에는 간판 하나를 내걸어 놓아 봉급이 밀린 사람들이면 누구나 거기에 가서 상담할 수 있을지도 모른다. 며칠 또는 몇 개월이 지난 뒤 사람은 보이지 않고 이어서 간판도 보이지 않게 된다. 그리하여 정신적인 부자는 다시 물질적인 가난뱅이로 변하게 된다.

그러나 지금은 그래도 확실히 99원을 받아서 생활에 대해 비교적 마음이 놓이며, 한가한 틈을 이용해 다시 시비를 걸어보겠다.

7월 21일

강연 기록

　노신 선생은 곧 하문(廈門)으로 가게 된다. 비록 본인 스스로 어쩌면 날씨 때문에 그곳에서 오래 머물 수 없지도 모른다고 말했지만 적어도 반년 내지 1년 동안 북경에 있지 않을 것이며, 이는 실로 몹시 서운한 일이라고 우리는 생각한다. 8월 22일 여자사범대학 학생회에서 대학파괴 1주년 기념회를 거행하였는데, 노신 선생은 이 기념회에 참석하여 한 차례 연설을 행했다. 이것은 그가 북경에서 행한 마지막 공개 강연이 되지 않을까 생각한다. 이 때문에 그것을 기록해 미약하나마 기념하려는 내 뜻을 표시하고자 한다. 사람들은 노신 선생을 언급할 때 아마도 좀 지나치게 냉정하고 지나치게 묵시적인 것 같다고 느낄 것이다. 그러나 사실 그는 열렬한 희망으로 충만하지 않은 때가 없으며 풍부한 감정을 발휘하지 않은 때가 없다. 이번의 담화에서 특히 그의 주장을 분명하게 알아차릴 수 있다. 그러니 나는 그의 이번 강연을 기록해 그가 북경을 떠나는 기념으로 삼고자 하며, 중대한 의미가 전혀 없는 것은 아닐 것이다. 순진한 사람들이 신경 쓰지 않도록 하기 위해, 그 날의 기념회에서 나는 보잘것없는 사무원의 자격으로 참여했다는 것을 꼭 밝혀둔다.

[배량(培良)]

　나는 어제 저녁 다시 한번 인쇄하려고 『노동자 셰빌로프』를 교정하면서 너무 늦게 잠이 들었는데, 지금까지도 완전히 잠에서 깨어나지 못했습니다. 교정보고 있을 때 갑자기 어떤 일들이 생각났고, 머리가 아주 혼란스러웠으며 지금까지도 여전히 아주 혼란스럽습니다. 그래서 오늘은 아마도 많은 이야기를 할 수 없을 것 같습니다.

내가 『노동자 셰빌로프』를 번역한 역사를 언급하자면 좀 흥미롭습니다. 12년 전에 유럽의 대 혼전이 시작되었고, 나중에 우리 중국도 전쟁에 참가했으며, 그것이 바로 "독일에 대한 선전포고"라는 것입니다. 많은 노동자들을 유럽에 파견하여 돕도록 했지요. 그 후 승리를 하게 되었고, 그것이 바로 "공리의 승리"라는 것입니다. 중국도 당연히 전리품을 나누어 받았지요—그 중의 하나가 상해 독일 상인의 구락부에 있던 독일어서적인데, 전체 숫자가 적지 않았고 문학이 대부분을 차지했으며 모두 오문(午門, 자금성 안에 있는 성문-역자)의 문루(門樓)에 옮겨놓았습니다. 교육부에서 이 책들을 받아서 곧 정리도 하고 분류도 했습니다.—사실 그들이 원래 잘 분류해놓았지만 일부 사람들은 분류가 잘되어 있지 않다고 여겨 새로 분류하게 된 것입니다.—당시에 여러 사람들을 파견하였고, 나도 그 중의 한 사람이었습니다. 나중에 총장이 그 책이 어떤 책인지를 보고자 했습니다. 어떤 방법이었겠습니까? 우리더러 중국어로 서명을 번역하라는 것이었고, 뜻이 있으면 의역하고 뜻이 없으면 음역을 했습니다. 케사르, 클레오파트라, 다마스커스 등이었습니다…… 개인당 매월 10원의 차비를 주었고, 나도 100여 원을 받았습니다. 왜냐하면 그때는 그래도 이른바 행정비(行政費)가 약간 있었기 때문입니다. 이렇게 그럭저럭 1년여를 보내면서 몇 천 원을 썼고, 대독일 강화조약이 성립되자 나중에 독일에서 반환을 요구해서 접수했던 우리 손으로 전부—아마 몇 권은 적어졌을 것입니다—건네주었습니다. "클레오파트라" 따위를 총장이 보았는지 그렇지 않은지 나는 알 수 없습니다.

내가 알고 있는 바에 근거해 말하자면, "독일에 대한 선전포고"의 결과, 중국에서는 중앙공원의 "공리의 승리"라는 패방(牌坊)이 하나 생겼고, 나에게는 『노동자 셰빌로프』의 번역이 1편 생겼습니다. 왜냐하면 이 책의 저본은 바로 그때 정리하던 독일어서적에서 골라낸 것이기 때문입니다.

그 책 무덤 속에는 문학 책이 아주 많았는데, 무엇 때문에 그때 이 작품 1편만 골랐을까요? 그 의미를 지금 뚜렷하게 기억할 수는 없습니다. 아마도 민국 이전과 이후에 우리도 많은 개혁자가 있었고 처지가 셰빌로프와 아주 닮았으며, 그래서 남의 술잔을 빌리자(남의 글을 통해 근심을 풀다는 뜻이며, 여기서는 작품에 공명한다는 의미-역자)는 것이 었을 겁니다. 그렇지만 어제 저녁에 한번 읽어보고, 그때뿐만 아니라 그 속에 나오는 개혁자에 대한 박해라든지 대표가 겪는 고초라든지 하는 것이 바로 지금―바로 장래, 바로 몇 십 년 뒤 많은 개혁자들의 처지가 그와 비슷할 것이라고 생각했습니다. 그래서 나는 그것을 다시 인쇄하려는 생각으로…….

『노동자 셰빌로프』의 작자 아르찌바셰프는 러시아 사람입니다. 지금 러시아를 언급했으니 사람들은 무서워서 벌벌 떨 것 같습니다. 그러나 꼭 그럴 필요는 없습니다. 아르찌바셰프는 결코 공산당이 아니며 그의 작품은 지금 소련에서도 환영받지 못하고 있습니다. 듣자하니 그는 이미 눈이 멀었고 아주 고생하고 있다고 하니, 그렇다면 당연히 우리에게 루블……도 보내줄 수 없을 것입니다. 종합하여 말하면, 소련과는 전혀 상관없습니다. 그러나 이상한 것은 여러 가지 상황이 중국과 아주 닮았다는 점입니다. 예를 들어 개혁자, 대표자가 겪는 고초는 더 말하지 않더라도 사람은 본분을 지켜야 한다고 말한 노파 역시 우리의 문인학사와 아주 같다는 점입니다. 한 교원이 상사의 모욕을 받아들이지 않았기 때문에 해직 당했고, 그녀는 남몰래 상사를 책망하면서 그는 가증스럽게도 "거만하며" "보세요, 나는 이전에 내 주인으로부터 뺨을 두 대 맞은 적이 있는데, 그래도 나는 한마디도 말하지 않고 참았지요. 결국 나중에 그들은 내가 억울한 누명을 썼다는 것을 알고 친히 나에게 100루블을 보상했지요."라고 말했습니다. 물론 우리의 문인학사들은 표현이 이처럼 서툴고 직접적이지 않으며 문장도 훨씬 아름답게 꾸미게 될 것입니다.

그렇지만 셰빌로프가 마지막으로 품은 사상은 가공할만한 것입니다. 그는 우선 사회를 위해 일을 했으나 사회는 도리어 그를 박해하고 심지어는 그를 살해하려 했으며, 그런 까닭에 그는 일변해서 사회를 향해 복수하게 되었습니다. 일체를 원수로 여기고 일체를 파괴하는 것입니다. 중국에서는 이렇게 일체를 파괴하는 사람이 아직 없는 것 같고, 아마 앞으로도 없을 것이며, 나도 결코 그런 사람이 있기를 바라지 않습니다. 중국은 여태껏 다른 종류의 파괴자가 있었습니다. 그래서 우리는 파괴해나가지 못하고 항상 파괴를 당해왔습니다. 우리는 한편으로는 파괴를 당하고 한편으로는 그것을 수리하면서 고생스럽게 다시 살아가고 있습니다. 그래서 우리의 생활이란 바로 한편으로 파괴당하고 한편으로 수리하고, 한편으로 파괴당하고 한편으로 수리하는 그런 생활이었습니다. 이 학교 역시 양음유·장사조 들의 파괴를 당한 뒤 수리하고 정리해서 다시 운영해가고 있는 것입니다.

러시아 노파 식의 문인학사들은 아마 이것은 몹시 "거만하니" 마땅히 징벌을 받아야 한다고 말할지도 모르겠습니다. 이 말은 물론 아주 옳은 것 같지만 꼭 그런 것만도 아닙니다. 우리 집에는 시골 사람 하나가 살고 있는데, 전쟁 때문에 그녀의 집이 없어졌고, 어쩔 수 없이 도시로 들어온 것입니다. 그녀는 실로 전혀 "거만하지"도 않으며 양음유를 반대하지도 않았지만 그녀의 집은 없어졌고 파괴를 당했습니다. 전쟁이 일단 끝나면 그녀는 틀림없이 돌아갈 것이고, 집이 무너지고 가구들이 버려지고 논밭이 황폐해졌더라도 그녀 역시 다시 살아갈 것입니다. 그녀는 아마도 어쩔 수 없이 남아 있는 몇 가지 물건을 모아서 수리하고 정리해서 다시 살아갈 것입니다.

중국문명은 바로 이렇게 파괴되면 다시 수리하고 파괴되면 다시 수리하는, 지치고 상처입고 가련한 그 어떤 것입니다. 그러나 많은 사람들이 중국문명을 뽐내고 심지어는 파괴자조차도 그것을 뽐내고 있습니다. 본교를 파괴한 사람이지만, 가령 그를 만국부녀의 어떤 회의에 파견하여 그에게 중국여학교의 상황에 대해 말하라고 한다면 틀림없이 우리 중국에는 국립북경여자사범대학교 하나가 있다고 말할 것입니다.

이는 정말 대단히 애석한 일입니다만, 우리 중국인들은 자기 것이 아닌 물건 또는 자기의 소유가 되지 않을 물건에 대해서는 언제나 파괴를 해야 속시원해합니다. 양음유는 이 학교의 교장이 될 수 없다는 것을 알고 문사(文事, 학문예술의 영역－역자) 측면에서는 문사(文士)들의 "유언비어"를 이용하고 무공(武功)의 측면에서는 삼하(三河)의 가정부1)들을 기용하여 한 무리 "계집아이"들을 모조리 없애버리지 않으면 안되었던 것입니다. 이전에 나는 문헌에 기록되어 있는 장헌충(張獻忠)이 사천(四川)의 백성들을 도살한 사건을 보았는데, 그의 의

---

1) (역주) 삼하(三河) 출신의 가정부 : 1925년 장사조는 북경여자사범대학을 해산하고 북경여자대학을 새로 세우기로 했는데, 그 일을 유백소가 맡고 22일 가정부 여자 건달들을 고용해 학생들을 학교 밖으로 끌어냈다. 당시 북경에서 가정부로 일하던 여자들은 대체로 삼하현(三河縣) 출신이 많았는데, 보통 그들을 "삼하의 가정부"라고 불렀다고 한다.

도가 무엇이었는지 도무지 잘 이해가 가지 않았습니다. 나중에 다른 책을 보고서야 비로소 분명히 알게 되었습니다. 그는 원래 황제가 되고 싶어했으나 이자성(李自成)이 먼저 북경에 들어가 황제가 되었고, 그는 곧 이자성의 황제자리를 파괴하려 했던 것입니다. 어떠한 파괴의 방법이었겠습니까? 황제가 되려면 반드시 백성이 필요한데, 그가 백성을 다 죽여버리면 황제는 어느 누구도 할 수 없게 되는 것입니다. 백성이 없으면 이른바 황제도 없습니다. 그리하여 이자성 혼자 남아서 아무도 없는 곳에서 망신을 당하는 것입니다. 이는 마치 학교가 해산된 뒤에 교장 혼자 남은 것과 같습니다. 이것은 비록 우스운 극단적인 예이지만 이런 류의 사상을 가진 사람은 실로 장헌충 한 사람으로 그치지 않습니다.

우리는 어쨌든 중국사람이고 우리는 어쨌든 중국일을 만나게 될 것입니다. 그러나 우리는 중국식의 파괴자는 아니며, 그래서 우리는 파괴당하면 다시 수리하고 파괴당하면 다시 수리하는 생활을 하고 있습니다. 우리의 많은 수명은 허비되었습니다. 우리가 자위할 수 있는 것은, 곰곰이 생각해보면, 그래도 이른바 장래에 대한 희망입니다. 희망은 존재에 붙어있는 것이고, 존재가 있으면 곧 희망이 있으며, 희망이 있으면 곧 광명이 있습니다. 만일 역사가의 말이 거짓말이 아니라면, 세계의 사물에는 암흑 때문에 영원히 살게 되는 선례는 없습니다. 암흑은 다만 점차 죽어 가는 사물에만 붙어있을 수 있습니다. 그것이 죽게 되면 암흑도 함께 죽게 되어 암흑은 영원하지 않습니다. 그렇지만 장래는 영원히 존재하는 것이며, 또한 언제나 광명으로 밝을 것입니다. 암흑에 달라붙지 않고 광명을 위해 죽는다면 우리에겐 틀림없이 유구한 장래가 있을 것이며 또한 틀림없이 광명으로 밝은 장래가 될 것입니다.

나는 이 기념회에 참여한 뒤 4일에 북경을 떠났다. 상해에서 신문을 보고 여사대는 이미 여자학원(女子學院)의 사범부(師范部)로 바뀌었으며, 교육총장 임가징(任可澄)이 스스로 원장(院長)이 되고 사범부의 학장은 임소원(林素園)이라는 것을 알았다. 나중에 북경의 9월 5일의 석간을 보았는데, 이런 단락이 있었다. "오늘 오후 1시 반에 임가징은 특히 임씨와 함께 경찰청 보안대 및 군독찰처(軍督察處) 병사 도합 40여 명을 이끌고 여사대로 달려가 무장으로 접수했다.……" 그러고 보니 1주년이 이제 지났는데, 또 병사를 사용한 것을 보게 되었다. 내년 이맘때에 또 병사를 거느린 사람이 학교 접수 기념식을 열 것인지 아니면 병사에 의해 파괴된 학교 파괴 기념식을 열 것인지 모를 일이다. 지금 잠시나마 배량(培良) 군이 기록한 이 글을 여기에 옮겨 실어 우선 올해의 기념으로 삼고자 한다.

1926년 10월 4일, 노신 부기(附記)

상해(上海) 통신

소봉(小峰) 형

헤어진 다음날 나는 차를 타고 그 날 저녁에 천진에 도착했습니다. 도중에 아무 일도 없었지만 천진의 기차역을 막 빠져나오는데, 제복을 입은 한 사람—아마 세관 따위이겠지요— 갑자기 나의 바구니를 잡아당기며 "뭐요?"라고 물었습니다. 내가 "잡다한 일용품이요" 하고 대답도 마치기 전에 그는 이미 바구니를 두 번 흔들어보고는 아무렇지도 않은 듯이 가버렸습니다. 다행히도 내 바구니에는 인삼탕, 자채탕(榨菜湯) 또는 유리그릇이 없었기 때문에 전혀 손실이 없었으니 염려하지 마십시오.

천진에서 포구까지 특급열차를 탔으므로 붐비기는 했지만 결코 혼잡하지는 않았습니다. 7년 전에 가족들을 북경으로 모신 이후로 이 열차를 타보지 않았습니다. 지금은 남녀 자리가 나뉘어져 있는 듯한데, 옆쪽 객실을 보니 남자 하나 여자 셋이 원래 한 가족이지만 이번에 남자를 쫓아내고 달리 여자를 들여보낸 것이었습니다. 포구가 가까워지자 작은 소동이 일어났습니다. 왜냐하면 그 4인 가족이 심부름꾼에게 팁을 너무 적게 주었기 때문입니다. 덩치가 크고 건장한 한 심부름꾼이 우리 쪽으로 다가와서 "들어 보라"는 듯이 연설을 했습니다. 얘기는 대강 이렇습니다. '돈의 요구는 당연한 것이다. 사람이 돈 때문이 아니라면 무엇 때문이겠는가? 그렇지만 내가 심부름꾼을 하면서 팁 몇 푼 받으려는 것은 그래도 가슴에 양심이 있어 이쪽(겨드랑이 사이를 가리킨다)으로 가지 않았기 때문이다! 나는 또 전답을 팔아치우고 총을 사서 토비를 불러모아 두목도 할 수 있다. 수작을 한번 잘 부리면 관리가 될 수도 있고 부자가 될 수도 있다. 그렇지만 양심이 아직 여기(가슴뼈 사이를 가리킨다)에 있기 때문에 기꺼이 심부름꾼을 하면서 몇 푼 벌어서 자식을 공부시키며 잘 살아가고자 하는 것이다.…… 그러나, 만약 나를 너무 곤란하게 만들면 사람으로서 할 수 없는 어떤 짓이라도 마음먹으면 할 수 있다!' 우리는 6명이 뭉쳐 있었으나 아무도 그에게 반박하지 못했습니다. 들자하니 나중에 1원을 더 주고서 일이 끝났다고 합니다.

나는 북경에서 출판되는 주간(周刊)에서 손전방(孫傳芳) 대 원수(元帥)를 비난하던 용감한 문인학사들의 꽁무니를 좇고 싶지는 않습니다. 그렇지만 하관(下關, 남경에 있는 지명―역자)에 이르고 보니 이곳은 투호(投壺)의 예의가 있던 지방이라는 사실이 기억나서 좀 우습다는 느낌이 들었습니다. 내 눈으로 보기에 하관은 역시 7년 전의 하관인데, 그때는 비바람이 크게 몰아쳤지만 이번에는 맑은 날씨였을 뿐입니다. 특급열차를 놓쳐서 밤 열차를 타지 않을 수 없었으므로 여관에서 잠시 쉬었습니다. 짐꾼(挑夫)[즉 이곳에서는 "인부(夫子)"라고 함]과 심부름꾼은 여전히 예전그대로 고분고분했고, 판압(板鴨, 소금에 절여 말린 오리고기―역자), 삽소(揷燒, 구운 밀가루 빵―역자), 유계(油鷄, 튀김닭―역자) 등도 예전처럼 값이 싸고 품질이 좋았습니다. 고량주 두 냥을 마셨는데, 북경보다 좋았습니다. 이는 물론 "내 생각"일 뿐이지만 전혀 이유가 없는 것은 아닙니다. 왜냐하면 술은 생 고량의 맛을 좀 풍겼고, 마신 뒤 눈을 감으니 마치 몸이 비 온 뒤 들판에 있는 듯했기 때문입니다.

들판에 있는 듯한 기분일 때 심부름꾼이 와서 누군가가 나더러 나와서 이야기를 나누고 싶어한다고 말했습니다. 나가 보니 몇 사람과 서너 명의 병사가 총을 메고 있었습니다. 도대체 몇 사람인지 일일이 세어보지는 않았지만 요컨대 큰 무리였습니다. 그 중의 한 사람이 내 짐을 보자고 했습니다. 그에게 어느 것을 먼저 보겠느냐고 물었습니다. 그는 삼베가 덧 씌어진 가죽가방을 가리켰습니다. 그에게 줄을 풀고 자물통을 열고 덮개를 열어제쳐 보였더니 그는 쪼그리고 앉아 옷 속을 수색했습니다. 잠시 수색하더니 실망하는 듯했고, 일어서더니 손을 한 번 흔들자 한 무리 병사들이 모두 "뒤돌아서" 밖으로 나가버렸습니다. 지휘하던 그 사람은 떠날 때 그래도 나에게 고개를 끄덕였는데, 대단히 정중했습니다. 내가 현직 "총이 있는 계급"과 맞닥뜨리기는 민국 이래로 이번이 처음입니다. 그들은 오히려 나쁘지 않다고 생각했는데, 가령 그들마저 자칭 "총이 없는 계급"과 같이 "유언비어"를 즐겨 날조한다면 나는 길조차도 갈 수 없을 것입니다.

상해 행 야간 열차는 11시에 출발했고, 승객이 매우 적어 누워 잠을 잘 수도 있었지만 애석하게도 의자가 너무 짧아 몸을 굽혀야 했습니다. 이 열차의 차 맛은 대단히 좋았는데, 유리컵에 담겨 색과 향이 모두 좋았습니다. 아마도 내가 여러 해 동안 우물물에 끓인 차를 마셨기 때문에 대수롭지 않은데도 크게 놀랐는지도 모르지만 확실히 매우 좋았던 것 같습니다. 그래서 두 잔이나 마셨고, 창 밖에 흐르는 강남의 밤 풍경을 보면서 거의 잠도 자지 않았습니다.

이 열차 안에서 거침없이 영어를 사용하는 학생을 만났고, "무선전신", "해저 전선" 이런 말들이 귀에 들어왔습니다. 또 이 열차 안에서 옷조차 무거워 견디지 못할 듯 허약한 젊은 도련님을 보았습니다. 비단 적삼을 입고 끝이 뾰족한 신발을 신고 입으로 호박씨를 까먹으며 손에는 『소한록(消閑錄)』(소일거리의 통속적인 신문—역자) 따위의 가벼운 신문을 들고 있었는데, 영원히 다 보지 못할 것 같았습니다. 이런 류의 사람들은 강소(江蘇)와 절강(浙江) 지역에 특별히 많은 듯하며, 아마도 투호(投壺) 놀이를 하는 날이 영원히 지속될 것입니다.

지금은 상해의 여관에 묵고 있으며, 급히 떠날 생각입니다. 며칠 떠나왔는데, 지날수록 재밌어 이리저리 좀더 다니고 싶습니다. 이전에 유럽에는 "집시"라고 하는 어떤 민족이 있다는 것을 들었습니다. 그들은 즐겨 옮겨다니고 한곳에 정착하지 않으려 하는데, 내심 그들의 기질이 몹시 이상하다고 생각했었습니다. 이제야 내가 어리석었으며 그들은 그들 나름의 도리가 있다는 것을 알게 되었습니다.

여기는 비가 내리고 있으며 아주 덥지는 않습니다.

노신. 8월 30일, 상해

이 반년 동안에도 나는 많은 피와 많은 눈물을 보았지만
내게는 잡감만 있었을 따름이다.

눈물은 닦여지고, 피는 없어졌다.
도살자들은 유유자적하고 또 유유자적하면서
쇠칼을 사용하기도 하고, 부드러운 칼[1]을 사용하기도 한다.
그렇지만 내게는 "잡감"만 있었을 따름이다.(只有"雜感"而已).

"잡감"마저도 "마땅히 가야할 곳으로 집어 넣어버릴" 때면
나는 그리하여 "따름(而已)"만이 있을 따름이다.

　　　　　　　　　10월 14일 밤, 교정을 마치고 적다

---

1) '쇠칼'이 직접적인 무력을 뜻한다면 '부드러운 칼'은 간접적인 언론을 뜻한다고 할
　수 있다.

화개집속편의 속편

하문(厦門) 섬에서의 4개월 동안 의미 없는 글만 몇 편 썼을 뿐이다. 가장 의미 없는 글을 제외하면 6편만이 남으며 그것을 『화개집속편의 속편』이라 부른다. 1년 동안 쓴 잡감 전부가 다 모인 셈이다.

1927년 1월 8일, 노신이 적다

하문(厦門) 통신

H. M. 형

　내가 이곳에 도착한지도 벌써 한 달이 되어갑니다. 3층 건물에서 게으름을 피우느라 여러 곳으로 편지를 많이 쓰지 못했습니다. 이 건물은 해변에 있기 때문에 밤낮으로 바닷바람이 윙윙하고 불어옵니다. 바닷가에는 조개껍질들이 많아 몇 차례 주어보았는데, 특별한 것은 없었습니다. 주위에 인가도 많지 않고, 내가 알고 있는 가장 가까운 상점은 한 집 뿐입니다. 통조림 식품과 과자류를 팔았는데, 주인은 여자로서 나이는 대략 나보다 한 세대 위인 것 같습니다.

　풍경은 언뜻 보기에도 나쁘지 않은데, 산이 있고 물이 있습니다. 처음 도착했을 때 한 동료가 내게 산빛과 바다기운이 봄가을, 아침저녁이 퍽 다르다고 알려주었습니다. 그리고 내게 돌을 가리키며, 이것은 호랑이 닮았고, 저것은 두꺼비 닮았고, 저것은 또 무엇무엇 닮았고……라고 말했습니다. 나는 잊어버렸으며, 사실은 그다지 닮아 보이지 않았습니다. 나는 자연미에 대해 싫어하기도 하고 민감하지도 않아서 좋은 시절 아름다운 경치를 만나도 그다지 감동을 받지 못합니다. 그러나 여러 날이 지나도록 정성공(鄭成功)의 유적은 잊지 못했습니다. 내가 사는 곳에서 멀지 않은 곳에 성벽이 하나 있는데, 그가 축조한 것이라고 합니다. 대만(臺灣)을 제외하고 이 하문이 바로 만주인들이 국경을 들어온 이후로 우리 중국이 최후로 사망한 곳이라는 생각이 미치자 실로 희비가 엇갈리는 느낌이 들었습니다. 대만은 1683년에 이르러서, 즉 이른바 "성조(聖祖) 인황제(仁皇帝)" 22년에야 망했고, 그 해에 그 "인황제"들이 "13경(經)"과 "21사(史)"의 각판(刻板)을 수리했습니다. 지금 일부 국민들은 경서 읽기를 간절히 바라고 있습니다. 전판[殿板, 자금성(紫金城) 무영전(武英殿)에서 조판한 것—역자] "21사"는 보배로 바뀌었고, 골동품 장서가들은 거금을 아끼지 않고 구입하여 집에 소장하고 그것을 자손에게 전해주려 합니다. 그렇지만 정성공의 성벽은 아주 적막했는데, 듣자하니 성벽 밑의 모래는 사람들이 몰래 훔쳐다 맞은편 고랑서(鼓浪嶼)의 아무개에게 팔아 넘겨 성벽의 기초가 위급해질 것이라고 합니다. 어느 날 아침 일찍 많은 작은 배들을 보았습니다. 이들은 흘수가 아주 무거웠고 돛을 펼치고 고랑서를 향해 가고 있었는데, 아마도 모래를 파는 동포일 것입니다.

주위는 아주 고요합니다. 근처에는 북경 또는 상해에서 나온 새 출판물을 살 수가 없습니다. 그래서 때로는 무미 건조하다는 느낌이 좀 들기도 하지만, 독기가 넘치는 『현대평론』 역시 보이지 않습니다. 그렇게 많은 정인군자와 문인학자들이 글을 쓰고 있는데도 크게 유행하지 않으니 어찌된 영문인지 모르겠습니다.

요 며칠 동안 금년에 쓴 내 잡감을 묶으려 합니다. 이들 잡감을 쓰면서부터, 특히 진원에 대한 글을 쓴 뒤부터 자칭 "중립적"이라는 몇몇 군자가 내게 계속 글을 써나가는 일은 무의미할 뿐이라고 충고를 했었습니다. 나는 결코 충고 때문만이 아니라 환경이 변한 까닭으로 근래에는 아무런 잡감도 없었으며 쓴 글을 책으로 묶는 일조차도 잊고 있었습니다. 며칠 전 밤에 갑자기 "배우" 매란방(梅蘭芳)의 노래 소리가 들렸는데, 물론 유성기에 담긴 것이었지만 굵고 무딘 바늘처럼 불쾌하게 내 고막을 찔렀습니다. 그래서 나는 내 잡감은 아마도

"배우" 매란방을 존경하는 정인군자들에게 거슬려서 나더러 더 이상 글을 쓰지 말라고 했겠지 하는 생각이 들었습니다. 그렇지만 내 잡감은 종이에 인쇄된 것이어서 공기를 진동시키지 못하므로 보기 싫으면 펼쳐보지 않으면 그만인데도 굳이 중립적인 체하면서 나를 기만할 게 뭐 있습니까. 내 글은 작은 판매대에 놓여 보고싶어하는 사람들이 사가기를 바랄 뿐 정신군자들의 눈에 들기를 바라지 않습니다. 세상에는 모란을 좋아하는 사람이 어쩌면 가장 많을지도 모르지만 만다라꽃 또는 이름 없는 작은 풀을 좋아하는 사람도 있습니다. 붕기(朋其)는 패왕편(覇王鞭, 줄기는 오각으로 지어져 있고 줄지어 유두 모양의 딱딱한 가시가 있으며 녹색 꽃이 피는데, 남양군도의 열대지역에 울타리로 사용됨—역자)을 찻주전자에 심어 분재로 감상하고 있기도 합니다. 그렇지만 옛 원고를 살펴보니 글자가 뚜렷하지 않은 데가 많으니, 당신이 나를 위해 좀 베껴줄 수 있겠습니까?

지금 이 시각에 또 바람이 부는데, 북경처럼 거의 매일 이렇게 불지만 흙먼지는 아주 적습니다. 나는 시간이 나면 이따금 묘지에 가서 산보를 합니다. Borel이 하문에 대해 언급한 책에서 '중국은 전국이 거대한 무덤이다'라고 했던 바로 그곳입니다. 묘비문은 뜻을 알 수 없는 것이 많았습니다. 돌아가신 어머니 모모를 쓰고는 아들의 성명이 없는 것도 있고, 위쪽에 지명을 가로로 써놓은 것도 있고, "삼가 글 쓰는 종이가 아깝다(敬惜字紙)"라는 네 글자가 새겨져 있는 것도 있습니다 — 누구더러 삼가 글 쓰는 종이가 아깝다고 하는지 모르겠습니다. 이렇게 뜻이 통하지 않는 것은 바로 책을 읽은 탓입니다. 가령 글자를 모르는 사람에게 무덤 주인은 누구입니까 하고 물으면 그는 아버지라고 말합니다. 다시 그의 이름은 무엇입니까 하고 물으면 그는 장이(張二)라고 말합니다. 다시 당신 자신의 이름은 무엇입니까

하고 물으면 그는 장삼(張三)이라고 말합니다. 이대로 써나가면 아주 분명하겠지요. 그러나 비문을 쓰는 사람은 기어코 문자와 먹을 놀리려 하고, 그래서 도리어 놀리면 놀릴수록 모호해집니다. 그는 "금석례(金石例)"에 대한 연구가 원조(元朝)부터 청조(淸朝)까지 끝내 마무리되지 않았다는 것을 모르고 있습니다.

나는 이전과 다름이 없습니다. 그렇지만 너무 고요하여 오히려 아무것도 쓰고 싶지 않습니다.

노신. 9월 23일

하문 통신 2

소봉 형

『어사(語絲)』101기, 102기를 오늘 함께 받았습니다. 여러 편지를 함께 받는 일이 여기서는 흔합니다. 아마 매주 두 차례 오기 때문이겠지요. 나는 이번 두 기를 보고서 특히 기뻤는데, 잡지가 이제 100기를 넘어섰기 때문일 것입니다. 중국에서 몇 사람이 조직한 간행물이 100기를 넘어서기는 실로 쉽지 않은 일입니다.

나는 여기서 항상 『어사』에 투고하고 싶었지만 한 구절도 쓰지 못했으며, "들풀(野草)"(노신은 "들풀"라는 총제목으로 산문시를 써서 『어사』에 실었음―역자)조차 한 줄기 반 잎도 없었습니다. 지금은 강의록(당시 노신은 하문대학에서 중국문학사 강의를 위한 강의록을 쓰고 있었음―역자)을 쓰고 있습니다. 무엇 때문인가? 이에 대해 당신은 틀림없이 잘 알고 있을 것입니다. 그것은 밥을 먹기 위한 것입니다. 밥을 먹는 것은 무엇 때문인가? 만일 상황변화가 없다면 강의록을 쓰기 위한 것입니다. 밥을 먹는 것은 고상한 일이 아니라고 하지만 나는 오히려 그렇게 생각하지는 않습니다. 그렇지만 강의록을 쓰면서 밥을 먹고, 밥을 먹으면서 강의록을 쓰는 것은 아무래도 무의미한 일에 가깝다는 느낌이 듭니다. 다른 학자들과 교수들은 논외로 치고, 우리와 같은 평범한 사람들의 입장에서 볼 때, 가르치는 일과 글을 쓰는 일은 양립할 수 없으며, 어쩌면 목숨걸고 가르치거나 미치도록 글을 써도 한 개인으로서는 방향이 다른 두 길을 다 걸을 수 없을지도 모릅니다.

갑자기 한 가지 일이 기억났습니다. 여름이었던가요. 『현대평론』에 정인군자 일파들이 '남을 욕하는 작은 신문이 유행하고 있기 때문에 진지한 글을 보려는 사람이 없고 인쇄할 수도 없다'라고 말했던 것 같습니다. 나는 이들 학자들의 뛰어난 재주에 아주 탄복합니다. 당신이 내게 그들이 얼마나 많은 진지한 글의 원고를 "집에 감추고 있는지" 조사해보고 목록을 작성해줄 수 있을지 모르겠습니다. 다만 강의록이라든지 아니면 민법 8만 7천 6백 5십 4조 따위라면 보고 싶지 않으니 굳이 작성할 필요는 없습니다.

오늘 또 수원(漱園) 형의 편지를 받았는데, 북경은 이미 얼음이 얼었다고 합니다. 이곳에서는 아직 홑옷만 입고 있으며 추울까봐 저녁에는 솜 조끼를 하나 더 걸칩니다. 송옥(宋玉) 선생의 "하느님이 공평하게 사계절을 나누어 놓았으나 나만이 유독 쌀쌀한 가을을 슬퍼하고, 흰 이슬이 벌써 온갖 풀에 내리자 문득 여기 오동나무·가래나무 잎이 무성하게 떨어진다" 따위의 묘문(妙文)을 여기 가져온다면, 완전히 "무병신음"(無病呻吟, 병이 없으면서 신음하는 것-역자)이 되고 맙니다. 온갖 풀에 흰 이슬이 내렸는지는 모르겠지만, 오동나무·가래나무 잎은 무성하게 떨어지지 않고 있으며, 분위기도 늦여름과 비슷합니다. 내 숙소의 문 앞에는 이름 모를 식물 한 그루가 있는데, 닥풀(秋葵) 같은 노란 꽃이 피어 있습니다. 이곳에 도착했을 때 꽃이 피어 있었고, 언제부터 피기 시작했는지는 모릅니다. 지금 여전히 피어 있고, 아직 피지 않은 꽃봉오리가 있으니, 어느 때나 그만 피게 될지는 알 수 없습니다. "예부터 이미 있었고", "지금에 이르러 더욱 맹렬하여" 나는 근래에 그 꽃 보기가 다소 두렵습니다. 또 아주 작고 가는 맨드라미꽃이 있어 강소·절강의 것과는 약간 다르며, 붉고 노랗게

피어 영원히 한 무더기 한 무더기로 서 있습니다.

나는 본래 지옥에 떨어지는 것을 그다지 좋아하지 않습니다. 왜냐하면 눈에 보이는 것이라고는 칼산과 칼나무(刀山劍樹) 뿐이니 너무 단조로울 것이며 고통 또한 감당하기 어려울 것이기 때문입니다. 지금은 또 천당으로 올라 갈까봐 걱정입니다. 사계절 내내 봄이요, 일년 내내 복사꽃만 보게 된다면 얼마나 무미건조하겠습니까? 설령 그 복사꽃 중에는 수레바퀴 만한 것이 있어서 처음 올라갔을 때 잠시 놀랄 수 있다고 하더라도 결코 "복사꽃 화려하고(桃之夭夭)"라는 시를 매일 지을 수는 없을 것입니다.

그렇지만 연꽃은 벌써 시들었고, 작은 풀들도 약간 누렇게 되었습니다. 이런 현상에 대해 이전에는 늘 이른바 "된서리" 때문이라고 여겼으며, 그래서 때로는 "쌀쌀한 가을"에 대해 원망을 토해내고 공격까지 했던 것입니다. 그렇지만 여기서는 오히려 서리도 내리지 않고 눈도 내리지 않으니 무릇 누렇게 되는 것은 모두 "천수를 다한" 것이기에 다른 것을 탓할 필요가 없습니다. 오호라, 불평할 재료가 감소되었으니 무슨 할 말이 더 있겠습니까!

지금은 불평을 토로하지 못한 불평마저도 다 토로하고 말았습니다. 이만 줄이겠습니다. 이제부터 강의록을 엮어야 할 것 같습니다.

노신. 11월 7일

『아Q정전』의 유래

『문학주보(文學周報)』 251기에 서체(西諦) 선생[1]이 『납함(吶喊)』, 특히 『아Q정전』에 대해 언급했다. 이를 읽고 문득 몇 가지 작은 일이 기억나서 이를 빌미로 몇 마디 언급하고자 한다. 그렇게 하면 첫째는 글을 써 투고할 수 있겠고, 둘째는 관심 있는 독자들에게 보여줄 수 있을 것이다.

우선 서체 선생의 원문 한 단락을 옮겨 본다.

"이 작품이 사람들로부터 이처럼 주의를 끌 만한 것은 전혀 까닭이 없는 것은 아니다. 그러나 몇 가지 검토해볼 만한 점도 있다. 예컨대 마지막 '대단원' 1막은 내가 『신보(晨報)』에서 이 작품을 처음 읽었을 때 순간 석연치 않게 느껴졌고, 지금까지도 여전히 석연치 않게 느끼고 있다. 작자가 아Q의 결말에 대해 너무 서둘러 처리한 것 같다. 작자는 더 이상 계속 써 내려가고 싶지 않아서 이처럼 마음대로 아Q에게 '대단원'을 부여해버린 것이다. 아Q와 같은 그런 인물이 결국은 혁명당이 되고자 했지만, 끝내 그런 식으로 대단원의 결말로 끝이 났으니, 작자 자신조차도 처음 작품을 쓸 때에는 예측

---

1) (역주) 정진탁(鄭振鐸)을 가리킨다. 필명이 서체(西諦)이며 복건성(福建省) 장락(長樂) 사람으로 작가이며 문학사가이다. 그의 글은 『문학주보(文學周報)』 제251기(1926년 11월 21일)에 발표되었고, 제목이 「"납함(吶喊)"」이다.

할 수 없었을 것이다. 적어도 성격 면에서 별개의 두 사람 같다."

아Q가 정말 혁명당이 되려 했는지 그렇지 않은지, 설령 정말 혁명당이 됐다 하더라도 성격 면에서 별개의 두 사람 같은지 그렇지 않은지에 대해서는 여기서 잠시 논하지 않겠다. 이 작품의 유래를 말하는 것만으로도 많은 시간이 걸린다. 항상 말하거니와 나의 글은 저절로 솟아 나온 것이 아니라 짜내서 나온 것이다. 이렇게 말하면 사람들은 종종 겸손으로 오해하지만 그것은 정말 진심이다. 내게는 하고 싶은 말도 없고, 짓고싶은 글도 없다. 단지 일종의 자해(自害)하는 기질이 있어서 때로는 어쩔 수 없이 몇 마디 고함을 질러 사람들에게 흥을 좀 돋구려고 했다. 예를 들어 지친 소와 같아서 그다지 쓸모 없다는 것을 분명히 알지만 폐물이니까 이용해도 무방할 것이 아닌가. 그래서 장씨네에서 내게 한 뙈기 땅을 갈아달라고 하면 그럴 수 있고, 이씨네에서 내게 연자방아를 갈아달라고 하면 역시 그럴 수 있다. 조씨네에서 나를 자기 점포 앞에 잠시 세워놓은 다음 내 등에다 우리 점포에는 살찐 소가 준비되어 있고 영양이 풍부하고 소독된 우수한 우유를 팝니다 라는 광고문구를 붙여도 좋을 것이다. 내 스스로 얼마나 야위었고 또 숫소라서 우유가 전혀 없다는 것을 잘 알고 있지만, 그러나 그들이 장사를 하기 위한 것이라는 데 생각이 미치면 정상을 참작해서 팔고 있는 것이 독약이 아니기만 하면 아무 말도 하지 않는다. 그러나 만약에 나를 지치도록 부려먹어선 안 된다. 나도 스스로 풀을 찾아 뜯어먹어야 하고 숨 돌릴 여유가 필요한 것이다. 만약 나를 가리켜 오로지 누구네 집 소라고 하여 나를 그 집 소우리에 가두어 놓아서도 안 된다. 나는 때로는 다른 집에 가서 연자방아를 갈아야 할 지도 모르는 것이다. 만일 고기마저도 내다 팔려고 들면 그야 당연히 더욱 안 된다. 이유는 자명해서 자세한 설명이 필요치 않을 것이다. 만일 위에 쓴 세 가지 해서는 안될 경우를 만나게 되면 나는 곧장 달아나거나 아예 황량한 산에 드러누울 것이다. 설령 이 때문에 갑자기 심각함에서 천박함으로 변하고 전사에서 짐승으로 바뀌고, 나를 강유위(康有爲)라고 으르고 나를 양계초(梁啓超)에 비유하더라도[2] 조금도 개의치 않고 나대로 달아나고 나대로 드러누워서 결코 다시는 밖으로 나와 속임수에 넘어가지 않을 것이다. 왜냐하면 나는 사실 "세상물정"을 너무도 잘 알고 있기 때문이다.

요 몇 년 동안 『납함』은 많은 사람들이 보았는데, 그럴 것이라곤 당초에 전혀 예측할 수 없었으며, 아니 아예 예측조차 하지 않았다. 안면 있는 사람들의 희망에 따라 내게 무언가 좀 써달라고 하면 무언가 좀 써주었을 뿐이다. 크게 바쁘지도 않았다. 왜냐하면 노신(魯迅)이 바로 나라는 것을 아는 사람은 그다지 많지 않았기 때문이다. 내가 사용한 필명도 하나가 아니었다. L S, 신비(神飛), 당사(唐俟), 모생자(某生者), 설지(雪之), 풍성(風聲) 등이 있었다. 더욱이 이전에는 자수(自樹), 색사(索士), 영비(令飛), 신행(迅行)이라는 것도 있었다. 노신(魯迅)은 바로 신행(迅行)에서 유래한 것이다. 왜냐하면 당시 『신청년』

---

2) 이는 모두 고장홍(高長虹)을 빗대어 한 말이다. 고장홍은 『광표(狂飆)』 주간 제1기 (1926년 10월)에 발표한 글에서 "노신은 심각한 사상가로서 동시대 사람 중에서는 그에 필적할 만한 사람이 없다"라고 했다. 그러나 얼마 지나지 않아 『광표』 제5기 (1926년 11월)에 발표한 글에서는 노신을 공격하며 "점점 전락하여 고명하지 않으면서도 용기를 내고 있는 전사의 모습에 이르렀고, 다시 점점 전락하여 세상물정에 밝은 늙은이 모습이 되었다"라고 했다. 같은 글에서 강유위(康有爲), 양계초(梁啓超), 장태염(章太炎) 등을 예로 들면서 "늙은이들"은 "쓰러지기" 마련이라 하고 "당시의 강유위·양계초가 있고 오늘날의 강유위·양계초가 있다. 당시의 장태염이 있고 오늘날의 장태염이 있다…… 이른바 주씨(周氏) 형제(노신과 주작인을 가리킴 —역자)가 오늘날 어떻게 될 것인가 하는 것은 자신들의 처신에 달려 있다"라고 했다.

편집자들은 별호(別號) 같은 것으로 서명하는 것을 원치 않았기 때문이다.[3]

요즘 내가 하찮은 우두머리 노릇을 하려는 것으로 여기는 사람이 있는데, 백 번을 정탐하고서도 아직 모르다니 정말 가련하다. 나는 여태껏 노신이라는 깃발을 꽂고서 남을 방문한 적이 한 번도 없었으며, "노신은 바로 주수인(周樹人, 노신의 본명―역자)이다"는 것은 남들이 찾아낸 것이다. 이런 사람들은 네 부류가 있다. 한 부류는 소설을 연구하는 이들인데, 왜냐하면 작가의 경력을 알아야 하기 때문이다. 한 부류는 단지 호기심뿐이다. 한 부류는 나도 단평(短評)을 쓰기 때문에 일부러 나를 들춰내서 화를 좀 입히려는 것이다. 한 부류는 자기에게 쓸모가 있겠거니 여겨 파고들려는 것이다.

그때 나는 서성(西城) 가에 살고 있었고, 노신이 바로 나라는 것을 아는 사람은 대개 『신청년』, 『신조(新潮)』 사(社)에 있던 사람들뿐이었다. 손복원(孫伏園)도 그 중 한 사람이었다. 그는 마침 신보관(晨報館)에서 부간(副刊)을 엮고 있었다. 누구의 아이디어인지는 모르지만 갑자기 "개심화"(開心話, 기분을 즐겁게 하는 우스개라는 뜻―역자)라는 난(欄)을 만들어 일주일에 한 번씩 연재하려 했다. 그는 찾아와서 나더러 무언가 좀 써달라고 했다.

아Q의 이미지가 마음속에 그려진 것은 확실히 여러 해가 되었던 것 같다. 그러나 나는 줄곧 그것을 써내려는 엄두를 내지 못했다. 이 제안을 받고서 문득 생각이 떠올라 그 날 저녁으로 당장 조금을 썼는데, 그것이 바로 제1장 머리말이다. "개심화"의 제목에 맞춰야 했으므로 아무렇게나 불필요한 익살을 좀 부렸으며, 사실 작품 전체 속에

---

3) (역주) 필명이 별호처럼 보이길 원치 않아 본명처럼 보이도록 하였다는 뜻이다. '노신(魯迅)'의 경우, 성이 노(魯) 이름이 신(迅)이 된다.

서 보면 잘 어울리지 않는다. 필명은 "하리파인(下里巴人)"4)에서 취해 "파인(巴人)"이라 했으니, 전혀 고아하지 않다는 뜻이다. 뜻밖에 이 필명이 다시 문제를 일으켰다. 그러나 나는 줄곧 모르고 있다가 금년 『현대평론(現代評論)』에서 함루(涵廬)[즉 고일함(高一涵)]의 「한담」을 보고 그제야 알게 되었다. 그 대강은 이렇다.

"…… 내 기억으로는 『아Q정전』이 한 단락 한 단락 연이어 발표되었을 때 여러 사람들이 그 다음에는 자기가 욕을 당하는 차례가 아닐까 두려워 벌벌 떨었다. 그리고 어느 한 친구는 내 앞에서 『아Q정전』의 어제 어떤 단락은 아무래도 자기를 욕하는 것 같다고 말했다. 그래서 『아Q정전』은 모모가 지은 것이라고 의심했는데, 왜 그런가? 그 모모만이 자기의 그 같은 사사로운 일을 알고 있기 때문이라는 것이었다.…… 이 때부터 무엇이든지 함부로 의심하면서 『아Q정전』에서 욕하고 있는 것은 전부 자기의 은밀한 일이라고 여겼다. 『아Q정전』이 게재된 신문과 관련 있는 투고자들은 전부 그가 생각한 『아Q정전』의 작자라는 혐의에서 벗어날 수 없었다. 그가 『아Q정전』 작자의 성명을 수소문하고 나서야 작자는 자기와 전혀 안면이 없는 사람이라는 것을 비로소 알게 되었고, 그래서 문득 크게 깨닫고는 만나는 사람마다 자기를 욕하는 것이 아니었다고 해명했다."(제4권 제89기)

나는 이 "모모" 선생에 대해 대단히 죄송스럽다. 결국 나 때문에

---

4) (역주) 옛날 초(楚)나라의 통속적인 노래이다. 『문선(文選)』 권45 송옥(宋玉)의 「초나라왕의 물음에 답하다(對楚王問)」에 이런 이야기가 있다. "어떤 이가 초나라 서울(郢)에서 노래를 부르는데 처음에 하리파인(下里巴人)을 부르니 나라에서 따라 부르는 사람이 수천 명이었고,…… 다음에 양춘백설(陽春白雪)을 부르니 나라에서 따라 부르는 사람이 수십 명에 불과했다."

여러 날 동안 혐의를 받았기 때문이다. 애석하게도 누구인지는 모른다. "파인(巴人)"이라는 두 글자는 쉽게 사천(四川) 사람에게 혐의를 씌울 수 있으니 아마 사천 사람이었을지도 모른다.[5] 이 작품이 『납함』 속에 수록되었을 때에도 '당신은 정말 누구와 누구를 욕하고 있나요' 하고 내게 묻는 사람이 있었다. 나는 그저 슬퍼할 수밖에 없었고, 내가 그렇게까지는 비열하지 않다는 것을 사람들에게 보이지 못한 데 대해 스스로 원망스러웠다.

제1장이 게재된 후 곧바로 "괴로움(苦)"이라는 글자가 눈앞에 닥쳤다. 7일마다 반드시 한 편씩을 써야했던 것이다. 나는 그때 결코 바쁘지는 않았지만 유랑민 생활을 하고 있었고, 밤에는 통로로 쓰는 방, 그것도 뒤쪽 창문이 하나 뿐인 방에서 잠을 잤으니 글을 쓸만한 장소조차도 없었으며, 그러니 어찌 조용히 앉아서 착상을 할 수 있었겠는가. 복원(伏園)은 비록 지금처럼 그렇게 뚱뚱하지는 않았지만 히죽히죽 웃으면서 원고재촉을 곧잘 했다. 매주 한 번씩 들렀는데, 기회 있으면 "선생님, 『아Q정전』은…… 내일은 인쇄에 넘겨야겠습니다……" 했다. 그래서 글을 쓰지 않을 수 없었고, 마음속으로는 이렇게 생각했다. "속담에 '거지는 개에게 물릴까 두려워하고 수재는 과거시험을 두려워한다'고 했는데, 나는 수재도 아닌데 매주 시험을 치러야 하니 정말 난감하다……" 그렇지만 결국 또 1장이 완성됐다. 그러나 점점 진지해지기 시작한 모양이다. 복원도 "개심(開心)"스럽지 않다고 여겨서인지 제2장부터는 "신문예"란(欄)으로 옮겼다.

이렇게 한 주 한 주 써내려 갔고, 그러다가 아Q가 혁명당이 되어야 하는 문제가 발생했다. 내 구상으로는 중국이 만일 혁명하지 않으

---

5) (역주) 중국사람들은 사천성(四川省)을 파촉(巴蜀)이라 하므로 파인(巴人)은 사천성 사람으로 이해할 수도 있다.

면 아Q도 혁명당이 되지 않고, 혁명하는 한 혁명당이 될 것이라는 것이었다. 내 아Q의 운명도 이렇게 될 수밖에 없고, 인격도 결코 별개의 두 사람은 아닐 것이다. 민국 원년(1912년―역자)은 이미 지나갔으므로 뒤쫓을 수도 없지만 이후로 만일 다시 개혁이 일어난다면 여전히 아Q와 같은 혁명당이 출현할 것이라고 나는 확신한다. 나도 사람들이 말하는 것처럼 내가 단지 현재 이전의 어느 한 시기를 써낸 것이기를 진심으로 바란다. 그러나 내가 본 것은 결코 현대의 전신(前身)이 아니라 이후의 일, 아니 2, 30년 뒤의 일이 아닐까 한다. 사실 이것도 혁명당을 모욕한 것이라 할 수는 없다. 아Q는 결국 대젓가락으로 그의 변발을 틀어 올렸고, 그 후 15년이 흘러 장홍(長虹)은 "출판계에 발을 들여놓아"6) 중국의 "셰빌로프"7)가 되지 않았는가?

『아Q정전』을 대략 2개월을 쓰고 난 뒤 나는 정말 마무리를 짓고 싶은 마음이 간절했다. 그러나 벌써 기억이 희미하지만 복원이 찬성하지 않았든지, 아니면 내 쪽에서 만일 마무리를 지으면 그가 와서 항의하지 않을까 염려했든지 하여 "대단원"을 마음속에 감추어두었다. 그러나 이미 아Q를 점점 죽음의 길로 향하게 했다. 마지막 1장에 이르러 복원이 있었다면 아마 원고를 보류해두고 아Q를 몇 주 더 살려놓아야 한다고 요구했을 것이다. 그러나 "때마침" 그가 고향으로 돌아가고 없자 하작림(何作霖)이 그 일을 대행했고, 그는 아Q에 대해

---

6) (역주) 이것은 고장홍(高長虹)이 자기가 주필로 있던 주간잡지 『광표(狂飆)』에 연속적으로 발표한 평론문의 총 제목이다. 그 후 그는 상해 태동서국(泰東書局)에서 단행본으로 출간했다.

7) (역주) 러시아 작가 아르찌바셰프의 소설 『노동자 셰빌로프』에 나오는 인물로 무정부주의자이다. 고장홍(高長虹)은 「1925년도 북경 출판계의 형세지장도(1925年北京出版界形勢指掌圖)」라는 글에서 자기를 셰빌로프에 비기면서 노신을 처음 찾아갔을 때의 상황은 "야라체프와 셰빌로프가 만나던 상황을 방불케 한다"고 했다.(야라체프도 이 소설에 나오는 인물이다.)

처음부터 애증(愛憎)이 없었으므로 나는 곧 "대단원"을 보냈으며, 그는 그대로 게재했다. 복원이 북경으로 돌아왔을 때 아Q는 이미 총살을 당한지 1개월 여 지난 뒤였다. 설령 복원이 원고독촉을 곧잘 하고 그렇게 히죽히죽 웃는다 하더라도 이젠 "선생님, 『아Q정전』은……" 하고 말할 수가 없었던 것이다. 이로써 나는 간신히 한가지 일을 마무리짓고, 다른 일을 할 수 있었다. 다른 무엇을 했는지 지금으로서는 이미 기억이 희미하지만 대체로 그와 비슷한 일이었을 것이다.

사실 "대단원"은 "마음대로" 그에게 부여한 것은 아니다. 처음 쓸 때부터 미리 예측했는지에 대해서는 확실히 하나의 의문이다. 예측하지 않은 것으로 기억나는 듯하다. 그렇지만 그것은 어쩔 수 없는 일이다. 누가 사람들의 "대단원"을 처음부터 예측할 수 있단 말인가? 아Q에 대해서 뿐만 아니라 내 자신의 장래 "대단원"조차도 도대체 어떻게 될 것인지 나로서는 예측할 수 없다. 결국에 "학자" 또는 "교수"일 것인가? 아니면 "학계의 비적(學匪)", 또는 "학계의 악당(學棍)" 일 것인가? "관료"일 것인가 아니면 "도필리(刀筆吏, 말단서기—역자)" 일 것인가? "사상계의 권위자"일 것인가, 아니면 "사상계의 선구자" 일 것인가, 아니면 "세상물정에 밝은 늙은이"일 것인가? "예술가"일까? "전사"일까? 아니면 손님맞이를 번거로워하지 않는 특별한 "야라체프"일까? 아니면? 아니면? 아니면? 아니면?

하지만 아Q도 당연히 여러 가지 다양한 결말이 있을 수 있겠지만 그것은 내가 알 바가 아니다.

이전에 나는 묘사를 "지나치게" 한 부분이 많다고 생각했는데, 근래에는 오히려 그렇게 생각하지 않게 되었다. 중국의 현재 상황에 대해 설령 사실대로 묘사하더라도 다른 나라 사람들, 또는 장래의 선량한 중국 사람들이 보기에는 모두 그로테스크(grotesk)하다고 느낄 것이다. 나는 늘 어떤 일을 공상하면 그것이 너무 엉뚱한 것이 아닌가 스스로 여겼다. 그러나 만일 그와 비슷한 실재 사실과 마주치면 종종 그것이 오히려 더 엉뚱하게 보였다. 그러한 실재 사실이 발생하기 이전에는 내 천박하고 좁은 식견으로써는 도저히 상상할 수 없었던 것이다.

대략 달포 전의 일인데 이곳에서(하문을 가리킴-역자) 강도 한 사람을 총살시켰다. 짧은 옷을 입은 두 사람이 각각 권총을 들고 모두 일곱 발을 쏘았다. 쏘아서 죽지 않아서인지, 아니면 죽었는데도 계속 쏘아서인지 모르겠지만 그렇게 많이 쏘았다. 당시 나는 내 젊은 학생들에게 감개를 토로하며 '이는 민국 초년에 처음으로 총살을 사용하던 상황 그대로입니다. 지금은 10여 년이 지났으니 마땅히 진보가 있어야 하며, 죽은 사람에게 그렇게 많은 고통을 안겨줄 필요는 없습니다.' 하고 말했다. 북경은 그렇지 않아서 범인이 형장에 도착하기도 전에 형리(刑吏)가 뒤통수에 한 발을 쏘아 생명을 끊어버리는데, 본인이 알지 못하는 사이에 이미 죽게 된다. 그래서 북경은 어쨌든 "가장 훌륭한 곳"으로서 사형만 하더라도 다른 성(省)보다 훨씬 나은 것이다.

그러나 며칠 전 11월 23일 북경의 『세계일보(世界日報)』를 보았더니 내 말이 결코 확실하지 않다는 것을 알게 되었다. 그 신문의 제6판에 「두소전자(杜小拴子)가 작두로 사형되다」라는 뉴스 기사가 있었다. 전체가 다섯 단락으로 나뉘어 있었는데, 지금 그 중 한 단락을 아래에 초록한다.

▲두소전자는 작두로 처형, 나머지 사람은 총살. 미리 위수사령부(衛戌司令部)에서 의군(毅軍)의 각 병사들의 요청에 따라 "효수형"을 결정하였기에 두(杜) 등이 형장에 도착하기도 전에 형장에서는 벌써

큰 작두를 준비하였다. 작두 칼은 긴 것이었고, 그 아래 부분은 나무 틀이며 중간에 두툼하고 날카로운 작두 칼이 물려 있었다. 작두 칼 아래쪽에는 구멍이 하나 있어 나무를 가로 끼워 위아래로 움직일 수 있게 되어 있었다. 두(杜) 등 네 사람이 형장에 들어오자 호위 병사가 두(杜) 등을 호송차에서 내리고 그들의 얼굴을 북쪽으로 향하게 해서 미리 준비된 집형대를 마주보고 서 있게 하였다.…… 두(杜)는 결코 무릎을 꿇지 않았고, 외우오구(外右五區)의 모 순관(巡官)이 다가가서 두(杜)에게 '붙들어줄 사람이 필요한가?' 하고 물었다. 두(杜)는 웃으면서 대답하지 않았고, 잠시 후 스스로 작두 앞으로 달려갔고 스스로 작두 위에 누워 얼굴을 하늘로 향하고 형을 받았다. 그전에 형 집행 병이 벌써 칼을 쳐들었고 두(杜)는 적당한 곳을 베고 눕자 형 집행 병이 눈을 감고 힘껏 작두질을 했다. 두(杜)의 몸과 머리가 따로 갈라졌다. 그때 피가 엄청나게 흘렀다. 옆에서 무릎을 꿇고 총살을 기다리던 송진산(宋振山) 등 세 사람은 각자 몰래 훔쳐보았고, 그 중에서 조진(趙振)이라는 사람은 몸을 벌벌 떨기까지 하였다. 그 후 어느 소대장이 권총을 가지고 송(宋) 등의 뒤에 서서 먼저 송진산(宋振山)을 총살하였고, 다음으로 이유삼(李有三), 조진(趙振)을 총살하였다. 모두 총 한 발로 숨이 졌다.…… 이에 앞서 피해자 정보지(程步墀)의 두 아들 충지(忠智), 충신(忠信)이 모두 형장에 나와서 보고 대성통곡을 하였고, 각각 형이 집행된 뒤 '아버지, 어머니, 당신의 원수를 갚았습니다! 우리는 어떻게 해야겠습니까?' 하고 크게 울부짖었다. 듣고 있던 사람들은 모두 대단히 슬퍼했고, 나중에 가족들이 데리고 집으로 돌아갔다.

가령 어느 천재가 진정으로 시대의 맥박을 느껴 11월 22일에 이런 광경을 서술한 소설을 발표했다면 많은 독자들은 틀림없이 이는 포룡도(包龍圖)[8] 할아버지 시대의 일 — 서기 11세기에 있었던 일로 우리와는 900년의 차이가 날 것이다 — 을 말하고 있다고 여길 것이라 나는 생각한다.

이 얼마나 멋진가…….

『아Q정전』 번역본의 경우 나는 두 종류만을 보았을 뿐이다. 불어로 번역한 것은 8월호 『유럽』에 등재되었는데, 발췌한 것으로서 3분의 1뿐이었다. 영어로 된 것은 진지하게 번역된 듯하지만 나는 영어를 모르기 때문에 뭐라 말할 수가 없다. 다만 검토해 볼만한 두 가지 점을 우연히 발견했다. 첫째는 "삼백대전구이천(三百大錢九二串)"은 마땅히 "92문(文)을 100으로 환산하는 300대전(大錢)"의 뜻으로 번역해야 한다는 점이다. 둘째는 "시유당(柿油黨)"은 음역하는 것이 낫다는 점이다. 왜냐하면 원래는 "자유당(自由黨)"이지만 시골사람들은 이해할 수 없어 그들이 이해할 수 있는 "시유당"으로 잘못 사용했기 때문이다.

12월 3일 하문(厦門)에서 쓰다

---

8) (역주) 포증(包拯, 999~1062)을 가리키며, 송대 안휘(安徽) 합비(合肥) 사람으로 용도각직학사(龍圖閣直學士)의 벼슬을 하였다. 옛날 민간에서는 그에 관한 전설이 매우 많았는데, 『삼협오의(三俠五義)』 등의 소설 또는 희곡에 그가 작두를 사용하여 사람을 작두질한 이야기가 나온다.

『삼장취경기(三藏取經記)』 등에 관하여

여러 해 동안 헤어졌던 SF[1]군이 갑자기 일본의 동경으로부터 내게 편지 한 통을 부쳐왔다. 이리저리 여러 사람을 거쳐 내가 받았을 때는 편지를 보낸 날짜로부터 이미 20일이 지난 뒤였다. 그러나 이는 내게는 마치 텅빈 골짜기에서 뚜벅뚜벅 걸어오는 사람 발자국 소리를 듣는 것과 같았다. 편지에는 11월 14일 동경의 『국민신문(國民新聞)』에 게재된 글이 동봉되어 있었는데, 덕부소봉(德富蘇峰) 씨가 나의 『중국소설사략』의 잘못된 부분을 바로잡은 내용이었다.

무릇 어떤 책의 작자가 외부에서 보내온 교정에 대해 그렇다고 여기면 따르고 그렇지 않다고 여기면 침묵하면 그만이니, 글을 쓸 때 어떤 뜻이었고 어떻게 취사선택했는지 등에 대해 본래는 군이 일일이 설명할 필요는 없다. 그러나 소봉(蘇峰) 씨는 일본에서 "지나(중국 —역자)"에 정통한 명망 있는 노인이고, 『삼장취경기(三藏取經記)』의 수장가이고, 그의 글이 매우 멋져서 몇 마디 말하고 싶다.

먼저 그의 원문을 번역하는 것이 좋겠다. —

노신 씨의 『중국소설사략』　　　　　　　　　　소봉생(蘇峰生)

---

1) SF : 일본인 복강성일(福岡誠一)을 가리킨다. 러시아의 맹인 시인 에로셴코의 친구이며 에로셴코와 함께 노신의 집에서 묵은 적이 있다.

방금 노신 씨의 『중국소설사략』을 읽었는데, 이런 내용이 있다.

"『대당삼장법사취경기(大唐三藏法師取經記)』 3권은 구본(舊本)이 일본에 있으며, 또 『대당삼장취경시화(大唐三藏取經詩話)』라는 소본(小本)이 하나 있어 내용은 모두 같다. 이 책의 권말에 '중와자장가인(中瓦子張家印)'이라 쓴 한 행이 있는데, 장가(張家)는 송대 때 임안(臨安)의 책가게이므로 세간에서는 그때문에 송대에 간행된 것으로 여기고 있다. 그러나 원대까지도 장가(張家)가 혹시 그대로 있었다면 이 책은 어쩌면 원대 사람이 지은 것일지도 모른다.……"

이에 대해 좀 변증할 필요가 없는 것은 아니다.

『대당삼장취경기』는 실은 나의 성궤당(成簣堂)의 책꽂이에 꽂혀 있는 것 중의 하나이고, 『취경시화』의 수진본(袖珍本)은 고(故) 삼포관수(三浦觀樹) 장군이 소중히 간직하고 있던 것이다. 이 두 책은 모두 명혜상인(明慧上人)과 홍엽(紅葉)에 의해 세상에 널리 알려졌는데, 경도(京都) 모미(栂尾)의 고산사(高山寺)로부터 흘러나온 것이다. 이 책에 찍힌 고산사의 인기(印記)를 보고, 또 고산사 장서목록을 보아도 모두 이와 같이 증명하고 있다.

이것은 송대 목판의 희귀본일 뿐 아니라 송대 지어진 설화본(일본의 이른바 언문일치의 문체)으로서 가장 진귀한 것이리라. 그렇지만 노신 씨는 오히려 손쉽게 "이 책은 아마 원대 사람이 지은 것일지도 모른다"라고 단정했다. 지나친 속단이다.

노신 씨는 이 두 책의 원판을 아직 보지 못했기 때문에 사정을 모르고 있으며, 만일 한 번 본다면 그것이 송대 목판임을 쉽게 의심하지 않을 것이다. 종이질, 먹 색깔, 글자체 모두 어느 것이나 그러하다. 단순히 장가(張家)가 송대 때 임안의 책가게이기 때문만은 아니다.

게다가 성궤당의 『취경기』의 경우 송대 판본의 특색이라 말할 수 있는 궐자(闕字, 황제의 이름을 피하기 위해 황제의 이름 등에서 마지막 필획 하나를 의도적으로 결락시키는 것을 말함—역자)가 있다. 과연 나진옥(羅振玉) 씨는 이에 대해 일찍부터 알아차렸다.

"모두[삼포본(三浦本), 성궤당본(成簣堂本)] 고산사의 구장본이다. 그리고 이 본(성궤당에 소장되어 있는 『취경기』)의 판각이 대단히 정밀하고 책에서 경(驚) 자를 驚(한 획이 결락—역자)으로 써서 경(敬) 자의 마지막 필획을 빼버렸으니 아마 송대 목판일 것이다.(『설당교간군서서록(雪堂校刊群書敍錄)』)"

생각건대, 노신 씨는 나씨의 이 글을 읽지 않았고, 그래서 아마 원대 사람이 지은 것일지도 모른다고 의심한 것이리라. 아무리 세상에 불가사의한 일이 많다 하더라도 원대 사람의 저작이 송대 판각으로 되어 있을 이유는 없는 것이다.

나진옥 씨는 이 책에 대해 이렇게 말했다. '송대 평화(平話)는 예전에는 『선화유사(宣和遺事)』만 있었을 뿐이다. 근년에 『오대평화(五代平話)』, 『경본소설(京本小說)』이 점차 중간본으로 나오게 되었다. 송대 사람의 평화(平話) 중에 세상에 전해진 것으로는 지금까지 4종에 이른다.' 이 분야 학계에서 이처럼 중요한 서적이므로 그 진상을 분명히 밝히는 것이 그렇게 부질없는 일만은 아닐 것이다.

종합하면, 소봉 씨의 의도는 『삼장취경기』 등이 송대 목판이라는 것을 증명하는 데 있다. 그 논거는 세 가지이다. ─

첫째, 종이와 먹과 글자체가 송대의 것이라는 점.

둘째, 송대에는 피휘하기 위해 결필(缺筆, 결자의 의미─역자)을 한다는 점.

셋째, 나진옥 씨는 송대 판각이라고 말했다는 점.

말하기도 부끄럽지만, 나는 『중국소설사략』을 대강대강 엮었으며, 집에 저장된 책도 없었고 옛 판각본도 보기 어려웠다. 자료로 사용한 것은 거의가 번각본(翻刻本)과 새 인쇄본이었고 심지어는 석인본(石印本)까지 있었으며, 서문과 발문 및 지은이 이름이 종종 빠진 것도 있었다. 그래서 빠뜨리고 잘못된 부분이 틀림없이 많을 것이다. 그러나 『삼장법사취경기』 및 『취경시화』 두 종류의 경우 나는 나씨의 영인본을 보았으며, 종이와 먹은 새로웠지만 자체와 결필(缺筆)은 볼 수 있었다. 그 뒤에는 나씨의 발문이 있어 『설당교간군서서록』을 다시 구할 필요가 없었으며, 내가 말한 "세간에서는 그때문에 송대에 간행된 것으로 여기고 있다"라고 한 것은 바로 나씨의 발문을 가리켜 한 것이다. 현재 소봉 씨가 들었던 세 가지 증거 중에서 확실히 눈으로 직접 보지 않았으므로 그런지 그렇지 않은지 알 수 없는 종이와 먹은 제외하고 그 나머지 두 가지 사실은 그때 이미 나는 받아들일 수 없었으며, 따라서 "의심"하게 되었던 것이다.

어떤 조대(朝代)의 황제 이름을 피휘하기 위해 결필을 했다면 그 책을 그 조대의 판각본으로 보는 것은 장서가들이 판본을 확정할 때 쓰는 초보적인 방법이며, 이는 옛 책을 약간이라도 본 사람이라면 대체로 알고 있는 사실이다. 하물며 경(驚) 자마저도 결필(缺筆)을 하고 있으니 얼마나 눈에 띄었겠는가. 그러나 나는 이것으로 송대 판본임을 확정짓기에는 부족하다고 생각한다. 앞선 조대에서 결필을 하던 글자는 고의적으로 또는 습관적으로 다음 조대에서도 그대로 사용될 수 있다. 예를 들어, 우리의 민국은 이미 15년에 이르렀지만 유로(遺老)들이 판각한 책에는 의(儀) 자에 대해 여전히 "삼가 마지막 필획을 빼버리고" 있다. 유로들이 판각한 책이 아니더라도 녕(寧) 자, 현(玄) 자도 항상 결필을 하고 있으며, 어떤 경우는 녕(寧)을 영(甯)으로 바꾸고, 현(玄)을 원(元)으로 바꾸기도 한다. 이것은 모두 민국 시기이면서도 청조의 휘자(諱字)를 그대로 사용한 것인데, 청조의 판각본이라는 증거로 삼기에는 부족하다. 경사도서관에 소장되어 있는 『역림주(易林注)』 잔본(殘本)[지금 『사부총간(四部叢刊)』에 영인본이 있음]은 항(恒) 자와 구(構) 자를 모두 결필을 하고 있는데, 종이질, 먹 색깔, 글자체 모두가 송대의 것과 비슷하며, 게다가 호접장(蝴蝶裝, 반을 접어서 앞뒤 페이지로 하는, 책을 장정하는 방법의 일종—역자)으로 되어 있는데, 무전손(繆荃蓀) 씨는 그래서 이를 송대 판본으로 확정지었다. 그러나 내용을 자세히 살펴보면, 음시부(陰時夫)의 『운부군옥(韻府群玉)』을 인용하고 있으니 음시부는 명백히 원대 사람이다. 그래서 나는 결필의 글자에 근거해 어떤 조대의 판각이라고 확정지을 수는 없다고 생각하며, 특히 당시에 중시를 받지 못했던 소설과 희곡 따위는 더욱 그러하다고 생각한다.

나씨의 논단이 일본에서는 어쩌면 확고한 증거로 인용되고 있는지는 모르지만 나는 오히려 그다지 믿지 않는다. 책의 발문뿐 아니라 서화(書畵)·금석(金石)의 제발(題跋) 역시 다 그러하다. 나씨가 들었던 송대 평화(平話) 4종 중에 『선화유사』도 나는 원대 사람의 작품으로 확정지었다. 그러나 이는 결코 내가 손쉽게 단정한 것이 아니라 명대 사람 호응린(胡應麟) 씨의 말에 근거한 것이다. 그리고 그 책은 발췌하여 만든 것으로 문언과 백화가 섞여 있어 "평화"라고 하기도 어렵다.

나는 책을 볼 때, 장서가들과는 약간 달라서 결필, 대두(擡頭)[2] 및 나씨의 발문을 그다지 믿지 않는다. 그래서 그때 의심하게 되었고, 다만 의심스러웠을 뿐이므로 "어쩌면"이라 말하고, "일지도 모른다"라고 말했던 것이다. 나는 결코 송대 목판과 소장하고 있는 사람에게 무례한 짓을 하려는 것이 아니며, 그 경솔함을 아무리 크게 잡아도 가볍게 의심한 것에 지나지 않은 듯하며 "손쉽게 단정한" 것은 아니다.

그러나 더 확실한 증명이 이루어지기까지는 내 "의심"은 그대로 존재한다. 증명이 이루어진 뒤에는 이렇게 될 것이다. '노신은 원대 판각으로 의심하여 원대 사람이 지은 것이라 했으나 지금은 확실히 송대 목판이므로 송대 사람이 지은 것이다.' 어쨌든 소봉 씨가 예상했던 "원대 사람이 지은 송대 판본"이라는 우스개 연극은 꼭 공연된다고 볼 수는 없다.

그렇지만 고증하는 글에 익살맞고 경박한 논조가 삽입되면 일반 독자들을 현혹하여 냉정을 잃게 하고 함정에 빠뜨리기 쉬우니 그래서 내가 이상과 같이 번역하고 약간 설명을 덧붙인 것이다.

12월 20일

---

2) (역주) 황제나 귀인에게 관계되는 말이 있는 문장은 줄을 바꾸어 보통보다 한 자 내지 세 자 정도 올려 쓰는 것을 가리킨다.

이른바 "사상계의 선구자" 노신에 대해 알림

『신여성(新女性)』 8월호에 "광표사(狂飆社) 광고"가 게재되었는데, 그 내용은 이렇다. "광표(狂飆) 운동은 이미 2년 전부터 시작되었고…… 작년 봄에 본사(本社) 동인과 사상계의 선구자 노신 및 소수의 가장 진보적인 청년문학가들이 함께 『망원(莽原)』을 간행했다…… 이에 대규모로 우리의 작업을 진행하기 위해 북경에서 출판되던 『오합(烏合)』, 『미명(未名)』, 『망원(莽原)』, 『현상(弦上)』 4종의 출판물 이외에 특히 상해에서 『광표총서(狂飆叢書)』 및 편폭이 비교적 큰 간행물 하나를 간행하게 되었다." 나는 북경에서 『망원』, 『오합총서』, 『미명총서』 3종의 출판물을 편집한 적이 있으며, 사용한 원고는 모두 개인 명의로 보내온 것들이었다. 광표운동에 대해서는 지금까지 어떻게 된 일인지, 즉 어떻게 운동하고 무엇을 운동하는 것인지 모른다. 지금 갑자기 "함께 간행하게 되었다"라고 함부로 말하고 있으니 실로 뜻밖의 일이다. 감히 남의 공로를 내 것으로 할 수 없어 여기서 특별히 밝혀둔다. 또, 이전 일로 보자면, 누군가가 진상을 밝히지 않고 혹은 가명을 빌어서 나에게 종이모자를 씌운 일이 이미 한두 번이 아니다. 우선 진원이 『현대평론』에서, 최근에는 장홍(長虹)이 『광표』에서 번갈아 비웃고 욕하였던 것이다. 광표사는 한편으로 또 세 번째 "종이로 만든 가짜 모자"를 하사해주었는데, 정말 머리는 적은데 모자는 많으니 남을 속이고 나에게 해로운 일이다. 비록 "세상물정에 어두운 늙은이"라 심신이 다 병들어 있지만 말이다. 어쩔 수 없이 '나는 역시 "사상계의 선구자"—즉 영어 Forerunner의 번역어—가 아니'라는 점을 특별히 여기서 다시 밝혀둔다. 이런 칭호는 남들이 몰래 붙인 것으로 달리 쓰임새가 있으니, 본인은 사전에도 사정을 몰랐고 사후에도 기뻐한 적이 없다. 만일 나를 아는 사람이 이 때문에 바보취급을 당하더라도 본인과는 관계가 없다.

하문 통신 3

소봉 형

27일 원고 두 편을 부쳤는데, 이미 받았을 것이라 생각합니다. 사실 이런 류의 글은 본래 써도 좋고 쓰지 않아도 좋습니다. 다만 첫째 여기 몇몇 젊은이들이 내가 뭔가 좀 보여주기를 희망하고 있기 때문에, 둘째 글을 쓰지 않고 있는데 대해 괴로워하고 있기 때문에 그래서 몇 장 써서 부쳤던 것입니다. 이곳에서도 내게 하문을 비평하는 글을 써달라는 사람이 있지만 지금까지 한 구절도 쓰지 않았습니다. 말이 통하지 않고 어디서부터 말을 해야 할지 여러 가지 세부사정을 모르고 있기 때문입니다. 예를 들어, 이곳 신문에서 이전에 "황중훈(黃仲訓)의 공지(公地) 무단 점거"[1]에 대한 필화사건으로 연일 시끄러웠는데, 나는 지금까지도 황중훈이 어떤 사람이며 사건 과정은 어떤지 모르고 있으니 만일 비평한다면 진짜 비평가들이 배 잡고 웃지 않겠습니까. 그러나 남들이 하는 비평은 내게 무방한 일입니다. 내가

---

1) "황중훈(黃仲訓)의 공지(公地) 무단 점거" : 명말 청초의 민족 영웅 정성공(鄭成功)은 고랑서(鼓浪嶼) 일광암(日光巖)에 독조대(督操臺)를 세워서 수군들을 훈련시켰다. 1926년 가을 황중훈(黃仲訓)은 여기서 감청(瞰靑) 별장을 건축하였는데, 공지(公地)를 무단으로 점거했기 때문에 반대 여론을 불러일으켰다. 곧이어 황중훈은 신문에 글을 실어 이렇게 밝혔다. '별장을 짓는 것은 장차 사람들이 유람할 수 있도록 제공하고, 이로써 민족 영웅 정성공의 고루(故壘)를 우러러 보게 하는 것이니 별장은 계속 지어져야 한다.' 황중훈은 하문 사람으로 청말의 수재(秀才)이며 월남의 화교(華僑)이다.

남들의 비평을 허락하지 않는다고 여기는 것은 모함입니다. 내 어찌 그런 큰 권력을 가지고 있겠습니까. 그렇지만 만일 내게 편집을 맡긴 다면, 안되겠다 싶은 글은 싣지 않을 것이며, 영문도 모르는 어떤 운 동의 꼭두각시가 되고 싶지는 않습니다.

며칠 전 탁치(卓治)[2]가 눈을 크게 부릅뜨고 나에게 이렇게 말했습 니다. '남들이 당신을 함부로 욕하니 당신은 되받아 쳐야 합니다. 그 리고 많은 사람들이 당신의 글을 읽고 싶어하니 당신은 침묵을 지키 며 그들에게 시비를 가리지 못하게 해서는 안됩니다. 지금 당신은 당 신 자신의 것이 아닙니다.' 나는 이 말을 듣고 다시 소름이 돋았는데, 이전에 누군가가 청년들은 마땅히 고문을 많이 읽는 나를 배워야 한 다고 말했다는 것을 들었을 때와 같았습니다. 오호라, 종이모자를 쓰 게 되면 마침내 공공물이 되어 "도와줘야" 할 의무를 지고 되받아 쳐 야할 필요가 생깁니다. 그렇지만 속히 창피를 당하고 내 자유를 되돌 려 받는 것이 진정으로 더 낫습니다. 고명한 당신에게 묻노니, 그렇 지 않습니까?

오늘 또 소름이 돋는 한 가지 일을 만났습니다. 하문대학(厦門大學) 의 직무를 나는 이미 병을 핑계로 그만두었습니다. 아무것도 할 수가 없으니 슬그머니 달아나는 것이 상책입니다. 그렇지만 몇몇 학생들 이 내게 호소하길, 하문대학이 혁신한다는 소식을 듣고 왔는데, 지금 반년도 채 못돼 오늘은 이 사람이 떠나고 내일은 저 사람이 떠난다

---

2) 탁치(卓治) : 위조기(魏兆祺)이며, 자는 탁치(卓治)이고, 복건(福建) 복주(福州) 사람 이다. 1926년 9월 상해 남양대학(南洋大學)에서 하문대학으로 전학했다. 여기서 그 가 한 말은 노신이 1927년 1월 5일 허광평에게 보낸 편지를 참고할 수 있다. "기억 컨대, 이전에 몇몇 학생들이 『광표(狂飆)』를 가지고 와서 보여주며 장홍(長虹)을 되 받아 쳐야한다고 애써 권하면서, '당신은 당신 자신의 것이 아닙니다. 많은 청년들 이 당신의 말을 듣기를 기다리고 있습니다.'라고 했다.(『양지서(兩地書) 105』)

면 자기들은 어떻게 하라는 것인가 하고 말했습니다. 이로 말미암아 실로 나는 등골이 오싹해지고 벙어리처럼 말문이 막혔습니다. "사상계의 권위자" 또는 "사상계의 선구자"라는 이런 "종이로 만든 가짜 모자"가 뜻밖에 또 이처럼 잘못해서 제자들에게 해를 끼치게 되리라고는 생각지도 못했습니다. 몇 차례 광고(결코 내가 실은 것은 아니다)에 속아 그들은 다른 학교에서 왔는데, 결과적으로 나 자신은 달아나게 되었으니 정말 대단히 미안하게 생각합니다. 학생들을 막기 위해 북경에서 일찍이 흑막식(黑幕式)의 기사(記事)를 쓴 사람이 없었다는 데 대해 나는 아주 안타깝게 생각합니다. "만날 때는 이야기를 나누고, 만나지 않을 때는 싸운다"[3]라는 철학이 때로는 제자들을 아주 그르치게 하는 것 같습니다.

　당신은 아마도 자세한 사정을 모를 것입니다. 처음 내 생각은 확실히 여기서 2년 간 머무르면서 가르치는 일 이외에 이전에 모아 엮은 『한화상고(漢畵象考)』와 『고소설구침(古小說构沈)』을 인쇄하려는 것이 었습니다. 이 두 종의 책은 나 자신도 인쇄하지 못하는데 감히 당신에게 인쇄를 부탁할 수는 없었습니다. 틀림없이 보려는 사람이 아주 적어 의심의 여지없이 손해를 볼 것이므로 오직 돈 있는 학교에서만 적합할 것입니다. 여기에 도착해 상황을 보니 『한화상고』를 인쇄하려는 바램이 사라졌고, 또한 스스로 연한을 1년으로 단축시켰습니다. 사실은 벌써 떠날 수도 있었으나 어당[語堂, 임어당(林語堂)—역자]의 부지런함과 고향을 위해 노력하는 열정을 보고 나는 쉽게 말을 꺼내지 못했습니다. 나중에 예산이 책정되지 않자 어당이 매우 애를 썼습니다. 듣자하니 교장은 당신들이 원고만 가지고 오면 즉각 인쇄할 수

---

3) 이것은 고장홍(高長虹)이 『광표』 주간 제1기(1926년 10월)에 발표한 「국민대학 ×군에게 답함(答國民大學×君)」에 나오는 말이다.

있다고 말했다고 합니다. 그래서 나는 원고를 가져가서 대략 몇 십분 정도 놓아두었다 다시 가져왔는데, 그 후로 뒷소식이 없었습니다. 그 결과란 내가 확실히 원고를 가지고 있으며, 결코 속이는 것이 아니라는 것을 증명한 데 지나지 않았습니다. 그때 곧 『고소설구침』을 인쇄하려는 생각마저도 사라졌고, 또 스스로 다시 연한을 반년으로 단축시켰습니다. 어당은 사무와 교육 이외에도 흉계를 방지하고자 애를 썼는데, 내가 보기에 그가 상관없는 일에 기운과 정력을 다 소모한 것이 정말 대단히 억울하다는 느낌이 들었습니다.

그저께 회의가 열렸고, 국학원(國學院)의 주간(周刊)조차도 인쇄할 수 없게 되었습니다. 그렇지만 교장은 오히려 고문(顧問)을 더 두려고 했는데, 이과(理科) 주임과 같은 사람이 고문이 되는 것입니다. 듣자하니 그래야 감정 소통이 가능하다는 것이었습니다. 나는 하문의 풍속을 도무지 이해할 수 없었습니다. 어째서 국학 연구가 이과 주임 같은 사람의 감정을 상하게 하는 것인지, 반드시 고문이라는 줄을 사용해야 그런 사람과 연결할 수 있는 것인지 이해할 수가 없었습니다. 나는 감정을 소통하는 방법에 대해 연구한 적이 없습니다. 겸사(兼士)[4]도 이미 사직했으니, 그래서 나도 떠나리라 결심했습니다. 이제 3주일만 지나면 방학이라 본래는 잠시 더 머물러 있어도 무방할 것입니다. 그렇지만 여기서는 교직원의 봉급에 대해 때때로 흑백을 분명히 가려서 학교를 10여 일만 떠나도 공제하려 합니다. 그래서 나는 방학중의 봉급을 받을 생각이 없으며, 지금까지도 족히 1개월을 공제해야 합니다. 어제 이미 시험문제를 출제하고 마무리를 하나 지었

---

4) 겸사(兼士) : 심겸사(沈兼士, 1887~1947)이며, 절강 오흥(吳興) 사람이고 문자학가이다. 일본의 동경물리학교(東京物理學校)를 졸업하고 하문대학 문과 국학계(國學系) 주임 겸 국학연구원 주임을 역임했다.

습니다. 답안의 채점은 다음달에 있지만 한푼도 받지 않습니다. 채점을 마치면 떠날 것이며, 간행물을 잠시 부치지 말기 바랍니다. 내게 머물 곳이 마련되면 즉각 편지로 알려드릴 테니 그때 다시 부쳐주기 바랍니다.

끝으로 종전의 예를 좇아 날씨를 언급하렵니다. 이른바 예란 내 개인적인 예입니다. 비평가들은 내가 천하의 청년들에게 명하여 내 개인적인 예를 따르게 하는 것이라 지적할지도 몰라서 '결코 그렇지 않다'라는 점을 특별히 여기서 밝혀둡니다. 날씨는 확실히 이미 추워졌습니다. 풀도 이전에 비해 더욱 누렇게 되었습니다. 그렇지만 내가 사는 집 앞에 있는 닥풀 같은 노란 꽃은 아직도 피어 있으며 산에도 여전히 석류화가 있습니다. 파리는 보이지 않지만 모기는 간혹 보입니다.

밤이 깊었으니, 그럼 이만 줄입니다.

노신. 12월 31일

추신: 잠시 잠이 들었다 깨어나니 딱따기 소리가 들리고, 이미 오경(五更)이 되었습니다. 이는 학교에서 새로 만든 조치인데, 지난달부터 증설되었고 야경꾼 역시 한 사람만이 아닙니다. 듣고 있노라니 각자 두드리는 방법이 다르다는 것을 알게 되었습니다. 가장 분명하게 구별할 수 있는 박자는 두 가지가 있습니다. —

딱, 딱, 딱, 딱딱!
딱, 딱, 딱딱! 딱.

칠 준비를 했으나 뜻밖에 지금은 미뤄두지 않을 수 없습니다. 『야초(野草)』에 대해서는 이후로도 작품을 써야할 지에 대해 말하기 어려우며, 남들(고장홍을 가리키며, 이하는 고장홍을 풍자하기 위한 것임－역자)이 지기(知己)라는 이름을 함부로 빌려쓰면서 멋대로 평론하여 "마음에 든다"라는 말 따위를 하지 못하도록 하기 위해 아마 더 이상 쓰지는 않을 것 같습니다. 그러나 인쇄에 부치려면 한 차례 세밀하게 보고 잘못된 글자를 바로잡아야 하니 시간이 좀 필요합니다. 따라서 당장 부쳐드릴 수는 없습니다.

내가 15일이 되어서야 배에 타게 된 것은 우선 지난달의 봉급을 기다려야 했고, 다음으로 배를 기다려야 했기 때문입니다. 마지막 1주일은 지내기가 대단히 어려웠습니다. 그러나 몇 가지 새로운 세상 물정을 좀더 이해하게 됐습니다. 그것은 바로 이전에는 밥 먹기가 쉽지 않다고만 여겼는데, 지금은 밥 먹지 않기도 쉽지 않다는 것을 알게 된 것입니다. 나는 사직할 때 병이 났다고 말했습니다. 왜냐하면 아무리 폭군이라도 발병을 금지시키지는 못한다고 생각했기 때문입니다. 만일 생긴 병이 기절병이 아니라면 남을 연루시키지도 않을 것입니다. 뜻밖에 일부 청년들이 믿지 않고 나를 위해 몇 차례 송별회를 열어 주었는데, 대체로 분에 넘치는 우대여서 적절치 못하다는 생각이 들어 연신 이렇게 설명했습니다. '나는 "종이로 만든 가짜 모자"를 쓰고 있으니 자네들은 이별을 아쉬워할 필요도 없으며 기념할 필요도 없다네.' 그런데, 어찌된 영문인지 결국 학교개량운동이 발생했고, 먼저 제기한 것이 교장은 대학 비서 유수기(劉樹杞) 박사를 파면하라는 요구였습니다.

듣자하니 3년 전에 이곳에선 이미 비슷한 소요사태가 있었으며, 그 결과 학생이 완전히 실패했고, 상해에 따로 대하대학(大夏大學)을 하나 세웠다고 합니다. 그때 교장이 어떻게 자기방어를 했는지 나로서는 알 수 없습니다. 이번에는 나의 사직이 유(劉) 박사와는 무관하며, 바로 호적지(胡適之) 일파와 노신 일파가 서로 배척했기 때문에 떠나게 됐다는 것입니다. 이 말은 고랑서(鼓浪嶼)의 일간지 『민종(民鐘)』에 실렸으며, 이미 반박을 했습니다. 그러나 몇몇 동료들이 크게 긴장하며 회의를 열고 따져 물었으며, 교장의 답변은 아주 간단하여 '그런 말은 하지 않았다'는 것이었습니다. 어떤 사람은 그래도 마음이 놓이지 않아서 나를 위해 다른 종류의 "유언비어"를 퍼뜨리며 "배척설"의 세력을 약화시키려 했습니다. 정말이지 "천하가 어수선하니, 언제 안정될 것인가?"입니다. 만약 내가 안심하고 하문대학에서 밥을 먹으면 이런 일들은 생기지 않겠지요. 그렇지만 이는 내가 예상치 못한 일입니다.

교장 임문경(林文慶) 박사는 영국 국적을 가진 중국인인데, 입만 열었다 하면 공자를 말하고 공교(孔敎)에 관한 책도 한 권 지었습니다. 애석하게도 나는 제목을 잊어버렸습니다. 듣자하니 영어로 쓴 자전(自傳) 한 권이 더 있는데, 상무인서관(商務印書館)에서 출판될 것이라고 하며, 지금은 『인종문제』를 쓰고 있다고 합니다. 그는 나를 아주 정중하게 대접하여 몇 차례 식사에 초대했으며, 송별회만 하더라도 두 차례 있었습니다. 그렇지만 지금은 "배척설"이 오히려 쇠퇴하였습니다. 그저께 들었던 내용인데, 그는 내가 하문에 온 것은 원래 소란을 피우기 위한 것으로 결코 가르칠 생각은 없으며, 때문에 북경에서의 지위를 모두 사직하지 않았다고 선전하고 있다는 것입니다.

지금 나는 북경에 가지 않으니 "지위설"도 아마 쇠퇴할 것입니다. 새로운 설(說)이 어떤 것인지 애석하게도 나는 이젠 배 위에 있어 알 수 없습니다. 내 생각에 근거하면 죄는 틀림없이 날로 더 무거워질 것입니다. 왜냐하면 중국은 여태껏 "면전에서는 성의를 다하는 체 하지만 뒷전에서는 비웃어 왔으며", "새로운 시대"의 청년(고장홍을 가리킴—역자)만이 그런 것이 아니기 때문입니다. 면전에서는 "우리 스승"과 "선생님"이지만 뒷전에서는 독약과 암전(暗箭)이라는 교훈을 받은 것이 이미 두세 차례에 그치지 않습니다.

최근에 또 내 죄상에 대해 들었는데, 그것은 집미학교(集美學校)에 관한 것입니다. 하문대학과 집미학교는 모두 비밀스런 세계여서 외부 사람들은 대개 잘 모를 것입니다. 지금 교장을 반대하는 일 때문에 소요사태가 일어났습니다. 이전에 그 교장 섭연(葉淵)은 꼭 국학원(國學院)의 사람들을 초청해 연설하도록 했으며, 6개조로 나누어 두 사람을 1조로 매주 1조씩 연설하게 했습니다. 첫 번째가 나와 어당(語堂)이었습니다. 그때 정중하게 초청했는데, 전날밤 비서가 와서 영접했습니다. 그 사람은 나와 이야기를 나누면서, 교장의 생각은, 학생들은 반드시 오직 공부에만 몰두해야 한다는 것이라고 했습니다. 그렇다면, 나는 오히려 반드시 세상일도 유념해야 한다고 여기고 있으니 교장의 훌륭한 뜻과 완전히 상반되므로 가지 않는 것이 낫겠다고 말했습니다. 그는 그건 상관없으며 가서 연설을 해도 된다고 말했습니다. 그리하여 이튿날 갔으며, 교장은 실로 대단히 진지했고 정성스럽게 내게 식사대접을 했습니다. 나는 오히려 식사를 하면서도 한편으로 근심스러웠습니다. 마음 속으로 생각했습니다. '먼저 나에게 연설을 시켰더라면 좋았을 걸. 듣고서 싫으면 내게 식사를 대접하지 않아도 될 텐데. 지금 밥이 이미 배로 넘어갔으니 만일 내 연설이 도리에 벗어나는 점이 있다면 죄가 더 무거워질 텐데, 어쩌면 좋을까.' 오후에 강연을 했습니다. 그 내용은, 종전처럼 총명인은 일을 할 수 없으니 그는 이리저리 생각하다가 결국은 아무것도 완성하지 못한다는 등의 말이었습니다. 그때 교장은 내 등뒤에 앉아 있어서 그를 볼수 없었습니다. 그저께가 되어서야 이 섭연 교장도 집미학교의 소요 사태는 모두 내 잘못이며 젊은 사람들에게 연설하면서 어찌 사람은 이리저리 생각할 필요가 없다고 말할 수 있느냐고 말했다는 이야기를 들었습니다. 내가 그 내용을 이야기하고 있을 때까지 그는 뒤에 앉아서 고개를 가로젓고 있었던 것입니다.

나의 처세는 이렇습니다. 스스로 충분히 양보했다고 여기면 사람들이 신문을 발간해도 나는 결코 제 발로 가서 투고하지는 않습니다. 사람들이 회의를 열 때 나는 결코 제 발로 가서 연설하지는 않습니다. 억지로 가라고 하면 물론 그럴 수는 있지만, 반드시 내 뜻대로 하고 싶은 말을 해야 하며, 그렇지 않으면 나는 차라리 죽은 시체처럼 아무 소리도 내지 않습니다. 그러나 여기서는 오히려 내가 입을 열어 반드시 말을 해야 하며, 말 또한 반드시 교장의 뜻에 합치되어야 합니다. 내가 남이 아니니 어찌 남의 뜻을 알겠습니까? "그 뜻을 미리 헤아리는" 묘법은 아직 배우지 못했습니다. 그가 고개를 가로젓는 것도 당연한 일입니다.

그러나 나는 작년 이래로 갑자기 몹시 사악해졌습니다. 어쩌면 진보했는지도 모릅니다. 여러 방면으로부터 공격을 받더라도 이젠 상처도 받지 않고, 더 이상 고통도 느끼지 않는 듯합니다. 가령 내게 죄를 씌우더라도 조금도 심각하게 생각하지 않습니다. 이것은 내가 낡은 세상물정과 새로운 세상물정을 여러 번 경험한 뒤에 비로소 얻은 것입니다. 나는 이젠 여러 가자를 신경 쓸 수 없게 되었고, 더 이상 물러설 수 없는 지경까지 양보했다가 나서서 그들과 충돌하고, 그들을 멸시하고, 또한 그들의 멸시를 멸시합니다.

내 편지는 이것으로 끝맺으려 합니다. 바다 위의 달빛은 정말로 밝습니다. 파도 위에 커다란 은빛비늘이 비쳐 반짝이며 흔들리고 있습니다. 이밖에 벽옥 같은 바닷물은 아주 따스하고 부드러운 듯합니다. 이런 것이 사람을 익사시킬 수 있다니 믿어지지 않습니다. 하지만 마음놓아도 좋습니다. 이건 농담이니 내가 바다로 뛰어들 것이라고 의심하지 마십시오. 나는 바다에 뛰어들 마음이 전혀 없습니다.

노신. 1월 16일 밤, 바다 위에서

부 록

- 라듐에 대하여
- 『달나라여행』 변언
- 『역외소설집』 서언
- 『월탁』 창간사
- 미술 보급을 위한 의견서

라듐에 대하여[1]

옛날의 학자는 "태양 바깥의 우주공간에는 거의 아무 것도 없다"라고 했는데, 여러 세기(世紀) 동안 모두 이 견해를 따랐다. 의심을 품은 사람은 없었다. 그런데 뜻밖에도 스스로 열과 빛을 발산하는 불가사의한 원소[2] 하나가 갑자기 발견되었고, 이 원소는 화려하게 세계에 출현해 신세기(新世紀)의 서광을 비추고 구학자(舊學者)들의 미몽을 깨뜨렸다. 에너지보존의 설(說)[3], 원자설, 물질불멸의 설과 같은 것들이 모두 참혹한 습격을 받아 비틀거리고 넘어지며 하루를 버티기 어렵게 되었다. 이로부터 생긴 사상계의 대혁명의 풍조는 날마다 확대되어 그칠 줄 몰랐다! 이 새로운 원소는 어떤 인연으로 발견될 수 있었던가? "X선[옛날에는 투물전광(透物電光)이라 번역했음]의 덕분"이라고 하지 않을 수 없다.

X선은 1895년 무렵에 독일 사람 뢴트겐[4]이 발명한 것이다. 그 성질의 특이함은 다음과 같다. (1) 불투명체를 관통한다. (2) 사진건판[5]

---

1) 원제목은 「說鈤」이다. 이 글은 1903년 10월10일 월간 『절강조(浙江潮)』 제8기에 발표되었고, 필명은 자수(自樹)였다. 구(鈤)는 오늘날 라듐(鐳)을 가리킨다.

2) 원소(원문 原質) : 원소를 가리킨다.

3) 에너지보전의 법칙(원문 能力保存說) : 에너지보전의 법칙을 가리킨다.

4) 뢴트겐(원문 林達根, W. K. Rontgen, 1845~1923) : 독일의 물리학자이다. 1859년 그는 진공방전관에 관해 연구하다가 X선을 발견했다.

5) 사진건판(원문 寫眞乾板) : 유리판으로 제작한 사진의 필름을 가리킨다.

에 감응한다. (3) 기체에 전도성을 띠게 한다. 학자들의 주의를 크게 끌었는데, X선 외에도 Y선도 있고 Z선 같은 것도 있다고 한다. 서로 다투어 깊이 연구하면서 새로운 원소의 발견을 기대했다. 정렬6)을 바쳐 노력하면 보답을 받게 마련이다. 이듬해 프랑스 사람 바끄렐7)이 다시 큰 발견을 하게 되었다.

어떤 이의 말에 따르면, 바끄렐씨는 두꺼운 검은 종이로 사진건판을 이중으로 싸서 햇빛에 내놓았고, 1,2일이 지나도 거의 감응이 없었다고 한다. 그래서 그 위에 인광(燐光)을 방사하는 물질인 우라늄염8)을 올려놓고 다시 실험을 하려고 했다. 그러나 때마침 날이 흐려 부득이 잠시 서랍9) 속에 넣어 두어야 했다. 며칠 지난 뒤에 확인해 보았더니 햇빛에 쏘이지 않았는데도 이미 사진건판에 감응이 일어났다. 바끄렐은 크게 놀라며 그 원인을 자세히 살펴보았다. 그런 효과가 나타난 것은 인광 때문이 아니며 우라늄 염류는 실제로 일종의 X선과 유사한 복사선을 스스로 가지고 있음을 알았다. 그래서 그것을 우라늄선이라 명명하고 이런 종류의 선을 발생시키는 물질을 방사성물질10)이라고 불렀다. X선을 뢴트겐선이라고 부르는 것과 같다. 그런데 우라늄선은 기계장치나 전기의 도움 없이 스스로 방사능을 가지고 있으므로 X선과 비교해 이미 크게 진보한 것이다.

---

6) (역주) 정렬(원문 涅伏) : 라틴어 nervus(영어 nerve)의 음역이며, 신경을 뜻하지만 여기서는 정렬로 번역했다.

7) 바끄렐(원문 勃克雷, A. H. Becquerel, 1852~1908) : 프랑스의 물리학자이다. 1859년 인광현상을 처음으로 연구했고, 이듬해 우라늄의 방사선을 발견했다. 이것은 방사성을 인식하게 된 최초의 과학실험이었다.

8) 우라늄염(원문 磷光體鈾鹽) : 인광(燐光)을 방사하는 우라늄염이다. '磷'은 燐과 같은 글자이다. 인광체는 인광을 방사하는 물질이다.

9) 서랍(원문 機兜) : 서랍을 가리킨다.

10) 방사성물질(원문 剌伽剋伕夫體, Radioactive Substance) : 방사성물질이다.

　그 후 연구가 더욱 왕성하게 진행되어 학자들의 머리 속에 한결같이 갖가지 Y선과 Z선의 영상이 맺혔다. 1898년에 이르러 슈미트[11] 씨가 토륨의 화합물 중에서 다시 뢴트겐선을 발견했다.

　동시에 프랑스 파리 공예화학학교의 교수인 퀴리 부인[12]은 수업 중에 공기전도(空氣傳導) 장치를 만들고 있었는데, 우연히 피치블렌드[13](오스트리아 산의 복잡한 광물) 중에서 X선과 유사한 방사선을 발견하게 되었다. 그것은 밝게 빛나고 몹시 뜨거웠다. 급히 남편인 퀴리에게 알렸고, 연구결과 비스무트 화합물을 포함하고 있으며 방사성은 우라늄염보다 4천 배나 된다는 것을 알았다. 부인은 폴란드[14] 출생이었기 때문에 그것을 폴로늄[15]이라고 명명했다. 세상에 발표되자 학자들은 크게 감사하게 여겼으며 프랑스 학사원(學士院)에서 4천 프랑을 상금으로 주었다. 퀴리 부부는 더욱 분발하고 노력하여 매일 연구에 몰두했고, 마침내 피치블렌드 중에서 다시 새로운 원소를 발

---

11) 슈미트(원문 體密德, E. Schmidt, 1845~1921) : 독일의 물리학자이다. 방사성원소 토륨을 발견했다.

12) 퀴리 부인(원문 古籬夫人, Mme Curie, 1867~1934) : 물리학자·화학자이다. 원명은 Marie Sktodowska이다. 폴란드의 바르샤바 출신이다. 1895년 프랑스 물리학자 퀴리(P. Curie, 1859~1906)와 결혼하여 방사성물질에 대해 공동으로 연구했는데, 연이어 폴로늄과 라듐을 발견했다.

13) 피치블렌드(원문 別及不蘭) : Pitchblende의 음역이며, 역청우라늄광이다. 퀴리 부부는 이를 이용해 미량의 방사성원소 폴로늄과 라듐을 제련했다.

14) 폴란드(원문 坡蘭德) : Poland의 음역이며, 폴란드이다.

15) 폴로늄(원문 坡羅尼恩) : Polonium의 음역이며, 폴로늄이다. 이것의 방사성은 우라늄과 비교하여 400배나 강하다. 퀴리 부인이 그것을 폴로늄이라고 명명한 것은 그녀의 조국 폴란드를 기념하기 위해서였다. 퀴리는 1898년 7월 18일 프랑스과학원의 이과박사학원(理科博士學院)에 새로운 원소의 발견을 보고할 때 이렇게 말한 적이 있다. "만약 이 새로운 원소의 존재가 장래에 실증이 된다면 우리는 그것을 폴로늄이라고 부를 것이다. 그것은 우리 두 사람 중 한 사람의 조국인 폴란드를 기념하기 위해서이다."

견하고 그것을 라듐(Radium, 鐳)[16]이라 하고 부호를 Ra로 했다. [생각건대, 예전에는 게르마늄(Germanium)을 구(鐳)라고 했다. 그렇지만 그 음과 뜻이 라듐에 더 잘 맞아 이를 취한다. 게르마늄은 새 이름으로 따로 짓는 것이 좋을 듯하다.] 1899년 드비에른[17]씨도 역시 피치블렌드 중에서 다른 종류의 방사성물질을 얻었으며, 악티늄[18]이라 명명했다. 그런데 복사성은 라듐에 미치지 못한다.

폴로늄과 비스무트, 악티늄과 토륨, 라듐과 바륨은 각각 서로 비슷한 성질을 가지고 있다. 그런데 이들의 순수한 물질은 모두 얻을 수 없다. 오직 라듐만이 퀴리 부인이 애쓰고 노력한 결과 대략 순수한 것을 소량으로 얻었다. 원자량 및 스펙트럼[19]을 측정한 결과 이미 새로운 원소임이 확인되었다. 다른 것들은 아직 애매한 상태에 놓여 있으며, 방사능을 보유하고 있다는 점만 알 뿐이라고 한다.

라듐염류의 수용액은 암모늄이나 황화수소나 황화암모늄[20]을 넣어도 침전이 생기지 않는다. 황산라듐이나 탄산라듐[21]은 물에 용해되지 않고, 염화라듐[22]은 물에 쉽게 용해되지만 강염산 및 알코올에

---

16) 퀴리부인은 1907년 처음으로 수십 톤의 역청우라늄광에서 0.5그램 정도의 순수한 염화라듐을 얻어서 라듐의 원자량이 226임을 측정했다. 1910년에 이르러 순수한 라듐을 얻었다.

17) 드비에른(원문 獨比倫, A. L. Debierne, 1874~1949) : 프랑스의 화학자이다. 1899년 그는 역청우라늄광에서 방사성원소 악티늄을 발견했고 이듬해 퀴리 부인의 순수한 라듐 제련의 작업에 참가했다.

18) 악티늄(원문 愛客地恩) : Actinium의 음역이며, 악티늄이다.

19) 원자량 및 스펙트럼(원문 分劑及光圜) : 원자량 및 원자가 방사하는 광선의 스펙트럼을 가리킨다.

20) 황화수소(원문 輕二硫) : 황화수소(H_2S)이다. 황화암모늄(원문 錏二硫) : 황화암모늄($[NH_4]_2S$)이다.

21) 황산라듐(원문 鐳硫養四) : 황산라듐($RaSO_4$)이다. 탄산라듐(원문 鐳炭養三) : 탄산라듐($RaCO_3$)이다.

는 용해되지 않는다. 이 성질을 이용하면 우라늄을 만드는 피치블렌드의 침전물 중에서 라듐의 원소를 분리해낼 수 있다. 그러나 성질이 바륨과 아주 비슷해 바륨이 항상 그 속에 섞여 있다. 바륨을 제거하는 방법은 이렇다. 먼저 염화물로 만들어 물에 용해시키고 다시 알코올에 담그면 침전이 생긴다. 그래도 바륨이 소량으로 들어 있는데, 남아 있는 수용액으로 반복해서 시행하면 비로소 대략 순수한 라듐염을 얻을 수 있다. 순수한 원소는 지금까지 얻지 못했다. 게다가 그 양은 극히 적어서 우라늄을 만들고 남은 찌꺼기 5천 톤으로부터 얻을 수 있는 라듐염은 1킬로그램[23]이 채 되지 않는다. 3년 동안, 순수한 것이든 순수하지 않은 것이든 얻은 총량은 500그램[24]에 지나지 않는다. 세계의 총량이 이것밖에 되지 않으니 그 진귀함을 알 수 있다. 따라서 값어치가 대단히 높아서 바륨을 매우 많이 포함하고 있는 것이라도 그램 당 35불이 아니면 구할 수 없다. 퀴리씨의 가장 순수한 제품은 세계 제일로 불리는데, 작은 먼지 만한 크기이지만 2만 프랑[25]을 주어도 구할 수 없으며, 그 방사능력은 우라늄염의 백만 배보다 더 강하다고 한다.

순도가 가장 높은 퀴리 부인의 제품은 염화라듐이다. 작년에 퀴리 부인이 염소를 화학적으로 분리하여 염화은[26]으로 만들고 그 양을 측정한 뒤에 라듐의 원자량이 225임을 계산해내었다. 드마르께[27]씨

---

22) 염화라듐(원문 鋁綠二) : 염화라듐($RaCl_2$)이다.

23) 킬로그램(원문 啓羅格蘭) : Kilogram의 음역이며, 킬로그램이다.

24) 그램(원문 格蘭) : Gram의 음역이며, 그램이다.

25) 프랑(원문 弗) : Franc의 음역이며, 프랑, 즉 프랑스의 화폐단위이다.

26) 염화은(원문 銀綠二) : 염화은($AgCl_2$)이다.

27) 드마르께(E. A. Demarcay, 1852~1904) : 프랑스의 화학자이다. 그는 1901년 화학원소 유로퓸을 발견했다. 퀴리 부부가 발견한 원소 라듐을 위해 분광학적인 증명을

가 분광기로 라듐을 비추어 보니 라듐 특유의 스펙트럼 외에 다른 스펙트럼이 나타나지 않았는데, 이는 라듐이 새로운 원소임을 말해주는 증거의 하나이다. 라듐선은 X선과 같은 점이 많지만, 이외에도 유리와 도기를 갈색이나 가죽색으로 변하게 하고, 염화은을 환원시키고, 암염에 갈색을 띠게 하고, 흰종이를 물들이고, 하루 주야간에 황린(黃燐)을 적린(赤燐)으로 변하게 하고, 씨앗의 발아 능력을 없애는 등 갖가지 성질을 가지고 있다. 또 셀룰로이드[28] 병에 라듐염(방사성이 우라늄염보다 5천 배보다 강함)을 담고 2시간 손에 들고 있으면 피부가 타는데, 지금도 퀴리씨의 상처자국은 뚜렷하여 없어지지 않고 있다. 퀴리씨는 이렇게 말했다. "만약 누군가가 순수한 라듐 1밀리그램[29]을 놓아둔 실내에 들어간다면 실명하거나 몸을 태우게 되며, 심지어 치사할지도 모른다." 캐나다의 루서포드[30]씨는 순수한 라듐 1그램으로 1파운드 무게를 1피트 높이 올릴 수 있다고 말했다. 심지어 어떤 이는 영국이 소유하고 있는 군함을 영국에서 제일 높은 페르니[31] 산의 꼭대기로 날려보낼 수 있다고 했다. 이것은 윌리엄 크룩스[32]씨의 말이다. 여러 가지 설을 종합적으로 살펴보건대, 비록 과장된 느낌이 들기는 하지만 방사능의 위력을 짐작할 수 있다. 더욱 기

제출한 적이 있다.

28) 셀룰로이드(원문 色兒路多) : Celluloid의 음역이며, 셀룰로이드이다. 질산 섬유소와 장뇌로 만든 가연성 수지이다.

29) 밀리그램(원문 密里格蘭) : Milligram의 음역이며, 밀리그램이다.

30) 루서포드(원문 盧色夫, S. E. Rutherford, 1871~1937) : 영국의 물리학자·화학자이다. 원래 국적은 뉴질랜드이다. 그는 원자구조와 방전현상에 관한 연구에서 중요한 업적을 남겼다.

31) 페르니(원문 辯那維, Pennires) : 페르니 산맥이며, 영국의 북부에 있다.

32) 윌리엄 크룩스(원문 維廉可洛克, W. Crookes, 1832~1919) : 영국의 물리학자·화학자이다. 그는 진공관 속에서의 방전현상에 관한 연구에 중요한 업적을 남겼다.

이한 점은, 방사능이 전혀 다른 사물에 의존하는 바 없이 미세한 본체에서 스스로 발산한다는 점이다. 이는 태양과 비슷하다.

라듐선은 X선과 마찬가지로 금속을 관통하는 능력이 있고, 이외에 종이, 나무, 가죽, 근육 등을 모두 막힘 없이 통과한다. 그런데 방사된 뒤에 매번 관통한 물질에 흡수되어 그 힘이 약해진다. 만약 라듐선을 0.0025밀리미터[33]의 얇은 금속판에 통과시키면 그 강도는 거의 처음의 49%로 변한다. 다시 한번 통과시키면 다시 36%로 줄어드는데, 두 번째 이후로는 감소율이 처음처럼 현저하지는 않다. 이로써 라듐선은 결코 단순하지 않으며, 다른 물질에 쉽게 흡수되고, 관통하는 능력이 강하고, 물체를 통과하는 것은 여과하는 것과 같다는 점을 알 수 있다. 각 방사선은 몇 가지로 나누어지는데, 사진건판에 감응하는 힘이 강한 것, 즉 관통선(貫通線) 중에는 눈 조직에 잘 감응하는 것이 있어, 볼 수 없는 맹인이라도 그것이 어디에 있는지 알 수 있다.

라듐의 기이한 성질은 여기에 그치지 않는다. 파르톤이라는 사람이 암실에서 포장지를 풀어 라듐을 밖으로 내놓았는데, 갑자기 청백색의 광선이 밝게 빛나더니 암실이 순간 환해졌고, 포장지 속도 미광(微光)이 발하여 오랫동안 없어지지 않았다고 한다. 이것은 부방사선(副放射線)[34]이며, 사진건판에 감응하는 작용은 주방사선(主放射線)과 동일하다. 본체가 발광할 수 있고 근접해 있는 물체에 빛을 발하게 하는 라듐의 두 가지 성질은 태양이 주위의 위성에게 빛을 발하게 하는 것과 완전히 닮았다. 이러한 능력의 근원에 대해서는 아직 예측할 수 없다.

어떤 이의 말에 따르면, 바끄렐씨가 비교적 순수한 라듐을 관(管)

---

33) 밀리미터(원문 密里) : Millimeter의 음역이며, 밀리미터이다.
34) 부방사선(원문 副放射線) : 2차 방사선.

속에 담아 옷 주머니에 넣어 두었는데, 6시간 후에 몸에 갑자기 화상의 흔적이 나타났고, 그것은 머리와 어깨 사이에서 이리저리 옮겨 다녔기 때문에 정확한 곳을 가리킬 수 없었다고 한다. 후에 퀴리씨가 그 온도를 측정하기 위해 방법을 고안하여 열전주(熱電柱)[35]라는 온도계를 사용했는데, 한쪽 접합점은 순수한 구리염으로 만들고 다른 쪽 접합점은 구리염이 6분의 1이 함유된 주석염을 사용했다. 발생한 전류의 세기를 계산해보니 구리염을 사용한 쪽의 온도가 1도 반이 높아진 것을 알았다. 또 분젠 측열기(測熱器)[36]로 0.08그램의 순수한 라듐염이 발생하는 온도를 측정해 보니 시간당 대체로 14칼로리[37]였다. 즉 1그램이 방사하는 열은 시간당 대체로 100칼로리 이상이다. 그 빛과 열은 연소를 통해 나온 것도 아니고 화학적인 변화도 없으니, 그처럼 대량의 에너지가 어디에 근거하고 있는지 알지 못한다. 만약 물질 자체가 스스로 발산한 것이라면 이전의 이른바 에너지보존의 설은 파기되지 않을 수 없다. 만약 둘러싸고 있는 외부로부터 나온 것이라면 라듐은 틀림없이 둘러싸고 있는 외부의 에너지를 이용하는 성질을 가지고 있을 것이다. 이러한 에너지의 본성은 우리들이 아직 알 수 있는 바가 아니다.

또한 라듐선은 공기에 전도성(導電性)을 부여하는 성질이 있다. 가령 강판과 아연판 각각 하나를 구리선으로 연결하고 두 판 사이에 있는 공기에 라듐선을 통과시키면 구리선에 전류가 발생한다. 이는 두 개의 판을 각각 묽은 황산용액에 담갔을 때와 조금도 다르지 않

---

35) 열전주(원문 熱電柱) : 온도를 측정하고 재는 기계의 일종이다.

36) 분젠 측열기(원문 蓬然測熱器) : 어떤 물체가 방출하고 흡수하는 열량을 측량하는 장치이며, 이를 이용해 연료의 열량치를 측정한다.

37) 칼로리(원문 加羅厘) : Calorie의 음역이며, 칼로리, 즉 열량의 단위이다.

다. 라듐선은 기체를 이온[양극(兩極)으로 모이는 전해질의 총칭]으로 만드는 능력이 있어 음전기와 양전기를 띠고 있는 부분을 양쪽으로 나눌 수 있기 때문인데, 기체의 작용은 액체의 전해질과 동일하다. 라듐선 중에서 다른 물질에 쉽게 흡수되는 것이 이런 성질이 더욱 두드러진다.

크룩스관의 음극에서 발생하는 캐소드선[38]과 뢴트겐선 및 라듐선은 만약 강한 자력의 작용을 받으면 반드시 편향이 일어난다. 만약 라듐선과 직각이 되는 방향으로 자력이 작용하는 경우 라듐선은 자력의 반대측에서 보아 왼쪽으로 편향하여 진행한다. 그러나 라듐선은 단순하지 않기 때문에 자력에 의해 휘어지는 것과 자력에 의해 휘어지지 않는 것 등 갖가지 선이 분리되어 진로가 각각 서로 다르게 된다. 이것은 햇빛이 프리즘을 통과하면 일곱 색깔이 되는 것과 같다. 라듐선 중에서 관통하는 힘이 강한 것일수록 이런 성질이 더욱 두드러진다. 그리고 자력에 대한 작용 때문에 라듐선의 대부분은, 대단히 빠른 속도로 움직이는, 음전기를 띤 미립자를 함유하고 있다고 한다.

자력에 의해 편향되는 라듐선에는 음전기를 띤 미립자를 함유하고 있기 때문에 그것이 어떤 물체에 투사되면 그 물체도 역시 음전기를 띠게 된다. 퀴리 부부는 밀랍을 채워 절연한 도전체를 사용하여 라듐선을 투사한 적이 있는데, 확실히 음전기를 얻었다. 또 동일한 방법으로 절연한 동염(銅鹽)은, 음전기를 띠고 있는 미립자가 날아가 버렸기 때문에 양전기를 띠었다. 이 때 전기의 집적량은 1평방 밀리미터당 1초당 대체로 4×19의 −12승 암페어가 된다고 한다. 라듐선 속의

---

38) 크룩스관(원문 克爾格司管) : Crookes tube의 번역이며, 음극방사선관이다. 캐소드선 (원문 愷多團線) : Cathode ray의 번역이며, 음극선이다.

음전기를 띠는 미립자는 강한 전자기장 속에서 반드시 그 진행 방향이 편향되는데, 1밀리미터의 라듐선이 1만 볼트[39]의 강한 전자기장 속에서 4센티미터[40] 편향된다. 이것은 바끄렐씨가 실증적으로 증명한 사실이다.

라듐으로부터 발사되는 미립자의 속도는 1초 당 1.6×10의 10승 밀리미터로서 대략 광속의 절반 정도이다. 이러한 미립자의 비산(飛散) 때문에 라듐이 한 시간에 잃게 되는 에너지량은 대략 4.4×10의 −6승 칼로리이며, 앞에서 기록한 방출열량과 비교하면 아주 미약함을 알 수 있다. 또 라듐의 표면 1평방 밀리미터로부터 방사되는 미립자의 질량은 역시 지극히 적어서 1그램이 비산(飛散)되는 시간을 계산해보면, 대략 10억만 년이 필요하다. 이에 근거하면 미립자의 크기는 수소 원자의 3천 분의 1이 되며, 이를 전자(電子)라고 부른다.

전자설(電子說)에 따르면 이렇다. "모든 물질은 원자를 가지고 있고 원자 속에는 전자가 함유되어 있어, 전자가 원자에 해당하는 것은 원자가 물질에 해당하는 것과 같다. 이 전자가 사방의 전기와 자력의 감화를 받으면 회전하며 날고 멈추는 때가 없다. 모든 물체는 이렇지 않은 것이 없으며, 비록 우리 인류라 하더라도 역시 이런 식으로 이루어져 있다. 그러나 전자가 운행하는 속도는 물질마다 다르다. 라듐선의 전자가 극히 빠른 것에 속한다. 그것은 과속으로 인해 그 중 일부분이 물체 밖으로 튀어 나와 빛과 열이 자연적으로 발생하는데, 이것이 복사선이다." 그렇지만 이 설도 반드시 전자가 스스로 물질을 구성하는 능력을 갖추고 있어야 이치에 맞게 설명될 수 있다. 그렇지 않으면, 설령 타협적인 방법으로 비산(飛散)하는 양이 극소량이라고

---

39) 볼트(원문 波的) : Volt의 음역이며, 볼트 즉 전압의 단위이다.
40) 센티미터(원문 生的) : Centi의 음역이며, 100분의 1의 뜻이다.

말하고, 걸리는 시간은 헤아릴 수 없는 세월이라고 말하더라도 물질 불멸의 설을 구제하지 못한다. 원자설의 창시자는 원자가 지극히 미세하여 물질을 분할할 때 궁극에 달하는 것이라고 생각하지 않았던가! 전자설이 나오면서 빠르게 회전하는 미립자는 실로 원자의 1000분의 1보다 작은 것임을 알았다. 이에 원자는 우주 사이에서 가장 작은 미립자라는 아름다운 이름을 전자에게 넘겨주지 않을 수 없게 되었고, 원자설은 사라지게 되었다.

X선의 연구로부터 라듐선을 발견했고, 라듐선의 연구로부터 전자설이 나왔다. 이로부터 물질에 대한 관념이 빠르게 흔들리면서 큰 변혁이 일어났다. 사람들이 지혜를 모으고[41] 낡은 것을 버리고 새로운 것을 받아들이고 썩은 열매가 떨어지고 새로운 꽃잎이 돋아나고 있는데, 비록 퀴리 부인의 공로라고 하지만 결국 모자를 벗어 감사해야 할 사람은 19세기 말에 X선을 발견한 뢴트겐씨이다.

---

41) 사람들이 지혜를 모으고(원문 最人涅伏) : 사람들이 지혜를 모으다라는 뜻이다.

『달나라여행』 변언[1]

  옛날 인간의 지혜가 열리지 않았을 때 자연이 마음대로 권력을 휘둘러 높은 산과 큰 강[2]이 장애가 되었다. 점차 나무를 자르고 깎는[3] 지혜가 생겨 서로 왕래가 시작되었으며, 노와 돛이 날로 발전해갔다. 다만 끝없는 바다를 아득히 바라보고 물과 하늘이 맞닿아 있어 가슴이 두근거리고 몸이 떨렸으며 어리석어 나서지 못했다. 이윽고 쇠와 증기를 마음껏 부려 수레와 배가 바람처럼 달리고 인간의 다스림이 날로 확장되어 대자연의 위력이 점차 쇠약해졌고,[4] 오대륙(五大陸)이 한집처럼 서로 문명을 주고받아 오늘날의 세계가 되었다. 그렇지만 조물주는 어질지 못하고 억압하기를 즐겨하여 비록 산수(山水)의 험

---

1) 『달나라여행』(원문 『月界旅行』) : 프랑스 소설가 줄 베른의 공상과학소설이다(당시 역자는 미국의 쥬르스 베룬의 작품으로 잘못 알고 있었다). 1865년에 출판되었고, 원제는 『97시간 20분의 지구에서 달까지의 여행』이다. 노신은 일본의 정상근(井上勤)의 일역본을 근거해 중역한 것이다. 1903년 10월 일본 동경(東京)의 진화사(進化社)에서 출판되었고 "중국교육보급사역인(中國敎育普及社譯印)"이라 서명되어 있다. 줄 베른(Jules Verne, 1828~1905)의 소설은 환상이 풍부하고 환상 속에서도 과학의 진실성이 포함되어 있어 전 세계 아동들이 즐겨 읽었다. 그밖에 『글란트 선장의 딸』, 『해저 2만리』, 『신비한 섬』, 『80일의 지구여행』 등이 있다. 변언(辨言) : 이 글은 『달나라여행』에 최초로 들어 있었다.
2) 높은 산과 큰 강(원문 積山長波) : 높은 산과 큰 강을 가리킨다.
3) 나무를 자르고 나무를 깎는(원문 刳木剡木) : 배를 만드는 것을 가리킨다. '고(刳)'는 자르거나 구멍을 뚫다는 뜻이고, '섬(剡)'은 뾰족하게 깎다는 뜻이다.
4) 대자연의 위력이 점차 쇠약해졌고(원문 天行自遜) : 대자연의 위력이 점차 쇠약해지다는 뜻이다.

난함은 그 위력을 잃었지만, 다시금 중력과 공기로 중생들을 속박하여 뢰지(雷池)5)를 한 걸음도 넘어설 수 없는 것처럼 다른 별들의 외계인간과 서로 교류하는 것을 어렵게 만들고 있다. 어두운 감옥 속에 갇힌 듯 귀는 먹고 눈은 희미하여 삼가 서로 속이며 날마다 높은 덕(至德)을 칭송하고 있으니, 이는 조물주에게는 즐거움이요 인류에게는 수치이다. 그렇지만 인류는 진보를 희망하는 생물이므로 그 중 일부가 광명을 얻게 되면 거기에 만족하지 않고 희망을 크게 발휘하여 중력을 밀어내고 공기를 이겨내어 장애 없이 경쾌하게6) 떠올라 비상하기를 꿈꾼다. 예컨대 베룬7)씨는 실로 상무(尚武)의 정신으로 이런 희망을 글로 쓴 진화된 사람이다. 모든 일은 이상(理想)을 원인으로 하고 실행(實行)을 결과로 하는 것이니, 씨를 뿌려 놓으면 역시 가을 수확이 있다. 나중에 별을 식민지로 개척하고 달나라를 여행하게 되면, 상인이나 어린이는 틀림없이 태연히 바라볼 것이며 익숙하여 의아하게 여기지 않을 것이다. 이치에 따라 미루어보면 진정 그럴 것이다. 그렇다고 한다면, 비록 지구는 대동세계를 기대할 수 있지만 다른 별들과의 전쟁이 다시 일어날 것이다. 오호라! 존슨8)의 "축복의

---

5) 뢰지(원문 雷池) : 안휘성(安徽省) 망강현(望江縣) 남쪽에 있는 못이며 물은 동쪽으로 흘러 장강(長江)으로 들어간다. 『진서·유량전(晋書·庚亮傳)』에 나오는 온교(溫嶠)에게 주는 편지에 이런 말이 있다. "그대는 뢰지를 한 걸음도 넘지 마시오(足下無過雷池一步也)". 온교에게 뢰지(雷池)를 넘어 경성(京城, 지금의 南京)으로 가지 말라고 하는 뜻이다. 나중에 한계의 뜻으로 사용되었다.

6) 경쾌하게(원문 冷然) : 가볍고 경쾌한 모양을 가리킨다. 이 말은 『장자·소요유(莊子·逍遙游)』에 나온다.

7) 베룬(원문 培倫) : 마땅히 베른으로 고쳐야 한다.

8) 존슨(원문 琼孫, S. Johnson, 1709~1784) : 영국의 작가이며 문학비평가이다. "축복의 땅"은 존슨의 소설 『라셀라스』에 나오는 "행복의 계곡"을 가리킨다. 암하라 왕국에 위치하고 있는데, 사방은 산림으로 둘러싸여 있고 반드시 어떤 동굴을 통과해야만 거기에 다다를 수 있다. 이디오피아의 왕자들과 공주들의 낙원이다.

땅"과 밀튼9)의 "낙원"은 지구를 구석구석 뒤져도 결국 환상에 지나지 않는다. 몽매한 중국민족10)은 분발할 수 있을 것이다.

베룬이라는 사람은 이름이 쥬르스이고 미국의 유명한 학자이다. 그는 학술이 높을 뿐 아니라 이상(理想, 상상력으로 보아도 됨–역자)도 풍부하다. 그는 세계가 앞으로 어떻게 진보할 것인가에 대해 묵묵히 사색하면서 홀로 기이한 생각을 펼쳐내어 그것을 소설에 담았다. 과학을 씨줄로 삼고 인정(人情)을 날줄로 삼았다. 이합비환(離合悲歡, 헤어지고 만나고 슬프고 기쁘다–역자)의 이야기와 모험이야기가 모두 그 속에 착종되어 있다. 간혹 비난하고 규탄하는 말이 섞여 있으며 완곡한 표현으로 은근히 풍자하고 있다. 19세기에 달나라를 언급한 것 중에서 이것을 가장 뛰어난 것으로 평가하고 있다. 그런데 사실을 배열하여 글을 엮을 때 반드시 학리(學理)와 일치해야 하고 산천과 동식물을 두루 수집해야 할 뿐 아니라 말 잘하는 궤변자에 비교될 수 있어야 한다. 따라서 힘있게 마음껏 이야기할 때 간혹 꾸며대는 말이 은연중에 노출되지만, 인간의 지혜는 한계가 있고 하늘은 매우 심오하여 어쩔 수 없는 일이다. 소설가들의 오랜 습관 중에 여성의 매력을 빌어서 독자들의 미감을 증가시키려는 경향이 많은데, 이 책은 단지 세 명의 영웅11)만 빌어 작품을 구성하고 있으며 거기에는 여자가

---

9) 밀튼(원문 彌爾, J. Milton, 1608~1674) : 영국의 시인이며 정치가이다. 17세기 영국의 부르조아 혁명에 참가하기도 했다. 밀튼의 주요 작품에는 『성경』의 「실락원(失樂園)」과 「복낙원(復樂園)」에서 제재를 취한 장편의 시가 있다. "낙원"은 그의 소설 중에 나오는 "에덴 동산"을 가리킨다.

10) 중국민족(원문 黃族) : 황(黃)은 황제(黃帝, 즉 軒轅氏)를 가리키며, 전설에 따르면 황제는 중원(中原)의 각종 민족의 공통된 시조이다. 황족이란 황제의 후예를 가리키며, 중국인을 뜻한다.

11) 세 명의 영웅(원문 三雄) : 『달나라여행』에 나오는 포탄을 타고 달에 발사되었던 세 명의 탐험자를 가리킨다. 파르비겐, 니케르, 아덴을 가리킨다.

한 명도 나오지 않는다. 그렇지만 분위기는 야릇하고 이색적이며, 적막을 느낄 수 없고 더욱이 탈속적이다.

대개 과학에 대해 낱낱이 진술하면 보통사람들은 그것에 염증을 느껴 끝까지 다 읽지 못하고 어느새 졸음이 찾아오는데, 사람을 강인하게 만드는 어려움이 바로 이러하다. 소설의 능력을 빌어 우맹(優孟)12)의 의관으로 삼으면 비록 이치를 분석하고 심오한 철리(哲理)를 이야기하더라도 거기에 몰두하여 피곤함도 생기지 않을 것이다. 아이들13)과 항간의 보통사람들이 『산해경』14)과 『삼국지』15) 등의 책들을 꿈에도 보지 못했지만, 긴 다리와 외팔이를 가진 사람16)의 나라를 자세히 알고 주유(周瑜)와 제갈량(諸葛亮)17)의 이름을 말할 수 있는 것은 실은 『경화연』과 『삼국연의』18) 덕분이다. 따라서 학리(學理)를

---

12) 우맹(원문 優孟) : 춘추시대 초나라의 배우이다. 초나라의 재상 손숙오(孫叔敖)가 죽고 난 뒤 우맹이 손숙오의 의관을 쓰고 그의 모습과 행동거지를 모방하여 초나라 왕을 알현했다. 여기서 "우맹의 의관으로 삼으면"이라는 말은 소설이라는 체제를 빌어 과학지식을 전파한다는 것을 비유한다.

13) 아이들(원문 纖兒) : 아이들을 가리키는데, 경멸의 뜻이 담겨 있다. 『진서 · 육납전(晋書 · 陸納傳)』에 보인다.

14) 『산해경』(원문 『山海經』) : 18권으로 되어 있고 작자미상이며 진대(晋代) 곽박(郭璞)의 주(注)가 있다. 주로 각지의 산천(山川)과 이물(異物)에 관한 전설을 기록하고 있으며, 고대의 신화를 많이 보존하고 있다.

15) 『삼국지』(원문 『三國志』) : 위(魏) · 촉(蜀) · 오(吳) 삼국의 역사를 기전체로 서술한 역사서이다. 서진(西晋)의 진수(陳壽)가 지었으며, 총 65권이다.

16) 긴 다리와 외팔이를 가진 사람(원문 長股 · 奇肱) : '장고(長股)'는 긴 다리를 뜻하고 '기굉(奇肱)'은 외팔이를 뜻한다. 『산해경』이나 장편소설 『경화연』 속에 기형적이고 괴상한 형태의 사람이 사는 해외의 여러 나라가 기록되어 있다.

17) 주유와 제갈량(원문 周郎 · 葛亮) : 주랑(周郎)은 주유(周瑜)이고, 갈량(葛亮)은 제갈량(諸葛亮)이다. 모두 삼국시대에 중요한 군사가이며 정치가이다. 『삼국지』와 『삼국연의』에 그들의 사적(事迹)이 기록되어 있다.

18) 『경화연』(원문 『鏡花緣』) : 장회체소설로서 청대 이여진(李汝珍)의 작품이며, 도합 100회이다. 『삼국연의』(원문 『三國演義』) : 장회체 역사소설로서 명대 나관중(羅貫

취하면서 엄숙함을 제거하고 부드럽게 해서 독자들에게 눈으로 보아 마음으로 깨닫도록 하고 애써 사색하지 않아도 되게 한다면, 반드시 부지불식간에 한줄기 지식을 획득할 것이며 유전(遺傳)되는 미신을 타파하고 사상을 개량하여 문명에 도움이 될 것이니, 그 힘의 위대함은 이와 같도다! 우리나라의 소설 중에 인정(人情), 고사(談故), 풍자(刺時), 괴기(志怪) 등을 내용으로 하는 것은, 놓아두면 대들보까지 가득 차고 운반하면 소가 땀을 흘릴 정도로 많지만[19] 오직 과학소설은 기린의 뿔과 같이 희귀하다. 지식이 황폐하고 협소한 것은 이것이 실로 한 이유일 것이다. 따라서 오늘날 번역계(飜譯界)의 결점을 제거하고 중국인들을 인도하여 앞으로 나아가게 하려면 반드시 과학소설로부터 시작해야 한다.

『달나라여행』의 원서(原書)는 일본의 정상근(井上勤)[20]씨의 일역본(日譯本)이다. 모두 28장으로 되어 있으며, 체제는 잡기(雜記)와 같다. 이제 긴 것은 잘라내고 짧은 것은 보충하여 14회(回)로 만들었다. 처음에는 독자들의 사색에 조금이나마 도움이 되고자 속어(俗語, 구어체를 가리킴-역자)로 번역할 작정이었으나 순수하게 속어만 사용하면 쓸데없이 번잡한 것을 싫어할 것 같아 문언을 섞어 사용하여 페이지 수를 줄였다. 의미가 없고 우리나라 사람들에게 적당하지 않은 말은 약간 고쳤다. 체제가 번잡하고 글이 어수선하다는 비판을 피하기 어렵다는

中)의 작품이며, 도합 120회이다.

19) 놓아두면 대들보까지 가득 차고 운반하면 소가 땀을 흘릴 정도로 많지만(원문 架棟汗牛) : 보통 "汗牛充棟"이라고 한다. 이 말은 유종원(柳宗元)의 「육문통선생묘표(陸文通先生墓表)」에 나온다. "그 책은 놓아두면 대들보까지 가득 차고, 운반하면 소와 말이 땀을 흘린다(其爲書: 處則充棟宇, 出則汗牛馬)"

20) 정상근(井上勤, 1850~1928) : 일본의 번역가이다. 『아라비안 나이트』, 『로빈슨 크루스의 표류기』 및 베른의 공상과학소설 등을 번역했다.

이 책은 비록 큰 파도 가운데 미미한 거품에 지나지 않지만 천재[4]의
사유(思惟)가 진실로 이곳에 깃들어 있다. 중국의 번역계는 이것으로
말미암아 시대의 낙오자라는 느낌이 없어질 것이다.

---

4) 천재(원문 性解) : 천재를 가리킨다.

『월탁』 창간사[1]

    우월(于越, 월나라―역자)[2]은 옛부터 천하무적이라 일컬어졌는데, 산과 바다의 정기는 준재(俊才)를 많이 낳았고[3] 앞뒤 끊어지지 않고 이어지며 그 뛰어난 재주를 발휘했다. 백성들은 각고의 노력을 다한 우임금(大禹)[4]의 기풍을 간직하고, 굳세고 기개 넘쳤던 구천(勾踐)[5]의

---

1) 원제목은 「越鐸出世辭」이다. 이 글은 1912년 1월 3일 소흥(紹興)의 『월탁일보(越鐸日報)』 창간호에 처음으로 발표되었다. 황조(黃棗)로 서명되어 있으며, 원래 구두점이 없었다. 월탁(越鐸) : 『월탁일보(越鐸日報)』를 가리키며, 1912년 1월 3일 소흥의 월사(越社)가 창간했다. 1927년 3월에 정간되었다. 초기에 노신의 지지를 받았다.

2) 우월(于越) : 진대(晋代) 하순(賀循)의 『회계토지기(會稽土地記)』에 "소강(少康)이 그의 소자(少子)를 책봉하여 '우월'이라 했다. 월나라의 명칭은 이때부터 시작되었다. (少康封其少子, 號曰'于越'. 越國之稱始于此)"라는 구절이 있다.

3) 산과 바다의 정기는 준재를 많이 낳았고(원문 海岳精液, 善生俊異) : 진대(晋代) 우예(虞預)의 『회계전록·주육(會稽典錄·朱育)』에 이런 말이 나온다. "우번(虞翻)이 대답하여 말했다. '회계는 위로는 견우의 별자리에 대응하고 아래로는 소양의 위치를 가지고 있다. …… 산에는 금속과 나무, 새와 짐승이 풍부하고 바다에는 고기와 소금, 조개들이 풍부하다. 산과 바다의 정기가 준재를 많이 낳았다.'((虞)翻對曰:'夫會稽上應牽牛之宿, 下有少陽之位. …… 山有金木鳥獸之殷, 水有魚鹽珠蚌之饒. 海岳精液, 善生俊異.)"

4) 우임금(大禹) : 하우(夏禹)라고도 하며, 고대 중국의 하후씨(夏后氏) 부락의 지도자로서 하(夏)나라를 세운 사람이다. 홍수를 잘 다스렸기 때문에 후세 사람들이 높이 기렸다. 『사기·하본기(史記·夏本紀)』에 따르면, 우(禹)가 동쪽으로 순행하다가 "회계에 이르러 붕어하셨고(至于會稽而崩)" 회계산(會稽山)에서 장례를 치렀다고 한다.

5) 구천(勾踐) : 춘추(春秋) 말엽의 월(越)나라의 왕이다. 그는 오(吳)나라에 패한 후 "10년 동안 백성을 늘이고 재산을 모으고 10년 동안 가르치고 훈계하면서(十年生聚, 十年敎訓)", 와신상담(臥薪嘗膽), 발분도강(發憤圖强, 분발하여 부강을 도모함―역

뜻을 품고서 힘써 생활을 영위하고 넉넉하게 스스로 잘 다스릴 수 있었다. 세상 풍속이 점점 나빠지고 정기가 흩어져서, 점차 실리(實利)에만 몰두하고 사리(思理, 사유능력－역자)를 경시했으며 안일을 즐기고 무술(武術)을 멀리했다. 사나운 오랑캐가 이 틈을 이용하자 운세가 갑자기 땅에 떨어져 체발(剃髮)을 거부하던 선비들은 줄이어 못에 몸을 던졌고, 황신[黃神, 중국인의 시조라고 하는 황제(黃帝)를 가리킴－역자]은 신음하고 백성들은 다시 떨쳐 일어나지 못했다. 변발을 드리우고 호복(胡服, 오랑캐의 복장－역자)을 입은 오랑캐, 털옷을 입고 활을 쏘던 민족이 무여(無余)[6]의 옛 강토에 날뛰게 된 것이 거의 이백여 년이나 되었다.[7]

  얼마 후 근심에 찬 선비들이 뛰어난 성품을 타고나서 위로는 하늘의 뜻과 통하여 변혁[8]의 주장이 온 국토에 널리 퍼지고 나라의 선비들이 위풍당당해졌으며,[9] 그리하여 정의의 깃발을 호북(湖北)에서 먼저 들어 올렸다. 파도가 일고 바람이 뒤따르듯 모두가 나서서 호응하여 화하(華夏, 중화－역자)의 옛 유물 대부분이 광복을 맞이했고, 동남(東南)쪽의 대부(大府, 관청의 문서나 재물을 간직하는 곳집을 뜻함－역자) 역시 갑자기 주인의 손으로 되돌아왔다. 월지역 사람들은 이에 세 가지 큰 자유[10]를 얻어 월땅에서 다시 살아났고, 색로(索虜)[11]는 헤아릴 수 없는

자)하여 마침내 오나라와 싸워 이겼다.

6) 무여(無余) : 전설에 따르면, 월나라의 시조이다. 한대(漢代) 조욱(趙煜)의 『오월춘추(吳越春秋)』 권6에 이런 내용이 있다. "우임금 이하 6세대가 지나자 소강임금이 나왔다. 소강은 우임금의 제사가 끊길 것을 염려하여 그의 서자 우월을 책봉하여 호를 무여라고 했다.(禹以下六世而得帝少康, 少康恐禹祭之絶祀, 乃封其庶子于越, 號曰無余.)"

7) (역주) 만주족이 청(淸)나라를 세워 중국을 통치한 사실을 가리킨다.

8) 변혁(원문 轉輪) : 변혁을 뜻한다. 원래는 불교 용어로서 전법윤(轉法輪)을 가리킨다.

9) 위풍당당하여(원문 桓桓) : 기세가 위엄 있는 모양이다.

죄악을 짊어지고 멸망에 이르게 되었다. 민기(民氣)가 팽창하고 하늘의 태양이 소리 높여 웃고 있어 누구나 이를 훌륭히 송축하고 있으니 아름답고 위대한 소리가 장차 우주에 충만할 것이다.

그런데 전제(專制)가 오랫동안 지속되어 가혹한 정치를 펼쳐 백성들의 고혈을 짜내고 금령(禁令)으로 그들의 불평을 막아왔다. 백성들은 날로 더욱 수척하고 메말라져서 질곡이 갑자기 풀려도 상처는 여전하고 민성(民聲)은 적막하고 민중의 의지는 갇혀 있으니 어찌 필부(匹夫)로서 천하에 관여하지 않고 북방 오랑캐를 상전으로 모시는 노예와 같을 수 있겠는가? 공화정치는 모든 사람이 책임을 지고 함께 주인이 되는 것이므로 노예[12]와는 다르다.

이전의 죄악은 모두 색로에게 귀착되고, 색로는 그 무게를 견디지 못하고 죄악과 함께 운명을 다하게 되었다. 이제부터 천하의 흥망은 평민(庶人)에게 달렸으니, 만약 더욱 노력하고 협력하여 화토(華土)를 위해 도모하지 않는다면 다시 수척하고 메말라져서 곧 지난날과 같아질 것이며, 그렇게 되면 용맹스런 훌륭한 선비들은 장차 누구를 책망하겠는가? 그러므로 동지들은 다음을 유념해야 할 것이다. 독립을 위한 싸움이 시작된 지 70년이 지났고 지자(智者)는 사려(思慮)를 다하고 용사(勇士)는 목숨을 바치고 있는데, 우리 일반 평민들이 그 결과를 앉아서 구경만 하고 최소한의 마음조차 쓰지 않는다면 그것은 국민 되기를 스스로 포기하는 일이다.

---

10) 세 가지 큰 자유(원문 三大自由) : 손문(孫文)이 말한, "인민의 집회의 자유, 출판의 자유, 사상의 자유"를 가리킨다(『민권초보 · 자서(民權初步 · 自序)』에 나온다).

11) 색로(索虜) : 원래 남북조(南北朝) 시대에 남조(南朝)가 북조(北朝)를 멸시하며 부르던 말이다. 북쪽의 오랑캐라는 뜻이다.

12) 노예(원문 臺隷) : 원래 옛날 노예 중의 두 가지 등급을 가리키는데, 여기서는 노역을 당하는 사람에 대한 범칭으로 사용되고 있다.

이에 본지(本紙)를 창간하여 동포들에게 호소하고 글을 써서 의견을 피력하여 치화(治化)에 도움이 되기를 바란다. 자유의 언론을 발설하고 개인의 천부인권을 다하고 공화제의 진행을 촉진하고 정치의 득실을 평가하고 사회를 계몽하고 용맹한 정신을 진작시킬 것이다. 진정한 지식을 풍부하게 제공하고 온갖 사물을 널리 알려야 하는데, 이 점을 아는 사람이라면 누구나 자신의 한낱 어리석은 지식이라도 공헌해야 하고, 힘은 미약해도 바램은 크게 가져 개혁에 힘써야 할 것이다. 침묵하면서 화토(華土)가 다시금 적막으로 떨어지도록 내버려두어 다시 헤아릴 수 없는 죄악을 스스로 짊어지는 이전의 전철을 밟지 않기를 바란다. 독자들은 삼가 애쓰고 조금이라도 본을 받아, 이를 빌어 우리들 공민(公民)의 책임을 10분의 1이라도 다하길 바란다.

아름다운 우리 우월(于越)은 옛부터 천하무적이라 일컬어졌지만 포학한 오랑캐에게 순종하여 민생(民生)은 메말라 있었다. 이제야 해방되었으니 마땅히 떨쳐 일어나 나라를 경영하고 다스리던 옛 선철(先哲)들의 위업에 보답해야 할 것이다. 다만 전제(專制)가 오랫동안 지속되어 광명이 소생하기 쉽지 않고, 게다가 정신은 백수(白水)로 달려가면서 누군가(굴원을 가리키지만, 굴원과 같은 애국지사를 비유한다—역자) 고향을 그리워하며 고구산(高丘山)을 되돌아보고 신녀(神女)가 없음을 슬퍼하고 있다.13) 아아, 이것이 『월탁』을 창간한 이유이다.

---

13) '백수(白水)' 등의 말은 굴원의 『이소(離騷)』에 나온다. "아침에 나는 백수를 건너서 현포에 올라 말을 매고서 문득 돌아보니 눈물이 흐르고, 고구산에 신녀가 없는 것을 슬퍼하도다(朝吾將濟于白水兮, 登閬風而緤馬. 忽反顧以流涕兮, 哀高丘之無女)." "햇빛 찬란한 하늘로 올라가는데 문득 고향을 내려다본다(陟陞皇之赫戲兮, 忽臨睨夫舊鄕)." 백수(白水)는 신화 속에 나오는 물 이름이며, 전설에 따르면, 그 근원은 곤륜산에서 시작되고 사람이 그 물을 마시면 죽지 않는다고 한다.

미술 보급을 위한 의견서[1]

1. 미술(美術)이란 무엇인가?

미술이라는 말은 옛날 중국에서는 사용되지 않았다. 이 말이 사용된 것은 영어의 아트(art or fine art)를 번역하면서부터이다. 아트라고 하는 것은 원래 그리스에서 나온 것인데, 그 뜻은 예(藝)이며, 여기에는 아홉 명의 여신[2]이 있었고 옛사람들은 이들에게 기도를 올리며 공교로움을 두루 갖추기를 바랐다. 이는 화토(華土, 중국땅을 가리킴—역자)의 공예가(工師)들이 숭배하며 기도를 올리던 대상이 있었던 것과 같다. 그런데 오늘날에는 그 말속에 아름다움(美麗)의 뜻이 담겨 있는데, 이런 것 모두를 미술이라고 부르는 것은 옳지 않다.

그리스 백성들은 미술로 세상에 유명하지만 그들의 창작은 처음에 연마하거나 익혀서 된 것이 아니며, 직각(直覺)의 힘에 의지하여 자연물(天物)의 아름다움과 추악함을 판별했었다. 그들은 감각이 예민하여 그들이 성취해 놓은 것은 신의 경지였다. 대개 모든 인류는 두 가지 성질의 능력을 구비하고 있다. 첫째는 '감수(受)'이고 둘째는 '창작

---

1) 원제목은 「擬播布美術意見書」이다. 이 글은 1913년 2월 북경에서 『교육부편찬처월간(敎育部編纂處月刊)』 제1권 제1책에 처음 발표되었으며, 주수인(周樹人)으로 서명되어 있다. 원래 구두점이 찍혀 있다.

2) 아홉 명의 여신(원문 九神) : 고대 그리스인들이 숭배하던 아홉 명의 여신이다. 이들은 역사, 음악, 시가, 희극, 비극, 무도, 서정시, 천문, 서사시 등을 각각 주관했다.

그럴 수 없으니 마땅히 보존하여 훼손되지 않도록 해야 한다. 그밖에 역사적으로 유명한 곳이나 명인들이 살았던 곳, 사당, 분묘 등은 역시 지방에서 논의하여 확정하고 보호하고, 경우에 따라서는 잘 꾸며서 국민들이 구경하고 노릴 수 있는 장소가 되도록 해야 한다.

비석 : 기둥이 부러진 것이 이미 많고 날로 글씨가 희미해지니 마땅히 금지령을 내려 오랫동안 보존하도록 해야 한다.

벽화와 조상 : 이것은 사찰이나 사당에 있으며, 간혹 명가(名家)의 작품도 있다. 근자에 미신을 타파한다는 명분으로 마음대로 훼손하고 있으니, 마땅히 훌륭한 작품을 가려내어 지정하고 보존해야 한다.

임야 : 각지의 아름다운 임야를 조사하여 보호하고 벌목을 금지시켜야 한다. 경우에 따라서는 지세(地勢)를 잘 헤아려 공원으로 일궈야 한다. 아름다운 동식물도 역시 그러하다.

(3) 연구사업

고악(古樂) : 중국고악연구회를 설립하여 단절되지 않도록 해야 하며, 또한 그 중에서 훌륭한 것을 뽑아서 국내에 보급시켜야 한다.

국민의 문술(文術) : 국민문술연구회를 설립하여 각지의 가요, 속담, 전설, 동화 등을 관장하도록 해야 한다. 그 의미를 자세히 밝히고 그 특성을 판별하고, 또 그것을 발휘하고 광대(光大)하게 하여 교육에 보탬이 되게 해야 한다.

미술 보급을 위한 의견서[1]

1. 미술(美術)이란 무엇인가?

미술이라는 말은 옛날 중국에서는 사용되지 않았다. 이 말이 사용된 것은 영어의 아트(art or fine art)를 번역하면서부터이다. 아트라고 하는 것은 원래 그리스에서 나온 것인데, 그 뜻은 예(藝)이며, 여기에는 아홉 명의 여신[2]이 있었고 옛사람들은 이들에게 기도를 올리며 공교로움을 두루 갖추기를 바랐다. 이는 화토(華土, 중국땅을 가리킴─역자)의 공예가(工師)들이 숭배하며 기도를 올리던 대상이 있었던 것과 같다. 그런데 오늘날에는 그 말속에 아름다움(美麗)의 뜻이 담겨 있는데, 이런 것 모두를 미술이라고 부르는 것은 옳지 않다.

그리스 백성들은 미술로 세상에 유명하지만 그들의 창작은 처음에 연마하거나 익혀서 된 것이 아니며, 직각(直覺)의 힘에 의지하여 자연물(天物)의 아름다움과 추악함을 판별했었다. 그들은 감각이 예민하여 그들이 성취해 놓은 것은 신의 경지였다. 대개 모든 인류는 두 가지 성질의 능력을 구비하고 있다. 첫째는 '감수(受)'이고 둘째는 '창작

---

1) 원제목은 「儗播布美術意見書」이다. 이 글은 1913년 2월 북경에서 『교육부편찬처월간(教育部編纂處月刊)』 제1권 제1책에 처음 발표되었으며, 주수인(周樹人)으로 서명되어 있다. 원래 구두점이 찍혀 있다.

2) 아홉 명의 여신(원문 九神) : 고대 그리스인들이 숭배하던 아홉 명의 여신이다. 이들은 역사, 음악, 시가, 희극, 비극, 무도, 서정시, 천문, 서사시 등을 각각 주관했다.

(作)’이다. ‘감수’란 비유컨대 아침해가 바다 위로 떠오르고 아름다운 풀에서 꽃이 필 때, 만약 백치가 아니라면 깊이 깨닫고 감동을 받게 되는 것과 같다. 깊이 깨닫고 감동을 받은 바가 있으면 한두 명의 재능 있는 선비가 그것을 재현시켜서 새 작품(新品)을 만들 수 있으며, 이를 ‘창작’이라고 한다. 따라서 ‘창작’이란 깊은 생각(思)에서 나오며, 만약 깊은 생각이 없으면 미술도 없다. 그렇지만 자연물을 바라보면 반드시 원만(圓滿)한 것은 아니어서 꽃은 시들기도 하고 숲은 황량해지기도 하는데, 재현할 때는 마땅히 고쳐 다듬어서 그 적절한 바를 따라야 한다. 이것을 미화(美化)라고 부르며, 만약 이런 것이 없으면 역시 미술이 아니다. 따라서 미술에는 세 가지 요소가 있다. 첫째는 자연물(天物)이요, 둘째는 깊은 생각(思理)이요, 셋째는 미화(美化)이다. 미술은 반드시 이 세 가지 요소를 가지고 있어야 하므로 다른 영역과의 경계가 엄격하다. 옥을 새겨 나뭇잎 모양으로 만들고 옻칠하여 금속처럼 만들면, 비슷하기는 해도 이를 미술이라 부를 수는 없다. 작은 네모난 상아, 수많은 문자, 호두알, 겹겹이 쌓인 누대와 정자 등은 정교하기는 해도 이를 미술이라 부를 수는 없다. 책상은 줄이거나 늘일 수 있고, 집기들은 휴대하기에 가볍게 할 수 있어 사용하기에 편리하지만 이를 미술이라 부를 수는 없다. 태고 때의 유물이나 이역(異域)의 기이한 물품은 드물기는 하지만 반드시 미술이 되는 것은 아니다. 짙푸르고 시뻘겋고 온갖 색채가 엇섞여 찬란하게 빛나 사람의 눈을 자극하여 넋을 잃게 하면 요염하기는 하지만 반드시 미술이 되는 것은 아니며, 이는 더욱 구별하지 않으면 안 되는 것이다.

2. 미술의 분류

앞서 언급한 것으로부터 다음 사실을 알 수 있다. 미술이란 바로 깊은 생각(思理)을 이용하여 자연물(天物)을 미화(美化)시키는 것을 일컫는다. 만약 이에 합치되는 것이라면 모양이 어떤 것이든 상관없이 모두 미술이라 부를 수 있다. 예를 들어 조소, 회화, 문장, 건축, 음악이 그것이다. 구분법은 그리스의 플라톤3)에서 비롯되었는데, 크게 두 가지로 분류하고 있다.

　(갑) 정적 미술　　　　　(을) 동적 미술

플라톤은 조소와 회화를 정적 미술로 분류하고, 음악과 문장을 동적 미술로 분류했으며, 분류를 처음 시작했기 때문에 불완전하다. 나중에 프랑스인 바뜨4)가 셋으로 분류했고, 독일인 헤겔5)이 그것을 계승했다.

　(갑) 눈으로 보는 미술　 (을) 귀로 듣는 미술

　(병) 마음으로 느끼는 미술

눈으로 보는 것에 속하는 것은 회화와 조소이고, 귀로 듣는 것에 속하는 것은 음악이며, 마음으로 느끼는 것에 속하는 것은 문장이다. 이 설은 완전히 옳다고 할 수 없고 이전의 것과 다를 것이 없다. 근자에 영국인 콜빈6)은 구별의 방법을 세 종류로 할 수 있다고 생각했

---

3) 플라톤(원문 柏拉圖, Plato, 기원전 427~기원전 347) : 고대 그리스의 철학자이며, 저작으로는 『대화편』이 있다.

4) 바뜨(원문 跋多, C. Batteux, 1713~1780) : 프랑스의 선교사이며 학자이다. 저작으로는 『각종 미술은 하나의 원칙으로 귀결된다』, 『문학 강좌』 등이 있다.

5) 헤겔(원문 黑智爾, G. Hegel, 1770~1831) : 독일의 철학자이며, 저작으로는 『논리학』, 『정신현상학』, 『미학』 등이 있다.

6) 콜빈(원문 珂爾文, S. Colvin, 1845~1927) : 영국의 문예평론가이다. 케임브리지 예

는데, 지금 여기에 차례대로 기술한다. 모든 미술은 각각 그 중의 하나를 택하여 거기에 예속시킬 수 있다.

(1) (갑) 형태(形) 미술   (을) 소리(聲) 미술

미술 중에서 볼 수 있고 만질 수 있는 것은 회화, 조소, 건축과 같은 것인데, 이것이 형태 미술이다. 볼 수도 없고 만질 수도 없는 것은 음악이나 문장과 같은 것인데, 이것이 소리 미술이다. 그런데 중국 문장의 아름다움(美)은 형태(形)와 소리(聲) 두 가지로 되어 있으니, 그렇다면 앞의 예로써 포괄할 수 있는 것은 아니다.

(2) (갑) 모사 미술   (을) 독창 미술

미술 중에 자연물의 형상을 모사하는 것이 있는데, 조각과 회화 그리고 시가(詩歌)가 그것이다. 독창적으로 만드는 것은 건축과 음악이다. 이 두 가지는 간혹 미약하나마 자연물과 연결되어 있지만 복잡한 느낌으로 이루어지는 것이므로 자연물로부터 거의 벗어나 있다.

(3) (갑) 실용(致用) 미술   (을) 비실용(非致用) 미술

미술 중에서 실용적인 것과 관련된 것은 오직 건축뿐이다. 기타 조각, 회화, 문장, 음악 등은 모두 실용과는 관계가 없는 것들이다.

3. 미술의 목적과 그 쓰임새

미술의 목적에 대한 언급은 그 설이 지극히 다양하지만 사람들에게 즐거움(享樂)을 주는 것을 궁극적인 것으로 여겨야 하며, 다만 쓰임(利用)의 유무에 있어서는 서로 어긋난다. 아름다움(美)을 중심으로

___

술대학의 교수였으며 대영박물관의 판화와 소묘부문의 책임자였다. 저작으로는 『회상록』 등이 있다.

생각하는 사람은 미술의 목적은 바로 미술 자체에 있는 것이므로 여타의 일과는 관계가 없다고 생각한다. 미술의 목적에 대한 설명으로서는 이것이 진실로 정확한 견해이다. 그러나 쓰임(用)을 중심으로 생각하는 사람은 미술은 반드시 세상에 이용되어야 하며, 그렇지 않으면 존재할 가치가 없다고 생각한다. 그런데 진실로 미술의 본질은 진정한 아름다움(眞美)을 발양하여 인생을 즐겁게 하는 데 있지만 견리치용(見利致用)에 비추어 보면 예기치 않은 성과가 있는 것이다. 점점 쓰임에 빠져들면 더욱 혐오스럽게 집착하게 되는데, 오직 오늘날 중국사람들에게 만연된 생각과 자못 합치되며, 그래서 차례대로 미술의 목적에 대해 약술한다.

(1) 미술은 문화를 표현할 수 있다. 모든 미술은 한 시대나 한 민족의 사유를 징표할 수 있다. 따라서 그것은 바로 국혼(國魂)이 드러난 모습이다. 만약 정신이 변하면 미술도 그에 따라 바뀌어 간다. 이런 여러 물품(物品)들은 오랫동안 세상에 남으며, 그래서 무공(武功)이나 문교(文敎)는 시간과 더불어 소멸되지만 미술에 의존하여 보존하게 되면 장차 살펴볼 수 있게 된다. 그밖에 성대한 전적(典籍)이나 중대한 사건[7], 명승지와 명인(名人) 등도 종종 미술의 힘에 의해 영원히 살아남을 수 있다.

(2) 미술은 도덕을 보좌할 수 있다. 미술의 목적은 비록 도덕과 완전히 부합하는 것은 아니지만 그 힘은 사람의 성정(性情)을 심원하게 만들 수 있고 사람의 기호를 고상하게 만들 수 있어 역시 도덕을 도와 다스리는 일을 할 수 있다. 물질문명이 날로 만연되고 이에 따라 인정(人情)도 날로 천박해지고 있다. 지금 미술로써 이를 아름답게 하

---

7) 중대한 사건(원문 侅事) : 중대한 사건을 가리킨다.

고 웅대하게 하면 고결한 정(情)이 독존(獨存)하고 사악한 생각은 일어나지 않을 것이니, 징계와 권장에 의지하지 않더라도 나라는 평안해질 것이다.

(3) 미술은 경제를 구원할 수 있다. 국산품은 배척당하고 외제품은 유행하고 있으니 중국의 경제는 드디어 곤궁한 지경에 이르렀다. 그런데 물품의 재질은 여러 나라가 동일하지만 그 차이는 오직 제조하는 데 달려 있다. 미술을 널리 보급하여 작품 자체가 뛰어나면 시장의 상점에 진열되고 다른 나라로 건너갈 것이며, 그러면 자금이 외국으로 몰래 빠져나가는 것을 근심할 필요가 없다. 따라서 공연히 국산품을 애호하자고 말하는 사람은 말류(末類)이고, 미술을 발휘하는 것이 진실로 그 근본이다.

4. 미술을 보급하는 방법

미술의 쓰임은 크게 세 가지로 요약할 수 있었지만 본래의 목적은 인간에게 즐거움을 주는 것이다. 그렇지만 이 목적을 실천하는 방법은 물론 '보급'에 달려 있다. 보급이란 비밀스럽게 숨겨두는 것이 아니라 세상에 전파하여 국민들의 이목(耳目)과 접촉시키고, 미술의 본질을 발휘하여 국민들의 미감(美感)을 불러일으키고, 더욱이 미술가의 출현을 바라는 것이다. 이에 마땅히 행해야 할 사업을 다음과 같이 구상한다.

(1) 건설사업

미술관 : 정부 소재지에 광복기념으로 중앙미술관을 설립해야 한

다. 다음으로 각 지방으로 파급해야 한다. 건축의 방법은 전문가의 의견을 널리 구해야 하며, 도안(圖案)을 수집하여 그 중에서 가장 훌륭한 것을 선택해야 한다. 혹시 옛날의 유명한 건축이 있으면 이를 보충해야 한다. 진열할 물품은 옛날부터 내려오는 중국의 미술품이 될 것이다.

미술전람회 : 건축의 방법은 위와 동일하다. 여기에는 개인 소장품을 진열하거나 미술가들이 새로 창작한 물품을 진열한다.

극장 : 건축의 방법은 위와 동일하다. 여기서 공연해야 할 것은 중국의 신극(新劇)이며, 외국의 유명한 번역 신극도 가능하고, 옛 방법을 참고하지 말아야 한다. 또한 책자를 통해 내용의 대강을 자세하게 설명하여 관람자들이 모두 그 뜻을 이해할 수 있도록 해야 한다. 중국의 구극(舊劇)은 마땅히 다른 극장에서 공연하도록 하고 신극과 뒤섞이게 해서는 안 된다.

음악당 : 공원(公園)이나 공지(公地)에 음악연주회장을 설립해야 하며, 정기적으로 신악(新樂)을 연주하고 구악(舊樂)을 참고해서는 안 된다. 반드시 소책자로 설명하여 청취자들이 모두 이해할 수 있도록 해야 한다.

문예회 : 문인학자들을 초빙하여 집회를 열고 국민들이 창작한 문예를 심사하여 우수한 사람을 뽑고 그것을 장려하고 유포하도록 도와야 한다. 또한 다른 나라의 유명한 서적 약간을 선정하여 중국어로 번역하고 국내에 유포하도록 해야 한다.

(2) 보존사업

유명한 건축 : 가람과 궁전은 옛날에는 대부분 종교와 제왕의 위력으로 백성들(國人)로 하여금 만들게 했다. 따라서 시대가 변한 이상

그럴 수 없으니 마땅히 보존하여 훼손되지 않도록 해야 한다. 그밖에 역사적으로 유명한 곳이나 명인들이 살았던 곳, 사당, 분묘 등은 역시 지방에서 논의하여 확정하고 보호하고, 경우에 따라서는 잘 꾸며서 국민들이 구경하고 노릴 수 있는 장소가 되도록 해야 한다.

비석 : 기둥이 부러진 것이 이미 많고 날로 글씨가 희미해지니 마땅히 금지령을 내려 오랫동안 보존하도록 해야 한다.

벽화와 조상 : 이것은 사찰이나 사당에 있으며, 간혹 명가(名家)의 작품도 있다. 근자에 미신을 타파한다는 명분으로 마음대로 훼손하고 있으니, 마땅히 훌륭한 작품을 가려내어 지정하고 보존해야 한다.

임야 : 각지의 아름다운 임야를 조사하여 보호하고 벌목을 금지시켜야 한다. 경우에 따라서는 지세(地勢)를 잘 헤아려 공원으로 일궈야 한다. 아름다운 동식물도 역시 그러하다.

(3) 연구사업

고악(古樂) : 중국고악연구회를 설립하여 단절되지 않도록 해야 하며, 또한 그 중에서 훌륭한 것을 뽑아서 국내에 보급시켜야 한다.

국민의 문술(文術) : 국민문술연구회를 설립하여 각지의 가요, 속담, 전설, 동화 등을 관장하도록 해야 한다. 그 의미를 자세히 밝히고 그 특성을 판별하고, 또 그것을 발휘하고 광대(光大)하게 하여 교육에 보탬이 되게 해야 한다.

【魯迅選集 4】

화개집 | 화개집속편

2005년 4월 1일 초판인쇄
2005년 4월 5일 초판발행

지은이 루쉰(魯迅)
옮긴이 홍석표
펴낸이 이찬규
펴낸곳 선학사
등 록 제10-1519호
주 소 서울시 마포구 공덕동 173-51
전 화 02-704-7840
팩 스 02-704-7848

값 17,000원

ISBN 89-8072-166-8 93820